幸存者记忆

上册

宁航一 著

北京联合出版公司
Beijing United Publishing Co.,Ltd.

图书在版编目（CIP）数据

幸存者记忆：全三册 / 宁航一著. -- 北京：北京

联合出版公司，2024. 9. -- ISBN 978-7-5596-7711-2

Ⅰ. I247.5

中国国家版本馆 CIP 数据核字第 2024AW7327 号

幸存者记忆：全三册

作　　者：宁航一
出　品　人：赵红仕
责任编辑：徐　鹏
封面设计：吴黛君

北京联合出版公司出版

（北京市西城区德外大街83号楼9层 100088）

北京新华先锋出版科技有限公司发行

三河市中晟雅豪印务有限公司印刷　新华书店经销

字数658千字　620毫米×889毫米　1/16　47印张

2024年9月第1版　2024年9月第1次印刷

ISBN 978-7-5596-7711-2

定价：128.00元（全三册）

目录

幸存者记忆 中／下

楔 子

兰成教授将门打开的时候，门口站着他的两位学生。他注视着面前这两个大男生，目光深不可测。

"教授，对不起，我们没跟您预约就到您家来了，真是抱歉。"其中一个穿方格子衬衫、体形偏瘦的男生不停地搓着双手，有些局促地说。

"可我们实在是忍不住了，非来拜访您不可，请您原谅。"另一个身材高大的男生补充道。

教授再次打量了他们几秒钟，露出些许微笑："没关系，请进吧。"

两个男生坐到教授柔软的皮沙发上，教授为他们倒了两杯开水，二人赶紧接过来，连声道谢。

方格子男生抬手看了看表，略带歉意地说："教授，现在才晚上七点钟，我们没打扰您吃晚饭吧？"

兰教授温和地摇摇头："我已经吃过了。你们找我有什么事？"

"是这样的，教授。我们俩都是中文系的学生，您给我们上过心理学课的……当然，您教过的学生多如牛毛，可能对我们没印象……"方格子男生停顿了一下，接着说，"我们来找您，是因为遇到了一些困扰我们的问题。"

兰教授点点头，仿佛这种事对他来说司空见惯，不足为奇。

"来我这里的人多数是因为遇到了困扰他们的问题。"教授和颜悦色地说。

方格子男生似乎有些难以启齿："教授，您知道，我们俩是中文系的，一直热爱创作悬疑、恐怖类的小说。尤其是最近，我们参加了一个悬疑小说协会。在那里，有共同爱好的同学常常聚在一起讨论、交流。上周末，协会的成员又聚集起来。按照惯例，在场的每个人都必须讲一个他们新编的恐怖故事——"

兰教授点点头，示意他继续说下去。

方格子男生咬了咬下嘴唇："这种活动我们每周都搞，但每次听到的故事都平庸无奇，有时甚至让人想打瞌睡——但是上个周末却不同，我们度过了一个真正恐惧而紧张的夜晚！"

兰教授用手摸着下巴："是因为有人讲了一个真正让人感到毛骨悚然的恐怖故事，对吗？"

方格子男生抬起头来："不是一个，是三个。"

"我猜你们那天晚上一定过得很刺激吧。"兰教授扬着眉毛说。

"是的，实际上，那天晚上我们所有人几乎都忘记了自己的存在，全神贯注地投入到那些故事中去，心情随着故事情节跌宕起伏。同时，我们又深深地感到震惊，觉得不可思议。"

"为什么？"兰教授问。

"因为我们悬疑小说协会的每个成员都非常清楚彼此的实力。那三个人以前创作的故事都很平庸，甚至可以说有些糟糕——但那天晚上，他们却出人意料地讲出了三个非常精彩的故事！"

"是三个什么样的故事？"

"让我来说吧。"高个子男生接过话来，"那天晚上最开始，一个化学系的女同学讲了一个拖沓、乏味的恐怖故事。在大家还没完全睡着之前，协会中的一个成员说，现在他要讲一个能刺激人神经的故事，于是，他讲了一个叫《噩梦》的故事。"

说到这里，高个子男生的眼睛凝视着兰教授的脸。

"接着说。"兰教授将双手抱在胸前，深沉地望着他。

"他讲完之后，我们还没能从那惊悚的情节中走出来，另一个人又开始讲他的故事，名字叫《恐怖电影》——那故事让我们感到通体生寒。紧接着，第三个更让我们骇然的故事《迪奥的世界》又被另一个成员精彩地演绎出来——听完这些故事，在场的人都惊呆了，后面准备了故事的几个同学也因为相形见绌没再讲下去。

"那天晚上过后，我们俩百思不得其解，想象不到他们三个是怎么创作出这些故事的。所以，我们俩天天去缠着他们，要他们传授创作经验。他们被逼得没办法，终于承认——这三个故事全是在兰教授——您这儿听到的。教授，是这样吗？"

兰教授淡淡地笑了笑，微微点了点头："是的，是我讲给他们听的。可我不明白，你们刚才说的'困扰你们的问题'到底是什么？"

"教授，我们来这里，是希望您能给我们一些启发。您既然能给他们讲出这么精彩的恐怖故事，那您一定也可以告诉我们——什么最能激起人的好奇心和探索欲，什么是人类内心最为恐惧和害怕的东西。"

兰教授注视了他片刻，随即哈哈大笑起来。

"知道吗？关于你刚才提出的那两个问题，如果从其根源理论系统地讲解的话，可以写成两本心理学著作。"

"您的意思是……这个问题过于复杂了？"高个子男生有些担心地问。

兰教授轻轻摆了摆手指："我们解决任何问题之前，都要先看它的初衷。回到一开始你提出的——你们的目的是为了写出既有悬念又让人产生恐惧的小说，对吗？"

两个人不住地点头。

"那就好办了。"兰教授说，"你们根本用不着去深入探索人类心理的秘密，只需要再听我讲三个故事就行了。"

"教授！"两个男生兴奋起来，"您还有另外三个我们没听过的故事？"

兰教授脸上带着神秘的微笑，轻轻点了点头。

"那太好了，教授。请您讲吧！"两个男生全神贯注，正襟危坐，一动不动地望着兰教授。

"可我得先说清楚，这三个故事都极度恐怖，听的过程中可能会让人产生紧张、焦虑等不舒服的状况——你们确定要听吗？"

"当然！教授，我们需要的就是从这些故事中获得灵感。"方格子男生迫切地说。

"那么，我首先得申明一条——你们听完这三个故事后如果出现任何状况或者发生任何事，都与我无关——因为是你们自己要求我讲的。"

两人对视了一眼，高个子男生微微皱了皱眉，说："教授，我们俩是专门研究恐怖、惊悚类小说的，看过世界各国数以百计的恐怖故事……您讲的这三个故事，真的能达到那种惊人的效果？"

兰教授不置可否地说："我只能告诉你，这次的三个故事和之前的不大一样。在讲之前，我不做过多评价，你们选择听还是不听就行了。"

两个男生再次对望一眼，最后斩钉截铁地说："听！"

"那好。"兰教授点点头，"最后再申明一条，这三个故事我不一定要讲完。"

"为什么？"

"在我讲的过程中，我会观察你们的神情、动作。如果我发现你们在听完第一个故事后就被吓到了，就不会再继续讲后面的故事了。"

"那……我们要是没被吓到呢？"高个子男生问。

"我就会讲第二个故事。"

"也许第二个故事也不一定能吓到我们。"

"这样的话，我就会讲第三个。"

方格子男生沉默了片刻，说："教授，您一共只有三个故事。我想知道的是，如果三个故事讲完后都没有把我们吓到，那怎么办呢？您可要知道，我们俩都是出了名的胆大。"

他说完这句话，抬头望向兰教授，青涩的脸上带有一丝挑衅。

兰教授用左手托着下巴看了他一会儿，缓缓说："如果是这样，那我就只能讲第四个故事了，也是我最后一个故事。"

"原来您还有第四个故事！"高个子男生惊呼道。

"但第四个故事我从没跟别人讲过，因为一般人最多坚持听到第三个，就再也受不了，不愿再听下去了。所以，直到现在我也没向任何人讲过第四个故事。"

两个男生轻轻张了张嘴，没有说话。他们在心里猜测着第四个故事会是什么样的内容。

几分钟后，方格子男生目光炯炯地望着兰成教授，说："教授，看来今天晚上，我们要来挑战您的第四个故事了。"

兰教授仍然保持着那种意味深长的微笑，说："那好吧，我开始讲第一个故事了。如果你们听到中途感到害怕，可以叫我停下来，我就不再讲下去了。明白了吗？"

七月十三

一

下午两点，梅德坐在靠窗的书桌前，手中捧着一杯淡淡的清茶，面前摆着一本人物传记小说——写的是他最崇拜的凡·高。午后时光对他来说是如此慵懒和惬意。

一阵微风从窗外轻轻吹来，这实在是这个潮湿闷热的季节里最好的礼物。梅德扬了扬眉，感到自己的生活平静而美好。

作为一个自由画家，二十四岁的梅德拥有他所需要的一切——独立的创作空间、优越的生活条件和健硕的身体。当然，还有他最近才结识的那位漂亮女友。还有什么能比现在的状况更好？

梅德一边翻着凡·高的传记，一边想：自己现在这种生活状况，恐怕是一代大师都无法比拟的。

突然，音乐门铃在这个恬静的房间中响起。梅德下意识望了望门口，他想不出谁会在这个时候来访。他走到门口，打开家门。

站在门口的男人几乎是在开门的同时就闯了进来，他快步走到梅德身边，然后将门关上。

梅德惊讶地望着这个满头大汗的人——自己以前的初中同学，现在的好朋友——市公安局的法医袁滨。

"你怎么了？"梅德问，"干吗这么慌慌张张的？"

袁滨中等身材，体格一般，穿着一套白色工作服。此时，他大汗淋漓，满脸通红，正瞪大眼睛望着梅德，嘴里不停喘着粗气，眼里充满了恐惧和紧张。

梅德觉得有点不对劲。他皱起眉头问："发生了什么事？"

袁滨仍然不说话，他大张着嘴，突然全身抽搐，打了一个冷战。

梅德抓住他的手臂，将袁滨带到沙发上坐下，倒了一杯冷水递到他手中，问："到底怎么了？你说呀！"

袁滨将水一饮而尽，然后紧紧盯着梅德的眼睛。

一分钟后，他终于找到了自己的声带，开口道："昨天晚上，不……准确地说，是今天凌晨，我解剖了一具尸体。"

梅德歪头望着他，过了几秒钟，说："这是你的工作，对吗？你就是做这个的。"

"这具尸体……"袁滨停了下来，呼吸又急促起来。

"怎么……死得很难看？"

袁滨摇着头说："是一具溺水致死的尸体，并没有什么特别之处。"

梅德耸了耸肩："那我就不懂了。"

又沉默了一分钟，袁滨缓缓抬起头来："你还记得……十年前那件事吗？"

这句话一出，梅德像遭到电击一样，猛地从沙发上跳起来，大吼道："你提这件事干什么？你忘了吗？我们约好永远不提这件事的！已经过了十年了！我几乎都忘了这件事！"

袁滨也从沙发上站起来，直视着梅德："你以为我愿意提吗？如果不是遇到了特殊情况，打死我也不会提这件事的！"

"我的天！你到底遇到了什么该死的特殊情况，需要你提起这件事？再说了，和我有什么关系？！"

"你别忘了，那件事是我们四个人一起做的。"袁滨说，"你没有理由让我一个人承担。"

梅德张了张嘴，没说出话来，他将头扭到一边，眉头紧蹙。

"说吧，你遇到了什么事？和十年前那件事有什么关系？"过了一会儿，他问道。

"在我讲之前，你最好把那件事好好回忆一遍。我知道，你忘不了的。我们谁都忘不了。"袁滨说。

梅德将头缓缓靠在沙发靠背上，深吐一口气。思绪将他带到了十年前那一天……

二

那一年，梅德十四岁，袁滨也是。当然，还有李远和余晖。

当时他们都是南乡初中的一年级学生——南乡现在已经成了即将开发的新区。但在那个时候，只是一个靠近农村的普通乡镇。

那本来是一个无忧无虑的暑假——如果没有发生那件事的话。

放暑假的第二天下午，几个男孩在学校附近的小山上玩"打土仗"游戏——他们把泥土捏成小团互相"开战"，玩得不亦乐乎。

半个多小时后，四个男孩子都累得气喘吁吁，一起坐在一块大石头上休息。看到对方都是一副灰头土脸的样子，他们乐得哈哈大笑。

歇了几分钟，李远说："来，我们接着玩！"

梅德摇了摇头："老玩一个游戏，没意思。"

"那我们干什么？你说怎么玩吧！"李远说。

梅德用手撑着头想了一会儿，也没想到什么好提议。

这个时候，袁滨突然直起身子，两眼放光："我想到了一个好玩的点子。"

"什么？"另外三个人一起问。

"你们记得上个星期的语文课上，单老师教我们的那个成语吗？"袁滨说。

"哪个成语？"梅德问。

"'三人成虎'啊！就是有一个人对你讲街上有只老虎，你不相信；第二个人说，你也不信……"

"第三个人告诉我街上有老虎时，我就相信了。"梅德接着说了下去，"这个成语比喻的是一个谎言如果反复被某个人听到，那他就有可能把它当成真实的——可是，这个成语怎么了？"

"你们难道不想试试吗？如果一个谎言真的有三个以上的人在传播，是不是真的就会让人相信？"

梅德有些明白了，他也将身子坐直："听起来有点意思，那我们怎么试——你是怎么想的？"

袁滨想了一会儿，说："这个成语是单老师讲的……那我们就在他身上来试吧！"

"怎么试？"李远和余晖也来了兴致。

袁滨向四周看了看，一眼望见了小山坡下面的水潭。他一拍腿："有主意了！我们就去跟单老师说，我们班有个男生去水潭游泳，结果溺水了，看他会不会相信。"

"啊！跟老师开这么大的玩笑，过了点吧？"余晖有些担心。

"可我们是在试他教我们的成语是不是真的正确啊！"袁滨说，"再说单老师平时对我们都挺好，他不会怪我们的。事后跟他解释清楚就行了。"

"好！就这么办！"梅德兴奋得一跃而起，"太好玩了！"

"那我们先商量一下……"袁滨搭着另外三个人的肩膀，开始策划。

单文均老师是梅德班上的语文教师，是个才从大学毕业的年轻小伙子，英俊、幽默又健谈。平时他和学生们就像朋友一样，常和大家一起打球、聊天，深得同学们喜爱。

放暑假后，单老师并没有马上回家，这几天仍然住在学校分给他的单身宿舍里。

"单老师……单老师！不好了！"李远和余晖跑到单老师的宿舍门口，猛烈地捶门。

十几秒钟后，单老师打开屋门。因为天热，他光着双脚，看到一脸惊恐的两个人后，连忙问："怎么了，出了什么事？"

"单……单老师，钟林他……掉到水潭里了！"李远冲进屋内，大声嚷道。

"什么！"单老师大惊失色。

这时，袁滨和梅德也上气不接下气地跑进屋来，大叫："出事了！钟林掉进水潭了！"

单老师看了他们四人一眼，将手中的钢笔往桌上一扔，在地上找自己的凉鞋，但只找到一只，另一只不知道哪儿去了。

"快！快带我去！"单老师顾不上找鞋，只穿了一只鞋就冲出了屋子，焦急地催促着梅德四人。

"就在山坡下的那个水潭里！"袁滨大叫道。

单老师根本来不及等他们，飞快地跑出校门，向小山坡奔去。袁滨得意地冲另外三个人使了个眼色，他们知道计划成功了。

"快，跟上去。告诉老师我们只是闹着玩的。"余晖说。

但这时单老师已经跑得没了影子，四个人赶紧追了上去。

等四人来到小山坡时，单老师已经朝山下的水潭跑去了。他对于钟林已经落水深信不疑。为了救人，他一边跑，一边脱掉了短袖、衬衣和凉鞋，只穿着一条短裤，眼看就要靠近水潭。

就在袁滨准备叫单老师停下，告诉他真相时，一件令他们始料未及的事发生了。

在离水潭还有几米时，单老师因为跑得太急，不慎被一块石头绊倒，翻滚到了水潭中。他在水里使劲扑腾，忽上忽下，不一会儿，竟沉了下去，水面只留下一连串水泡。

事情发生得太过突然，梅德四人几乎没能做出任何反应，他们被眼前的一切吓得呆若木鸡。

大约五分钟后，水面恢复了往昔的平静，不再冒气泡，单老师也没有浮起来。

袁滨第一个反应过来，他面如土色，一屁股坐到地上，浑身颤抖："天啊！我们闯祸了！单老师……他，他淹死了！"

李远和余晖彻底蒙了。梅德的眼睛死死地盯着水面。

又过了三四分钟，梅德惊恐地说："单老师真的淹死了！一般人不可能在水里待这么久还活着！"

胆子最小的李远"哇"的一声哭了起来。

"住嘴！"梅德大喝一声，再转过头，满脸大汗地望着袁滨，"奇怪，为什么单老师的尸体没浮上来？"

"这个水潭里有水草，你忘了吗？小时候我爸就跟我讲过了，叫我千万不要到这个水潭里游泳。单老师一定是被水草缠住了！"

"天哪！我们现在该怎么办？"余晖慌了神。

梅德喘着粗气向四周环顾了一遍，然后迅速捡起单老师刚才脱下的衣服和凉鞋，压着声音说："我们赶快离开这里！"

四个人没命地跑上山坡，再跑到山另一边的小树林深处。这里很少有人来。

梅德仔细观察了周围，在确定没人后，他将单老师的衣服和凉鞋放下，抱了一把枯叶盖在上面，小声说："你们哪个身上有火柴？"

"你想干什么？"袁滨问。

"当然是把这些东西烧掉！要快！我不敢确定这个地方一会儿会不会有人来。"

"你……你想，隐瞒这件事？"袁滨向后倒退了几步。

梅德向前一步，他紧紧盯着袁滨的眼睛："你认为我们还有其他选择吗？"

"我……我不知道。"袁滨使劲摇头，眼睛里充满了慌乱。

"听着，"梅德转过身对李远和余晖说，"我们现在必须冷静下来，事情已经发生了，不可改变。"

李远和余晖不敢说话，拼命喘着气。

"毫无疑问，单老师已经死了，虽然是一场意外，但起因却是我们那个蠢主意！你们有没有想过，如果这件事让别人知道了，我们不仅会被学校开除，还可能会被警察带走——我们的一生就完了！"梅德低着头说。

袁滨脸色苍白，豆大的汗珠从他额头上淌下来："可是，一个大活人就这么消失了，难道不会有人知道？"

梅德做了个手势，示意他住口。

"我们从开始回想一下，我们四个人赶到单老师的宿舍——那个只有不到十平方米的小房子时，我们都看到了，只有单老师一个人在里面。

"然后，我们告诉他钟林落水的谎言，单老师立即冲向小山坡。我们就跟在后面，你们有没有注意，这一切发生的时候，有没有人看见？"

余晖想了一会儿，肯定地说："应该没人看见，我当时有意看了看四周。现在正是最热的时候，多数人都待在家里。"

"好，接下来，单老师不慎跌入水中——一直到我们离开那个水潭。我也有意观察了，仍然没人看见。"

梅德停了下来，另外三个人望着他。

"你们懂了吗？只要我们四个人不说，没有人会知道单老师的死和我们有关系。"

"可是，我刚才就说了，单老师被发现失踪，是迟早的事。"袁滨说。

"你想想，有一个细节：单老师为了救人，在入水之前就脱掉了衣服——这样的话，当有人发现单老师溺水身亡的时候，或许会认为他是到水潭里游泳才淹死的，而不会想到和我们几个有关。"梅德说。

"那我们干吗还要烧掉单老师的衣服？放在水边让人发现不就行了吗？"余晖小声说。

"傻瓜！我们烧掉衣服是为了在短时间内不让人发现单老师已经淹死在水潭里了！这件事越晚让人发现，对我们越有利。"梅德说。

"……单老师以前对我们那么好，现在我们害死了他，还要这样做，我实在是觉得……"李远又要哭起来。

梅德没等他说完，一把抓住他的衣领，狠狠地说："那你就把这件事说出去吧，我们几个人一起坐牢！"

李远被吓傻了，他不停地发着抖。

沉默了几分钟，袁滨说："就照梅德说的办，我们处理掉单老师的衣服，然后对任何人都不能提起这件事！"

另外三个人对视了一眼，分别点了下头。

"谁有火柴？"梅德再一次问。

几个人摸了摸裤兜，没有谁身上带着火柴。

梅德低下头想了一会儿，忽然抬起头说："李远，你刚才玩的那个放大镜碎片呢？把它给我。"

李远愣了一下，但立刻就明白——现在正是太阳光最强烈的时候，可以用放大镜聚光，点燃枯树叶引火。

五分钟后，一团火焰在小树林深处燃起。为了不让火势蔓延开来，几个人将周围的枯叶清理干净。不一会儿，单老师的衣服和凉鞋就化为了一团焦灰。

四个人挖了一个坑把烧剩的残渣埋了进去，再抱来一些树枝和枯叶撒在上面。布置好一切，他们稍微松了一口气。

"现在，记住。我们就当没发生过任何事。回家之后，该干什么干什么，别露出什么破绽。"梅德吩咐另外三个人。不知不觉中，他已经成了四人里的领导者。

袁滨、余晖和李远分别点头。之后，他们各自回了家。

到家之后，梅德装出什么事也没发生过的样子。但他有意看了一眼客厅里的大钟——如果他的推测没出错，单老师的死亡时间应该是七月十三日下午三点二十左右。

吃晚饭时，父母并没有发现梅德有什么异样，他们仍然在饭桌上谈笑风生。

晚饭后，梅德早早地回房间。躺在床上，他终于开始瑟瑟发抖——今天下午发生的这件事实在是太可怕了。

都怪袁滨想出的那个该死的"实验游戏"！单老师竟然就因为这种无聊的玩笑断送了自己的生命，实在是太不值得了！可是，梅德忽然想起，当时是自己第一个支持袁滨这个计划的——现在，又能怪谁呢？

想到单老师平日的好，梅德流下泪来，他转过身，想拿书桌上的纸巾。

突然，他发现床边不知什么时候站着一个人。梅德抬起头一看，竟然是单老师！对方正睁大眼睛看着自己！

梅德吓得魂不附体，他大叫一声，几乎从床上翻滚下去。这个时候，他睁开眼睛，醒了。

原来，他进房后躺在床上，不知不觉竟睡了过去。梅德大口大口地喘着粗气——刚才只是一个噩梦而已。

可是，下午发生的事却是完全真实的。梅德叹了口气，他想，要是整件事都是一场梦，那该多好啊。

他坐在床上发呆，过了几分钟，感到有些口干舌燥，便下床找拖鞋，准备去倒杯水来喝。

突然，梅德的脸色惨白如纸，心也跟着狂跳起来，他想到一件事，一件被他完全忽略的事！

三

第二天早晨，梅德早早起了床，连早饭都没吃就径直跑到了袁滨家。

袁滨被梅德推醒，睡眼惺忪地问："梅德，你怎么到我家来了？"

"快起床！有重要的事！"梅德催促道。

袁滨赶紧穿好衣服。洗漱完毕后，梅德又不由分说地将他拉到了李远家。

半小时后，四个人凑齐了。袁滨、李远和余晖不解地看着梅德，他们不明白梅德这么早把他们几个人聚集起来干什么。

"昨天的事，我们犯了一个大错误。"梅德神情严肃地说。

"什么？"几个人都紧张起来。

"我们昨天以为，即便是单老师的尸体被发现在水潭中，大家都可能会认为单老师是在水潭游泳时不慎溺水身亡的——但昨晚我突然想到，这是不可能的！"

"为什么？"袁滨急切地问。

"单老师当时听到我们说钟林落水了，立刻丢下了手中的钢笔；他当时正在写的一个本子也根本没来得及合上；他甚至只穿了一只凉鞋就跑了出去。你们想想，哪个去游泳的人会慌得连笔都不盖上、本子也不合上，鞋只穿一只就走了？"

袁滨的脸色变白了："你是说……"

"单老师的尸体被发现后，肯定会有人到他宿舍去。只要发现了这些迹象，不要说警察，就是普通人也会立刻发现——单老师根本不是自己去游泳而淹死的。这里面必有隐情！"

"而只要一调查起来……就有可能查到我们头上。因为这附近只有我们几个人和他最熟，那天我们又到学校去过……"余晖意识到了事情的严重性。

"所以，警方当然会把我们几个作为重点对象来调查。"梅德说，"想一想，我们四个人中只要有一个露出了一点破绽……"

"天啊！那我们就完了！"余晖一把抱住头，痛苦地蹲在地上。

"我们该怎么办？怎么办？"袁滨也完全慌了神。

"别慌！"梅德用手势示意他们冷静下来，"我们现在还来得及补救！"

"难道，你想……"余晖有些猜到梅德的想法了。

"我们现在别无选择，只有再次到单老师家去，将那几件东西处理妥当。"梅德说。

"什么？还要去那里？"李远面有难色。

"怎么，你怕了？胆小鬼！"梅德瞪了他一眼，"现在大白天的，你怕什么！我们可有四个人呢！"

袁滨咬咬牙："就照梅德说的办，一不做二不休！"

几个人悄悄摸到学校，这个时候的校园空无一人，一片寂静。

单老师所住的单身宿舍是一连串普通平房中的一间，门关着，窗子却打开着一扇。

"快，翻进去！"梅德小声说。

只用了不到半分钟，四个男孩就翻到了单老师的宿舍里。他们定眼看了看这间小屋：只有一张单人床、一张书桌、几把椅子和几个箱子，实在是简单极了。

梅德注意到那张书桌——和昨天单老师临走时一样。一个软面笔记本翻开在桌上，它旁边是那支没盖上盖的钢笔。

"你去把那个本子合上，再把钢笔盖上笔帽。"梅德对袁滨说。然后转身望着余晖和李远："我们找那只剩下的凉鞋。"

几个人分头行动。袁滨走近那张书桌，一眼就看到了钢笔帽，将它盖在钢笔上。

随后，袁滨要把那个笔记本合上。在他准备合上本子的一刹那，无意间瞥了一眼本子上写的内容。

十几秒后，袁滨猛地大叫一声，一屁股摔倒在地。

梅德和余晖赶紧上前将他扶起来，问："你怎么了？"

"那……那个本子……"袁滨的脸一阵青一阵白，显然受到了极度惊吓。他全身猛抖着，手指向桌上的笔记本，嘴唇上下哆嗦着，说不出话来。

梅德和余晖疑惑地对视了一眼，他们俩一起站起来，走到书桌前，捧起那个本子。

翻开的本子上写着一段话，是他们再熟悉不过的单老师的笔迹："你们四个人骗了我，害死了我。我做鬼也不会放过你们！你们中的第一个会死于……你们中的第二个会死于……"

只看到开头几句话，梅德和余晖就"啊"地大叫一声，全身一阵发冷，汗毛直立，身子自然向后倒退几步，本子掉落在地。

李远上前捡起本子，看了两句话后，更是吓得面无血色，几乎要昏厥过去。接下来的几分钟，房间内一片死寂，只听得到大口大口的呼吸声。

终于，余晖受不了了，他大叫道："我们遭报应了！单老师的鬼魂回来了，它要杀死我们！"

梅德走上前一把捂住余晖的嘴，对另外两个人说："赶快拿上单老师那只鞋，还有这个本子，我们马上离开！"

袁滨壮着胆，一只手捡起那个本子，另一只手提起剩下那只凉鞋，站起身来。李远赶快打开门，四个人仓皇逃出这间宿舍。四人一口气又跑到昨天的小树林深处，气喘吁吁，面面相觑。

沉默了一刻，袁滨第一个开口："你们说，这是怎么回事？难道，真的是单老师的鬼魂……"他停了下来，不敢继续往下说。

梅德这个时候略微恢复了冷静，他说："会不会是单老师昨天根本就没死，后来又游了上来……"

"这怎么可能？我们昨天明明亲眼看到单老师沉到水里，七八分钟都没上来，这……这种情况下人还能再活着游上来？"余晖感到这件事的离奇程度已经超越了他的常识。

"不，这绝对不可能。"袁滨说，"再说了，要是单老师活着上来了，他现在在哪里？为什么不直接来找我们？"

"那……这么说来，岂不真的就是……"

"够了！别说了！"李远大叫道，"我受不了了，我要把这件事告诉警察！"

听到这句话，梅德猛地转过头，一把揪住李远的衣领："你疯了？你这样会害死我们的！"

"那我们就这样天天提心吊胆地过日子吗？再说你刚才也看了那个本子，单老师的鬼魂不会放过我们的！"李远一反平常的怯懦，冲着梅德大吼道。

梅德慢慢松开了抓着他衣领的手，垂下头来，一言不发。沉默持续了好几分钟，几个人都表情呆滞地站着。

最后，袁滨打破了僵局："你们看，这件事这样办好不好？"

另外三个人抬起头望着他。

"单老师已经死了这件事到目前为止好像还没有任何人知道，但早晚会被人发现……到那个时候，如果所有人都认为单老师是自己游泳溺水身亡的，我们就不必主动说出实情；而如果警察调查到了我们几个头上，我们就不再隐瞒，把真实情况说出来。"

"你的意思是，由天意来决定？"余晖问。

袁滨点点头："就是这个意思。"

梅德想了想："好，就这么办！现在我们就静观其变，听天由命吧。目前要做的，是处理掉这些东西。"他指着地上的笔记本和凉鞋。

这一次，梅德带了打火机，他们又如法炮制地烧掉了这两件证物。随后，四个人分别回家。

接下来的几天，他们没有再见面。每个人都在家里过着忐忑不安的日子。直到三天后，事情才有了新的发展。

四

第一个发现单老师失踪的人，是学校食堂的卢师傅。

本来现在放了暑假，食堂已停止开伙，但因为单老师平时和卢师傅关系不错，所以卢师傅专门答应他——在单老师延迟回家的这几天里，食堂小炒部依然开放。

但是一连几天，单老师都根本没去过食堂。卢师傅感到好奇——他这几天都是吃的什么？

终于，五天后，卢师傅忍不住来到了单老师的单身宿舍。他想弄清楚这是怎么回事。敲门，没有反应。卢师傅趴在窗前往里看——里面根本没有人。

单老师没打个招呼，就不辞而别了？这是卢师傅的第一反应。但很快，他就发现这是不可能的——单老师的衣服还晾在窗台上，他的两个行李箱也一动不动地放在原处。

卢师傅仔细一斟酌，感觉有点不对劲。他赶紧问了学校附近的几户人家——才发现这几天都没人看见过单老师。卢师傅的直觉告诉他，单老师出事了。他立即通知了当地派出所。

警察赶到单老师家，并没有发现什么异样。派出所所长派人在南乡四处寻找、打听单老师的踪迹。但是找了一天，根本没能找到单老师。打电话到他老家，家里人说单老师根本没回去。

单老师失踪的消息在南乡迅速传开了，好心的村民纷纷自发组织起来寻找单老师——包括梅德四人的父母。大家几乎把南乡搜了个底朝天，愣是没找到单老师。他们感到奇怪——一个大活人就这么人间蒸发了？

傍晚时，一个村民找到派出所所长，略带犹豫地说："学校附近有个水潭，单老师他该不会是……"

所长皱起眉头想了想，说："立即组织人在水潭里打捞！"

几个小时后，村里几个壮劳力主动找了一个大渔网，试着在水潭里进行打捞，他们不确定是否真能捞到单老师的尸体。

但梅德和袁滨四人心里非常清楚，这次打捞会是什么结果。他们和其他几十个围观的村民一起站在水潭边观望这次打捞行动——他们必须要知道，警察在捞上单老师的尸体后，会怎样定案。

当时是晚上八点过，大家打着火把向水里撒着网。梅德和袁滨在摇晃的火光中对视了一眼，他们能从对方的表情中看出——两个人的心都在狂乱地跳动着。

打捞工作进行了约一个小时，渔网网上来的只有玻璃瓶子、大把的水草和一些垃圾。没有找到单老师的尸体。

"行了，收工吧。"所长说，"这潭里不可能有人了。"

村民们松了口气，看来事情不是他们想的那样，单老师只是失踪罢了。大家开始猜测，也许单老师只是到外地去办什么事去了，没有告诉任何人而已。村民们一边讨论着，一边散去了。警察也回到了派出所，这件事暂时被定性为失踪案。

留在水潭边的，只有目瞪口呆的梅德四人。他们四人互相对望，每个人脸上都写满了恐惧和疑惑——他们不明白，这是怎么回事。四个人拖着沉重的脚步离开，在路上，袁滨突然停住脚步。

"梅德、余晖、李远，我……我害怕极了……"他的声音在发着抖，"为什么单老师的尸体不在水潭里？它……它跑哪儿去了？"

"是啊……如果是条河或者江，还有可能是冲到下游去了……可这……这可是个水潭啊！是一潭死水！"余晖也是不寒而栗。

　　梅德也开始感到头晕目眩起来："也许，单老师真的没死？"

　　"可是，我们明明亲眼看见他……"

　　"好了！"梅德突然大喝一声，"这件事到此为止！谁也不许再说了！"

　　几个人一起望着他。

　　"从现在起，我们不要再去管单老师是死是活。我们只需要记住一点：单老师不是我们害死的，他是自己不小心掉到潭里去的，和我们没有关系！"

　　"可事实上……"李远想说什么。

　　"听着！"梅德恶狠狠地望着他，"我们是无意的！那只是一个意外！你懂了吗？"

　　"是的，那只是一个意外。"袁滨附和道。

　　"确实是个意外，不是我们的错。"余晖也望着李远。

　　"所以，从今天开始，我们不要再管这件事，反正警察都已经把这个案子定为一起失踪案。按照我们之前说好的，我们就绝不能告诉任何人这件事的真相。"梅德说。

　　"我赞成。"袁滨说。

　　"我也没意见。"余晖说。

　　他们一起望向李远。

　　"好吧……那我也……同意。"李远无可奈何地说。

　　"那好，我们四人就此约好：从此以后，谁也不能再提起这件事，永远不能提起！当然，更不能泄露这个我们一起守护的秘密！"梅德说。

　　几个人对视了几秒钟，一齐点头。随后，他们将右手叠在一起……

　　此后，这件事就和他们想的一样，被定性为成百上千个普通失踪案中的一起。警察根本没对这个结果起任何疑心。

　　梅德等人也随着时间的流逝渐渐淡忘了这起他们闯下的大祸。初中毕业后，他们到县里的高中上学。离开南乡，他们更摆脱了心理上的阴影，过着风平浪静的普通生活。

　　这一晃，就过了十年。

五

梅德眉头紧锁，他慢慢睁开眼睛。

"你都想起来了吗？"身边的袁滨问。

梅德面无表情，目光呆滞："十年了，我几乎都要忘了这件事。但刚才，我又全想起来了。"他突然转过头，直视着袁滨，"你还没告诉我，你为什么要提起这件事？我们当初明明约好永不提起的！"

袁滨望着他的眼睛："你知不知道今天是几号？"

梅德想了想，说："七月十四号。"

袁滨盯着他，没有说话。

梅德愣了几秒，忽然深吸一口气："天哪……"

"你想起来了吗？我就知道，其实你也和我一样，永远忘不了那个日子。"

梅德想了想："可是，我记得出事那天，也就是单老师死那天是七月十三号。"

"没错，就是七月十三号。"

"那又怎么样？你到底想说什么？"

"记得我刚才跟你说，我昨天晚上解剖了一具溺水的尸体吗？"

梅德下意识将身子向后仰了一下，他感到脊背一阵发凉："难道……你是说……"

"听我说，今天凌晨四点，公安局的同事打电话到我家来，说发现了一具溺水尸体，叫我马上赶过去做死亡鉴定……我本来没觉得有什么异常——我在工作期间处理过无数具溺水尸体。于是，我像往常一样解剖了这具尸体。"袁滨喝了一口水，接着说，"结果，我鉴定出这具尸体的死亡时间就是几个小时前，准确地说，是七月十三号晚上十点左右，于是，我提起笔准备在鉴定单上写出死亡时间。突然，我像被一道电流击中一样，整个人定了下来。我猛然想起十年前的七月十三号，发生了同样的事情！我的心狂跳起来，我立即给送尸体过来的同事打了个电话，问他这具尸体是在哪儿发现的，结果——"

他停下来，睁大眼睛望着梅德。

"该不会是……"梅德紧张地猜测。

"正是在南乡那个水潭里发现的！"

梅德张大了嘴，他感到毛骨悚然。

"那个同事还告诉了我更多的事情：这具尸体是在凌晨两点，被一个喝醉了的酒鬼发现的。那个人本来想借潭里的水洗把脸，没想到在水潭里看到一具漂浮的尸体！那酒鬼被吓了个半死，立刻打电话报警……警察赶来后，打捞起尸体——他们发现，这溺水男尸的脸部被石块划烂了，大概是从山坡上滚下来时划伤的。"

"那具尸体……"

"等等，听我说完。重点是下面的内容。警局的同事无意中告诉了我一些重要信息：这具尸体在经过警方的调查后，发现根本不是南乡本地人。一个外地人，怎么会莫名其妙地淹死在异乡？警察开始觉得，这极有可能不是一起简单的溺水案，而是一起谋杀案！"

"你不是鉴定了尸体吗？那个人到底是不是……"

"你想问，是不是单老师？这也是我的第一反应。可我们知道，这根本就不可能——单老师在十年前就死了，就算找到的是他的尸体，恐怕也只剩一副骨架了。"

"假设单老师当时没死的话——"

"行了，梅德，别骗自己。我们都不是小孩子了。"

"你有没有认出来那具尸体是谁？"

袁滨摇了摇头："脸被泡涨了，再加上又被石头划烂，认不出是谁——但我能肯定不是单老师。"

梅德沉思了一会儿："这么说，这件案子和十年前的事完全没有关系，只是凑巧是一样的日期而已？"

袁滨一下惊呼起来："梅德！你想不出来吗？你没意识到这对我们意味着什么？"

梅德望着他，感觉自己的脑袋变得麻木起来。

"你知道吗？同一个地方发生的案件会在警方整理档案的时候放在一起。想想看——当警察发现十年前的失踪案件和十年后的谋杀案发生在同样的日期，这意味着什么？"

"你是说，警察有可能会认为这是同一个人做的？"梅德有些懂了。

"完全正确！本来十年前那件事已经被定性为一起普通失踪案，都快被警方遗忘了。但现在发生了这件事后，警察就有可能会认为——十年前的案子也许和这个案子是同一性质的，都是谋杀案！而且他们还有可能展开丰富的联想，认为在南乡隐藏着一个惯犯，'七月十三'这个日子对他有着特殊的意义。"

梅德倒吸了一口凉气："要是这样的话，那就麻烦了，只要警察一展开调查，就有可能查出当时和单老师关系最密切的，就是我们四个人……"

"如果真的查到我们头上，想想看，我们四个人中只要有一个人露出了破绽，或者是警察用测谎仪的话，会是什么后果！"

梅德眉头紧蹙，一头倒在沙发靠背上："十年了……竟然还没有结束。"他猛地用拳头砸了自己的大腿一下，"该死的！怎么会有这么凑巧的事情？偏偏发生在七月十三号这一天！"

这时候，袁滨突然用一种奇怪的目光望着梅德。

"梅德，我不明白。"他说，"到底是你急昏了头，还是你真的没以前那么聪明了？"

"什么意思？"

"这件案子是由我们局来处理的，又是由我来做尸检和鉴定——说得再清楚点吧，他的死亡时间掌握在我手里。"袁滨低声说。

"什么，你想……篡改他的死亡时间？"梅德大吃一惊，"你考虑过后果没有，如果被人查出来了……"

袁滨摆了摆手："我清楚我们局里的规定，一个法医鉴定出结果后，没有理由再让另一个法医来做第二次鉴定。况且那具尸体又不可能永远停在医院里，让人去反复检查。再过两三天如果还没找到死者家属的话，那具尸体就会被送去火葬场——人一烧，就再也死无对证了。"

梅德想了想，说："你具体想怎么做？"

"他真正的死亡时间是七月十三号晚上十点，而我在尸检报告中写的是七月十四号凌晨十二点半。也就是说，将他的死亡时间往后推迟了两个半小时，避开了'七月十三'这个日子。"

"等等，你的意思是，你已经这么做了？"

袁滨耸耸肩："你该不会认为一个尸检报告还要等几天后才交吧？"

梅德垂下头，若有所思："就算你这么做，也不过是把他的死亡时间向后延了一天而已，真的能避开怀疑吗？"

"只差一天，但性质就完全不同了。"袁滨说，他叹了一口气，"再说，我能做的，也就只有这么多，有没有用，就要看天意了。"

梅德望着他："你还是跟以前一样，总爱相信天意。"

他们沉默了一会儿，眼睛望着天花板出神。

"其实，你有没有想过。"梅德打破沉默，"我们当时都是孩子，而且这又确实是个意外——即使这个案子被查出来是我们造成的又怎么样？我是不用承担刑事责任的。"

袁滨长长地叹了一口气："我当然知道。事实上，如果当年发生这件事之后，我们马上报警，主动承担错误，的确是不用负任何刑事责任的。但现在，已经过了十年，事情的性质就不一样了。"

"怎么说？"

"如果警察现在调查出十年前的这件事是我们四个人造成的，他们会怎么想？如果这件事真的只是一个无心的玩笑，是一个意外，那为什么当时我们几个人要隐藏这个秘密，不让任何人知道——这会是警察的第一个想法。到时候我们怎么解释得清楚？"

"你害怕警察会认为我们几个蓄意谋杀了单老师？这怎么可能，我们没有作案动机！"

"问题是过了这么多年，天知道当时发生了什么事情！警察不见得会相信我们说的话。而且，你有没有考虑过。"袁滨接着说，"就算我们不用负刑事责任，可一旦这件事的真实情况被曝光。我们身边的亲人、朋友会怎么看我们——'这几个人当年因为一个无聊的玩笑害死了自己的老师，居然还不敢站出来说出真相，让自己的老师含冤而死！'我们会永远受到舆论和道德的谴责！"

梅德用手托住额头，慢慢呼出一口气。

"梅德，我们一开始就错了，现在只有错到底。"袁滨站起来，"没有别的选择。"

梅德抬起头望他："你要走了？"

袁滨点点头："我来这里，只是要告诉你这件事。同时，也为了向你倾诉一下。你知道，我无法一个人面对这些事情。"

梅德也站起来："你篡改死亡时间这件事，我始终有些担心。你觉得真能成功吗？"

"我已经做了，没有后悔的余地。"袁滨顿了一下，"我想，应该没什么问题吧。"

"希望如此。"

袁滨走到门口，回过头对梅德说："这件事如果成功了，我会立即通知你。"

接着，他打开门，走到街上，消失了。

六

四天后的一个下午，梅德待在自己的工作室里完成一幅油画，看着画面上的一块块红色、黑色、黄色。梅德感到一阵心烦意乱。

一连几天，梅德都生活在忐忑不安中——他突然发现，这种寝食难安的感觉和十年前的这几天几乎完全一样。

他放下调色板和画笔，走到厨房里，打开冰箱，拿出一罐冰啤酒。

梅德坐到沙发上，把啤酒倒在一个玻璃杯中，呷了一口，将杯子放在茶几上。

突然，玻璃杯发出一丝细小的声音，随即"嚓"的一声裂成两半，啤酒从茶几淌到地板上。

梅德目瞪口呆地看着裂成两半的玻璃杯。一瞬间，一种强烈的不祥预感涌上心头。

就在这时，刺耳的电话铃声在空旷的房间中响起。梅德快步走到电话旁，看了一眼来电显示——是袁滨打来的。

"喂，袁滨？那件事情怎么样了？没被人察觉吧？"梅德接起电话，急切地问。

电话那头传来袁滨爽朗的笑声："梅德，你绝对想象不到，这件事比我们预料的要顺利多了！"

"哦？你是说，没有人怀疑你在尸检报告中做了手脚？"

"是的，他们很信任我，根本没往那方面想。昨天下午，那具尸体就已经送去火化了，现在已经不可能有人发现我在死亡时间上作了假。"

"这么说，那具尸体一直没有人来认领？"

"警方在周围的城镇发布了认领尸体的公告，但没有任何人前来。警方不能一直等下去，只有将其火化了。"

"那警察有没有调查出来，这到底是不是一起谋杀案？"

"嗯……怎么说呢，这已经不重要了，因为在这具尸体身上，没找到任何能证明他身份的东西。再加上这么多天了，既没人来认领，也没人来报案，所以警察极有可能不会再持续调查下去了。"

梅德松了一口气："是吗？那真是太好了。"

电话那头的袁滨愣了一下："怎么，我听你的语气，好像并不是太高兴？"

"我……啊，不……"

"到底怎么了，你还在担心什么？"

梅德的目光集中到了那个碎裂的玻璃杯上，他想了一会儿，说："不知为什么，我有一种很不好的感觉，我总觉得这件事没这么简单，也许……并没有结束。"

电话那边一阵沉默。

"对不起，也许是我想多了，大概……"

"不，梅德。"袁滨说，"其实，我也有这种感觉，只是没说出来。但我没想到，你也有这种感觉。"

接下来，又是半分钟的沉默。

"我老是在想，几天前的那件溺水案，真的只是一次巧合吗？或者是……在向我们暗示什么？"梅德说。

"你觉得这是怎么回事？"

"不，我不知道。但我觉得如果真把它当成是一次巧合，我们也未必太自欺欺人了。"

"梅德，其实我早就想说——也许，我们应该找到余晖和李远，听听他们的意见。毕竟这件事是我们四个人一起经历的，现在也应该一起商量商量。"

"是的，我也是这么想的。可是，自从高中毕业后，他们俩就完全和我们失去了联系，现在还能找到他们吗？"

"只要我们想找到他们，并不难。"袁滨说，"这样吧，这件事交给我，我去想办法联系他们。"

"好的，你一有他们的消息就立刻通知我。"

"我会的，再见。"

"再见。"

七

两天后，袁滨再次打来了电话。

"怎么样？找到他们了吗？"梅德问。

"余晖找到了，他就住在离我们这儿不远的C市，具体地址我也问清楚了，坐车的话只要四个多小时就能到。而且，我还问到了他的手机号码。"

"你打了吗？"

"打过了，但我不知道他是不是换了号码。我打了好几次都没人接，我想，我们只能亲自到他家去找他了，希望他没搬家。"

"那李远呢？"

"李远就有些奇怪了，我打电话问了以前的同学、老师，竟没有一个人和他有联系，也不知道他现在身在何处。"

梅德想了想，说："那我们就先去找余晖吧，也许他知道李远的下落呢。"

"好，什么时候出发。"

"现在就行，反正我也闲着没事。"

"那好，我现在马上去向单位请年休假，我们一会儿就去 C 市。"

"你办妥当后，就直接去北门车站。我们两小时后在那儿碰头，行吗？"

"行，再见。"袁滨挂了电话。

两个小时，梅德准时在车站见到了袁滨。两人登上去 C 市的汽车。

坐在宽敞、舒适的空调车内，梅德和袁滨透过车窗看沿途的风光——这是一条比较陌生的道路，他们两人都很少去 C 市。

汽车到达目的地时，已经是晚上七点钟了。下车后，梅德和袁滨来到车站附近一家西式快餐店。坐下后，梅德看了看表，对侍者说："我们在这里只能待二十五分钟。要两瓶汽酒、牛排套餐、肉汤和烤土豆。"

侍者急忙离开了。

梅德和袁滨沉默着，碰了碰酒杯。袁滨一边吃着，一边从衣服口袋里拿出一张纸："余晖住在江阳路英苑小区。不知道离这里远不远？"

梅德耸了耸肩："吃完饭再说吧。"

走出饭店，袁滨抬手招了一辆计程车，问道："去江阳路英苑小区需要坐多久的车？"

"大约二十分钟。"司机回答。

袁滨回过头望了梅德一眼，两人坐上计程车。接近八点的时候，梅德两人站在了英苑小区第三栋楼前面。

袁滨再次看了看那张纸，说："余晖住在八楼，我们上去吧。"

到了 802 号房门口，袁滨按门上的门铃。十几秒钟后，门慢慢地打开了 45 度，一位年轻的女士站在门口略带疑惑地望着梅德和袁滨。

"请问你们找谁？"她问道。

"这里是余晖家吗？"袁滨问。

她点点头："是的，我是他妻子郑婕，你们是……"

"我们是余晖的老同学，我叫袁滨，他叫梅德。余晖看见我们一准儿就认出来了。"袁滨笑着说。

"哦，请进来坐吧。"郑婕微笑着打开家门，将客人迎进屋。

郑婕为他们泡了两杯清茶，放在茶几上，然后坐到了他们对面的沙发上。

在客厅明亮的灯光下，梅德开始打量面前这位年轻女性：郑婕身材苗条，目光沉静，穿着一身高档的浅灰色轻质丝绸套裙，显露出她身上的线条。一条白色的方形纱巾随意系在颈上，显示出她高雅的品位。梅德暗自惊叹，余晖竟然能找到这样一个漂亮的妻子。

"真不凑巧。"郑婕带着遗憾的口吻说，"余晖现在没在家。你们找他有什么事吗？"

"不，没什么要紧的事。"袁滨说，"就是老同学好久没见面了，想一起聚聚。"

"余晖上哪儿去了？"梅德问。

"他昨天下午就离开家了，说是要去厂里处理点事情，结果晚上就没回来。我也没太在意，因为他留在厂里彻夜加班是常有的事——你看，现在都还没回来呢。"

"厂里？"梅德问，"什么厂？"

"是他自己开的一个生产医疗器械的小厂。厂里的工人有时出点差错，当厂长的他总是亲自去处理。"

梅德看了看表："他都二十几个小时没回家了，你不打电话跟他联系一下？"

说到这里，郑婕皱了皱眉："说起来，还真有些奇怪，我给他打了两次电话，他都没接。本来我想，是不是他太忙了，来不及接电话……但是，总不可能直到现在都还没空回我一个电话吧？"

"对了，我也给他打了好几次电话，他也是没接。我还以为他换手机号了呢。"袁滨说。

听到袁滨这样说，郑婕有些着急起来："他到底是怎么回事！为什么任何人打的电话都不接？"

"他以前忙起来也这样吗？"梅德问。

"不，他从不这样。就算他当时忙得接不了电话，过一会儿也会打过来的。"

"那就有些奇怪了。"梅德说，他回过头，和袁滨交换了一下眼神。

"那个厂离你们家远吗？"袁滨问。

"不远，步行只要十分钟就到了。"

"要不，"梅德说，"我们一起去厂里看看？"

郑婕像是找到了救星，连连点头："我也是这么想的。"

梅德站起来："现在就走！"

十多分钟后，三个人来到了这座建立在市郊的小厂。这时，天色已是一片漆黑，厂内看起来空无一人。

郑婕走到门卫室，敲了敲窗子，一个正在看电视的老头转过头，看见是郑婕，立刻走了过来。

"老何，厂长呢？在不在里面？"郑婕问。

"啊，厂长……他昨天下午来过，今天没来啊。"

"什么？他今天没来？"郑婕有些慌了，"你是说，他昨天就离开这里了？"

"嗯……我没有亲眼看见他离开。"老何有些尴尬地说，"但我想，他总不会一个人留在这里过夜吧？"

"他以前不是偶尔会在办公室过夜吗？"

"那是厂里加夜班的时候，但昨天没有加班啊。"

郑婕愣在原地，露出不可思议的表情："那他……他去哪儿了……"

梅德和袁滨对视了一眼，分别皱了皱眉。梅德走上前对郑婕说："反正我们都来了，就到他办公室看看吧，说不定他就在里面呢。"

郑婕咬着嘴唇，机械地点了点头。

厂长办公室在二楼拐角处，三个人很快就到了门口。郑婕看见房门紧闭，里面又是漆黑一片，摇了摇头："他不在里面。"

袁滨不死心地上前敲了敲门，没有任何回应。

"你们能相信吗？他以前从没这么做过——从来没有不告诉我他的任何行踪就消失一两天！"郑婕焦急地说。

"再打他的手机试试。"袁滨提醒道。

郑婕赶快从皮包里掏出手机，拨打余晖的号码。

突然，一阵轻微的手机铃声从他们附近响起，几个人同时一怔。

"这是……余晖的手机铃声！"郑婕大叫一声，然后立即转过身。

她呆住了——这个忽隐忽现的铃声是从厂长办公室里发出来的。

"余晖！难道他在里面？可他为什么不开门？"郑婕困惑地说。

一瞬间，梅德的脑子里闪过一个念头。他先是一愣，然后扭头对着袁滨喊道："余晖出事了！"

袁滨似乎被吓了一跳，站在原地不知所措。

"快，把门撞开！"梅德冲到门口，对着袁滨大喊。

袁滨愣了一秒，然后迅速冲到门口。两人用尽全身力气一起向那道木门撞去。

经过几次剧烈的撞击，房门终于在一声巨响中被撞开了。梅德和袁滨收不住余力，一起摔倒在房间里。

梅德狼狈地从地上爬起来，刚一抬头，面前的景象几乎令他心胆俱裂——

房间的横梁上，悬挂着一具男人的尸体，双眼翻白，舌头伸出口腔——早已死去多时了。

袁滨"啊"地大叫一声，吓得魂飞魄散。

郑婕从屋外冲进来，她看到余晖悬挂的尸体，几乎连惊叫都来不及，就昏死了过去。

梅德赶紧扶起她，冲着吓傻了的袁滨大叫："快打电话报警……还有，打急救电话！"

八

郑婕坐在公安局的会客厅里，瑟瑟发抖，泣不成声。梅德和袁滨坐在她旁边。

"余晖长时间没回家，手机也不接。所以，你们去他办公室找他，发现了他的尸体，对吗？"韦警官一边在一个本子上记录，一边抬起头问。

"是的，情况就是这样。"梅德说。

"郑女士，"韦警官转过头，"经过我们的法医检验，余晖是昨天晚上十点左右死的。我想知道的是，你丈夫最近有没有遇到什么困扰，或是烦心的事。"

郑婕仍在啜泣，她拼命摇着头："我想不出会有什么困扰能令他走上绝路。"

"他的那家厂，有没有什么问题？"

她用纸巾拭干脸上的泪，抬起头问："你指什么？"

"我是说，是否存在一些经济方面的隐患？"

她断然摇头："我丈夫把厂经营得很好，生意越做越大。不可能存在你说的问题。"

韦警官注视着她："那我就想不通了，你丈夫根本就没有任何自杀的理由——他为什么会这么做？"

"你们调查清楚了吗？他真的是自杀？"郑婕问。

韦警官耸了耸肩膀："目前还没有下定论。但从现场来看，余晖的办公室里没有任何争斗的迹象，我们也没有在他办公室里发现可疑或特别的指纹。再加上我们的法医刚才告诉我——余晖的身上没有任何外伤，体内也没有药物、酒精之类的麻醉物品。所以，我们认为自杀的可能性比较大。"

"当然，这只是目前的初步判断。"韦警官说，"我们会继续调查一段时间，再作定论。"

"自杀……"郑婕茫然地摇着头，泪水涌了出来，"可是，余晖他为什么要自杀？"

"你说他是昨天下午离开家去工厂的，他有没有说他去厂里干什么？"

"他跟我说他去厂里加班，可我刚才问了门卫老何，他告诉我，这两天厂里根本就没有加班。"

"这么说，他骗了你。他为什么要这么做？"韦警官皱起眉头说。

"他为什么要这么做……"郑婕望着韦警官，"我也想知道，他为什么要这么做。"

"余晖在离开家之前，难道一点异常都没有？"韦警官问。

"我想……没有，我看不出来他和平时有什么不同。"停顿了一下，郑婕似乎想起了什么，"不过……"

"什么？"韦警官扬起眉。

"四天前，他说要去拜访以前的一位朋友，回来之后……嗯，实际上，就是前天，他好像得了一场大病，全身乏力、出汗，而且还自言自语地说一些胡话……我叫他去医院看一下，他却说不用——当时我就感到有些纳闷，他怎么会这样？"

"说胡话？他说了些什么？"韦警官向前探了探身子。

"我想想……"郑婕回忆了一会儿，"他说的话，我完全听不懂，所以我认为他是在说胡话。"

"他到底说了什么？"

"我记得，他一个人坐在书桌前，满头大汗、神情紧张，说什么'我是第二个……我会成为第二个……'他就这样一直小声重复着这几句话。我问他是什么意思，他根本不理我。"

听到这里，一直坐在旁边没有说话的梅德和袁滨感到后背一凉，两人几乎同时颤抖了一下。他们俩对视一眼，不敢说话，眼里却是惊恐万状。

但韦警官没有注意到他们，他继续问郑婕："你一点也不明白他说的这些话是什么意思？”

“我一点也不明白。”她回答。

“那他有没有告诉你他去了哪里？拜访的那位朋友叫什么名字？”

“不，我完全不知道。我总是不愿意把他管得太细，让他喘不过气，没有一点个人空间。”郑婕说，她又问道，“警官，你觉得这件事和他自杀有关系，是吗？”

“我不知道，但我们会想办法弄清楚的。”韦警官说，“好吧，今天我们就到这里。也许最近几天，我还会请几位来局里协助调查。我想，目前你们要做的是先为余晖办理后事。”

他站起来，做了个手势，示意梅德、袁滨和郑婕可以离开了。

九

接下来的两天，梅德和袁滨帮着郑婕一起办理余晖的丧事。余晖自杀这件事，在当地掀起一阵不小的风波，整个城市风言风语。郑婕认为这是一件不光彩的事，所以丧事办得相当简单，只有一些至亲好友前来吊唁。余晖的后事在三天后彻底处理完毕。

梅德和袁滨觉得没有理由再留在 C 市了，他们准备向郑婕告辞离开。

从公墓回来的路上，梅德说：“我们该走了。”

郑婕抬起头望向他。

“余晖……这件事，我和袁滨都感到非常遗憾。我们不知道该说什么好……只能请你节哀顺变。”

郑婕的目光望向前方，似乎在沉思之中。

“如果没有什么需要我们帮忙的话……”

“不，”郑婕转脸看着梅德，“我想和你们谈谈。”

“谈谈……当然，可是……”

“你们现在可以去我家坐一会儿吗？”

梅德和袁滨对视了一眼，说：“好吧。”

再次坐在余晖家的客厅里，梅德竟然隐隐感到有些不安。郑婕还是坐在他们对面的沙发上，她用审视的目光打量着梅德和袁滨。

"我觉得你们应该跟我说实话。"她突然说。

"什么？"梅德有些不明白。

"我认为，你们很明显对我隐瞒了一些事情。"

梅德抬起脸，疑惑地看着郑婕，像是在注视一个完全陌生的人。

"你指什么？"梅德小心地问。

郑婕看着他，突然正色道："你们俩说是来看看老朋友，可是早不来，迟不来，刚刚一来我丈夫就死了——你们真以为我有这么傻，会以为这是一种巧合？"

梅德吓了一跳："你认为余晖的死和我们有什么关系吗？"

"那是绝不可能的！我们来之前，绝对想不到会发生这样的事！"袁滨急忙解释。

郑婕用审视的目光迅速扫了他们一眼："那你们怎么解释这两件事——第一，在我丈夫办公室门口，刚刚听到里面传来手机铃声，梅德就大叫一声'余晖出事了'。我当时就感到奇怪，为什么你不认为那有可能只是他把手机掉在里面而已呢？难道你从一开始就有预感他会出事？

"第二，事发当天晚上，我们在公安局。我一提到余晖说的那句话，也就是'我是第二个……'这句话时，你们俩就同时打了个冷战，然后神情紧张。当时警察没看到，我可是看得清清楚楚。这一点，你们又怎么解释？"

面对郑婕尖锐的问话，梅德显得局促起来："其实，那天晚上，我只是猜他……可能出事了；在公安局里，我也只是凑巧……嗯，我是说……"

"听着，"郑婕打断他的话，"刚才我跟你们说的这番话，完全可以不说给你们听，而是告诉警察。你们不觉得吗？"

"那……你为什么不这么做？"袁滨问。

"因为通过这几天和你们的接触让我相信，你们不会是杀害我丈夫的凶手——你们只是对我隐瞒了一些事情而已。所以我才坦诚地告诉你们，想让你们亲口告诉我实情。"

"你用'杀害'这个字眼，难道你认为余晖不是自杀，而是被谋杀的？"梅德说。

"我早就跟警察说了，我不认为我丈夫有什么烦恼或困扰能致使他走上轻生这条路。所以我认定这件事必有蹊跷——而你们，绝对是知道什么隐情的。"

梅德和袁滨紧锁着眉头，没有吭声。

"怎么，到了现在你们都不愿意告诉我吗？"

"我……有些事情，我们恐怕不能说出来……"袁滨一脸的无奈。

"我就知道你们肯定隐瞒了什么秘密！"郑婕厉声道，"好吧，如果你们坚持不说的话，我只有让警察来问你们了！"

"不！我们……"袁滨望了一眼梅德，轻声说，"我们可以告诉你。"

梅德瞪着他，双唇紧闭。

"行了，梅德。"袁滨的语气带有一丝哭腔，"我们四个人守了十年的这个秘密，看来是守不住了。余晖都死了！我们再在这里坐以待毙，下一个死的人就会是我们！"

梅德重重地叹了口气："你说吧！把事情从头开始原原本本地讲出来。"

十

袁滨用了接近一个小时的时间，从十年前一直讲到现在——终于将整件事情完整地和盘托出。郑婕从始至终一直认真地听，表情极其复杂。

"事情的经过就是这样。"袁滨讲完了。

郑婕怀疑地摇着头，露出匪夷所思的表情："你说的……全是实话？"

"千真万确。"

"可是……你们要我怎么相信这个荒诞的故事？难道你要我相信，是单老师的鬼魂杀死了余晖？"

说到这里，郑婕禁不住打了一个冷战。

"我不知道！我们也很想弄清楚这一切到底是怎么回事！"袁滨大声说，"为什么单老师明明死了，他还能在笔记本上对我们下诅咒？而且，这次七月十三号溺水而死的那个人又是谁？一切为什么会这么巧？"

"还有单老师的尸体究竟到哪儿去了？"梅德补充道。

"天啊……真是太可怕了！竟然有这种事……余晖从来没跟我提起过！"郑婕惊恐地说，"那现在……你们准备怎么办？"

"我们能怎么办？这件事简直是离奇、诡异到了极点！我们完全处在一团迷雾中。"袁滨说。

"但现在，我却觉得有了一点线索。"这个时候，梅德开了口。

"什么？"袁滨不解地望着他。

"余晖出事那天下午，他不停地念叨着'我是第二个……'这句话？"梅德问郑婕。

郑婕点了点头。梅德紧闭着嘴，做出深思的样子。

他突然转过脸，望着袁滨："你还记不记得十年前被我们烧掉的那个笔记本里，分别写的我们四个人会怎么死？"

袁滨被吓了一跳："别开玩笑！我当时只是晃了那么两眼，就吓得魂不附体，哪里还敢认真看？再说都过了十年，就算是看清楚了也早就忘了！"

"你仔细想想！能记起来一点也好！"

"你不是也看了吗？梅德，你记得吗？"

梅德咬紧着嘴唇，过了一会儿，他犹豫着说："我……隐约记得一些，但是，我不能肯定。"

"你记起了什么？梅德！"袁滨焦急地问。

"是的，我有些想起来了。当时那个本子上，好像有一句话就是'你们中的第二个，会被吊死！'"梅德抬起头说，他的脸色苍白。

听到这句话，袁滨又开始全身战栗起来，他大口喘着气，几乎是在惊叫："天啊！那个本子里的诅咒真的应验了！是鬼魂……单老师的阴魂不会放过我们的！"

"等等，你先冷静下来！"梅德用手势示意袁滨安静，"这里面有些问题，难道你没发现吗？"

"是什么？"袁滨和郑婕一起问。

"如果是单老师的鬼魂来找余晖报仇的话，有一点很奇怪，那就是余晖怎么会提前一两天知道，并且表现出强烈的惶恐不安？"

袁滨疑惑地看着梅德。

"还有一点更关键的。"梅德接着说，"当时我们四个人身上又没有标序号，余晖怎么能如此肯定地知道，他就是'第二个'要遇害的人？"

袁滨木讷地摇着头，陷入沉思之中。

"也许……嗯，我不知道这有没有关系……"郑婕欲言又止。

"什么？"梅德问。

"你们记得吗？我说过，余晖表现出这种怪异举止是从他去拜访完一个朋友后开始的……我不能肯定这有没有关系。"郑婕说。

"拜访完一个朋友……"梅德和袁滨同时重复这句话，然后抬起头，眼神碰到一起。

"天啊，梅德！你想起来了吗！"

"是的……"

"李远！"两个人一起叫出声来。

十一

梅德猛地一拍自己的大腿："我们怎么这么迟钝！直到现在才想起来，余晖去拜访的那位朋友完全可能就是李远！"

"李远，就是你们四个人中的……"

梅德冲郑婕点点头："他也是当时参与这件事的人之一。我们以前也试着找过他，但根本找不到，他就像消失了一样，和所有人都没了往来。没想到，他竟然和余晖保持着联系。"

郑婕想了想："可是，我以前从来没听余晖提起过这个人。"

"这不奇怪。"梅德说，"余晖也和我们一样，不希望这个秘密曝光，所以他自然不希望你接触知道这个秘密的人。"

"可我还是不明白——余晖找到了李远，难道李远告诉了他些什么？

或者是，他们俩发现了些什么事情，以至于余晖预感到自己会成为'第二个'受害者？"袁滨说。

"等一下。"梅德突然说，"你的话是矛盾的。"

"什么？"

"你说'余晖意识到自己有可能成为第二个遇害者'。可是，你没发现吗？我们一共四个人，我、你和李远都还活着，余晖怎么可能是'第二个'遇害者，应该是第一个……"

梅德说到这里，看到袁滨张大着嘴巴望着自己，停了下来。过了几秒钟，他也似乎在一瞬间反应过来，猛地一惊。

"天啊，袁滨，难道你觉得……"

袁滨注视着他："没有人告诉我们，李远还活着。事实上，我们正好是无论如何都找不到他。"

"难道说，李远……李远他，是第一个遇害者？"梅德感到头晕目眩。

"等等，我有些懂了。"袁滨惊呼道，"我们来做一个假设：余晖去拜访李远，结果发现李远已经死了，而且是按照当时那个本子所诅咒的方式死的——他当然会害怕，从而担心自己会成为第二个遇害者——现在一切都联系起来了！"

"但他没想到的是，自己真的这么快就成了牺牲者。"梅德说，"可问题是，李远真的如我们推断的那样——是按照本子所诅咒的方式死的吗？"

"你记起来了吗？梅德，那个本子所写的第一个人是怎么死的？"

"我有些……"梅德感到思维混乱起来，他用手按着额头，"让我想想……"

沉默了几分钟，梅德慢慢抬起头来："我好像有些想起来了。"

"写的是什么？"袁滨紧张起来。

"好像是'第一个人会和我以同样的方式死去'。"梅德说。

"什么？"袁滨有些没听明白，"什么'同样的方式'？"

"同样的方式……"梅德想了想，"单老师是淹死在水潭里的。"

袁滨听到这句话，脸色骤然变得惨白，他的身子下意识地向后仰，整个人剧烈地颤抖起来。

"你怎么了？"梅德赶紧上前抓住他的手臂。

袁滨猛地甩开梅德的手，他用双手抱着头，大口大口地呼吸着。

梅德完全蒙了——十年前袁滨看到那个本子时也没吓成这样。

"尸体，我解剖的那具尸体……"终于，袁滨的嘴里挤出一句话。

这句话就像一道闪电击中了梅德，他感到浑身的毛孔在一瞬间收紧。一阵强烈的寒气从后背袭来，令他几乎动弹不得。

一个多星期前，在南乡发现的那具溺水尸体——是李远的？也就是说，第一个受害者，是在十年后的七月十三日那一天就产生了！目前，他们四个人已经死了两个——想到这里，梅德几乎要晕厥过去。

"天啊！太可怕了！难道真的是冤魂要来索你们的命？"郑婕在一旁也吓得瑟瑟发抖。

"梅德！我们该怎么办？"这时，袁滨抬起头来，一脸的痛苦，"他们俩都死了！接下来，就轮到我和你了！"

梅德身子抽搐了一下，没有说话。

"梅德，你快想想！那个本子上写的，我和你会以什么方式死？"袁滨惊恐地问。

"不行，我实在是想不起来了……"梅德皱着眉头，"我现在只是在想，余晖是怎么知道他会成为第二个受害者的。"

想了一会儿，袁滨迟疑着说："也许……是按照那个顺序？"

"哪个顺序？"梅德问。

"你记得吗？十年前那一天，我们四个人分了前后两批跑去单老师的宿舍。李远和余晖比我们早十几秒去……"

"你是说，按照我们跨进单老师宿舍门的顺序？李远最先进去，然后是余晖……"

"那我和你呢？哪个先跨进的门？"袁滨问。

"你是想知道，我和你谁是第三个受害者，谁是第四个？"梅德冷冷地说。

袁滨愣住了，他睁大眼睛，但很快又垂下目光。

"好了，别说了！"郑婕这个时候大叫起来，"我很害怕，求你们别再说下去了！"

梅德叹了口气，对袁滨说："算了，我们走吧。"他又转过脸问郑婕："我们可以离开了吗？你应该对我们没有什么疑问了吧？"

郑婕轻轻地点头："是的，我想，所有事情我都弄清楚了——其实你们俩和余晖一样，都是受害者。我……我希望你们保重。"

"谢谢。"梅德勉强挤出一丝微笑，心里想，我该怎样保重？

走出余晖的家门前，梅德对送他们到门口的郑婕说："我们这个秘密本来已经保守了十年，其他人都不知道。但现在，你已经知道了一切。我希望你能继续帮我们保守这个秘密——余晖在预感到自己要死之前都没有把这个秘密讲出来，我想，他也是这么希望的。"

"我懂，我会的。"郑婕含着泪说。

从余晖家走出来，梅德和袁滨才发现，现在已经是晚上七点了。回去的汽车已经停班了。显然，他们还得继续在这个地方住一晚，明天早上才能离开。

梅德和袁滨在余晖家附近找到一家旅馆，他们订了两个单间，在服务员的带领下，梅德住进了 701 房间，袁滨住在和他同一层的 705 房间。

"梅德，我很累。我必须要睡了，明天见。"袁滨站在房门前，用疲惫的口吻说。

"明天见。"梅德冲他点点头，然后进入自己的房间。

躺在床上，梅德思绪万千，他根本无法入眠。只要一闭上眼睛，他就莫名地感到恐惧，仿佛黑暗中正有一双眼睛在望着自己。那双眼睛闪现出怨恨的怒火，只要稍一放松警惕，它就能立即将他吞噬。

单老师，我们当时真的不是故意的。都十年了，你还不肯放过我们吗？梅德躺在床上，无奈地叹着气，泪水几乎要从他的眼眶中滑落下来。

想着想着，梅德渐渐进入梦乡。

十二

半夜，梅德突然被一阵刺耳的急救车警报惊醒了。他揉了揉困倦的眼睛，从床上撑起身来。他看了看身边的手表——现在是凌晨一点十分。

渐渐地，梅德听得越发清楚了——急救车的鸣笛声就是从这个旅馆楼下传来的。他赶紧穿上衣服，走到阳台上往下看。

楼下漆黑一片，借着昏暗的路灯，梅德只能大致看见一辆救护车和几十个围成一圈的人。他不明白发生了什么事。

梅德走出房间，看到走廊上一片混乱，旅馆的住客们纷纷从房间里走了出来。

梅德看到一个男服务员从楼道另一边匆匆跑过来，他一把抓住他的手臂，问："发生了什么事？"

"出事了！先生！住在这层楼的一个客人刚才跳楼自杀了！"男服务员惊慌地说。

"什么！"梅德紧张起来，"哪个房间的客人？"

"705号房的。"男服务员说完后又匆匆离开了。

梅德只感到双腿一软，眼前一黑，就什么都不知道了。

袁滨死了。从七楼阳台上摔下来，当场毙命。救护车赶来抬走的，只是袁滨的尸体。

作为与袁滨一路同行的梅德，自然当天就接到了警方的传讯。但只用了不到两个小时，警察就将梅德放了出来——C市的警察认为梅德没有任何作案动机，不可能杀死袁滨。他们更相信这是一起自杀事件。

同时，梅德也从警察的口中了解到：袁滨所住的那间705号房在出事之后，警察立即赶往，没发现有发生争斗的痕迹，袁滨所带的物品也一样不少，再加上房间内根本没有除了服务员和袁滨以外的其他人的指纹——梅德立刻就想到，这几乎和余晖的死亡现场一模一样。

盲目地走在街上，梅德感到孤立无援——当年经历这件事的四个好朋友，现在就剩他一个人还活着了。

也许很快就轮到我了，今天，还是明天？我又会以什么方式死去呢？反正也记不起来了。不知为什么，一连几天经历了两个好朋友的死亡，梅德反而不那么害怕了。

他就这样浑浑噩噩地在街上行走，突然觉得心里好闷。梅德现在只想找一个人将心中所有的郁结倾诉一番。可是，这件事他能找谁倾诉？袁滨都死了，还能向谁去诉说？

梅德忽然想起了郑婕，现在，就只有她还知道这件事了。梅德拖着沉重的脚步，再一次来到余晖家，他按下门铃。

郑婕打开门，看见梅德，有几分意外："你们还没走？"

"袁滨死了，就在昨天晚上。"梅德神情木然地说。

郑婕大张着嘴，过了半晌，才说："先进来吧，慢慢说。"

梅德坐了下来，他将袁滨跳楼自杀的事扼要地讲了一遍。

"现在，就只剩下我一个人了。"他充满哀伤地说。

"你……怕吗？"

梅德摇了摇头，苦笑道："该来的始终要来。这笔账，放到十年后来算，已经是单老师仁至义尽了。"

郑婕轻轻叹了口气："你也别太绝望了，也许单老师已经惩罚够了。他解了气，放过你了。"

梅德的心一阵收紧——到了这个时候，这种安慰还能有什么用。

"你坐一会儿，我去给你煮杯咖啡，提提神。"郑婕说，然后站起身，走进厨房。

梅德坐在客厅的沙发上，侧过脸望着窗外阴霾的天气，算着自己还有可能活多久，心越来越沉。这时，他看到沙发旁边的矮柜子上，放着一本相册——也许是郑婕思念余晖，拿出来看的。

梅德突然觉得一阵心酸。十年没见面的老朋友，重逢之后，看到的竟是他吊死的惨状，连他现在真正长什么样子都没能看到。

想到这里，梅德不由自主地向前探了探身子，伸手拿到这本相册，翻开了它。这个册子里，多数都是余晖夫妇的一些近照——看着相片里的余晖，梅德想起了他十年前还是小男孩时的样子，想起了他们以前快乐的时光。

梅德就这样缓缓翻着相册，回忆着以往的事，心情竟渐渐平和起来。忽然，翻到一处，梅德停了下来。他左手捏着的这一页比其他页手感要略厚一些，里面似乎还夹着什么东西。

梅德下意识地抖了抖这页，结果从一张相片后面滑出来一张黑白老照片，掉落在地。

梅德捡起这张老照片一看，愣住了。这是十年前，梅德刚入南乡初中时，和班上的同学、老师一起照的一张集体照。照片加洗出来后，班上每个同学人手一张。

在这张照片里，梅德看到了十年前的自己、余晖，还有袁滨、李远。当然，还有年轻的单老师。

梅德仅仅瞥了相片里的单老师一眼，就感到心头一颤，他立刻移开了目光，看向其他同学——那时候大家都是十三四岁，脸上充满了灿烂的阳光和蓬勃的生气，梅德这时才发现，原来生活是这么美好。

突然，一个念头闪过梅德的脑海，这个想法令他的血液几乎在一瞬间凝固。他慢慢抬起头。

"我懂了！我明白是怎么回事了！"他大叫一声。同时，他猛然想起了什么，骤然回头。

但已经晚了，梅德的后颈窝遭到重重的一击，他几乎还没看清楚袭击他的人，就已经倒在地上，失去了知觉。

十三

模模糊糊的意识中，梅德隐约听到有人在叫他的名字。他艰难地睁开眼睛，发现自己双手双脚都被结结实实地捆在客厅的一张木头椅子上。他的面前，坐着一个人。

"原来是你！所有的一切都是你搞的鬼！"梅德看着眼前的人，咬牙切齿。

郑婕微笑着，目光温和："老实说，我有些好奇，为什么你一看到那张相片，就立刻猜到是我呢？"

"因为我在一瞬间想起来了！余晖在十年前就告诉了我——发生了那件事后，他不敢再看到单老师的脸，那张照片，他是当着我的面撕掉的！"

"原来是这样，怪不得呢！"郑婕说，"你一看到这张照片，就立刻想到如果这张相片不是余晖的，那就只能是我的——而我拥有这张照片，就证明了我其实是你们当年的同学。反应很快嘛，梅德。"

"你到底是谁？"

郑婕靠近梅德，俯下身，和他的脸近在咫尺。她低声说："我是许雯婷，你大概早就把我忘了吧？"

梅德想了想，摇着头说："你是许雯婷？我们班年龄最大的那个女生许雯婷？"

"想起来了吗，就是那个因为家庭原因十六岁才读初一的大龄女生。"

"可是，不可能，她……"

"你想说，那个貌不出众的许雯婷不可能有这么漂亮的脸蛋，对吗？"郑婕冷笑着说，"这是现代科技的结果，在整容之前，我也没想到我的脸会变得如此精美。"

"你……你真的是许雯婷？"

郑婕耸了耸肩："随便你相不相信吧。我觉得那并不重要，反正你也要死了。"

说着，她像变戏法似的从身后拿出一把明晃晃的尖刀，对着梅德的身体。

"等等……你！你为什么要这么做？为什么要杀我们？"梅德感到死神的脚步在向他逼近，大喊道。

郑婕停了下来，注视着他。

"好吧，我就告诉你。"她说，"反正你也是最后一个了，我就让你死个明白。"

她坐到梅德对面的一张椅子上，说："我在你死前满足你的愿望，对于整个事件你有什么不懂的地方，尽可以问我。我保证如实回答。"

说完之后，她神经质地一阵大笑。

梅德盯着她："你为什么要做这些事？为什么要杀死我们？"

"这不是明摆着吗？我是为单老师报仇。"

"报仇？你是他什么人？"

郑婕的表情严肃起来，她说："我们是恋人。当然，严格来说，是我喜欢他多一些。但单老师心里也有我，我知道。他喜欢和我在一起，而且，他常常对我说：'我和你在一起的时候，感到非常开心。'他还说，'我会带你到大地方去，见识更多的东西，那会使你感到人生没白活。'当然，他有时也会有些忧郁地说，'我们是师生，也许不应该这样频繁见面。'但他总是会在乎我的感受，不让我伤心。所以，我相信他是喜欢我的，你说呢？梅德。"

梅德惊愕地看着面前这个喋喋不休的女人，突然感到她是那样陌生，但又有种似曾相识的感觉。

"那么，你是怎么知道这件事的？"

"哪件事？"

"单老师……因为我们四人的原因，单老师掉进水潭的事。"

"梅德，我一直以为你是他们四个人里最聪明的一个，你怎么会想不到？"郑婕露出失望的神情，"想想看，当时你们四个人闯进单老师的宿舍，跟他开那个无聊玩笑的时候，你们真的确定那个房间只有单老师一个人吗？"

"你是说……"

"是的，那个时候我也在他的房间，我就躲在他房间的床底下，听到了你们所说的一切。我听到第一句话是李远说的，然后是余晖，接着是袁滨和你。现在你知道了，我给你们编的序号就是根据你们说话的先后顺序。"

她接着说："当时，我并不知道你们说的是假话。但单老师跟着你们跑出去几个小时后，我意识到出事了，他不可能这么久还不回来。于是，我离开单老师的宿舍，去到了钟林家，这个时候，我才知道你们骗了单老师，因为钟林那天下午根本就没出家门，更不要说会掉进水潭了！"

"我当时害怕极了。我不敢想象——难道单老师真的就因为你们那个小玩笑淹死在水潭里了？要不他为什么这么久了还不回家？为了证实这一点，我带上我们家的渔网和我的那条大猎犬，深夜赶到水潭边进行打捞……"

说到这里，她停顿了一下："你能想象吗？一个十六岁的女孩和一条大狼狗，深夜里在水潭里打捞尸体。我拖着网的一角，狗咬着一个角，没过多久，居然真的打捞起来了！我看到单老师的尸体，感觉天已经塌了，世界也不存在了。我忘记了什么是害怕，我只知道，我活着就只剩下一个理由——"郑婕站起来，再次走到梅德面前，"那就是找你们复仇。"

梅德喘息着："单老师的尸体呢？你怎么处理的？"

"将他打捞上来后，我把他拖到附近一个荒废的枯井旁，我就将单老师安葬在那里，又找了很多泥土、石块丢进去……所以，从外表看，根本没有人会想到那里藏着一具尸体。"

"你……为什么要这么做？为什么不告诉警察这件事是我们四个人做的？"

"别说傻话了，梅德！"郑婕说，"其实你比我更清楚，不是吗？你们当时才十三四岁，而且又不是故意杀人，就算警察知道了又怎样？你们最多挨点学校处分，遭到人们的谴责就算了。你觉得这种结果会令我满意吗？

"而且，如果我告诉警察，还牵扯出另外一个问题——警察会问我：'你是怎么知道这些的？'我只能说：'我当时就躲在单老师的床下。'想想看，在那个封闭的山村，人们会怎么想？他们会认为在那之前我和单老师一定在做着什么见不得人的事。但实际上，我们只是在聊天而已。单老师在听到敲门声后，害怕别人误会，所以叫我暂时躲在他的床下。但最后，单老师死了，人们不一定就会相信我的话。所以，我不能在单老师死后，还给他留下一个不清白的罪名，当然就不能把这件事说出去。"

"而你选择自己当私刑的执行者，将我们四个人挨个杀掉！"梅德狠狠地说。

郑婕扬了扬眉，露出一副不可置疑的神态。

"当然，我现在明白了，那个本子上的诅咒也是你模仿单老师的笔迹写的。可我不明白，你这么做又是为什么？"梅德问。

"我猜到你们可能会再一次来到单老师的宿舍，处理他剩下的那只凉鞋。所以我在埋掉单老师的尸体后，就赶到他的宿舍，模仿他的笔迹写下了那段诅咒你们的话——为的就是在精神上折磨你们！因为我知道，凭我当时的能力，是杀不死你们的，所以我一直都在等待，等待着向你们复仇的机会！直到今天。"

她有几分得意地望着梅德，似乎在欣赏着她的杰作。

十四

"那么，现在你都弄清楚了，还有什么问题吗？"郑婕问道。

"你这个疯女人！"梅德大叫道，"就凭你一个人，你是怎么杀死三个大男人的？"

"关于这一点，我策划了将近十年。"她冷冷地说，"就像你看到的，我整容之后，轻易地用美貌迷住了余晖，然后和他结婚。同时，我又在他不知情的情况下，勾搭上了李远。在今年的七月十三号，我认为时机到了——

"十三号那天晚上，我开车出来，骗李远说要带他到一个美妙的地方共度良宵。李远做梦也没想到，我会把他带到南乡的那个水潭。当他发现到的竟然是那个地方后，惊慌失措。但是晚了，我一把将他推到水潭里——李远根本不会游泳，几分钟后就淹死了。

"过了几天，我开始对余晖下手。我在下午故意和他吵架，将他逼到办公室过夜。接下来，我把事先搞到的迷药倒在一张手帕里，再在晚上十点从后门翻进他的工厂，在办公室里找到他后，我假装跟他道歉，然后趁他不备将手帕捂在他的鼻子上，他昏倒后，我再把他吊死，布置成自杀的假象。当然，等我们在第二天晚上发现他尸体时，已经过了二十几个小时，那个迷药早就挥发在空气中了。所以警察会相信这是一起自杀事件。"

"可是，"梅德愤恨地说，"你怎么可能算得到我和袁滨会来找余晖？"

"我没有算到你们会来。"郑婕扬了扬眉说，"我本来是打算用其他方法杀死你们俩的，但你们俩竟然主动送上门了，所以我不得不改变杀你们的计划。比如说，昨天晚上你们离开后，我悄悄跟踪你们到了那家旅馆。之后，我乔装打扮到了那里，打电话给袁滨，说我想起了一些重要的事，必须马上跟他一个人说。于是，他告诉了我他的房间号，并毫无防备地让我进了门。之后，我把他叫到阳台上谈话，在他没注意的时候，戴上手套，将他推到楼下。我再迅速离开。说实话，这比我当初的原计划还要简单得多。"

"你要想杀死我们，为什么还要选在七月十三号那天杀死李远？你不怕引起我们的警觉，反而让你不好下手吗？"

突然，她又激动地、神经质地大笑起来："你猜不到我为什么要这么做，对吗？"

梅德充满怒火的双眼死死地瞪着面前这个几近疯狂的女人。

"我这样做，是为了让袁滨乖乖地更改李远的死亡时间，从而为我制造不在场证明。"

"什么？这些都在你的计算之中？"梅德的头上冒出冷汗。

"别天真了好不好，梅德。这是顺理成章的，根本不存在什么计算。"她说，"南乡发生的命案必定会交到袁滨所在的公安局处理，而袁滨又是现在那个公安局里唯一的法医。我早就想到，只要尸体到了袁滨手里，以他的性格，极有可能会为了不让十年前的案子和这次的事件联系到一起来，而篡改死者的死亡时间，刻意避开'七月十三'这个日期。"

"而这几个小时的误差，就恰好为你制造不在场证明作了充分的准备。你这个可怕的女人！"梅德大叫道，"你杀了我们四个人，还能安然无恙地逍遥法外！"

"不，我可以告诉你，现在这一切都不重要了。"郑婕淡淡地说。

"什么意思？"

"因为你，梅德。你破坏了我的计划。"她说，"我没想到你会在这个时候再次找上门来，而且还在我为你煮咖啡的时候发现了相片的秘密——所以我不得不从背后将你打晕，再将你绑起来。知道吗？本来我有一个完美的计划可以杀你，但现在，我只能在自己家里把你杀死了。"

梅德盯着她："你在这里杀死我，警察会立刻调查到你头上的——你也跑不掉，前面的几起案子都会被查出来是你干的。"

"话可不能这么说，如果我真的在这里把你杀死，并且毁尸灭迹——那也并非不可能的事。你相信吗，梅德？"

梅德看着她，感到后背一阵发冷。

"况且，我刚才说了，现在这些我都不在乎了——我本来想不留任何破绽地杀死你们四个，我再来好好安排一下我以后的生活——但是从今天早上起，我就改变主意了。"

"为什么？"

"关于这一点，我没有向你解释的必要。"郑婕站起来，手里拿着那把刀。

"等等……你……你！"梅德的呼吸急促起来。

郑婕走到梅德跟前，再次俯下身："梅德，知道吗？单老师除了教我们'三人成虎'这个成语外，还教了我们另外一个成语。"

她慢慢将嘴靠近梅德的耳朵，轻声说："叫'君子报仇，十年不晚'。"

说这句话的时候，那把尖刀插在了梅德的胸膛上。

十五

郑婕坐在自家阳台上，身边漂亮精致的玻璃小茶几上摆放着一杯淡淡的茉莉花茶。梅德的尸体还在客厅的老地方，但她懒得去处理。

郑婕就这样一动不动地看着天上的流云，整个世界清净而平和。

都结束了。从计划到实施，从等待到行动。一共十年——到今天为止，就都结束了。

郑婕微微皱了一下眉。其实，从今天早上开始，这个问题就一直在困扰她了。

我是谁？我现在是什么？

脸，已经是一张陌生的、面目全非的脸；名字，也是自己随意取的一个——除此之外，还杀死了自己的丈夫，谋杀了三个人，成为重罪犯……

这些，就是这十年生活的全部意义吗？

另外还有一点，她也感到奇怪——为什么刚才对梅德说起往事的时候，她竟然没有一点愤怒呢？

恨，真的有那么深吗？或者是，导致这一切的，难道仅仅就是十年前的执念？

可不管怎么说，仇总归是报了。当初把单老师从我身边，从这个世界夺走的四个人，都已经死了——

那现在呢？我现在又该干什么？我现在是什么？从前天真活泼的那个许雯婷，那个单老师喜欢的许雯婷，还回得去吗？

她缓缓闭上眼，两行泪水从脸颊无声地滚落下来，竟有一种被灼伤的错觉。

雯婷，你以后最大的愿望是什么？

嗯……我想长一双翅膀，然后单老师也是。

为什么要长翅膀呢？

因为这样，我就可以和单老师一起飞了啊。

那，等你长大了，我就带你去飞，好吗？

好啊。

…………

突然间，郑婕睁开眼睛，笑了。

我懂了，我明白我现在该干什么了。

她慢慢跨上阳台的水泥围栏，表情幸福至极。

单老师，十年了，你还在等我吗？

她双臂张开，像一对翅膀，然后，轻轻一跃。

单老师，你看，我会飞了。

第一个故事讲完了。

兰教授望着他的两个学生——他们神情严肃，脸上都带着淡淡的哀伤。

过了半晌，高个子男生用力眨了眨眼睛，深深呼吸一口气，问："教授，这个故事……是真的吗？"

兰教授摇了摇头："有一些事情，我们最好不要了解得过于清楚。模糊的状态，对我们每个人都是最好的。"

"十年前一个无心的玩笑……最后导致了六个人的死亡。"方格子男生仍在回味之中，他叹了一口气，"教授，这个故事实在太让人悲哀了。"

"让人悲哀的，并不是六个人的死亡，而是人的心。"兰教授意味深长地说。

两个男生看着教授，等他往下说。

"如果一开始，梅德四人在事故发生后立即报警，然后勇敢地承认自己的过错，也许许雯婷（郑婕）就不会对他们抱有如此大的怨恨；反过来说，如果许雯婷能解开心结，认识到这件事只是一场意外，梅德四人固然有错，但罪不至死的话，又怎么会导致她变成一个丧心病狂的杀人犯，最后自己也走上不归路呢？"

"人，为什么总是习惯一错再错？"教授深刻地说。

听完兰教授这番话，两个学生陷入沉思之中。

"小伙子们，听完这个故事，你们应该有所启发了吧？"教授站起来，微笑着说。

"等等，教授，您……您不继续讲下去了吗？"方格子男生有些着急地问。

"怎么，你们还想听？"

"教授，您刚才讲的那个故事，自然十分精彩，而且充满悬念和恐怖的气氛。但是，更大程度地，我们认为那是一个悲剧故事……您不是说，只要我们没被吓到，您就要继续讲第二个故事吗？"高个子男生说。

兰教授用那双深邃的眼眸望着他们："你们确定还要继续听下去？"

"是的，教授。"两个学生坚定地说。

"好吧。"兰教授坐了下来，"那我就开始讲第二个故事，这个故事可比上一个更加恐怖，你们得做好心理准备。"

黑色秘密

一

聂明从医院醒来的时候，身边围满了亲人。

"聂明！你醒了？"母亲惊喜交加，她抓住儿子的手，焦急地问。

聂明神情木然地看着周围面带关切的亲人：父亲、母亲、姨父、表姐……他有些不明白，自己出了什么事。

"妈、爸，我这是怎么了？"聂明看见自己缠着绷带的手臂，一脸茫然。

"孩子，你还记得我们？医生还担心你脑袋受到撞击，会丧失记忆呢！噢……感谢上天！"母亲捂着脸哭起来。

"聂明，你忘了发生过什么事吗？不过也难怪，把你救出来之后，你就一直昏迷，已经六天了。"父亲坐到病床边，心疼地望着儿子。

"早知道就不该让你去参加什么旅行团！不过还好，一切都过去了。"表姐望着聂明说。

旅行团？聂明皱了皱眉，他有些想起来了。是的，事情是从那次自发旅行开始的。

一个星期前，放假在家的聂明接到了从小一起长大的好友于成的电话。

"什么？去西双版纳旅游？"热爱户外运动的聂明一下就来了精神。

"怎么样，主意不坏吧？"于成说。

"你不上班？"

"这几天公司休假，我没算错的话，你们学校也该放暑假了吧？"

"嗯……你是说，我们两个？"

"我不会介意你带上一个漂亮女士同行的。反正我是单身一个人。"

"行了，我也是一个人。什么时候去？"

"就明天，随旅行团出发。"

"明天……这么急？"

"你有事？"

"不，我没事。"

"那你还犹豫什么？现在就快去准备！"

"参加这个旅行团需要用多少钱？"

"和我一起出去，你还担心旅行费用？我会帮你付的。"于成大方地说。

"这……不大好吧。"聂明觉得让朋友买这么大的单，有些过意不去。

"行了！你跟我还客气什么，谁叫你当初要当什么穷教师！明天早上8:30，东方旅行社见。带点换洗衣物、随身用品就行了。再见！"于成挂断电话。

聂明放下电话，笑着摇了摇头——这家伙，还是这么武断的性格。不过，还真是挺够朋友的。

其实，对于成来说，付一两笔旅行费用实在不算什么——于氏家族也不知道从哪一辈开始发的家，上百年来，一直都是这个城市里的大富豪。于成的父亲死得早，现在，作为于家长子的于成就是整个于氏财团的继承人。但于成是个奇怪的人，他有别于一般的豪门大少，不喜欢过养尊处优的生活，反而愿意当一个普通人。于成将于氏家族的产业交给母亲管理，自己反而到另一个小公司打工——有时候，聂明觉得自己这个好朋友真是个怪人。

不过不管怎么样，于成的这个提议确实不赖，尤其是对于刚刚累了一个学期的聂明来说——是该好好休息一下了。在当高中教师之前，聂明从来没想过自己的生活会这么辛苦。他觉得在他工作的这一年里，每天所做的事就是让自己如何忙得一塌糊涂。现在，好不容易熬到了暑假，是该好好玩玩了。

聂明二十五岁，身材挺拔，面容俊朗，有着一双明亮而深邃的眸子，现在和父母住在一起。他将要去旅游的事告诉父母，再上街采购了一些日常用品，做好外出的准备。

第二天早晨，聂明拎着旅行包赶到旅行社，他在门口见到了于成。

"就等你一个人了，上车。"于成帮聂明拎着包。

他们所在的城市离西双版纳并不是很远，坐汽车的话，只需一天半就能到达。旅行团所准备的，是一辆中型面包车，随行的旅游者一共十九人，加上导游和司机，一共二十一个人。

汽车开始行驶，导游向旅客们介绍行程、吃住等安排。聂明看得出来，车上每一个人的心情都和他一样好。

没有任何人能想到，这次旅行，将是他们一生中最可怕的噩梦。

车子行驶了三个小时后，天色骤变。夏天的暴雨就像婴儿的啼哭一样，来得毫无预兆。但这并未影响旅游者的好心情，他们仍然谈笑风生，意气风发。

汽车开上了高速公路，在暴风雨中飞速行驶。

开车的司机是一个有着二十年驾龄的中年大叔，多年的驾驶经验让他自负地认为，没有必要因为下雨而降低车速。

汽车开到一个转弯处时，司机感觉到车轮有些打滑，他赶紧旋转方向盘，但是车速太快，已经来不及了。

"啊！"司机大叫一声，汽车冲破高速公路上的矮栏杆，从公路旁边的山坡翻滚下去。

灾难来得过于突然，车上的乘客还没反应过来，就跟着汽车一起天翻地覆起来，车内一片撕心裂肺的尖叫声。

聂明在情急之中本能地紧紧抓住扶手，但身边的于成却没能及时做出反应，他的头重重地撞到了车窗玻璃上，将玻璃猛地撞碎了。聂明也在车子的翻滚中撞上了前排座椅的靠背，他眼睛一黑，昏了过去。

不知道过了多久，聂明被冷冷的雨水淋醒了，他看了看周围同车的旅客——一片血肉模糊，惨不忍睹。

聂明挣扎着爬起来，他的左手已经在撞击中脱臼了。聂明忍着剧痛寻找于成，终于在一个座椅下发现了昏死过去的于成——他满身是血，甚至已经无法辨别伤在何处。

聂明用尽力气将于成从座椅下拖了出来，他拼命摇着于成的身体，大喊着："于成！你醒醒……醒醒啊！"

于成慢慢睁开了眼睛，他只有一丝微弱的气息。

"坚持住！很快就会有人发现我们出了车祸，我们会得救的！"聂明大声喊道。

"聂明，我……会死在这里吗？"于成惊恐地望着聂明。

"不会的！你会得救的！"聂明大声说。

突然，奄奄一息的于成猛地抓住聂明的衣服："我不能死在这里！我绝对不能死在这个地方！"

"别再说话了！那样你的血会流得更快！"聂明将于成紧紧地抱住。

"聂明……你知道吗？我……是不能死在这里的，这是……不被允许的！我……只能死在自己家里。"于成睁大眼睛望着聂明，脸上竟流露出一种恐惧的神色。

聂明愣了一下，他不知道于成这句话是什么意思。

"听我说，你不能再说话了，你……不会死的。"聂明无助地望着遍体鳞伤的于成。他清楚，这句话对于成来说只能是一种安慰。

几分钟后，于成的气息越来越弱，他能感觉到死亡正在一步步向他逼近。在最后一刻，于成紧紧抓住聂明的手，说道："聂明，我大概……是要死了，你如果能获救，请帮我……做一件事，你……你一定要答应我。"

聂明的眼睛已经被泪水所模糊，他看着一息仅存的于成，已经说不出任何安慰的话语，只能默默地点了点头。

"我死后，请你到我家里去……在我房间里，靠窗边的位置……有一个书桌，你把第四层打开，里面有一个小本子……你一个人看，记住，只能是你一个人看！之后，按照上面写的来做……我求你，一定要帮我完成这件事。"

聂明含着泪点头："我会的，我答应你。"

"记住，一定要做到这件事……这比我的生命……还重要。"于成瞪大着眼睛说完这最后一句话，脑袋便失去支撑，倒向一旁。

"于成！于成……"聂明抱住朋友的身体大喊，最后，他也昏了过去……

聂明躺在病床上，他的头还在隐隐作痛，而他能想起的，就只有这么多了。

突然，聂明大声问父母："于成呢？他怎么样？"

聂明的父亲摇了摇头："他死了，警察赶到车祸现场的时候，就发现他已经死在了你身边。"

聂明的脑袋像遭到了当头一棒，他立刻怔住，说不出话来。

"你真是够幸运的了，聂明。知道吗，这次车祸一共丧生了十六人，重伤四人，只有你的伤势是最轻的，只是左手骨错位和一些皮外伤。医生说，从这么高的地方连车一起摔下来只伤成这样，是一个奇迹。"姨父说。

聂明紧紧地闭上眼睛，他感到脑子里一片混乱，禁不住又要昏厥过去。

二

一个月后，聂明的伤势痊愈，办理手续出院。

走出医院，聂明不禁苦笑：自己计划中美好的暑假生活就这样过了一大半。

回家休养的几天，母亲每天为聂明熬鸡汤、鱼汤、参汤等补品滋养身体。聂明觉得根本没有必要——经过在医院安心休养的这一个月，他的身体状况比上班时还要好。

这次轰动全市的车祸事件终于平静下来——虽然作为事故主要责任人的司机也当场摔死了，但死伤者家属仍然不依不饶地向旅行社索赔。最后，在旅行社和保险公司共同赔偿每家十万元后，这件事才终于告一段落。

但聂明的心里却无法平静——他没有忘记好友在临死前向他托付的那件事。

一个晴朗的下午，聂明乘车来到了于成家。

虽然并不是第一次来，但聂明还是被豪华的于家庄园所震撼——这座庄园比两个足球场还要大，三座造型独特的别墅套房是庄园里的主要建筑。除此之外，游泳池、健身房、图书室等休闲娱乐场所应有尽有。有时候聂明真的不明白——自己和于成的身份悬殊如此之大，到底是怎么成为好朋友的。

想到于成，又想到自己和于成将近二十年的友情——如今，他却已经不在了，聂明的心一阵酸痛。

聂明到最大的一所房子前敲门。一位四十岁左右的男管家打开门后，听聂明说明了来意，请聂明到会客厅等候，自己上楼去向于成的母亲禀告。

不一会儿，于成的母亲从二楼来到一楼会客厅。很显然，这位年过半百的妇人还没有从丧子的悲痛中走出来，她的面容十分憔悴。

"伯母好。"聂明站起来向于成的母亲问好。

"聂明？请坐吧。"于成的母亲强打起精神招呼客人，"你有什么事吗？"

"是这样，伯母。"聂明说，"您知道，我……是受到于成的邀请和他一起参加这次旅游的……发生事故后，于成并没有当场就……嗯，我是说……"

"你直说就是，没有关系。"于成的母亲是个明事理的人，"我儿子在临终前留下什么话了吗？"

"是的。"

"他说了什么？"于成的母亲忍住悲痛问。

"他对我说……"

"等等，"于成的母亲突然打断聂明，"我想，他一定是说了什么重要的事。我应该让他的弟弟于杰也知道——他现在是于氏家族的主人。"

说完，于成的母亲让管家去请于杰下楼来。几分钟后，一位二十三岁左右，身材高大、目光沉静的男孩来到会客厅。

"于杰，你坐下。聂明是你哥哥的好朋友。他来，是要告诉我们你哥哥临终留下的话。"于成的母亲转过身望着聂明，"你说吧。"

"是这样，"聂明显得面有难色，"于成在最后一刻，拜托我帮他做一件事。"

"什么事？"于成的母亲问。

"他……叫我到他房间去，把书桌的第四个抽屉打开，拿出其中一个小本子，看完后，再按照上面写的来做。对不起，我知道这很失礼，但他……就只提了这一个要求。"

"没关系，聂明，我能理解，你不必觉得为难。既然是成儿拜托你帮他做的，那一定有他的原因，你完全可以按照他所说的去做。谢谢你让我们知道这件事。"

"那么，伯母，请您……带我去于成的房间。"

"好的。"于成的母亲点头道，"但在这之前，我必须请一个人来。"

"谁？"

"宋泰然律师。"于成的母亲说，"你知道，我们家并不是一个普通的家庭，而是一个有着上亿元资产的大家族。父亲死后，成儿就继承了这个庞大的家业，成了一家之主。所以，他在临终前提到的这个小本子，很有可能是他对家产所作的一些安排……我所说的这个宋泰然律师，是我们家聘请的私人律师，他已经为我们于家工作了近三十年，一直负责处理家族中的一切财务问题。宋律师是一个德高望重、深受尊敬的人。于成父亲的遗嘱，就是交给宋律师保管的。那么这次，我们也必须请宋律师在场公证。我想，你会理解吧？"

"当然，这是很有必要的。"聂明说。

"那么，请稍等。"于成的母亲说完后，拿起电话联系宋律师。

半个小时后，宋泰然律师就来到了于成家的客厅。宋律师是一个精瘦的老人，步伐稳健，眼睛清澈透明，透露着一股不怒自威的压迫感。于成的母亲客气地请宋律师坐下，说明了请他来的缘由。

"我懂了，我会和聂先生一起处理好这件事。"宋律师说，他微笑着望了聂明一眼。

"那我们现在就去成儿的房间。于杰，你就留在这里吧。"于成的母亲说着，打开家门，准备走出去。

聂明被这个举动搞糊涂了，他不解地问："伯母，怎么？于成的房间不在这个家里？"

于成的母亲点了点头："他的房间是单独的，在这个庄园的西边。"

"什么？"聂明有些惊讶，"他一个人住在一个单独的房子里，和你们这所大房子脱离？他为什么要这样？"

于成的母亲犹豫了一下，向聂明解释道："这是我们家族祖传的规定——长子要住在西边那间屋子里，其他人是不能进去的。"

"这……"聂明对这种奇怪的规定感到非常不解，但又不便过多询问别人的家事。

"聂明，我们走吧。"于成的母亲显然不愿意再讨论这个话题。

三个人出门，走了约两分钟，穿过一片花园后，来到了西边的这座小房子。

看见这座小房子的第一眼，聂明就吃了一惊——它是一个标准的正方形建筑，突兀地出现在这座庄园的一角，和周围的建筑物、花草树木没有任何联系。更奇怪的是，这座房子从墙面到房顶全是白色，透露出一股庄严和神圣。如果不是因为在靠近房顶的位置开了几个小窗，会让人以为这是一个掉在草地上的白色巨大方盒。

聂明仰着头看这栋怪异的白房子，忽然产生了一种奇怪的感觉——

这座房子肃穆得就像一间吊唁亡者的灵堂。

于成的母亲走到房门口，在镶嵌于铁门上的密码锁里按了十多个数字，然后转动门把手，门开了。

聂明微微张了张嘴，皱起眉头："伯母，对不起……您刚才说，这间小房子只有于成才能进来，可是，您却清楚地知道这门的密码……"

于成的母亲转过头，望着聂明："这个密码只有我和于成知道，事实上，我们于家的每一辈，都只有父母和长子才知道这个密码。"

"这么说，这座房子的建造年代，应该是有些历史了，对吗？"聂明问。

"是的，就连我也不知道它是什么时候修建的。"于成的母亲说着，推开门，"我们进去吧。"

"伯母，您……以前进过这栋房子吗？"聂明突然问道，他在进门前的一瞬间竟产生了一种恐惧感。

于成的母亲愣了一下，说："虽然按规定我是不能进来的，但大概五年前，我实在是感到好奇，就进来过一次。"

"这里面有什么？"

"放心吧，没有毒蛇猛兽，和普通的房间没什么不同。"于成的母亲笑了笑说。

"我们现在进去，岂不是违背了于家祖传的规定？"宋律师说。

"这是特殊情况，再说，于成已经……我们又有什么办法。"说到这里，于成的母亲又触碰到伤心之处，鼻头一酸，掉下泪来。

"我们进去吧。"宋律师叹了一口气。

走进这座白房子，聂明松了口气——果然，这座房子外表奇特，内部倒是普通至极：全部房间大约有一百平方米，摆放着书柜、书桌、床、沙发等家具。只是从年代上来看，这些家具已颇显古旧了。

聂明越发感到奇怪——于家这么有钱，为什么还要留着这些旧家具，而不换成新的？于家修建如此豪华的一个庄园，而身为继承人的长子却被规定住在这种地方？聂明百思不得其解。

宋律师的话打断了聂明的思考："聂先生，你说于成拜托你找的小本子在哪里？"

"嗯，我想想……他说，在书桌的第四个抽屉里。"聂明回过神说。

"书桌……"于成的母亲走到一张书桌面前，"这间屋子里，就只有这一张桌子。"

"那一定就是这张了……"聂明望向这张书桌，忽然愣住了。

这张书桌从上至下只有三个抽屉，根本没有第四个抽屉。

显然，于成的母亲和宋律师也注意到了这点，宋律师问道："聂先生，你确定你没有记错吗？真的在'第四个'抽屉里？"

聂明用力点着头："我敢肯定，于成当时就是这么说的。"

"可是你也看到了，这张书桌根本没有第四个抽屉。"

就在聂明无言以对的时候，于成的母亲说："也许是成儿在慌乱的情况下说错了吧。我们把这三个抽屉挨着全找一遍不就行了。"

说着，她打开抽屉，寻找起来，宋律师和聂明站在旁边看。

出人意料的是——三个抽屉被翻了个底朝天，只找出来一些书、钢笔、报纸等杂物，根本没发现有什么小本子。

聂明觉得尴尬到了极点，他涨红了脸说："我肯定没有记错……于成，他就是这么说的。"

"聂明，别着急，坐下来好好想想。"于成的母亲招呼聂明坐到沙发上。

聂明坐了下来，开始分析："首先，我不认为于成会说错——因为他说过一句话，'这件事比我的生命还重要'。可见这个小本子对他来说绝非一般——他怎么会连放的地方都记错了呢？然后，我对自己的记忆也十分有把握，我是绝对不会记错的。"

"可是，你刚才自己也看到了，我们确实没找到……"

没等宋律师说完，聂明突然想起了什么："等等，会不会……第四层抽屉藏在第三层抽屉下面？"

宋律师和于成的母亲对视了一眼，然后三个人一齐向书桌走去。

结果还是令人大失所望——他们将三层抽屉的底部仔细检查了一遍，根本没发现什么"隐藏的第四个抽屉"。

就在他们准备离开书桌的时候，聂明的眼睛紧盯着被拖出来的第三个抽屉，然后又把第一个抽屉和第二个抽屉全部拉开。

"聂明，你发现了什么？"于成的母亲问。

"你们看，这三个抽屉从外表来看都是一样的，但第三个抽屉的内部却比前两个要浅一些。"

宋律师俯身观察了一会儿，把手伸进第三个抽屉。他用力把抽屉底部的木板向里一推，木板"唰"地滑开，露出一个夹层——里面躺着一个黑色的本子。

"就是这个本子！"聂明激动地一把将本子拿起来，"果然，这个抽屉是做过手脚的，原来这个夹层就是'第四个抽屉'。"

就在聂明准备将本子翻开的时候，宋律师一把按住他的手："对不起，聂先生，你恐怕不能看这个本子。"

"可是，于成在临死前亲口告诉我，一定要由我来看这个本子上所写的内容，并且只能由我一个人看。"聂明说。

宋律师望着聂明的眼睛："聂先生，难道你不认为于成当时这样拜托你是形势所迫吗？"

"什么？"

"在你们遭遇车祸的时候，于成身边就只有你一个认识的人，所以他没有选择，只能托付你来做这件事。"

聂明怔了怔，这个问题，他以前确实没有考虑过。他想了一会儿，说："可是，如果于成不想让我看到上面所写的内容，也完全可以说，'请你让我的母亲或宋律师找到这个小本子，再按照上面写的做'。但他并没有这样说——所以，我有理由觉得这个小本子里有某些必须由我来看的东西。"

"聂先生，"宋律师的表情严肃起来，"我希望你能明白现在的状况——这个本子被藏在如此隐秘的地方，那么毫无疑问，上面所写的内容一定事关重大，极有可能是于家的财产分布情况或者是一些银行存折的密码等等。这些东西，显然不适合由一个外人来看。"

聂明被宋律师的这番话弄得尴尬至极，他满脸通红，略带愤怒地说："是的，我是个外人，可我和于成也是近二十年的好朋友。我来这里做这些事，纯粹是为了完成于成最后一刻对我的托付！我从来没有想过，要占有他哪怕是一分钱的财产！既然你这么信不过我，那我就再不干涉此事！告辞！"说完，聂明便要转身离开。

"聂明，请等等！"于成的母亲上前拦住他，"对不起，宋律师绝对不是有意让你难堪的！他只是在尽职，时刻为我们家族的利益着想——事实上，我们都非常感谢你专程来告诉我们成儿的遗言。否则，这个本子我们怕是永远都不可能找到了！"

"是的，聂先生，我为刚才的失言感到抱歉。其实我能看出来，你是一个值得信任的人。"宋律师怀着歉意说。

面对这种情况，聂明反而感到不知所措了。

"这样吧，"于成的母亲说，"你们现在就看看这个本子上到底写了什么——宋律师先看，之后再交给聂明看。"

"伯母，其实我也觉得宋律师言之有理，这里面写的多半是你们的家族事务，与我没有关系，我真的没有必要去看。"

"不，聂明，这是于成在生命最后一刻的请求，定是有他的道理，请你务必完成他的心愿。"于成的母亲用恳切的眼神望着聂明。

聂明犹豫片刻，只有点头说："好吧，伯母。"

三个人离开这座白房子，回到了先前的大客厅。

三

为了能不受干扰地仔细阅读本子上的内容，宋律师一个人将本子拿到书房去了。于成的母亲暂时上楼休息，而聂明就百无聊赖地坐在客厅看电视。

于成家的女用人为聂明煮了一杯高档的苏门答腊咖啡，聂明细细地品着咖啡的苦味，想象着于成在这个豪门家庭中的奢华生活——只是，这一切已不属于他了。

大概半小时后，聂明忽然看见宋律师面色苍白地从书房几乎是冲了出来，他手里拿着那个黑本子，全身颤抖着，似乎遇到了很可怕的事情。

聂明一下从沙发上站了起来，问："宋律师，出什么事了？"

宋律师跌跌撞撞地走到聂明身旁，语无伦次地说："聂先生，你……能出去……和我到院子里去一趟吗？"

聂明赶紧扶住宋律师，说："好的。"

两人坐到庭院中一处休息的石凳上，宋律师仍然是一脸惊惧的神情，他的额头上冒出豆大的汗珠，嘴唇不停地颤抖着。

"到底怎么了？宋律师，您不舒服？"聂明急切地问。

宋律师的情绪稍微稳定了一些，他望着聂明说："于成死之前，有没有说过什么让你感到奇怪的话？"

聂明一怔："没有吧……我没多少印象了。"

"你好好想想！他除了说让你找到小本子外，还有没有说什么？"

聂明皱起眉想了几分钟，说："对了，他确实说过一句奇怪的话，当时，我就感到奇怪……我不知道这句话是什么意思。"

"是什么？他说的是什么？"宋律师抓住聂明的手问，他手心的汗已经濡湿了聂明的手背。

聂明不知道是什么要紧的事情让宋律师如此紧张，他觉得面前这个神情慌乱的人和刚才那个沉稳矜持的宋律师完全判若两人。

"嗯……他在感觉到自己快死了时显得非常恐慌，当时给我的感觉是——他害怕的似乎并不是自己的生命快要完结，而是担心另外一件事，一件他还没有来得及完成的事……他说，让我把小本子找到，这件事比他的生命还重要……不过，最让我感到奇怪的是他说的另一句话。"

"是什么？你仔细回想一下！"宋律师的神情已经紧张到了极点。

"他对我说他死在那里，是不被允许的……他只能死在自己家里。我当时愣了一下，我不知道他这么说是什么意思。"

宋律师的手慢慢垂下，他的眼睛直勾勾地望向前方，过了半晌才终于说出一句："对了……这样就对上了。"

聂明感到莫名其妙，他问道："宋律师，你问这些……到底是什么意思？你是不是从这个本子上发现了什么？"

宋律师没有说话，他默默地将黑本子翻开一半，然后将中间的几十页纸扯了出来。

"宋律师……你这是？"聂明大惑不解。

宋律师摇着头说："这三十页纸不是我扯下来的，而是早就夹在这个本子中间了。其实，这个黑本子只是一个隐藏真相的幌子，上面写的都是些琐事，真正有价值的全在这三十页纸上。"

"难道于成指的那个'小本子'其实只是这三十页纸？"

宋律师点头道："是的，我拿到这个黑本子看了一会儿，就发现它被做过手脚——它中间的三十页被撕掉了。很明显，这样做是为了用这个厚厚的黑本子来做掩饰，让拿到这个黑本子的人不至于立刻就接触到这三十页纸上所记载的隐秘事实！"

聂明感到越来越好奇："那么，这上面到底写了些什么？可不可以让我看看？"

听到这句话，宋律师的神情又紧张起来，他将那三十页纸重新夹到黑本子中，紧紧抱住，说："不行！你不能看！我不能把它交给你！"

聂明赶紧解释道："宋律师，你不用紧张。我刚才就说过，我并不一定要看的，我只是听到你这么说，有些好奇罢了。如果你不想让我看，我不会强求。"

宋律师吐了口气，平静了一些："聂先生，请你相信，我不是信不过你……这三十页纸上写的根本就不是我们之前想象的什么财务问题，而是……"说到这里，他停了下来。

聂明感到心痒难耐，但又觉得不便追问。

这时，宋律师站了起来，望着聂明说："对不起，聂先生，请你转告司马太太（于成的母亲），这个黑本子我暂时拿走了，等我证实了那三十页纸上所写的内容，自当把它交还到于家来。"说完，他径直走出了大门。

聂明望着宋律师的背影，惊诧非凡——这种不辞而别的举动，实在不像一个六十余岁的老律师所为。他不明白，到底是什么事，会令一个处理了几十年案件的资深律师如此惊惶不安。

聂明回到大房子的客厅，简要地向于成的母亲讲述了刚才发生的事，然后礼貌地告辞，离开于家大宅。

聂明回到家里，感到疲惫不堪。他一头倒在自己床上，眼睛自然地合拢了——在闭上眼睛的一瞬间，他看见了挂在墙上的石英钟：六点三十五分。

四

早上九点，仍在做着美梦的聂明被一个低沉的男声叫醒，他睁开双眼，看见一脸严肃的父亲。

"爸，你有事？"聂明感到有些奇怪，父亲以前从来没叫过他起床。

"快起来，有人找你。"父亲沉着脸说。

"谁？"

聂明的父亲满脸疑惑地坐到床边，问："你这几天，做了什么事？"

聂明皱了皱眉："你指什么？"

父亲望着聂明说："你知不知道，公安局重案组的人为什么会来找上你？"

"什么？重案组！"聂明一下从床上翻身起来，"他们来找我干什么？"

"你真的不知道原因？"

聂明困惑地摇着头："我想不出来，我会和重案组扯上什么关系。"

父亲继续盯视了聂明一会儿，然后叹了口气："他们就坐在客厅等着你，你快把衣服穿好，去和他们谈谈就知道了。"说完后，离开了聂明的房间。

聂明赶紧用最快的速度穿好衣服，洗漱完毕后，来到客厅。

坐在沙发上的，是一个四十岁左右、身材魁梧的中年男警官和一个看起来不到三十岁的年轻女警官，他们看到聂明后，一起站起来。

男警官走到聂明面前，亮出证件："我是公安局重案一组的梁野，她是我的助手纪霖。你——就是聂明？"

聂明点点头："梁警官，你们找我有什么事？"

梁野看了看站在身边神情紧张的聂明的父母，对他们说："对不起，我们想和你们儿子单独谈谈。"

"到我的房间谈吧。"聂明说，他将两位重案组的警官请到自己的房间，关上房门。

两个警官坐下后，聂明给他们泡了两杯茶，然后坐到对面的椅子上。纪霖拿出一个笔记本和一支钢笔，做好记录的准备。

梁野用两只手转动着茶杯，突然抬起头问道："你知不知道昨天晚上发生了什么事？"

聂明一怔："我不知道，我昨晚很早就睡了。怎么，出了什么事？"

梁野和助手对视了一眼，然后缓慢而清晰地说："昨天下午一直和你在一起的宋泰然律师在昨晚八点半从自家阳台上坠楼身亡了。"

"什么！"聂明大叫一声，从椅子上弹起来，"宋律师……死了？"

梁野微微点了点头，说："你真的不知道？"

"我怎么会知道！昨天下午和宋律师分开后，我就再也没见过他。"

"你说你昨天晚上一直待在家里，哪儿也没去？"

"是的。"

"除了你父母外，还有谁能证明？"

"等等。"聂明突然皱起眉头，"你们这么问是什么意思？你们认为宋律师的死和我有关？"

"聂先生，你要明白，我们现在所做的，是在例行公事，请你务必支持和配合。"梁野说。

"好吧。"聂明无奈地叹了口气，"如果要除开我父母的话，我想就没有人能证明了。不过，我想知道，我和宋律师仅仅是昨天下午才认识的——为什么你们会在他死后调查到我头上来？"

梁野和助手对视了一眼："我们从调查中得知，宋律师昨天下午到于家庄园去了一趟——那个时候，你也在那里。而我们在今天早晨——也就是刚才到于家去和司马太太做了一次谈话，在那里，我们了解到这样一些事情——"

他喝了一口茶，接着说："司马太太将你们昨天下午所做的事大致告诉了我。其中，有两点引起了我的注意：第一，那个找到的黑本子，据司马太太说，你们当时约好，由宋律师先看，再由你来看。可是，宋律师看完后，突然改变了主意，不打算交给你了，而坚持将其带回了家。

"那么，我们也许可以这样理解——在那个本子里，记载着一些不能让你知道的事——这才导致宋律师在看完后临时决定不把它交给你。对吗？"

聂明皱了皱眉，不置可否。

梁野继续说："第二点，于家的女用人告诉我，宋律师在书房看了大概半小时，慌慌张张地跑出来，把你叫到屋外去谈话——那么你们的谈话一定与黑本子上的内容有关，而且非常关键。之后，宋律师离开于家庄园回到家。过了两个小时，他就坠楼身亡了。那就是说——你是他在死前接触过的最后一个人。聂先生，现在你知道我们为什么会找上你了吧？"

聂明望了一眼梁野，他正以审视的目光盯着自己。

"你的意思是，我成为警方怀疑的对象了，对吗？"

"我只能坦白告诉你，形势确实对你不利。"

"那么好吧，警官先生。关于你刚才说的那两个问题——第一，你说在那个黑本子里记载着不能让我知道的事——这是不可能的。因为这个本子的主人于成在临死前亲口嘱咐，要我找到这个本子，并且在看完后按照上面写的来做。如果这个本子里所写内容不能让我知道，他怎么会对我说这样的话？"

梁野在听完聂明的话后，眨了眨眼："聂先生，你没有发现这里面的问题吗？"

"什么？"

"于成已经死了，他在临死前究竟对你说了什么，其实只有你一个人知道。"

"难道……你怀疑我篡改了于成的遗言？"聂明从椅子上站起来。

"我们是警察，只会认同事实——现在的事实就是，你确实拿不出证据来证明于成的遗言究竟是不是你说的那么回事。所以，请你坐下，谈一下我刚才说的第二个问题——宋律师那天下午对你说了些什么？"

聂明愣了几秒钟，缓缓坐到椅子上，想了一会儿，说："是的，宋律师看完黑本子后把我叫到了院子里，可是，他根本没告诉我里面具体写了什么。他只是显得很慌乱，他告诉我，上面记载的并非普通的财务问题，而是一些隐秘的事实……并且，他还说，他要去证实这些事情。我所知道的，就是这些。"

"聂先生，你不觉得……"

"我觉得了，我想到了！你又会认为，宋律师和我的谈话只有我们两个人才知道。现在他死了，你无法辨别我说的是不是实话了，对吗？"

"请你理解，我们确实需要证据。"

"我没有证据。我怎么会知道，最近反正是跟我接触的人，都死……"说到这里，聂明突然感到有些毛骨悚然，他停了下来。

梁野又盯着聂明看了一会儿，说："最后一个问题，你从于家庄园出来后，是径直回家了吗？你记不记得你回家的时间？"

"是的，我是直接回家了。我想想，当时是……六点三十五分，我能记起来。"

"好的。"梁警官说，他望了望身边一直在记录的纪霖。

"那么，梁警官。"聂明说，"我可不可以问你几个问题？"

五

梁野端起茶杯，轻轻扬了扬左边眉毛。

"哦？你有什么问题，问吧。"他呷了一口茶，对聂明说。

"你刚才只是说，宋律师从自家阳台上坠楼身亡，可是你并没有说——

他到底是自杀，还是他杀？"

正在记录的纪霖停下手中的笔，抬起头和梁野对视了一眼。

"宋律师究竟死于自杀还是他杀——我们现在还不能准确地做出判断。"梁野说，"不过，我们认为谋杀的可能性远远高于自杀。"

"不能准确判断？这是为什么？"聂明问。

"我们在案发后立即赶到宋律师家，他住十二楼。经过勘查，我们发现门和窗子都完好无缺，并且屋内也没有任何遭到入侵者袭击的痕迹。看起来，也没有丢什么贵重的东西。"

聂明全神贯注地看着梁警官，等待着他往下说。

"单是这样看，宋律师似乎是死于自杀。可是，我们发现了两个极大的疑点。第一，那个黑本子，我们将宋律师的家搜了个底朝天也没有找到。很显然，它已经被人拿走。而且宋律师家的大书橱被翻得凌乱无比——但问题是，我们并不能判断这些书和本子到底是宋律师自己翻的，还是其他人翻的。"

"我觉得是有人在宋律师死后——并且又要赶在警察到来之前找到那个黑本子，所以才会在这种慌乱的情形下将书橱翻找了一遍。"聂明说，"也许，你们可以取一些书本上的指纹来检验一下。"

"这个，我们当然想到了，并且已经做了。可是，我们并没有发现除了宋律师和他家人之外的其他人的指纹。"

"对了，宋律师有哪些家人？他和他们住在一起吗？"

"宋律师前后有两个妻子。但他第二任妻子也在两年前去世了。他现在有一个女儿和一个十二岁的儿子，但他们不住在一起。多数时间，都是宋律师一个人住，他的女儿带着弟弟住在一所租的公寓里，他们时不时地过来看望父亲——他家里的情况就是这样。"

"案发当晚，宋律师是一个人在家里？"

"是的。我们问了他女儿，她当时正在自己的公寓里看电视，而她弟弟也在电脑面前，他们根本不知道父亲已经遇害。"

"那么，梁警官，你刚才说发现了两个疑点，第二个是什么？"

"第二个疑点。"梁野说,"也是最关键的一个,这个发现几乎可以从逻辑上证明宋律师是死于谋杀,而不是自杀。"

"哦?是什么?"

梁野从随身带来的公文包里拿出一个蓝色封面的硬壳笔记本,晃了晃,说:"很明显,如果真的有一个凶手闯进宋律师家,并且他的目的是为了找到那个黑本子的话,那么他一定知道那个本子是什么样的。比如说,它是什么颜色,有多厚等等——这样的话,他就会忽视那个书橱里的其他本子,比如说,我现在拿的这个。"

聂明望着那个蓝色本子说:"这是在宋律师家的书橱里找到的?"

梁警官点点头:"这是宋律师的一个记事本——你想不想知道上面写了什么?"

"如果你允许的话。"

"我可以给你看。"梁警官说完后将蓝色本子递给聂明,"反正我们也看不懂上面写的是什么,也许你反倒能看明白。"

聂明接过本子后望了梁野一眼,他能听出这句话的弦外之音。

"直接翻中间,看最后写的那几篇。"梁野指了指蓝色本子。

聂明很快就找到了警官所指的内容,他在本子上看到了宋律师歪歪斜斜的字迹,那些文字看起来就像在瑟瑟发抖。聂明无法想象,宋律师是在什么心境下写下这些东西的:

"一切都清楚了。我已经证实出,那个本子上所写的事情是千真万确的。那个人隐藏了这么多年的秘密竟然被我知道了,这实在是太可怕了!在我将这个秘密公诸于世之前,也许他就会来找我,我大概活不了多久了,他不会放过我的。

"他花了多长时间来伪装自己?他现在到底算是什么?他还是人吗?不,那不是人能做到的事,他已经不是人类了。这台戏,他不知道已经演了多少年。我真是个老糊涂,这么多年,他就一直藏在我们所有人身边,我却根本没能认出他。天国里的慧,我也许很快就能来陪你了。如果我死了,就让这个秘密永存地下吧。

"05. 12. 23"

聂明将这几段话反复看了几遍，他感到毫无头绪——毫无疑问，这些话是宋律师在看完黑本子后，写在自己记事本上的感想。虽然看不明白，但这些语句从字里行间透露出的恐惧却让聂明连打了几个冷战。

"看完了吗？"梁野问，"你知不知道宋律师在临死前写下的这些话是什么意思？"

"我不知道。但我想，这篇文字给我们提供了一些有用的线索。"聂明说。

"哦？说来听听。"

"首先，就像你刚才所说的，我们可以判断出，宋律师不像是自杀的——因为他提到了有一个人会来找他，不会放过他。而且这个本子你们是在他的书橱中发现的——如果宋律师是自杀，并且他又想让我们发现这个本子的话，那么这个蓝色本子就应该出现在更显眼的地方，比方说他的办公桌上，对吗？"

"是的。"梁警官点了点头说，"可是也有另一种情况，那就是宋律师在'那个人'来到之前就自杀了。而他又不是很愿意让人发现这个本子——如果是这样的话，我们就很难搞清楚他是不是自杀了。"

"确实如此，所以这一条只能作为一种带有'可能性'的推测。但是，这篇文字中还有一些能让我们肯定的信息。"

"讲出来听听。"梁野将身子从椅子上探出一部分，表现出极大的兴趣。

"我们从宋律师留的这段话中起码能知道三点。第一，凶手是个男性，因为宋律师在这段文字中一直是用的单人旁的'他'。而不是女字旁的'她'；第二点，我有些想不明白。看起来，这个凶手是宋律师认识的某一个人，但宋律师为什么总是用一个人称代词'他'来代替这个人呢？为什么不直接写出他的名字？他明知道这个人有可能会来杀他，为什么不提前做一些准备？比如说，他完全可以提前报警。第三，这篇留言的日期显然是写错了。宋律师写下这篇文字的时间应该是昨天，也就是八月十二号。为什么他写的是十二月二十三号呢？这会不会是他在向我们暗示什么？"

听完聂明这段分析，梁野微微点了点头，露出些许赞赏的目光："聂先生，你确实很聪明，你刚才提出的这些问题，和我之前想的差不多。那么，我想再听你谈一下你对这几个疑点的看法。"

"我认为，宋律师之所以对凶手的名字含糊其词，不外乎有两个原因：第一，他知道谁是凶手，却因为某种原因不能说出他的名字；第二个原因……"说到这里，聂明停了下来。他用手按着下巴，眉头紧锁。

"怎么了，接着说啊。"

"我不知道该怎么说，我心里有一种奇怪的感觉，也许……杀害宋律师的根本就不是一个人，而是一种我们无法了解的东西……所以，宋律师才根本就叫不出他的名字，也根本就对'他'防无可防。"

"聂先生，你该不会是想说，一个幽灵或鬼魂杀死了宋律师吧？"梁野的表情骤然严肃起来，"这些是恐怖小说里的剧情，现在摆在我们面前的，可是一起真实生活中的案件！"

"可是，梁警官，你也看到了。宋律师在留言中出现了'他现在到底算是什么''他已经不是人类了'等语言。你认为我们对这些话应该怎么理解？"

"我现在还不清楚，但我绝不认同那些关于鬼魅的说法。"梁野摆了摆手说，"那么，对于那个错误的日期你怎么看？"

"从这篇文字整体来看，宋律师在写的时候也许心情相当紧张。所以，不排除他写错的可能性；当然，我认为更有可能的是，这个日期是在向人暗示什么。警官，你也许应该问问宋律师的女儿和儿子，这个日期对于他们的父亲有没有什么特殊意义。"

"我们已经问过了，宋律师的女儿说她不知道这个日期有什么特别之处，她弟弟也这么说。"

"宋律师在最后一句中提到的'慧'是谁？"

"是他第一任妻子——莫慧。是一个在生产女儿的过程中难产而死的可怜女人。"梁野停顿了一下，"好了，聂先生，我想我们今天的谈话就进行到这里吧，近期也许我们还会联系你，请你在近段时间不要离开本市。"梁野说完这段话，和纪霖一起站了起来。

聂明无奈地叹了口气："看来，在你们破案之前，我得一直过着嫌疑人的生活了。"

"请你理解，我们是按程序办事。"

聂明送两位警官走到门口，在梁野的脚跨出房门之前，他突然转过身来，说："对了，有一件事，我得提醒你。我们在找你之前，先和宋律师的女儿宋静慈做了一次谈话，在谈话中，她得知了我们警方已将你列为嫌疑人之一。她当时的情绪有些失控，看得出来，父亲的死对她打击很大。我想，她有可能会来找你……"

"等等，什么意思？她来找我干什么？该不会这个案子还没调查清楚，她就来找我报仇吧？"

"没那么严重。但是，如果她找到你后，情绪仍然不稳定，请你立刻联系我们，防止她做出什么过激行为。好了，告辞。"

聂明望着两个警官离开的背影，眉头紧蹙。他清楚，他已经卷入了一起诡异离奇、错综复杂的神秘事件中。

六

"你怎么看？"走在路上，梁野问身边的助手纪霖，为了能及时梳理思路，他们选择步行。

"你指什么？"

"聂明。你觉得他会不会是凶手。"

"我不太确定。"

"你可以说说和他接触后的感觉。"

"我记得，是你告诉我要用事实和证据说话，不要过分相信自己的感觉。"纪霖笑着说。

"那是指如果你要定一个人的罪——但在那之前，你仍然可以用直觉去判断。"

"梁野，你现在这么问我，是不是因为你也对他捉摸不透，才想看看我是怎么想的？"

梁野停下脚步，点了一支烟："我办了几十年的案子，还是第一次遇到这么诡秘棘手的案子——所有的一切都显得那么模棱两可，似乎存在着很多可能性。至于这个聂明——你有没有注意到，他所说的一切似乎都很有道理；但仔细一想，又发现完全没有任何证据来证明他所说的到底是真是假……老实说，如果他真的是我们的对手，那这件事情的难度就可想而知了。"

"确实，他自始至终都保持着一种冷静的态度和清醒的思维。我无法判断他侃侃而谈分析的那些话是早就准备好了来应付我们的，还是确实是他的临场反应。"

"我故意将对他的怀疑、这件案子的诸多线索和疑点直言不讳地告诉他，目的就是引诱他多说话，看能不能发现他的破绽，没想到他的回答竟然如此滴水不漏。而且我设计的一些心理陷阱——比如我故意没告诉他宋律师是自杀还是他杀——也完全没能麻痹到他，如此看来——"

"这个聂明要不就是清白无辜，要不就是一个极度危险的高智商罪犯。"纪霖接着把话说完。

"正是如此。"

"那么，我们下一步怎么办？仍把他定为第一嫌疑人？"

梁野狠狠吸了一口烟，再将烟头掐灭在一棵香樟树的树干上，说："我已经想好了，我知道该怎么办。"

警察走后，聂明的父母立即赶到儿子的房间问长问短。

聂明不知道该怎样向父母解释这桩错综复杂的事件，也不敢讲——他怕引起父母的担心。

"不管怎样，请你们相信我。我绝对没做什么违法的事。"聂明对父母说。

"那你为什么不能把发生了什么事讲出来？"父亲问道。

"因为我实在是讲不清楚，这件事太过复杂了——但实际上根本不关我的事，我纯粹是因为一些误会才被牵扯进来的。"

"你说出来，我们也许能帮上你的。"母亲仍不死心。

"好了，妈妈。我这两个月实在是倒霉透了，让我烦心的事还不够多吗？现在我想一个人安静地待一会儿，可以吗？"

聂明的母亲还想说什么，被丈夫制止了。

父亲拍了拍儿子的肩膀："好吧，我们不再强迫你。如果哪天你想告诉我们，你自然会说的，对吗？"

聂明肯定地点了点头。

父母转身离开，聂明关上房门。他躺在自己的床上，深深吐了一口气，闭上眼睛。

其实，这个暑假何止能用"倒霉"来形容，简直是可怕至极——短短一个多月，自己身边就已经死了两个人，而自己竟成了警方的头号嫌疑人。

聂明睁开眼睛，开始清理自己混乱的思绪——他打算把发生的所有事情从头到尾回忆一遍。

首先，是那场意外的车祸。于成在车祸中丧生，临死前留下一个奇怪的遗言；之后，在于家庄园，他们一起找到了那个黑本子，以及黑本子里夹的那三十页纸，宋律师看完里面的内容后，留下一些莫名其妙的话；再接下来，宋律师不明不白地坠楼身亡，又留下一些看不懂的神秘留言，而黑本子及其里面夹的那三十页纸也失踪了……

现在看起来，黑本子里夹的那三十页纸毫无疑问是最关键的线索——所有事情都因它而起，并且以它为中心。

想到这里，聂明忽然产生了一个奇怪的想法：如果那天看那三十页纸的并不是宋律师——而是严格按照于成的遗言，由自己来看的话——那么，那天晚上死的人会不会就是自己呢？

聂明感到背脊一阵发凉。

现在，那三十页纸已经不知去向。聂明的直觉告诉他，那三十页纸也许已经落到某人之手，而那个人当然就是杀害宋律师的凶手！

聂明突然猛地从床上坐起来，他想起一件重要的事。

那个黑本子是被做过手脚的！宋律师在看完那个黑本子后，将黑本子的秘密告诉了自己——这个本子只有中间所夹的三十页才是关键内容，其余的全是幌子！

梁野说，宋律师见过的最后一个人便是自己，这岂不是表示——现在知道这个本子秘密的人只有自己？

对了，宋律师写在蓝色本子上的最后一句话是："如果我死了，就让这个秘密永存地下吧。"可见他已经做好准备——就算凶手将自己杀死，也不能掌握到那三十页纸里的秘密！

聂明的心开始怦怦乱跳，他开始有些明白了——那三十页纸如果没有被宋律师销毁的话，那就一定是被他藏在了某处，而根本没有被凶手拿走！也就是说，只要找到这三十页纸，一切就会真相大白。

可是，宋律师会把它藏在哪儿呢？

七

窗外，仍然是肆无忌惮的当空烈日，整个世界一片金色。保守估计，今天的气温不会低于四十度。

但聂明感觉不到天气的闷热——他已经在开着冷气的房间里待了两天，自从两个警察走后，他就没离开过家半步。

他承认，自己是在有意逃避——但这也是没办法的事，这起离奇事件根本就让人一筹莫展——除了逃避，又能怎样？

聂明从椅子上站起来，活动活动身体——也许，应该出去走走散散心，不然自己真要被闷死了。

聂明换上一件白色运动T恤，梳了梳头，然后跟厨房里的母亲说了一声，走出家门。

现在是下午三点过，强烈的太阳光线几乎让人睁不开眼睛，聂明眯起眼睛，向大街走去。

刚走出去没几步，跑过来一个发传单的男孩，他从怀里的一沓广告单中抽了一张递给聂明，礼貌地说："先生，请看看。"然后跑开了。

聂明看了看那张广告单，上面写着："博尔顿西餐厅开业五周年庆：凡在八月十三日至八月十八日来到本餐厅的顾客，均可免费享用牛扒一份，红酒一杯，欢迎光临。"

聂明抬手看了看手腕上的表，今天是十六号。他撇嘴苦笑了一下——反正也不知道该往哪儿去，不如就去品尝一下牛扒吧。聂明再看广告单，这家西餐厅位于西城东路的中段。

聂明上了一辆出租车，告诉司机目的地。

十分钟后，他到了博尔顿西餐厅——这是一个布局尽显欧陆风情的高档场所。以聂明的收入水平，无法成为这里的常客，他以前只和朋友来过一两次。

进门之后，聂明感到有些意外——这里并不像他之前想象得那般热闹，反而有些冷清。只有几对情侣坐在窗边喝着冷饮。

一位年轻的男侍者微笑着迎上前来招呼聂明，把他带到了一个清净的座位。

"先生一个人？"男侍者问。

"是的。"

"请问您要点什么？"男侍者递给聂明一个皮制封面的精致菜单。

聂明翻了翻菜单，对准备记录的侍者说："我就尝尝你们这里免费提供的牛扒吧，再给我一杯咖啡，谢谢。"

男侍者正准备往本子上写，突然停下笔问："对不起，先生，您刚才说'免费牛扒'？嗯……也许是我听错了？"

聂明抬起头问："怎么，你们这里不是在搞五周年庆吗？牛扒和红酒免费。你们的广告单上是这么写的。"

男侍者笑着摇了摇头："先生，您肯定是弄错了，我们这里没搞活动。您说的也许是另一家西餐厅。"

"什么？"聂明感到尴尬万分，"我搞错了？可是，那张广告单上明明是这么写的……"他下意识地摸了摸上衣口袋，才发现那张广告单早就被他扔到垃圾筒里了。

"那么，先生，您还要……刚才点的那些吗？"

正在聂明不知怎么回答时，从他身边走过来一位年轻女子，她对侍者说："对不起，我朋友大概是搞错了，请给我们两杯咖啡。"

"好的。"男侍者点头离去。

那个身着一套白色职业装的女人这个时候转过身来，一道凌厉的目光射向聂明。聂明惊讶地望着这个陌生女人，不知所措。但他却不得不承认，这是一个面容超凡脱俗的女人，有着挺拔的身姿和一股不怒自威的庄严气质。

聂明突然觉得这种气质似曾相识，他在一瞬间明白了这个女人的身份。

没等聂明开口，这个女人就已经坐在了他对面的座位上，然后盯着聂明的眼睛，说："你是聂明？我想，你也应该猜到我是谁了吧。"

"你是宋泰然律师的女儿，对吗？"聂明沉着地说。

她点头："你是个聪明人。这可以使很多事情变得好办。"

聂明不明白她这句话是什么意思，问道："我应该怎么称呼你？"

"宋静慈。目前在国家社会科学院工作，主要研究心理学。"

"那么，宋静慈小姐，很明显，我们今天的会面不是一次巧合。"

"聂先生，我不得不告诉你——你从八月十三号开始的几天行踪都在我的密切监视中。你在家里待了两天没有出门，直到今天下午，你刚离开家就接到了那张由我杜撰的广告单。当然，那个男孩也是我安排他在那里等你出门的。"

聂明摇着头说："我不明白，你为什么要这么大费周章地和我见面，其实你直接打电话把我约到这里来我也不会介意。"

宋静慈用手托着下巴，凝视着聂明的双眼："你真的不知道我为什么要把你约在这里见面？或者说，你真的不知道这里是什么地方？"

聂明愣了一下:"怎么?这家西餐厅……很特别吗?"

宋静慈垂下头沉默了几秒钟,然后抬起头说:"四天前,我父亲就是在这家西餐厅旁边坠楼身亡的。"

聂明惊讶地张大了嘴:"这么说,这个地方就是……"

"我父亲家——就在这家西餐厅楼上。"

八

侍者端来两杯热咖啡,礼貌地放在桌子上,说了一声"请慢用",然后离开了。

聂明看着宋静慈,困惑地摇着头:"我不懂,你把我引到这里来是什么目的?"

"在我研究的心理学范畴内,有一项是关于犯罪心理学的。"宋静慈说,"这件事——请原谅,在今天会面之前,我和警方一样把你当成首要嫌疑人——按我的分析,如果你真是凶手的话,一定会想方设法避免来到这个地方,以免引起怀疑,而绝对不会为了吃一顿牛扒而来——但现在,你却真的在毫无戒心的情况下来到了这里。所以我想,也许我真的误会你了。"

聂明皱着眉头想了一会儿,说:"我想,这里发生了这么大的事,很多人都应该知道在这种情况下,正常人都会避免来到这个地方才对。"

"看来,你是真的不知道。我父亲并不是坠落在这家西餐厅的门口或大街上,而是这个餐厅的厨房后门——那是一个不会有人经过的旮旯,是餐厅用来堆放杂物的地方。我父亲坠落在那里,并没有很多人看到,只有两个厨师发现了,才赶紧报了警。而警察很快就封锁了消息,所以根本没有多少人知道这件事。"

聂明凝视着宋静慈:"这么说,如果我今天凑巧不想吃牛扒,那你就会把我当成一个杀人凶手?"

"当然不。"宋静慈说,"我还有很多方法可以试探你,但现在,我看都用不着了。"

聂明的眼睛望向窗外，轻轻地叹了口气。

"怎么了，聂先生，你好像很不开心？"

聂明将头转过来："宋小姐，你认为我现在应该怎样？因为你没有把我当成凶手而如释重负吗？你可曾想过，在这起事件中，我也是一个受害者！"

宋静慈张了张嘴，没有说话。

"现在，你的测试结束了，谢谢你没有把我当成杀父仇人。我可以回家了吗？"聂明站起身。

"等等，聂明，我……"

"也许你还有一项测试？宋静慈小姐。"

"不，我……我希望你能帮我。"

"帮你？你不认为这个请求更适合向警察提出吗？"

"你是唯一能帮我的人，聂明。"宋静慈一脸严肃，"请坐下来听我说完，好吗？"

聂明望着宋静慈的眼睛，他在那双清澈的眼眸中看到了期盼和恳求。他只能再次坐下。

"我只有父亲，聂先生。我的母亲在生我时难产而死。从我记事起，就只有父亲一个人的关心和爱护，他是我最亲的人。但现在，他这样惨死……"宋静慈的眼神暗淡下来，声音有些哽咽，"我想，你能理解我的心情，对吗？"

"我完全理解，我也感到非常遗憾。可是，我真的不明白我能帮上你什么忙？"

"聂明，我现在完全相信你不会是那个杀害我父亲的凶手，所以，我想你也许能提供给我一些有用的信息，让我能够以此为线索调查出杀害我父亲的凶手。"

聂明想了一会儿，说："听起来，你好像很肯定你父亲是死于谋杀，而绝非自杀。据我所知，连警察都还没对这个案子下定论。"

"问题就在于此！根据我的判断和警察与我的对话，我感觉他们会将这个案子定性为一起自杀案。但这是绝不可能的！"宋静慈的语气激动起来，"我父亲绝不会自杀！在他死的那天下午，他还跟我通过电话，没有任何轻生的迹象！我们的谈话就像平常一样自然轻松！"

"所以，你认为只能由自己来调查这起案子，揭开真相？"

"这是我能为我父亲做的最后一件事。"

看着宋静慈坚定的眼神，聂明从心底生起一股敬佩之情。

"好吧，宋小姐，我答应你。我会全力支持和协助你调查这件案子。这也关系到我的清白，我必须向所有人澄清这个误会。"聂明说。

"谢谢你，聂明。真的很感谢你。"

"好了，现在的问题是，我们怎样着手去调查？"

"我认为，我们应该抓住现在仅有的线索。"

"仅有的线索，你觉得是什么？"

"你总是习惯由别人将重点说出来，对吗？"宋静慈笑了一下，"其实你比我更清楚，对不对？"

聂明不得不承认，宋静慈的心理分析能力已经登峰造极。他必须更加坦诚地面对她。

"你是指那个黑本子，在你父亲家丢失的那个黑本子，对吗？"

"还有什么能比这样东西更重要？我父亲从于家拿到了这个黑本子不出四个小时，就遭人杀害；家里的东西一样都没丢，唯独少了这个本子；我父亲写在记事本上的那段话，内容也全部是关于这个黑本子的。聂明，你认为这些向我们提供了什么？"

聂明想了想，说："起码让我们知道了行动的方向。"

"完全正确。"

"如果我们能够找到这个黑本子，那么所有的谜团都将解开。"宋静慈盯住聂明的眼睛说，"我从刚才和你的谈话中感到——你认为要找到那个黑本子并不是很困难的事，对吗？"

聂明摇了摇头："我不觉得那个黑本子很好找，我只是认为我们有一些线索——那就是你父亲留在记事本上的那段文字。如果我们能弄清楚那几段话是什么意思，或许就能揭开黑本子的秘密。"

"那个记事本作为我父亲的遗物，现在就在我那里，在我家里。可是我看不懂那是什么意思。你呢？"

"我同样看不懂。"

宋静慈思索了一会儿："我父亲死的那天下午，他和你一起在于家。他看完了那个黑本子，然后把你约到院子里谈了一次话，对吗？他跟你说了些什么？"

"他显得很紧张，很慌乱，甚至有些恐惧——我不知道他为什么会这样。他说，那上面所写的根本不是普通的财务问题……他还说要去证实本子上的内容，之后就不辞而别地离开了于家。"

"那么，他对本子上内容只字未提？"

"只字未提。"

宋静慈想了想："我父亲就只说了这些？"

聂明用手来回搓着咖啡杯，过了半晌，低声说："还有一件事，但是……这件事连警察也不知道。"

"什么事？"

聂明皱着眉想了一会儿，说："我可以告诉你，可是……"他欲言又止。

"聂明，告诉我，你用不着对我隐瞒什么。"

"那好吧。实际上，宋律师那天下午虽然没有对我讲关于那个本子的内容，却告诉了我本子的另一个秘密。"

宋静慈没有说话，等待着聂明继续说。

"这个黑本子，只是一个幌子，在它中间夹了三十页纸。而这三十页纸才是关键所在！"

宋静慈将身子慢慢靠在沙发靠背上，陷入沉思之中。

过了几分钟，聂明问："你想到了什么？"

宋静慈望着聂明说："我想，你现在有麻烦了。你处在危险之中。"

聂明吃了一惊，问："为什么？"

"你记得我父亲在记事本中写的那几段话吗？他似乎预感到了自己会被杀。同时，他又说'如果我死了，就让这个秘密永存地下'。你想到了吗？聂明，这意味着什么？"

"意味着他有可能将这三十页纸藏在了某个地方——我在之前也想到了这个问题。但是，你说的危险是什么？"

"我们这样来看：凶手的目的是为了拿到黑本子。可是，当他拿到后却发现上面并没有自己想要的东西，他会怎么做？"

聂明开始紧张起来："也许，他会再到宋律师家去找……"他停顿了一会儿，"可是，为什么你说我会有危险？"

"他到我父亲家去找确实是可能性之一。但另一种可能是，他会认为你现在是唯一知道真相的人，而直接来找你！"

"可是，宋律师并没有把那三十页纸上写的内容告诉我！"

宋静慈摇着头说："这可是你自己说的，他凭什么认为你说的是真话？"

聂明感到冷汗开始从后脊渗出来，他不得不承认，自己忽略了这个问题。宋静慈分析的这种情况完全有可能发生！

"而我现在也很危险。"宋静慈接着说，"他也可能会认为我父亲把那三十页纸放在了我这里。"

"如果是这样，那真的糟透了。"

"等等，如果他真的这么想……"宋静慈忽然一脸惊慌，她猛地站起来，"如果他真的这么做了……"

"怎么，你觉得……"

"我必须马上回家！我弟弟在家里！"

九

宋静慈冲出西餐厅，迅速拦了一辆计程车。

"抱歉，我得走了。我改天会和你联系。"她坐上车，对聂明说。

"我和你一起去。"聂明没等宋静慈同意，就坐到了她身边。

"聂明，你……"

"如果情况真如你说的那样，你一个人怎么应付？"

宋静慈感激地看了聂明一眼，然后对司机说："去江源路，快一点！"

汽车开始向目的地快速行驶。

二十分钟后，他们到了一幢电梯公寓楼下。宋静慈将车费塞给司机，然后立即下车。

聂明和宋静慈乘坐电梯到九楼。在电梯室，宋静慈焦急地跺着脚。

"别太着急了，我想不会这么凑巧的。"聂明安慰道。

宋静慈微微点了点头，眉头仍然紧锁。

电梯门打开后，宋静慈飞快地冲出来，她颤抖着从皮包里摸出钥匙，打开了902号房的房门。

"宋宇！你在吗？"宋静慈进屋后大喊。

她在几间屋挨着寻找，终于在一间书房里发现了她弟弟宋宇——这个十四岁的男孩正捧着一本厚厚的大书在看。显然，姐姐的突然出现吓了他一大跳。

宋静慈一把将弟弟抱住，长长地舒了口气："谢天谢地！你没事。"

宋宇被姐姐抱在怀里，却仍然是一副木讷的表情，没说一句话。

看到这一幕，聂明感到不解：难道，宋宇是个哑巴？

宋静慈回过头，看到聂明困惑的表情，将宋宇放开，走过来对聂明说："我们到客厅去谈吧。"

聂明坐在客厅高档的欧式皮沙发上，接过宋静慈递来的一杯清茶，终于忍不住问："你弟弟……不会说话？刚才我们叫了他那么久，他都没吭一声。"

宋静慈坐下来，叹了口气："不，他不是哑巴。他来我们家没多久，就得了严重的自闭症。之后，就几乎没听过他说话了。"

"他来你们家？这么说……"

宋静慈点点头："对，他不是我父亲的儿子。是我父亲在六年前娶的第二个妻子——也就是我继母带过来的孩子。只是到了我们家后，他才改姓宋的。"

"那么，你继母她现在怎么样了？"

"她在嫁到我们家后过了几年就得了一场重病，没多久就死了。这对我父亲打击很大，他把这些不幸发生的原因归结到自己身上，并认为自己有克妻的命，以至于他的两任妻子都在嫁给他后不出几年就死了。他一直活在自责中，并发誓从此终身不娶。"

沉默了几秒钟，聂明问道："也许，这是你们的私事，我不该过问……但我实在想知道，为什么你和宋宇不跟你父亲住在一起，而要和他分开，单独住在这里呢？"

宋静慈摇了摇头："你不知道，我继母比我父亲小了整整十岁。我父亲在得到她后，为了使她开心，用尽了一切方法来讨好她。但同时，也冷落了我和宋宇。再加上宋宇在家里根本不理睬我父亲，反而对我比较亲近。所以，在我继母死后，我和宋宇就搬到了这里。"

聂明点了点头，表示理解。

"我和我父亲虽然因为这件事关系冷淡了一些，但我仍会每个星期都去看他，而我父亲也一直关心着我。我……绝对不允许任何人伤害他！"说到这里，宋静慈的眼睛里充满了愤怒，情绪又激动起来。

过了一会儿，她平静了一些："我们现在的处境非常被动，根本不知道那个凶手会采取什么行动。"

"也许我们可以抢在他之前行动。"聂明说。

"我们该怎么做？"

聂明想了一会儿，说："你父亲留下的那个记事本在你这里，对吧？你把它拿出来，我们再研究一下，或许能够发现些什么。"

"好，你等一下。"宋静慈起身走进自己的房间。

一分钟后，她拿着那个蓝色的记事本回到了客厅。

聂明将记事本翻开，再次把那几段意味不明的留言看了一遍。他问宋静慈："对于这几段话你怎么看？"

"我一点也看不懂。"

"但为我们提供了一些线索。"聂明说。

"不错，我也注意到了。凶手是个男人，而且还有可能是我们认识并熟悉的人——"

说到这里，宋静慈停了下来。她用左手食指来回揉着太阳穴，似乎在一瞬间想到了什么。

"怎么，你想起了谁？"聂明问。

"嗯……之前，我把注意力都放在你身上。而现在，我已经排除并完全信任了你。那么现在想起来，有一个人……"她停了下来。

聂明将身子坐直，望着她。

"我们这样来想：事发当天下午，只有你、司马太太、于成的弟弟、我父亲这四个人知道'有一个神秘的黑本子存在'这件事。而我父亲作为唯一一个看完了这个黑本子的人，在短短三四个小时内就遇害了，然后黑本子被拿走——"

"而凶手是个男人。"聂明有些懂了，"又是你父亲认识的人。"

"你也注意到了吗？这样排除下来，除了你，就只剩下一个人了。"

"于成的弟弟于杰！你怀疑是他？"

"起码目前来说，还有谁比他更有嫌疑？而且，他也完全具备作案动机——于成死后，他就成了于氏家族的继承人。我们假设这个黑本子里写了一些关于于杰的秘密——你想到这里面的利害关系了吗？"

"所以，他杀了你父亲，拿走这个本子——也许是为了不让这个黑本子里所写的秘密外泄，从而对自己不利？"

"我只能说，这是目前最有可能性的一种推测。"

"但也仅仅只能作为一种猜测。我们没有任何证据证明他做过这些事。"

"但起码让我们有了调查目标。"

聂明皱起眉头说："你别忘了，他现在是于氏家族的继承人。我们两个普通人凭什么去接近他？他又有什么义务配合我们？"

宋静慈想了想，说："我有办法。我父亲为于家工作了几十年，我小时候也经常在于家玩……我知道，在于家有一间专属于我父亲的办公室。我想，那里面一定放了不少他的东西。我们可以借把他的遗物拿回来的机会向于杰询问一些情况。"

"嗯……这样做合情合理。于杰不会猜到我们在怀疑他。"

"但问题是我们要怎么问他？该不会问'对不起，你认为我父亲的死和你有没有关系'吧？"

聂明用手托住下巴，开始思索。

一分钟后，他用力拍了一下大腿："我知道该怎么去试探他了！我们什么时候去于家？"

"越快越好，最好明天——可是，你真的有把握吗？你准备怎么去套他的话？"

"暂时保密。"聂明轻轻一笑。

十

第二天上午九点半，宋静慈准时在街心花园和聂明碰头。

"我们现在就去于家。希望于杰没有出门。"聂明看了看表说。

"没有特殊情况的话，他这种豪门大少是不会这么早起床的。我看我们不必担心见不到他。"

"那走吧。"聂明抬手招了一辆出租车。

半个小时后，他们顺利坐在了于家那套大房子的会客厅中。

女佣端来两杯茶放在聂明和宋静慈面前，问道："你们是要见司马太太还是于杰先生？司马太太还没起床，于杰先生在后花园锻炼。"

"不用吵醒司马太太了。我们找于杰先生，麻烦你通报一声。"宋静慈面带微笑地说。

"好的，两位请稍等。"女佣转身离开。

几分钟后，穿着一身运动服的于杰来到客厅，他全身大汗淋漓，显然才做过剧烈运动。

"静慈……还有聂明，你们怎么来了？"于杰坐了下来，同时接过女佣递过来的热毛巾，擦了擦脸上的汗。

"真不好意思，这么早就来打扰你。"宋静慈说。

"没关系。"于杰耸了耸肩膀,"你们有什么事吗?"

"是这样,我父亲在你们家有一间专用的办公室吧?现在他走了,我想把他的东西拿回家,留作纪念。"

"哦……那是应该的。"于杰说,"对于宋律师的死,我们全家都感到非常遗憾。"

"谢谢。那么,那间办公室在哪儿?"

"我让人带你们去。"于杰把刚才的女佣叫过来,"你带宋小姐他们去宋律师的办公室。"

"宋律师的办公室在这边,请跟我来。"女佣示意聂明和宋静慈跟自己走。

在走出这间客厅之前,于杰忽然问了一句:"对不起,我真的很好奇,你们俩怎么会在一起?"

聂明和宋静慈对视了一眼,聂明转过身说:"宋律师出事那天下午,把我叫到花园里,并告诉了我一些事情——宋小姐觉得,这有助于揭开她父亲遇害的真相,所以请我来帮她的忙。"

于杰的嘴唇微微张开了一下。几秒钟后,他问:"宋律师……告诉了你一些事?什么事?"

聂明显出为难的神情:"对不起,我恐怕不能说。"说完,准备离开这间房子。

"等等,聂明。你果然……知道了一些秘密,对吗?"

这句话一说出口,于杰的手不自然地抖动了一下,仿佛意识到失言了。

聂明走近于杰一步,问:"我只是说,宋律师告诉了我一些事情,你怎么知道他告诉了我一个秘密?"

"因为宋律师是在看了那个黑本子后找你谈话的,他必然是将那个本子的秘密告诉了你一些……"

"可是,你是怎么知道那个黑本子里写的是一个秘密?"

"我……"

"你看过那个黑本子！"聂明大声说。

于杰慢慢坐到沙发上，脸色极其难看。那个女佣显然不知道发生了什么事，站在一旁手足无措。

"你先下去。"于杰朝女佣挥了挥手，再对聂明和宋静慈说，"请你们坐下来听我说。"

这当然是聂明最盼望的局面，他冲宋静慈使了个眼色，两人又坐回原来的地方。

"聂明，你能告诉我宋律师对你讲了些什么，那个本子里到底写了些什么吗？"于杰突然用一种期盼的眼神望向聂明，语气中竟带着恳求。

聂明愣了一下："你不是知道那个本子里记载的是一个秘密吗？我以为你看过。"

于杰摇了摇头："我要是看过，还用得着在这里问你吗？"

聂明和宋静慈再次对视了一眼，他们俩已经完全被弄糊涂了。

于杰长长地叹了一口气："其实，这个本子我还真看过一回。只是……"

他停了下来，眼睛望着天花板，陷入回忆之中。过了半晌，他继续说："在我十岁那年，发生了一件至今都让我害怕的事。有一天，我父亲在这所房子的书房里办公，我在客厅里玩……母亲走了过来，叫我去叫一声父亲，她要跟他商量一件事。于是，我就去敲书房的门，我父亲很快过来打开了门。我告诉他妈妈找他有事，他点头答应，然后将书桌上的一个黑色本子塞到书橱的第五层——那是一个以我当时的身高完全无法够到的高度。之后，他就出去了……

"我留在他的书房内，感到好奇——那是个什么本子？为什么父亲离开这么一小会儿都要把它藏在那么高的地方？在好奇心的驱使下，我找来一把椅子，站在上面踮起脚，终于拿到了刚才那个黑本子，我将它拿了下来。

"拿到这个本子，我翻开了它，刚准备看——突然，我父亲闯了进来。他看到我正翻开着这个本子，大叫一声，冲过来一把抢过本子，将它合上，然后……"

于杰浑身一抖，打了一个冷战。停顿了几秒，他的声音也开始颤抖起来："我父亲平时都很温和，平易近人。但那一刻，他就好像疯了一样，瞪大眼睛望着我，一只手紧紧抓住我的肩膀。我被他抓得很痛，拼命挣扎，但他却按得更紧了，并问我刚才是不是看过这个本子。

"我很害怕，他从来没有这样对待过我，我只有老实说：'不，我没看，我只是刚刚拿到而已。'但是，我父亲似乎并不相信我的话，他一连问了我不下五次：'你真的没看？说实话！到底看没有？'

"我被吓哭了。我当时甚至产生了一种奇怪而恐惧的感觉——我父亲有一个不可告人的秘密记载在这个黑本子里，如果我真的看了这个秘密，他甚至有可能会杀了我！

"我只有拼命争辩，边哭边赌咒发誓，说我绝对没看过。我父亲似乎有些相信了，他放开了我，我疯狂地想跑出这间屋子。突然，他又一把抓住我，低声对我说：'这件事情，你不准对任何人讲，包括你母亲。'我赶紧点头，他盯着我看了一会儿，终于放手让我离开了……"

于杰讲完这件事，用右手托住头，眉头紧蹙，好像又回到了十几年前犯错那天。

"那……你到底有没有看到那个黑本子上写的是什么？"聂明问。

"我当然没看到！我要是看了，刚才还会那么紧张地问你？"

"等等，这么说，这个黑本子根本就不是于成的，而是你们父亲的？"宋静慈问。

于杰点点头："其实，自从这件事后，我根本就不知道这个黑本子的下落，也绝对不敢去打听关于这个黑本子的事……直到我哥哥死了，聂明来到我们家，说起哥哥的遗嘱，我才知道原来父亲把这个黑本子传给了作为长子的哥哥。现在，因为这个黑本子，又出了这样的事……我……"

于杰停了下来，他似乎被恐惧掐住了喉咙，急促地喘着气。

宋静慈突然想起了什么，问："你父亲，是不是于家的长子？"

"是的。"

"这个黑本子，是你父亲在什么时候传给于成的？"

"我不知道，大概是我父亲临死前交给我哥哥的吧。"

聂明皱了皱眉，问："你父亲是怎么死的？"

于杰抬起头，望着聂明："你问这个干什么？"

"对不起，我感到有些奇怪。你父亲在中年就过世了。你刚才说，他有可能是在临死前将黑本子交给于成的。难道，他知道自己会在什么时候死？"

于杰沉默了一会儿，说："实际上，我也不是很清楚……"

"你不知道你父亲是怎么死的？"聂明眯着眼睛问。

"你知道，我们家有一个祖传的家规，长子必须住在西边的那间白房子里。"于杰说，"我记得在我十五岁那年，有一天，我哥哥接到了一个电话，是我父亲从白房子打过来的。我哥哥放下电话后慌忙跑去了白房子。大概半个小时后，他抱着我父亲出来，那时，我父亲已经断气了。"

"他死于什么？"

"于成说，父亲死于心脏病发作，后来法医检查过，也认为是这样。"

宋静慈突然捂住了嘴："你父亲，是死在那间白房子里的……那于成，他还敢以后每天一个人住在那间白房子里？"

"这是家规，不是我哥哥愿不愿意的事，他没有选择的余地。况且，我觉得他也不会有任何不舒服的感觉。"

"为什么？"聂明问。

于杰再次叹了口气："我父亲和我哥哥……非常相似，他们俩都是十足的怪人。他们经常在一间屋里谈论着什么，绝不会让其他人参与——哦，对了，除了经常来找我父亲的，他的那个朋友以外。在我父亲死后，于成简直就像变成了他一样，经常一个人待在那间白房子里，一待就是十几个小时，我觉得正常人是不会喜欢这么做的。我不明白，那么恐怖的一个白房子，他们居然愿意待在里面。换成是我，就算不当这于家继承人，我也不会待在那里面！早晚有一天会疯掉！"

"听起来，你进去过？"聂明问。

"我没进去过！"于杰突然涨红了脸，"我避开那所白房子还来不及呢！我才不会进去！"

"那现在于成死了，由谁来住那间白房子呢？"

"没有人住。于成又没有儿子，按照家规，现在没人有资格进这所房子了。"于杰突然停下来，"你们不是来拿宋律师的东西吗？为什么把我们家的私事问得这么详细？"

"哦，对了。我们得去拿东西了。"聂明略带歉意地说，"刚才只是一时好奇，多问了点，不好意思。"随即和宋静慈一起站起身来。

"好了，现在你能不能说说，宋律师到底告诉了你什么秘密？"

"宋律师告诉我的秘密就是——这个黑本子里隐藏着某个重大的秘密。除此之外，我一无所知。"聂明无奈地摊了摊手。

于杰望着他，半晌没说一句话。

十一

宋律师留在于家的东西并不多，只有几个大文件夹，里面夹着一些文稿、资料和信件之类的。再有，就是几本书和笔记本。收拾起来，竟用一个大塑料袋就全部装完了。

聂明和宋静慈告别了于杰，带着宋律师的遗物又回到了宋静慈家。这时宋宇已经吃完了自己做的中午饭，在睡午觉。

聂明点燃一支烟，狠狠地吸了一口，再将白色的烟雾缓缓吐出。

"我以为你不抽烟的。"宋静慈坐过来说。

"一般不抽。"聂明扭过头望着她，"于杰刚才说的那些，你怎么看？"

宋静慈轻轻叹息一声："从心理分析的角度来看，他极有可能说的是实话。"

聂明若有所思地点了点头："我也这么觉得，他不可能在没有任何心理准备的情况下编出这样一个毫无破绽的故事。"

"如果他说的那件事是真的，那他对那个黑本子充满好奇心就完全符合逻辑。"

"但这份好奇心不至于使他去杀人——这样的话，他也就不可能是凶手了。”

“是的，这条线索又断了。”宋静慈充满沮丧，“我们现在又失去了方向，根本不知道下一步该怎么办了。”

“让我再想想。”聂明闭上眼睛，将头靠在沙发靠背上。

“别着急，慢慢来。”宋静慈站起来说，“我去煮两杯咖啡。”

聂明一个人躺在客厅的沙发上思考了十几分钟，感到毫无头绪，他坐起身，看见了他们才从于家拿回来的宋律师的文件夹。

聂明突发奇想——这里面会不会记载着什么有用的东西呢？他来了精神，翻开一个文件夹，拿出其中一篇文稿。

聂明看了看这篇文稿的标题——“恶犬伤人事件处理及赔偿方案”。看起来，这是宋律师以前接手的一个案件，上面是宋律师亲笔书写的文字。

聂明将这篇文稿大致浏览了一遍——这是一篇再普通不过的民事诉讼文案。聂明撇了撇嘴，将这篇文稿放回原处，又一头倒在沙发上。

一分钟后，他突然猛地直起身，将那篇文稿再次翻出来，仔细观察着。紧接着，聂明又从文件夹中找出另外几篇文稿，他快速地浏览着每一篇文稿。

这个时候，宋静慈端着咖啡从厨房走了出来，她看见聂明将父亲的文稿翻得满桌都是，不禁惊呼起来：“聂明！你在干什么？”

“快！你快把你父亲留下的那个记事本拿出来！”聂明喊道。

“你……发现了什么？”

“快拿来！”聂明头也不抬地说。

宋静慈放下咖啡，走到自己房间，拿出那个蓝色记事本，递给聂明。聂明再次看了一遍记事本上的留言，他张了张嘴，又将记事本合上。

“到底怎么了？你发现了什么？”宋静慈焦急地问。

聂明拿起那篇“恶犬伤人事件处理及赔偿方案”，放到宋静慈的面前：“你看一下这篇文稿。”

宋静慈快速阅读了一遍，困惑地抬起头，问：“这篇文稿怎么了？有什么不对吗？"

"再看看这几篇。"聂明又递给宋静慈几篇宋律师写的文稿。

宋静慈将每篇文稿都浏览了一遍，仍然一片茫然："这些文稿都很普通，没有什么特别的啊！"

聂明摇着头说："不，不是内容。你看一下这几篇文章的格式——这篇'恶犬'的字数大概有三千字，一共分了四段，平均每段有八百字左右。你再看看这几篇，几乎每篇都是这样——一段七八百字，多的有近千字。"

"这说明了什么？"宋静慈问。

"说明了你父亲的写作习惯。每个人都有自己的写作习惯，你父亲的习惯就是——不喜欢频繁地分段！每段都很长！"

"而他留下的这篇留言——一共才一两百字，就每句话各为一段，你不觉得奇怪吗？"聂明将记事本翻开，摆到宋静慈面前。

宋静慈仔细看了一会儿记事本上写的那几段话，眉头紧锁："难道，你怀疑这个记事本上留下的文字，并非我父亲所写？"

"可是从笔迹上来看，又确实是你父亲亲笔书写的。"

宋静慈摊了摊手："那我就不懂了，这是为什么？"

聂明沉默了一会儿，说："这个记事本上写的日期，你注意到了吧，并不是事发当天的日期。你知不知道这有什么意义？"

"是的，我早就发现这个日期不对，可我不知道这有什么意义。"

"十二月二十三日……"聂明将这个日期反复念了几遍，问道，"……这不是个特殊的日子吗？"

宋静慈摇头："我把跟我们家所有人相关的特殊日子都回忆了一遍，没发现和这个日期有什么关系。"

聂明想了想，问："你母亲的忌日是哪天？"

宋静慈耸了耸肩："我早就想过了，但是不对，我母亲的忌日是一月二十二日。"

聂明垂下头，再次陷入沉思之中。几分钟后，他再次打开蓝色记事本，眼睛死死地盯着右下角那个日期。

突然，他张开嘴，似乎意识到了什么，将那个本子一把抓起来，紧皱着眉头从上往下看。看着看着，聂明的身体微微颤抖起来，豆大的汗水从他的额头上淌了下来。

"你……发现什么了？"宋静慈赶紧问。

"我明白了！这个本子果然是被宋律师做过手脚的！我全看懂了！"聂明惊呼道。

"什么！你看懂了！到底是怎么回事？"宋静慈焦急地问。

"你看，"聂明激动地将本子摆到宋静慈面前，"这个本子下方写的'05.12.23'，我们一直都认为这是一个日期，对不对？"

"难道……不是吗？"

"这个地方就是宋律师暗藏的玄机所在！他让我们每个人都认为那是个日期，但实际上——你去掉这几个数字中间的小数点试试。"

宋静慈看了一眼，说："那就变成了'051223'这样六个数字。"

"好，你再数数，这篇文字一共有几段？"

宋静慈数了一下："六段。"

聂明炯炯有神的眼睛注视着她："看出来了吗？"

"嗯……我想，我还是有些不懂。"宋静慈困惑地摇着头，"到底怎么回事？"

"你现在再来看一次——将六个数字分别对应六个段，再取每段中相应的那个字。试一试！"

宋静慈将本子挪到自己面前，再一次认真观看。看了几分钟，她大叫起来："天哪！如果第一段取'0'，第二段取第五个字，第三段取第一个字，第四段取第二个字……"

"拼出来了吗？"

宋静慈惊异地抬起头来，缓缓地说："原来是这样……"

聂明默默地点了点头，再拿起茶几上的一支圆珠笔，将那几个字写在一张纸上：藏在花台里。

十二

"你父亲将那三十页纸藏在了花台里面!"聂明说,"知不知道,是哪个花台?"

"还能是哪个花台?当然是我父亲家阳台上那个!他平时总是在那里面种一些他喜欢的植物。我没有想到,他竟然会把三十页纸藏在那个地方!"宋静慈重重地敲了一下自己的脑袋。

"那现在……"

"还等什么?马上到我父亲家去,找出那三十页纸来——所有的谜团就都解开了!"宋静慈说。

"可现在已经是晚上七点钟了。"聂明看了看手表说。

"那又怎么样?难道你不想立即知道这整个扑朔迷离的事件是怎么回事吗?我可是等不及了。"宋静慈焦急地说。

聂明想了想,说:"好吧,我们现在就去!"

宋静慈来到宋宇的房间,跟他简单交代了几句,然后立即和聂明下楼,招了一辆计程车,向父亲的住所驶去。

半小时后,他们来到了宋律师的家门口。这时天色已经完全暗淡下来了。宋静慈取出钥匙,颤抖着手将门打开。

聂明明白她激动的心情,轻轻拍了拍她的肩膀,说:"冷静些,别太心急了。"

宋静慈回过身,点了点头,将房门推开。

进入宋律师家后,他们径直走到阳台,一眼便看见了那个不到两平方米的小花台。花台里种着几棵草本植物,因为长时间没有浇水,多数已经枯死了。

聂明望了望四周,在阳台的一个角落里发现了一柄用于松土的小铲子。他把它拿了过来,同时望了一眼宋静慈。

"挖吧!"宋静慈果断地说。

聂明开始用这柄小铲子进行挖掘,挖起来的泥土堆放在阳台的空地上，不出十分钟，这个小花台就被挖去了接近一半的泥土，但他们什么都没发现。宋静慈感到心急如焚，她站在一旁，不停地用左手食指来回揉着太阳穴。

突然，聂明大叫一声："找到了！"然后将右手伸进去，拿出了一个沾满泥土的黑色塑料袋，里面很明显包裹着一些纸张类的东西。

聂明和宋静慈激动地对视了一眼，他们明白——他们一直在寻找的东西就在里面。

聂明小心地将这个塑料袋捧在手里，吹掉上面的泥土，轻轻拍了拍，再将缠了几圈的塑料袋打开。黑塑料袋里面还裹着一个白色塑料袋，宋静慈将它拿过来，她已经能通过有些透明的白塑料袋隐约看到——里面确实装着几十页笔记本纸。

宋静慈将其拿进父亲的书房，放在书桌上，打开台灯，准备撕开这最后一层塑料袋，拿出里面的东西。聂明就站在她身后，两人的心情都紧张到了极点。

就在这时，一件令人毛骨悚然的事情发生了。

这张办公桌是正对着墙壁的，宋静慈和聂明也都对着墙壁，但就在宋静慈全神贯注地打开那个塑料袋时，聂明感到从他身体右侧吹来一丝冷风，他下意识地朝右边的窗子瞥了一眼。

这一眼，几乎令他在一瞬间窒息——在离他不到三米远的玻璃窗户中，聂明清楚地看见一个人形的黑影子，正一动不动地观察着他和宋静慈。

"啊！"聂明大叫一声，这突如其来的景象将他吓得魂不附体。

随着这一声惊叫，那个黑影子晃了一下，消失了。

在这空旷寂静的房间里，聂明的这一声大叫把宋静慈吓了个半死。她大张着嘴转过头，望着一脸惊恐的聂明，问："你怎么了？"

聂明哆嗦着身子，他缓缓地抬起手指指向窗户，说："刚才……我在窗户里看见一个黑色的人影，他……正注视着我们。"

宋静慈感到后背一凉："什么！你是说……在窗户外面，阳台上？"

聂明瞪大着眼睛，点了点头。

"天哪！"宋静慈下意识地靠近聂明的身体，"别吓我！这……这怎么可能，我们刚从阳台上进来——那里除了我们哪里还有其他人？"

"我……我不知道，但我敢肯定刚才我看见了一个黑影子！我绝不会看错！"

"那现在……我们该怎么办？"宋静慈全身发起抖来。

聂明一把捡起书桌上的那个塑料袋，大声说："离开这里！快！"

十三

聂明和宋静慈逃命般离开了宋律师家，然后回到宋静慈的住所。在沙发上坐了十多分钟，两人都还是满头大汗，惊魂未定。

宋静慈到弟弟房间看了一眼，宋宇已经睡了，她轻轻关上了房门。

"好了。"她将那个塑料袋包着的东西放到茶几上，然后和聂明坐在一起，"我们可以打开它来看了。"

聂明仍然沉浸在半小时前的恐怖回忆中，他不住地打着冷战："我刚才看到的……究竟是什么？"

宋静慈似乎不愿再去回想，她皱着眉说："或许，我们看完这些之后，一切就清楚了。"

聂明若有所思地点了点头，和宋静慈一起望向茶几上的关键线索，他们一起扯掉了最后一层塑料袋——终于，露出了有些泛黄的几十页笔记本纸。

"是的！就是这三十页纸！"聂明激动地喊起来，"我曾经在宋律师的手里看到过一次，没错！就是这个！"

宋静慈也显得无比激动——整个事件的关键，所有秘密的答案，现在就摆在他们面前。两个人的心跳都开始加速，心情紧张到了极点。

聂明神色凝重地翻开第一页纸，和宋静慈一起俯下身，开始看上面所写的内容。

第一页纸上写道："现在看到这些内容的，必然是我的后代子孙，或是关系相当密切之人——你们接下来所了解的一切，均为真实情况。看完之后，切忌将纸上所写的内容告诉他人。谨记之！"

这是第一页所写的内容，后来看完全部内容后，聂明才知道这段文字是作为一个开场白和提示，接下来的几十页文字才是核心所在，而且是以日记的形式记载的。从第二页开始的大致内容如下：

"今天，我和瞿阳在柏林参加了一个国际性的科学界聚会。在那里，我们兴奋不已地发现——原来在世界范围内，有这么多和我们志同道合的、做着同样研究的科学家。在和他们的交流中，我们深深地意识到，我们正在从事的是世界上最困难，也是最难以获得突破性进展的课题。但是，我和瞿阳面对这个人体科学中最大的难题却仍然是信心十足。因为我们发现，在这些世界各国的顶尖科学家中，我们的研究进程竟然是最为领先的！

"在印度、菲律宾、泰国、中国，甚至还有荷兰、英国以及非洲的部分地区，均出现过这种不可思议的'转生'现象，而且绝非一例！这让我们为之惊讶——为什么世界各国都不约而同地发生过这种一个死去的人的灵魂转生到另一个人（多数是小孩）身上的现象？这种现象是不是人类科学上的一个盲点？这种神秘的转生现象究竟说明了什么？我们还会接着研究下去……

"今天是个划时代的、历史性的日子！我会永远记得，这一天是一九六二年五月十七日。我和瞿阳研究了十五年的课题终于有了成果！我做到了！果然，人的灵魂是一种能量，是一种由微小粒子组成的能量体！一个人死后，他的这种能量并不会立即消失，而如果这种能量以某种形式进入另一个人的身体中，就有可能会侵占这个人的身体，使他（她）变成另外一个人——这就像是一支强大的军队把一支弱小的队伍从一块土地上撵走，从而侵占这个地方一样——这就解释了，为什么世界各国会时不时出现这种奇异的转生、重生现象！

"我现在所做到的不仅仅是了解和证实这种现象——我已经制造出了一种机器，我把它叫作'转生仪器'。使用这种仪器，能够将一个刚刚死去的人的灵魂能量暂时凝聚，并通过一种形式注入另一个人的身体中去——如果我的理论没有错的话，只要前一个的能量大于后一个的，就能够形成'人为转生'！也就是说，这个实验如果成功，就意味着一个人能够通过'转生仪器'，通过'人为转生'这种方式无限制地活下去——这无疑是世界科学史上最伟大的创举！

"但是，现在我面临的问题是：我怎样做这个实验？如果直接用人来做临床试验的话，很明显是违反科学实验三大规则的。但这个实验又不可能在动物身上做。而且，要实验的话，岂不是必须要让一个人死，才能够让他释放出灵魂能量，供我们实验？这样的话，有谁会愿意配合我们？

"我和瞿阳商量了很久，终于作出一个决定——由我亲自当实验者。虽然我会死亡，但一旦转生成功，就能恢复意识，等同于活了过来！到那个时候，我就会将这个伟大的创举和研究成果公布于世！

"但同时，我也想到，如果实验失败了，我就永远地死去了。所以，我记录下这些东西连同家规一起传给我的长子，并且，希望我的后代能够继承我的遗志，将这项研究继续下去，也将这些东西一直传承下去——这样的话，就算我失败了，我的后人有一天也终会成功！如此，也不枉费我研究一生的成果付诸东流。"

看到这里，才看到第八页，再往下翻，就是一些完全看不懂的术语理论、计算公式和图表、图形，一直到最后一页。

聂明缓缓地抬起头，将身子向后仰在沙发靠背上，深深地吐了一口气。

宋静慈还在继续翻看后面那些晦涩难懂的东西——如果没猜错的话，那就是关于转生的方法了。

"怎么，你看得懂这些？"聂明发现过了十多分钟，宋静慈还在研究纸上的内容。

宋静慈将身子挺直，摇了摇头："这些复杂、专业的科学研究，我怎么可能看得懂？怕是只有记录这些东西的人和他的后人才能看懂了。"

"记录这些东西的人……"聂明说,"看来,我们都搞错了,本来以为是于成的父亲。现在从记载的年份上来看,应该是于成的爷爷才对。"

"于成的爷爷竟然是一个杰出的科学家。聂明,你认识于成这么久,他都从来没跟你提起过?"宋静慈问。

聂明摇摇头:"他很少跟我提起他的家人,更别说是关于这种重大秘密的。"

"转生……这个世界上真有这种事吗?"

"其实,关于转生的报道,我也在电视、报纸上看到过,这是世界上确实存在的极少数例子,通常都被看成是超自然现象。但我没想到的是,于成的爷爷竟然能发现转生的秘密,并将它掌握在自己手中。这实在是太惊人了!"

"这个秘密如果公布于世,必然会在全世界引起轩然大波。"宋静慈惊叹道。

"实验一旦成功,就意味着一个人能通过转生的方式无限活下去……"聂明重复着纸上的话,"人,真的能够获得永生吗?"

他们俩对望了一眼,然后陷入了深深的思考中。

十四

宋静慈坐在自家沙发上,问聂明:"你说,那个实验——到底有没有成功?"

"我不知道。"聂明说,"但是,我们可以把两种情况都推测一下。"

"假设说,实验失败了。"宋静慈分析道,"那于成的爷爷就在那次实验中死去,而这份笔记当然在那之前就传给了他的长子,也就是于成的父亲。而于成的父亲临死前,又将它传给了于成……"

聂明抢答道:"所以,于成才会在临死前托付给我,让我找到这份笔记,为的是不让它永远藏在那个隐蔽的'第四个抽屉'里。"

"可是,这里有个问题。"宋静慈说,"如果事情真这么简单,那后面发生的事呢?我父亲是怎样遇害的?而他留下的那个蓝色本子上写的内容又是什么意思？"

聂明托着下巴想了一会儿："那么，我们现在来假设另一种情况——这个实验如果成功了，那于成的爷爷就通过转生的方式活了下来……"

"等等，你好像忽略了一个问题。"宋静慈打断聂明的话。

"什么？"

"按那份笔记上写的——转生是要把一个人的灵魂注入另一个人的身体中，那么于成的爷爷如果要转生的话，必然要找一个被转生的人才行。"

"可是，笔记里没写这个人是谁。他会是谁呢？"

宋静慈歪着头想了一会儿："这个人必须肯乖乖配合才行。可是，谁会愿意让别人的灵魂来侵占自己的身体，然后自己的意识完全消失掉？"

聂明点点头："确实……如果是这样，恐怕没有人会愿意。"

"而且，那份笔记里说，最好是小孩子，那样会容易得多。"

"嗯……而且这个人还必须要在转生之后以一个合理的名义来继续进行这项研究。"

"是的，这说明不能找一个完全不相干的外人。"

说到这里，聂明和宋静慈同时抬起头，目光碰到了一起。

"难道……"宋静慈深吸了一口气。

"的确，我也想到了，如果要符合这样几个条件，那这个人有可能就是……"

"于成的父亲！"两人一起喊了出来。

"天哪！仔细想想，如果于成的爷爷用自己的儿子来做转生的对象，那真是再理想不过了！"宋静慈惊呼道。

"如果真是这样，那于成的父亲实质上是于成的……爷爷？"聂明感到难以置信。

这个时候，宋静慈突然将头垂下，张大了嘴。

"怎么？你还发现了什么？"聂明问。

宋静慈用手捂着嘴，犹豫着说："我……我还想到了一些事情。"

"什么？"

"你记不记得几天前，我们去于家，于杰跟我们说的一些话？"

聂明疑惑地望着她。

"于杰说，他父亲临死前，把于成叫到那间白房子里，结果一段时间后，于成就抱着父亲的尸体走了出来……他还说，于成和父亲非常相似，都是怪人，尤其是在他们的父亲去世后……"

"等等，等一下……"聂明用手按住自己的额头，惊讶地说，"难道……"

"这个实验可能不止做了一次，而是两次！"

"你是说，于成的父亲又通过转生的方式将灵魂转移到了于成身上？"

"这完全有可能！"

"我的天！"聂明用手按着头，感到思绪变得混乱无比，"这岂不是说，于成祖孙三人，其实骨子里都是同一个人？"

他想了一会儿，说："这样看来，你父亲临死前留下的那几段话我们就全都明白是什么意思了！他看到了这份笔记，知道了这个秘密，自然非常震惊和不安。于是，他准备去验证这件事的真实性……他用某种方法证实出这件事情是千真万确之后，感到非常惊慌和惶恐，他害怕有一个人会来要他的命——"

说到这里，聂明停了下来，宋静慈望着他。

"可是，宋律师说的这个'他'到底是谁？"聂明自言自语地说。

他们沉默了几分钟，都没有说话。

"我……有个大胆的设想。"宋静慈忽然开口道。

聂明转过头望着她。

"我在想，我父亲在留言中提到的那个'他'会不会就是于成，或者说，是于成身体里的那个灵魂。"

"你是说，那个活了一个多世纪的灵魂杀死了你父亲？"聂明惊讶地说，"可是，这怎么可能？"

"那份笔记里不是说，人的灵魂其实就是一种能量吗？是一种由我们通常无法看到的微小粒子组成的能量体。"

"你是说，那就是我们通常说的鬼魂？可是，如果这个世界上的每一个人死后，他的灵魂都能去随意杀人，那这个世界岂不是早就乱套了？"

"但你刚才都说了，那是一个活了一个多世纪、在三个人体内存活过的灵魂。他的能量究竟有多大，可能根本不是我们所能理解的！"

聂明紧皱着眉，他感觉这件事已经远远超出了他的认知范围，匪夷所思到了极点。

"而且，我父亲的留言里有两句话，你也注意到了。'他现在到底算是什么？''他还是人吗？'——这下，就可以解释这两句话是什么意思了。"宋静慈说。

聂明低下头，突然，他似乎想起了什么，一下惊叫起来："如果是这样，那么那天晚上在宋律师家中，我看到的那个黑色人影，难道就是……"

说到这里，他打了个冷战，不敢再继续说下去了。

"天哪……它还在那里，它根本就没走，还一直待在我父亲家里！"宋静慈大叫道，"这真是太可怕了，你真的看到了那个鬼魂！"

"可是，它为什么还要一直待在那里？"聂明问。

"也许……是为了在那里等我们？"

"等我们？等我们干什么？"聂明吓了一大跳。

"等我们帮他完成转生。"宋静慈脸色苍白地说。

"这……"聂明被吓得向后一仰，"这岂不是说，它随时有可能来找我们，出现在我们身边？"

"啊！别再说了，聂明！"宋静慈用手紧紧捂住耳朵，"别再说下去了！"

十五

聂明再次点燃一支烟，在屋内来回踱着步，嘴里不停说着："要真是这样，那真是见鬼了！糟透了！"

"算了，聂明。我们不要再调查下去了！"宋静慈几乎是带着哭腔，"这件事太可怕了，完全超出了我们的想象！"

聂明叹了口气："看来，也只有如此了。现在，我们只有自求多福了。"

接着，两人沉默了好几分钟。然后聂明抬起手，看了看表，这才发现，现在已经快十一点了。

"我得走了。"聂明将烟头撳灭，"你也该休息了。"

他站起身，忽然想起了什么，说："对了，那份笔记，我想还是由我来保管吧——毕竟，于成临死前是委托我来处理它的。"

宋静慈点头，说："好的，你拿去吧——可是，你准备怎么处理它？"

"我暂时还没想好——也许会把他交给于杰吧。这本来就是他们家的东西。"他说着，把门打开。

宋静慈把聂明送到门口，准备告别的时候，聂明忽然发现门口的垃圾袋里有一包东西，看起来有些熟悉。他弯下腰，捡起这包东西，发现这竟然是从于家拿回来的宋律师留下的文稿和资料。

"你打算把你父亲的东西丢掉？"聂明不解地望着宋静慈。

"聂明。"宋静慈露出痛苦的表情，"你知道，我无法面对这些东西，只要一看到它，我就会想起父亲，就会伤心好一阵。"

"可是，就这样丢掉也太可惜了。"聂明摇着头说，"不如让我来保管它吧，就当留个纪念。"

"你愿意就拿去吧。"宋静慈苦笑着说。

"那好，再见。"

回到家，聂明已经疲惫不堪，他倒在床上，不出五分钟就进入了梦乡。那份笔记就放在他身旁的书桌上，聂明用一本厚书将它压在下面。

第二天早晨，聂明在餐厅吃完了由火腿、煎蛋和牛奶组成的早餐，回到自己房间。

他这时想起，应该把那份事关重大的笔记放到一个更加安全、稳妥且不易被发现的地方，于是走到书桌前，掀开那本厚书。

他登时愣在原地——那份笔记不见了！

汗珠几乎一瞬间就从他的额头上沁了出来，聂明向后倒退两步，神经一下子绷紧了。

他赶紧冲出房间，在厨房找到母亲，大声问道："妈，我放在桌子上的那份笔记呢？你看到了吗？"

"什么笔记？"聂明的母亲问。

"就是……什么封面都没有，大概三十页……"

"哦，那个啊。"母亲笑着说，"我早上打扫房间时看到了，我怕散着会弄丢，就放在你书桌的抽屉里了。"

聂明头也不回地跑回房间，打开书桌抽屉——还好，只是有惊无险，那份笔记安然无恙地躺在抽屉里。聂明长长地松了口气。

这时，母亲也跟着赶过来，问："找到了吧？怎么，这份笔记很重要吗？看你紧张成那样。"

"是的，非常重要。"聂明说，"还好，我找到了。"

"那就好，我刚才擦桌子时把它弄散了点，就把它整理起来了。你数数，是二十九页没少吧？"

聂明愣了一下："什么？二十九页？"

"怎么，不是二十九页吗？我刚才数的时候就是二十九页。"

聂明张大嘴巴，他赶紧把这几十张纸数了一下——果然是二十九页。

"妈！你刚才收拾房间的时候，没弄丢一页吧？这份笔记……应该有三十页啊！"聂明焦急地说。

"不可能弄丢。"母亲肯定地说，"我记得相当清楚，我把它整理起来的时候就是二十九页。"

聂明愣了几秒钟，在书桌、地板、床下搜寻了一遍，没有看到任何纸张。

聂明缓缓地坐了下来。这个时候，他才想起自己竟然忽略了如此重要的事情——从拿到这份笔记到现在，根本没有数过它是不是有三十页！

他开始回忆。从找到这份笔记、打开、翻阅，一直到现在拿回家来，整个过程中没有任何一个环节可能会弄丢其中一张。

这么说，这份笔记从他们拿到手就只有二十九页？那么，还有最后一页呢？

聂明立刻想到，可能是宋律师将这最后一张纸藏在了另一个更加隐蔽的地方，或者是已经销毁了。但有一点毫无疑问——这最后一张纸上一定藏着一个更为重要的秘密！

想到这里，聂明立即站起身，他将那二十九页纸放在一本厚厚的大书中藏好，然后走出家门，打了一个车——他要把这件事告诉宋静慈。

二十分钟后，聂明来到宋静慈家，按响门铃。等了几分钟，没有人来开门，他又按了几次，仍然没有反应。看来宋静慈和她弟弟一起出门了，没在家里。

聂明满怀惆怅地吐了一口气。他带着失落的情绪，又重新回到自己家，坐在卧室的皮椅上。

过了半个小时，聂明发现自己根本无法静下心来做任何事情——他满脑子都在猜测着那最后一页纸上到底写了些什么隐秘内容。

百无聊赖中，聂明的目光集中到昨天从宋静慈家拿回来的那包文稿、资料上。他伸出手，从里面拿了几个笔记本和几本文稿出来。

聂明一边用手撑着头，一边随意地翻阅着这个老旧的笔记本——从内容上来看，这应该是宋律师用于记录杂事的备忘本，上面零散地写着一些工作提示、电话号码和生活随笔。

聂明看着看着，撑着头的手缓缓移开，身子也慢慢坐直，他的眉头越皱越紧，似乎发现了什么。这个本子上有几句话引起了他的注意：

"二月惊蛰那天，接到一个十多年未见面的老朋友的电话，聊得非常开心。

"九月初十，食物中毒事件的一审判决结果出来了。

"六月小暑，终于下了一场大雨。

"四月初九，我参加了一个关于医学和法律的会议。

"…………"

聂明将这个本子快速翻了个遍，又拿起另一个本子，飞速翻阅着，随后又浏览了其他几个本子。

紧接着，聂明猛地站起来，走到书桌前，拿起上面的一个日历，掰着指头算了起来。

不到两分钟，汗珠从他脸颊上滚落下来，聂明大叫一声："天哪！竟然是这样！"

十六

聂明从家里飞奔到街上，迅速拦下一辆计程车。

"到市立公墓！"他急切地对司机说。

市立公墓建在这个城市的近郊，环境幽雅，清净肃穆。一座座白色的墓碑整齐地排列着。这个时候，只有不到十个老人站在各自已故亲友的墓前默默哀悼。一片圣洁庄严的气氛。

聂明满头大汗地闯进公墓，一边跑一边注视着每一个墓碑，似乎在寻找着什么。几个老人皱起眉，对他投来异样的目光。

二十分钟后，聂明在一座墓碑前停下了脚步。他缓慢地蹲下来，眼睛凝视着墓碑上面不到三十厘米高的小花台——上面种着一些淡黄色和白色的花。

聂明咽了口唾沫，将手伸进花台的泥土里，来回摸索着——突然，他的手停了下来。他从花台里扯出来一个小塑料袋。他能感觉到里面装着一张折成小方块的纸。

聂明将花台的泥土盖上，再轻轻地拍了两下，将它恢复原状。然后，他颤抖着双手打开这个小塑料袋，将里面那张纸展开，纸上只写了一句话。

聂明看完后，脸色惨白，浑身颤抖，呼吸也跟着急促起来。

"是这样……原来是这样！从一开始，我就全都弄错了……"他惊呼道。

突然，聂明猛地抬起头，似乎在一瞬间想起了什么，他撒开双腿朝公墓大门飞奔而去，再次拦下一辆计程车。

"到北城的于家庄园！快！"聂明吼叫着。

车子到达后，聂明疯狂地冲进于家庄园的大铁门，把门口的管家吓了一跳。

"聂明？你怎么……"管家看到满头大汗、一脸惊慌失措的聂明，感到大惑不解。

聂明一把抓住老管家的肩膀，大声问道："刚才宋静慈有没有来过？"

管家身体向后倾斜了一下，显然是有些被吓到了，支支吾吾地说："是的，宋小姐……大概一个小时前就带着她弟弟来了。"

聂明放开老管家，没命地朝于家那栋大房子跑去。聂明跑到门前，一把推开虚掩着的大门。他大口喘着气，瞪着双眼——正坐在客厅喝咖啡看早报的于杰和身边的女佣同时吓了一跳。于杰端在手中的咖啡泼了下来，洒在了他腿上。

"聂明？你干什么？"于杰皱着眉，疑惑地问。

聂明几步走到杰跟前，大声问："宋静慈呢？"

"宋静慈？我怎么知道？她怎么会在我这里？"于杰用一种奇怪的眼神打量着聂明。

聂明抬起头，深吸了一口气："天哪……"

于杰似乎还想问什么，但聂明已经转过身，向门外跑去。

突然，他停下脚步，再次转身望向于杰，问道："你上次跟我讲过，说你父亲有一个朋友，经常来你们家找你父亲，对不对？"

于杰微微点了点头。

"他叫什么名字？"聂明急切地问。

"叫韩泽，我以前都叫他韩叔叔。"于杰说，"你问这个干什么？"

聂明没有回答他的问题，继续问："他以前经常来你们家？"

"经常来，一来就和我父亲聊好几个小时的天。不过我父亲去世后，我就再没看到过他了。"

"你对他有没有什么特别的印象？"

"特别的……印象？"于杰想了一会儿，"我记得那个人有一个习惯性的动作，因为那个动作有点奇怪，所以我有印象。"

"什么动作？快说！"

"我记得，他常常在思考事情的时候，用左手食指来回地揉自己的太阳穴。对，就这个动作，我看过很多次。"

聂明听完这句话，头也不回地跑出了门。站在门口，聂明向庄园的西边看去，然后快速朝那所白房子奔去。

聂明气喘吁吁地来到白房子前。他走上前，猛烈地撞门，嘴里大叫道："快开门，我知道你在里面！"

但房子里没有任何动静，门还是关得严严的。

聂明又重重地捶了几下门，仍然没有反应。他将脸靠近门，冲里面大喊："要是你再不开门的话，我马上报警！"

过了十几秒，门打开了，聂明猛地冲进去，将门关上。

"我猜对了，果然是你！"聂明望着眼前的人，狠狠地说。

望着聂明，宋静慈显得有几分惊讶："聂明，你怎么会到这里来？"

"别装了！我什么都知道了，我也清楚地知道你是谁！"

宋静慈靠近聂明，注视着他，表情忽然变得冷漠而陌生："我没有装，我只是问，你怎么会来——我的意思是，你是怎么知道这一切的？"

聂明并没有回答她的问题，他冷冷地问道："宋宇呢？"

宋静慈指了指后面，宋宇正昏睡着躺在床上。

"你……你对他做了什么？"

她耸了耸肩："别紧张，我刚才给他喝了一杯带安眠药的可乐，他只是睡着了。"

宋静慈坐到一张单人沙发上，双手交叠，镇定地问："你昨天对我的身份还深信不疑，为什么今天就好像什么都明白了？"

"因为我在你父亲留下的那些本子中，发现了一个不易被察觉的细节，引起了我对你的怀疑。"

"哦？说来听听。"宋静慈扬了扬眉，显出很有兴趣的样子。

"我猜这个细节连警察都没注意到。你父亲有一个习惯，他在记载日期的时候用的是我们一般人不会用的农历！当我发现这个问题后，我立刻想到他留在蓝色记事本上的那个日期'05.12.23'可能也是用的农历日期，只是他巧妙地用公历的写法做了掩盖！"

"他为什么要这么做？"宋静慈问。

"因为他要最后试探一次，你是不是真的已经不是他女儿了！"聂明厉声道，"你知不知道，二〇〇五年十二月二十三日如果转换成公历，是几月几号？"

宋静慈歪着头望他。

"是一月二十二日！"聂明大喊道。

"你以前跟我说过，这是你母亲的忌日，换句话说，是你的生日！想想看，如果你真的还是以前那个宋静慈，你怎么会不知道自己父亲有用农历记日期的习惯？又怎么会连这个日期隐藏的秘密都没发现？"

"可是，这又意味着什么？"

"意味着如果你发现了这个秘密，就能够找到这最后一张纸，而不是由我来找到——并发现你的真实身份！"

聂明从口袋里拿出那最后一页纸，将它牢牢抓在手里："我们之前一直都以为已经解开了你父亲留下的那段话的秘密。可直到刚才，我才知道那段话还藏着第二个机关——它暗示出那份笔记的最后一页藏在你母亲墓碑的花台里！"

"原来笔记还有最后一页，我父亲设的迷局还真多啊。"宋静慈冷笑着说，"你也很不简单，通过那个换算成我母亲忌日的日期，一下就联想到这最后一页就藏在我母亲墓前——看来，我当时找你合作真是个正确的选择。"

"不过，"她接着说，"这张纸上到底写着什么我不能知道的事，需要弄得这么大费周章？"

聂明将那张纸慢慢展开，拿到宋静慈面前，说："你自己看吧。"

宋静慈眯着眼看了一眼，上面写着："第一个转生实验者是韩泽（一九六三年四月二十七日），第二个是宋静慈（一九九七年三月十八日）。"

十七

"哈哈哈……"宋静慈看完那张纸，放声大笑，"该死的于恩，把这些都写下来了！"

"于恩？"

"于成的爷爷——我以前的搭档。"

"你就是几十年前，和于成的爷爷一起研究转生之谜的那个科学家，那个他在笔记中提到的人——瞿阳？"

"从躯体的角度来说，我是如假包换的宋静慈。但如果从实质上来说，我是个活了一个多世纪的人。"

"恐怕应该是灵魂。"聂明盯着她说。

"随便你怎么称呼，我不在乎。"她撇着嘴说，"我在意的是，我想要的东西得到了。"

"你想要什么？"

宋静慈站起来，走到聂明跟前，低声说："永生。"

"你想通过转生这种方式永远生存下去，占据无数个人的躯体？"聂明凝视着他。

"聂明，别把我说得这么自私。"她说，"有些道理你应该懂，这个世界到底有多少人是真正为人类进程做出过贡献的？大多数人都只是碌碌无为地苟活于世，浪费着地球有限的资源——而我，一个杰出的、富有创造性的科学家，如果只活了几十年就因为自然规律而衰老、死亡，这难道不是人类世界的一种损失？"

"所以你就不断占用别人的肉体，让自己永生——可是，每个生命都是平等的！你有什么资格随意决定别人的生死！"

宋静慈做了一个叫聂明停止的手势："想想看，牛顿、达尔文、培根、爱因斯坦……如果这些人能够永生的话，世界将会是怎样？"

她的眼睛开始闪光，语气也跟着激动起来，她张开双手："这些伟大的、杰出的人将为我们这个世界做出多大的贡献？为了这个目的，少几十个没用的普通人有什么关系？"

聂明望着手舞足蹈、满脸红光的宋静慈，冷漠地摇着头："你疯了，你已经无药可医了。"

"怎么，难道你觉得我刚才说的没有道理？"

"我只知道，这个世界有它自己的规则和平衡，就像动物界必须有弱肉强食才能保持生态平衡一样——人类世界也一样，我们如果破坏了这种平衡，未必是件好事，甚至有可能带来灾难。"聂明冷冷地说。

宋静慈盯着他，轻轻地笑了一声："刚才那一瞬间，我竟有些恍惚起来——你刚才说的话以及你说话的方式，简直就和几十年前的于恩一模一样。"

"于恩……于成的爷爷，他和我想的一样？"

"而且正因为这个原因，他改变了最初的计划。难道你没发现，那份笔记上写的——最初，他想自己当实验品，完成转生实验。但后来，他似乎发现了我想要永生的愿望，便对我戒备起来。

"他研究出来的转生仪器，从来没有出现在我面前，而关于转生的方法，他宁肯传给自己的儿子，也不让我知道。我为了弄清楚转生的秘密，答应由我来当实验品，转生到我们当时的一个学生——韩泽身上。"

"他为什么不愿意自己当实验品了？"聂明问。

"因为他意识到，如果实验失败了，他就彻底死了，而这个转生的方法就会落到我手里，完全脱离他的掌控。"

"这么说，你经历过转生实验，却不知道转生的具体方法？要不然，你怎么会千方百计想要得到这份笔记？"

宋静慈眨了眨眼，望着聂明说："难道你没发现这里面的问题吗？"

"什么？"

"我虽然经历了两次转生，而且就是在这个白房子里，但每次都是在我死亡之后才进行的转生仪式，也就是说，我根本无法了解他到底是怎样使我转生的——每次只要我一醒来，就发现自己已经在另一个人的身体里了。"

"可是，于恩并没有转生，他是会老、会死的。你之后的第二次转生，又是谁帮你……"聂明说到这里，停了下来。

"我懂了。"他说，"于恩将转生的秘密当成一个祖传的家规，只有每代的长子才知道这个秘密，而且，也要肩负帮你转生的责任，对不对？"

"你真的很聪明。这下你明白，于成为什么会在临死前说'我一定要死在家里'，就是因为于恩的家规中规定，于家的传人临死前必须要在白房子中将这个秘密告诉长子！换句话说，于家的长子被赋予了帮我转生的责任和使命！"

"可是，于恩不是不支持你的永生吗？那他为什么又会叫自己的子孙帮你完成转生？"

"于恩将转生实验分为三个阶段。第一阶段——同性别之间的转生；第二阶段——异性别之间的转生；第三阶段，也是我正准备实验的——一个灵魂能不能进行多次转生，从而形成永生。于恩告诉我，如果三个实验全部成功，那他就会让他的子孙把研究成果公布于世，但是具体转生的方法，他会永远封存起来——因为他和你都有一样的愚蠢想法，认为这种人为的转生是违背人伦、道德的。"

"也就是说，他最多帮你完成三次转生，之后转生的方法就会从世界上消失，你就无法永生了，对吧？"聂明有些明白了。

"这下，你知道我为什么这么需要这份笔记了吧！你根本无法想象，当我们从花台中挖出它时，我的心情有多么激动！讽刺的是，我们一起看的时候，你似乎只关心前面那些没用的'剧情交代'，而根本不知道这份笔记的后面十几页才是关键所在——不过话说回来，那些复杂的东西除了我之外，又有谁能看得懂？"宋静慈有几分得意地冷笑着说。

"难怪你昨天会将笔记后面的内容仔细地看那么久！这么说，现在……你已经知道了转生的方法？"

宋静慈耸了耸肩："我本来就是和于恩一起研究的，对于转生的方法略知一二，现在再看了这份笔记，你认为我还会不明白吗？"

聂明露出一种愤怒的眼神："你从一开始就在利用我，你为什么要这么做？"

"本来，我以为我父亲跟你说了什么关键内容，我仅仅只是想来套你的话而已。但后来我发现，你相当聪明，也许可以帮上我的忙——事实证明，我的选择是对的，你果然帮上了我的忙。聂明，谢谢你帮我找到那份笔记。"她说完后，大笑起来。

聂明的眼里有难以压抑的怒火："你利用我，不算什么。可是你竟然为了达到目的杀死了自己父亲！你连一点人性都没有了吗！"

"准确地说，那是宋静慈的父亲，不是我父亲。你明明就知道，宋静慈只是一个躯壳而已。在她十六岁那年，我和于成的父亲发现她是一个良好的转生对象，便在她身上进行了第二次转生实验。从那一天起，宋静慈就已经不再是她自己了，而变成了我——瞿阳。"

"是的，那是宋静慈的父亲，你从来没有把宋律师当成过你父亲。可是，你有没有想过，宋律师为什么要把那最后一张证明你身份的纸藏在另外一个地方？他又为什么要在留言中只用'他'来替代你，而不直接写出你的名字？他明明预感到自己可能会死在你手里，却在临死前都不把这个秘密告诉任何人？"聂明一边说，一边一步步地靠近宋静慈。

"那你说是为什么？"她昂起头问。

聂明停下脚步，一字一句地说："因为宋律师即便知道了这个秘密，也仍旧顽固地把你当成他女儿。他就算猜到你会杀他，也仍然不把你的名字和真实身份说出来——因为他不愿意让警察逮捕你，将你送进监狱！即使她的女儿只剩下了一副躯壳，他也不愿让她受到伤害！"

"他这么做，都是为了保护你！"聂明说到这里，声音已经有些哽咽了，眼睛也模糊起来。

宋静慈慢慢转过头，将视线从聂明身上移开，没有说话。

过了一会儿，她说："其实我本来没有想过要杀他……可我没想到，他竟然在知道这个秘密后，直接打电话来向我证实。我感到不妙，同时也害怕他毁了那份笔记，就立刻赶到他家。我要他把笔记交给我，他不肯，我只有狠下心——将他推下阳台！我当时也感到有些诧异，他似乎没有任何想要抵抗的意思……"

"他已万念俱灰。"聂明神色暗淡地说，"一个人被自己亲生女儿推下阳台，还有什么力量来进行反抗？"

十八

"行了！"宋静慈突然大喝一声，"别再对我讲什么大道理！我的年龄都可以做你祖父了！轮不到你这个小毛头来教训我！"

"我并不是来教你什么的。"聂明说，"我是来阻止你的！"

"什么？"宋静慈眯起眼睛说。

"如果我没猜错，你把宋宇带到这个白房子来，是想今天就进行转生！你已经知道了转生的方法，当然急于想试试——可是，我不会让你得逞！"聂明对她怒目而视，"在这个房间里，一定藏着那个转生仪器，你已经知道它在哪里了，对吗？"

"哈哈哈哈……"宋静慈突然大笑起来，"你这个想法和我以前的一模一样。我以前也幼稚地以为，那个我从来没见过的转生仪器，也许是一台电视机大小的机器，它被于恩藏在某个地方。但昨天看到那份笔记上画的一张图后，我才猛然醒悟——"

"原来我一直都搞错了，这个白房子本身就是那个转生仪器！"宋静慈一边说，一边走到大书柜前，"而且，今天早上，我已经找到了打开它的机关！"

她说着，将书柜第三层中间的一本书拿开，再朝里面按了一下。

一瞬间，整个白房子发出剧烈的声响，分别位于这个正方形房间四个对角的矮柜子同时向后一百八十度旋转——转过来的是四个聂明从来没见过的奇怪机器，外形类似卫星信号接收器。

宋静慈再按了一下，四个机器的发射头同时向上仰四十五度，以天花板中为心发射出四道白光——那四道光线在天花板中心聚集，形成一个有着灼眼光亮的白色能量球。整个房间有如在一瞬间点亮了一千盏水银灯，亮得几乎让人睁不开眼睛。

聂明一边用手挡着这强烈的光线，一边大口喘着粗气——他长这么大从来没有见过如此神奇、壮观的景象！

宋静慈站在房屋中间，双手伸展，激动地大喊："半个世纪了！我终于亲眼见到了这个伟大的发明，这个划时代的奇迹！"

她满眼放光，兴奋得语无伦次，在房间里手舞足蹈，大声叫喊——完全失去了控制。

聂明看着面前发了疯似的宋静慈，快步向她走近，大声道："你现在把机器打开，你想干什么？我不会让你……"

话没有说完，他停了下来。在距离宋静慈还有不到两米的距离时，一把乌黑光亮的手枪对准了聂明的脑袋。

"不要再往前走一步。"宋静慈举着手枪，冷冷地说。

"你为什么这么执迷不悟，聂明。"宋静慈有几分悲哀地望着他，"你为什么非得要与我为敌？其实你相当聪明，你也是个优秀的人才，应该享受永生。你完全可以与我配合，我们互相转生，永恒地活下去！"

聂明没有说话，一动不动地望着她。

"怎么样？你愿意吗？你有一分钟的时间考虑。"

一分钟后，聂明仍然没有说话，眼神冰冷地望着宋静慈。

"你实在让我很失望。"宋静慈摇了摇头，手指放到扳机上。

这个时候，聂明突然头向上看，大叫一声："啊，光球！"

宋静慈下意识地向上一望，就在这一瞬间，聂明一步上前抓住她的手，将手枪重重地甩了出去，然后向她猛扑过去。

"啊！"宋静慈重重地摔倒下去。她的左手想扶住身旁的书桌，却没有抓稳，反而将书桌上的东西全部拖倒在地。

聂明压在宋静慈身上，一只手抓住她的右手，另一只手按住她的脖子。宋静慈拼命挣扎，双脚向上狂踢，再用左手对着聂明的脸乱抓乱打，两人扭打在一起，场面混乱不堪。

过了不到两分钟，聂明显然占了上风，基本上将宋静慈完全压制住了。就在形势几乎被控制住的时候，宋静慈的左手突然胡乱抓到地上的一件物品——是刚才从书桌上掉下来的玻璃烟缸。她抓起这件重物，用尽全身力气猛地朝聂明头上砸去。

这重重的一击刚好打在聂明的脑门上，他向后一仰，几乎要昏厥过去。鲜血立刻从他的脑门上淌了下来。

宋静慈艰难地从地上站起来，手里仍然拿着那个烟灰缸，她走到已经瘫倒在地上的聂明跟前，准备给他最后一击。

聂明并没有完全失去意识，他试图从地上爬起来，但一阵阵的眩晕却使得他根本无法控制自己的身体。

聂明眼睁睁地看着宋静慈高高地举起烟缸，他清楚，如果再遭受这样一击，自己可能立刻就会命丧黄泉。

"砰！"一声枪响。

宋静慈的动作停了下来，烟灰缸从她的手中滑落。她的胸口多了一个冒着青烟的黑色小洞。

宋静慈几乎还没来得及回头，就悄无声息地倒了下去。这时，聂明才看到，宋宇拿着枪，站在自己的正前方。

过了几秒钟，宋宇丢掉枪，摇晃了几下，昏倒在地。

聂明想喊，却说不出话来，他额头上流下的血已经淌了一地，最后，他眼前一黑，也昏了过去……

十九

一个月后。

天空阴沉沉的，下着蒙蒙细雨。清净、明亮的咖啡厅里，轻声播放着舒缓的蓝调音乐，气氛温和而优雅。

站在门口迎宾的侍者一眼便看见了外面走过来的两位客人，赶紧上前一步打开玻璃门，并礼貌地将两位客人带到靠窗的位置。

"两位需要点什么？"侍者微微弯下腰问。

"给我一杯咖啡，然后……"聂明问坐在对面的宋宇，"你要什么？"

"柳橙汁吧。"宋宇抬起头对侍者说。

"好的，两位请稍等。"侍者点头离开。

不到五分钟，咖啡和柳橙汁就送到了聂明和宋宇手边。聂明一口气将咖啡喝了一半，再长长地吐了一口气，望着宋宇。宋宇双手捧着那杯冰饮料，低着头来回转动杯子。

沉默了几分钟，聂明开口道："一切终于都结束了。"

宋宇仍然垂着脑袋，面无表情地点了点头。

聂明用手托着下巴，对宋宇说："现在事情都过去了，你为什么还是这么沉默寡言？"

宋宇轻轻摇了摇头："我假装自闭症已经六年了，我看我的性格大概真的就变成那样了吧。"

"你到宋家多久后发现了宋静慈的秘密？"聂明问。

"不到半年。我无意中看见了她关于转生的研究，并发现了她其实是转生人。但是，宋静慈当时认为我是个孩子，对我根本没什么防备，也完全不知道我已经发现了她的秘密。"

"所以你就一直装作不知道，并把自己伪装成自闭症患者，从而让她放松对你的警惕，对吗？"

"我还能怎么样？"宋宇苦笑着说，"如果我不这么做，恐怕她就会像杀死父亲一样，把我也杀掉。"

"这么说，你从宋律师遇害那一天起，就猜到了凶手可能是宋静慈？"聂明说，"你为什么不把这些告诉警察？"

宋宇望着聂明："难道你认为警察会相信一个十四岁小孩的话？而且我也根本拿不出任何证据来证明我说的话。"

"还有一点，我也有点不明白。"聂明撇了撇嘴，"你明明知道宋静慈的秘密，也应该能猜到她把你当成了转生目标。那天上午，你为什么还要让她把你带到那间白房子，然后乖乖地躺在床上配合她的转生仪式？"

"她给我喝了一杯带安眠药的果汁，但我早猜到她想要干什么，所以只是假装喝掉，并躺在床上装睡。"宋宇说，"那天如果你不来，我自然会寻找机会制伏她。"

聂明摇着头说："真是难以置信，你真的只有十四岁？居然能这么冷静地处理这些事情。"

宋宇低下头沉思了一会儿，说："有一件事，我的父母，包括宋静慈，都不知道。"

"什么？"

"我做过智商测试，得了一百五十分。"宋宇平静地说。

"一百五十分！"聂明惊叹道，"那等于说——你是个天才！"

宋宇皱了皱眉头："可我根本不敢让任何人知道这件事。否则，宋静慈肯定会猜到我发现了她的秘密——我怕是早就活不到今天了。"

聂明若有所思地点点头："确实如此。"

"我再聪明又怎么样，我毕竟只有十四岁。"宋宇的神色突然暗淡下来，"我的父母都死了，我还亲手开枪打死了自己的姐姐——知道吗？开枪那一瞬间，我感觉我失去了一切。我脑子里嗡的一声，立即就昏了过去——她的身体毕竟是我姐姐啊！"

说到这里，宋宇的情绪激动起来，泪水从他的眼眶滚落下来。

"好了，好了。"聂明拍了拍宋宇的肩膀，安慰道，"一切都过去了，你开枪打死她属于应急救人、正当防卫，不用负刑事责任。而且，幸好你那天醒得快，及时报了警，不然我大概也会因为失血过多而死。你救了我，宋宇，谢谢你。"

宋宇抬起头，一双含着泪的眼睛望向聂明，让人心生怜悯。

过了一会儿，宋宇的情绪稳定了一些，说："警察赶到白房子来，发现了转生仪器，而你也将那份笔记交给了警察，那这个秘密……已经公开了？"

聂明摇了摇头："警察将转生仪器和那份笔记一起交给了国家安全局，作为机密文件保存了下来，不会公布于世。关于转生的方法，就像于成的爷爷当年希望的那样，被永远封存了。"

宋宇点头道："这样最好，希望从此以后，再也没有人知道转生这件事——让它成为永远的秘密吧。"

说完这句话，宋宇和聂明一起望向窗外，表情沉重而复杂。

"对了，"聂明突然拍了拍额头，笑起来，"梁警官还告诉我——自从他离开我家，就一直派了两个便衣警察轮换跟踪我——我这才知道，我在宋律师家看到的那个鬼影是什么人！”

宋宇淡淡地笑了笑，没有说话。

“宋宇。”聂明突然一脸严肃地望着他，“你现在打算怎么办？”

“我能怎么办？”宋宇忧伤地说，“我的家人全都死了，我现在只能在福利院生活。”

聂明想了想，说：“如果，你不介意的话……”

宋宇抬起头，凝视着他。

“你搬到我家来住吧。我们去向法院申请，你可以当我弟弟——你这么聪明，我父母也一定会喜欢你的。”聂明说。

宋宇的眼睛闪着光：“真的可以吗？你们……愿意收养我？”

聂明肯定地点点头：“我会把你当成我的亲生弟弟。”

宋宇的眼泪再一次夺眶而出：“如果是这样，那真是太好了。我会有一个新家！”

“一个新家。”聂明微笑着点头。

宋宇盯着聂明看了一分钟，终于第一次露出笑脸，那笑容灿烂而明亮。

“现在就到我家去，让我告诉爸妈这个好消息！”聂明兴奋地站起来，“等我一下，结完账我们就走。”

宋宇睁着大眼睛，使劲点了点头。聂明离开座位，走到柜台买单。在他转身的一瞬间，宋宇慢慢收住脸上的笑容。他伸出手，端起聂明的咖啡杯，喝了一口，然后死死盯住聂明的背影。

最后，宋宇长长地吐了一口气，将头放低，伸出左手食指，使劲揉了揉太阳穴。

“好了，第二个故事讲完了。”兰成教授对他的两个学生说，“谈谈你们听完后的感受吧。”

“教授！”方格子男生大声问道，“故事的最后一刻——天哪！难道宋宇最终还是被转生了？这真是太可怕了！”

"这只是个故事而已——别太认真了。"教授笑着说。

"可是，这种结局也太令人沮丧了。"高个子男生皱着眉说，"主角忙活了半天，根本没能改变最后的结果。"

兰教授轻轻笑了一声："小伙子们，你们过于关注故事的结尾了。难道这个故事的中间部分就没能给你们留下任何印象？"

"不，当然有。"方格子男生说，"那个宋律师太傻了——明明知道自己的女儿已经变成另一个人了，还要执迷不悟地去保护她——如果他一开始就把那份笔记交给警察，那自己就不会被杀了。而且也可以阻止那个转生人继续害人！"

兰教授不置可否地扬了扬眉。

"另外还有一个问题。"高个子男生说，"教授，我有些糊涂了——这个故事到底算是个悬疑故事还是推理故事，或者是个科幻故事？"

兰教授大笑起来："如果你觉得它这么不容易被归类的话，就把它看成是一个哲学故事吧。"

"哲学故事？"两个男生对视了一眼，显得有些困惑。

兰教授点点头："你们没有看出这个故事所代表的哲学意义吗？"

他们认真想了一会儿，高个子男生老实地说："教授，我实在是不明白，请您赐教。"

"那好吧，我来解释一下。"兰教授说，"你们认为这个故事中所涉及的转生是一种科幻理念——但我要告诉你，这是我们每个人都有可能遇到的情况。"

两个男生睁大眼睛，显得非常吃惊。

"想一下，当我们为达到某种目的，满足某种私欲的时候，一旦失去控制，就可能在不知不觉中变成另外一个人——这种情形，就如同被一个充满邪念的灵魂转生一样。而且，十多岁的小孩是最容易被转生的。你们懂了吗？"教授用一双充满智慧的眼睛望着两个学生。

"教授，您的意思是——转生只是一种比喻？"方格子男生似乎有些明白了。

兰教授微微点了点头："再回到你刚才说的那个问题。你说那个宋律师太傻了。但实际上，这也不是什么难以理解的事，因为世界上这种傻瓜又何止他一个？"

方格子男生露出些许不解的神情。

"你们有没有全身心投入地去爱过一个人？"兰教授突然问。

两个男生愣了一下，不知道该怎样回答这个问题。

"如果你们有过，那你们就会明白这种感受。"教授说，"你爱上一个人，但随着时间的推移，你发现他（她）不断发生着改变。直到有一天，你惊讶地发现那个人已经完全变化了，他（她）已经成了另外一个你不认识的人。但你仍然爱他（她），哪怕他（她）就只剩下那副模样还没有变，那身躯壳还没有换——你也仍然无怨无悔地爱着他（她）。你无法控制自己的思维和感情——因为我们是人，就具有人的局限性。"

兰教授说到这里，竟露出一副忧郁的神情，眼神也暗淡下来。

而那两个男生则更显忧伤——似乎教授的这段话，触碰到了他们心中的某一根弦。

"好了。"兰教授深深地吐了一口气，"我看我们的话题太过于沉重。今天也不早了，你们该回去了。"

"教授！"方格子男生着急起来，"您不跟我们讲第三个故事吗？"

"你们还想接着听下去？"

"是的，教授。我们从来没听过这么好听的故事——而且，您不是也说，只要我们没被吓到，您就会继续讲吗？"高个子男生用迫切的眼神望着兰教授。

兰教授扬起一边的眉毛："如果说前面两个故事没有让你觉得恐怖，那么第三个故事就不一样了——你们可要考虑清楚，真的要听吗？"

"是的，教授。"他们肯定地说。

"那好吧。"兰教授的嘴角浮起一丝神秘的微笑，"我开始讲了——第三个故事《吠犬》。"

吠 犬

一

狄莉仰着头站在这座二层楼高的豪华别墅前，瞠目结舌——她的神情就像还没从梦幻的美梦中苏醒过来。

葛雷带着一丝得意的笑容站在狄莉身边，欣赏着她吃惊的面容——他得承认，狄莉的这种表情让他深感满足。

"这是真的吗？葛雷。"狄莉转过头疑惑地望着未婚夫。

"我想是真的。"葛雷轻轻地笑了一声，他觉得狄莉真的很可爱。

"可是，我还是觉得难以置信……"

"好了。"葛雷微笑着将钥匙递到狄莉手中，"打开门，你的梦幻就变成现实了。"

"里面有什么？"狄莉睁着期待的眼睛。

"有你想要的一切。"葛雷轻轻吻了她的额头一下，"开门吧。"

狄莉凝视着葛雷，展露出甜蜜的微笑，然后将钥匙插入锁孔一拧。锁"咔嗒"一响，顺利打开了。葛雷进了房门，打开灯。

"啊！"狄莉惊呼。

"怎么了？"葛雷问。

"多么豪华啊！"狄莉在客厅中心转着圈说，"装修很有品位，舒适，而且雅致。天啊！葛雷，这套房子有多大？"

"楼上楼下加起来大概三百平方米。除开客厅、餐厅和厨房，还有五个房间，两个卫生间——怎么样，狄莉，你满意吗？"

"葛雷！"狄莉欢快地扑到未婚夫怀里，"我满意极了！这一切真是太美好了！"

葛雷极尽满足地搂住狄莉。这次，他亲吻了她的面颊。

"可是，"狄莉似乎又有些疑惑起来，"这些，真是属于我们的吗？为什么我认识你直到今天才知道你有这样一幢大房子？"

葛雷正准备开口说什么的时候，从二楼的最左侧传来一阵狗叫声。

"噢，看我，差点把它给忘了！"葛雷兴奋地牵住狄莉的手，将她带上楼，走到二楼左侧的大卫生间前，说，"来认识一下我的老朋友卡兹，我想你会喜欢它的。"

说着，葛雷将卫生间的门打开。接着从里面跑出来一条两尺多长、有着黄白相间长毛的苏格兰名种犬——它一出来，就直接冲狄莉跑过去。

"啊！"狄莉吓了一跳，她下意识地抓住葛雷的衬衫，并将身子移到葛雷身后。

"别害怕，亲爱的！"葛雷笑着说，"卡兹是一条聪明懂事的乖狗，不会伤害你的。"

果然，卡兹走到狄莉脚边，友好地摇晃着尾巴，黑溜溜的眼睛温顺地望着她。

"试着拍拍它的头，向它问声好，你们就是朋友了。"葛雷对狄莉说。

狄莉蹲下身子，按照葛雷说的，轻轻拍了拍卡兹的脑袋，说："嘿，我叫狄莉，认识你很高兴。你呢？"

卡兹果然是条聪明的狗，它似乎听懂了狄莉的话，伸出舌头舔了舔狄莉的手掌，表示对她的接受。

"噢，葛雷，它真是太可爱了！"狄莉被卡兹舔得痒酥酥的，开心地笑了起来。

"卡兹是我的老伙伴，它今年十岁了。"葛雷俯下身摸了摸卡兹的长毛，"它比一般的狗更有灵性。"

"确实如此。"狄莉点头道。

"好了，关了你这么久，出去玩吧。"葛雷拍了拍卡兹的身体。这条大狗得到了主人的许可，欢欣地嚎叫了几声，然后飞快地跑下楼，到门外的花园里玩去了。

看着卡兹跑出门，狄莉回过头对葛雷说："亲爱的，也许现在你该告诉我……"

没等狄莉说完，葛雷将手指轻轻放在她的嘴唇上，露出一副调皮的表情："在那之前，先解决我们目前的问题好吗？"

狄莉歪着头望他："我们目前的问题是什么？"

"我饿了，亲爱的。"葛雷说，"也许你该考虑一下我们晚饭吃什么。而且，我想你也会有兴趣尝试一下我们的新厨房。"

"噢，当然。"狄莉笑起来，"我这就去买菜，今天晚上我得为你准备好吃的。"

二

今年三十岁、身体略微有些发福的葛雷坐在餐厅宽大的大理石餐桌后面，他双手交叉，面带微笑，等待着年轻美丽的未婚妻从厨房端出一道道可口的菜肴——这种感觉真是美妙极了。

当狄莉将最后一道菜端上餐桌的时候，她解掉系在身上的围裙，坐到葛雷对面。

此时，葛雷用手托着脑袋，一动不动地望着未婚妻：狄莉虽然只比他小四岁，但看起来比实际年龄更年轻。她皮肤白皙，身材匀称，有着一双黑色的大眼睛和一头褐色的长发。

狄莉注意到葛雷一直盯着她，便问："亲爱的，你在看什么？"

"我在欣赏上天的杰作。"葛雷说，"亲爱的，你真是太迷人了。"

"噢，葛雷，谢谢你的夸奖。"狄莉摇着头笑了一下，"但请不要选在我刚从厨房出来的时候。我相信我现在身上能迷人的只有油烟和洋葱味。"

"就算是这样，我也喜欢。"

"行了，别油嘴滑舌了。葛雷，尝尝我做的菜。"

葛雷夹了一块炸牛排放到嘴里，说："一流水平。"

"谢谢。"狄莉举起酒杯，"干一杯，葛雷，为了我们的新居。"

"为了我们的新居。"葛雷微笑着举起玻璃酒杯，和狄莉碰了碰，然后一饮而尽。

进餐十分钟后，狄莉望着葛雷，说："亲爱的，现在可以告诉我了吗？为什么我们认识了大半年，今天你才告诉我，原来你有这样一幢豪华的大房子？"

"因为我想给你一个惊喜。"葛雷扬了扬眉说。

"可是，你以前住的那个小公寓呢？你总不会为了给我个惊喜，专门花钱另租了一间单身公寓，而把这么好的一套房子空着吧？这个代价也太大了。"

"狄莉，你瞧，这套房子虽然好，但它却是一幢建在郊区的别墅。离我工作的地点太远了。我住在这里会很不方便。"葛雷说，"而且，我一个人的时候也用不着住这么大一幢房子。"

狄莉若有所思地点了点头。

过了一会儿，她又微微皱了皱眉说："葛雷，我能看出来，这幢房子一定值不少钱。嗯，我有些不明白……你怎么会有一套这么大的房子？"

葛雷耸了耸肩："很明显，以我这样一个普通公务员的收入，根本不可能买得起这样一幢大房子——这套房子是我们家祖传下来的。在我二十七岁那年，父亲病亡后，我便成了这幢房子的主人。但我几乎没怎么在这里住过。"

"哦……"狄莉显出很有兴趣的样子，"那这套房子应该有些历史了，对吗？"

葛雷喝了一口葡萄酒，点头道："有接近一百年的历史了，据我父亲说，是民国时期一位著名的法国建筑师设计建造的。"

"难怪，"狄莉抬头望着天花板华美的浮雕说，"我是觉得这幢房子的建筑风格有些与众不同，像是出自大师手笔。"

"你对建筑这么有研究？"

"亲爱的，你好像忘了我是学什么的了。"狄莉望着葛雷说。

"哦，对了。"葛雷拍了拍脑门，"你是搞园林设计的，对建筑应该也有些研究。"

狄莉摇了摇头："谈不上研究，只是略知一二。"

吃了几口菜，狄莉似乎又想起了什么："你刚才说，你几乎没怎么住这幢房子，那卡兹由谁来喂养？"

"我一直把卡兹放在隔壁邻居家里。那家女主人非常喜欢狗，再加上她丈夫死后，她一个人在家非常寂寞，也希望能有条懂事的狗跟自己做伴——昨天我把卡兹从她家接回来的时候，她还显得有些依依不舍呢。"

"换成是我也会的。"狄莉说，"卡兹是条可爱、通人性的狗。"

葛雷点了点头，他在两个酒杯里又倒满了酒。

喝完第五杯酒时，狄莉的声音变得不那么流畅了，两眼也开始蒙眬起来，她带着醉意说："葛雷，你知道吗？我一个人从外地来到这个城市，人生地不熟，甚至连工作都还没找到……但是，我遇到了你。你为我做了很多事，还为我提供了这么好的住所……我，真的很感激你……"

"噢，亲爱的，你喝醉了。"葛雷离开自己的座位，走到狄莉跟前，双手扶住她，"你跟我还说什么感谢的话？"

"不，葛雷。我真是这么想的，我能遇到你，是上天安排的奇迹……"

"好了，好了。"葛雷把她扶了起来，"我带你到楼上的卧室休息吧。"

"好的。"狄莉说，"但是不用扶着我，我想我还没醉到那种程度，你牵着我的手就好了，葛雷。"

他顺从地点了点头，然后牵着未婚妻的手走上二楼的一间主卧室。

推开门，狄莉径直走向那温暖柔软的大床。躺在床上，不出五分钟就进入了梦乡。

葛雷为她盖上被子，轻轻说了句"做个好梦"，然后离开了这个房间。

这一夜，狄莉睡得很香。第一天晚上，就这样安静地度过了。

三

早晨起床的时候，狄莉发现葛雷已经没在身边了。

她抬起头，看了看正对着床的大挂钟，八点五十分。狄莉耸了耸肩——很明显，自己起来得太晚，葛雷已经去上班了。

她穿好衣服，洗漱完毕，从二楼卧室走了下来。今天是个好天气，秋阳的光辉透过窗户投影到客厅的地板上。

狄莉走向饭厅，盘算着为自己做点吃的。

推开饭厅的玻璃滑门，狄莉愣了一下——在餐桌上，摆着一杯热牛奶、一盘煎熏肉和一碗鸡蛋羹。

狄莉笑了笑。葛雷真是太体贴了——上班之前居然还为自己做了如此丰盛的早餐。她坐下来，开始品尝葛雷的手艺。

当第一片煎熏肉放到嘴里时，狄莉惊讶地扬了扬眉——味道真是太鲜美了！

她不禁感到有些奇怪，葛雷以前并不是没做过菜，但狄莉总是嘲笑他做出来的食物能杀死一匹马。为什么他今天做的早餐竟然如此可口？

狄莉又尝了一勺鸡蛋羹，她再次惊叹——这碗鸡蛋羹的味道甚至比煎熏肉还要好！

难道，葛雷为了能让自己吃到美味可口的早餐偷偷练习了厨艺？想到这里，一阵暖流流过狄莉的身体。

她又往嘴里放了一片熏肉。嚼着嚼着，狄莉开始注意一个问题——这是什么动物的肉做成的熏肉，竟然如此美味？

她开始歪着头细细品味。猪肉？不像，猪肉的口感没有这么细腻；牛肉？似乎也不是，自己对牛肉的味道再熟悉不过了。那么是……

想着想着，狄莉突然发现——为什么起床这么久，都没有见到那条苏格兰犬卡兹呢？

她有些疑惑地站起来，打开餐厅的窗户向门口的花园看去，并没有发现卡兹的身影。

狄莉皱起眉头，她离开餐厅，向二楼卫生间走去，脚步不自觉地加快。

打开卫生间的门，狄莉松了一口气——卡兹正躺在自己温暖的狗窝里，一动不动地趴着睡觉。狄莉开门的声音将卡兹从睡梦中惊醒，它抬起头，望向狄莉。

狄莉赶紧将门关上。转过身，狄莉敲了自己脑袋一下——大清早的，胡思乱想些什么！

她回到饭厅，将剩下的早餐吃完，并收拾了餐具，然后走到一楼的客厅，坐在沙发上。

思索了五分钟，狄莉准备先把找工作的事放到一边。今天上午应该先去超市买一些新鲜的食品和家庭用品回来。

于是，她迅速换上外出鞋，离开家。出门之前，她检查了自己的皮包——房门钥匙在里面。

走在这片别墅区开阔的道路上，狄莉观察着周围优美的环境。这个片区绿化得相当好，公共设施应有尽有，而且远离城市的喧哗，十分清静——实在是最理想的居住地点。

但不知为什么，狄莉的心情始终有些阴沉——这个地方看起来完美无缺，但她总觉得似乎少了点什么。她不知道这种感觉从何而来。

走了大约十分钟，狄莉慢慢停下脚步，她有些明白问题出在什么地方了。从她出门到现在，这条路上就只有她一个人，再没见到其他任何一个过路人！而且，这一排别墅区的房子全都紧闭着大门，似乎根本没有人居住。狄莉终于弄懂了这个地方缺少的是什么——生气。

狄莉疑惑地观察着周围，她这时才发现这里简直静得可怕。她停下脚步后，就只能听到自己呼吸的声音。

狄莉皱起眉，开始回想。昨天下午来到这个小区时，似乎也是这样，她根本没看到过其他路人和邻居。只是因为葛雷一路上都和自己说着话，她才没有感受到今天这种强烈的冷清。

想着想着，狄莉竟感到有些害怕。她迈开腿，在道路上小跑起来，她多么想碰到一两个路人，或者是一个骑着车的邮递员，哪怕是个捡垃圾的老太太都好！

跑了六七分钟，直到离开这片别墅区，拐过弯来到另一条街道，狄莉才终于见到了一些行人，见到了日常生活中普通的街景。

狄莉稍稍安下心来，她在心里反复对自己说：也许是太凑巧，那个住宅区的人都一大早去上班工作了，才会这么冷清。想到这里，她感觉好过了很多。

狄莉来到附近最大的一家超市，融入成百上千个人之中，她的心情终于明朗起来。狄莉在超市的市场中挑选着肉类、蔬菜、牛奶、鸡蛋……

买完东西后，狄莉提着几个大塑料袋走出超市，她招了一辆计程车，告诉司机目的地。

坐在车上，狄莉看了看表，已经接近中午十二点了。

四

当狄莉提着大包小包跨进家门的时候，她一眼便看见了正坐在客厅沙发上的葛雷。

葛雷微笑着走过来，接过狄莉手中的几个大塑料袋，往里面看了看，说："嗬，买了这么多东西。"

"多数都是吃的。"狄莉一边说，一边将袋子提到厨房，打开冰箱，将食物放进去。

"中午给我做什么好吃的？"葛雷从背后抱住狄莉，问道。

狄莉沉默了几秒钟，转过身望着葛雷说："我想和你谈谈。"

葛雷愣了一下，然后点了点头，他们一起走出厨房，坐到客厅的沙发上。

"有什么问题吗？亲爱的。"葛雷问。

"我刚才出门的时候发现一件事。"狄莉说，"这片别墅区只有我们一家人吗？为什么早上我出去时在这个小区一个人都看不到？"

葛雷用手摸着下巴："是吗？"

"你早上出去上班时，有没有看到其他人？"

"我没有注意这个问题。"

狄莉皱起眉，做出沉思的样子。

"嘿，亲爱的。"葛雷说，"就算这片小区没什么人住，那也不是什么奇怪的事，对吗？这里本来就不是普通的商业住房区，而是别墅区。也许那些有钱人只有周末和放假的时候才会来这里住呢？"

狄莉想了想，说："也许是这样吧。"

"好了，别疑神疑鬼的，我饿了。"葛雷拍了拍肚子，"去做午饭，好吗？"

狄莉点了点头，心想大概真的是自己想太多了吧。她站起来，一边向厨房走去，一边笑着说："葛雷，我看用不了多久，我们家厨师一职就该由你来担任，我就可以提前退休了。"

"哦？为什么？你什么时候喜欢上吃我做的饭了？"葛雷露出不解的表情，"我记得上个星期在我公寓里，我给你煮了一碗面，你说那东西完全是猪食。"

"可是你今天早上给我做的早饭实在是太棒了！那完全是专业厨师的水准！"狄莉一边套上围裙，一边赞叹道。

这时，葛雷转过头，一动不动地望着狄莉。

"早饭？我早上什么时候做了早饭？"他一脸茫然地说。

狄莉转过身，眨了眨眼睛，问："早上餐桌上的那些食物不是你做的？"

葛雷困惑地摇着头："我今天早上起床本来就迟了一点，我就直接赶到单位去了，哪来的时间做早饭？"

狄莉沉默了几秒钟，她凝视着葛雷。

"你在跟我开玩笑，对吗？"她问道。

"是你在跟我开玩笑吧？狄莉，我完全被你弄糊涂了。"葛雷露出一副无辜的表情。

"等等。"狄莉用手按住额头，并做了一个手势，"你是说，早上那些煎熏肉、鸡蛋羹不是你做的？"

"什么煎熏肉？"葛雷有些着急起来，"狄莉，昨天可是你去买的菜。

在那之前，你也翻过冰箱，根本没有任何食物，哪来的熏肉？"

狄莉目瞪口呆地望着葛雷，浑身颤抖不已，面色苍白，脚也开始发起软来。

葛雷赶紧上前扶住狄莉，让她坐到一张椅子上，关切地问："狄莉，你到底怎么了？"

狄莉紧紧抓住葛雷的手臂，满脸惊恐地问："葛雷，你真的没骗我？那些食物……真的不是你做的？"

"天哪！直到现在你还认为我是在开玩笑？我干吗骗你！我疯了吗？"葛雷焦急地说。

"那……我吃的那些东西是什么？是谁做的？"狄莉全身颤抖着说。

五

葛雷把未婚妻扶到客厅的沙发上，为她倒了一杯开水，并将她紧紧搂在怀里。

狄莉瘫软在沙发上，头紧紧地靠住葛雷的肩膀，脑子里一团乱麻。

过了几分钟，她的情绪平静了一些，喃喃自语道："这一切……到底是怎么回事？"

"会不会……"葛雷猜测道，"有一个贼进了我们家……"

"一个贼进来什么也不偷，就为我做早饭，而且做得既丰盛又可口。"狄莉望着葛雷，"如果是这样，也许我们应该邀请他来接着做午饭。"

葛雷皱起眉想了一会儿，说："亲爱的，你真能肯定你吃了那些东西吗？"

"什么？"

"我是说，这一切会不会是你早上梦中的情景，或者是……"

"听着，葛雷。"狄莉正色道，"我没有发烧，也没有神经错乱，我想我能分辨现实和梦幻。"

"可是，刚才我去餐厅看过了，桌子上什么也没有，厨房里也找不到你说的那些东西。"

"我已经吃掉了，葛雷！而且我把餐具也收拾了。你怎么可能还找得到？"狄莉大叫起来，"真该死，早知道我就应该留下一两片熏肉，这样你就不会认为我是在说梦话了！"

"好了，好了，亲爱的，我相信你说的一切。不过既然你吃了那些东西也没出什么事，那就别再多想了吧。"葛雷安慰道，"让我们忘了这些事，好吗？"

狄莉再次把目光移到未婚夫身上，她问道："葛雷，你是不是有什么事情瞒着我？"

听到这句话，葛雷的身子微微抖动了一下，他眨眨眼睛，吞咽下他的不自在。

"别说傻话了，亲爱的，我有什么可瞒你的？"他语气有些生硬地说。

狄莉继续盯着葛雷："可你的眼睛告诉我，你不是这么想的。"

经过短暂的沉默，葛雷犹豫着说："有一件事，嗯……其实，我本来就要跟你讲的，只是……"

他在语无伦次中停了下来，紧皱着眉，似乎不愿提起这件事。

"是怎么回事？葛雷，告诉我。"狄莉催促道。

葛雷望着狄莉，一脸严肃地说："在二楼最右侧有一个上着锁的储藏室，那个房间，你千万不要进去。"

"什么意思？葛雷。"狄莉用疑惑的眼神望着他。

葛雷突然转过身，一把抓住狄莉的肩膀，说："别问那么多，反正你答应我，绝对不能进那个房间！"

"你不是说上着锁吗？我怎么进得去？我又没有钥匙。"

听到这句话，葛雷似乎稍微安了点心，他若有所思地点了点头："确实，你本来也进不去……"

"等等，葛雷，你说这些是什么意思？那个房间里藏着什么秘密吗？和今天早饭这件事有什么关系？"

"我不知道有没有关系，我只知道，那个房间是绝对不能进去的。"

"那个房间里有什么，葛雷？"

葛雷的身体再次颤抖了一下，神色惊恐地说："别问了！我不知道，我也没进去过！"

"那你总该告诉我——为什么这个房间绝对不能进去吧？"狄莉不死心地问。

"这个我也不知道！"葛雷越发害怕起来，"这是我从小住这所房子时，我父亲反复交代的——他也没告诉我原因。"

狄莉望着未婚夫，感觉他此时就像一个受到了惊吓的小男孩，她本来还想再问什么，但张了张口，什么也没说出来。

"好了，狄莉，做午饭吧。我下午还要上班呢。"葛雷从沙发上站起来，显然是不想再谈论这个问题了。

狄莉在沙发上发了几分钟呆，然后满脸无奈地走进厨房，开始做饭。

今天的午餐，他们在沉默中度过。

六

吃晚饭时，气氛仍然沉闷而尴尬。葛雷终于忍不住了，他问坐在对面的狄莉："亲爱的，你在怪我吗？"

狄莉缓缓抬起头："我为什么要怪你？"

"也许，你觉得我应该一开始就跟你讲那个神秘储藏室的事。可是，你知道，我没有机会。第一天晚上你喝醉了……"

狄莉摆了摆手，示意葛雷不要说了。

"葛雷，你误会了。我不是在怪你没有跟我说这件事。我只是在想，这所房子，会不会……"

她停了下来，眉头紧蹙。

"你想说什么，狄莉。"

她摇着头说："我并不是想自己吓自己，可是，我觉得在这所房子里，也许有一些我们不了解的、无法解释的事情。"

葛雷的脸色变得难堪起来："狄莉，这些话是不能随便说的，这样会让我们的生活蒙上阴影！"

"我想我的生活已经蒙上阴影了。"狄莉望着葛雷说。

沉默了一刻，葛雷说："这样吧，明天早上我迟点去上班，我们看看这种怪事会不会再次发生。"

狄莉想了想，说："好吧。"

"那今天晚上，我们就别想这些了，开心点好吗？亲爱的。"

狄莉勉强挤出一丝笑容，点了点头。

吃完晚饭，葛雷来到二楼卫生间——卡兹的狗屋前。他从橱柜中取出一包狗粮，倒了一小半到卡兹的盘子里，又在旁边卡兹喝水的碗中倒上半碗牛奶。卡兹立刻迫不及待地吃起来。

狄莉这时也走上楼来，她看到卡兹津津有味地进着餐，再看了看葛雷手中拿着的狗粮包装袋，问道："它一直吃这种高价的狗粮吗？"

葛雷无可奈何地摇了摇头："没办法，卡兹太挑食了。我也曾试着喂它猪肝泡饭之类的东西，可这家伙根本不吃——它只认这种进口的狗粮。"

狄莉咂了咂嘴："这可够费钱的。"

"谁叫卡兹是条名种狗呢。"葛雷带着几分骄傲说，"反正我从一开始就把它惯坏了，现在也改不过来了。"

狄莉笑了笑，她看着卡兹吃东西的乖巧模样，说："葛雷，以后我能来喂卡兹吃饭吗？"

"当然可以。"葛雷说，"它会非常乐意的。"

喂完狗，他们坐到客厅的电视机前，葛雷有意选择一些轻松愉快的综艺节目来看，卡兹就懒懒地趴在他们脚边打瞌睡。

看电视的过程中，葛雷时不时发出爽朗的大笑，狄莉似乎也受到了感染，她感觉心情放松了很多，先前恐惧不安的气氛渐渐被融化了。

十点钟，葛雷打了个哈欠，对狄莉说："亲爱的，睡吧。"

"嗯。"狄莉点点头，"我也有些疲倦了。"

葛雷拍了拍卡兹，说："嘿，老伙计。该睡觉了，回你的狗屋去吧。"

卡兹听话地从地上爬起来，自觉地跑上二楼卫生间，钻进它的狗屋。

狄莉在二楼卫生间的单间里洗澡，葛雷到一楼卫生间洗漱。完毕之后，两人分别走进二楼卧室。

"晚安，葛雷。"狄莉说。

"晚安，亲爱的。"葛雷亲了亲未婚妻的额头，然后把手伸向床边的开关。"咔嗒。"只听清脆的一声，他关掉了灯。

狄莉是真的身心俱疲，她躺在床上不到五分钟就安然入梦了。

夜，寂静而漫长。

不知什么时候，熟睡中的狄莉被一些声音吵醒了。

起初，她有些迷迷糊糊的，不明白自己为什么会忽然惊醒，但只过了几秒钟，她就知道了——

她想起来了，自己是被一阵狗叫声吵醒的。

就在狄莉竭力思索的时候，她又听到几声犬吠——虽然叫的声音不是很大，但在这寂静的深夜里却显得异常清晰。

狄莉竖起耳朵，努力辨别着方向，这时，狗又叫起来。她清楚地听出，声音就是从二楼的卫生间发出的。

狄莉皱了皱眉，感到有些奇怪——从第一天接触卡兹，她就感觉卡兹是一条不爱发出声音的狗，而事实也确实如此，直到现在，她也只听见卡兹叫过两三次。

可是，为什么它今天晚上会叫个不停呢？

狄莉转过身，想叫醒身边的葛雷。但她看到葛雷睡得正香，又不忍吵醒他——葛雷明天还要上班呢。

就在这时，狗叫声停了下来。狄莉等了几分钟，卡兹似乎真的安静下来了，没有再发出声音。她轻轻地吐了口气，准备接着睡觉。

闭上眼睛那一刻，狄莉看了一眼墙上的大挂钟——三点十五分。

七

清晨，狄莉在一阵呼唤声中醒来。

"狄莉，狄莉……醒醒。"葛雷轻声喊着她的名字，并摇晃着她的肩膀。

狄莉醒了，她揉了揉困倦的眼睛："葛雷……怎么了？为什么这么早叫醒我？"

葛雷望着她："你不想去饭厅看看吗？"

狄莉一怔，一瞬间睡意全无。他们赶紧穿好衣服，从二楼走了下来。拉开饭厅的门之前，他们在门口停顿了几秒钟，并对视了一眼。

"开门吧，葛雷。"狄莉说。

葛雷滑开饭厅的玻璃门，他们的目光直接落在了那张大理石餐桌上。餐桌上空无一物，光亮的桌面能反射出人的倒影——和昨天晚餐结束后一模一样。

葛雷轻轻吐了口气，耸了耸肩说："我就知道没有那种怪事的。"

狄莉抬起头望着他："葛雷，你这么说是什么意思？"

葛雷撇了撇嘴，笑着对狄莉说："我的意思是，亲爱的，看来你得自己做早饭了。"

"葛雷，我不觉得这件事很好笑。"狄莉有些愠怒地说，"噢，天哪，现在你更加确信我昨天是在做梦了，对吗？"

"瞧，狄莉，我昨天就说过了，我从来没有不相信你。"葛雷说，"不过既然没出那种怪事，我们就好好过自己的日子，好吗？"

狄莉叹了口气，觉得无话可说。

今天的早餐是花生粥、烤肉肠和面包。狄莉只用了不到半个小时就把这些做好并端到了餐桌上。

葛雷尝了一口花生粥，称赞道："味道很好，狄莉。"

狄莉用手托着脑袋，一言不发地转动着碗里的调羹。

过了一会儿，她问："葛雷，昨天晚上你有没有听到狗叫声？"

"嗯？"葛雷喝了口粥，抬起头。

"我是说，昨天半夜你有没有听到卡兹在叫？"

葛雷想了想，然后摇着头说："我没听到。怎么，你听到了？"

"是的，它叫了有两三分钟，把我吵醒了。"

葛雷皱了皱眉："奇怪，卡兹不是条爱叫的狗。"

"我也是这么觉得的，所以我不明白它昨晚为什么要叫。"

"嗯……我想想。"葛雷说，"也许是它想谈恋爱了？"

"葛雷，你能不能稍微认真点。"

"我是认真的，亲爱的。我是指，它是不是又到了发情期？"

狄莉扬了扬眉："嗯……也许是的。"

"好了，狄莉，别紧张兮兮的。一条狗半夜叫几声不是什么奇怪的事。"葛雷擦了擦嘴，从椅子上站起来，走到狄莉身边，吻了她的脸颊一下，"我得去上班了。"

狄莉冲他笑了笑，点了点头。

葛雷走后，狄莉清洗好餐具，把它们收拾在碗柜里。然后走到二楼卧室，拿起一本小说，再走到阳台的躺椅旁，坐了下来。

今天的天气阴沉沉的，没有阳光，显得十分清冷。

狄莉捧起书，开始阅读起来。

十分钟后，她合上书，长叹了一口气。她发现自己的精神根本无法集中，整个脑子里都在想着一件事——那个不能进入的储藏室。

那里面到底有什么隐秘的东西？为什么葛雷的父亲要反复交代绝对不能进去，而葛雷一提到它，又显得如此恐惧和不安？

一连串的问题困扰着狄莉，使她心烦意乱。最后，她放下书，离开这间屋子，脚步不由自主地向最右侧的那个储藏室走去。

楼道里没有灯，再加上今天的天气很差。狄莉一个人走在昏暗的楼道中，有些害怕。她给自己壮了壮胆，终于走到了那间储藏室跟前。

一扇古旧的木门，门上有一把传统的老式铁锁死死地锁住了门。

狄莉站在门前发了一会儿呆，竟感到一阵阵凉意向自己袭来。她打了个冷战，不敢继续在这里停留，转身准备离开。

转身的一瞬间，狄莉的脚碰到了一个柔软的东西，这突如其来的触觉令她"啊"地大叫一声，心脏猛地收紧。

定睛一看，她才发现原来自己碰到的是那只苏格兰犬卡兹，这只狗不知什么时候起，神不知鬼不觉地出现在了狄莉身后。

惊魂未定的狄莉正准备松口气，突然注意到这条大狗正抬着头，以一种凌厉的目光注视着自己——那种眼神，不像是一只狗该有的，反倒像一个人！

狄莉感到脊背一凉，她不敢再与卡兹对视，将目光从它身上移开，迅速离开这个地方，走到卧室门口。

狄莉打开卧室门，走了进去，她发现卡兹就待在门口，眼睛一眨不眨地盯着她。她赶紧关上门，一头扑在床上，重重地舒了口气，脑子里一片混乱。

过了几分钟，她从床上坐起来，侧耳聆听屋外的动静——她想知道卡兹是不是还守在门口。

突然间，她产生了一个诡异的想法——这只狗，该不会是在守护着什么吧？

八

晚上睡觉前，葛雷正准备关灯，狄莉抓住他的手说："别急。"

葛雷回过头问："亲爱的，有什么事吗？"

狄莉点点头："我们聊会儿行吗？"

"当然可以。"葛雷半躺在床上，头靠着床的靠背，"你想和我聊什么？"

"关于这幢房子。"

葛雷不易察觉地皱了皱眉。

"你想知道什么，狄莉？"他耐着性子问。

"你告诉过我，这幢房子是你们家祖传下来的——那你知不知道，它究竟建于哪一年？"

"我不知道，我从没问过这些事。"

"你父母和你以前都住在这幢房子里，对吗？"

"是的。"

"你父亲去世后，你和你母亲为什么不住在这里呢？"

"我母亲改嫁到外地去了，而我——我告诉过你，这里离我上班的地方太远了。"

"你是说，从你二十七岁继承这套房子到现在，一共三年时间，你都没在这里住过？"

"……是的。"

"卡兹呢？你们养了它多少年？"

"来的第一天我不是就跟你说过吗？它还是一只小狗的时候就被抱来我们家，已经有十年了。"

葛雷突然直起身子："嘿，狄莉，你在干什么？审问犯人吗？"

狄莉抿着嘴唇沉默了几秒钟，说："我只是想了解一些关于这幢房子的事。"

"那你现在了解够了吗？还有没有什么问题？"葛雷不耐烦地说。

"好吧，最后一个问题。"狄莉说，"你说你父亲在你小时候就告诉你，那个上着锁的储藏室是绝对不能进去的——难道你就不觉得好奇吗？现在你已经继承了这个房子，是这所房子的主人，你就从来没想过把它打开来看看里面到底有什么吗？"

"天哪！狄莉。"葛雷大叫道，"那是绝对不行的！我告诉过你，那个房间绝对不能进去！"

"可是……"

"好了，别说了！"葛雷粗鲁地打断她，"我不想再谈论这个话题了，睡觉吧。"

说完，他伸手将床边的灯关了。房间变成一片漆黑。

过了几分钟，葛雷在沉默的黑暗中听到一丝微小的啜泣声。他叹了口气，为自己刚才武断的举动后悔起来。

葛雷轻轻地抱住狄莉，说："亲爱的，刚才……是我不好，我太鲁莽了，原谅我好吗？"

狄莉仍然啜泣着，没有说话。

"明天是星期六，我陪你去逛街好吗？"葛雷道着歉，"别生我的气了。"

狄莉停止了啜泣，慢慢钻进被窝。葛雷还在小声说着哄人的话。

就这样，他们渐渐睡着了。

睡到半夜，狄莉又一次在狗叫声中醒来，她将身子坐起来一点，仔细听着从卫生间发出的声音。

还是和昨天晚上一样，卡兹一阵阵地叫着，声音并不是很大，似有若无。

无意间，狄莉又看了一眼墙上那个古老的挂钟，愣住了。又是三点十五分——和昨天晚上几乎一分不差！

狄莉紧皱起眉头，她用手来回摸着下巴，竭力思索——这到底是怎么回事？

一分钟后，狄莉决定叫醒葛雷，让他去卫生间看看卡兹为什么会叫个不停。

"葛雷……葛雷，醒醒。"狄莉一边喊，一边摇晃着葛雷的身体。

酣睡中的葛雷被摇醒了，他眯起眼睛问道："狄莉，怎么了？"

"你听，卡兹又开始叫了。"

葛雷听到狗叫，不耐烦地揉着眼睛说："让它叫吧，反正声音又不是很大，有什么关系？"

说完，他翻了翻身，又要睡过去。

"葛雷，这只狗每天晚上都叫，你不觉得奇怪吗？"狄莉有些着急起来。

"一只狗半夜叫几声有什么奇怪的？狄莉，快睡吧。"

"可是我注意到，它每天晚上都准时在同一个时间叫，就是现在，三点十五分。"狄莉说。

这句话说出后过了几秒，葛雷似乎突然想起了什么，他猛地翻过身来，问："你说什么？"

"我说这只狗每天晚上都在三点十五分这个时候叫。"

"现在……是三点十五分？"葛雷的语气中带着一丝恐惧。

"你自己看墙上的钟吧。"狄莉用手指了指那个挂钟。

葛雷撑起身子，看了看那个指针在夜里会发光的大钟。

接着，是一片沉默。

黑暗中，狄莉无法看清葛雷的脸。但她却感觉到，葛雷的身子好像在瑟瑟发抖。

"葛雷，你怎么了？"她问。

葛雷慢慢缩回被窝，将身子转过去，背对着狄莉，说："没什么，睡吧。"

这个时候，狗叫声停了下来。

"葛雷……"狄莉轻声叫着未婚夫，但不知道他是不是已经睡着了，没有任何回应。

狄莉无奈地叹了口气，她半倚在床上，久久没能入睡。

九

第二天上午，葛雷陪狄莉去市中心逛街、购物。中午在一家高档餐厅吃饭。两个人的心情都非常好。

其实，狄莉有好几次都想开口提起半夜犬吠的事，但她忍了下来——她实在不愿意破坏今天轻松愉快的气氛。

自从搬到这所房子，狄莉就每天被种种不可思议的现象所困扰，心情极度压抑——今天，她终于感觉到生活中还有些许阳光存在。

下午两点过，葛雷和狄莉提着大包小包返回住所。到别墅门口时，葛雷拿出钥匙开门，狄莉突然用手肘碰了碰他。

"嘿，葛雷。看那边。"她侧着脸说。

葛雷顺着狄莉的目光望去。他们这幢别墅旁边的一间小房子里，走出一位中年妇人，她提着一个洒水壶，到门口的小花园为植物浇水。

"哦，她是我前几天跟你提起过的，我们的邻居安太太。"葛雷说，

"她是个寡妇。"

"我们过去打个招呼，葛雷。你应该介绍安太太给我认识。"狄莉说。

葛雷点点头："其实我早就该带你去拜访安太太了，她好像是我们这个小区里为数不多的几个长期住户之一。而且她还帮我照顾了一年多的狗，我们应该去感谢她。"

说着，葛雷牵着狄莉走到旁边安太太的小花园中。

"安太太，你好！"葛雷微笑着上前打招呼。

正在浇花的安太太抬起头，她是一个有些朴素、平淡的女人。面容没有太大的特点，身材不高，穿着一身家居服。

"嗨，葛雷。"安太太笑着向他们问好，她望着狄莉，"如果没有猜错的话，这就是你以前提起过的——你那位漂亮的未婚妻吧？"

"你好，安太太。"狄莉报以友好的微笑，"我叫狄莉。"

安太太上下打量了狄莉一番："葛雷的眼光果然没错，狄小姐真是天生丽质。"

"您过奖了。"狄莉有些不好意思地说。

"葛雷，"安太太突然转过身，有几分嗔怪地说，"你还是这么大大咧咧的。你们都搬来好几天了，现在你才想起带未婚妻来和我打个招呼。"

"你瞧，都怪我。"葛雷笑着说，"前几天忙着处理一些事，没抽出空来。这不，今天是周末才闲下来些。"

安太太放下手中的洒水壶，走到狄莉跟前，拉着她的手说："现在我们认识了，又是邻居，有空到我家来坐坐吧。"

"嗯，我会的。"狄莉笑着点了点头，"你也是，安太太，没事就来我们家玩。"

两个女人拉着手，会心地笑了笑。

"对了，安太太。"葛雷说，"上次还没来得及好好感谢你呢，帮我养了这么久的狗……"

"别这么说，葛雷。卡兹是条乖狗，你让它来陪我，我不知道多高兴。现在它回了你们家，我还觉得挺不适应呢。"

"如果你想它，可以随时来我们家看它啊。"葛雷说。

"当然，我会去看它的。"

接着，他们又闲聊了几句家常。

"我们得回去了。"葛雷说，"安太太，欢迎你随时来我们家做客。"

就在他们准备转身离开的时候，狄莉似乎突然想起了什么："安太太，我能问你一个问题吗？"

"当然可以。什么问题？"安太太温和地说。

"卡兹在你们家时，有没有半夜老是要叫上一阵的习惯？"狄莉问。

这个时候，站在旁边的葛雷有些不自然地皱了下眉。

"半夜叫上一阵……你说卡兹？"安太太摇着头说，"不会，卡兹是条安静的狗，它在白天都不吵人，更别说晚上，它从来不叫。"

"在你养它的一年多时间，它从来都没有半夜叫过？"

"一次都没有。"安太太肯定地说。

狄莉停顿了几秒，说："好的，谢谢你，安太太。我们改天见。"

"改天见。"

葛雷和狄莉再次冲安太太点了点头，回到自己的别墅中。

十

也许是因为逛了一天街的原因，葛雷和狄莉吃完晚饭后都感到十分疲倦。他们不到十一点就洗漱完毕，准备睡觉。

"晚安，葛雷。"狄莉说。

"晚安，亲爱的。"葛雷亲了亲狄莉的脸，关了灯。

躺在床上，狄莉却睡不着了，她翻来覆去地想一件事——今天晚上，卡兹又会叫吗？

吃晚饭的时候，卡兹就蹲在他们脚边，津津有味地啃着肉骨头；看电视时，它又懒懒地趴在客厅沙发旁打瞌睡——不管怎么看，卡兹都像是一条普通至极的狗——可为什么偏偏到了半夜，它就会异常地叫个不停呢？

想着想着，狄莉在不知不觉中睡着了。不知过了多久，狄莉感觉床有些晃动，她迷迷糊糊地睁开眼睛，发现葛雷从床上坐了起来。他穿上拖鞋，走到门口，打开房门。

狄莉看了看墙上的挂钟，两点二十分。她想起来，葛雷在今天晚饭后多喝了两瓶啤酒——也许现在是去上厕所吧。

葛雷这时已经走出了房门，为了不把狄莉吵醒，他特意没有开灯，摸索着走了出去。

狄莉翻了翻身，准备继续睡。忽然，她又睁开了眼睛——她听到葛雷从二楼楼梯走下去的声音。

狄莉警觉地从床上坐起来，她感到不可思议——明明二楼就有一个大卫生间，为什么葛雷要走到一楼的卫生间去？难道，他并不是去上厕所？

想到这里，狄莉感到后背一冷，她产生一种恐惧感——葛雷半夜三更地到一楼去干什么？

狄莉轻手轻脚地从床上爬起来，穿上她的拖鞋。

葛雷果然从一楼的卫生间走了出来，他关灯后，摸着楼梯的栏杆走上二楼来。葛雷低着头上楼，快到二楼时，他无意间抬头一看，面前站着一个黑色的人影。

"啊！"葛雷大叫一声，身子向后一退，几乎要从楼梯上摔下去。

"葛雷，是我！"黑暗中，狄莉赶紧上前扶住葛雷。

"狄莉，你疯了？黑咕隆咚地站在那里一言不发——你想吓死我吗？"葛雷捂住心脏，惊魂未定地说。

"葛雷，我……我只是跟出来看看你下楼去干什么。"狄莉有些抱歉地解释道。

"我下楼去干什么？"葛雷没好气地说，"当然是去卫生间上厕所。"

狄莉盯着面前模糊的黑影说："可是，二楼明明就有卫生间，你为什么要舍近求远去一楼上厕所？"

葛雷沉默了几秒钟："二楼的卫生间，卡兹不是在里面吗？"

"那又怎么样？卡兹在自己的狗屋里，会影响到你上厕所吗？"

狄莉的这个问题，令葛雷哑口无言，他停顿了好一会儿没有说话。

"嗯……二楼的厕所是坐便器的，我习惯上蹲便器的厕所，所以……"

"可是，葛雷。你刚才还说不上二楼厕所是因为卡兹在里面。"

"当然……那也是个原因，但最主要的……"葛雷支支吾吾，越来越无法自圆其说。

"葛雷，你在现编理由吗？"狄莉疑惑地问，"你是不是在瞒着我做什么？"

"我没有……"说了一半，葛雷停下来，"狄莉，你又在审问我了。"

"我只是想让你告诉我实话！"

"我说的本来就是实话！"葛雷开始不耐烦起来，"是你自己不相信，好了，我要去睡了，我不想在这些无聊的问题上跟你纠缠了！"

"无聊的问题？"狄莉惊讶地问，"葛雷，你认为我在无理取闹吗？"

葛雷没有再说话，径直朝卧室走去。狄莉眼看着葛雷对自己不理不睬地独自走进房间，突然觉得心中好冷。但她没有选择的余地，在楼梯口呆站了十几秒钟后，也只能返回卧室。

这次躺上床，狄莉根本没能再闭上眼睛，她失眠了。她的眼睛死盯着墙上那个大挂钟，她看着时间一分一秒地过去，紧张地等待着那个时刻的来临。

狄莉感觉这个时候的一小时对她来说就像是一天。

终于——三点十五分到了。

十一

这一次，卡兹晚了两分钟，它在三点十七分叫了起来。

狄莉在听到狗叫的一瞬间浑身颤抖了一下，她从床上坐起来，犹豫了两分钟，轻轻翻下床，穿上拖鞋。

突然，身后的葛雷问了一句："狄莉，你要上哪儿去？"

狄莉先是被吓了一跳，然后迅速反应过来——葛雷原来也没睡着！

"我去卫生间看看，卡兹到底是怎么回事？"狄莉说。

听到这句话，葛雷猛地从床上直起身来，说："不行，狄莉！你不能去！"

"为什么？"狄莉转过头来望着葛雷，"为什么我不能去看看？"

"你……反正，你不要去。"葛雷有些着起急来。

狄莉按下床头的台灯开关，屋子被照亮后，她看到了葛雷焦急的脸。

"葛雷，我要你告诉我原因，我为什么不能去卫生间看看？"狄莉望着他说。

"我是为了你好！"葛雷显得有些无可奈何，"你听我的，好吗，狄莉？别和我对着干。"

狄莉固执地摇了摇头："恐怕不行，葛雷。我实在受不了了，我一定要去看看。这到底是怎么回事。"

说着，她从床上站起来，走到门口，打开门。

葛雷一下从床上跳下来，他几大步走到狄莉身边，双手按住她的肩膀。

"你要干什么，葛雷！你想用蛮力阻止我？"狄莉大喊道。

葛雷摇了摇头，说："不，狄莉。我是要陪你一起去，如果你这么想去看看的话，那我就和你一起去。"

狄莉的脸上露出一种复杂的表情，她望了葛雷一眼，不知道该说什么好。然后，她用手搂住葛雷的腰，两人一起向二楼左侧的卫生间走去。

卡兹还在时断时续地叫着，狄莉每走一步，心跳就加快一分。

终于，他们走到了卫生间门口，站住脚步。

葛雷轻轻旋开那扇木门的把手，狄莉不自觉地抓住葛雷的衣服，身体也紧紧地贴在他的胸口上。

门推开后，葛雷按墙壁上的开关，卫生间的灯亮了，但他们都没有进去，只是站在门口朝里望——

卡兹的狗屋就正对着那扇门。门打开后，他们看到卡兹站在狗屋外，正对着对面用于上厕所和洗澡的单间小声叫着，似乎它面前有着什么东西。

这个情景，令狄莉感到恐惧和不解，他们站在门口这个角度，是看不见洗澡那个单间的。也就是说，只要不进门，他们就无法知道卡兹面前到底有什么。

停顿了几秒，狄莉决定豁出去了，她今天非弄清楚原因不可——狄莉向前跨了一步，打算走进卫生间。

突然，后面一双强有力的手臂一把拖住了她。狄莉被抓得生疼，她回过头，吓了一跳——葛雷面色惨白，双目圆睁，浑身猛抖着，似乎看到了什么可怕的事情。

"狄……狄莉，别进去……别……"葛雷紧张地大口喘息着，语无伦次。

狄莉被葛雷的这个神情彻底吓蒙了，站在原地发愣。

葛雷伸出手，一把将卫生间的门关上，不由分说地拉住狄莉的手，一路狂跑——将她拉进卧室后，再将门重重地关拢。

接着，葛雷迅速跳上床，将被子紧紧地裹在自己身上，不停地发抖。狄莉完全被葛雷这一系列动作惊呆了，她大张着嘴站在屋内，不知所措。

就这样，大概过了两分钟，或者是五分钟，狄莉不敢肯定——葛雷仍然维持着这种状态，一副失魂落魄的模样。

她不明白，到底是什么事，会把一个大男人吓成这样？

这个时候，狗叫声停了下来。

狄莉慢慢地，一步一步走到床前，坐下来轻声问："葛雷，你怎么了？"

葛雷又打了个寒战，面色仍然苍白，但也许是因为狗叫声停止了，他稍微平静了一些，开口道："没……没什么。"

狄莉注意到，葛雷说话的时候根本不敢正视她。

她叹了口气："葛雷，都到这个分上了，你还说没什么，你仍然要我相信你没有事情瞒我，对吗？"

葛雷的眼睛闪动了几下，眉头紧皱，一声不吭。

"葛雷，你真把我当成傻瓜了？"狄莉的神情严厉起来，"今天晚上你必须告诉我你隐瞒的一切！否则我就会一直问下去，直到你肯说出来为止！"

葛雷慢慢转过头，望着狄莉。狄莉正视着他，两人的目光交织在一起。

过了大约五分钟，葛雷深深地吐出一口气，他将目光移开，垂下头，两眼无神地望着脚尖。

"好吧，狄莉。我承认，我的确对你有所隐瞒。"他终于开口道，"今天晚上，我就把一切都告诉你。"

十二

"和你在一起之前，我其实结过一次婚。"终于，葛雷艰难地说出口。

"你……结过婚？"狄莉惊讶地问道，"这么说，你以前说你一直单身一人是骗我的？"

"原谅我，狄莉。你这么年轻漂亮，我不想让你觉得嫁了个二婚男人。所以，我骗了你。"葛雷低着头说。

"那么……你妻子呢？她现在在哪里？"

"她在一年前离开了我。"

"你们……离婚了？"

"不，狄莉，你没懂我的意思。"葛雷说，"她……死了。"

狄莉微微张了张嘴，然后问："她是怎么死的？"

葛雷紧皱着眉叹了口气，头垂了下来，似乎陷入了痛苦的回忆中。

"她叫朱丹。我在二十五岁那年认识了她，当时她是一个银行职员。我们交往两年半后结了婚，然后，住进这幢房子。其实，卡兹是她的狗，也就是从住进这幢房子开始被带来的，本来，我们的日子过得平静而愉快——"

说到这里，葛雷停了下来，眼神充满忧伤。

"然后呢？"狄莉问。

葛雷仰着头，深深地吐了一口气，接着说："朱丹一直有着天生的心脏病，但我们都不是太介意，因为医生说只要不受太大的刺激或是过度惊吓，是不容易发病的，再加上她身上时刻都准备着速效救心丸之类的东西。所以，我们在这套房子里住了一年，什么事也没发生。

"直到有一天下午，我下班回家，刚打开门，就看到了可怕的一幕——朱丹躺在客厅的地上，手紧紧地按着心脏，面容痛苦而扭曲。我赶紧跑上前去，却发现她全身冰冷而僵硬，早已经……死了。"

说到这里，葛雷用双手捂着脸，痛苦地叹息着。

"她……死于什么？心脏病吗？"狄莉急切地问。

葛雷点点头："医生赶来后，诊断出她确实是死于心脏病。"

狄莉露出不解的神情："可是，到底是什么原因引发了她的心脏病呢？"

葛雷摇着头说："不知道，我事后仔细检查过家里，没发现任何异常的地方——我也不明白，她没有理由受到什么大的刺激或是惊吓啊！怎么会突然心脏病发作呢？"

"医生是怎么说的？"

"医生也认为朱丹是因为受到了某种心理上的巨大刺激才突然发病的，但他们同样弄不懂这种刺激从何而来——我想这个问题的答案只有朱丹本人才知道——但她已经死了。"

沉默了几秒钟，狄莉说："你曾有一个妻子，她就死在这幢房子里。但你不太清楚她死亡的真正原因，对吗？"

葛雷注视着狄莉："可以这么说。"

沉思了一会儿，狄莉说："葛雷，关于朱丹究竟是受到了何种惊吓或刺激发病致死，我们暂且不去管她，我现在想知道的是——这和卡兹每天晚上三点十五分就会叫有什么关系？还有，你刚才把门打开后为什么会吓成那样？"

听到狄莉这么问，葛雷又全身哆嗦了一下，他本来已经恢复正常的脸色又开始变得苍白起来。

狄莉一直注视着葛雷，等待着他的回答。

终于，葛雷颤抖着说："朱丹……她有一个多年的习惯，这是她的生物钟——那就是每天晚上三点十五分左右，她会去上一次厕所。住在这幢房子时，她就是去的二楼这个卫生间……而卡兹在那个卫生间里，它每次看到女主人，都会高兴地叫上一阵。朱丹上完厕所，总是会轻轻地拍拍卡兹的头，卡兹就立马安静下来。整个过程有五六分钟……狄莉，你还要我说下去吗？"

葛雷这么问，是因为狄莉此时已经面无人色。

"天哪！"狄莉睁大眼睛急促地呼吸着，"照你这么说，卡兹每天晚上一到三点十五分就开始叫，然后在几分钟后停下来……难道，难道是……"

"狄莉！"葛雷突然大喝一声，"不要说出来，不要再往下说了。"

狄莉身子抖了一下，她看着面前惊恐万状的葛雷，明白此时他和自己都在想什么。

过了几分钟，狄莉问道："葛雷，朱丹死后你在这房子里住过吗？"

"我……住过一段时间。但后来，就像我跟你说的，我不习惯一个人住这么大一套房子，再加上想离单位近点，于是搬到了那个租的小公寓里。"

"你一个人住这里时，发生过这些怪事吗？卡兹晚上会不会叫？"

葛雷摇着头说："不，我一个人住时，从来没发生过这种事，每天晚上都很安静。"

狄莉垂下头，紧皱着眉："安太太也说，卡兹在她家时晚上不会叫……这么说，是自从我来之后，才出现这些异象的。"

"狄莉，你想说什么？"

狄莉转过头，望着葛雷，身子在瑟瑟发抖："这个鬼魂……是针对我来的。"

十三

早上起床后，狄莉神情呆滞地坐在床边发呆。她不想换衣服、不想洗脸漱口、不想做早饭——不想做一切事情。她不知道自己是怎样度过这个可怕的夜晚的。

葛雷坐到她身边，用手臂围住她的肩膀，轻声说："狄莉，我昨晚都跟你说了二十次了——也许，这只是一种巧合，并不是我们想的那样，这个世界上是没有什么鬼魂的——别再想那些可怕的事情了，好吗？"

狄莉叹了口气，两眼无神地说："葛雷，别安慰我了。其实你并不是这么想的，我知道。从我昨晚看到你那种惊恐的反应，我就知道了，你和我想的一样。"

葛雷将脸转过去，避开狄莉的目光，没有说话。

"葛雷，我们不住这儿了，好吗？"狄莉用恳切的眼光望着未婚夫，"我昨天晚上就在想，我们还是回那个小公寓去住吧。虽然条件没这里好，但起码不用提心吊胆，担惊受怕！你知道吗？昨天晚上我听到你说的那些话时，都快被吓晕了！"

葛雷紧皱着眉，没有作声。

"你说话呀，葛雷！你到底是怎么想的？"狄莉急迫地问。

"狄莉，我想……要不我还是把卡兹送到安太太家去吧。那样我们晚上就听不到它叫了。"

狄莉瞪大眼睛望着他，露出难以置信的表情："葛雷，你在说什么？你认为我怕的是那只狗吗？难道你把卡兹送去安太太家，你前妻的鬼魂就会从这个房子里消失？你这么做，和掩耳盗铃有什么区别？"

"可是，狄莉……那个小公寓，我们已经回不去了。"葛雷面有难色地说。

"什么？"

"搬到这儿来的第二天，我就把租的那个公寓退了。现在，房东已经把它租给了别人。"

"噢，葛雷！"狄莉说，"你的手脚可真麻利！"

沉默了几秒钟，她说："不过，这也没什么关系，如果我们想搬出去住的话，重新租一套房子也是很容易的事。"

"但是，狄莉……"

"又怎么了，葛雷？"

葛雷咬着嘴唇，有些难以启齿地说："我已经没钱了，我为了让我们有一个良好的居住条件，在搬进这所房子之前，请工人将这里翻新了一遍，花了不少钱。再加上我添置的新电视机、空调、热水器……我的钱已经所剩无几了。"

狄莉有些着急地望着他："天哪，葛雷。难道你连重新租一套房子的钱都没有了吗？"

"我想……在我积攒三个月的工资之前，的确是有些困难。"

"那……我们该怎么办？一直住在这幢闹鬼的房子里？"

"别这么说，狄莉。"葛雷皱起眉头，"别说那个我不愿意听到的字眼。"

"可是……"

"好了，狄莉，你现在再着急也没用。"葛雷说，"我看我们还是先下楼去，把早饭吃了，再好好商量商量。"

狄莉有些无奈地点了点头。他们站起来，打开卧室的门，走了出去。

下楼之前，葛雷想起应该把卡兹从卫生间放出来，于是他走到二楼卫生间门口，将门打开——突然，葛雷愣住了，卡兹没在自己的狗屋里，也根本没在这间卫生间里。

正要从楼梯下去的狄莉看见葛雷呆站在卫生间门口，问道："葛雷，怎么了？"

葛雷回过头，满脸惊恐："卡兹……卡兹不见了！"

十四

葛雷和狄莉的神经一下紧绷起来，他们飞快地跑下楼，在每间屋子挨着寻找卡兹。

终于，当葛雷拉开饭厅大门时，他一眼看见了正在餐桌下的这条大狗，而卡兹也看见了他，兴奋地朝葛雷跑过来，不停地摇晃着尾巴。

葛雷蹲下身子，抚摩着卡兹的长毛，一边转过头大喊道："狄莉，我找到卡兹了，它在饭厅里。"

狄莉闻声赶来，她看到卡兹后，松了口气。

葛雷仍然蹲着身子，他不解地看着卡兹，说："奇怪，它怎么会跑到饭厅来？狄莉，我记得昨晚……"

说到这里，葛雷望向狄莉，他怔住了。

狄莉一动不动地站着，双眼直直地盯着餐桌，张着嘴，似乎看到了什么恐怖的东西。

葛雷抬起头，顺着狄莉的目光向餐桌望去，他倒吸了一口凉气——餐桌上，摆放着一杯热气腾腾的牛奶、一盘煎熏肉和一碗鸡蛋羹。

葛雷感到后背一阵发冷，他慢慢站了起来。他终于亲眼看到了和狄莉两天前说的完全一模一样的"早餐"。

狄莉终于忍受不住了，她双手捂着耳朵"啊"地大叫一声，然后疯狂地跑出了饭厅。

葛雷赶紧追出去，一把将未婚妻抱住，说："冷静点，狄莉！"

但狄莉似乎完全失去了控制，她根本不理会葛雷在说什么，仍然用手捂着耳朵，神经质地尖叫着。

葛雷索性什么也不说，将狄莉紧紧抱住，任由她在自己怀里挣扎。折腾了几分钟，狄莉终于失去了最后一丝力气，她全身一软，晕了过去。

葛雷立即将她扶住，再抱到沙发上——这时，葛雷已累得满头大汗，他用手擦了擦额头上的汗，松了一口气。

大概半小时后，狄莉从昏迷中苏醒过来，她慢慢睁开眼睛。

"狄莉，你醒了？"葛雷凑上前，关切地问。

狄莉脆弱地望着葛雷，说："给我倒杯水，好吗？"

"当然，你等着。"葛雷连忙站起来，到自动饮水机旁边倒了一杯开水，递给狄莉。

狄莉勉强坐起来，喝了几口水，脸色缓和下来。

"好些了吗？"葛雷问。

狄莉微微点了点头。

葛雷吞了一下口水，说："狄莉，我刚才亲眼看到了——你说的那个早餐真的又出现了！"

听到这句话，狄莉的呼吸又开始困难起来，她喘着气，问："那些东西……还摆在那里？"

"不，我把它们全倒了。"葛雷说，"这是些来路不明的食物，那盘子里的熏肉根本看不出来是什么肉做成的，而那碗鸡蛋羹来得更奇怪，我刚才数了冰箱里的鸡蛋，根本就一个没少……"

"够了，葛雷！"狄莉做了一个叫他停止的手势，"别再说了，我不想听你的分析，我也不愿去想我两天前吃进肚子的究竟是些什么东西。"

沉默了几秒，狄莉问："卡兹怎么会在饭厅里？"

"我不知道。"葛雷困惑地说，"我记得很清楚，昨天晚上我明明是关上了卫生间的门的。"

"而我也清楚地记得，昨天吃完晚饭后我就关上了饭厅的门。"狄莉说。

"那卡兹……到底是怎么出来的？它又是怎么进的饭厅？"葛雷摇着头，自言自语道。

"还能有什么解释，葛雷，是朱丹。"狄莉说，"这一切都是朱丹的鬼魂做的。"

葛雷感到匪夷所思："就算是这样……可是，她为什么要这么做？"

"因为这里是她的领地，她还留在这里，她不愿意让另外一个女人躺在她床上，占有她的丈夫。所以，她一定要用尽一切办法撵我走。"

葛雷沉默了一阵，望着狄莉："如果真是这样，那我们就走，离开这里，到另一个地方去住。"

狄莉望着葛雷，眼神流露出感动之情。但很快，她的目光暗淡下来，说："可是，你刚才说了，你现在没钱租房子了。"

"不，狄莉。"葛雷说，"我有办法弄到钱，在你刚才昏倒的那段时间里，我就已经想好了。"

狄莉迷茫地望着葛雷："你怎样在短时间内弄到钱？"

"狄莉，记得吗，你自己都说过这套房子值不少钱。"

"葛雷，你想……卖了这幢房子？"

葛雷点点头。

"可是，这是你们家祖传下来的房子。"

"那又怎么样。"葛雷说，"我现在是这幢房子的主人，就对它有处决权。再说这幢房子里发生了这么可怕的事，我和我的后代又怎么敢继续住在这里？"

"但是，要卖了它可不是件容易的事。"狄莉说，"这所房子闹鬼，要是被人知道了就别指望会有人买它了。"

葛雷眨了眨眼睛，对狄莉说："只要我们俩不说出去，谁会知道这所房子闹鬼？"

狄莉微微张了张嘴，然后点了点头，对葛雷的说法表示赞同。

"狄莉，你估计一下，这幢房子在正常情况下大概值多少钱？"

狄莉想了想，说："至少也得值两百万。"

"那好，我今天就去房地产交易中心，报出我的售价——一百万。"

"一百万？"狄莉皱了皱眉，"那可有点亏了。"

"没办法，我们急着用钱，只能便宜些卖出去了。"葛雷说，"不然我们怎么摆脱这个鬼地方。说实在的，我一天也不想再在这所鬼宅里住了。"

"我更是如此，葛雷，我宁愿露宿街头也不愿再在这里待一天！"

"那倒不至于。"葛雷说，"我们今天晚上就先去附近的旅馆住吧，我一会儿把卡兹送到安太太家，让她再帮我喂养一段时间，她一定非常乐意。然后我就立刻去房地产交易中心，申报售房。"

"按你报的这个售价，大概过不了一会儿，来买房的人就络绎不绝了。"

"希望如此。"

"我们现在就离开。"狄莉来了精神，"我去把衣物收拾一下。葛雷，你去送卡兹到安太太家。快，我再也不想待在这里了！"

葛雷点点头，两个人匆忙地准备起来。

十五

从豪华别墅搬到廉价小旅馆的第三天，狄莉有些沉不住气了——三天过去了，竟然没有一个人打电话来咨询买房的事。

葛雷中午下班后，狄莉赶紧上前问道："怎么样？有人跟你联系过吗？"

葛雷摇了摇头："如果有人要买房的话，房地产交易中心会立即通知我，或者是叫买主直接打电话给我和我联系的。"

狄莉叹了口气，她皱着眉头坐下来："怎么回事？难道这么大一套别墅只卖一百万，还有人会嫌贵吗？"

"话不能这么说，狄莉。"葛雷说，"一百万可不是个小数目，就算有人觉得价格合理，又很想买，也要拿得出这么多钱才行。"

狄莉用手按住额头，满面愁容："这么说，我们根本不能尽快将这套房子卖出去。而且，也不知道还要在这个小旅馆住多久了？"

"别着急，狄莉。现在毕竟才过了两三天，我们得耐心点。卖房子可不是件小事……"

正说着，葛雷的手机响了起来。

他和狄莉对视了一眼，然后迅速接起电话："你好，哪位？"

听对方说了几句话后，葛雷的脸上流露出兴奋的神色。

他尽量控制住自己的情绪，故作镇定地说："嗯，好的，我们什么时候见面……什么，现在？"

葛雷看了看手表，现在已经十二点多了。

"那好吧。"葛雷说，"既然你这么急着要看房子，那二十分钟后我们在那套别墅里见，我会提前去打开门在家里等你。我想，你知道房子的地点吧……嗯，好的，再见。"

挂完电话，狄莉急躁地问："是准备买房子的人？"

葛雷神采奕奕地点了点头："看起来他对我们的别墅很感兴趣——而且听口气像是个富翁——也许会很爽快地买下房子！"

"太好了，葛雷！"狄莉欣喜地喊道，"那你快去吧！"

"亲爱的，祝我成功。"葛雷俯下身吻了狄莉的额头一下，然后转身出门了。

二十分钟后，葛雷在别墅的客厅里见到了那个准备买房的男人。

"你好，我叫夏克。"那个男人主动伸出右手。

"你好，我是葛雷。"葛雷和他握了握手，说，"请坐吧。"

夏克三十多岁，瘦高个子，一双眼睛似乎什么也没看见，又似乎什么都没漏掉。他并没有坐下来，而是围着房子不停地踱步，观察着室内的一切。

"那么，夏克先生，我先带你参观一下房子吧。"葛雷抬起手说，"这套房子楼上楼下一共三百平方米，一个客厅、一个饭厅、五个房间……"

大概用了十分钟的时间，夏克在葛雷的带领下将每个房间都看了个遍——当然，除了那间储藏室。最后，他们坐回到客厅的沙发上。

夏克一下倒在那个皮沙发上，转过他狭窄的背，找了个舒服的姿势横坐着，一个臂肘支在圆扶手上，跷起二郎腿——他这种随意的姿态不得不让葛雷产生一种错觉——他已经是这幢房子的主人了。

"怎么样？夏克先生？"葛雷问。

"就房子而言，我很满意。"夏克老实地回答。

"那就好。"葛雷微微一笑。

夏克向前伸了伸脖子："我们现在要说的，是关于房子的价格问题。"

"我想，你已经通过房地产交易中心知道了，这幢别墅的售价是一百万——包括里面的家具在内。"

夏克摇了摇头，说："不，我出不了那么多钱。"

葛雷有些不痛快地问："那你觉得多少钱合适？"

夏克用手指点着膝盖："最多八十万。"

"八十万？"葛雷吃惊地说，"这个价格只能买一套中型的普通商品房。夏克先生，我得提醒你——这可是一幢宽大的豪华别墅。说实话，如果不是我急着用钱的话，你就是出一百五十万我也未必愿意卖掉它。"

　　夏克沉默了几秒钟，忽然突兀地说道："葛雷先生，我不是个傻瓜。"

　　葛雷皱了皱眉："你这话是什么意思？"

　　夏克清了清嗓子，说："这样吧，我们不妨打开天窗说亮话。你这套房子如果是在正常状况下，价值当然远远不止八十万，这我明白。但是，在现在这种情况下，恐怕它的价值就要大打折扣了。"

　　葛雷困惑地望着他："现在这种情况？什么意思？现在是什么情况？"

　　夏克盯着葛雷的眼睛："我听说，这栋房子有些闹鬼——常常会出现一些异象，对不对？"

　　葛雷倒吸了一口凉气，但他尽量保持镇静，佯装愤怒地说："这是谁造的谣？纯属一派胡言！"

　　夏克耸了耸肩说："我看倒不像是造谣，要不然为什么你以一百万的低价出售这栋房子，却在交易中心连续三天都无人问津？"

　　葛雷突然觉得尴尬无比："你既然相信这里闹鬼的传闻，又为什么要买这栋房子？"

　　"因为我是个无神论者。"夏克说，"我买这栋房子就是要证明我是不怕这些所谓的鬼怪的。"

　　葛雷垂下头，沉默不语——这种状况，是他出发到这里之前绝对没想过的。过了一会儿，他抬起头问："你是听谁说的这里闹鬼？"

　　"天下没有不透风的墙。"夏克带着嘲讽的口吻说，"有些时候，我们越是想隐瞒一些事情，就越是会泄露出去。"

　　说完，他意味深长地望着葛雷——葛雷不知道对于他这番话该怎么理解。

　　"现在让我们回到刚才的问题上吧。"夏克说，"八十万，这个价格你觉得怎么样？"

　　葛雷摇着头说："太少了，我不能接受。"

　　"葛雷先生，你可要考虑清楚，现在大概也就只有我愿意买这栋房子。换成别人，只怕是你降到三四十万卖给他们，他们也不敢买。"

　　葛雷思索了几分钟，从嘴里一字一顿地挤出一句话来："九十万，少一分我都不卖了。"

夏克短暂地思考了十几秒钟，说："好吧，就九十万。"

"现金。"葛雷补充道。

"可以。"夏克说，"我们什么时候去办理过户手续？"

"只要你愿意，今天下午都行。"

"那好吧。"夏克站起来，"今天下午两点钟，我们在房地产交易中心见。"

在夏克走出房门之前，葛雷突然想起了什么，说："夏克先生，你喜欢狗吗？"

夏克回过头："狗？不错，我喜欢，怎么了？"

"是这样，我本来在这栋房子里养了一条名种狗，是一条纯血统的苏格兰犬。但现在我把房子卖给了你，而我在短时间内又不能弄到一处新住所，养狗这个问题就变得相当麻烦。所以我想，如果你愿意的话，我就把那条一直在这栋房子里长大的狗送给你，怎么样？"

夏克想了想，问："这条狗没什么毛病吧？"

"放心好了。"葛雷笑起来，"绝对是条懂事的乖狗，我敢保证你会喜欢上它的。"

"那好吧，办好过户手续，你就可以把它送来。"

"谢谢你愿意继续养它——你替我解决了一个大难题。"葛雷面带感激地说。

"那么，我们一会儿见。"

"一会儿见。"

十六

走完所有的卖房程序，再办妥房屋过户手续，一共用了七天时间。最后，葛雷用两个小本子换来了整整一皮箱人民币。

拿到钱，葛雷的心情骤然轻松。他长长地舒了口气，迫不及待地想把这个好消息告诉狄莉，同时告诉她——昨天晚上他们看中的那套位于市中心的商品房已经不再遥远了。

葛雷将九十万稳稳当当地存入银行，再和夏克一起来到别墅。葛雷把卡兹从安太太家接出来，交给夏克。

"嗯，确实是条名种狗，长得也不赖。"夏克俯下身拍了拍卡兹的背，再抬起头问葛雷，"你真的要把它送给我？"

葛雷抚摩着卡兹的长毛，轻轻叹了口气："其实我也挺舍不得它的，但是没办法，我现在根本没条件养狗。"

"那么，我可以先帮你养着，等你找到房子再把它接回去就行了。"

"这样的话，真是太感谢了，"葛雷说，"夏克先生，你是个好人。"

"别这么说。"夏克歪着嘴笑了笑，"我只是喜欢狗而已——'好人'这个词我可担当不起。"

他们在门口又随意交谈了几句后，葛雷说："夏克先生，现在房子、狗都是你的了，祝你在这里生活得愉快。"

"也许你应该祝'我们'生活得愉快。"夏克带着几分狡黠说。

"哦？'你们'是指——你和你妻子吗？或许还有你儿子？"

"不，就我和我妻子。"夏克说，"这样吧，我们现在进屋去，我给你介绍一下我妻子。我今天早上把你给我的房子钥匙交给了她，让她先来打扫清洁——她现在已经在这房子里了。"

葛雷微笑着摇了摇头，说："还是改天吧，夏克先生。请原谅，我也得回去和我未婚妻见面了。"

突然，夏克爆发出一阵肆意的大笑："葛雷先生，我真是不愿意伤你的心。但我实在是忍不住了，非告诉你不可——如果你见了我妻子，也许就不会再想回去见你未婚妻了。"

"什么？"葛雷眨了眨眼，有些不明白。

"本来我是不想告诉你的，但我想你早晚会知道，还不如现在就跟你说了吧。"夏克带着一副歉疚的表情说，"葛雷先生，你可要有心理准备。"

"你在说什么？我怎么一点也听不懂？"葛雷皱起眉头。

"那就进屋吧。"夏克做了一个请的手势，"见到我妻子你就什么都懂了。"

葛雷忽然产生了一种不好的感觉，但他短暂地停顿了几秒后，还是跟着夏克走进了现在已经不属于他的房子。

房子里开着灯，葛雷和夏克跨进大门后，从二楼楼梯走下来一个年轻漂亮的女人。

葛雷看着这个步态优雅、闲庭自若的女人向自己缓缓走来，瞠目结舌，一动不动——他似乎在一瞬间明白了所有的事情——为什么夏克会来买这幢房子，为什么他会知道这里闹鬼。

"请允许我向你介绍我的妻子——狄莉。"夏克望着那个女人，微笑着说。

"是这样……原来是这样！"葛雷难以置信地张着嘴，"你们从一开始就串通好了……"

"是的，葛雷，就是这样。"狄莉微微皱着眉，带着一脸抱歉的神情，"从半年前我开始接近你，就已经是这个计划的一部分了。"

"你们的计划就是得到我这栋房子，对吗？"葛雷咬牙切齿地问。

"为什么不呢？葛雷，我们都知道这套房子至少值两百万。现在，我只用九十万就买下了这栋房子，真是千值万值了——为了这一点，让我亲爱的妻子吃点亏我想还是值得的。"夏克阴险地说。

葛雷死死地盯着他们，仿佛想用眼睛里的怒火把面前这两个人烧个精光。

葛雷转过头，望着狄莉："这么说，这房子里出现的种种异象，全是你制造出来的，对不对？"

狄莉咬了下嘴唇，有些无奈地说："葛雷，没办法，如果我不那样做，你怎么会相信这栋房子闹鬼？又怎么会以这么低廉的价格把房子卖出去？"

"可是……你是怎么做到让卡兹每天晚上在三点十五分就会叫的？"

"葛雷，记得我们搬进来的第二天，我对你说，以后由我来喂卡兹吃东西吗？事实上，从那天开始，我每天晚上睡觉前，都会在十点十五分往卡兹喝水的碗中倒上一碗掺了特殊兴奋剂的牛奶，卡兹喝了就会在五个小时后因为药物的原因而叫上一段时间——当然，这些都是我们在这之前反复试验过的。"

听到这里，葛雷感觉自己的大脑开始麻木起来，他问道："可是，你们怎么知道我前妻有在每晚三点十五分上厕所这个习惯？你们又是怎么知道我有一条大狗，以及我前妻是死在这所房子里的？"

"葛雷，你还没想明白？"狄莉有几分可怜地望着葛雷，"你太相信别人了，你完全没想到你可爱的邻居安太太会出卖你，对吗？"

"什么！"葛雷的额头冒出汗来，"她……也是和你们串通好的？"

"要不是她，我们怎么会把你和你这栋房子的所有情况摸得一清二楚？而且，安太太还答应和我配合来演这出戏——现在我们都明白，那些早餐是谁做的了，对吗？"

"她为什么要这么做？这对她有什么好处？"

"当然有好处。想一想，提供给我一些信息，再配合着我演几出戏，就能得到我付给她的十万元……这种好事到哪儿去找？"

葛雷惊讶地大张着嘴，过了一会儿，他充满愤怒地说："我要把你们几个全部送上法庭！你们这是明目张胆地诈骗！我会让你们进监狱的！"

"别天真了好不好，葛雷。"夏克歪着嘴冷笑了一声，"你怎么告我们？你拿得出任何证据吗？除非你现在身上就带着一个微型录音机，把我们刚才的对话全都录下来了——但我想你是不会随身准备那玩意儿的，对吧？"

"况且，葛雷，"狄莉在旁边说道，"我们得到你这栋房子，可是在房地产交易中心按正规程序办理的，夏克也确实付给了你九十万元——这房子我们又不是偷来、抢来的，你怎么去告我们？至于那个价格，可是你自己要急于出手定这么低的。"

听完狄莉这番话，葛雷心中的怒火几乎要令他的身体爆炸，他握紧拳头，一步一步走向狄莉和夏克，咬牙切齿道："就算在法律上我拿你们没办法，但我起码要……"

夏克一步上前，紧盯着葛雷："你别忘了，现在这里是我家，我劝你冷静下来，别做什么丧失理智的事。否则我们立即报警！"

"葛雷，我承认确实对不起你，可你也应该想开些——不管怎么说，夏克付给你那九十万元可不是假的。"狄莉说。

葛雷的头慢慢垂了下去，握紧的拳头也逐渐放松，最后，他一言不发地转过身，拉开房门。"砰"的一声巨响，他摔门而去。

十七

晚餐时，夏克有意关掉饭厅的灯，再点燃两支大蜡烛，放在餐桌中间的大烛台上——气氛被营造得温馨而浪漫。

"亲爱的，为我们的计划成功，干一杯。"他举起酒杯，对狄莉说。

狄莉举起杯子，和夏克碰了一下，然后两人将酒一饮而尽。

"我已经半年没和你共进晚餐了——不过为了我们的计划，这是值得的。"夏克一边说，一边又在两个杯子中倒上葡萄酒。

狄莉淡淡地笑了笑，没有说话。

夏克盯着狄莉看了一会儿，说："亲爱的，怎么，我们的计划成功了，你却显得不太高兴？"

狄莉端起酒杯，喝了一小口，说："我只是想，虽然我是在演戏，但葛雷却是真心对我的——我骗了他，心里始终还是有些不好受。"

夏克沉默了一会儿，说："这我理解，狄莉。可是你想想，我们现在在一起了，并且还拥有了一栋这么豪华的大房子——这是多么美好的事。所以，就别再想那些让你不愉快的事了，好吗？"

"还有一件事，我也没对他说实话。"狄莉并没有开心起来，"葛雷根本不知道——这套别墅其实是出自法国建筑大师诺米·卢沃斯之手，而且是他在中国设计建造的唯一一座房子！当然，夏克，我们是知道的，这意味着什么！"

"意味着它的价值远远不止两百万，如果公开拍卖的话，有可能会炒到一千万以上的价格——可是狄莉，我们不就是为了这个目的才这么做的吗？”

狄莉轻轻叹了口气：“是的，我们成功了，可我不敢想象——当葛雷发现这件事后，会气成什么样子。”

“狄莉，你为他担心得太多了。”夏克有些不快起来，“我们别再谈论他了，好吗？”

狄莉点点头，他们沉默了一段时间。

稍后，狄莉抬起眼睛说：“夏克，我有点搞不懂，你干吗要答应把卡兹留下？看到它，可能会令我不舒服。”

“可那种不舒服是我们自己制造的，和卡兹本身并没有关系——它是条懂事的乖狗，你也是这么说的，不是吗？”

狄莉嘴唇紧闭，合成一条线，无奈地点头表示默认。

“安太太那十万元，你给她了吗？”狄莉问。

“给了，我昨天下午就给了她。”夏克说，“其实这次多亏了这个安太太，要不是她，我们是不可能知道关于这栋房子的任何情况的。”

“确实，十万元的信息费和合作费实在是合理。”狄莉点头道。

半个小时后，他们结束了晚餐，之后就坐在客厅的皮沙发上看电视。

十点钟的时候，狄莉感觉累了，对夏克说：“我们睡吧。”

夏克点了点头，表示同意，然后起身关掉了电视。

他们来到二楼卫生间洗漱，狄莉看到狗屋里乖乖趴着的卡兹，蹲下身抚摩它的长毛，说：“卡兹，乖狗，前几天让你受委屈了，喝那种掺了兴奋剂的牛奶。从今天起，你不用再喝那些鬼东西了。”

狄莉一边说，一边从旁边的小柜子里拿出一瓶新的盒装牛奶，打开后，倒在卡兹的碗里，说：“今天晚上，我们大家都睡个好觉。”

之后，她站起身，洗脸漱口，然后关上卫生间的门，和夏克一起走到二楼卧室。

躺到柔和的大床上，夏克和狄莉更是倍感疲倦，他们不出十分钟就进入了梦乡。

不知道睡了多久，狄莉被一些细小的声音弄醒了。她疑惑地睁开眼睛，判断着声音的方向。

几秒钟后，她听出来了——这个窸窸窣窣的声音来自卧室门口——说不出来是什么声音，有点像是……

突然，狄莉全身汗毛直立，她发现，这个动静像有人在轻轻用钥匙插门锁。

狄莉感到毛骨悚然，她正想叫醒身边的夏克，忽然看到卧室的门被慢慢推开了。

她想喊，却感觉喉咙像被堵住了一样，发不出任何声音。她只能惊恐地睁大着眼睛，一动不动地看着门渐渐打开……

门完全开了，但门口一片漆黑，根本没有人。狄莉此时的神经就像一根马上要绷断的弦。

突然，床边冒出一个狗头，卡兹像人一样慢慢直立起来，它的身上系着一条围裙，爪子拿着煎锅。

它靠近狄莉的脸，轻声问道："今天的早餐吃什么？"

十八

"啊！"狄莉尖叫一声，猛地睁开眼睛，满头大汗。她大口喘息着，过了十几秒钟，才终于清醒过来——刚才，只是一个噩梦而已。

狄莉的尖叫声惊醒了她身边的夏克，夏克赶紧打开床头灯，问道："怎么了，狄莉？"

狄莉还没有从噩梦的惊吓中回过神来，她闭着眼睛，大口喘着气。

"做噩梦了？"夏克问。

狄莉眉头紧锁着点了点头。

夏克伸过手臂，将狄莉抱住，轻声安慰道："好了，没事了，没事了。"

狄莉惊魂未定地靠在床头坐了五分钟，心情终于开始平复下来。

"你做什么噩梦了，吓成这样？"夏克问。

狄莉摇了摇头，她不想再回忆一次那个可怕的梦境。

"那就接着睡吧，别多想了。"夏克说。

狄莉深深地吐出一口气，说："好的。"

就在夏克翻过身去准备关灯的时候，他们突然听到一声清晰的犬吠。狄莉和夏克警觉地对视了一眼，然后两人同时转过脸，看墙上的挂钟——三点十五分。

卡兹又开始叫起来。

"狄莉……这是怎么回事？难道，今天晚上你也给它喝了那种掺兴奋剂的牛奶？"夏克瞪大眼睛问。

"不可能！那种牛奶我几天前就全部丢掉了！"狄莉惊恐地说，"我今天晚上是喂了它牛奶，可那是才打开包装的普通牛奶！"

"那它怎么会在这个时候叫？"

"我……不知道。"

夏克犹豫了一下，他翻身起床，穿上拖鞋。

"夏克，你要干什么？"狄莉问。

"我去看看，到底是怎么回事。"夏克朝门口走去。

"等等！我和你一起去。"狄莉不敢一个人留在卧室。

他们打开门，朝二楼卫生间走去。夏克走在前面，狄莉紧紧抓住他的手臂。走到卫生间门口，夏克扭了一下门把手，将门推开。

眼前的景象让狄莉感到熟悉——卡兹站在狗屋外，对着洗澡的单间小声叫着，似乎面前有什么东西。

夏克疑惑地看着这只大狗，他跨进卫生间，目光顺着它叫的方向看过去——是那个用来洗澡和上厕所的单间，磨砂的厚玻璃门关着，从外表看，没有什么不对劲的地方。

夏克吞了吞口水，他壮着胆走到玻璃门旁边，轻轻滑开这扇玻璃门——骤然，他看到了一个跟他面对面站立的人！

夏克一惊，立即冒出一身冷汗，但他马上镇定下来，因为站在他面前的，就是他自己——对面是一块大镜子。

夏克长长地吁了口气，他再朝镜子看去，发现镜子里的卡兹正对着自己的后背大声叫着——叫的声音不但变大了，而且比起刚才明显多了几分不一样的感觉。

就在夏克迷惑不解的时候，他突然在镜子里看到他的背后不知什么时候多了一个人。

这时，一直守在门口不敢进来的狄莉听到卫生间传出夏克撕心裂肺的惨叫，接着是一个人摔倒在地的声音。她先是愣了一下，然后迅速冲进卫生间，发现夏克摔倒在地，浑身猛烈颤抖着，脸色苍白得如同一张白纸，他的脸已经因为巨大的恐惧而扭曲变形，他抬起右手，一直指着那面大镜子。

狄莉赶紧上前扶住夏克，大声喊道："夏克！你怎么了？"

夏克张着嘴想说话，但他的嘴一开一合，就是发不出声音，他只能用那只颤抖的右手指向前方，布满血丝的双眼死死地盯着那块镜子。

狄莉下意识地看了看夏克指着的方向，却只看到镜子中倒映出来的他们的影像。突然，在镜子里，狄莉看到了卡兹旁边装水的碗——碗里的牛奶一口也没被卡兹喝掉，仍然是满满的——除此之外，她什么也没看到。尽管如此，狄莉还是从心底生起一股前所未有的恐惧感。

"夏克！夏克！"狄莉拼命喊着丈夫，并努力想把他扶起来，但夏克的双腿就像灌了铅一样，根本无法动弹。

无奈之下，狄莉只有拖住夏克的双手，用尽吃奶的力气将他硬生生地拖出了卫生间，拖过走廊，一直拖进卧室，并关上了卧室的门。

弄完这一切，狄莉已是满身大汗，她坐到床边，问仍然站不起来的夏克："你到底看到了什么？"

几十秒后，已处于崩溃边缘的夏克哆嗦着说出一句话："刚才，我在镜子里看到了一个……一个脸上有块红疤的女人。"

狄莉感到后背一凉，她问道："脸上有红疤的女人？可是……我怎么没看到？"

"她……她突然出现在我背后，就像个鬼魂……不！那就是个鬼魂！她闪现几秒后消失了！"夏克大叫道，完全失去了理智。

狄莉瞠目结舌地摇着头，她不明白这到底是怎么一回事。突然，她猛地抬起头，想起一件事——

那个不能打开的储藏室！

十九

狄莉冲出卧室，在旁边的小房间里找到一把铁锤，发疯似的冲到那个储藏室面前。

站在门口，狄莉深吸了一口气——今天晚上，她一定要知道这个储藏室的秘密！

狄莉使尽全身力气，将铁锤向那个大锁砸去。"当"的一声巨响，铁锁被砸落在地。

突然间，狄莉心里生起一股莫名的勇气，她感觉自己好像什么也不怕了，一把将门推开——

储藏室里面一片漆黑，狄莉摸索着在墙边找到电灯开关。"咔嗒"一声，灯开了。

这间储藏室里堆放着杂七杂八的物品，所有东西都蒙着一层厚厚的灰。房间正对面，是一张老式书桌。

狄莉慢慢走到布满灰尘的书桌前，她用手上下抚摩着桌面和抽屉，然后猛吸一口气，拉开最上层的抽屉。

抽屉里面静静地躺着一张泛黄的照片，狄莉伸手过去，小心翼翼地拿起来——

这是一张大家族的集体照，十多个人以这栋别墅为背景照的。照片的正中间，一对老态龙钟的夫妇坐在两张大木椅上。他们的身后，是一些中年人、年轻人和小孩，显然是他们的儿孙。照片左下角印着一行白色的小字：一九六二年全家福。

狄莉将照片上的人物一个挨一个地仔细观察，试图找到和葛雷相关的人，比如他的父母、爷爷、祖父……但她惊讶地发现，照片上的人竟然没有一个和葛雷有一丝一毫的相像。就在狄莉大惑不解的时候，她在照片上看到了一个人，瞬间令她感到毛骨悚然——

中间那个老妇人的身后，站着一个四十岁左右的女人，她左边脸颊上有一块巴掌大的疤。因为是黑白照片，看不出来这块疤是什么颜色。

狄莉想起，刚才夏克说他在镜子里看到一个脸上有块红疤的女人。猛然间，狄莉有如被一道电流击中。她头皮发麻，全身颤抖，几乎要停止呼吸——难道，夏克看见的是……

她赶紧将目光移开，不敢再看那个脸上有疤的女人——突然，狄莉在照片一个不起眼的角落发现了一个令她更为吃惊的东西，她瞪大眼睛，不自觉地用手捂住嘴。

她在照片的最左边看到了一条黄白相间的大狗。那条狗和卡兹长得一模一样——不，那根本就是卡兹！

狄莉拿着照片，倒退了几步，脑子里嗡嗡作响，一团乱麻。

这是一九六二的照片，卡兹……活了四十多岁？可它只是一条狗！而那个女人，难道真的是个幽灵？而且她最少也该有八十岁了，显然不会是葛雷的妻子！

对了，刚才在卫生间，她清楚地看到，卡兹根本就没有喝她倒在碗里的牛奶——难道说，它每天晚上叫，根本就和牛奶没有关系？

可是，每天早上起来，她都注意到卡兹喝水的碗是空的呀，这又是为什么？

一连串的问题压得狄莉喘不过气来，她感到一阵阵眩晕，几乎要昏厥过去——

这一切，到底是怎么回事？

二十

"砰"的一声巨响，葛雷摔门而去。

走出这幢别墅的大门之后，葛雷长长地吁了一口气。他在原地站了几秒钟，然后拐了个弯，走到隔壁安太太的房门前。

葛雷按响门铃，几秒钟后，安太太打开了门，她看到是葛雷，一言不发地将身子移到旁边，让葛雷进屋。

葛雷轻车熟路地穿过门厅，径直走到客厅的大皮沙发椅上，转了个身坐下，一个臂肘支在圆扶手上，膝部伸到另一个扶手上面。

安太太泡了一杯茶，递到葛雷手中，问："怎么样？"

"一切都很顺利。"葛雷再次吁了一口气，"我刚才已经演完了最后一场戏。"

"他们一点也没怀疑你？"

"一点也没有——当然，更没有怀疑你。"

"我猜，他们做梦也想不到我们会是夫妻，对吗？"安太太双眼迷离地说，声音黏糊糊的。

葛雷耸了耸肩："那是自然，他们根本没朝那方面想。"

安太太走到葛雷身后，伸出双手，从后面抱住他："这么说，我们成功了。"

葛雷伸出左手，温柔地抚摩着她的手臂，说："是的，成功了，安吉，我们历时一年来实施这个计划——终于把这所房子给卖掉了。"

安吉从葛雷身后转过来，坐到他旁边的另一张皮沙发椅上，叹了口气："这个过程真是太漫长了。"

"没办法，安吉。"葛雷说，"这个城市里的人绝大多数都知道这套房子闹鬼的事。别说是这套房子，就连这个小区里的其他房子他们都不敢买——如果不是你一年前遇到了这两个外地人，并想出这个绝妙主意的话，我看我们俩一辈子也别想把这套房子卖出去。"

"别这么说，葛雷，这个主意可是当初我们俩一起想出来的。"

"可这一点是你先想出来的：由你去接近狄莉，等你们混熟后，你再告诉她这栋房子的事，并叫她刻意接近我。而你再假装和她配合，制造出这栋房子闹鬼的'假象'，'迫使'我低价卖房——安吉，你真是太聪明了，我以你为傲。"

"行了，葛雷，你就直说我诡计多端吧，我不会介意的。"安吉耸了耸肩膀，"这本来就是没办法的事，如果不用这种方法让狄莉他们两人相信这栋房子出现种种异象是'人为制造'的话，他们敢买这栋可怕的房子？"

"是的，他们现在已经完全相信这栋房子闹鬼是在他们的计划之中，是他们自己制造出来的——尤其是狄莉，她现在都还认为卡兹每天晚上三点十五分叫是因为喝了她那个掺兴奋剂的牛奶——她怎么会知道，挑食的卡兹是从来不喝盒装牛奶的，它只喝鲜牛奶。我每天早上起床后都要先去倒掉那碗牛奶，好让她相信卡兹确实是喝了那玩意儿才叫的。"

"但今天晚上，她不会再这么觉得了，她会发现这个房子的异象和她之前所做的其实一点关系也没有。葛雷，猜猜看，今晚他们发现卡兹又叫起来的时候会怎么想？"

"我猜不出来，也不想去猜。"葛雷说，"反正他们早晚会问到这个城市里的其他人，从而知道关于这栋房子的真相——几十年前，这所房子真正的主人，那个脸上有红疤的可怜女人自杀死在了这栋房子里，而她的灵魂一直没能得到安息，还一直在房子里作祟。最可怕的是，她在三点十五分上厕所的习惯似乎在她死后也没改变。另外，我想他们还会打开那间储藏室，发现那张照片——想一想，当他们在照片里看到卡兹，发现它竟然活了四十多年时，会是什么反应？"

安吉撇了撇嘴，摇着头说："大概就跟我们两年前发现这个秘密时的表情一样吧。"

沉默了一会儿，安吉说："当他们发现这些的时候，也许会猜到是我们俩合伙骗了他们，从而想到你'妻子'朱丹和关于她的那个故事纯粹是你瞎编的。"

"那又怎么样？"葛雷说，"我卖掉这套房子，可是在房地产交易中心按正规程序办理的。他们就算发现不对，也已经迟了——况且他们拿不出任何证据来证明我们俩合伙骗了他们。"

"那倒是。"安吉说，"反正我们现在拿到了钱，他们已经拿我们没办法了。"

"他们许诺你的那十万元给你了吗？"

"是的，昨天下午夏克就给了我。"

"好了，现在卖房子的九十万，加上你的那十万元'信息费'。我们以前贷款用来买那栋房子的一百万终于回来了。"葛雷扬了扬眉。

安吉垂下目光，缓缓地说："如果当时，我们不是贪图便宜，认为这栋出自诺米·卢沃斯之手的豪宅用一百万买来实在是很划算的话——又怎么会去向银行贷款一百万……"

"本来我们以为只要将房子一买到手，再拍卖出去，就能轻松赚几百万——可谁知道，这房子原来是栋鬼宅！送人也没人会住！"葛雷愤恨地说。

安吉无奈地摇了摇头："谁叫我们当时刚从外地来，根本没了解清楚这栋房子的情况，就轻率地把它买了下来——上了那对夫妻的当！"

"算了。"葛雷叹了口气，"反正现在我们也以同样的方式把它卖了出去，总算是不赚不亏，就别再想以前那些愚蠢的事了。"

安吉转过脸，用一种怜惜的目光望着丈夫："只可惜让你受苦了，葛雷。要你住到那栋鬼宅里去，还要每天装出什么事也没有的样子……"

"行了，别说了。"葛雷抬起手，打断安吉，他皱着眉头，"我能有什么办法，如果不用这种方式把房子卖出去，银行的贷款再还不上，我恐怕只能在监狱里度过余生了。比起这个，我在那个鬼屋里住几天也就不算什么了。"

安吉把自己的手伸过去，握住葛雷的手，说："还好，都过去了，我们以后再也不用住那幢房子。我一会儿就把这套租来的房子退了，我们搬出这个该死的别墅区，到另外一个温馨、可爱的地方去住。"

葛雷抬起头，露出期盼的眼神："是的，搬离这个地方——我们现在就离开这里。"

说着，他们一起从皮椅上站了起来。

"我这就去收拾东西。"安吉吻了丈夫一下，兴奋地说。

就在她转身的时候，葛雷突然想起了什么，他问道："对了，安吉，那个早餐计划是你后来想出来的吗？为什么你不事先和我商量一下？"

安吉转过身，似乎有些没听明白，问道："什么早餐计划？"

"在我们睡着的时候，不是你把做好的煎熏肉、鸡蛋羹、牛奶弄到我们饭厅的餐桌上来的吗？"

安吉皱起眉，困惑地摇着头，望着丈夫："葛雷，你在说什么？我不明白。我什么时候做了这些事？"

葛雷睁大眼睛和安吉对视了两三秒钟，他头皮一紧，明白过来这是怎么回事。

"难道那些东西……真是那个鬼魂做的？"葛雷全身颤抖，自言自语地说。

安吉走上前来，困惑地问："怎么回事，葛雷？"

葛雷望着她，终于垂下目光，说："没什么，我们走吧，安吉。离开这里，永远都不要回来。"

之后，两人去了另一个城市，开启了新的生活。他们花七十多万买了一套新房，又用剩下的钱通过特殊渠道买了一辆二手路虎。

一天，他们驾车出外游玩，外表看起来跟新车差不多的路虎却在半路上抛了锚。葛雷只好叫拖车将路虎拖到了就近的汽修厂。

经检查，葛雷买的这辆二手路虎竟然泡过水，根本不值多少钱。葛雷心疼花出去的二十多万元之余，不由得反思道，难道这一切都是自己应有的报应？

尾　声

一年后，刚从外地来的苏珊抬起头，站在这座二层楼高的豪华别墅前，赞叹不已。

"这真是属于我们的吗？"她转过头，用难以置信的表情望着未婚夫。

"当然是属于我们的。"夏克轻轻地笑了一声，将钥匙递到苏珊手中，"打开门，你的梦幻就变成现实了。"

第三个故事讲完了。

　　和前两个故事结束后不同，这一次，两个男生都没有说话，他们紧皱着眉，似乎还沉浸在那个扑朔迷离的世界里。

　　"怎么了？小伙子们？"兰教授笑着说，"还在回味这个故事？"

　　高个子男生抬起头："教授，这个鬼故事里……"

　　"停下。"兰教授做了个手势，打断他，"我从来不讲鬼故事。"

　　"可是，这个故事的结尾明明就说……"

　　"明明就说确实有鬼，对吗？所以，你们就认为这是一个鬼故事？"

　　"难道不是吗，教授？"

　　兰教授轻轻摇了摇头："一部电影里出现了五分钟的打斗场景，你是不是就把它定义为武侠片？《伊利亚特》里记载了帕里斯王子和海伦王后的男女之情，你该不会就因此把它看成是一部爱情史诗吧？"

　　高个子男生低下头笑了笑，说："教授，我想我有些明白了。"

　　"我也懂了，教授。"方格子男生说，"在《吠犬》这个故事里，鬼只起了一个穿针引线的作用，对吗？"

　　兰教授微微点着头说："在人们的意识中，鬼往往代表的是青面獠牙、血盆大口的怪物，似乎它们的任务就是如何害人和吓人——但你们仔细想想，这个故事里的鬼做过任何坏事吗？它有没有伤害过任何人？似乎并没有——那为什么故事里的每个人都还是如此惧怕鬼呢？"

　　两个男生望着教授，等待着他的解释。

　　"因为他们全都心怀鬼胎——做了亏心事的人，自然会害怕有一天鬼找上门来算账。这个故事就像《聊斋志异》里的故事一样，虽然出现了鬼怪，但实际上讲的是世道和人心。"

　　"就是说，鬼其实只存在于人的心里，对吗，教授？"方格子男生说。

　　"是的，一个生性正直、胸怀坦荡的人是永远不会害怕鬼的——就算他身边就坐着一个鬼，也不会害怕。"

　　说完这句话，教授意味深长地望着两个人。不知为什么，兰教授的这句话让两个男生感到后背一凉，同时打了个冷战。

　　沉默了几秒钟，高个子男生说："教授，这个故事的结尾暗示出夏克和狄莉又准备以同样的方式把房子卖给那个叫苏珊的女人——这种恶性循环有什么象征意义吗？"

"你觉得呢？"教授反问他，"你认为有什么意义？"

"嗯……也许，您是想借这个故事来讲述一个哲学理念——在利益面前，人性的自私就会暴露出来。可是……总不会每个人都这么自私吧？"

"我当然希望不是每一个人都这么自私。"兰教授说，"可是，我们来假设这样一种情况：一个人在无意中收到一张五十元的假钞，他会怎么做？恐怕绝大多数的人都不会愿意把它交到银行销毁，让自己吃亏——而会选择在下一次付款的时候把这张假钞神不知鬼不觉地用出去——下一个拿到这张假钞的人又会用类似的方式再把它付到另一个人手里……一直形成无限循环。表面看起来似乎每一个人都没有吃亏，可是，这种自私心理引发的后果是社会诚信、道德的逐渐沦丧——最后，吃亏的还是我们人类本身。"

高个子男生深深吸了口气："教授，我懂了——《吠犬》这个故事的真正含义。"

兰教授点着头说："我希望你们能真正明白这个故事的意义所在。好了，小伙子们，我们今晚的谈话应该结束了。"

方格子男生迟疑了几秒钟，说："教授，我们还想听您的第四个故事！"

"第四个故事……"兰教授扬了扬眉，"恐怕不行。"

"为什么？"方格子男生有些焦急地问。

"我之前说过，如果我在讲前几个故事的时候，发现你们已经被吓到了，我就不会再继续讲下去了——刚才讲的过程中，我一直在观察你们两个的神情和动作，我发现你们多次流露出恐惧之色。所以，我不会再讲下去了。"

"是的，教授，我承认。前面三个故事中确实有一些情节让我感到害怕。但是，请相信我——那还远远没有超出我的心理承受力，我绝对可以再继续听下去！"方格子男生说。

"我也是，教授！我也一点问题也没有——我们都非常期待您的第四个故事！"高个子男生也急切地说道。

"你们真的想听第四个故事？"兰教授盯着他们的眼睛问道。

"是的，教授！"两个男生肯定地回答。

"可是，今天晚上显然不合适了。"兰教授指了指墙上的大钟，"现在已经晚上十一点了，你们要在十二点前回宿舍，而我也该休息了。"

两个人看了看时间，同时垂下头，露出无比失望的神情。

兰教授望了他们一会儿——这两个男生听故事似乎已经听上瘾了，他们仍然默不作声地坐在沙发上，丝毫没有要离开的意思。

兰教授无可奈何地笑了笑，说："这样吧，第四个故事我换一种形式来告诉你们。"

两个男生一下来了精神，抬起头问："教授，您愿意讲了？"

兰教授摇了摇头："第四个故事我就不讲给你们听了，我把记录这个故事的书借给你们，你们自己拿去看，好吗？"

两个男生对视了一眼，一起点头："好的！"

"你们等一下。"兰教授站起来，离开客厅，走到自己的书房。两分钟后，他捧着一本厚书走了出来。

兰教授将书递给方格子男生，说："第四个故事就写在这本书里。"

方格子男生接过这本厚书，发现书的封面一片纯白，没有一个字。他想翻开这本书，看看里面写着什么。

这时，兰教授一把按住他的手，神情严肃。

"这本书我可以借给你们看，但必须要答应我两个条件。"兰教授说。

"什么条件，教授？"

"第一，这本书不能借给除了你们之外的任何人看；第二，你们今天晚上不能看——至少，也要等到今天十二点过后，也就是明天再看。"

"这是为什么，教授？"

"从心理学的角度来讲，一个人最好不要连续刺激自己的神经太长时间，否则会引起一些心理不适。你们从七点到现在一直在听我讲恐怖故事，神经一直处在紧张状态——所以，今天晚上不能再接触任何恐怖的东西了——我的意思是，最好让你们的大脑休息一段时间，明白了吗？"

方格子男生微微皱了皱眉："教授，这第四个故事真的这么恐怖？"

"恐不恐怖要看你们自己觉得了。"兰教授露出一丝神秘的微笑，"好了，小伙子们，该回去了——记住我跟你们说过的话，今天十二点以前，千万别看这本书，翻都别翻开，听到了吗？"

"知道了，教授。"两个年轻人站起来，向兰教授礼貌地告别，然后走到门口。

出门之前，方格子男生似乎想起了什么，他转过身问道："教授，我记得您今天晚上一开始就跟我们说，您这三个故事绝对是我们从来没听过的故事——我感到有些奇怪，难道在我们之前您从来没跟别人讲过这些故事？"

兰教授笑着说："我讲故事因人而异，根据每个人不同的需求讲不同的故事。我跟你们讲的是这三个故事，而跟其他人，我讲的又是另外三个故事——一般情况下，我不会重复。"

方格子男生微微张了张嘴，然后点头道："我明白了，教授。谢谢您为我们讲了如此精彩的三个故事。"

"是的，非常感谢您，教授。您讲的这三个故事对我们的创作有很大的启发。"高个子男生感激地说。

"那就好。"兰教授的嘴角始终保持着不变的微笑，"再见，年轻人。"

"再见，教授，祝您晚安。"两人冲兰教授鞠了个躬，离开了教授家。

从兰教授家走下楼的过程中，两人一句话也没说。直到走在回宿舍的路上，高个子男生才终于打破沉默。

"看来，悬疑小说协会那几个家伙说的是真的。"他说。

方格子男生一边缓慢地迈着步子，一边说："是啊，兰教授真的讲了三个故事。"

"而且还讲的是他们几个没听过的另外三个故事。"

"不，是四个。"方格子男生扬了扬手中的书。

他们又默默无语地走了一段路。突然，方格子男生停下脚步。

"怎么了？"高个子男生问。

"我……有个主意，我不知道你有没有想到。"

"什么？"

"你刚才也听兰教授说了，他给我们讲的这三个故事没有跟别人讲过。而且，我们也没让他知道我们马上要参加一个全国性的悬疑小说大赛。你……想到了吗？"

高个子男生愣了一下，然后惊讶地张开嘴："天哪，难道你想……剽窃兰教授这三个故事？"

方格子男生皱起眉头："别说得这么难听！这不能算是剽窃，兰教授是通过口述讲给我们听的，而我们是用笔把它写下来。"

"我看不出来这有什么区别。"

"好了，别一本正经了。"方格子男生有些厌烦地说，"难道你不想得奖吗？别忘了，我们来找兰教授就是为了这个目的。"

高个子男生沉思了一会儿，犹豫着说："可是，我们这么做的话，兰教授迟早会发现……"

"那又有什么关系，反正兰教授也没跟其他人讲过这几个故事——谁知道这是不是我们自己创作出来的？"

高个子男生低着头，仍然沉默不语。

方格子男生望着他，两眼放光："想想看，这三个故事的构思和情节都非常好，只要我们拿出笔下功夫，把这三个故事写精彩些——拿大奖根本就不是问题！"

高个子男生再次犹豫了一分钟后，转过脸，望着同伴点了点头。

"好了，你先选吧，这三个故事里你最喜欢哪个？"方格子男生问。

高个子想了一会儿，说："《黑色秘密》。"

"那好，我选《吠犬》，就这么说定了。"

"嗯……等等，我们不是还有第四个故事吗？说不定这个故事更精彩。"高个子男生指了指那本大书。

方格子男生望着他："你说得对。我们现在就可以看看这第四个故事讲的是什么。"

"现在？"高个子男生吃惊地说，"可我们刚才答应了教授明天再看——再说，这么大本书现在也看不完啊。"

"我们只是翻翻前面，看看大致情节罢了——嘿，你可别说你不好奇。难道你不想立即看看这神秘的第四个故事？"

"我是想，可是……"高个子男生抬手看了看表，"还有三十分钟就到十二点了，我们再不回去的话，宿舍大门要关了。"

"问题就出在这里。教授叫我们十二点过后再看这本书，可我们俩根本不在同一个宿舍——如果我们现在不看的话，这本书让我们当中的任何一个人带回宿舍，另外一个人就只有明天上午才能看了——我先申明，我可是等不了那么久了，今天晚上我必须看这第四个故事。"

高个子男生咬着嘴唇想了一会儿，说："好吧，我们现在就打开来看看。"

他们俩走到路灯的正下方。方格子男生望着同伴，吞了吞口水，翻开这大书。书的第一页印着四个大字：四人夜话。

"原来第四个故事的名字叫《四人夜话》。"方格子男生自言自语地说，接着他翻开第二页。

就这样，他们借助路灯昏暗的灯光阅读着这本大书，看着看着，两人渐渐变了脸色——这本书的大致情节是：

"一天晚上，三个大学男生来到心理学教授家，向教授请教什么是人类心里最为恐惧和害怕的东西。教授答应用三个故事来说明，但条件是讲完这三个故事后不管他们出现任何状况都与教授无关。三个学生满口答应。于是，教授开始讲第一个故事《七月十三》……"

看到这里，两个男生睁着惊恐的双眼，大张着嘴。他们不敢相信看到的一切。

"天哪！这是怎么回事？"高个子男生一脸惶恐，"这……这个故事讲的不就是我们今天晚上发生的事吗？"

方格子男生快速地翻阅着这本书，额头上渗出汗珠："没错，第二个故事是《黑色秘密》，第三个故事是《吠犬》……这本书上写的和我们今天晚上遇到的事一模一样！"

"这怎么可能……这……到底是怎么回事？"高个子男生惊慌得语无伦次，"我们去找兰教授是今天下午突然想起的，事先又没有和他预约……这本书，为什么会和我们经历的事完全一样？"

方格子男生用手按住额头，强迫自己冷静下来，过了几分钟，他望着高个子男生说："我猜，这会不会是兰教授跟我们搞的恶作剧？"

"什么？"高个子男生不解地望着他。

"我们这样来想，来拜访过兰教授的人肯定不止我们两个。所以，兰教授可以事先准备这样一本书，只要遇到类似的情况就可以在讲完三个故事后故作神秘地把书借给他们——所有看到书的人就会像我们一样被吓一大跳！"

高个子男生想了想，说："确实，兰教授之前非常肯定第四个故事一定会吓到我们，而我们刚才也确实被吓了一跳——难道，第四个故事就是这样——虽然能确保吓人，却只是一个恶作剧？"

"多半就是这样。"方格子男生说，"还有一点，你注意到没有，这本书上写的是三个人拜访兰教授，而我们今天晚上可是只有两个人——这一点和书上不同，这也就更加印证了这本书并不邪门，只是一个恶作剧工具而已。"

高个子男生连连点头。停顿了几秒，他说："对了，你看没看这本书的结尾——那三个男生听完故事后到底出没出现什么状况？"

"我还没看。"方格子男生说，"不过，我们马上就能知道。"

说着，他直接翻到书的最后几页。两个人把头挨在一起，正准备看第四个故事的结局，忽然从他们身边跑过一个同宿舍楼的男生——显然，他是在匆匆赶回宿舍。

那个男生看到他们在路灯下看书，皱起眉看了看表，边跑边回过头对他们喊了一句："嘿！还有几分钟就关宿舍大门了，你们三个还不回去？"

方格子男生和高个子男生听到这句话，蓦地抬起头来，两人先是对视了一眼，然后不约而同地向四周左顾右盼——

这附近，除了他们之外，哪里还有第三个人？

一瞬间，两个人汗毛直立，一股凉气从他们的脚尖蹿到头皮，他们的脸色猛然变得一片煞白。

几秒钟后，他们的神经终于崩溃，再也无法控制自己的恐惧情绪——两人发出一阵撕心裂肺的惊叫后，将书一丢，没命地朝宿舍大楼跑去。

那本大书被扔在地上后，仍然翻开在最后几页，一阵轻风吹来，书纸被吹得缓缓翻动，就像一个无形的人在继续翻看着它。

五分钟后，那个刚才跑过去的男生返了回来，他捡起这本大书，轻轻拍了拍它，再小心吹掉上面的灰尘。

他望着那两个惊慌失措的人跑去的方向，嘴角微微向上斜翘，露出一丝捉摸不透的狡黠微笑……

十二点的钟声敲响的时候，兰教授坐在自己客厅温暖的沙发上，手中端着一杯有着浓浓奶香的咖啡。他呷了一口咖啡，再将杯子放到茶几上，淡淡地笑了笑。

那两个动机不纯的年轻人，这个时候应该已经看过书，并受到惩罚了。兰教授轻轻地叹了口气。

很少有人能准确理解心理学的真正含义，遗憾的是那些才和心理学家做过面对面交流的人也在此列。如果一个心理学家在和一个人接触四小时后仍然无法洞察出他的真正目的或思想变化，那心理学还有什么意义？

那两个急功近利的年轻人在听完前面三个故事后都没有感受到发自内心的恐惧，却被第四个故事吓得魂飞魄散，原因是什么呢？

从第三个故事结束，鬼便进入到他们的内心，侵占了他们的灵魂，吞噬着他们的身体的一部分——从那个时候起，他们与鬼融为一体。只需一点小小的契机，鬼便能立即从他们的身后跳出来，面目狰狞，形容可怖。

　　但愿每个人都不要被藏在自己身后的那个鬼吓到。

　　祝大家晚安。

兰 教 授 讲 的 另 外 三 个 故 事

噩　梦

必须得承认，像今天下午这种时候，如果不和朋友去逛逛街，尝尝小吃，喝杯冰饮，实在是太对不起自己了。

起码温延是这么觉得：老公在公司，儿子在学校，自己下午又不用去上班——那么，还等什么？

她优雅地坐在沙发上，拨通了周玲的电话——虽然并不是最好的死党，但可以肯定的是，周玲下午绝对有空。

电话响了三声后，被接了起来。

"嗨，亲爱的周小姐，下午有空吗？"温延用甜美的声音说。

电话那头传来一个女人急速的喘息声，过了几秒钟，温延听到周玲几乎是在尖叫："天哪！真的发生了！我的天，我该怎么办？"

温延感到莫名其妙："喂，周玲？你怎么了？"

周玲仍然重复着那句话，似乎还带着哭腔："我的天哪！我到底该怎么办？我……噢，天啊！"

温延从沙发上坐起来："到底怎么回事？周玲，你冷静点！"

过了半分钟，电话那边的周玲稍微平静了一些，她长长地吐了口气："温延吗？我……我真不知道该怎么说起。"

"从我感兴趣的地方说起，比如说，为什么你接到电话后会是这种反应？"

"我……也许你不会相信，但我还是告诉你吧……我昨天晚上……做了一个怪梦。"

"接着说。"

"我梦到一些事，其中，有一些很可怕的事。"

"然后呢？"

"然后，"她又激动起来，"天哪，这些事在今天——应验了！"

"是些什么事？"

"首先，我梦到吃早饭时，我丈夫接到单位的电话，告诉他今天要去广州开一个会。结果，今天早上吃早饭时，他的手机响了——和梦中一模一样，他上司要他下午坐飞机去广州开会！"

"你能确定他昨天晚上没告诉你这件事？"

"他自己都是今天早上才知道的！"

"那么，还有什么事情应验了？"

"是的，我梦到的第二件事就是——你会在今天下午两点左右打来电话，叫我去逛街。又发生了，不是吗？"

温延愣了一下："周玲，你在跟我开玩笑？"

"噢，相信我。"周玲苦笑着说，"我比任何人都希望这是个玩笑，但事实却刚好相反。"

"那么，你还梦到了些什么事情？"

电话那边沉默了十几秒钟，终于，她说："我梦到一场大地震，今天晚上七点开始。"

"……所以，你认为它也会发生？"

"我还能怎么想？前面两件事情都应验了！"

温延皱起眉头想了一会儿："你看，周玲，前面两件事，也许只是巧合。你丈夫去开会是常有的事，而我也时不时就会打电话约你逛街，这些事和你梦到的事重合，并不奇怪，对吗？"

"不，你不懂。"周玲痛苦地说，"我的这种感觉不会错！你知道吗？这不是第一次了。"

"什么意思？"

"……有件事，我一直没跟你说过。我读高中时，有一天晚上梦到我的好朋友——当时班上的一个男同学，掉进河里淹死了……我当时并没怎么在意，因为那只是个梦。可是，第二天放学后，他真的和几个同学下河去游泳，然后……"电话那头的周玲哭起来。

"怎么？他真的淹死了？"温延迫切地问。

"……是的，你知道吗？我当时非常喜欢他，一直暗恋他，可我竟然预知并见证了他的死亡，这对我来说太残忍了！"周玲已经泣不成声。

"你跟别人说过这件事吗？"

"我跟当时最好的几个朋友说了，但没有一个人相信我，她们都以为我疯了。"

温延紧锁着眉头，她开始觉得这件事不那么简单了。

"那么，我是说，即使你真能在梦中预见未来将要发生的事，也没必要这么紧张、痛苦，对吗？你完全可以在地震到来之前和家人到一个安全的地方避难。"温延说。

"可是，天哪！我还梦到了一些更可怕的事！它让我手足无措！我不知道该怎么办！"

"等等。"温延有些糊涂了，"你是说，你梦到了比大地震更糟糕的事？我实在想不出有什么比这更坏？"

"当然有！我梦到自己死了！我就像在看一场电影，清楚地看见自己趴在地上一动不动，嘴角有一丝鲜血！噢！天哪，我到底该怎么办？"

"你先冷静下来，周玲。你……是怎么死的？我是说，在梦中。"

"我记不起来了！你知道，每个人都不可能将自己做的梦完完整整地记下来。真该死，我恰好记不起来我是怎么死的了！"

"你再好好回忆一下，周玲。"

"我已经回忆一上午了，还是想不起来。但是，我却能清楚地记得我在梦中的感受，我在死之前相当恐惧和不安！可我却忘了是什么原因致使我这样的，这真是个噩梦！"

"让我来帮你，周玲，你从梦中的第一件事开始好好回想一下。"

"好吧，我再试试。呃……我梦到，我和我丈夫、女儿坐在餐桌上吃饭，当时我坐在他左侧。然后，他的电话响了，公司叫他去广州开会……"

这些都和今天早上发生的一模一样！接下来，我接到了你打来的电话，是的，就像现在这样。然后，你似乎打碎了一个青色的瓶子……"

"等等，你说我打碎了一个青色的瓶子？这就不对了，我今天并没有打碎什么瓶子。"

"天知道，也许我梦中看到的事并不是每一件都那么准确。"

温延开心地笑起来："周玲，你看，你梦到了很多事情，有一些应验了，有一些没有，这就表明你的'预见'并不是百分之百准确的。所以你用不着这么担心，这只是个普通的噩梦而已。"

电话那边的周玲似乎安心了很多："是吗？如果真是这样，那就太好了。我真希望就是你说的那样。"

"行了，别多想了。去洗个澡，再听听音乐，一切都会好的。"

"谢谢，我会的。不过……"

"还有什么吗？"

"嗯……事实上，我刚才还没有讲完，我在梦中还看到了一些奇怪的事情。"

"你看到了大地震，又看到自己死了，这个梦都还没结束？老天，你做的这个梦可真够长的。你还看到了什么？"

"……对不起，我想还是算了吧，我不想讲，因为实在太奇怪了，我怎么会梦到这种事呢？而且，我也想不出来和前面那些事有什么关系。"

"那就忘了它。"温延说，"别再折磨你那脆弱的神经了，好好休息一下。"

"……我想是的，谢谢，再见。"

"再见。"

挂了电话，温延长长地吐了一口气。她坐在沙发上仔细回想刚才的谈话内容，不禁哑然失笑——自己已经不是幼稚的小姑娘了，竟然还差点相信了"梦境预言"这种科幻故事。

既然没找到一起逛街的人，就只有自己一个人去了。温延坐到梳妆台前补了一下妆，再在衣柜里挑选合适的外出服。

找了半天，温延忽然想起自己最近才买的那条绿色短裙洗了以后还晾在阳台，她决定穿它出去，于是走到阳台上收衣服。

温延一边哼着小曲，一边漫不经心地推开阳台门——谁知道门推开后碰到了一旁的晾衣杆，这根一米多长的塑料杆子斜着倒下去，砸到了一个青色的花瓶上，花瓶"咣"的一声打碎在地上。

从推开门到瓶子打碎，只不过短短一两秒钟，以至于温延还没反应过来发生了什么事。但当她看清地上那些青色的碎片时，呆住了。

她突然想起刚才周玲说过的话：梦到她打碎了一个青色的花瓶。可是，为什么自己都记不起来家里有一个这样的花瓶呢？

温延尽量让自己平静下来。过了一会儿，她想起来了——在那个自己不常去的小书房的书柜上，确实放着这样一个青色花瓶，是丈夫很多年前买回来的。丈夫在书房办公时，喜欢闻到一些清淡的花香，所以经常都是他换花瓶里的水。温延几乎没怎么碰过这个花瓶。

可是，它怎么会跑到阳台上来呢？也许是丈夫换了水后忘记把它拿进去了。但现在重要的不是这个问题——温延满脑子想的都是周玲梦中的预言。

温延重新坐回客厅的沙发上，开始整理自己混乱的头绪——周玲说她在梦中看到的事已经应验了两件；那刚才这件事，算不算第三件？如果连这件事都应验了，那第四件事呢？也会应验吗？

温延猛然想起周玲梦到的第四件事——今天晚上七点，会发生一场大地震。温延的心开始怦怦乱跳，她知道，这种感觉不好。

她实在是不愿意相信什么梦境预言，但她又不能自欺欺人——连傻子都看得出来，前面发生的三件事不可能是巧合。

温延紧张起来，她突然感到今天的天气的确有点不对劲，天气闷热得反常，连一丝微风都没有——这难道是地震到来前的预兆？

温延看了看表，现在是下午三点四十分。在犹豫了最后两分钟后，温延做出决定——宁肯信其有，不肯信其无。她住在十五楼，冒不起这个险。

温延首先想到的，是必须赶快通知丈夫和儿子。她迅速拨通了丈夫的手机号。

"亲爱的，有什么事吗？"温延的丈夫韩翼接通电话后问。

"我……"温延拿着电话听筒才发现根本不知道从何说起。

"怎么了？"

"你……一会儿什么时候回来？"

"哦，对了，今天晚饭我不回来吃了，我要代表公司和几个外商谈笔生意，顺便吃饭，你就不用等我了。"

"什么！你不回来？"温延急了。

"怎么了？又不是第一次。你今天怎么回事？"

"你今天晚饭前必须回来！我要跟你讲一件重要的事！"

"出什么事了？你现在就说吧。"

"……我收到消息，今天晚上七点会有一场大地震！"

"什么？地震？"韩翼被这个理由弄得啼笑皆非，"据我所知，今天不是愚人节。"

"我没开玩笑！是真的！"

"你怎么知道？地震局都没检测到的事，就让你察觉了？"

"不是我，是……"温延只有将今天下午发生的事全部叙述了一遍。

听完后，韩翼沉默了几秒钟："那个花瓶确实是我早上换了水忘记拿进书房了，但我觉得这些只是巧合罢了。"

"那加上前面两件事呢？也是巧合？"

"世界上有些事情本来就是很巧的，你别太在意了。"

"你难道一点都不在意？"

"听着，温延，我愿意相信你的推测，可我不能因为这种原因推脱公司的安排。今天晚上的事对公司，对我都很重要。你明白吗？"

"可是……"

"好了，我不能再打电话了，现在是工作时间，再见。"韩翼挂断了电话。

温延见说服不了丈夫,赶紧又拨通了儿子学校的电话。温延的儿子叫韩明,读的是一所封闭式的初中,只有周末才能回家,今天是星期二。拨通儿子班主任的电话后,温延提出必须马上和儿子通话。

"您等一会儿,我这就去叫他。"班主任说。

几分钟后,韩明来接了电话:"妈妈,有什么事吗?"

"儿子,听我说,你今天下午放学后立刻就回家,我会向你老师请假的。"

"为什么?妈妈,出了什么事?"

"你别问了,照我说的做!"

"不行,今天晚上我同学过生日,我们约好了要在寝室里庆祝!"

"听话!同学过生日算什么重要的事!"

"那您也没说您有什么重要的事啊!"

"我……"温延不知道该怎么说,她估计就算把原因说出来儿子也不会相信。

"妈妈,没事我就挂电话了,我还要回去上课呢。"

"喂,等等……"没等温延说完,儿子就把电话挂了。

温延一屁股坐到沙发上,她感到孤立无援。她再次看时间,已经四点过了。

温延心急如焚,她仔细权衡了几分钟,发现只有亲自到丈夫公司把丈夫说服之后,才能和他一起去说动儿子。

没时间多想,温延立刻坐电梯下楼,在停车场里将汽车开了出来,飞驰到丈夫公司。十五分钟后,温延在丈夫的办公室里找到他。

"你怎么来了?"韩翼面露愠色,"你今天到底哪根筋不对?"

"你不为自己着想,难道儿子你也不管吗?"

"可是,你要我怎么相信你那种毫无道理的推断?真是太可笑了!"

"什么毫无道理?周玲梦到的几件事几乎全都应验了!你到底要怎样才相信?"

"全都应验了吗?她还梦到了什么?"韩翼不耐烦问。

"她梦到她丈夫去出差、我下午会给她打电话、我今天会打碎一个青色花瓶，还梦到她自己死了，接下来就是那场大地震！"

"等一下，你说她梦到自己死了？这就有问题了。"

"什么？"

"事实上，周玲现在就活得好好的，不是吗？她并没有死。你还说她梦到的全都应验了？"

"大概……不是每一件事都那么准……可是……"温延发现自己无法自圆其说。

"行了，温延，别再烦我了，我还有很多事要忙。我们都不是孩子了。"韩翼说完拿着一沓文件离开了办公室。

温延觉得无计可施了，她孤独地走出丈夫的公司。她不知道接下来该怎么办。

在车里想了几分钟后，温延觉得现在只有到周玲的住所去，再把整件事情问清楚一些，除此之外她想不到更好的办法。

只用了十分钟，温延就开车到了周玲家楼下，这是市区比较偏僻的一段。

就在温延考虑该把车停在什么地方时，她发现从周玲住的那栋楼里走出来一个提着皮包的女人——正是周玲本人。很明显，她是要到一个安全的地方避难。

温延看着周玲匆匆离去的背影，正打算打开车窗叫她，突然——一个念头闪过她的脑海。

她想到了，有一个方法可以让丈夫相信这一切——只要周玲死了，就可以证明第四件事也应验了，那样他就没有理由再不相信接下来要发生的事了。

这个想法让温延的脑子充血，但她知道，她没有太多考虑的时间。她看了看四周，这是一条僻静的小街，没有商店，也没有行人。

温延心一横，开足马力向周玲撞去。在汽车离周玲只有两米远时，周玲感觉到了不对，她转过头，看到了车里的温延。

但已经晚了，可怜的周玲甚至还没来得及叫出声，就被撞到了五米开外，她趴倒在地，鲜血从嘴角流了出来。

慌乱的温延通过车窗看到了周玲的尸体，她立刻离开了现场——据她估计，没有人看到这起车祸。

温延一口气开车回到家，在停车场检查了车头——没有撞坏的痕迹，她松了口气。没有时间停留，她再次看表，已经五点十分了。

温延坐出租车赶到刚才的车祸现场，那条小街已经被救护车、警车和围观群众挤得水泄不通，她知道——周玲的尸体已经被发现了。

温延摸出手机，拨通丈夫的电话，接通电话，她装出震惊和悲痛的哭腔："韩翼吗？真不敢相信发生了什么！我的天啊！"

"又怎么了？"

"我刚才路过周玲家，发现她家楼下围满了人，还有警车和急救车……我挤过去一看，天哪！是周玲！她死了！"

"什么！你说的是真的？"

"你马上开车过来看看吧！警方现在正在处理现场。"

韩翼沉默了几分钟："你等我，我马上过去！"

十分钟后，韩翼开着公司的车赶到现场，他刚好目睹了警方将周玲的尸体抬上急救车的过程。

"我的天，真的发生了！她是怎么死的？"韩翼完全不敢相信看到的一切。

"也许是车祸，我不敢肯定。"温延流着泪说。

"你刚才说……她在梦中预见了自己会死？"

"是的！这是她梦到的第四件事，也应验了！接下来……"

"……你是说，那场大地震？难道……真的会发生？"

"你还要欺骗自己，这是一个巧合吗？"

韩翼皱着眉头想了一会儿，大声说："我们不能冒险，得马上去接儿子！"

"是的，就是现在！你跟公司说了吗？"

"我马上打电话请假！"韩翼拿出手机向公司上层谎称急性肠炎发作。

"我们赶快去韩明的学校！"韩翼看了一眼手表，已经快六点了，他大声吼着，"周玲梦到地震几点开始？七点钟？"

"是的！我们得抓紧时间！"温延大叫道。

两人赶紧跳上汽车，向儿子的学校飞驰而去——那是一所建在市郊的学校，最快也得半小时。

韩翼夫妇赶到儿子所在的学校时，韩明正在操场上打球。

韩明见父母同时来了，惊讶地问："爸、妈，你们怎么……"

"没时间解释了！快走！"韩翼和温延生拉活拽地带走了儿子，操场上的其他人目瞪口呆地望着这惊慌失措的一家人。

韩翼向学校的门卫胡乱编了一个理由后，将儿子塞上车，向郊外的空地疾驰而去。

韩明显然是被父母的这一举动吓住了，他不解地问："你们谁能告诉我，这是怎么回事？"

"别说话！一会儿你就知道了！"温延抱住儿子。

车子在一片宽阔的空地停了下来，韩翼环顾四周——没有任何可倒塌的高大建筑。他松了口气，再次看表，六点五十五分。

三个人就这样一句话不说地待在车里，仿佛等待着上天的审判。

韩明心想，这是他这辈子经历过的最诡异的一天。

时间一分一秒地流逝，终于，七点钟到了。温延和韩翼的心几乎提到了嗓子眼，他们惊恐地观察着四周的变化。但五分钟过去了，周围依然风平浪静。

温延忍不住了，她抓住韩翼的手臂："难道……并不会发生？"

韩翼正准备转过头说什么，突然感到地面一阵强烈的震动，紧接着传来轰隆隆的巨响——地震真的爆发了！

虽然早有准备，但温延仍然惊恐万分，她抱住儿子大声尖叫——这是他们第一次经历地震。

但只过了十几秒，地震就停了下来——这场周玲口中的"大"地震似乎来得并不如想象中那么强烈。

惊魂未定的韩翼和温延仍然处于紧张状态,他们不能确定地震是不是真的结束了。

韩明倒兴奋起来:"爸、妈!你们真是神了,居然能预测地震。"

半小时后,韩翼终于判断地震已经结束了——这最多只能算是一场中小型地震,并没有造成任何灾难。

韩翼叹了口气:"看来,周玲的预言虽然准确,却言过其实了,只是虚惊一场。"

"妈妈,你们怎么知道会发生地震的?"韩明问。

"回去再说吧。"温延一瞬间忽然觉得身心俱疲。

吃完晚饭回到家,温延发现除了打碎了几个杯子、瓶子,家里并没有受到太大影响。

韩明还在一个劲地追问"地震预言"的秘密,温延却一句话也不想说,洗完澡就提前睡了。

躺在床上,温延觉得胸口堵得慌。她现在开始后怕起来——天哪,自己竟然杀人了!而且是自己的朋友!

虽然周玲并不是自己特别要好的朋友,虽然是为了救自己的家人,可是,她死得实在太冤了——尤其是在得知这场地震原来并不是一场大灾难之后。

温延躺在床上瑟瑟发抖:警察会发现凶手是自己吗?当时真的没有人看见?没留下什么蛛丝马迹?温延为自己当时冲动的行为后悔起来。

终于,她平静下来,仔细想一想:警察是没有理由怀疑到自己身上的——周玲死之前和自己通电话所说的事除了自己的家人外应该没有人知道了;而且,就算警察查出来是她撞死了周玲,也可以解释为是一场意外的车祸,没有谁能够拿出证据证明自己是故意杀人——那个动机,没有任何人会知道。

想到这一点,温延感觉好了很多,她准备睡觉,今天实在是折腾够了。就在这时,温延听到客厅传来门铃声,她像惊弓之鸟般立即坐了起来。

韩翼打开门，门口站着两个穿制服的警察。

"这里是温延家吗？"高个子警察问。

"是的，你们……"韩翼感觉不妙。

温延已经穿好衣服走到了客厅，另一个皮肤黝黑的警察看到她后，问："你就是温延？"

温延故作冷静地说："我是，你们有什么事吗？"

"我们怀疑你与今天下午的一起车祸有关，请你跟我们走一趟。"高个子警察亮出证件。

"什么？"温延的心脏狂跳不止，她没想到警察这么快就找上门了。

"温延，你……"韩翼似乎明白了什么。

温延没有选择的余地，她被强制带到了公安局。

来到审讯室，高个子警察开门见山地说："今天下午在西环路发生了一起车祸，死者是谁，你不会不知道吧？"

温延强装镇定地点头："是我的好朋友周玲，可是你们怎么会……怀疑是我开车撞了她？"温延差点把这句话说成"你们怎么会知道是我开车撞了她"。

高个子警察没有理会她的问题，他问道："你是怎么知道她出了车祸的？"

"我从我丈夫的公司出来后，一个人在街上闲逛，走到周玲家附近时，看到了很多围观的人和车辆，我挤了进去，认出是她。"

"你能看出她是被什么车撞死的吗？"

"我不能确定。但我能肯定的是，我当时没有开车。"

高个子警察望了温延一眼，那眼光令她不寒而栗："我们接到报案时是五点零五分，谁能证明你在那之前没有开车？"

"嗯……让我想想，也许……"

"行了，别装了。"高个子警察盯住她的眼睛说，"我们下午调查了你丈夫公司的同事，其中有三个人都说亲眼看到你四点过时开车来到公司，又在十多分钟后开车离去，你还说你当时没开车？"

温延的头像被什么东西猛地击中一样，脑子里嗡嗡作响。

"你还不打算坦白交代吗？"

"好吧，我承认，我当时确实开着车，是我撞到了她，但我不是故意的！我本来打算到她家去找她，但在路上看到她后，我想开车过去叫她，没想到……我一时慌乱，竟错踩了油门……你知道，我并不是经常开车，我的驾驶技术根本就不好。"

"编得不错，我几乎都要相信了。"高个子警察冷笑着说。

"警察，"温延突然正色道，"你没有理由相信我说的不是实话，你能证明我是故意撞她的吗？"

"我当然能，我就知道你会这么说。"高个子警察从旁边的一个文件包里拿出一个褐色的小本子，递给温延，"你看看这个吧。"

温延接过这个本子，这是一种很普通的记事本，她翻开前面几页，一眼就认出这是周玲的笔迹。

这个本子并没有写上几页，多数是一些备忘的事情。温延翻了几篇后，发现有一页是这样写的："昨天晚上，我做了一个噩梦，梦中发生的事情居然在今天全部——再现了！首先是张原（周玲的丈夫）被派到广州开会，然后是温延在下午两点过打来电话，这些都和梦中一模一样！我还梦到一场大地震和我自己死了，天啊！这些都会发生吗？

"温延打来电话后，我把这些事告诉了她，她安慰了我，我感觉好了很多。但挂了电话后，我仍然感到很不安，总感觉有什么事要发生。我躺在床上反复回想梦中的内容——我到底是怎么死的？

"终于，我想起了一些细节。虽然我不记得自己是怎么死的，却回忆起死之前看到的最后一个人——是温延！天啊！竟然是她！现在我清楚地记起，我在梦中看到温延的脸后，就躺在了地上，嘴角淌着鲜血。

"我很恐惧，我不知道我的死和她有什么关系，难道是她杀了我？可她为什么要这么做？她又是怎么杀我的？我越想越怕，最后想起她有可能会来我家找我——虽然我认为她根本就没有杀我的理由，但直觉告诉我，我在梦中看到的绝不会错！这不是第一次了！

"终于，我决定离开家，以免温延找到我，也为了逃避这场大地震，我必须到一个安全的地方去。"

温延看完，呆滞地坐着，没有说话。

"你没有想到吧。周玲预感到了你会杀她，就写在了记事本上，我们在检查她的遗物时，发现了这个本子。"

温延的神经终于崩溃了，她放声大哭起来："是我杀了她！我为了让丈夫和儿子相信她的预言是真的，为了能躲开这场地震，我……只是一念之差，便开车撞死了她……和她的预言一模一样！"

"这些话你留到法庭上说吧。"高个子警察对旁边的两个警察说，"把她带下去。"

温延被带走后，一直坐在高个子警察身边的黑皮肤警察说："头儿，这个案子真是破得太漂亮了！其实，那个日记本里写的东西，是不能当作呈堂证供的——但她却自己承认了……在我们破获的所有案件里，这是最诡异的一个案子！我们办了几十年案也没碰到过这么匪夷所思的事情，这个世界上真的有梦境预言这种怪事吗？"

高个子警察没有说话，他的身子似乎在瑟瑟发抖。

"头儿，你怎么了？不舒服吗？"黑皮肤警察问。

高个子警察慢慢抬起头来，他的眼神充满恐惧："都应验了……一切都应验了。"

"什么？"

高个子警察从衣服口袋里摸出一张纸："其实，刚才那个女人看的，并不是最后一页，这张才是。"

黑皮肤警察疑惑地接过那张从记事本上撕下来的纸，上面是这样写的："我梦中所看到的事情，有一件没有跟温延讲，是因为我觉得太奇怪了——为什么我会梦到她被警察抓住，然后关押起来了呢？这和我在梦中看到她的脸有什么关系吗？但更可怕的是——她被抓了没多久后，那场大地震才真正爆发了！七点钟的那场地震只是一个开始，在今天晚上，真正的大灾难才会降临，整个城市都会被毁灭！我必须马上离开……"

　　"这是真的吗？难道……一切都还没有结束？"黑皮肤警察望着上司。

　　"我们该怎么办？"高个子警察颤抖着说。

恐怖电影

"啪。"周峰关了电视。

"最近的恐怖片拍得太烂了，都是些老套路，一点新意都没有。"他一边说，一边把 DVD 机也关了。

"别抱怨了，是我们看得太多，再恐怖的都没感觉了。"庄海说。

"这倒也是。"李昂把话接过去，"我看整个学校也找不出来像我们三个这么爱看恐怖片的人，这附近的碟子店，该租的都被我们租完了。"

周峰躺到自己床上，头枕着双手："谁叫大学生活这么无聊，不看看恐怖片来刺激刺激神经，我看早晚得闷死。"

"问题是现在还有什么片子吓得了我们？天天晚上都在看，神经都麻木了。"庄海笑着说。

"呃，对了，我那天路过学校后门看到附近新开了家碟子店，像是还有些新片，要不我们去看看？"李昂提议。

"那走吧！"周峰来了精神，"反正今天晚上闲着也没事。"

庄海也没意见，于是三个人立即出门。

周峰、庄海和李昂是大学里的同学，三个人不是同一个系的，却有着共同的爱好——看恐怖电影。他们认为这是平淡生活中仅存的一点刺激。三个月前，在校外合租了这所房子后，他们更是几乎每天晚上都用看恐怖片来打发时光。

那家店并不远，步行了十分钟就到了。这是一家小店。货架上摆放着各类电影、电视剧的 DVD 碟片。大部分出租，有的也卖。也许是因为才开张不久，店里的生意很冷清，只有老板一个人坐在店里。他是一个四十岁左右的中年男人，凌乱的头发和邋遢的胡楂使他显得比实际年龄更憔悴。

"老板，你这里有恐怖片吗？"周峰开门见山地问。

"鬼片？"看到有客人上门，老板笑着迎上来，指着一排碟片说，"有啊，这边都是。"

"不是鬼片，是恐怖片，也可以叫惊悚片。鬼片多数都是些不上档次的，惊悚片则可以拍得很有深度。"中文系的庄海向老板扫盲，他不希望别人看低他的层次。

"呵，我不懂这些，反正就是那些怪吓人的片子。你们自己过来选吧。"

三个人开始挑选碟片，但没过一会儿，他们就流露出失望的神情。

"还是以前看过的那些，没什么新鲜的。"李昂说。

"老板，你这里的恐怖片就这些？有没有特别恐怖的，给我们推荐一下啊。"周峰还不死心。

"你们要看最恐怖的，那就这几张吧。"老板从桌子抽屉里拿出几张碟子，"因为封面看起来挺吓人的，所以平时没摆出来，怕有些顾客看了不舒服。"

周峰他们看了看这几张碟子，分别是：《死亡日》《丧尸出笼》《猛鬼夜》《食人魔怪》，都是些以宣扬血腥暴力为主的浅层次恐怖片。这不是他们想要的。

"看来，我们又得失望而归了。"李昂拍了拍庄海和周峰的肩膀，准备离开。

"等等。"老板突然叫住他们，"你们……难道真的想看那种能吓死人的片子？"

几个人一怔，庄海皱了皱眉。他看到店老板说这句话的时候眼睛里透露出一股怪异的神色。

"听起来，你好像还对我们有所保留啊？"周峰转过身说。

"我这里有部片子，也许合你们的口味，只是……"老板显得有点犹豫，欲言又止。

"怎么？"周峰来了兴致。

"我觉得这个片子实在太恐怖了。而且，有点奇怪……唉，我不知道该不该推荐给你们。"

周峰大笑起来："你该不会是担心我们三个大男生真的会被这部恐怖片吓死吧？"

店老板露出一副严肃的神情："也不是没有可能，你们看了才会知道真正让人感到恐惧的并不是片子本身……"

"而是它所带来的心理暗示和精神压力？我们就是喜欢这类片子，快拿出来吧。"周峰有些迫不及待了。

"好吧，你们等一会儿。"老板通过狭窄的楼梯爬上二楼，一分钟后，手里拿着一张碟片走了下来。

没有封面，碟片上也没有印图，只有碟子正面印了四个字：午夜凶铃。

周峰看见这几个字，忍不住大叫起来："老板！你开什么玩笑？原来是《午夜凶铃》这部老掉牙的片子，我高中就看过了！"

"什么？《午夜凶铃》？老板，你也太会开玩笑了。"李昂觉得啼笑皆非。

店老板眨了眨眼睛："《午夜凶铃》这个片子有几种版本，你们知道吗？"

"日本版和美国版——遗憾的是，我们都看过了。"庄海说。

"那我跟你们保证，这一部绝对是你们没看过的版本。"

"管它什么版本，还不就是那个老剧情，有什么新鲜的。"庄海说。

"不，不一样。你们看了才会知道，怎么样？要不要这张？"

"那就试试吧，说得这么神秘。"周峰的好奇心被激发了起来。他付了押金，准备将碟子拿走。

"等等。"三个人要出门时，老板再一次叫住他们，"你们可要记住，是你们自己要看这部片子的。如果发生了什么……可不能怪我。"

三个人对视了一眼。周峰大笑起来，他回过头对店老板说："放心吧，我们会自己应付贞子的！"

出门之后，庄海回想起店老板的诡异表情，有些不解地问道："你们说说看，这个老板是什么意思？看一部片子会出什么事？"

"我只能说，他有做演员的天赋。这个气氛制造得不错，对吗？"周峰说。

"可是，开玩笑也得有个限度吧，你看他紧张兮兮的样子，弄得我心里还真有点发毛了。"庄海说。

"这种话居然会从你嘴里说出来？"李昂故作惊讶，"你以前不是声称再恐怖的片子也吓不到你吗？"

庄海用手托着下巴："但是，我这次有种奇怪的感觉……"

"行了，我们现在去吃晚饭，然后回去看看不就知道了？"周峰说。

"吃什么？"李昂问。

"上次那家羊肉汤，记得吗？鲜香可口，那味道我现在都忘不了。"周峰吞了吞口水说。

"那你们俩去吃吧。"李昂耸了耸肩，"我吃不惯羊肉，回去泡方便面就行了。"

"当然……我们也可以吃别的。"周峰说。

"不用了，我今晚就想吃泡面，碟子我就先带回去了。"李昂说完冲他俩挥挥手，先离开了。

"那好吧，我们去喝羊肉汤。"周峰望着庄海说。

庄海点头，两人向前方的羊肉餐馆走去。

四十分钟后，周峰和庄海腆着肚子回到住所。

刚用钥匙打开门，两人就发现李昂神色凝重地坐在沙发上，眼睛直愣愣地盯着他们。庄海被吓得叫了一声。

"你见鬼了？瞪大眼睛盯着我们干什么？"周峰走上前问李昂。

"你们刚才有没有打过电话回来？"李昂突兀地问。

周峰和庄海对望了一眼："电话？我们没打过啊。"

李昂站起来："你们真的没打过？"

"你怎么了？我们干吗骗你？"庄海觉得奇怪。

这时，周峰发现李昂的身体颤抖起来，他的眼睛里流露出惊恐的神色，像是遇到了很可怕的事情。

"喂，你怎么了？"周峰抓住李昂的肩膀。

"我刚才回来，想先看一下这张碟子，我就看了……然后，我看到……"李昂的嘴唇不停地颤抖，终于说不下去了。

"你看到了什么？"庄海急切地问。

"你们……还是自己看吧。"李昂将碟片装入影碟机，又退回到沙发上，蜷缩着身体。

周峰和庄海再次对视了一眼，他们不明白李昂这种怪异的言行意味着什么。

"你们也坐过来吧，快开始了。"李昂紧皱着眉头说。

周峰和庄海坐到沙发上，三个人开始看这张 VCD 碟。一开始画面只有一片黑色，接下来出现了一些雪花图像，几分钟后，他们终于看到了一些模糊的影像。

屏幕上出现了一个长发女人的背影，她坐在一面圆镜子前梳头，从镜子的反光中能依稀看出她的年龄——这是一个四十岁左右的女人。但画面效果太差，几乎看不清她的容貌。

她就这样静静地梳着那头秀丽的黑发，梳了很久，脸一直没有转过来。突然，镜头切换了，这个女人来到一个悬崖边，纵身一跃，飞入深渊。

画面又切换了，这次是一口古井，镜头离得越来越近，当电视画面上已经是古井的特写时，古井的盖子在没有任何人为因素的情况下自己慢慢挪开了，忽然，从井里猛地伸出一只手，抓住井沿……

看到这里，电视屏幕上又是一片雪花。耐心等待了几分钟后，周峰判断这张碟子确实已经放完了，便取出碟片，关了电视和 DVD 机。

"怎么，这张碟子就这十多分钟？这就完了？"庄海觉得还有点意犹未尽，他问身边已经看过一次的李昂。

李昂紧锁着眉头，没有说话，似乎在等待着什么事情发生。

"看你吓得那样。"周峰嘲笑道，"这不就是《午夜凶铃》里那盘录像带的内容吗？很明显，这是某个人的恶作剧。故意拍出来吓人的。你不会真的相信了吧？"

"可是，我刚才看完之后，电话铃就响了，然后……"

没等李昂说完，周峰就打断了他："对了，按照《午夜凶铃》里的剧情，现在我们看完了录像带，电话就该响起，然后有一个人在电话里对你说'七天之后你会死'。你该不会是想说，刚才你真的接到了这个电话吧？"

李昂一字一顿地说："我刚才确实接到了一个类似的电话。"

"别开玩笑了，你以为我们会相信？那现在我们也看了，电话怎么没响？"庄海说。

李昂正准备说什么，突然，一阵刺耳的电话铃声从他们身边的茶几上响起。李昂怪叫一声，条件反射地向电话的反方向挪动身体。

周峰和庄海愣了一下，他们互相望了对方一眼。

"你……去接一下……"周峰推了推庄海。

庄海迟疑片刻，走到电话机旁，拿起听筒："请问找谁？"

电话那头没有声音，庄海再次问道："喂，你是谁？"

还是没有声音——庄海索性也拿着听筒不说话。

几秒钟后，庄海听到电话那头传来一个阴沉沉的声音，听起来像一个年轻女孩，她说了一个庄海听不懂的词。

"什么？你说什么？"庄海连忙问，但电话那头已是"嘟嘟"的忙音。

庄海只得挂了电话，回过头望着周峰和李昂，眼神充满疑惑。

"谁打的，他说什么？"周峰问。

"我不知道，像是个女孩，她只说了一个词，我听不懂。"

"她说的是什么词？你把读音念出来。"李昂紧张地问。

庄海想了想："好像说的是'拉那式'。"

听到这个词，李昂的脸骤然变得苍白，他喃喃道："果然……"

"那个词是什么意思？"周峰迫切地问。

李昂缓缓抬起头："那是句日语，意思是'七天'。"

"七天！"周峰和庄海一起大叫起来，"那不就和《午夜凶铃》里的剧情一样了？"

"你怎么听得懂日语？"周峰问李昂。

"你忘了我是外语系的？我们的选修课开设了日语。"李昂说。

"你刚才说……你之前看完后也接到了这个电话？"庄海问。

李昂点点头："说的也是这句话。"

周峰坐下来想了一会儿，又望向李昂："我猜，这一切是你在搞鬼，对吗？你想吓我们，所以在我们看完碟子后用手机打我们的座机电话。"

李昂苦笑着摇头，他指了指旁边的桌子："我的手机一直在那儿放着，你们刚才看见我走过去打了吗？"说完，他走到桌子旁把放在上面的手机拿给周峰看。

庄海紧皱着眉头说："首先我们要相信，不可能是我们三个人当中的一个人打的，因为刚才接电话时我们三个都在这个房间里，没有谁摸过手机，而且电话那头还说了一句话——这就更不可能是我们三个能做到的了。"

听到这里，李昂突然说："你倒是提醒了我，该不会是你们俩串通好了来吓我的吧——虽然你们打不成电话，但刚才我没和你们在一起的时候，你们完全可以和某个人约好，让他在我们看完碟子后来电话……"

"不可能。"庄海打断他，"我们又没看过这张碟子，怎么知道它要放多久，什么时候会看完？这两次电话响，都是在碟子刚放完后就响起的，如果我们事先叫一个人打电话过来，时间上怎么会这么合适？"

"那你呢？"周峰问李昂，"你可是事先看了一次，知道这张碟子会放多少分钟，你只需要事先和一个人约好，让他在我们看完后打来……"

"可我是在你们回来后放的碟子，我怎么知道你们会在什么时候回来？我能猜得这么准吗？"李昂说。

沉默了一分钟，庄海说："这么说来……我们三个人都不可能直接和间接地打电话？"

"那么，这两个电话到底是谁打的？"李昂茫然地望着他们。

"我们冷静下来想一想。"庄海说，"首先，我们去租碟子这件事根本就没有任何人知道，就算知道，也不可能会算得这么准——在我们刚好看完碟子后就打来电话。"

"等等，有一个人知道——那个碟子店的老板。"周峰说。

"可他怎么会知道我们的电话号码是多少？"庄海说。

"假设他偶然得知了我们的电话，他又知道这张碟子的时长……"

"不对。"李昂摇头，"就算他知道这张碟子会放多久，他想跟我们来一个恶作剧，那也不可能——因为有一点他是做不到的。"

"是什么？"周峰问。

"他根本就不可能知道我们租了这张碟子后会在什么时候放，更不可能猜到我们两次放完分别是什么时候。"

"那……我们在这里算了半天，谁都不可能打，难道真的是……"庄海说到这里停了下来。

"开什么玩笑！你该不会是想说真的是那个日本女鬼贞子从地狱打来的吧？她漂洋过海来到中国要我们三个人的命？这也太离谱了！"周峰大声说，"况且《午夜凶铃》的剧情本来就是虚构的，那只是一部电影，又不是确有其事！"

听到周峰这样说，庄海的神情反而更加紧张起来："别说得这么绝对，据我所知，有些电影的剧情并不是虚构的。"

"什么？"周峰不解地望着他。

"你知道，我父亲以前是一个电影编剧。他曾经告诉过我，有些编剧在进行创作时，是根据自己亲身经历的事情加以改编而写成电影剧本的。其中有一些，是现代科学无法解释的怪异事件，只是经编剧一写，再拍成电影，所有人就都认为是文艺作品，是虚构的。其实不然，这里面可能有一些事情是真实发生过的。"

"我也听说过一些，美国科幻片《深海水怪》的原作者其实就是一名潜艇上的海军军官，他一直声称他写的这部小说是他的亲身经历。但小说被改编拍成科幻电影后，几乎没有一个人相信他说的话。"李昂说。

"你们……"周峰感到啼笑皆非，"那我们该怎么办，像电影中的主角一样去找寻这口古井，并找到井中的那具骸骨？"

"对了！"庄海猛地一拍大腿，"我们怎么把这么重要的事都忘了！你们记得那个店老板把这张碟子交给我们时的怪异举止吗？他肯定是知道什么才会这样的！"

"现在就去找他问个明白！"周峰和李昂一跃而起。

三个人急匆匆地赶到碟子店，但当时已是十点三十分，碟子店关门了。

"该死！"急性子的周峰狠狠地骂了一句。

庄海叹了口气："算了，明天再来吧。"

三个人只能悻悻地返回。他们的影子被夜色拉扯得细长、扭曲。

第二天一早，庄海三个人就带着碟子来到了那家小店。

"老板！这张碟子到底是怎么回事？"周峰怒气冲冲地责问正在打扫的店老板。

店老板讶异地看着他们三个，吞吞吐吐地说："难道……你们也……也接到了电话？"

三个人同时一怔。庄海问："你知道我们会接到那个电话？"

老板放下手中的扫帚，慢慢坐下来："没想到，你们真的接到电话了，这一切，难道真的是……"

他没有再说下去，脸色一片铁青，似乎被巨大的恐惧扼住了喉咙。

"到底是怎么回事？你从头告诉我们。"李昂走上前问。

店老板尽量让自己定下神来："昨天下午，我进了一批新的 DVD 碟。在整理碟片的时候，我发现几张 DVD 碟片中夹了一张 VCD 碟，就是这张

《午夜凶铃》，我当时感到奇怪，因为我并没有订这张碟子，就打电话问供货方，但他们也说不知道。出于好奇，我在吃晚饭前看了这张碟片，结果，碟子刚一放完，电话铃就响了。我接起电话，先是没人说话，过了一会儿传出一个女孩的声音，她只说了一个词，我听不懂。后来我打电话问我的一个朋友，他告诉我那是日语，意思是'七天'……你们，难道也接到了一样的电话？"店老板说完这段话，打了一个冷战。

三人面面相觑，几秒钟后，周峰问："那……你还租给我们？"

"我本来以为是谁凑巧跟我开玩笑，再加上你们又说要看恐怖的片子，我就……可我真的没想到你们也会接到那个电话！"

"这么说，除了你之外，我们就是第一个租这张碟子的人？"李昂问。

店老板点点头，又神色紧张地说："你们说……七天之后，不会真的发生什么吧？"

三人无言以对，庄海拉了他们一把："算了，我们走吧。"

走出这家碟子店，几个人都没有说话。这件事实在是太离奇，太不可思议了。

在街上漫无目的地走了几分钟，周峰突然说："我想到一个主意，可以试一试这张碟子是不是真的有鬼。"

庄海和李昂停下脚步望着他。

"我们再去找一个人来看一遍这张碟子，看电话会不会再次打来。"周峰说。

"我们还没搞清楚这张碟子到底是怎么回事——这样做，合适吗？"庄海说。

李昂想了想："我觉得可以试一下，反正我们现在也不知道七天之后是不是真的会发生什么，就别管那么多了。"

"那我们现在就去找。"周峰顿了顿，说，"我们三个一起去。"

李昂和庄海立刻明白了这是什么意思——三个人随机去找一个人，就谁都没有事先作假的可能性。

在学校的运动场上，三个人见到了正在打篮球的顾洋——这是他们以前认识的一个朋友，和庄海同在中文系。

"一个人练球呢。"庄海走上前和顾洋搭话。

"闲着没事，今天上午又没课。"顾洋问，"你们呢？"

"我们刚租了张碟子，准备回去看呢，你要不要一起去？"周峰说。

"什么片子？"

"恐怖片。"

"大白天看恐怖片？太没气氛了吧。"顾洋皱眉。

"那你……去吗？"庄海生怕顾洋说"不"，这附近没有其他他们认识的人了。

顾洋想了想："反正也没事，走吧。"

周峰和李昂松了口气——他们没想到这么快就能找到"实验者"。

到了他们合租的房子，三个人迫不及待地请顾洋坐下，将碟子再次放入影碟机。同样模糊不清的恐怖画面，周峰三人又硬着头皮看了一遍。

十几分钟后，碟子放完了。

"怎么？这就完了？这是什么呀？不就是翻版《午夜凶铃》里那盘录像带吗？"顾洋不解地望着庄海，"你们怎么都不说话？"

庄海他们根本没心思搭理顾洋，三个人都神情紧张地盯着茶几上的电话机。果然，电话铃声又准时响起。周峰、庄海和李昂互相对视了一眼，每个人的脸上都有着难以掩饰的恐惧。

顾洋望了他们三人一眼，又看看电话机："你们在玩什么花样？仿造《午夜凶铃》里的情节？"

"你去接一下电话吧，顾洋。"庄海说。

顾洋笑了笑："你以为我不敢啊？"说着便站起身走到茶几旁，接起了电话。

接下来，庄海三人看着顾洋对着电话听筒"喂"了半天，最后听到他说了一句"你说什么"——不用问，他们也知道他听到了什么。

顾洋挂了电话后，坐到沙发上："刚才有个小女孩对我说了句什么……

'拉那'？这是什么意思？"

"是日语里的'七天'。"李昂说。

"什么？七天？"顾洋终于忍不住大笑起来，"说实话，你们开的这个玩笑也太拙劣了点。那个贞子是谁装的？"

庄海他们已经失去了跟他解释的力气，三个人呆坐在沙发上，半晌没说一句话。

顾洋走后，三个人用了近两小时将房子搜了个底朝天，最后排除了有窃听器、监视器等物品的存在。

"我看这件事是有点邪门。"庄海说。

"我们找了顾洋后，就直接到这里来了，根本没有其他人知道啊！可电话还是……"周峰越发觉得不可思议。

李昂沉默片刻后说："我看，我们得报警。"

庄海说："我也想过，可是说出去警察会信吗？这种事情……连我们自己都觉得难以置信。"

"不管怎么样，还是试试吧，也许公安局曾经接到过类似的报案呢？也许我们并不是第一批看碟子的人。"李昂分析。

"就这么办！"周峰和庄海拍板。

三个人坐出租车赶到市公安局，向工作人员询问刑侦科的办公室。刑侦科在三楼，三人风风火火地赶了过去。

在爬到二楼楼梯拐角时，周峰和李昂并没有注意周围，一个劲地向上走，但庄海却在无意间看到了一个正在扫地的清洁女工，他停下脚步。他发现这个清洁女工正以一种怪异的眼神打量他们，他似乎从她眼神里看到了一丝恐惧。

周峰和李昂发现庄海停下来后，也折返回来。

"阿姨，你干吗用这种眼神看着我们。"庄海忍不住问。

清洁女工紧锁的眉头间有一种捉摸不透的迷茫，她迟疑片刻后，问："你们……最近是不是做了什么事？"

三个人同时一怔，庄海问："怎么了？"

清洁女工不停地摇头，似乎难以言喻。

"阿姨，你直说吧，没关系的。"周峰说。

清洁女工再次望了他们几秒钟后，说："你们脸上透着一股阴气……你们……是不是惹上了什么不干净的东西？"

听到这句话，几个人倒吸了一口凉气，他们不知道这个四十多岁的清洁女工是怎么看出他们脸上有阴气的，也不知道这意味着什么。

"那……我们该怎么办？"庄海无助地望着她。

"我不知道……我很少遇到这样的事。"清洁女工明显不想再说下去了，她继续埋头扫地。

三人不敢懈怠，立刻来到刑侦科办公室。刑侦科的江警官接待了他们，三个人中口才最好的庄海向江警官详细叙述了整件事的来龙去脉。听完后，江警官眯起眼睛望着他们。

"我不觉得你们像那种无所事事的闲人，但我又不知道该怎么理解你们这种无聊的行为。"江警官说。

"无聊的行为？"庄海急了，"警官，你该不会认为我们会上公安局来开玩笑吧？"

"这正是我现在在想的问题。"江警官说。

"警官，我们是来报案的，你总不能不管吧？"周峰凑上前说。

"报案？你们叫我怎么立案？来自电话里的幽灵的威胁？简直荒唐！"江警官火了。

"我们可以回去把碟子拿过来给你看……"

"行了！我没工夫管你们这些年轻人的无聊游戏！作为一个大学生，居然相信这种迷信的传说，我看你们真该好好反省一下，书都读到哪里去了！"江警官教训起人来。

"可是……"

"好了，我还很忙，你们回去吧。"江警官不耐烦地挥挥手。

三人只得悻悻地离开公安局。

"我就说警察不会相信吧。"庄海叹气。

"真该死！居然根本不听我们解释！他以为我们会无聊到上这儿来寻开心？"周峰想骂街。

"算了，换成是别人跟我们说这件事，我看我们也不会相信。"李昂说。

"那我们该怎么办？就这样坐以待毙？"周峰说。

"我们能有什么办法？如果敌人是个人，我们还能有所防范，可是……"李昂说不下去了。

"算了，既然我们都想不出来什么办法，不如干脆别去管这件事了，反正电话那头也没说七天之后究竟会怎么样。也许真的是谁跟我们开了个大玩笑呢。"庄海说。

周峰和李昂都低着头不吭声。

"好了，忘了这件事吧。我下午还要上课呢，我要回去准备一下。"庄海拍了拍他俩的肩膀。

之后的几天，三个人都像约定好了似的对这件怪事只字未提，像从前一样学习、生活，仿佛这件事从没发生过一样。

虽然口头上没说，但他们谁也没忘记——第七天，正在一天天逼近。第七天晚上，真的会平安无事吗？

转眼间，这个恐怖的日子就到了。

一起吃晚饭时，周峰终于忍不住了："今天晚上……就是第七天。"

正在喝汤的庄海放下碗："我也正在想这件事。"

"我们真的不做点什么？"周峰说。

"我今天晚上要上晚自习，和这么多人在一起，我不相信还会遇到什么怪事。"庄海说。

周峰迟疑了一会儿："我……能跟你一起去吗？"

"你到我们系去上晚自习？"庄海想了想，"也行，反正多一个人少一个人也没人发现。"

"李昂，你要一起去吗？"周峰问。

李昂用手撑着头："从昨天起我就感冒了，今天还有点发烧，我看今天晚上我只能卧床休息了。"

"你一个人在家……不怕？"庄海问。

李昂苦笑着说："要真是有幽灵要杀你，你跑到哪儿躲得掉？再说我今晚要是不休息，怕是鬼不来找我我也没命了。"

"你吃药了吗？"周峰摸了摸李昂的额头。

李昂点点头："我回去睡一会儿就没事了。"

"那你小心点。"庄海叮嘱道。

"我知道。"

吃完饭，李昂一个人回住所，周峰和庄海去上晚自习。

中文系是个大系，和上百个人同处一室，周峰和庄海心里踏实了不少，但尽管如此，他们也没看进去几页书。

九点半，晚自习结束了，周峰和庄海一起回住所。

在用钥匙开门的时候，庄海听到屋内传出一片"哗哗"声，却听不到任何说话声。突然间，一股不祥的预感涌上他的心头——李昂出事了！

庄海赶紧推开房门，周峰和他一起冲进来——猛然间映入眼帘的景象几乎令他们两人的血液瞬间凝固。

电视机"哗哗"地响着——只有一片雪花图像，李昂一动不动地倒在沙发上，脸已经被抓得鲜血淋漓，和《午夜凶铃》里的遇害者一模一样。

庄海感到脑子一阵晕眩，他想喊，却觉得喉咙像被堵住一样发不出声音。半分钟后，两人一起鼓起勇气走到李昂身边——经过判断，李昂确实已经死了。

周峰终于控制不住自己的情绪："天啊！他死了！他真的在七天之后死了，和电影里一样！"

庄海关掉电视："我们得马上报警。"

周峰赶紧点头——突然，他似乎想到了什么，惊恐地望着庄海："我们俩也看了那张碟子，为什么我们没事？"

庄海想了一会儿："你忘了吗？我们俩比李昂迟看了一小时！"

周峰猛然惊醒："对了，我们俩大概是在十点半看完这部片子的，然后接到了电话，也就是说……"

他抬起手腕看表，九点五十分。

"再过四十分钟，就到我们俩的时间了。"庄海颤抖着声音说。

周峰觉得后背一凉，有种快要窒息的感觉："我们……难道也会……"

"等等！"庄海猛地抬起头，"周峰，你想起来了吗？最先看这张碟子的并不是李昂，而是那个店老板！他说他下午就看过了，也接到了电话！"

周峰张大了嘴，和庄海对视了一眼，然后两人像发了疯似的冲出门。几分钟后，他们气喘吁吁地赶到了那家碟子店——店里亮着灯，没有一个客人，店老板也不在。

"上楼去找！"庄海说。

两人在狭小的木楼梯上攀爬，庄海走在前面。快到楼梯顶端时，庄海站着不动了。

周峰的心一紧，低声问："你……看到什么了？"

庄海没有说话，爬上了三楼，周峰跟在后面。他们又看到了和刚才近乎一样的一幕——电视机开着，店老板斜倒在皮椅上，满脸抓痕和鲜血。

周峰瞪大了充满血丝的双眼，他捂住嘴，不让自己叫出声来。庄海壮着胆子走上前两步，他注意到店老板脸上的血早就干了，显然已经死了不止一会儿。

庄海不敢再看这具狰狞可怖的尸体，他转过头吐了口气，对周峰说："我们下去吧。"

但周峰却像失控的野兽一样大喊大叫起来："天哪！他们俩都死了！接下来就轮到我们了，谁也救不了我们！"

"冷静点！"庄海按住他的肩膀，"我们静下来仔细想想，会找到方法救自己的！"

"有什么方法？如果凶手真是个幽灵的话，警察也救不了我们！"

庄海紧皱着眉头想了一会儿："我们从头开始想一下——这件事从一开始到现在都是按照《午夜凶铃》这部电影的剧情发生的，如果整件事真的和电影中一样是一起超越我们常识的灵异事件，而它又和电影中的情节是一样的……那么，事情反倒好办了。"

"好办了？为什么？"周峰赶紧问。

庄海盯住他的眼睛："你记得吗？在《午夜凶铃》这部电影里，女主角最后是没有死的——因为她在无意中找到了自救的方法，从而避免了幽灵对她的袭击。"

"是的，我想起来了，这个方法就是……"

"将那张碟子拷贝一份！"两个人一起喊出来。

"那张碟子就在我们租的房子里，快回去拿！"庄海大叫。

"不用了。"周峰从衣服口袋里摸出那张 VCD 碟片，"我带在身上，本来是打算交给警察做证据的。"

"赶快刻录两张！时间不多了！"庄海看表——十点零五分。

两人飞奔上街，这个时候的街道已略显冷清，大多数的店面都关门了。周峰和庄海乘坐一辆出租车沿街寻找能刻录光盘的商店，但过了十多分钟都没能找到一家开着门的。

两个人心急如焚，庄海再次看表：十点二十分了。

就在快绝望的时候，周峰指着车窗外大叫一声："那里有家店还开着！那里有刻录机！"

两人飞快地冲进那家小复印店，店主用惊讶的目光看着满头大汗的他们。

"我们要刻录两张光盘！快！"周峰焦急地催促店主。

五分钟后，两张光碟刻录了出来，庄海抬手看表：刚好十点半。两人紧张地对视了一眼——谁都没把握这是不是真正的解决方法。

时间一分一秒地流逝——直到十点五十分，周峰和庄海才松了一口气。和电影里一样，他们找到了破解诅咒的方法，活了下来——电影在这个时候结束了。

"还没有结束。"庄海望着周峰，"我们得马上去公安局报警。"

周峰点头，他们必须向警察报告这一切。到了公安局，庄海和周峰再一次找到江警官，向他讲述了整件事发生的过程。

"等等，你们的意思是，现在李昂和那个店老板都已经死了，尸体就在他们各自家里？"江警官严肃地问。

"是的。"庄海说。

江警官将他俩扫视了一遍，他不再认为这是个玩笑了。没过多久，十多位干警兵分两路去了庄海他们租房的地点和碟子店。

庄海和周峰与江警官一起来到自己租的房子前，周峰颤抖着将房门打开。几个警察一起冲进房内，庄海和周峰跟在后面，他们一眼便望见了沙发——两个人都愣住了。沙发上根本没有李昂的尸体！

"你们说的尸体呢？"江警官转过身问。

"刚才……明明就在这里……他……"庄海的思绪混乱到了极点，开始语无伦次起来。

江警官靠近沙发观察了一会儿——他发现沙发和地板上都有着浅浅的血迹，并且有明显拖动过的痕迹。随行的法医小心翼翼地提取了血液样本。

江警官沿着拖动的血迹一直走到阳台，血迹在阳台上消失了，这里是三楼，下面是一片杂草丛生的荒地。

"下楼去找！"江警官向另外几个警察下令。

几个警察打着手电筒在楼下的杂草地中寻找了十几分钟，根本没发现李昂的尸体。

这时，江警官的手机响了，他迅速接起电话："张队吗？你那边怎么样？"

沉默了几秒钟，江警官大声说："什么？没发现尸体？但是有拖动的痕迹和血迹？"

庄海和周峰再一次震惊，他们不知道目睹的两具尸体到哪儿去了。

一个警察突然大叫起来："江队！这块草地里发现了血迹。"

几个人赶紧凑上前去，果然，在一片被压平的草地上又发现了拖痕和血迹。这个拖痕一直延伸到黑咕隆咚的小森林里。

众人再次顺着拖痕寻找，五分钟后，他们终于在小森林的尽头——一条小河边发现了李昂的尸体。经过法医的初步判断，李昂是因为缺氧窒息而死，之后又被某种利器划烂脸部。

庄海和周峰同时打了个冷战——这种死法又和《午夜凶铃》的原著是一样的。

这时，一个警官发现河边的沙滩上有着另一处拖痕，而且这条拖痕一直延伸到河里。

"难道是……"江警官想起了另一具失踪的尸体——店老板。

"赶快叫人在河里打捞！"江警官知道这条河通往大江，尸体一旦被冲入江底，被打捞起来的可能性就很小了。

几个警察立即组织了一支打捞队伍在河里搜寻了四个小时，但没有发现店老板的尸体。

"请你们跟我回局里一趟，协助调查。"放弃打捞后，江警官对庄海和周峰说。

两个人无奈地点点头，这是他们预料之中的结果。

"我希望你们能说实话。"江警官点燃一支烟。

"我们说的每一个字都是实话，如果你们还是不相信，我建议用测谎仪。"庄海坐在审讯室的椅子上，镇定地说。

江警官眯起眼睛："你们要我相信，这一切都和电影剧情一样，是一个日本的女鬼杀死了这两个人？"

"我们也觉得荒唐。"庄海说，"但我们又能认为是谁干的？"

"我们鉴定出李昂遇害的时间在晚上 8:30 到 9:00 之间，那段时间，你们在干什么？"

"我们和上百个人一起上晚自习，这些人都能做证。"周峰说。

"你们说在房间里发现了李昂和店主的尸体，可我们却在一条小河边找到了李昂的尸体，这是怎么回事？"

"我不知道，谁知道那个幽灵想干什么？"庄海说。

"等等。"周峰突然紧张起来，"在河边……这条河通往大江后，江又会通向哪里？"

"难道，你觉得这条江会和……那口井有关系？"庄海突然感到毛骨悚然。

"行了，行了！我看你们真的走火入魔了！"江警官打断他们的对话，他沉思了一会儿，"你们一直提到的那张碟子，现在在哪里？"

"就在我身上，我们又拷贝了两张。"周峰说完后将三张碟子递给了警察。

江警官拿着碟子端详了一阵："你们跟我来。"

庄海和周峰跟着江警官来到他的办公室，江警官取出一张碟子，回过头说："我现在看一遍这张碟子，你们和我一起看，就坐在我对面。"

庄海立即明白了江警官的意思——他要检验"电话事件"的真实性。

碟片在电脑上播放，江警官仔细地看着影片里的每一个细节——同时，他也观察着对面两个人的一举一动。

庄海和周峰一动不动地坐在江警官对面，手放在桌子上，他们的眼睛根本不敢望向电脑，他们不愿再上演一次"午夜凶铃"。

放映结束了，电脑上变成一片雪花图像，江警官问："这就完了？"

"完了。"庄海说。

江警官望向桌子上的电话："电话铃会响？"

"我们看完后就是这样。"周峰说。

"可现在……"江警官刚说到一半，桌上的电话就响了起来。

江警官快速走到电话旁，他看了一眼电话机，愣住了。这是一台有来电显示功能的电话，但电话机的屏显上却没有任何数字。江警官犹豫了几秒钟，接起电话。半分钟后，他慢慢地挂了电话。

"你听到了什么？警官。"庄海问。

江警官望着他："一个小女孩说了一句什么'拉那忒'，然后就是忙音了。"

周峰倒吸了一口凉气："你也遭到诅咒了，警官。"

"什么？"

"'拉那忒'在日语里就是'七天'的意思。"周峰神色凝重地说。

"不过不用担心，你也可以拷贝一张……应该就会没事了。"庄海说。

江警官盯着他们看了一分钟，然后迅速拨通了一个同事的电话。

"江队，有什么事吗？"对方接起电话后问。

"你马上帮我查一下，刚才打到我这个电话来的是哪里的号码！"

"好的，请等一下。"

挂完电话，江警官一言不发地坐下，不停地用手指敲击着膝盖。

几分钟后，电话铃再次响起，江警官接起电话："查出来了吗？"

"是的，江队。刚才打到你电话上的是一个手机号码——我们马上打了过去，但是已经没信号了。"

"手机……哪个地方的手机？"

"这个手机现在正以很快的速度离开本市，具体位置无法辨明。"

江警官思考了一会儿，说："你们密切追查这个手机的位置，一旦有了它的下落，立刻通知我！"

"是，江队！"

放下电话，江警官转过头，若有所思地望着庄海两人。

庄海和周峰在一小时后走出公安局，警方没有任何理由再把他们留在那里。

"诅咒还没有结束。"庄海对周峰说。

"什么！"周峰惊恐万状。

"你忘了，还有一个人也看了碟片。"庄海说。

周峰突然想起，他们的朋友顾洋也是这件事的参与者。

"必须让他也拷贝一张碟子。"庄海说。

周峰点头:"希望这是最后一个。"

"只要他也拷贝了,就一切都结束了。"庄海望着天空,深深地吐了一口气。

三天后的一个下午,在郊区荒废的建筑工地中,一间又黑又破的砖瓦房里坐着一个一身黑衣的男人。他焦急地望着门,脚不停地跺地,仿佛等待着一个人的出现。

三点钟,门外传来敲门声。黑衣男人飞快地站起来,迅速打开门,一个戴着运动帽和深色墨镜的男人走了进来。门再次关上,屋内恢复一片漆黑。

"你能准时来,表明我们的计划成功了。"店老板脱掉黑外套,显得非常兴奋。

"希望我们在这里见面没被人发现,要知道我们俩现在都已经是'死人'了。""运动帽"说。

"不会有人发现的,这里太偏僻了,而我们又化了装,不会有任何人认出我们的,不过说实话,在你没来之前,我倒是挺紧张的。"

"别这么紧张,先抽根烟。""运动帽"递了一支香烟过去,"我必须承认,你想出来的这个主意真是天衣无缝。"

店老板点燃香烟,深深地吸了一口:"你无法想象我为这个计划准备了多久,从拍摄那段所谓的《午夜凶铃》里的录像带,到设计每一个细节,最后找到你合作,这是一个漫长的过程。"

"但一切都是值得的,你'死'后,两百万的保险金会自动纳入你妻子名下,而我也可以分得相当可观的数目。我们以后各自远走高飞,过另一种生活。"

"是的,为了这个目标,我们合作得相当默契。"

"我唯一担心的是,"运动帽说,"警方真的会识不破我们关于电话的诡计吗?"

店老板得意地笑着说:"我想不会。你那两个同学和那个警察都犯了同一个错误——他们以为，如果有人要用手机搞鬼的话，势必是在片子放完后用手机通知其他人，再由那个人装成贞子打电话过来，制造出和《午夜凶铃》一样的情节。却没有想到这个计划的高明之处在于——在放片子之前，你的手机就一直和我的电话处在通话中的状态。所以，它就像一个窃听器一样，让我了解屋里的一切情况。"

"而每次片子放完后，都有人问'这就完了吗'这一类的话，你就立刻挂掉电话，再打到座机上来，用变声器装出小女孩的声音说一句'拉那忒'——我真佩服你能想出这么绝妙的主意。"

"现在事情结束了，就算警方以后识破了这个诡计，也找不到任何证据。"

"可是，你真的有把握吗？""运动帽"压低声音说，"我是说，警方并没有发现你的尸体，你觉得保险公司会这么轻易地把两百万交给你妻子？"

"你那两个同学对我们已经死亡深信不疑。放心好了，他们会向警方证明我们确实已经死了。"

"但我觉得，保险公司不是这么好骗的。"

"我们制造那些假象充分说明了我们的尸体已经被冲进江里，不可能找得到。时间一长，保险公司没理由认为我们还活着。"

"确实是这样……不过，我倒是有更好的办法。""运动帽"说。

"什么办法？"

"如果让警方真的发现你的尸体，那保险金就万无一失了。"

"你什么意思？李昂！难道你想杀了我？"店老板紧张起来，"如果你真的杀了我，我妻子就不会把钱付给你了。"

"恰好相反，是你妻子认为，如果警方找不到你的尸体，那她就不一定能得到那笔可观的保险金，所以，她认为有必要假戏真做。"

"你不必这么做，李昂！相信我，我会付给你更多的钱！"店老板开始向后退。

戴运动帽的男人突然放声大笑起来："看来，你真的是紧张过头了。

直到现在，你都还以为我是李昂？"他说完话后摘掉了帽子和墨镜。

"什么？是你……"店老板惊恐地望着黑暗中的周峰，他的额头冒出豆大的汗珠。

"在你的计划中，今天来到这个地方的应该是李昂，但你一定不知道，他那天晚上是真的死了，而不是在演戏。"周峰带着嘲笑的口吻说，"你更想不到，出现在你面前的会是我。"

"你……你是怎么知道这一切的？"

周峰摇了摇头："你连这么绝妙的计划都能设计出来，却想不通这是怎么回事吗？在你和李昂串通好实施这个计划的时候，你妻子找到了我，告诉了我你的整个计划。当然，也告诉了我她的计划。所以，我从一开始就知道你们要做什么。从李昂引我们到你的店，到后来发生的所有事，其实我都是在配合着你们演戏而已。而且，我们还用你的'手机诡计'把警察都骗了过去，再加入我们的创意——将一个手机办理'禁显号码'功能，再把呼叫转移办到那个警察的座机上，并将手机卡扔上火车。这样的话，只需要随便找个电话打那个手机，警察就会接到一个查不出来的号码——让他们更感到如坠雾里。"

"这么说，你们……真的杀了李昂？"店老板感到头晕。

"没办法，他知道得太多了，而且要杀他实在是容易——他对我没有任何防备，我在那天的晚饭里给他下了安眠药，他回去之后大概没多久就倒下了，然后你妻子用配好的钥匙进了屋，轻而易举地捂死了他，再将现场布置成《午夜凶铃》里的遇害场面——可怜的李昂，他本来只是想装死，却做梦也没想到会真的以这种方式死去。当然，为了弄得和你的尸体一样——并在警方赶到前消失掉，你的妻子多跑了一趟，在我和庄海离开后将李昂的尸体拖到了小河边——有时我觉得你的妻子简直就是个犯罪天才，她做的这一切都干净利落，没有一丝破绽。"

"听着，周峰，你不能杀我，因为警察发现我的尸体后，会发现死亡时间不对，我本应在三天前就死去的，这是一个很大的破绽！"

"多谢你的细心，但我认为这不属于你该担心的范畴——我们有很多方法可以混淆你的死亡时间：将你的尸体浸泡在水中、放在冰柜里等等。这样警方就很难推断出你确切的死亡时间了。"

"这么说，你们从一开始就计划好了要在最后杀死我？"店老板咬牙切齿地说。

"准确地说，是你妻子的计划。看起来，她明显觉得两百万比你的生命有诱惑力——关于这点，我感到很遗憾。"

"我不会让你们得逞的！你和那个贱女人都应该下地狱！"店老板发疯般扑向周峰，却被他一脚踢倒在地。突然间，店老板感到天旋地转。

"你的意志力比我想象中要强，抽完那支烟这么久后，药效才发挥作用。"

"你……在烟里下了……什么药？"店老板全身已经没有一丝力气了，声音也微弱起来。

"我认为这已经不重要了，但我能告诉你的是——也许你死得并不痛苦。"周峰冷笑着说。

两分钟后，店老板终于一动不动地躺在地上，停止了呼吸。周峰摸出手机，拨通了店老板妻子的号码。

"一切都办好了吗？"那个女人小声说。

"非常顺利。"周峰说，"警察那边呢，还在调查吗？"

"让他们瞎忙去吧，他们能调查出什么来？所有的一切都是那两个人亲手制造的。凶案现场的布置、包装成一起灵异事件、包括他们完美的死亡时间——这些都是他们自己完成的，警方找不到任何证据，这是一起漂亮的'完美犯罪'。"

"那我就放心了。等我们处理好他的尸体，再故意让警方发现——之后，坐在家里等着两百万从天而降就行了。"周峰说。

"合作愉快。"

那女人挂断了电话，看了看周围，没有任何人。她放心地回到公安局，继续拿起她的扫帚——在两百万到手之前，这份清洁工的工作还是要做下去的。

迪奥的世界

我一生中讲过很多故事，但我要说，接下来讲的这个是最特殊的。特殊的地方在于：任何人在听完这个故事后都有可能出现生命危险。

所以，我必须得提醒你——在我讲这个故事之前，你可以选择是不是真的要听下去。如果选择听，就要有勇气面对这个危险；要是你现在就感到害怕了，就请立即离开，这样你就是绝对安全的。

怎么样，做出选择了吗？

我开始讲了。

一

一九九九年，中国，上海。

一辆豪华的阿尔法·罗密欧轿车在上海外滩一条醒目的大街上停了下来，司机迅速下车，快步走到汽车后座，打开车门。

从轿车里走下来的男人，比他的名牌轿车更引人注目：他三十多岁，身材高大，面容英俊而硬朗，浑身上下透露着一股不同凡响的气质。

他抬起头，看了一眼面前这家店铺的招牌，冲司机挥了挥手，自己一个人走进了这家叫作"梦特芳丹"的画廊。

这是一家大概有两百平方米的画廊，装修极富品位，墙上挂着各种尺寸的油画，每张画下面都标着不菲的价格。但这个男人昂着头，对这些精美而昂贵的名画视若无睹，径直走到画廊最里面。

坐在沙发上悠闲地看着报纸的画廊老板注意到了这个男人，他眯着眼看了他一会儿，然后扬了扬眉毛，从沙发上站起来，向来者迎了过去。

"蔺氏财团的新任董事长亲自光临，真是令小店蓬荜生辉啊。"老板微笑着问候客人。

年轻男人望着面前这位六十多岁的长者，礼貌地点了点头，说："您好，我是蔺文远。"

"不知道蔺董事长光临我这个小画廊有何贵干？"

"您太客气了。"蔺文远环顾画廊四周，"您把自己这家画廊称作小店，实在是对不起上海第一画廊这个名号。我想，您这家画廊在上海乃至整个中国的名气，不比蔺氏财团小吧？"

"董事长过奖了。"画廊老板谦逊地笑着说，"你来这里，是想选几幅画？"

"是的。"

"你打算买几幅？"

"就一幅，放在我新家的客厅里。"

"买一幅画这种小事，何必劳驾你亲自登门呢？"老板说，"你派个人来买，或者打个电话让我们送过去不就行了吗？"

蔺文远开口大笑："您把我当成粗俗之人了。买画这种雅致的事情，怎么是随便找个人就能代替的？不瞒您说，我也是爱画之人，所以当然要自己来选。"

"可是，刚才你进来的时候对我墙上挂的这些名画都没正眼看过，像是对画没什么兴趣啊。"

"不，您误会了。"蔺文远摆了摆手说，"我知道您这家画廊的特点，最名贵的画一般都不会摆在外面。所以，我专门来请您帮我推荐一张最好的。"

"你是要最好的还是最贵的？"

"这有什么区别吗？"

"怎么说呢，画这东西可不像家具越贵越好。有的时候，你喜欢某幅画，并不意味着它就会很值钱；而那些昂贵的画，却又不是人人都会喜欢的。"

"但我想，那些出自世界一流画家之手的名画之所以价值连城，总是有它的原因的，对吗？"

画廊老板眨了眨眼睛："这么说，你是想买一幅价格昂贵的画？"

"坦白说，就是这样。"蔺文远说，"我喜欢收藏名贵的画，也喜欢欣赏我的朋友们看到这些名画时惊叹的表情。"

"我懂了。那么，我想我这里有几张画会让你满意的。"

"是哪些画家的？"

"我想想，最贵的几张画……分别是毕加索、米罗、杜尚和达利的作品。"

"这些画值多少钱？"

"每一幅的价值都在两千万以上。"

"我能看看它们吗？"

"当然可以，这些画锁在我的保险柜里——你决定就要它们当中的一幅了吗？"

"这几张画就是这个画廊里最贵的了？"

"怎么，这个价格的画你还嫌便宜了？"

"我想买最贵的那一幅画。"

"嗯……最贵的一幅是凡·高的作品。"老板面有难色，"可是，我不想把它卖出去。"

"为什么？"

"因为这是我这家画廊里最后一张凡·高的画了，是凡·高在蓝色时期的作品，算得上是我这家画廊的招牌，所以……请见谅。"

"这张画值多少钱？"

"三千五百万。"

"也不算太贵嘛。"蔺文远扬起一边眉毛说。

"是美元。"老板强调。

蔺文远轻轻张了张嘴，随后露出笑容："太好了，这就是我需要的画，请您把它卖给我，好吗？"

老板摸着下巴思考了一会儿，说："好吧，蔺董事长，如果你真的这么想要这张画的话。"

"那我们去看看这幅画吧。"蔺文远有几分迫切地说，"这张画应该是整个上海价值最高的画了吧？"

但出乎他意料的，画廊老板并没有说话，他动了动嘴唇，似乎想说什么，又忍了下来。

"怎么？"蔺文远望着他，"有哪张画比这张还贵？"

"不。"画廊老板说，"在一般的画里面，这幅就是最贵的了。"

"一般的画？"蔺文远挑起一边眉问，"难道您这里还有什么特别的画吗？"

"算了，董事长，就当我没说过。"老板极力掩饰着自己的不自然，"让我们去看那张凡·高的画吧。"

"等等。"蔺文远的好奇心被激了起来，"是不是还有一张稀世珍宝般的画，比这张凡·高的画更贵重？所以您舍不得拿出来？"

老板沉默了片刻，说："是的，我这里确实有一张世界上绝无仅有的画，但它的价格恐怕是连你这种身份的人也无法接受的。"

"哦？"蔺文远来了兴趣，"您倒是说说看，这张画究竟值多少钱？"

老板小心伸出手指，比出一个数字。

"什么，你是说，需要……"

老板点点头。

蔺文远眯起眼睛看了这个六十多岁的画廊老板一会儿，说："老实说，就算是这个价格，我也是买得起的——可我不明白，我为什么非得要用能买一架私人飞机的钱去买一张画呢？这张画到底是什么来头，能值这么多钱？"

"你是问，这张画是谁画的？"

"当然，据我所知，世界上最出名的画家的杰作的价值也根本不可能达到您刚才说的那个数字。"

"所以说，它并不是名家的作品。"老板带着一种神秘的口吻说。

"那我就真是不懂了，不是名家的作品，为什么价格还是这种天文数字？"

"我刚才说过，这是世界上绝无仅有的一张画。"

"我想，世界上任何一张手绘的画都应该是绝无仅有的。"

"不，蔺董事长，你误会我的意思了。"老板说，"我说它绝无仅有，并不是针对它的画面；而是指，这张画有某些特殊的地方。"

"那您说说看，它特殊在什么地方？"蔺文远来了兴致。

"我说了，你大概不会相信。"

"那可未必。"蔺文远笑了笑说，"我虽然年龄不算大，但见过的稀奇古怪的事也不算少了。"

老板抿了一下嘴，说："这幅画特殊的地方在于——看过它的人都可能会死于非命。"

蔺文远愣了一下，他凝视着画廊老板的眼睛："您在跟我开玩笑吗？"

"不，董事长，你不了解我。"画廊老板耸了耸肩，"我这个人不喜欢开玩笑——尤其是在做生意的时候。"

蔺文远埋头思索了一会儿，再抬起头说："我早年在哥伦比亚大学留学时，曾听说过这样一些怪事：某些画家将自己的怨恨和不满倾注在作品中，使看画者受到某种诅咒——但我无论如何也不相信这些迷信的说法。"

"不，不，不，董事长。"画廊老板摇着头说，"你完全搞错了，根本不是这么回事，和诅咒、迷信什么的一点关系也没有。"

"那是怎么回事？"

"嗯，怎么说呢……我再说明白点吧。这张画你如果光是看它，是一点事也没有的，可是如果你同时又知道了它叫什么名字，就活不长了。"

蔺文远用一种怀疑的眼光看着画廊老板："您要我怎么相信这种怪事？"

"蔺董事长，既然你对这幅画这么感兴趣，那这样吧——"画廊老板说，"我给你讲一个故事，是关于这张画的来历的。"

二

一九六〇年，美国休斯敦一个普通的家庭里，一个褐发碧眼的男孩降生了。

小男孩长得既聪明又乖巧，浑身上下透露着一股灵气。孩子的父母对这件上帝赐予他们的礼物爱不释手，他们为他取了个漂亮的名字：迪奥。

很快，惊喜就开始频繁地出现在迪奥的父母身边——他们惊讶地发现，小迪奥竟然是一个百年难遇的天才！

半岁的时候，迪奥就能准确而清晰地叫出爸爸妈妈，甚至爷爷奶奶的名字；不到十个月，他就能下地奔跑、玩耍；一岁的时候，一百以内的加减法就不能再难住小迪奥了。更令人惊讶的是，迪奥对于绘画有着不可思议的天赋和领悟力。四岁的时候，他就能拿起油画画笔，创作出一幅幅让人叹为观止的绘画——这些作品让所有的绘画教师，甚至那些大画家们跌破眼镜。一位五十多岁的老画家在看了迪奥四岁半时创作的一幅作品后，惊讶得五分钟没合拢嘴，并激动地向在场的所有人宣布"这孩子是人类有史以来最伟大的绘画天才"。

唯有一件事，让年轻的父母有些隐隐不安，那就是迪奥的另一个嗜好——实在是太与众不同了。

与迪奥同龄的小孩们，总是吵闹着要父母带自己去游乐场、动物园或者是玩具城，但这些充满童心稚趣的地方似乎对迪奥没有任何吸引力。迪奥喜欢去的地方只有一个，只要父母一闲下来他就会要求他们带自己去——基督教的教堂。

迪奥第一次和父母去教堂，是在他两岁的时候。从那以后，他几乎每个星期都会要父母带自己去两三次。一开始，迪奥的父亲以为儿子喜欢来教堂纯粹是觉得好玩。但很快，他就发现事情并不简单。

有一次，教堂牧师在祷告完后再一次向人们讲述起了耶稣基督的生平事迹，当讲到耶稣被他的门徒犹大出卖，最后被钉在十字架上处死的时候，迪奥的父亲无意间望了儿子一眼，他惊讶地瞪大了眼睛。

只有两岁的迪奥泪流满面，神情悲愤而痛苦。他一声不吭地坐着，正努力控制着自己的情绪——似乎牧师的这段讲述唤起了他的某些回忆——整个场面让迪奥的父亲目瞪口呆。他不明白，仅仅两岁的孩子，怎么会对这些东西产生如此大的反应和共鸣。

父亲用手肘轻轻碰了碰儿子，指着唱诗台上的牧师，问："迪奥，你能听懂他讲的那故事是什么意思吗？"

迪奥缓缓转过头，回答了一句让父亲更为吃惊的话。

他满脸泪痕地说："不，爸爸，他说的……不是一个故事。"

迪奥的父亲愣了半晌，轻声问："你怎么知道他说的……我的意思是，你是通过什么来判断的？"

"爸爸，我不想说。"迪奥忧伤地低下头。那一天，他没有再说话。

后来，迪奥的父母发现，他们的儿子只要一听到关于耶稣受难的任何事情，就总是会流露出黯然神伤的表情。那神情真切而伤感，根本就不像是一个几岁孩子该有的。

迪奥的父母匪夷所思了很长一段时间。后来，他们想通了，迪奥本来就是个百年难遇的天才——天才总是会有一些异于常人的地方，这没什么好奇怪的。而且，除了这一点以外，迪奥的其他一切都很正常。所以，他们也就渐渐习惯了这个与众不同的孩子。

就这样，迪奥一直长到五岁。

三

一天早上，五岁半的迪奥和父亲一起上街买吃的东西。他们到附近一家超级市场买了两袋食物后，准备穿过另一条热闹的大街回家。

刚拐过街口，迪奥和父亲就同时站住了脚。他们发现这条大街上聚集了几百人，他们纷纷抬头望着一幢大厦的楼顶，伸出手对着上方指指点点。

迪奥和父亲走近人群，顺着人们的目光向上望去——这幢大楼大概有十二层高，在顶楼的边缘站着一个大概三十岁的女人，她头发蓬乱，木然地看着楼下的人。这个时候，几辆警车出现在了人群中。

迪奥的父亲明白这里即将发生什么事，他牵起儿子的手，说："迪奥，我们快离开这里。"

"可是，那个阿姨站在那么危险的地方，她要干什么……"

没等迪奥问完，人群中有人惊呼道："天啊！她真的跳下来了！"

迪奥和父亲还没来得及做出反应，就听到"砰"的一声，那个女人的身体直直地摔了下来，刚好掉在距离迪奥不到五米远的地方。

一片血肉模糊的鲜红出现在迪奥眼前，他一动不动，似乎被吓傻了。迪奥的父亲大叫一声，赶快上前捂住儿子的眼睛，一把将他抱起，迅速跳上一辆出租车，离开了这个可怕的地方。

回到家，父亲发现儿子的表情仍然是一片呆滞，他倒了一杯温水让儿子喝下去，担忧地抚摩着他的头，问："好点了吗？迪奥。"

迪奥的脸上没有任何反应，他一句话也不说，眼睛直愣愣地望着前方。

"太可怕了！真是太可怕了……"父亲满头大汗地念叨着，"可怜的孩子……才五岁多，竟然看到了这么可怕的场面！"

大概过了十分钟，迪奥缓慢地抬起头，望着父亲，问："她死了，对吗？"

父亲怔住了，他不知道该怎样回答。

"她为什么要这样做？"迪奥又问。

"孩子，我们别管这件事了，好吗？我们忘了这件事吧！"

"不，爸爸。你告诉我，她为什么要这样做？"

"我……不知道。"

"她这么做，总是有原因的吧。"

"……我想，她有可能是破产了，当然，也可能是感情问题……但是，你瞧，我们是不可能知道真正的理由的。因为，让她这样做的原因可能有很多种……迪奥，我们能不说这件事了吗？"

迪奥低下头，眉宇间透露着忧伤和困惑。过了一会儿，他抬起头问道："她……很痛苦，对吗？"

父亲打了个冷战："迪奥，我真的不知道。"

"一定是的！她很痛苦，所以，她才想逃离痛苦。"迪奥大声说道，"爸爸，你知道她为什么痛苦吗？"

"因为她是人。"父亲说，"只要是人，就会有痛苦。"

迪奥望着父亲的眼睛，过了半晌，他垂下头，神情暗淡地低吟了一声："是吗……"

接下来，迪奥没有再说话。父亲摇着头叹了口气，离开了儿子身边。迪奥静静地走进自己的房间，锁上门。那一天，他除了吃饭以外，几乎没离开自己那间小屋。

第二天早上，父亲到迪奥的房间叫儿子起来。推开门后，他大吃一惊——迪奥根本就没有睡觉，他双眼通红，显然是熬了夜。迪奥手里拿着油画笔，正将颜料往一张大画布上涂抹。

父亲惊讶地上前询问："迪奥，你没睡觉？难道……你画了一个通宵？"

紧接着，父亲发现了更令他震惊的东西。他望了一眼迪奥面前那张几近完成的油画，大叫一声："我的天！这是什么！你画的是什么？"

迪奥赶紧把画从画架上取下来，将画背过去，神色惊惶地说："糟了，爸爸，你看了这张画！"

"我看了这张画……那又怎样？"父亲不解地问，"你画的到底是什么？实在是太可怕、太怪异了，为什么……我看了之后会感到浑身发冷？"

"因为这张画……人类是不能看的，否则，可能会死。"

"你说……什么？"

迪奥严肃地望着父亲："爸爸，你答应我一件事，绝对不要去问妈妈这张画叫什么名字。而这张画，你也绝对不能让妈妈看见！"

"什么意思？我为什么不能知道这张画叫什么名字？那你妈妈又是怎么知道的？"

"昨天晚上妈妈到我房间来，看见我在准备画具，问我准备画张什么画，我就告诉了她这张画叫什么名字，但那个时候我还没有开始画，所以她没有危险。"

"危险？"父亲眉头紧皱，越发不解了，"你到底在说什么？我完全听不懂。"

"爸爸，你记住，这张画不是凡人能看的，如果一个人看了这张画，同时又知道了这张画的名字，大概就活不长了。"

"凡人？难道你不是凡人？你现在就看了这张画，当然也知道它的名字……"

"是的，我现在也是个凡人。"迪奥低下头，带着几分忧伤，"所以，我……"

"好了，迪奥！"父亲突然一脸正色，生气地说，"不准再说这些奇怪的话了！并且，以后也不准再画这种诡异的画，否则我就没收你的绘画工具。今天你就待在自己的房间里，哪儿也不准去！"

说完这番话，父亲恼怒地转过身，摔门而去。

整个上午，迪奥就安静地待在自己的小房间里——父亲是这样认为的。

四

几小时后，该吃午饭了，父亲再度来到儿子的房间，推开房门。

迪奥平躺在床上，似乎在睡觉。他闭着双眼，睡觉的姿势有些奇怪——双手合十摆在胸前。

父亲走到床前，喊了几声儿子的名字，但迪奥没有任何反应。父亲去推儿子，刚接触到迪奥的身体，他就猛地大叫一声。迪奥全身冰凉，手脚僵硬。父亲颤抖着将右手伸到儿子鼻子前。这一试，父亲只感觉脑子"嗡"地炸开，双腿发软，跪了下来。迪奥已经停止了呼吸。

"迪奥，迪奥！天啊，儿子，你怎么了？"父亲抱着迪奥的身体，声嘶力竭地狂喊。

母亲闻声赶来，听说儿子没有了呼吸，当场瘫倒在地。

十分钟后，救护车载着医生赶到迪奥家，医生诊断后，遗憾地告诉迪奥的父母——他们的儿子在两个小时前就已经死亡了。

"不可能！天啊！我的儿子！"迪奥的母亲发疯般地抓住医生的衣服，哭得昏天黑地，"他早上还好好的，怎么会突然就死了！"

"我儿子……是怎么死的？"父亲强忍住悲痛问。

医生满脸难色，困惑地摇着头："说实话，我们都没有遇到过这么奇怪的事，您儿子……身上既没有外伤……而且，在刚才的检查过程中，我们也没发现他患有任何能够致命的疾病。一切迹象看起来，就像是……"

"就像是什么？"父亲赶紧问。

"我知道这么说很荒唐，但是……"医生犹豫了一下，说，"看起来他像是自然死亡的。"

"自然死亡？你的意思是……寿终正寝？"迪奥的父亲感到难以置信。

"对不起，看起来就是这样……当然，不一定准确。如果您允许，我们会把您儿子的尸体带到医院做进一步的尸检……"

"你疯了！"这个时候，迪奥的母亲冲过来，冲医生大叫道，"你们这些庸医！我儿子才五岁，比任何同龄的孩子都要健康、活泼！你们居然认为他死于寿终正寝……"

话没说完，她又一次瘫倒在地。

"我儿子……不能让你们带走，我要为他举行葬礼。"说完这句话，父亲眼眶中的泪珠终于滑落下来。

年仅五岁多的天才儿童竟然无缘无故地离奇死去，这件事在当地引起了不小的震动。人们纷纷猜测着迪奥的死因，报刊、杂志和电视台的记者试图通过各种途径采访迪奥的父母，但夫妻俩拒绝在任何媒体面前说一句话。

迪奥下葬后那天下午，心力交瘁的迪奥父母回到家中。在客厅相视无言地坐了二十分钟后，迪奥的母亲从沙发上站起来，走到儿子昔日的房间门前。

"你干什么？"丈夫问妻子。

"我把迪奥房间里的东西全都收拾起来，以后的日子里，我无法面对他用过的每一件东西，我会受不了的。"说完，她推开房门。

就在这一瞬间，迪奥的父亲猛然想起了什么，他大喊一声："等等，你别进去！"

妻子回过头，望着丈夫："为什么？"

迪奥的父亲想了一会儿，问道："迪奥死的头一天晚上，你是不是到他房间去过一次？"

"……是的。"迪奥的母亲想了想，"怎么了？"

"他当时正在准备画一张油画，对吗？"

"噢。"迪奥的母亲露出疲倦而痛苦的神情，"现在说这些，还有什么意义？"

"不！你仔细回忆一下，那天晚上，他是不是在准备画一张油画？而且，他还告诉了你那张画叫什么名字，对吗？"

"……是的，他告诉我，他准备画一张名字叫……"

"不要说！"迪奥的父亲大喝一声，"不要把那张画的名字念出来！"

"为什么？"妻子不解地望着他。

迪奥的父亲没有回答，他快步抢在妻子前走进儿子的房间，找到那张他仅看过一次的油画，用旧报纸将它严严实实地裹了几层，塞进了储藏室的最里面。

丈夫做的这一切，让妻子惊讶万分，她一脸疑惑地问："你在干什么？为什么这么在意这张画？"

迪奥的父亲满头大汗地回过头，一字一顿地对妻子说："你记着，永远不要看这张画，也永远不要告诉我这张画的名字。"

五

故事讲到这里，画廊老板停了下来。蔺文远凝视着他，露出一种复杂的神情。

半晌之后，他问："后来呢？"

"后来，迪奥的父母做了一件让他们后悔的事。"

"你是说，他们最终还是都看了那幅画，并且知道了画的名字？"

"不。"画廊老板摇着头说，"他们对待这件事的态度比我们想象中要谨慎——他们找了一个人来做实验。"

"做实验？"

"他们请了一个朋友到家中来，先由迪奥的父亲把画拿出来给他看，再由迪奥的母亲告诉他那幅画的名字，结果——"

"结果怎么样？那个人真的在看完画后死了？"蔺文远把身子朝前面探了探，表现出极大的兴趣。

"是的。"

蔺文远撇了下嘴："怎么死的？"

画廊老板耸了耸肩膀："那我就不知道了——事实上，我所知道的就到这里为止了。"

蔺文远把手放在下巴上思索了一会儿，说："您该不会是想告诉我，这张可怕的画现在就在你这个画廊里吧？"

画廊老板淡淡地笑了笑："你不相信，对吗？"

"我的确不相信。"蔺文远扬起一边眉毛，"除非，您现在就能把这张画拿出来给我看。"

"蔺董事长，你真的要看？"

"是的。"蔺文远肯定地说。

"那好吧。"画廊老板站起来，"你等一会儿，我这就去把它拿来。"

说完，他转过身打开最里边一间小屋的门，走了进去。几分钟后，画廊老板拿着一幅被厚牛皮纸包裹着的油画走了出来，他将画放在蔺文远面前的茶几上。

"就是这张？"蔺文远看了看这张尺寸并不大的油画，抬起头问。

画廊老板点了点头，开始拆覆盖在画上面的牛皮纸，不一会儿，这张画的真实面目就展现在蔺文远面前。

蔺文远的视线刚接触到这张画，立即尖叫一声："天啦！这是张什么画！太可怕了！"

过了三四秒钟，画廊老板迅速用牛皮纸将画再次包裹起来，像是生怕别人多看一眼似的。蔺文远的叫声吸引了画廊里另外几个顾客的注意，他们纷纷向这边望过来，老板赶紧将画又放回到那间小屋里。

画廊老板从小屋里出来，已经过了好几分钟，但蔺文远仍然满头大汗，一脸的惊魂未定。

"怎么样，董事长，知道这幅画的厉害了吧？"画廊老板小声说。

蔺文远紧咬着嘴唇不吭声，他的表情有些难堪，像是输掉了什么一样。几分钟后，他吐了口气，说："这张画的确让人觉得诡异，我从来没见过这么让人恐惧和压抑的画。"

"董事长，现在你相信我说的了吧？"

令画廊老板意外的是，蔺文远听了这句话后，竟昂起头，仍然一副怀疑的表情。

"这张画确实非同一般，这我承认。"蔺文远说，"可是您说只要观看过的人一旦知道这张画叫什么名字，就必然会死于非命——这未免有些太夸张了吧？"

"关于这一点，我就没办法向你证实了。很显然，我也不知道这张画叫什么名字——但我知道，曾经有人为了证实这个传说是不是真的付出了生命的代价——当然，蔺董事长你是不可能去这么做的，因为你是个聪明人，知道爱惜自己宝贵的生命。"

说完这番话，画廊老板做了个"请"的手势："好了，让我们忘了这件事，去看那张凡·高的画吧！"

蔺文远坐在沙发上没动，他感觉自己受到了挑衅，过了几秒钟，他缓缓抬起头说："好吧，就让我去证实一下这个传说到底是不是真的。"

"董事长，你在开玩笑吧？"画廊老板笑着说。

"我也不喜欢开玩笑。"蔺文远说，"如果您讲的那个故事是真的，那么在美国的休斯敦市，就应该住着迪奥的父母，而我只要找到迪奥的母亲，就可以问到这张画叫什么名字，这并不难。"

"可是，事情距今已经有三十多年了，迪奥的父母未必还活着，也未必还住在休斯敦。"

"只要这件事是真的，就一定会有人知道些线索，这样的话，要找到迪奥家的人并不难。"

画廊老板望着蔺文远说："董事长，你为什么非得要证实这件事的真假？难道仅仅因为好奇？"

蔺文远摇了摇头，说："三个原因。第一，如果这张画真的有您说的那么神奇，那就绝对是一件稀世珍宝——那价格再贵我也非收藏不可；第二，我很想和您赌一把，这个传说究竟是不是真的；第三——"他停下来，走到画廊老板身边，低声说，"我不喜欢有人对我说谎。"

画廊老板的目光和蔺文远对碰了一刻后，老人说："董事长，恕我直言，如果这个传说是真的，那你在听到它的名字后就有可能会死去，那时——你怎么跟我赌输赢？"

"这很简单，我们立一张字据：如果我输了——也就是说，我在得知这幅画的名字后真的死了，那么你就可以凭这张字据去蔺氏财团领取五千万美元。"

"好吧，董事长，我就陪你玩一把。"画廊老板笑着说，"如果你去了美国，发现根本没这回事，或者是你在打听到这幅画的名字后并没有发生什么意外情况，那我就付给你五千万美元。"

"好。"蔺文远说，"你这里有纸和笔吧？"

十分钟后，他们签好了这份奇怪的赌约合同，一式两份。蔺文远将合同放在自己的上衣口袋里，他站起身来，准备离开这个画廊。老板送他到了画廊门口。

"不出意外的话，一个星期后我们就知道这个赌博的结果了。"蔺文远说，"顺便问一句，这幅画您是怎么弄到手的？"

"对不起，董事长——商业机密。"画廊老板神秘莫测地说。

六

蔺文远是一个办事情雷厉风行的人，仅仅两天，他就到了美国的休斯敦市。

蔺文远认为，要调查清楚他想知道的事情并不难。在商界摸爬滚打十几年的他，明白"有钱能使鬼推磨"这个道理，在全世界任何一个地方都行得通。

而事情更是出乎意料地顺利。到美国的第三天，蔺文远就从休斯敦一家大医院的档案里找到了关于这件事的记载。

果然，在三十四年前，一个名叫迪奥的五岁小男孩在该社区自己家中无端死亡。医院档案里"死亡原因"一项填的是"原因不明"。

蔺文远心里一阵狂跳，他认定这就是自己在寻找的那个"迪奥"。可惜的是，医院档案里并没有对迪奥父母的记载，只记录着迪奥家的地址：威斯康星大道 53 号。

离开医院后，蔺文远赶紧拦了一辆出租车，直奔三十四年前迪奥的家——尽管他不敢保证现在那里是不是还住着迪奥的家人。

四十分钟后，蔺文远站在了威斯康星大道一幢二层套房的门口，门牌上写着"53 号"。蔺文远整理了一下衬衣领口，按响门铃。

半分钟后，门开了，一个留着褐色短发的年轻女孩出现在蔺文远眼前，她将门打开一半，疑惑地看着面前这个陌生男人。

"我有什么能帮你的吗？"年轻女孩问。（为方便表述，所有英语对话均用汉语表示。）

"对不起。"蔺文远说，"我想打听一下，这里有没有住着一对老夫妇？"

年轻女孩摇了摇头："先生，你大概找错了。"

蔺文远心里一沉，但他仍不死心地问道："那你能不能告诉我这里现在住着的人是谁？"

"这里只住着海伦夫人和我。先生，您还有什么事吗？"

听到"海伦夫人"，蔺文远眼睛一亮，他赶紧问道："海伦夫人有多大年龄？"

"她是个五十九岁的老太太。"

蔺文远尽量抑制住自己激动的心情，说："我能见见她吗？"

"恐怕不能。"年轻女孩说，"海伦太太的双腿瘫痪了，不方便见客人。而且，她也不喜欢见客人。"

"对不起，请你告诉海伦太太，我有重要的事，必须要见她，所以……拜托了。"

褐发女孩犹豫了一下，说："好吧，你等我一会儿。"

说完，她关上门，走了进去。

五分钟后，女孩再次将门打开，对等在门口的蔺文远说："先生，对不起，我问过海伦夫人了，她说不想见任何客人，所以……"她摊开手，做了个无可奈何的手势。

蔺文远没想到进展到这里都如此顺利的事情会在这个地方碰壁，他想再说什么，可他又非常清楚美国的法律——如果主人不想见客人的话，自己是不能强行进屋的。

"先生，如果你不介意的话，我要……"褐发女孩准备关门了。

"等等。"蔺文远突然想起了什么，他对女孩说，"麻烦你再转告海伦太太一声，就说我想找一下迪奥。"

"迪奥？这里没有这个人。"

"拜托你了！请你将原话转告海伦夫人，如果她还是不想见我，我马上就走。"

"……好吧。"褐发女孩再次转身进屋。

几分钟后，女孩带着一脸困惑的表情回来了，她从头到脚仔细打量了蔺文远一番，自言自语地说："还真是奇怪了。"

"怎么？"

"知道吗？海伦夫人已经有将近十年没见过来访的客人了，但是，她刚才听到我转述的那句话后，竟然提出想见见你。"

蔺文远一阵激动，他知道，自己找对人了。

"先生，请跟我来吧。"女孩将门完全打开，做了一个"请"的手势。

在这幢豪华洋房的客厅，蔺文远终于见到了坐在轮椅上的海伦夫人，这是一个满头银发的老太太，面容比她的实际年龄显得更苍老一些，她的衣着素净而端庄，给人一种有着良好素养的感觉。

蔺文远坐下来后，褐发女孩给他倒了一杯水，放到他面前。这时，海伦太太对女孩说："格温妮斯，你先回自己房间去吧。"

"是的，海伦太太。"女孩说完后向二楼走去。

女孩走后，海伦太太用审视的目光上下打量了蔺文远一会儿，开口道："年轻人，我不喜欢兜圈子——你坦白告诉我，你是怎么认识迪奥的。"

"我当然可以告诉您，海伦太太。"蔺文远说，"但是在那之前，您能先回答我一个问题吗——您是不是迪奥的母亲？"

海伦太太的脸部肌肉明显抽搐了一下，过了一会儿，她缓缓地说："是的，可是……已经过去三十四年了，我身边的人几乎都忘了这件事。现在，已经没几个人知道我曾有过一个叫迪奥的儿子——你是怎么知道的？"

"海伦太太，这件事说来话长，让我从头告诉你吧。"

接下来，蔺文远把在"梦特芳丹"画廊的经历告诉了老太太，包括他和店老板打的赌，以及他是怎么找到这里来的。

听的过程中，海伦太太始终保持着平静的神情——蔺文远无法判断她在想什么。

"整个事情就是这样。"半小时后，蔺文远叙述完毕。

海伦太太长长地吐了口气，喃喃自语道："原来是这样，你到这里来，就是想知道我儿子画的那张画叫什么名字……那么好吧，我告诉你——"

蔺文远不禁紧张起来。

"听好了，年轻人。"海伦太太说，"你在中国听到的那个故事是千真万确的，而我，也确实知道那张画的名字——可是，我不会告诉你。"

"为什么？"

"因为我说了，这件事是真的——你已经看过了那张画，现在要是再知道了那张画叫什么名字，你就活不了了。我不能眼睁睁看着你去死——

再说明白点吧，你和我无冤无仇，我不想杀了你。"

"可是，海伦太太，我千里迢迢来到美国，就是为了证实这件事啊！"

"用你的生命来证实？"海伦太太一脸严肃地说，"年轻人，你正值风华正茂，是该做一番事业的时候，却冒着生命危险和别人打这种无聊的赌，这对你来说有什么意义？"

"生命危险？海伦太太，您言过其实了吧？我不认为知道一幅画的名字对我来说会有什么危险。"

海伦太太摇着头说："你不相信我说的话？"

"……抱歉。"

"好吧！"海伦太太有些生气地说，"随便你相不相信，反正我不打算告诉你，没有别的事，你就请回吧！"

说完，她转动轮椅，准备离开客厅了。

"等等，海伦太太！"蔺文远着急起来，"您真的不告诉我？"

老妇人没有再理他，她冲楼上喊道："格温妮斯！"

蔺文远尴尬地站在原地，他没有想到自己的美国之行竟然会卡在这最后一个节骨眼上，现在老太太下了逐客令，他没有理由再厚着脸皮待在这里了。蔺文远怀着沮丧的心情准备离开，突然，他想起了什么，猛地回过头来。

"我明白了。"他对海伦太太说，"我知道这是怎么回事了！"

海伦太太皱起眉头看他。

"这根本就是一个骗局，对不对？"蔺文远说。

"你说什么？"

"我猜，三十四年前迪奥的死根本就不是我知道的那么回事，和那幅画一点关系也没有！"

海伦太太眯起眼睛望着他："你到底想说什么？"

"如果我没猜错的话，迪奥死于某种不能说出口的原因，而您和迪奥的父亲为了掩饰儿子死亡的真相，编造了一个诡异的故事，让所有人望而却步，不敢去打听迪奥死亡的真正原因，对吗？"

听完蔺文远这段话，海伦太太的脸涨得通红，她显得既惊讶又愤怒，甚至试图从轮椅上站起来，她颤抖着声音："你……你说什么！"

"您不愿意告诉我这幅画叫什么名字，就是因为我一旦知道了画的名字，却又没出什么事的话，你们的谎言就被揭穿了，所以，您才坚持不说的，对吗？"

"你……你……"海伦太太气得全身发抖，"你真的要逼我说出来……那好吧。这都是你自找的……我告诉你吧，这幅画的名字就叫'迪奥的世界'！"

"'迪奥的世界'？这就是那幅画的名字？这么简单？"一切发生得太快了，蔺文远有些没回过神来。

突然，蔺文远的脑海里惊现出一些画面，那张画仿佛在一瞬间跳到了他眼前，蔺文远喃喃自语道："迪奥的……世界，世界……"

他一边自言自语，一边慢慢从沙发上站起来，一颗豆大的汗珠从他额头上滑落，他惊恐地睁大了眼睛。

"天哪……世界……原来是这样……"他说完最后一句话，突然"啊"地尖叫一声，双手抱着头发疯似的冲出房间，向门外的大街冲去。

这时，一辆双层公共汽车从街道的左侧驶来，蔺文远径直冲到公车面前，司机根本来不及刹车。

一声闷响，公车停了下来。车内的乘客一片惊叫，一位老人探出头看见车窗外的情景后，当即休克过去。

从蔺文远得知画的名字到他丧生车下，只有不到十秒钟的时间。整个过程，海伦太太紧闭着双眼，仿佛这是她早就预料到的结果。

七

住在威斯康星大道 53 号的老妇人推着轮椅，缓慢地移动到客厅的茶几旁，她颤颤巍巍地拿起电话，拨通了一个号码。

十几秒后，电话里传出一个老男人的声音："你好，请问找谁？"

"是我。"老妇人说。

"……是你，海伦？"

"这么多年没跟我联系，你已经把我忘了吧？"

"怎么会呢，海伦。"

"我猜，你知道我为什么要跟你打电话吧？"

"……是的，你会打电话来，说明那个人已经去过你那儿了。"

"不只是来过，他刚才已经死了，和十年前来过的那个人几乎是一样的死法。"

电话那头沉默了一会儿，老男人说："你把那幅画的名字告诉他了？"

"我本来不想说，但他用激将法故意惹我生气，我没有控制住，就告诉了他。"

"……是吗？"

"卢平，这次你赚了多少？一亿美元？或者更多？"

"海伦，别说得那么难听，别把我说成那样。这次不是我主动的，是那个年轻人非得和我赌一把不可。"

"哼。"海伦冷笑一声，"又是赌，十年前，你就跟一个富翁赌，把他骗到我这儿来，结果他死后，你得到了一个画廊——我猜这次你又想得到些新东西了，对吗？"

"海伦，我说了，这次是他非得要……"

"好了，我不想管这些，我只想问，你还想杀多少人？或者说，你还想让我杀多少人？"

"海伦，能别说那个字眼吗？"

"那你要我怎么说？"

"海伦，你要知道，当初我要是不那么做的话，在中国根本就无法立足，那样的话，我又怎么能每年给你寄钱过去？"

"听着，卢平，我不需要你寄钱来，特别是用这种途径得来的钱，自从迪奥死后，你就带着那幅画回了你的老家上海，你把我一个人留在美国……"

"海伦，你知道我为什么要这样做，我害怕你哪天会无意中看到那张画。"

"恐怕，你更担心的是我会在无意中讲出那张画的名字吧。"海伦太太冷笑着说，"我们的儿子做梦也想不到他父亲会利用他生命中最后一张画来发财！"

"够了，海伦。"电话那头的男人有些厌烦起来，"我不想再听你说这些了。"

"是的，够了，我也觉得够了。我刚才想通了，我要结束这一切，我不能让你再亵渎那幅画，再玷污我们可怜的儿子。"

电话那边的男人有些紧张起来："海伦，你要干什么？"

"我告诉你，那幅画的名字叫……"

"不！"老男人大吼一声，猛地挂断了电话。

"天哪，她疯了！"画廊老板放下电话后，从衣服口袋里掏出一块手帕，擦拭着脸上的汗水，"她居然想告诉我那张画的名字，她想杀了我！"

过了一会儿，他平静些，走到他那豪华住宅的阳台上，深呼吸一口，仍为刚才的惊险而心有余悸。

就在这时，客厅里的电话铃声再次响起，画廊老板像惊弓之鸟般抖动了一下，然后厌恶地看着电话。

电话铃响了几秒钟后，他猛然想起了什么，张大了嘴巴，低吟一声："我的天哪！"然后发疯般朝电话机跑去。

但已经晚了，没等他跑过来，那个有自动留言功能的电话机里已经传出了海伦绝望而无奈的声音："那张画叫'迪奥的世界'！"

这句话就像一道闪电击中了画廊老板。他在电话机前停了下来，双眼发直。接着，他发出一声低沉的呻吟："原来……是这样，世界……那就是'迪奥的世界'……"

说完这些话，他神情呆滞地走回阳台，这一次，他站在了阳台的围栏上，这里是十九楼。

坠落的时候，那张和蔺文远签订的单据从他身上飞了出来，飘在空中，像一只白色的鸟。

与此同时，大洋彼岸的海伦也在一声枪响中结束了自己的生命。

故事讲到这里就结束了。

我之前说过，这是一个特殊的故事，原因就是——你听完这个故事，就等于知道了那张画的名字。当然，你并没有看过画，所以暂时还是安全的。

但那张画仍然还在这个世界上——所以，如果有一天，你看到一张怪异的画，可千万不要联想到"迪奥的世界"这个名字。

做个好梦。

幸存者记忆

中册

宁航一 著

北京联合出版公司
Beijing United Publishing Co.,Ltd.

楔　子

　　和以往的晚上一样，独自居住的兰教授设法将自己晚饭后的时光安排得充实而惬意。陪伴他的有：沙发、热茶、杜果干和一本厚厚的探险小说。对于一般人而言，这样寂寞的生活是会让人感到压抑和乏味的，但这个心理学家却总是能在那些书籍和自己非凡的思想中寻找到智慧和乐趣——当然，他从没想过要别人来尝试着理解他这种独特的生活方式。

　　探险之旅才刚刚启程一小会儿，一阵急促的敲门声便将兰教授拖回了现实世界里。他微微皱了皱眉，心里想着，如果又是那些来请教问题的学生的话，他得首先教会他们遵守礼貌。

　　门打开，外面站着一个浑身湿漉漉的年轻男人——那不是雨水，而是他身上的汗水。年轻人喘着粗气问道："请问，您是兰成教授吗？"

　　"是的。"教授答道，"有什么事？"

　　年轻人脸上露出惊喜而焦急的神情："兰教授，我父亲快死了，请您跟我到医院去一趟好吗？"

　　兰教授扬起一边眉毛说："当然可以，但我能知道我是要跟谁一起走吗？"

　　年轻人这才意识到了自己的唐突："对不起，教授。我太着急了——我叫方元，我父亲是方忠，您还记得他吗？"

　　"方忠……你是说，我在二十年前认识的……"

　　"对，就是他！"

　　"你刚才说，他快死了，是怎么回事？"

　　"是白血病，教授。病痛已经折磨他一年多了。两天前，医生下了病危通知书。我想，他可能撑不过今晚了。"

兰教授好奇地问："那么，你来找我做什么？"

"教授，说实话，我们也感到奇怪。"方元困惑地摇着头说，"我父亲现在只剩下最后一口气了，但他没交代任何关于他死后的事，只是反复念叨着，要我们来请您过去，说是……想把二十年前那个没听完的故事听完。我们实在是没办法，就只好到这儿来请您了。"

兰教授思索片刻，说："知道了，我们走吧。"

"真是太感谢您了，教授！"方元鞠躬道，"车在楼下！"

黑色的小轿车快速穿梭于城市的灯红酒绿间，二十分钟后，在一家肃穆、壮观的大医院前停了下来。方元下车替兰教授打开车门，然后领着他匆匆地乘上电梯，来到六楼住院部的一间加护病房里。

进门后，方元向房间里站着的十多个亲属介绍道："这就是兰成教授，我把他请来了！"

病房里的人全都向兰教授点头致敬。兰教授望着病床上行将就木的方忠，立即意识到他的生命之火已经燃到了尽头——他的鼻子上插着输氧管，眼眶深陷了下去，面貌惨不忍睹。

方元走到父亲身边，俯下身去小声说道："爸，我把兰教授请来了。"

方忠干瘪的胸口微弱地起伏着，说了一句只有方元能听清的话。方元直起身子，对亲属们宣布道："我爸请大家都先出去，他要和兰教授单独谈话。"

亲友们互看了一眼，只得和方元一起离开病房，关上房门，在走廊外等候。病房里只剩下兰教授和垂死的病人。

兰教授走到方忠的病床前，轻声问道："老伙计，这么多年了，你还在想着那个故事吗？"

病床上的方忠想点头，却动不了脑袋，只能眨了眨眼睛。

兰教授叹了口气："好吧，我今天就把那个故事的结局告诉你，了却你最后的心愿……"

五分钟后，兰教授从里面打开门，亲友们一齐围了上去。

兰教授平静地说：“他走了。”

这不是意料之外的事。方忠的儿女们并没有悲痛欲绝地号啕大哭，只是默默地掉下眼泪，他们走进病房，为逝者处理后事。

三天后，方忠的葬礼在公墓举行。兰教授应邀而来，穿着一身黑色的礼服，为死者哀悼。

葬礼结束后，方元在兰教授准备离开之前找到了他：“教授，非常感谢您能来参加家父的葬礼——我们还想请您去家里坐坐，可以吗？”

兰教授问：“你们还有什么事吗？”

“是的，教授。”方元向兰教授鞠躬道，“请您务必答应我们。”

“那好吧。”兰教授点了点头。

半小时后，兰教授坐在了方家宽敞的大客厅里。方元支走用人，亲自替兰教授泡上一杯热茶。坐在客厅里的还有两个人——方元的弟弟和妹妹。看上去都是二十多岁的模样。

方元再次向兰教授道谢：“教授，我那天晚上冒昧地去请您，您答应了我的请求，满足了家父最后的心愿——我们兄妹三人真是对您万分感激。”

方元的弟弟和妹妹也赶紧附和，连声道谢。

兰教授摆了摆手：“客气的话就别再说了，为老朋友实现最后的心愿是我该做的——我想知道，你们今天请我来到底是为了什么？”

兄妹三人对视一眼。方元说：“兰教授，其实我们今天请您来，就是为了家父那个‘最后的心愿’。”

“什么？”兰教授有些没听懂。

“让我来说吧。”方元的弟弟说，“教授，我们实在是太好奇了。您知道吗，家父在临终前，对于财产、房产的分配情况或是家中重要事宜的安排等只字未提，只是不断说着要找您来，听完那个二十年前没听完的故事——我们实在不明白，您在二十年前到底讲了个什么样的故事给家父听，以至于让他一直牵肠挂肚，在生命的最后一刻什么都不管，而只念着那个故事。”

兰教授有些明白了："你们是不是想知道，我讲的到底是个什么故事？"

"是的，教授。"三个人一起回答道。

兰教授摇着头说："对不起，因为某种原因，我不能把这个故事讲给你们听，请原谅。"

方元问道："为什么？"

"这个原因我也不能说。如果你们没有别的事的话，我要告辞了。"兰教授从沙发上站起来。

三兄妹都着急起来，想挽留兰教授，却找不到什么更好的理由，只能眼睁睁地看着兰教授走到门口。

情急之下，方元的妹妹说："教授，您这个故事折磨了我们父亲二十年，难道您也要折磨我们这么久吗？"

方元拉了她一下，瞪她一眼，用眼神谴责道——这样说太失礼了。

兰教授停下脚步，回过头来望着他们，意味深长地说："你们真的想听吗？"

三个人一起点头，方元为难地说："教授，真的……我们太好奇了，如果您不讲的话，我们恐怕真的会寝食难安。"

兰教授从门口走回来，说："你们要我讲也可以，但必须用一些东西来交换。"

"是什么？"方元问。

兰教授说："我要你们把一生中经历过的或是知道的最诡异莫测的故事讲给我听，如果我听得很有兴趣，那么作为等价交换，我就把二十年前我讲给你们父亲听的那个故事讲给你们听。"

三兄妹同时一愣，他们没想到会是这样的交换。

过了一刻，方元说："可以，教授。但我们得先想想。"

兰教授点点头，坐回到刚才的位置："我给你们十分钟的时间。"

三兄妹沉默着，各自考虑着自己的故事。

过了一会儿，方元的妹妹说："我先讲吧。"

兰教授做了一个"请"的手势。

她说的是她读大学期间的一件事。那天晚上，她和几个室友路过一座桥时，惊讶地发现河滩上有一个全身绿色、长得像青蛙般，却又直立行走的"人"。她们大声惊叫，指着那怪物，却惊动了那东西。那个"青蛙怪"趴到地上，迅速跳进了河里。桥上的人注视着河面达半个小时之久，却再也没有见到它浮上来。

五分钟后，她讲完了。兰教授笑着说："你讲的这个根本不能算是一个故事，顶多算是一次奇妙的见闻。"

年轻女孩显得有些尴尬。兰教授轻轻摇着头说："如果你们要讲给我听的故事都是刚才那样的——那么不讲也罢。"

方元的弟弟想了一会儿，有些为难地说："我倒有一个十分离奇的故事——是我一个搞摄影的朋友讲给我听的，我至今都感到非常害怕……要不是今天这种特殊情况，我是不愿意讲出来的。"

兰教授扬起一边的眉毛说："希望这次不会让我失望。"

"这我可以保证。"方元的弟弟肯定地说，"我开始讲了，故事的名字叫《灵异照片》。"

灵异照片

楔　子

在散发着腥红色惨淡光线的暗房内，老摄影师从水池里拿起一张刚洗出来的照片。他端详了足有五分钟之久，然后迅速抓起旁边的另一张照片，将两张照片反复研究、比较。不知不觉中，他惊恐地睁大眼睛，双手颤动，脸色变得惨白，好半天，才哆嗦着挤出一句话："我的天，原来是这样……这张照片的秘密，原来是这样……我要成为世界闻名的摄影师了……"

半分钟后，摄影工作室内的助手猛地听到暗房里传出一声凄厉的惨叫。他回过头，心中一怔，赶紧丢下手中的活儿，向暗房奔去——将门打开后，他大吃一惊：老摄影师倒在地上，双目圆睁，惊恐地望向前方，他的脸部肌肉因痛苦而扭曲变形。他一只手紧紧地抓着心脏部位，另一只手却直立着，手上捏着两张彩色照片。

助手赶紧俯下身去扶起老摄影师的身体，托起他的肩膀和头，大声喊道："老师！你怎么了？"

老摄影师的脸上布满了恐惧，他颤抖的嘴唇一张一合，却发不出任何声音。他死死地盯着手中那两张照片，仿佛想暗示什么。

助手惊慌无措地望着老师，又望向他手中的照片，疑惑地问道："老师，你……是不是想告诉我什么？"

但是，当他再一次望向老师时，却发现老师眼中的最后一抹光消失了。老摄影师痛苦地抽搐了一下，脑袋和手臂一齐耷拉下来。

"老师……老师！"助手惊恐地摇晃着老摄影师的身体，试图尽最后的努力将他唤醒，但一切都已经无济于事了。

一

海鸣知道，他今天特意将摄影工作室停业一天，就必须要把这件事情处理好。

上午，已经把几百张照片按照风景、人物、另类风格和超现实主义分成几大类了。那么今天上午要做的事，就是分别在这几大类摄影作品中挑出最好的几张来——他清楚，如果在这个月内还无法选出最好的几张作品，自己就别想在全国摄影大赛中获奖了。

半个小时后，海鸣确定了几张人物摄影和超现实摄影作品——但风景类的，他却始终拿不定主意，或者说，他认为根本就挑不出特别好的来。海鸣不禁皱起眉头——怎么办呢？要是拿不出最一流的作品，那么参赛也是白搭。

海鸣将头靠在椅背上，叹了口气，他看了一眼旁边那面大镜子中略显颓废的自己，竟有些怀疑起来——当初把个人生活和感情问题抛在脑后，把工作和事业当作第一，这个决定真的对吗？自己已经快三十岁了，却还是没能功成名就，每天就守着这个小小的摄影工作室——如果这次仍然不能在全国摄影大赛中获奖，那自己这种平凡而又略显尴尬的创业状况到底要持续到什么时候？

不行。现在不能泄气，要有自信。离大赛还有二十多天呢。海鸣在心里告诉自己——其实，你真的很棒，有着杰出的才能和天赋，你需要的只是一些机遇而已，一定要坚持下去。

就在他鼓足干劲，信心百倍地计划下一次摄影的时候。外面的敲门声扰乱了他创作的思绪。海鸣有些不耐烦地回过头望着玻璃门外，心里想——没见到门外挂着"暂停营业"的牌子吗。

尽管心里有些不情愿，海鸣还是离开里面的小屋，到门口打开锁着的玻璃门——门外那个三十多岁的男人向海鸣谦逊地点头致礼，问道："请问你是摄影师海鸣先生吗？"

海鸣点头道："是我。"

来者说："海鸣先生，你好，我叫丁力，我有一点事情想麻烦你一下。"

海鸣指着门口挂着的那块牌子说："先生，对不起，我今天有一些事情要处理，所以停业一天，你能不能改天……"

丁力说："海鸣先生，我只有一点小事，耽误不了你几分钟。这件事对我来说很急切，也很重要，请你帮帮我好吗？"

海鸣犹豫了一下，有些无奈地说："好吧，请进。"

两人在摄影工作室的沙发上坐下来。海鸣打量了一下这个四十岁左右的瘦小男人，问："你有什么事情需要我帮忙？"

丁力从随身携带的皮包里拿出两张照片，递给海鸣："请你帮我看看这两张照片。"

海鸣接过来观看，发现这是两张相当接近的照片：照的仿佛是同一个地方——在一间古朴的房间里，窗子打开着，窗外有一片山坡，山坡上有一棵大树——两张照片唯一的区别是：一张是纯粹的场景照，而另一张的窗子前站着一个身穿白衣的少女，那少女看上去十五六岁，像一个山村姑娘。

海鸣将两张照片翻过来覆过去地看了好一会儿，说："这两张照片看起来都很普通呀，有什么问题吗？"

丁力说："海鸣先生，你是专业的摄影师，我想请你帮我鉴定一下，这两张照片有没有经过加工或电脑合成？"

海鸣愣了一下，随即说："这很容易。可是，我能知道你为什么要这么做吗？"

"请你先帮我鉴定出来好吗？"丁力有些急切地说。

海鸣想了想，说："好吧，你坐一会儿，等我一下。"

他将照片拿进里面的工作室，将它们挨着放到一个小仪器上，那小仪器上方射出一束白光，刚好照在照片上。海鸣翻转着照片，从不同的角度仔细观察，又用放大镜端详了好一阵。不一会儿，他在心中得出结论，关上仪器，将照片拿了出来。

海鸣将两张照片一起递给丁力，说："我鉴定过了，这两张照片都是原照，没有经过电脑合成。"

"真的？你能肯定吗？"丁力焦急地问。

海鸣耸了耸肩膀："反正从我目前掌握的鉴定技术和知识来看，这两张照片百分之百都是原照。"

"是吗，只是原照……"丁力若有所思地低下头，眉头紧蹙。

海鸣望着他，有些好奇："怎么了？这两张照片是不是原照有什么关系吗？"

丁力抬起头凝视着海鸣，他迟疑了片刻，说："海鸣先生，你有没有看前天的报纸——《著名摄影师于光中因心脏病突发猝死摄影室》。"

海鸣一怔，说："看了，我是在电视上看到的这个消息——怎么了？"

丁力叹息道："我是于老师的助手，一直在他的摄影室工作，于老师死那天，我和他在一起，都在摄影室里。"

海鸣微微张开嘴，显得有些吃惊。他望了一眼丁力手里的照片，说："于先生的死跟这两张照片有什么关系吗？"

丁力沉默了好一阵，犹豫再三之后，缓缓说道："报纸记者和那些新闻媒体来采访我时，我只告诉他们于老师是心脏病突发而死……有一些情况，我却没有告诉他们。"

海鸣皱起眉头问："什么情况？"

丁力说："那天下午，我在摄影室里清理于老师最近拍的一些摄影作品，于老师在暗房里洗他才拍的照片。突然，我听到暗房里传出一声惨叫，就赶紧跑了过去，却发现于老师倒在地上，手捂着心脏。我吓得惊慌失措，还没来得及打急救电话，于老师就已经……死了。"

海鸣点了点头，示意他继续说。

丁力摇着头，竭力回忆当天的场面："临死前最后一刻，于老师神情可怖、面目扭曲，像是受到了什么突如其来的惊吓一般。当时，他已经发不出声音，只是用尽最后的力气举起这两张照片，死死地盯着它，就像是要告诉我或是暗示我什么。"

海鸣大吃一惊："你是说,于先生在死之前就捏着这两张照片?"

"是的,可是我还没来得及问他什么,他就死了。所以,我直到现在也不明白,他举着这两张照片到底是想告诉我什么。"

海鸣问："你以前没见过这两张照片吗?"

"没有。"

海鸣思索了一会儿,说："就算他想在临死前告诉你什么——可是你为什么会认为他的死跟这两张照片有关系呢?"

"因为——"丁力的语气激动起来,"因为于老师那天下午一直都是好好的,他到暗房去洗照片,那是再平常不过的事——他为什么会突然猝发心脏病?而且,他倒在地上都快死了,还紧紧捏着这两张照片不放,直勾勾地盯着它,眼睛里充满恐惧——难道,这些还不能让我认为他的死和这两张照片有关系吗?"

海鸣紧皱着眉头,感到这件事确实有些匪夷所思,他问道："那你来找我鉴定这两张照片,是什么意思?"

丁力困惑地说："我觉得不可思议——这两张照片只是于老师拍的成千上万张照片中相当普通的两张而已——我实在是看不出来有什么不对劲的地方。所以我才拿来请你帮我鉴定一下,看看这两张照片是不是有什么古怪。但你刚才说了,这只是两张普通照片而已——所以,我也就不懂了。"

海鸣想了一会儿,说："那你接下来准备做什么?"

丁力说："我不准备再做什么了。既然这两张照片没有不对劲的地方,我也就不想再深究下去。"

"这两张照片你准备怎么处理?"

丁力耸了耸肩膀说："不知道,但我不想留着——也许一会儿出门之后,我就会把它丢到垃圾箱里。"

海鸣突然觉得心中有种难以名状的复杂感觉,他说："既然你准备丢掉……那不如把这两张照片给我吧。"

丁力有几分讶异地说:"你要这两张照片做什么?"

海鸣撇了下嘴,说:"我也不知道,我只是感到好奇,觉得你讲的这件事有些蹊跷——这两张照片也许真的有些不同寻常之处。你就这样扔了,未免可惜。"

丁力如释重负地说:"海鸣先生,我本来也不太情愿丢掉的。既然你要的话,我就给你吧。"

说着,他将手里的两张照片递给海鸣,并留下一张自己的名片,然后站起来说:"谢谢你,海鸣先生,我告辞了。"

海鸣点点头,目送丁力离开。他将工作室的玻璃门锁上,拿着这两张照片返回里面的小屋。他又仔细看了一阵照片,仍没能看出个名堂。出了会儿神之后,他想起当务之急是什么,便将照片放进摄影工具盒里,又钻研起参赛作品的事来。

二

接下来的几天,海鸣索性一不做二不休,他将摄影工作室关闭一周,每天到不同的地方拍摄照片。他下定决心,一定要在这个星期内拍出满意的参赛作品。

前两天,海鸣的足迹遍布在水边和山林,但照片洗出来后,他认为这些题材太过俗套,难以在众多风景摄影中脱颖而出。所以,他把今天的行程定为周边县城的一个古寨,希望能在那里发现一些与众不同的惊喜。

乘坐了四个小时的汽车后,海鸣到达县城。紧接着,他跳上一辆小中巴车,在崎岖的山路上又颠簸了两个小时,终于到达了那个古寨。

车程中剧烈的颠簸让海鸣有些晕车,下车之后,他差点呕吐出来。但很快,眼前的景致就吸引了他的注意力——

这是一个古老而神奇的地方。整个古寨由石墙和木结构庭院、廊房结合而成。寨中的房屋、小院规划奇特,精致优美。再放眼四周,山清水秀、潺潺流水——各种迷人景色让人目不暇接。

海鸣第一次到这里来，他惊叹于这里的奇异和美丽，有种如获至宝般的欣喜。他甚至觉得这里比以前到过的一些著名景区还要别具一格。海鸣感叹道，如果不是这里地势偏远、交通不便，恐怕早就变成旅游胜地了。

海鸣忘记了旅途的不适和疲惫，他拿出相机，在古寨中青石板铺成的小路上漫步而行，将他看到的每一个美妙细节都拍摄进去。穿梭在古老的街道上，海鸣越拍越兴奋。他在这里发现了无数的惊喜，都是风景摄影中的最佳题材——由木板组成的古旧店铺、城市中早就消失的老茶馆，甚至连那街边老头儿摆的剃头摊儿都让海鸣拍得不亦乐乎。

拍了几十张近景之后，海鸣想拍一些古寨的远景。他环顾四周，发现不远处有一片小山坡，从山头上望下来，恰好能看到大半个古寨——那是再好不过的拍摄角度了。

海鸣提上摄影工具盒，挎上相机，快步向小山坡跑去，不一会儿，就爬上了山头。他累得气喘吁吁，在一棵大树边坐了下来，背靠在树干上，稍作休息。

坐了五六分钟，海鸣拍拍屁股站起来，正想举起相机往山下选景，他突然愣了一下，微微张开嘴。他缓缓回过头，盯着刚才靠的那棵大树看了半晌，又迟疑地向四周环顾，神情疑惑不解。

他突然发现，这片山坡和这棵大树为什么让他感觉如此熟悉呢？就像前不久才见过一样——可是，自己是第一次到这里来，怎么可能呢？

海鸣皱起眉头使劲回想——到底在什么地方见过这片山坡呢？电视上？不对，最近忙得根本就没看过电视；在什么摄影杂志上？似乎也不像……

忽然间，他猛地一怔，他望了一眼自己手里提着的摄影工具盒，将它快速打开，从底部抽出两张照片。他拿着照片对照周围的景物，表情变得诧异无比——

真的是这里！几天前，丁力留给自己的那两张照片——那房间的窗户外有一片小山坡，山坡上有一棵大树——居然就是自己现在站的这个地方！

对，没错——海鸣拿着照片仔细对照。在大树右边几步远的地方，有一块青石；这棵树的形状、它分出的四组大树枝——这些都跟照片上一模一样！

海鸣托着下巴思索着：看来，于光中先生也来这里拍摄过，他临死前捏着的两张照片就是在这个山寨里拍的。海鸣再次拿起照片仔细观察，忽然萌生了一个古怪的想法。

从照片中拍摄的房子里能够看到这片小山坡，而现在照片在自己手里——那么只要到山下的几户民居中去，对照着照片挨个儿寻找，就肯定能发现在某一家的房子里，恰好能出现和照片上一样的角度——这样的话，就能知道于光中先生是在哪一家拍的这两张照片了。

海鸣心里清楚，刚才的想法在理论上是完全成立的，而且实施起来应该也不困难。可是，这样做的理由是什么？就算知道于光中先生是在哪一户人家里拍的这两张照片，又有什么意义吗？

海鸣忽然想到，说不定去向那户人家的主人打听一下，也许能问出些什么——看看这两张照片和于光中先生的猝死到底有没有联系。想到这里，海鸣打定主意，他在山头上往下拍了几张古寨的全景后，就带着摄影器材和好奇心急匆匆地跑下山来。

因为照片中的窗户外没有别的遮挡，能直接看到山坡，所以海鸣判断照片中的人家肯定就是离山最近的几户民居中的一户。他走进山下的一个方形院落，里面住着八九户人，而西边方向对着山坡的三户中显然就有一户是他要找的人家。

海鸣没想到这么快就能将寻找范围缩到如此之小，接下来，只需要找一个合适的理由去拜访就行了。

海鸣走到左边第一家门前，敲了敲那扇木门。不一会儿，门打开了，一个四十岁左右的中年男人问："有什么事？"

海鸣说："你好，我是个自由摄影师，想拍摄一些带有传统风格的民居建筑——不知道能不能进您家去拍一下室内的构造？"

中年男人有些受宠若惊，他乐呵呵地说："当然可以，你进来吧！"

海鸣向他点头致谢，然后走进屋内。中年男人的妻子和女儿得知他的来意后，都热情地表示欢迎。

房屋里面确实古色古香，海鸣在大屋和厨房里都拍了几张照片，中年男人又主动将他带到小屋，也是他们睡觉的房间去。海鸣注意到，这间屋子里有一扇窗子，能看到外面的山坡。他悄悄取出照片比较——不对，从窗口望过去，只能看到山坡的左边，连那棵树都看不到，看来不是这家。

海鸣又随意地在这个房间里拍了几张照片，然后向房屋主人道谢，准备离开了。女主人招呼他坐下来喝水，男主人甚至要留他一起吃晚饭，海鸣谢绝了他们的好意，走了出来。

这一次，海鸣来到中间那家房屋门口。其实，通过刚才的比较，他心里已经有谱了——这一家的窗外能看到的景致，应该跟照片上的角度差不多。

在敲门之前，海鸣注意到这户人家的一些与众不同之处：这个方形院落的房屋门前都按相等间距排列着支撑房梁的木柱——但这户人家大门前的两根木柱下方，却有着其他木柱没有的石头柱墩。柱墩上面雕刻着一些神灵鬼怪般的奇异形象。

海鸣蹲下身去看得出神，却不明白这些浮雕的意义。他用相机拍了下来。站起来后，海鸣敲了敲木头大门，他在门口等了半分钟左右，也没听到里面有动静。海鸣又加重力气敲了几下，还是没反应。他有些失望起来——难道家里没人？

又等了半分钟，海鸣叹了口气，沮丧地转身离开，却在转身的瞬间听到木门发出"吱嘎"一记刺耳的声响，吓了他一跳。他回过头，见门打开了一小半，一个满脸皱纹的老妇人有些恼怒地望着他，用干瘪的声音问道："刚才是你在敲门吗？"

海鸣注意到这个老妇人挂着拐杖，料到她腿脚不便，便赶紧说："对不起，老太太，打扰您了。"

老妇人毫不客气地说:"你要干什么?"

"是这样的。"海鸣故技重施,"我是个搞摄影的,到这儿来拍摄一些古民居,想到您的房子里拍拍里面的构造。"

"我这儿没什么好拍的。"老妇人冷冷地回答一句,然后就要关门。

"哎,等等。"海鸣推住门,恳求道,"老太太,您就让我进去拍一两张吧,不会耽搁您太久的。"

"我说了不行,你听不懂吗!"老妇人厉声道,又要关门。

海鸣有些着急起来,只能说:"这样吧,老太太,要是您觉得我不方便进去,那您就把这门打开一点,我就在这门口照一张,总行了吧。"

老妇人耐不住他磨,不耐烦地说:"好吧,你快些照!"说着将门打开一大半。

"谢谢,谢谢!"海鸣一边道谢,一边朝屋里望去——这户房屋的构造和刚才那家不一样,没在里面分成几个房间,整个就是一间大房子。屋里的布局、陈设一目了然。

当然,海鸣一眼就望见了房屋正中间的那扇窗户,不用对比照片,他也立刻就知道,这回找对地方了——不但窗外的景致和照片上一致,连屋内的摆设也和照片上一模一样。

海鸣在门口架起相机,正要拍摄,忽然发现这个大房子里只有一张单人小木床,他好奇地问道:"老太太,您一个人住这儿吗?"

"你看不出来吗,这屋里哪还有别人?"老妇人没好气地说。

海鸣愣了一下,想起照片上那个白衣少女,不自觉地说:"您真的一个人住?那您孙女呢?"

老妇人抬起头望着他:"你说什么?"

海鸣立刻反应过来失了言,慌忙解释道:"我……我猜的,我以为您跟您孙女一起住。"

老妇人脸上忽然青筋暴起,恼怒地说:"我没结过婚,连儿女都没有,哪来的孙女!你到底是来干什么的,要是不拍,我就关门了!"

海鸣难以置信地张开嘴,见老妇人又要关门了,他赶紧按了一下照相机快门，还来不及多照一张，老妇人已经"砰"的一声将门关拢了。

海鸣拿着相机呆呆地站在门口，本来他还有些问题想问那个老妇人，但是很显然，老妇人已经不会再见他了。

海鸣怅然若失地离开老妇人的家门，朝小院外缓缓走去，脑子里胡乱思忖着。这时，小院走进来几个十五六岁的男孩子，他们背着几捆柴火，显然是住在这个院落里的。

海鸣看见他们后，从工具盒里拿出照片，走到那几个男孩面前，展示出照片，问道："请问一下，你们见过这个穿白衣服的女孩吗？她是不是也住在这个院子里？"

几个男孩一起将脑袋伸过来看，然后异口同声地说："没见过。"

海鸣不死心，又问道："你们看仔细些，真的从来没见过她？"

一个皮肤黑黑的男孩说："我打小就住在这院子里，根本没见过这个人。"

另一个光着膀子、满身是汗的男孩说："别说是这个院子，就我们整个寨里也没见过这个人。"

海鸣指着老太太的房屋问道："那间房子里，一直就只住着那个老太太吗？"

几个男孩对视了一眼，皮肤黑黑的男孩说："反正从我记事起，那屋里就只住着一个老太太，没见过别的人住在那里。"

几个男孩绕过海鸣，各自背着柴火回家去了。海鸣在原地站了好几分钟，眉头拧成一个死结。一些说不出来、诡异莫名的感觉像看不见的蚂蚁慢慢从脚底爬上他的身体，使他感觉后背和头皮开始发麻起来。

三

返程的汽车比来时开得还要慢，足足用了七个多小时，海鸣才回到自己熟悉的城市，这时已经是晚上九点过了。

海鸣在车站附近的小餐馆随便吃了点面食当作晚饭。接下来，他拖着疲惫的身体回到家——其实就是摄影工作室——这个集营业、工作、生活为一体的沿街店铺。在工作室里坐下还没休息五分钟，海鸣就强迫自己进入洗照片的暗房。他早就决定，不管多累，今天也必须看到拍摄的所有照片。

除了关心摄影效果之外，还为了证实一些让他心里发怵的东西。

胶片经过清水和显影液的冲洗，渐渐出现轮廓。海鸣发现——自己居然对那些有可能用于参赛的作品都毫不关心，只想快些看到最后在老太太门前拍的那张照片。

终于，他在众多照片中找到了那张——海鸣定了定神，吸了口气，将照片缓缓地举起来，借助暗房里微弱的红光看过去——窗子、山坡、树，还有老太太的半张脸——除此之外，并没有什么异常的东西。

海鸣放下照片，长长地吐出一口气，心中紧绷的那根弦也随之放松下来。看来，是自己想多了。海鸣在暗房的一张凳子上坐下来——本来就不可能的——这个世界上不会出现这种恐怖离奇的怪事。

可是——他又想到——如果不是那种东西的话，于光中先生拍的那张照片该怎么解释呢？自己已经鉴定过那两张照片，拍摄的时间不会太久远，应该是在这几年之内。这样的话，那张照片中站在窗前的白衣少女是谁？为什么根本没人见过她，或者知道她的存在？

想到这里，海鸣不禁打了个冷战，感觉后背阵阵生寒——其实，他还在读大学的时候，就听说过或者在一些杂志书报中了解过关于灵异照片的事。那都是来自世界各国一些令人骇然的、真假难辨的事件。但海鸣从来没想过，自己有一天也会和这种事情沾上边！

在暗房死寂、沉默的气氛里，暗红色的灯光让周围的一切都显得狰狞可怖。海鸣竟感觉身子在微微发抖，有些不寒而栗。他赶紧离开暗房，到工作室大厅里，将屋内的灯全部打开，照得整个房间如同白昼。海鸣再泡上一杯热茶，呷了几口之后，才稍稍安定下来。

几分钟后，海鸣想出一种解释，用于安慰自己——也许，那个白衣少女是于光中先生特意带到那个地方去的一个模特。也许他觉得光拍摄一个室内场景太单调了，所以专门请了一位模特站在那里，纯粹是为了艺术创作的需要。

　　而于光中先生心脏病突发，其实和这两张照片并没有什么关系，纯粹只是巧合而已。是他那个助手和自己都胡乱猜测才会对这两张照片如此关注——这样想的话，海鸣感觉心安了许多。放下心之后，困倦立刻向海鸣侵袭过来，他打了几个哈欠，准备去洗漱睡觉了。

　　在卫生间漱完口，又冲了个澡后，海鸣走到摄影室里面的房间——这里其实是他的卧室，仅有一张床和摆在床头的小柜子。海鸣打开床头柜上的台灯，再躺在床上，顺手捧起旁边的一本小说——这是他多年的习惯——不管多疲倦，睡前总要看会儿书才能入睡。

　　今天这个步骤像是走形式般只进行了二十分钟，海鸣的眼皮就再也撑不起来了——事实上，这本来就是他在睡前看书的真正目的——如今很多小说别的效果没有，在治疗失眠症方面绝对颇有建树。

　　海鸣一连打了好几个哈欠，他擦了擦挤出来的眼泪，将书放在枕边，再习惯性地抬起右手，去按床头柜上的台灯开关。他在柜边摸索了几下，突然摸到一个软软的东西。

　　海鸣心头一惊，迅速把手抽回来，再侧脸望过去——床头柜上只放着几件东西：台灯、手机、闹钟和一个方盒子——没有哪一样东西的手感会是软软的。

　　而且，更令他感到毛骨悚然的是，他刚才摸到的那样东西……似乎是一个人的手。一阵寒意向海鸣袭来，使他连打了几个冷战。他下意识地缩进被子里，惊恐地睁大眼睛。

　　不可能。不是我想的那样——他安慰自己道——那只是错觉而已。今天实在太疲倦了，神经紧张下出现了错觉而已。

　　但不知道为什么，他越是这样想，越觉得恐怖异常。这时，他又发现了一些新东西——自己刚才进这间里屋来时，是将门关上了的，现在门却打开着。

　　我刚才关门了吗？没有关吗？他反复问着自己，却无法在自己混乱失常的大脑中寻找到答案。他只感觉自己在瑟瑟发抖，全身的汗毛都竖立起来，他惊恐不安地望向房间的天花板、墙壁和桌子、椅子，感觉在死一般的寂静中有某种东西正躲在它们后面，阴冷地觊觎着自己。他心中突然产生一种无比骇然的感觉——

这个房间，已经在不知不觉中多出一个人来了。

海鸣倒吸了几口凉气，身子变得冰冷无比。他不敢再想下去了，命令自己闭上眼睛，却无法关闭脑海中的恐怖影像。在闭上双眼后，那些东西一齐从黑暗中跳出来，扑到了他跟前。

他不知道自己今晚是怎样睡着的。

四

清晨，响亮而清脆的闹钟铃声把海鸣从睡梦中唤醒。睁开眼后，海鸣看到了窗外微白的太阳光。他盯着那光看了好久，仿佛希望那光线能照到自己心里来，将自己昨晚那些恐惧的印象全都驱赶殆尽。

在床上坐起来后，海鸣发了好几分钟的呆，忽然，他的脑中闪过一个念头，这念头使得他连衣服也来不及穿，急忙掀开被子从卧室跑了出去。

海鸣从工具盒里拿出那两张照片，再从一个抽屉里找出他的另一架相机——这是一台数码相机。他将有白衣少女的那一张照片平摆在桌上，再举起数码相机，选择与照片垂直的正上方，调整好距离和角度后，将那张照片拍进了数码相机里。

紧接着，他打开桌上的电脑，将数码相机与电脑相连。不一会儿，他就在电脑上看到了刚才翻拍的那张照片——效果很好，几乎和原照一模一样。

海鸣在电脑的搜索引擎上熟练地输入一个网站的名字，不一会儿，电脑屏幕上出现一个网页——这是海鸣所在的城市中最大的一个专业摄影师网站，本地的摄影爱好者都通过这个网站进行交流和沟通。

海鸣在这个网站上发过几十次作品了，他登录上去后，来到网站中的"摄影师论坛"，建了一个帖子，命名为"请大家来看看，这可能是一张灵异照片"，然后将刚才翻拍进电脑的那张照片发在帖子中，并在下面附了一句话——"这张照片是在本市××县的一个古寨民居中拍摄的，古寨中的居民均称从未见过照片中的白衣少女。请问一下，有人见过这个白衣少女吗？"

海鸣反复看了几遍自己发的这篇帖子，他想了想，为了吸引更多的人来点击和浏览这个帖子，他去掉了标题中"可能"两个字。

做完这一切，海鸣关闭电脑，长长地吐出一口气——这是目前他能想到的最好的办法了——也许在摄影师论坛上发表之后，会通过一些见多识广之士了解到这张神秘照片的相关信息。

海鸣返回卧室，穿好衣服和裤子，再到卫生间进行洗漱。接着，他在镜子前胡乱梳了几下头发，就背起摄影工具准备出门了。

按照之前定好的行程，今天应该到周边另一个县城去拍摄那里的古桥和庙宇。

这是平淡而充实的一天。

从那个县城回来，又已经是晚上七点过了。这一次，海鸣连晚饭都顾不上吃，直奔回自己的摄影工作室。进门后还没来得及喘口气，海鸣就赶紧打开电脑，点开那个网站。他惊讶地发现，在短短不到一天的时间里，自己早上发的那个帖子就已经有上千个人浏览过了，而回复数也多达八十条。海鸣兴奋得满眼放光，他赶紧将帖子点开，仔细看起回复内容来——

"骗人的吧？"

"随便照张相，就说是灵异照片。"

"我们市有这个地方吗？"

"这招我也使过，可没吓到人。"

"照片上那人是你妹妹吧，楼主？"

"进来看帖的人都被楼主耍了，现在楼主正得意地笑呢。"

"这也叫灵异照片的话，我家里有两百多张。"

"同意楼上的说法。"

"其实我就是照片上的女鬼，今晚会来找你，楼主。"

"现在这个网站也越来越烂了，任何人都能在上面胡乱发照片，都没几个人是认真发艺术作品的了，悲哀！"

"盯着看久了还是有点毛毛的……"

"拜托楼主以后造假也得有点常识，灵异照片不会这么清晰的。"

"照片上的 MM 是谁，能交个朋友吗？"

"还以为是多恐怖的呢，结果进来一看就是一张普通生活照，烂！"

…………

看了十多条回复，海鸣感觉自己的心也和帖子一样在逐渐下沉。他完全没料到，自己上午那一厢情愿的想法如此天真和幼稚——这么多人看了之后，竟然没有一个相信是真的。几乎所有人对这张照片的态度都是怀疑、讥讽和调侃。海鸣沮丧地垂下头，不想再看下去了。

调整了一下情绪后，海鸣觉得还是应该坚持把回复看完——在这几十条回复里，哪怕能找到一两条有用的信息也好啊。他的眼睛继续回到电脑屏幕上。可是，他耐着性子又看了两页，发现还是和之前差不多的内容。就在他心灰意冷，准备关闭网页的时候，一条与众不同的回复跃入他的眼帘，引起了他的注意——

"能告诉我你是在哪里转载的这张照片吗——对不起，我几年前就在网上看过这张照片了，所以我知道这张照片不可能是你才拍的。"后面还留了一句："如果你愿意告诉我这张照片的出处，我将万分感激。我的电话：139×××××××××，敝姓倪。"

海鸣将这条回复来回读了好几次，用手捏着下巴思索起来。

很明显，这个人的态度是诚恳而认真的。而且他说的也完全能对上号——这张照片确实不是最近才拍的，可能就是几年前拍的。更关键的是，他透露了一个很有用的信息——原来，早在几年前就有人曾把这张照片发到网上过，并引起了一些人的关注，而且这个人极有可能就是死去的老摄影师于光中——看来这张照片果然不简单，其中必有蹊跷！

海鸣心中一阵激动，他赶紧抓起桌上的电话，拨通了那个人留下的手机号码。

电话响了几声后，对方接了起来："喂，你好。"

"你好，请问是倪先生吗？"

"是的，你是……"

海鸣一时竟不知道该怎样介绍自己，他想了一下，说："是这样的，倪先生，今天你是不是浏览了摄影师论坛，看了一篇帖子，并留下了自己的联系电话？"

"哦，是的。"对方显得有些意外，"这么说，你是……"

"对，我就是发那篇帖子的人。我叫海鸣，是一个专业摄影师。"

电话那头的人停顿了一阵，似乎有些尴尬地说："对不起，海鸣先生，我在回复中指出那张照片不是你拍的……"

"不，倪先生，你用不着道歉。你说的没错，那张照片本来就不是我拍的。"

他似乎没料到海鸣会如此坦诚，愣了半晌后，说："那么……你愿意告诉我你是从哪个网站上转载的这张照片吗？"

"恐怕我不能。"海鸣说，"因为这张照片我不是从哪个网站上转载的。"

"可是，你刚才承认说，这张照片不是你拍的。"

"这张照片不是我拍的，可我也能拥有它呀。"海鸣忽然觉得有些好笑，"倪先生，你好像完全没想过这张照片现在在我手里。"

"什么！"电话那边的男人突然失声大叫起来，"你说，那张照片现在就在你手里？"

海鸣被他突然变化的态度吓了一跳，说："是的……怎么了？"

电话那头沉默了一刻，那男人低声说："不，这不可能。我……有些明白了。你是看到我在网上的留言，打电话来消遣我的吧。"

海鸣觉得既好气又好笑，他正色道："请原谅，倪先生，我没你想得那么无聊。就算我无聊到想打电话消遣某人，也一定会找一个妙龄女郎下手，你觉得呢？"

对方也不知道是在发呆还是在判断，过了好一会儿，才疑惑地说：

"难道，你说的是真的？那张照片真在你那里？"

"这样吧，倪先生，如果你还是不相信，可以亲自到我这里来看。在东城幸福路有一家'海鸣摄影工作室'，我现在就在这里。"

电话里的男人激动起来："好的，海鸣先生，我马上就去找你，请你等着我。"说完挂了电话。

海鸣将电话放下后，回味着和那位倪先生的对话——毫无疑问，从这个男人的语气和态度来看，他不但见过这张照片，还肯定知道一些关于这张照片的隐情。也许，他的到来能帮自己揭开这张照片的秘密。

海鸣走到门口，将摄影工作室的玻璃门大敞开来，等待着那男人的到来。

五

四十分钟后，倪先生便满头大汗、心急火燎地出现在摄影工作室门口。海鸣一眼便能看出来，这是一个急性子的人。

倪先生长得高大、健壮，面貌却是张娃娃脸，看上去只有三十岁左右，他在自己的白 T 恤衫上擦了擦手上的汗，伸出手来："你好，你就是海鸣吧，我叫倪轩，和你一样也是搞摄影的。"

海鸣和他握了握手，说："你好，请里边坐吧。"

海鸣将倪轩带到工作室会客处坐下后，从小冰柜里取出两听冰可乐，递给倪轩一听。

倪轩接过来后，道了声谢，但并不喝，迫不及待地说："海鸣先生，我能看看那张照片吗？"

"叫我海鸣就行了，咱们用不着这么客气。"海鸣笑了笑，"当然可以，请你等一下。"然后站起来向里屋走去。

十几秒钟之后，海鸣就拿着两张照片走出来，他将有白衣少女的那一张递给倪轩，说："你看看，就是这张。"

倪轩放下可乐，再次将两只手在 T 恤衫上擦干净，小心翼翼地接过照片，在光线强烈的地方端详起来。

看了一阵后，倪轩站起来，眼睛眯成一条缝，将照片旋转成不同角度，转动身子，配合着不同的光源方向仔细观察。那张照片几乎贴在了他的鼻尖上。

看着倪轩举着照片在房间里打转，像是一个初学舞蹈的人笨拙地扭动着身子。海鸣觉得有些好笑，但他心里却明白，这个倪轩也是一个行家，从他这些举动就能看出他是一个会鉴定照片的专业摄影师。

倪轩认真研究了足有七八分钟之久，终于缓缓地坐下来，张开嘴巴，有些不可思议地说："是真的……这张照片是真的。"

海鸣望着他难以置信的表情，问道："这张照片是真的，这意味着什么吗？"

倪轩扭过头来，望着他说："你还记得我在网上给你留的言吧？我说几年前我就在一个网站上看过这张照片了，所以我知道这张照片不会是你最近才拍的。"

"可是，你为什么不认为几年前在那个网站上发这张照片的也是我呢？"

"因为我认识那个人。"倪轩说。

海鸣轻轻"哦"了一声。

"其实那个人并不是我朋友，实际上，我和他就是通过这张照片才认识的。"倪轩顿了一下，说，"就像我和你也是这样认识的，差不多。"

海鸣意识到他是要继续往下说的，所以没有打断他，只是点了点头。

"我有一个习惯，喜欢在网上浏览各种各样的摄影论坛，所以我点开那篇帖子，看到了这张照片。"他指了指自己手中捏着的那张照片，"我敢保证，就是这张，一模一样。"

海鸣做了个手势，示意他接着说。

"当时我看到这张照片后，和其他人一样，都不相信这是张灵异照片，认为作者是在哗众取宠。但不管怎么说，我仍然抱着半信半疑的态度和发这篇帖子的人取得了联系。我们先是在网上交流，后来互通电话，他告诉了我一些关于这张照片的事。"

"是什么？"海鸣问。

"他说，事实上他也不敢肯定这张照片是不是传说中的灵异照片。但他非常肯定，甚至是有些神经质地认为，这张照片绝对有什么古怪，他说自从他得到这张照片后生活就开始变得不对劲起来，似乎出现了一些怪异可怕的事情。但他不能肯定这到底是怎么回事，所以，他才把照片发到网上来，希望能听听大家的看法。"

我的天哪。海鸣在心里想——这不是和我现在的状况一模一样吗？骤然间，他的脑海里又浮现出昨天晚上的恐怖画面——那扇自己打开的门，还有关台灯时摸到的那只手……海鸣感到后背一凉，脊椎骨中有一股冷气直往上蹿。

倪轩感觉到海鸣走了神，问道："海鸣，你在听吗？"

"哦，是的……"海鸣回过神来，"我在听着呢——那么，后来呢？"

倪轩摇着头说："后来发生的事情扑朔迷离。我怎么也没想到，这张帖子在网上发了几天之后，那个发帖子的摄影师就死了！"

海鸣猛地抬起头来，问："你说什么？那个摄影师死了，这是发生在几年前的事？"

倪轩说："是的，怎么了？"

海鸣皱起眉头，自言自语地说："原来你说的这个人……不是于光中。"

"于光中？"倪轩张大嘴巴，难以置信地说，"你说那个著名的老摄影师于光中？你为什么会认为我说的这个人是他？如果是他的话，我一开始就说了。况且，于光中先生不是最近才因心脏病去世的吗，他和这张照片有什么关系？"

海鸣这才想起，于光中的助手丁力来拜访自己时曾说过，记者和媒体来访问他时，他并没告诉他们这两张照片的事。所以倪轩当然不知道这些内幕和隐情，他表现出这种吃惊的反应，是完全合乎情理的。

海鸣问道："你说的那个摄影师叫什么名字？"

倪轩说："叫徐镇屹，是个三十多岁的摄影师——你还没告诉我呢，于光中和这件事有什么关系？"

海鸣说："你别慌，我一会儿自然会把我知道的都告诉你。现在，你先把你刚才讲的那件事情讲完——那个叫徐镇屹的摄影师是怎么死的？"

"他具体是怎么死的我也不知道。我只知道，有一天我打电话找他，接电话的却是他家里的人，他的家人悲切地告诉我徐镇屹已经死了。然后电话里就只剩下哭声……你能想象吧，在那种情况下，我根本就不便多问。"

海鸣说："那么在他死后，那张照片的去向也就不得而知了，对吗？"

倪轩瞪着眼望他："这正是我想问的问题——那张照片是怎么到你手里的？"

海鸣摇着头，说："我也想知道，这张照片是怎么到于光中手里的。"

倪轩耸了耸肩膀，摊开手，做了一个表示不了解的手势。

"是这样，一个多星期之前，也就是于光中死后没过两天，他的助手找到我，要我帮他鉴定两张照片。同时告诉了我一个隐情——于光中老先生在临死前紧紧抓着这两张照片，所以他猜测老先生突发心脏病和这两张照片有关系。我出于好奇，请他把这两张照片留给我——这两张照片就这样到了我手里。"

"等等，两张照片？"倪轩觉得糊涂了，"我只看过一张啊。"

"还有一张在这里。"海鸣转过身去拿起桌子上的另一张照片，递给倪轩。

倪轩接过那张照片左看右看，又和那张有白衣少女的照片仔细对照了一下，说："这张照片就很普通了，好像没什么不对的地方？"

海鸣点点头，说："如果我没猜错的话，这只是一张普通的照片，它和那张照片放在一起，是用来做对比的。"

倪轩微微张了张嘴，有些明白了："你是说，在同一个地方照的两张相，一张什么都没有，另一张出现了……"

"对。"海鸣说，"我们开始触及事件的本质了。"

六

此时，已是晚上十点过了，城市中的光影已经逐渐暗淡。但是幸福路中间这家摄影工作室里却仍然灯火通明。两个男人正在里面情绪激昂地谈论着。

"……是这样，真是有意思的巧合。"倪轩像是听了什么奇趣故事般，满脸兴奋的表情，"你得到了这两张照片之后没过几天，就在一个古寨里发现了照片中的原景地。而且，你还证实了在照片中的那户居民家里，真的没有这样一个白衣少女。嘿，这岂不是等于说，你已经证实了这两张照片中的一张，真的就是灵异照片！"

"等等，别太激动了。"海鸣望着满眼放光的倪轩说，"我只是证实了在那个古寨里没人见过这个少女，可没证实全世界的人都没见过她。想想看，如果这个白衣少女是当初拍照片的人专门请去的一位模特，那么古寨中的人不认识她，或是对她没印象就是完全正常的，对吗？"

倪轩想了想，点头道："是的……有道理。"

"所以说，我在网上把那张照片称为灵异照片，实际上也是为了吸引更多人来看而已，我并不能确定它是不是真的灵异照片。"海鸣说。

倪轩垂下头思索了一会儿，说："不，我知道，这张照片绝对不普通，它一定有古怪之处。"

海鸣皱起眉头问："你为什么这么肯定？"

倪轩将头抬起来："其实，我刚才还没讲完呢，只是话题被岔开了。"

"什么？你是说，那个叫徐镇屹的摄影师死后，又发生了什么事？"

"是的。"

"是什么？"海鸣急切地问。

倪轩的眼睛望向前方，回忆道："说实话，徐镇屹死后，我当时并没有把他的死和那张照片联系在一起，但我仍然关注着他发在网上的那张照片，几乎每天都会上那个网站去查看评论。可是，你知道，那只是一家小网站，本来浏览的人就不多，再加上几乎所有人都认为那张照片只是个恶作剧，所以这个帖子很快就沉了下去，没多少人关注了。直到有一天我发现有人匿名回复了一条很奇怪的留言。"

海鸣紧紧盯着他瞪大的眼睛。

"那个人留的言是——'知道这张照片秘密的人都会死'！"

海鸣深吸了一口气，问道："就这一句话？"

"就这一句话。"

海鸣想了想，说："也许……是有人故意恶作剧，吓唬人的吧？"

"不，不可能！"倪轩叫道，"你知道为什么吗？因为我跟徐镇屹通电话时他跟我讲过，在他身边，也就是他认识的人中，只有我一个人知道他在网上发了这张照片的事！你想想，网上那些人又不认识徐镇屹，怎么会知道他真的已经死了？"

海鸣眉头紧蹙："也许只是巧合呢？"

"对，在遇到你之前，我也认为大概只是巧合，留那条言的人是瞎猫碰到了死耗子。可是，你刚才告诉我，于光中老先生也是接触到这两张照片后就死了！"

海鸣蓦地一怔，那种骇然的感觉又环绕在了在他身边。

"还有更蹊跷的呢。那个人匿名发了这条留言后的第二天，我又去那家网站查看，竟然怎么也找不到徐镇屹发的那篇帖子了，似乎是被管理员删除了。我怎么也想不明白，那家网站上可是什么乱七八糟的帖子都有，为什么单单这篇帖子被删除了。"

海鸣困惑地摇了摇头，他也想不明白。

"从那以后，我就再没有在任何地方看见过这张照片。"倪轩说，"现在你明白了吧，为什么我在摄影师论坛上看到你发的帖子后，会如此激动，甚至是急切地想立刻和你取得联系。"

"你说的那家小网站呢？现在还能上吗？"海鸣问。

倪轩摇着头说："早就不行了，已经停办很久了。"

海鸣从沙发上站起来，在屋中来回踱着步，然后用烦躁不安的语气说："知道吗，我……有些后悔了。"

"什么？"倪轩没听明白。

海鸣长长地叹了一口气，说："一开始，我只是出于好奇和不忍，才把这两张照片留在了身边，但我没想到，竟然会卷入这样一起离奇诡异的事件中来，早知如此，我当初就不应该让那个助手把照片留下来。"

倪轩也从沙发上站起来，凝视着他说："海鸣，我们都是专门搞摄影的，难道你就不想解开这神秘的灵异照片之谜吗？"

"我想。"海鸣和倪轩对视着，"可是，你刚才已经提醒了我——'知道这张照片秘密的人都会死'！"

"嘿，那只是……"

"不，你不明白。"海鸣打断他的话，"我感觉自己现在就和几年前的徐镇屹一样，接触到这张照片之后，我身边也开始出现一些怪异的事情了。我不希望自己最后的结局和徐镇屹一样——你能理解吗？"

倪轩摇着头，一脸复杂的表情："难道，你认为徐镇屹和于光中真的都是因为知道了这张照片的秘密才死亡的吗？可是——"他神色凝重地望向上方，"这张照片到底隐藏着什么样的秘密呢？"

海鸣说："反正可以肯定的是，这张照片没那么简单，也许包含着我们难以想象的隐秘和危险。"

两人沉默了一刻，倪轩忽然抬起头，像下了什么决定般直视着海鸣，说："要不，你把这两张照片交给我，让我来研究吧！"

海鸣凝视着他："你最好弄清楚你在做什么。"

"海鸣，相信我，我不是一时头脑发热。"倪轩说，"我也觉得你分析得有道理，也许这两张照片真的牵涉到一些我们难以解释的现象和潜藏的危险。可是，我太好奇了，我没有办法做到不去理睬这件事。我想好了，如果我放手不管的话，我会后悔一辈子的，而且该死的好奇心也会折磨我一辈子！"

海鸣望了他好一阵，点头道："你把照片拿去吧，记住，小心点。"

倪轩感激地说："我会的，谢谢你。"然后小心拿起桌上那两张照片。海鸣找出一个装照片的纸袋，替他将照片装了进去，再交给他。

倪轩临走的时候，海鸣对他说："你一旦发现了什么，就立刻打电话告诉我。我的电话就是刚才打到你手机上的那个，你记下来了吧？"

"我知道。"倪轩点了点头，道了声"再见"，转身消失在黑暗之中。

七

晚上，海鸣睡了个好觉。早晨起床后，他感觉神清气爽、精力充沛，浑身说不出的舒服。坐在床上想了一会儿，他不知道这是不是把照片送走了的原因，总之生活又开始变得平静正常起来。

想到照片，他立刻想到昨晚将照片拿走的倪轩。海鸣心中一颤，——不知道他现在怎么样了。海鸣拿起身旁的手机，拨通倪轩的号码，电话听筒里传出倪轩的彩铃，是一首熟悉的歌曲。

那首歌唱完一段，又重复起来。海鸣盘算着时间，开始觉得有点不对劲——电话已经拨通一分多钟了，为什么倪轩还没有接电话？

又过了一会儿，电话听筒里传来"嘟嘟"的忙音。海鸣有些紧张起来，他从床上翻身下地，又拨了一次电话，但对方仍然没有接听。海鸣的心脏配合着电话忙音"咚咚"直跳，他想着，不可能吧，不会的，不会发生那种事的。

一连拨打了三四次，倪轩也没有接听电话，海鸣站在房间里，头脑发蒙。正在他不知所措的时候，自己的手机突然响了起来，把他吓了一跳。

他赶紧接起来，电话里传来倪轩的声音："海鸣吗？你刚才打电话给我？"

海鸣长长地吐出一口气："你刚才在干什么？我打了好几次电话给你都不接？"

"对不起，我昨天晚上熬了夜，刚才睡得太死了，你打那几次电话都没能把我吵醒——是我老婆把我叫醒我才知道你打了电话的。"

海鸣擦了擦额头上的汗，说："你把我吓死了，我还以为你出什么事了呢！"

倪轩笑了两声："哪有那么容易出事呀。"紧接着，他兴奋地说，"海鸣，你在摄影室里吧，我马上去找你，昨天晚上，我发现了一些有价值的东西！"

"哦？是什么？"海鸣迫切地问。

"电话里说不清楚，我来了再说吧，你等着我！"倪轩挂了电话。

海鸣放下电话，轻笑了两声，他觉得倪轩这个人不仅长着一张娃娃脸，就连性格也跟个小孩似的。

洗脸、漱口完毕，海鸣烧水泡了一碗方便面。面正吃到一半，就看到玻璃门外倪轩风风火火地赶来了，他的手里提着一个文件夹。

海鸣走到门口将门打开，倪轩跨进门来，气都没喘顺就赶着说："我带了些东西……来给你看。"

海鸣招呼他坐下，说："别慌，先歇一会儿吧。"

倪轩却摆摆手，打开手里拿着的文件夹，从里面取出一沓彩色打印机打印出来的铜版纸，把它们递到海鸣手里。海鸣接过这沓纸，估摸着有二十多张，再看内容，全是一些摄影照片。

海鸣翻看了一下前面几张，望向倪轩，说："你可别告诉我，这些全都是……"

"没错！"倪轩揉着发红的眼睛说，"这些就是我昨天晚上熬夜在网上收集的、世界各国著名的灵异照片！而且我排除了那些虚假、不可信的照片，现在拿给你看的这二十几张，全都是在世界各国引起极大反响，而且真实可信的灵异照片！"

"比如说这张。"倪轩拿起面上的第一张黑白照片，解说道，"这是英国的一个女人拍的。这个中年女人有一次去自己已经死去十七年的女儿墓前祭奠。临走时，她给女儿的墓地拍了张照片。拍的时候，照相机里只有女儿的墓地，别无他物。但照片冲洗出来后，这位女士惊奇地发现照片里的墓碑前居然出现了一个模糊的小女孩影像。而且那小女孩正看着相机——似乎知道正有人在给墓地拍照！"

没等海鸣开口说话，倪轩又激动地翻出第二张照片："这是一张英国空军战士的合影。最后一排左边第四个人的后面——"倪轩用手指着那张脸给海鸣看，"看到了吗？这个人后面还有一张脸。后来人们认出来，他叫弗雷德·杰克逊，是一个飞机机械师，可问题是，这张照片拍摄的两天前，一架飞机的螺旋桨意外将他击倒，他当时就已经死于非命了。他的葬礼就是在拍摄这张照片那天举行的。照片冲洗出来之后，照片中的人都认为那张脸是弗雷德·杰克逊的。他的战友们认为，杰克逊没有觉得自己已经死去。显然，他不想错过飞行队的最后一次合影。"

倪轩又从那一沓照片中抽出一张，对海鸣说："这张照片，你看看，有什么不对吗？"

海鸣仔细查看起那张照片，这是在一家医院里，病房里站着十几个人，他们都望着病床上已经盖上白布的死者。

海鸣看了好一会儿，对倪轩说："我没觉得这张照片有什么不对呀。"

倪轩将照片举起来，指着照片上的一个人说："看见这个人了吗？在他身后还有一个男人对不对？可是你仔细看看——"倪轩将手指移下来，"后面这个男人没有腿！"

"噢，天哪！"海鸣惊呼道。

"这张照片是在波兰的一家医院里拍的。照片中的死者刚去世不到半个小时——而这个后面站着的没有腿的男人——后来经死者的家属证实，正是死者本人！他竟然和其他家属一起望着病床上的自己！"

海鸣咽了口唾沫，觉得心里有些发毛，全身也不自在起来。

"还有这张。"倪轩把照片中最后一张抽出来，"这大概是全世界最出名的一张灵异照片了。一九九五年十一月，英国某个小镇的一栋建筑物被大火烧毁。一位摄影师应召对此废墟进行拍照。就是这张照片，看见了吗？在废墟的右侧，有一个女孩的身影。后来经证实，在一九七七年的时候，这栋建筑物就曾发生过一场大火。一个叫珍妮·切姆的女孩被认定是纵火者——就是这个小女孩！自那以后，她的身影就一直没离开过那个地方。"

倪轩越讲越兴奋，他干脆将那一沓打印纸从海鸣手中拿过来，准备挨个儿讲解："再看看这张吧……"

"等一下。"海鸣打断他，"你该不会是要把这二十几张灵异照片全都跟我详细介绍一遍吧？我想知道的是，你到底发现了什么？"

倪轩睁大眼睛说："你刚才看了这么多张世界各国著名的灵异照片，难道你没发现吗？这些照片中的灵异形象，要么就是模糊不清的，或者是半透明状的；要么就是只有半截、不完整的，都没有十分清晰或完整的形象。"

见海鸣困惑地望着自己，倪轩加重语气说："你还没明白？如果我们能证实出现在手里的这张照片是灵异照片的话——就等于是发现了一张全世界最清晰完整的灵异照片！这会轰动全世界的！我会成为……"倪轩顿了一下，反应过来，"我们俩都会成为全世界闻名的摄影师！"

好险！差点把自己内心的真实想法说出来。倪轩不由得在心里松了口气，世界闻名的摄影师当然有我一个就够了。

海鸣感觉有些发蒙，他摇着头说："可是，你怎么才能证实这是一张灵异照片呢？"

倪轩说："我昨天在网上查了资料，发现一些科学家对灵异照片这种现象做出了推测和猜想——他们认为人的灵魂实际上是一种存在于现实中的能量体，在一般情况下我们是感觉不到的。一个人死后，他（她）的灵魂不一定消失，它和一些照相机拍照时产生的波长刚好吻合，所以在机缘巧合的情况下，我们的相机有时就能拍到灵异的东西。"

"理论上完全正确。可是，你怎么证实我们手里这张就是灵异照片？"海鸣又重复了一遍问题。

"暂时还没想到，但我会努力的。"倪轩望着自己的脚尖说，"有必要的话，我再到那个古寨去一趟。"

"我劝你最好还是算了。"海鸣说，"我敢保证，你去的话只是浪费时间，什么也得不到。"

"那我就再想想别的办法。"倪轩将照片收起来，装进文件夹里，"你呢，海鸣，你准备怎么办？"

海鸣撇了撇嘴："我可不敢在这件事情上耗下去了。我还得到处去拍照片，准备参加全国摄影大赛呢。"

"那好吧，这件事情就交给我来研究。"倪轩转过身，"我回去了。"

海鸣送他到门口，再次提醒道："倪轩，小心点。"

"我知道。"倪轩冲他摆了摆手，走出门去。

海鸣目送着倪轩离开。最后，他返回屋去，将那半碗泡面吃完，也背着摄影包出门了。

八

晚上十一点半，倪轩仍坐在电脑前。他的眼睛因为长时间盯着电脑屏幕而阵阵发涨，但他仍不知疲倦地敲打着键盘，尝试通过各种途径搜索到他想要的东西。

倪轩发现，海鸣在摄影师论坛上发的那篇帖子确实已经没必要再关注了，几乎除了他之外的所有人都把那篇帖子视为一出闹剧。这不禁让他有些纳闷——难道几年前看过徐镇屹发在网上的那张照片的人，就只有自己一个吗？

今天一天，倪轩上了一百多个摄影网站，他现在可以肯定，除了海鸣发的那篇帖子中有这张照片之外，就再没有从别的地方见过这张照片了——他心中暗暗欣喜——这张照片目前还没有得到广泛关注，这正是他所希望的。

再次点开一家小网站后，倪轩漫不经心地浏览着上面的摄影作品专区。突然间，他恍惚看到电脑屏幕上映出一张女人的脸。倪轩"啊"地大叫一声，浑身汗毛直立。他猛地回过头一看，发现站在身后的是他的妻子王萍。

倪轩松了口气，捂着怦怦乱跳的心脏说："你怎么不声不响地站在后面？吓了我一跳！"

王萍也一脸的惊诧，她说："你还把我吓了一跳呢！我就是想来看看你在做什么，你一惊一乍地干什么？"

倪轩舒着气说："我没干什么。"

"不对吧。"王萍说，"你这两天什么事都不做，在电脑面前一待就是几个小时，晚上还熬夜到很晚。你到底在做什么？是不是有什么事瞒着我？"

倪轩考虑了一下，觉得不能告诉妻子实情，否则会吓得她睡不着觉的，就随便编了个理由："真的没什么，我想参加一个摄影比赛，所以到各个网站上去看看，参考一下，寻找灵感。"

"那你别熬夜呀。"王萍打了个哈欠，"你看看这都几点了？该睡了。"

"你先去睡吧。"倪轩打发着王萍，"我一会儿就来。"

"别熬太久啊。"王萍转身离开，到卧室去了。

倪轩搓了搓困倦发酸的眼睛，觉得确实该休息一下了。他从电脑桌前站起来，到厨房冰箱里拿了一听冰啤酒，打开喝了两大口，又返回到书房。他坐到书桌前，眼睛瞥见放在上面的那两张照片，便放下啤酒，将照片拿了起来。倪轩的眼睛刚接触到照片不到两秒，他的嘴突然张开了，面色变得煞白，后背直冒冷汗。

他低吟道："天哪，这……这是怎么回事？"

过了半分钟，他缓缓从椅子上站起来，神色惊恐地说道："我明白了……我知道这张照片的秘密！我要成为世界闻名的摄影师了！"

九

清晨八点，海鸣被一阵敲门声吵醒。他揉了揉惺忪的睡眼，厌恶地望向门口，心里猜测着是谁打扰他的美梦。

敲门声还在继续，海鸣不得不穿好衣服，从里屋走出来。打开玻璃门，他愣住了。外面站着两个警察。

还没等海鸣开口，一个胖警察问："请问，你是这家摄影工作室的老板吗？"

"是的，我叫海鸣。请问你们……"

另一个瘦高个儿的警察说："我们进去谈吧。"

海鸣请两位警察到屋里坐下，自己坐在他们对面，有些忐忑地问："你们找我有什么事吗？"

胖警察问："你认不认识一个叫倪轩的摄影师？"

"……是的，我认识。"海鸣答道，心里突然生起一种不祥的预感，"他怎么了？"

"昨天晚上十二点二十左右，他死在了自己家里。"胖警察说。

"什么！"海鸣的脑子里"嗡"的一声炸开了，像有无数只苍蝇在脑子里乱飞，"他……死了？！"

"你不知道他已经死了吗？"胖警察问。

海鸣感觉脑袋混乱无比，他听见自己木讷地回答了一句："不知道。"

"你和他是什么关系？"瘦高个儿警察问。

"我们……是最近才认识的朋友。"海鸣说，他突然想起了什么，"他是怎么死的？还有……你们来找我是什么意思？"

"别紧张。"胖警察说，"我们不是来调查嫌疑人的。只是因为他死得有些奇怪，所以我们来找你了解一些情况。"

"死得……奇怪？他是怎么死的？"

两个警察对视了一眼，高个子警察说："死亡的具体原因法医也不是很清楚，目前只能猜测是心肌梗死引起的猝死。死者的妻子半夜起来上厕所时发现他倒在了书房里，已经死去多时了。"

海鸣心中一颤——又是心脏病？和于光中一样？

这时，他想起一个问题："他死于心肌梗死……和我有什么关系吗？你们为什么会来找我？"

"是这样的，死者的妻子报警后，我们赶到现场，发现死者的手里捏着两件东西。其中一样是他的手机，手机屏幕上显示着海鸣摄影工作室的电话号码。从现场的情形看，死者在临死前似乎想要打电话给你，但还没打出来，就已经死去了——所以我们到这里来，就是想问问你，你知不知道他为什么要打电话给你？"

海鸣没有理会胖警察的问题，他一字一句地问道："他……手里拿的另一样东西是什么？"

胖警察望了他一眼，说："是一张照片，一张撕开一半的照片。"

"什么，撕开一半的照片？"海鸣惊诧地张开嘴说，"我能看看这张照片吗？"

两个警察对视了一眼，胖警察点头说："可以。"然后从随身携带的公文包里小心地取出一张被撕开一半的照片，递给海鸣。

接过照片的那一瞬间，海鸣就愣住了——他无论如何也没想到，警察递过来的会是这张照片！他本以为，所有问题都只会出在那张有白衣少女的照片上，但警察递过来的、倪轩在临死前捏着的照片竟然是那张没有人的照片！

海鸣脑子里一片空白，他麻木地思索着——这到底是怎么回事？

胖警察从海鸣的神情中看出了什么，问道："你见过这张照片，对吗？"

海鸣微微点了点头，说："是的。"然后喃喃自语道，"那另一张照片呢……"

高个子警察立刻问："你知道他死的时候身边还有一张照片？"

海鸣抬起头来望着他："那张照片你们是在哪里发现的？"

"就在死者身边。"高个子警察说，"你还没回答我的问题呢，你怎么知道他死的时候身边还有另一张照片？"

海鸣实话实说："这两张照片是我交给倪轩的，我猜他会把它们放在一起。"

"那你知不知道他为什么要在临死前捏着一张撕开的照片？这有什么意义吗？"

"我不知道。"海鸣摇着头说。

"你觉得他的死和这两张相近的照片有没有关系？还有，你当初为什么要给他这两张照片？"

海鸣不知道该怎样回答这些问题，他估计要是把实话讲出来自己会更解释不清楚，而且警察也不会相信——此时，他只感到一阵阵焦躁和混乱，以及一种难以名状的恐惧。

海鸣用疲惫的口吻对警察说："我真的什么都不知道。那两张照片是倪轩要，我才给他的，我也不知道他拿来做什么。警官，你像审犯人一样审我到底是什么意思？你可别忘了，他是死于心肌梗死，这是我能操控的事吗？"

"海鸣先生，你误会了。"胖警察解释道，"我们本来就没把这件事定性为凶杀案，所以不存在什么犯人。我们只是到这里来调查一下相关情况。"

"好了。"胖警察站起来，高个子警察也跟着他一起站起来，"我们要问的也基本上就是这些了，谢谢你的合作。不打扰了，告辞。"

十

警察走了之后，海鸣精神恍惚地在工作室待了一上午。一些匪夷所思的问题困在他心里，压得他喘不过气。

毫无疑问，倪轩一定是在临死前发现了什么，想要打电话通知自己，但没来得及就死了。他手里捏着那张照片是什么意思？是想暗示自己什么吗？可为什么要把它撕开呢？另外，最不可思议的一点就是——为什么倪轩手里拿着的会是那张没有人的照片？

海鸣焦躁不安地胡乱猜测着——难道我们一开始就搞错了？我们都认为那张没有人的照片是用作对比的，只是个配角。莫非，真正有问题的是这张？可是，那张照片确实很普通呀，那扇窗子、窗外的山坡、大树……没有哪一样不对劲呀？一连串根本不可能想得出答案的问题，像沉重的巨石一样向海鸣挤压过来，他感觉自己烦躁得手足无措、坐立难安。

下午的时候，海鸣做了一个决定——他不打算再管这件可怕的事情了。事实上，他是确实不敢再管这件事了。目前发生的所有事实都证实了一点，倪轩在网上看到的那个匿名人的留言是千真万确的——知道这张照片秘密的人都会死！

现在，照片已经不在自己手里了，赶紧跳出这件事情，不能因为好奇而继续在这件有可能让自己送命的可怕事件上纠缠。

打定主意后，海鸣感觉身边的空气都变得清新了许多。他看了看日历，发现今天刚好是周末。这段时间都是一个人独来独往，他早就想邀约朋友一起热闹热闹了。

海鸣打电话给朋友大李，要他再约几个人下午到自己的摄影工作室来玩。大李在电话里问："怎么玩呀？"

"下棋、打牌、玩游戏、看电视都行。反正你告诉他们，今天的晚饭和消夜我都包了。"

"哟，今天什么日子呀？你怎么这么大方？"

"什么话，好像我以前没请你们吃过饭似的。"海鸣笑着说。

"对了，是不是你过生日呀？要是的话就直说，哥们儿帮你庆祝！"

"真不是。今天是周末嘛，好久没和哥儿几个一起喝酒了，想热闹一下而已。"

听到喝酒，大李来了劲："得，包在我身上了！一会儿就到！"

海鸣将摄影工作室的玻璃门大打开来，呼吸了几口新鲜空气。他将"暂停营业"的牌子挂了上去，打算今天放下包袱好好玩一通，明天再开门做生意。

一个小时后，大李邀约好三个海鸣的朋友，来到了摄影工作室。几个人嘻哈打闹了一番后，迅速在工作室里摆开桌子，搓起麻将来。

玩到下午六点过，海鸣将大伙儿带到一家火锅店，荤五素六地点了一大桌子菜，啤酒瓶从桌上堆到了地下，几个人划拳打靶，喝得不亦乐乎。

出火锅店的时候，大家都有些晕乎乎的了，但大李说还没尽兴。于是几个人又去副食店抱了一件罐装啤酒，顺带在旁边的熟食店切了几斤卤牛肉、香肠，又买了些卤鹅掌、豆腐干和花生。大李说一会儿消夜就不出来吃了，在海鸣的店里喝就行。

海鸣把哥儿几个连搀带扶地领进自己店里，休息了不到半个小时，又坐到了麻将桌上。打到十一点过，大家肚子有些饿了，便把刚才买的熟食、啤酒拿出来，天南地北、海阔天空地边吹牛边喝酒。

但酒喝第二轮，就怎么也赶不上第一轮的兴奋劲了。这次喝了不到一个小时，大家就都撑不住了，横七竖八地倒在沙发上、椅子上，一个个昏昏欲睡。海鸣在他们当中喝得相对少点，他没忘记自己明天还要开门营业呢。

他到卫生间用冷水洗了一把脸，又打了一盆热水出来，替几个朋友抹了把脸，并宣布说："今天晚上谁都别回去了，就在这儿打地铺睡吧。"

朋友大国趴在沙发上，闭着眼睛说："你现在……就是抬……也抬不出去我了。"

海鸣把醉得最厉害的大李扶到厕所里。大李抠了下喉咙，差不多把今天晚上吃的所有东西连同肚子里的酸水都吐了个干净，然后整个人就没了意识。海鸣把他架到里屋自己的床上睡下，自己到外面和另外三个朋友一起挤地铺去了。

迷迷糊糊地睡到半夜，突然，卫生间里传出"啊"的一声怪叫，海鸣和他的几个朋友都被惊醒了，还没反应过来，就见大李满头是水，一脸惊慌地从卫生间里冲了出来。

"怎么了？"海鸣问道。

"我……我刚才醒了，去上厕所，顺便用冷水洗了把脸。"大李结结巴巴地说，"我抬起头来的时候，从镜子里看到我身后有个白颜色的东西飘了过去……好像……是个人！"

大国"嘁"了一声，说："你酒劲还没过去吧？大半夜的，发什么神经。"

另一个朋友打了个大哈欠，冲大李摆了摆手说："这鬼故事留到下次再讲吧，也不看看时候。"说着翻了个身又睡过去了。

"不是，我真的……"

"你就别开玩笑了，这么老的招数，吓唬谁呢？快睡吧！"大国也闭上眼睛不理他了。

大李晃了晃脑袋，想着也许真是喝醉了出现的幻觉吧，便耸了耸肩，继续回床上睡觉去了。

四周安静下来。谁都没有注意到，海鸣目瞪口呆地坐在地板上，脸色煞白得像一张纸。他紧张得几乎能听见自己心跳的声音。

难道那张照片上的幽灵，并没有走？就在自己身边？就在这间屋里？这件事情，还没有结束吗？

窗外一阵冷风吹来，海鸣由内至外感到遍体生寒，他双手抱肩，身子蜷缩着，浑身发抖。后半夜，他就这样惊恐、警觉地一直睁着眼睛，无法入睡。

十一

第二天早晨，海鸣的几个朋友起来后，胡乱洗了把脸，便向他告辞，各自回家去了。

海鸣打消了今天正常营业的念头，朋友们走后，他立刻关上摄影工作室的门，直奔公安局而去。

昨天半夜，他想到一个问题，一个被他忽略的问题！

到市公安局后，海鸣在刑侦科四处打听，终于见到了昨天上午来找他的那位胖警察。

胖警察看到海鸣后，有些好奇，问道："你找我做什么？"

海鸣急迫地说："警官，倪轩的那个案子，你们还在调查吗？"

"我昨天不是告诉你了吗？那根本就不能算是一个案子，我们找你只是了解一下情况而已。怎么，难道你有什么新发现？"

"不，我只是想问，另一张照片在哪里？"海鸣神情焦急地问。

"什么另一张照片？"胖警察没听懂。

"倪轩死的时候，他手里捏着一张撕开一半的照片；然后，你们不是在他身边发现了另一张照片吗？我说的就是那张！"

"哦，那张照片按道理应该作为死者的遗物留给死者家属的。但是因为这件事情有些特殊，所以我们公安机关把它收进档案室了。"

"什么？那张照片现在在你们手里？"海鸣急切地说，"我能看看吗？"

"那不行。"胖警察摇着头说，"公安局里有规定，档案室里的东西是不能随便让人看的。"

"……我只看一眼，可以吗？"海鸣央求道。

"不行，我不能破坏规矩。如果你没有别的事，我就不奉陪了。"胖警察说完就要走。

海鸣突然想起什么来，他说："警官，你忘了吗？那两张照片本来就是我的，我总有理由要求物归原主吧。"

胖警察盯着他望了一会儿，说："你有证据证明这两张照片是你的吗？"

"证据……"海鸣感到为难，忽然，他想起一个人，说，"可以，警官。于光中老先生的助手可以证明，这两张照片就是他送给我的。"

说着，海鸣在手机储存的电话号码里找到了丁力的号码，打了过去，不一会儿，电话接通了。

海鸣说："丁力吗？你记不记得我，我是海鸣。"

丁力像是想了一会儿，说："是的，我记起来了，有什么事吗，海鸣？"

海鸣说："我现在在公安局里，我希望你能帮我做一下证，证明那两张照片是当初你送给我的。"

"什么？公安局？"丁力被吓了一跳，"你怎么到公安局去了，你遇到什么麻烦了吗？"

"我现在没时间跟你解释了。警察在我旁边等着呢。你先帮我做证，以后我会向你解释清楚的！"

丁力想了想，说："好吧。"

海鸣将自己的手机交给胖警察。胖警察跟丁力说了几句话之后，将手机交还给海鸣，说："你可以将那两张照片拿回去。"

"不，警官，我不要那两张照片，还是你们收着吧。我说了，我只想看看而已。"

"跟我来吧。"

胖警察把海鸣带到公安局的档案室，在一个档案袋里，他取出两张照片，把撕开的那一张放回去，完好的那一张递给海鸣，说："你要看的是这张吧？"

海鸣点点头，接过照片，脸上的表情在一瞬间僵住了。

过了半晌，他对胖警察说："警官，我能看看那张撕了一半的照片吗？"

警察从档案袋里拿出那张撕开的照片，递给海鸣。

海鸣把两张照片一起举起来，忍不住惊呼道："天哪，这是怎么回事？！"

"怎么了？"胖警察问。

"这两张照片，怎么会变成一样的了？"海鸣瞠目结舌地说。

"我以为你本来就知道呢。"胖警察说，"我昨天不是跟你说了吗，这是两张相近的照片。"

"可是……这两张照片中有一张有人呀！你们在倪轩身边发现的时候就是这样的吗？"

胖警察说："是的，我们没看见哪张照片上有人。"

"等等，倪轩是不可能有底片的，那他就不可能去加洗……"海鸣用手按着头，试图清理自己混乱的思绪，"他撕了那没有人的照片，剩下那张就应该是有人的呀！"

"你在说什么？"胖警察也被他弄糊涂了，皱起眉头。

突然间，海鸣猛地抬起头来——难道是……

他将两张照片一起递给胖警察，说了声"警官，谢谢了"，然后飞快地从公安局里冲了出去。

十二

海鸣发疯般地跑回自己的摄影工作室，从柜子里拿出一个拍立得相机，他深呼一口气——如果自己没推断错的话……

他举起相机，在空无一人的摄影工作室里转着圈，朝各个方向快速拍着照。他从大厅到里屋，又到卫生间，拍遍了工作室的每一个角落。拍立得相机迅速印出一张张照片，海鸣挨着一张张地看……突然，他捏着一张照片不动了，他全身抖动了一下，脸上变得面无血色。

果然，自己的猜想是对的——终于知道所有这一切到底是怎么回事了！但很快，海鸣放下照片，他在心里告诫自己——别表露出来，千万别讲出来——也许，前面几个人全都是因为这个原因才死的。

现在，他知道该怎么做——从公安局跑回来的路上，他就已经想好了。海鸣将手中的照片连同相机一起塞进一个挎包里，然后快速走出了工作室。紧接着，他招了一辆的士，直奔汽车站。

在长途汽车上，海鸣忐忑的心情就像汽车一样颠簸得厉害，但他尽量压抑住自己紧张不安的情绪。他默默地告诉自己——所有的答案就快揭晓了。

六个多小时后，海鸣再一次到达了那个古寨。这次，他无暇流连古寨美丽的风光，直奔山底下那个小院落而去。海鸣气喘吁吁地来到院子里那个老妇人的门前，他再次看了一眼石头柱墩上面雕刻着的那些神灵鬼怪形象，然后重重地敲了几下门。两分钟后，门打开了，仍然是那张脸——苍老、焦黄，充满猜疑和敌意。

老妇人仿佛认出了海鸣，她拧起眉头问："你又来做什么？"

海鸣喘着气，抹了一把脸上的汗，说："我来找你了解一些情况。"

老妇人打量了他几眼，说："我没什么好告诉你的。"说着就要关门。

海鸣一把撑住门，盯着她说："我还没说我要问什么呢，你就知道你没什么可告诉我的？"

老妇人的脸不自然地抖动了一下。

海鸣上前一步说："就凭这点，我就知道你肯定知道些什么！"

"你到底想说什么？"老妇人问。

海鸣从挎包里拿出那张照片，展现在老妇人面前，说："你仔细看看这个人，你见过她吗？"

这张照片里，摄影工作室的中间站着一个穿白衣服的少女。老妇人的目光刚一触及那张照片，脸色立即变得煞白。

她惊恐地张大嘴巴，颤抖着说："天哪……果然，是真的！"

海鸣紧盯着她问："什么是真的？"

老妇人神情呆滞地转过身，一步一步地走到房间里的椅子上坐下。海鸣跟着她进了屋。

老妇人神色惘然地摇着头，喃喃自语道："几年前那个人说的话，果然是真的……"

海鸣心急如焚地问:"到底是怎么回事?"

老妇人长叹一口气,木然地说:"几年前,有一个和你差不多的人也来这里拍过一张照片,之后,他来告诉我,说他拍到了一些不干净的东西。我当时大发雷霆,不由分说地将他赶了出去。没想到,他说的是真的……你,你也拍到了……"

海鸣紧张地问:"那个白衣少女究竟是谁?"

老妇人的呼吸急促起来,她突然掩面痛哭,悲伤地喊道:"她……她是我六十年前就死去的姐姐!"

"什么……你姐姐?"

老妇人泪流满面地说:"其实我早就感觉到了,她没有走,她一直留在这间屋子里。她的怨气太重,升不了天……"

海鸣讶异地问道:"她是怎么死的?"

老妇人痛苦地摇着头,回忆道:"六十年前,我和我姐姐还有我们的父母就一直住在这个房子里。当时,我和姐姐都只有十几岁。姐姐长得秀美动人、落落大方,但我们家太穷了……有一天,父亲来告诉姐姐,要她嫁给村里一个七十多岁的土财主做小老婆。姐姐死也不愿意,父亲便每天打她、骂她,将她关在厨房里不准她出来……没想到,在还有几天就要成亲的一个晚上,姐姐趁我和父母都出去的时候,在这屋里……上吊自杀了!"

老妇人悲痛地捂住脸,号啕大哭起来:"姐姐死的前一天晚上,曾对我说……她恨这个世界,她恨所有人!但我竟没听出来,这是她临死前绝望的表达!"

海鸣叹息道:"她有如此大的怨气,难怪会杀了那些人……"

老妇人抬起头来,瞪大眼睛望着海鸣:"你说什么?姐姐的鬼魂……杀了人?"

海鸣微微点了点头:"就我所知,已经有三个人死了。"

老妇人从海鸣手里拿过那张照片,缓缓从椅子上站起来,对着照片说:"姐姐,六十年了,我终于又见到了你。但是,你已经不属于这个世界了，你应该升天去的。你不能再留下来害人了。这些影像，是不该存在的……"

她一边说一边将照片拿到火炉边，准备将照片丢进火里。就在这一瞬间，老妇人手中的照片突然掉落到地上，她的双手不自觉地伸到脖子上，用力掐住脖子。她的双眼鼓了出来，脸色发青，喉咙里发出干瘪的叫声。

海鸣见状，大惊失色。这一切发生得太快了，几乎就在几秒之间，老妇人就已经瘫倒在地，眼见就要窒息而死了。海鸣赶紧冲上前去，抓住老妇人的双手，想把她的手从脖子上拿下来，但他却惊讶地发现，那股力量大得超乎想象，老妇人的手像两根铁箍缠绕在脖子上一样，根本无法移动半分。她的脸由于充血而涨成紫红色，凸出的眼睛里布满血丝，眼看就要没命了。

就在海鸣无计可施之时，他突然瞥到了刚才掉落到地上的那张照片——照片上的白衣少女消失了。就在这短短的一两秒钟，海鸣想明白了所有事情——倪轩和之前的于光中等人一样，大概都是因为发现了这个鬼魂能从照片中走出来的秘密，才被鬼魂杀死的！而倪轩在临死前撕开照片，是为了让鬼魂无法回到照片上，从而暗示自己照片隐藏的秘密是什么！

其实，海鸣只知其一不知其二。老妇人之前跟他说的有关她姐姐的遭遇实际上全是谎言。六十年前，老妇人还是一位妙龄少女的时候，情窦初开的她喜欢上了村里土财主家的少爷。她对那位少爷主动热情、呵护备至，但对方却偏偏对淡漠疏离的姐姐情有独钟。老妇人知道姐姐也是喜欢那位少爷的，她看他的眼神骗不了人，她的淡漠和疏离只是性格使然罢了。

但老妇人不是一个轻言放弃的人，她对那位少爷毫无保留地付出所有，希望有一天能打动对方。可是，喜欢是勉强不来的，那位少爷从未对她动过心，甚至求她不要再纠缠他了，会破坏他和她姐姐之间的感情。自己的付出不仅没有得到回报，反而成了别人的负担。她认为不是自己的问题，也不是那位少爷的问题，而是她姐姐的问题。她有多喜欢那位少爷，就有多嫉妒姐姐。不论姐姐说什么做什么，到了她这里都成了炫耀和显摆。

有时候她会想，要是没有她这个姐姐，那该多好啊。随着时间的推移和心理的扭曲，这个念头越来越频繁地出现在她的脑海里。要是没有她这个姐姐，那该多好啊。在她不断地自我催眠下，终于有一天，她将想法付诸了实践。在一次出游的时候，她鬼使神差地将姐姐推下了悬崖。讽刺的是，即便姐姐不在了，那位少爷也没有选择跟她在一起，而是选择了殉情。

走马灯到此为止，老妇人在内心无声地哭喊：姐姐，对不起，我错了，你放过我吧。可是，已经晚了。这么多年过去，姐姐给了老妇人很多次机会悔过自新，但老妇人都没有珍惜。这是她给她的最后一次机会，没想到她在没受到死亡威胁之前依旧谎话连篇，那她只能让她血债血偿了。

随后老妇人的头无力地耷拉下来。她已经被自己掐死了！于光中、倪轩等人死亡的原因也是如此，除开知道了照片的秘密之外，他们暴露出了和老妇人一样的本性：自私、嫉妒、贪婪……

海鸣全身的血立即涌上来，他知道，下一个要死的就是自己，那鬼魂不会放过自己的！怎么办？天哪，该怎么办！海鸣惊慌失措地向后退着，紧张得全身抽搐。慌乱之间，他碰到了自己挎包中的照相机，猛然惊觉——对了，相机！相机能把鬼魂装进去！

海鸣立刻抽出照相机，对着前方乱按快门，一阵狂拍。十几秒之后，海鸣感觉自己的方法奏了效，因为鬼魂没能伤害到自己。呆了两秒，海鸣突然大叫一声"不好"，后背惊起一层冷汗，他猛然想起，这是一台拍立得相机，照片会在短时间内自动印出来，那时，鬼魂又能从照片中跑出来了！

海鸣惊恐地从地上站起来，他在房间里左右四顾，骤然看到一口大水缸，他赶紧冲上前去，将手里的相机丢进水缸里。这样做还并不能让他放心，海鸣看到水缸靠着的墙上钉着几条电线，他将电线从墙上抓下来，再顺手抄起墙脚的一把木柄柴刀砍断电线，将电线接头丢进水缸里。

一刹那，水缸里传出照相机爆裂的声音，并伴随着一阵尖厉凄绝的幽鸣声。海鸣捂住耳朵，惊惧地向后退着。十几秒之后，周围的一切恢复了平静。剧烈的恐惧和紧张之后，海鸣一下瘫软下来，他捂住仍在狂跳的心脏坐在地上，告诉自己——结束了，一切都结束了。

十三

半个月后，海鸣将自己选出来的最满意的几张摄影作品送去参加全国摄影大赛——但他发现，能不能获奖对他来说已经不是那么重要了。

现在，他又过上了跟以往一样的平凡生活。在摄影工作室里帮顾客照相或是出外景。此时，他总能感觉到一些以前从没发现的东西——天很蓝、草很绿、水很清、花很香，生活原来是这么美好。

自从那件事之后，他感觉自己的每一天都过得充实而快乐。

这天下班之后，海鸣的店里出现了一个他熟悉的客人。海鸣看见他后，愣了一下，说："有什么事吗？"

丁力说："我就是感到好奇，忍不住想来问你——你那天怎么会跑到公安局去的？"

海鸣摇了摇头说："对不起，我不想谈这件事了。"

丁力说："你可别忘了，你那天是答应了我的。你说事后要跟我解释清楚的。"

海鸣想了一下，叹了口气，说："那好吧，进来说。"

半小时后，丁力听海鸣讲完了关于灵异照片事件的来龙去脉，他惊呼道："我的天哪，这个世界上真的有灵异照片这种事！那两张照片竟然隐藏着这么可怕的秘密！"

海鸣沉思了一会儿，说："我现在也终于明白了，于光中老师是怎么死的。"

"对了，你最后是怎么跟警察解释的？"丁力问道，"他们真的相信那个老妇人是被幽灵附体，死于自己之手？"

"他们不相信，可他们也拿我没办法。因为那老妇人脖子上清清楚楚地印着她自己的十个手指印——警察总不能指控是我杀了她吧。"海鸣说着，从沙发上站起来，"对不起，我真的不想再谈论这件事了。我现在得去跟我女朋友一起吃晚饭了。"

丁力也站起来，他们一起走到门口时，丁力说："海鸣，你该不会怪我当初带着这两张照片来找你，让你卷入了这起事件中吧？"

"不，恰好相反。"海鸣微笑着说，"我得感谢你才对。这件事让我感觉到了生命的珍贵，我比以往任何时候都要热爱生活了。"

丁力意味深长地望着他，说："希望你快乐。"

"谢谢，你也一样。"海鸣露出会心的笑容。

晚上，在一家国际性的摄影网站上，出现了一篇名为"中国最惊人的灵异照片"的文章，并附有照片。发布者讲述了一个离奇的故事，并声称自己有底片为证，能够确保这件事的真实性。

发完这篇文章，丁力将头靠向椅背，重重地舒了口气。

太久了，这个过程实在是太久了，整整用了五年才终于将这张照片的秘密弄了个一清二楚。

我为什么会这么聪明呢？丁力骄傲地想着，五年前拍出那张怪异的照片之后，就凭直觉意识到这张照片中隐藏着某种未知的危险。于是，才以不同的形式把这张照片交到不同的人手里，让他们代替自己来研究。可惜的是，前面那两个人都不中用——连那个所谓的著名摄影师于光中也只能在临死前那一瞬间才发现这张照片的秘密，而无法说出来……看来还是这个叫海鸣的年轻人最厉害，他不但破解了照片的秘密，甚至还能杀死那个幽灵——最后这回总算是找对人了。

丁力点燃一支香烟，深深地吸了一口后，缓缓地吐出蓝色的烟圈。他在那慢慢扩大的烟圈中看到了自己即将实现的梦想——用不了多久，自己就会成为被全世界关注的著名摄影师了。这时，他忽然记起海鸣对自己说的最后一句话，心想，那才是真正的快乐呢。扬扬自得的他还不知道死神正在悄然降临。

尾 声

县公安局里，一个穿着制服的刑警手里拿着一张照片，他用手挠着头，眉头紧蹙，费解地凝视了好久。

他身边的女助手注意到了，走过来，问道："队长，你在想什么呢？"

刑警队长将照片递给助手，说："这是那天在古寨的一个院落里发生那起'自己掐死自己'的奇怪命案后，我们在现场拍的照片。"

女助手看了一会儿，说："是的，这些照片还是我拍的呢，怎么了，有什么问题吗？"

刑警队长指着照片上的一个地方，百思不得其解地说："你还记得吧，拍照时死者已经被抬上警车了。可你看我身后为什么隐隐约约能看到一张老妇人的脸？"

方元的弟弟把故事讲完了，他妹妹显然被这个恐怖异常的故事吓得不轻，她捂着嘴说："我的天！我被吓得直冒冷汗！"

方元的弟弟对妹妹的反应非常满意，他转过头对兰教授说："教授，您觉得怎么样？这个故事还算精彩吧？"

"嗯，不错。而且难能可贵的是，这并非一个单纯的恐怖故事，而是跟《聊斋志异》里的故事一样，是在借着鬼怪的外衣讲世道和人心。老妇人因为自私和嫉妒铸成大错，最后不得善终，幽灵在倪轩、于光中等人身上感受到了同样的劣根性，所以痛下杀手。其实，故事讲了什么不重要，重要的是我们能从中体会到什么。"兰教授微笑着赞赏道，同时对方元说，"现在就看你的了，希望你也能讲出一个同样精彩的故事。"

谁知道方元紧锁着眉头说："对不起，我这一生都没有经历过这种稀奇古怪的事，我不知道该讲什么。"

方元的妹妹叫道："嘿，哥哥！"

兰教授等了几秒钟，耸了耸肩膀说："如果你实在没什么故事好讲——

那么请原谅，我也无法兑现我的诺言了。"说着，他便准备从沙发上起身。

"不，等等，教授！"方元赶紧说，"其实……我倒是有一个离奇诡异的故事，只是不知道该不该讲。"

"哦，为什么？"兰教授好奇地问。

"因为，我答应过父亲……现在，我没征得他同意……"方元顿了一下，想起他现在已经无法征求父亲同意了，便说，"那么……我还是讲吧。"

兰教授把背朝沙发上靠了靠，表现出很有兴趣的样子。

方元再次犹豫了一下，说："我讲的这个故事叫《尖叫之谜》。"

尖叫之谜

楔 子

市立妇幼医院的走廊上，站着十几个排队等待的大人，他们的怀中都抱着一个裹得严严实实的幼儿，那是他们的小儿子或小女儿。孩子们有的睡着了，有的发出焦躁的哭闹。父母们为了安抚孩子的情绪，唱着歌谣，编着故事，喂着零食，想尽一切方法让他们安静，却反而使这狭长而拥挤的医院走廊更显热闹。

很难想象，现在已经接近午夜十二点了。

春天是一个温暖可爱的季节，诗歌散文里颂扬的都是春天的美丽和浪漫，却很少提及伴随着万物大地一起复苏的，还有令人厌恶的各类病菌。这让春天的诗情画意大打折扣。尤其是对于婴幼儿来说，在他们身体的抵抗力尚弱之时，春天显然不能算是一个好季节。

妇幼保健院的儿科值班医生已经由一个增加为两个，可城市里蔓延的流行性感冒病毒让生病的孩童与日俱增，医院的走廊每天晚上都因为看病求诊的人变得拥挤、喧闹。今天晚上只有十几个人排队，已经是近期最少的一天了。

王实怀里抱着他刚满一岁不久的儿子，小家伙刚才还在睡，现在却醒了，也许是旁边那位母亲讲故事的声音太大了吧。王实低头看儿子，小男孩的脸清秀可爱，但感冒使得他脸色发白、精神萎靡，还不时地咳嗽。王实甚至不能判断儿子是因为懂事才没有哭闹还是因为生病而没有力气哭闹。他心疼地轻拍着儿子的身体，向医院的门诊室望去——还有两个人才轮到自己呢。王实无奈地叹了口气。

小男孩在父亲怀中安静了不到半分钟，便"吭吭"地哼叫起来，有些要哭的架势。王实立刻换了个抱法，将儿子立起来面向自己身后方向，一边用手轻拍着儿子的背，并微微抖动身体，小家伙这才安分了一些。这时，从门诊室里走出一位护士，王实正想叫住她问还要等多久，突然，肩头的儿子"啊"的一声尖叫起来。

王实一惊。他从没听见过儿子发出如此惊恐、大声的尖叫。同时，他立刻注意到，刚才那一瞬间，尖叫的不止儿子一个，还有另外三个小孩，他们面对的似乎是同一个方向。

儿子的尖叫还没有停止，他扑到父亲怀里，脸紧紧地贴着父亲的胸口。另外三个小孩也一样，一阵阵地尖叫着，那声音撕心裂肺、尖锐刺耳，充满了恐惧和紧张，让人听了不寒而栗。走廊上所有的大人都愣住了，不知道刚才发生了什么事。

王实紧紧地搂住儿子，同时下意识地转过身子，望向儿子刚才看的方向。那是走廊的尽头，没有人，只有一扇开着的窗子，窗玻璃延伸到黑暗里，在夜晚的凉风中摇晃颤抖。

另外几个大人也和王实一样转过身望向那头，可一样没发现什么。他们略带紧张地望着尖叫的四个孩子，脸上写满了疑惑。有着育儿经验的他们知道，刚才那阵尖叫绝非正常！一般来说幼儿有可能突然哭闹，但绝不会无故惊叫，除非是看到或感受到了什么令他们恐惧不安的东西。可是，他们再次环顾四周，刚才并没有什么异常情况呀。这是怎么回事？

王实将儿子紧紧地贴着自己，这时儿子好像稍微平静了一些，不再尖叫了，但王实仍能感受到儿子在紧张地喘息着，他的小手紧紧地抓着自己的袖子和衣领，身体还在颤抖。儿子的恐惧似乎传染到了父亲身上，王实也感觉脊背发冷，可他不明白，这是为什么。

王实不安地拍打着儿子的身体，他甚至想开口问儿子，刚才究竟看到了什么。可他知道，不会有回答的，儿子还不会说话呢。

正在王实焦躁不安的时候，他听到旁边有一个穿西服的中年男人问道："护士，刚才发生了什么事？为什么我女儿会突然惊叫？"

那位年轻的护士一脸难堪，吞吞吐吐地答道："我……也不知道。我以前没碰到过这样的情况。"

"那请你去问医生吧，这是怎么回事，我女儿只不过有点受凉感冒而已，怎么会发出刚才那种可怕的尖叫？"

"嗯，好的……我一会儿就去问医生。"小护士说完后快步离开了。

过了一会儿，刚才尖叫的四个孩子都平息了下来，家长们见孩子不再尖叫了，都松了口气，走廊里的紧张气氛这才缓和了一些。

王实却还在疑惑之中，他仍对刚才那一幕有着难以名状的恐惧感，他正在思考，突然听到门诊室里喊道："下一个，王亚夫。"

王实听到儿子的名字，回过神来，应了一声："来了。"

他抱起儿子朝里走，进门之前，他顿了一下，再次望向走廊尽头和那黑漆漆的窗外，仍然什么都没有。他不再迟疑，跨进门诊室，在医生面前坐下。

经过一番询问后，经验丰富的老医生断定小男孩患的就是典型的流行性感冒。他在处方笺上开了药单，嘱咐王实一定要按时按量给小孩服用。

王实道谢之后，正准备离开，突然想起刚才的事，又回过头来，问道："医生，我儿子刚才在走廊上突然莫名其妙地尖叫起来，还有另外三个小孩也一样，您知道这是为什么吗？"

老医生扶了扶眼镜框，看了王实怀中的小男孩一眼："突然尖叫……"他想了一会儿，"是不是做噩梦了？"

"不，医生，他当时醒着呢，望着走廊尽头那边，突然就尖叫起来，把我吓坏了。"

"唔……"老医生又思考了一会儿，"那我就不知道了，这种事情应该要看当时的具体情况……不过他现在已经没事了，就应该没什么大碍，你不用太在意。"

"我知道了，谢谢你，医生。"王实再次道谢，走了出去。

出门之后，王实不敢耽搁，他想赶快带儿子回家吃药，迅速离开了医院。

走廊里排队的人群缓慢向前推进。

大概一个半小时后，最后一个看病的人也离开了，医院里终于安静下来。门诊室的老医生连续工作了好几个小时，现在才停下来喘一口气。他背靠着藤椅，悠闲地抽完一支烟，估计今天晚上不会再有太多人来看病了。

老医生本想趴在桌子上小憩一会儿，忽然想起之前王实对自己说的那番话。

看见走廊尽头后就开始尖叫……而且不是一个小孩，而是四个。这种怪事以前还真没听说过。

想到这里，强烈的好奇心驱散了疲倦和睡意，老医生站起来，走出房间，来到走廊。此时的走廊空无一人。

老医生轻轻咳了一声，然后沿着走廊走到靠窗的尽头。他站在窗户前，望着漆黑的窗外出了一会儿神，将头探出窗外，左右环顾。窗外只有楼房和树木的黑影，并无异常。

老医生咂了下嘴，把头收回来，他看了一下左右——两边分别是两间单人病房。他推开右边病房的门，打开灯。看来住院部没有安排里面住人，病床上空空荡荡的。

老医生打了个哈欠，困倦又向他袭来了，他想回去小睡一会儿，但还是不由自主地打开了左边病房的门，摸索着按装在墙上的电灯开关，啪，灯亮了——

眼前的一幕像炸弹般"轰"的一声在老医生的脑子里炸开。他倒吸了口凉气，感觉眼前发黑，双腿立刻就软了下去。他扶着墙壁，本能地让自己不至于瘫倒在地。

这是他一辈子从没见过的可怕景象。他全身猛抖着，嘴唇一张一合，过了好半天才从嘴里挤出一句："我的……天哪……"

一

石头放学之后，去山上砍了捆柴下来，回到家已经快八点了。母亲早就做好了饭，正坐在小木桌前，借着屋里那只有十五瓦的昏暗灯光掰着老玉米。

见石头背着一大捆柴回来，母亲笑着说："这可好了，明后两天都有的烧了。"

石头脱掉早就被汗水沁透的衣服，光着个膀子，去水缸旁舀了瓢凉水喝。

喝完后，他抹了抹嘴，问道："我爸呢？"

母亲说："进城卖甘蔗去了，还没回来呢。饿了吧，灶洞里炕了红苕，先吃个垫底，等你爸回来再一起吃饭。"

石头才刚满七岁的妹妹从里屋跑出来，嘟着嘴嚷道："妈就是偏心！我都好饿啊，你不跟我讲炕了红苕，哥哥才一回来你就叫他吃！"

母亲骂道："你哥哥去读了书，又砍了柴回来，自然是饿了，我才叫他吃。你一天到晚光在家里耍，啥事都不帮着做，跟着起什么哄！"

妹妹说："又不是我想在家里耍，我也想去上学啊！你们又不要我去上学，我待在家里干啥嘛！"

母亲扬起手里的玉米棒子喝道："你再闹一个试试！"

妹妹收住嘴，眼睛里的泪水却在打转。

石头赶紧去炕洞里拿出一个热乎乎的烤红苕，分了一半递到妹妹手里，说："别哭，快吃吧。"

妹妹咬了一口红苕，烫得直张开嘴呵气，却还是高兴地立刻破涕为笑。

石头问："好吃吗？"

妹妹点了下头："好吃，又香又粉。哥哥，你也吃呀。"

石头着实是饿坏了，他两三口就把那半截红苕填了下去，肚子却找不到半点感觉。石头拉起妹妹的手，到门口去等候父亲回来。

过了好久，兄妹俩终于看见父亲披星戴月地回来了。妹妹想着立刻就能开饭，兴奋地一边叫一边扑到父亲怀里，但石头却一眼就发现，父亲身上又脏又破，脸上写满了沮丧和憔悴。

石头叫了一声："爸。"

父亲"嗯"了一声，跨进家门。母亲看见父亲空手而归，高兴地问道："甘蔗全卖完了？"刚问出口，又立刻发觉不对，"你的三轮车呢？"

父亲沉着脸坐下来，过了好一会儿，才闷生生地说："被城管给没收了。"

"啥？"母亲大叫起来，"出门的时候不是告诉你了吗？看见城管来了要跑快些，赶紧躲到小巷子里去。你咋还是被抓了？"

"呸！"父亲愤恨地骂道，"都怪那两个买甘蔗的城里人，看见城管来了还在那里慢条斯理地摸不出零钱来，我稍微多等了几秒就被城管抓住了！"

母亲看着灰头土脸的父亲和他那身破烂肮脏的衣服，问道："你该不会和他们争执起来了吧？"

"唉，不说了！"父亲用力捶了一下大腿，眼睛里燃着怒火。

"那甘蔗也……全被没收了？"母亲怯生生地问，她抬头看了一眼父亲的脸，从他的眼睛里找到了答案。

石头在一旁不敢说话。

妹妹拉着母亲的衣角，小声问："妈，爸回来了，什么时候吃饭啊？"

母亲叹了口气，说："吃吧，现在就吃饭。"

母亲把碗拿到锅边去添红苕稀饭，石头接过来端到饭桌上。今天晚上的菜有两道：泡酸菜和拌黄瓜。饭桌上几乎没有声音，全家人都闷着头吃饭。石头斜着眼睛偷瞄了父母一眼，两个人都一脸的心事重重。

喝完一碗稀饭后，妹妹抬起头，问道："爸，我能像哥哥一样去读书吗？"

父亲一下光火起来："读书！读个屁的书！饭都快吃不上了！还想那些！"

妹妹被父亲吼得身体一抖，赶紧抱住碗，不敢开腔了。

石头望了一眼可怜巴巴的妹妹，壮起胆子说："现在读书不是不收学费了吗？"

父亲瞪着眼睛说:"读书就只要学费吗?你每年的书本费、代管费……还有买文具、校服啥的哪样不要钱!我们家里能供你一个人上学就已经很不容易了,你还指望咋样?尽是些不懂事的,没一个让我省心!"

石头被父亲骂得脸上青一阵红一阵的,但他觉得自己没错。他放下碗,闷着头想了一会儿,说:"我不去上学了,让妹妹去吧!"

父亲"啪"地一拍桌子:"放屁!你再跟老子说一遍!"

石头铁青着脸说:"我明天就不去上学了,把钱省下来,让妹妹去读书。"

父亲被石头气得喘大气,他一巴掌朝石头脸上扇去,大骂:"你个不争气的!你是男娃,我和你妈都指望着你读完书找个城里的工作,为我们养老哩!你妹妹是个丫头片子,早晚是别家的人,她读不读书有什么要紧!"

父亲的耳光让石头的右脸颊火辣辣地疼,但他的眼神反而更坚定了,石头望着手里的碗说:"我知道家里快没钱了。我要到城里去打工,赚了钱给妹妹读书用,还可以自食其力。"

父亲吼道:"家里没钱了用不着你操心,我知道去想办法!就是砸锅卖铁,我也要供你把书读完!你不准胡思乱想,给我好好读书!"

石头头也不抬地说:"我已经决定了。"

"你,你……"父亲气得浑身发抖,他走到墙边,抄起一根棍子就朝石头打去。

石头一动不动地坐在原地,咬着牙,眼睛都不眨一下。

石头妈看见当爹的那架势,吓得冲过去一把将他抱住,叫道:"你干啥呀!这么多年了,你还不知道这犟犊子的脾气吗?他决定的事,你就是打死他他也不会改的!"

妹妹终于忍不住了,"哇"的一声哭起来,父亲喘着粗气,棍子举在空中,半天落不下去。

僵持了一阵,父亲瞪着眼问道:"你说,你一个初中都没毕业的小孩,去城里能找到什么工作?"

石头说:"隔壁的二牛去年不就去城里了吗?他还小学都没毕业呢。

他都能找到工作，我为啥不能？我有的是力气，就不信找不到事做。"

父亲狠狠地说："你个不争气的呀！你去城里就算找到个什么事做，赚两个钱，可以后还会像你爸这样，一辈子是个穷苦命！永远抬不起头来，被人家瞧不起——你咋就不懂这个道理呀！"

石头眼睛望向前方，说："我不会是这种命的。"

"你咋知道？"父亲问。

"我就是知道。"石头瓮声瓮气地说。

父亲注视石头良久，一言不发地走开了。

母亲抹着眼泪走到石头身边，摸着他的头说："儿呀，妈知道你其实是懂事，想帮家里分担。你实在想去城里那就去吧。唉，只可惜你在学校这么好的成绩，就荒废了。"

石头望着母亲说："妈，我把书本一起带去，闲的时候自己也能学。你就别担心了，我会常给家里写信的。赚到了钱，我就寄到家里来。"

母亲抚摩着石头的脸，转过头去，眼泪流到了心里。

次日，母亲到二十里外的镇上送石头上了进城的汽车。石头只带了一个小包，里面是几件换洗衣服和课本。

父亲不愿去学校替石头向老师说明情况，他蹲在家门口的土堆上，大口大口抽着旱烟，眼睛望着远方路口的一棵白杨树，那是通往城里的方向。

二

破烂的公共汽车颠簸了近两个小时才把石头带进城里，这是石头第二次进城，第一次是在他两三岁的时候，已经模糊得完全没印象了。石头在车上时本来有些晕车，还吐了一次，但出了车站后立刻就没事了——城市里林立的高楼和穿梭的汽车吸引了他全部的注意力，他像呼吸新鲜空气一样贪婪地吸收着这繁华的光景。石头自从出生以来第一次感觉眼睛不够用。

呆呆地看了好几分钟后，石头回过神来。他知道，必须立刻找一份工作，否则——他摸了摸裤子口袋里那张汗涔涔的二十元纸币。这是出门前母亲硬塞给自己的——这点钱连应付晚上的吃住都难。

石头环顾车站四周，这里有不少饭馆、宾馆和杂七杂八的店铺，他决定就从这一段找起。石头自知大酒店和大宾馆是不可能招收自己的，便选择了一家叫"迎宾餐馆"的小店，决定进去试试。

跨进门后，店内的伙计热情地招呼道："吃饭吗？请里边坐。"

石头见那人和自己年龄相仿，又生得一副热心肠模样，心头豁然开朗，快步走了过去。

年轻伙计将菜单递给石头，和颜悦色地问道："吃点什么，我们这里有……"

"不，不。"石头赶紧摆手道，"我不是来吃饭的。大哥，我想问一下，你们这里还招人吗？"

那伙计望了石头一眼，似乎立刻就明白了，他收起笑容："不招人了。"

石头像是被这句冷冰冰的话噎住了似的，他愣了几秒，还想问点什么，但那伙计已经转过身，招呼另一位客人去了。

石头从这家餐馆里出来，又走进旁边的一家小旅馆。柜台前坐着一个化了妆比不化妆还土的女人，她脸上拍着的粉底能做出一碗汤圆来，那女人一边嗑着瓜子一边看放在柜台上的小电视。

石头小心地走过去，那女人斜着眼瞟了他一下："住宿？"

石头说："大姐，我想问问你们这儿还要招服务员什么的吗？"

那女人的视线没离开电视，摇着头说："不招。"

石头不死心，说道："大姐，我啥都能干，累活脏活我都不在乎。"

厚粉女人"呸"地吐出瓜子壳，不耐烦地说："你跟我说这些有什么用，我又不是老板。"

石头望了望四周："那老板什么时候来呢？"

"不知道。"

石头走了出来，心里有些窝火，他又沿街挨着问了七八家店，居然没一家肯要他。拒绝的理由各种各样：年龄太小、不缺人手、只招女性……

眼看快接近中午，石头开始有点慌了，他这时才发现，真如父亲所说——城里的工作不是这么容易找的。

他走走问问地又过了一个多小时，还是没个结果，肚子却饿得咕咕叫了。石头走到一条热闹的街，见一家叫"缘来饭庄"的小店正卖着快餐，店门口的牌子上写着"三元一盒"，石头走进去，要了一份盒饭，坐在店里吃起来。

石头正是长身体的时候，再加上饭量本来就比一般人要大些，一盒饭三两下就吃完了。但他不敢再叫一盒，抹了抹嘴后，石头对门口的老板说："大叔，收钱吧。"

中年男人走过来说："三块钱。"

"好。"石头应了一声，手伸到裤兜里掏钱，却什么都没摸到，他站起来，手在两个裤兜里转了好几圈，却愣是摸不到那二十块钱，石头急得汗都冒了出来，他叫道，"我的钱呢？"

忽然，他想起之前路过一个拥挤的广场，那里人山人海，身体互相摩擦，难道是那时候……

饭店老板歪着头，像在欣赏什么表演一样望着石头，他"哼"了一声："没钱就算了，别装了。"

石头急了："不，我有钱的，只是刚才……丢了。"

老板厌烦地挥了挥手："行了，你这样的我见多了，走吧，走吧，下次别再来了！"

石头气呼呼地望着老板，他走到一张桌子旁，抓起上面的碗和盘子。

"你要干什么！"老板喝道。

"我不会白吃你的。"石头将碗盘摆在一起，"我没法付饭钱，就帮你干一天活来抵账！"说完，他又去收拾别桌吃过的碗筷。

老板意味深长地看了石头一会儿，伸出手来招呼他："先别忙，孩子，你过来一下。"

石头愣了愣，随即走到老板身边。饭店老板这才仔细看了看他：这孩子生得敦敦实实、浓眉大眼的，身上有股农村孩子未经雕琢的质朴劲——一看就是个踏实本分的人。

店老板不禁心生喜欢，问道："孩子，你多大了？"

"十五了。"

"一个人进城来的？"

"嗯。"

"进城来干吗呀？"

石头低下头说："我本来在乡里念初中，但家里太穷了，连我妹妹上学的钱都没有，我就进城打工来了。"

店老板叹了口气，心里生起一丝怜悯，他又问道："那你找到工作了吗？"

石头摇着头道："还没呢，我今天才来，问了好些地方都不肯要我。"

店老板想了想，说："要不，你就在我这儿干吧。"

"真的？"石头喜出望外，"你这儿还缺伙计？"

"伙计倒是不缺了，但还差个送外卖的。我见你长得挺讨人喜欢的，你就在我店里负责送外卖吧。"

石头问："什么叫送外卖呀？"

老板说："就是人家打电话来订餐，我们这里做好，你给人送去就行了。"

石头犯了难："可是，我对城里不熟悉啊，我怎么找得到那些地方？"

"这没问题。"老板说，"订餐的都是这附近的人，远的不会到我们这儿订。我给你指方向，你一两天就熟悉了。"

"那好！"石头高兴地点头道。

"你一天三餐就在店里吃，晚上就和我们那几个伙计挤着睡吧。一个月两百块钱，怎么样？"

"啊……"石头没想到包吃住之外还能有两百块的工资，愣着说不出话来。

"怎么，嫌少？你要是干得好还能再涨嘛。"

"不不不……"石头连忙摆手道，"够多了，谢谢你，大叔。"

店老板咧着嘴笑。

从这天开始，石头就在这家小饭店里送起了外卖。他有礼貌，人又实诚，自从他到了店里后，打电话要外卖的人比以前增加了不少。店老板乐得合不拢嘴，暗自庆幸自己当初找对了人。

石头来城里已经二十多天了，他给家里写信，告诉母亲自己在这家"缘来饭庄"找到了工作，过得挺好，叫母亲别担心，到了月底就把钱寄回家。

这天中午，店老板高兴地对石头说："石头，你可真是带财运呀。你没来之前，对面那家医院很少在我们这儿订餐——你看，现在他们也叫我们这儿的外卖了。嗨，这生意是越来越好了。石头呀，你快给他们送去吧。"

"好！"石头问，"医院的哪儿呀？"

"二楼左边第一间，也不知道是病房还是医生的办公室……你去了就知道了。"

"嗯。"石头应道，端起桌子上的大托盘，上面放着好几盘菜、一大碗汤和一盆饭。

过了街，石头抬头看见"市妇幼医院"的招牌，他走了进去，找到楼梯后，小心翼翼地端着菜走上二楼。从楼梯走到二楼的走廊后，石头按照老板说的，找到左边第一个房间，他转过身，一眼望见了这条走廊的尽头——走廊上没其他人。

突然之间，石头觉得头皮一紧，一种前所未有的恐怖感觉向他猛扑过来，令他惊骇莫名。他下意识地抱住脑袋尖叫起来，手里端着的托盘掉落下来，碗盘、饭菜撒落一地。

石头的尖叫将病房里的医生、护士和病人家属全引了出来，他们惊讶地看着这个蜷缩在墙边的孩子和那一地的杯盘狼藉，不明白刚才发生了什么事。

一个女医生走上前去，俯下身问："孩子，你怎么了，哪儿不舒服吗？"她伸出手去摸石头的额头。

"别，别！"石头仍紧紧地抱着头，恐惧地向后缩，仿佛那只伸向他的手是什么可怕的怪物般，他大叫道，"别碰我！"

女医生皱起眉，站起来后，困惑地看着他。

过了好几分钟，石头才逐渐回到现实中来，他喘着气，看见身边那摔碎的碗盘和一地的饭菜，自己都不明白刚才发生了什么，他只知道自己闯了祸。

石头竭力思索——刚才究竟怎么了？那突如其来的恐怖感觉究竟是怎么回事？

三

课间操时，班花走到赵梦琳的课桌旁，对她说："我们去操场聊会儿吧。"

赵梦琳抬头望了她一眼，眼睛又重新回到书本上："对不起，我还要复习呢。"

"那我就只好在这儿说了。"班花确认道，"你真的确定要这样吗？"

赵梦琳放下书，厌烦地看着她："你到底想干什么？"

"我在操场等你。"班花甩下这句话离开了。

赵梦琳在座位上又坐了一会儿，"啪"地合拢书，走出教室，在操场上找到了班花。

"有什么话快说吧，我忙着呢。"赵梦琳一脸厌恶的表情，眼睛根本没望向班花。

班花慢悠悠地靠过来，脸几乎要贴到赵梦琳的鼻子上了。

"我只想对你说一句话——你才转到我们班来多久？别太自以为是了，别锋芒太露。"

赵梦琳斜着眼望她："我怎么锋芒太露了？"

"呵，真好笑。"班花做作地扭了一下肩膀，"你是不是想表现出你什么都不明白，然后一副天真单纯的样子？"

赵梦琳突然觉得很无聊，皱起眉头说："你给个明白话吧，到底什么意思？"

班花斜眉吊眼地望着她，尖瘦的脸显得冰冷而刻薄。

"那我就说明白些吧。你别仗着自己成绩好、家里有钱，又有那么几分姿色就可以在班上呼风唤雨，对班上那些男生呼来唤去，你以为你是谁？"

赵梦琳觉得班花那些故作成熟的语言世故得令她作呕，她涨红了脸说："我对谁呼来唤去了？"

"别以为我看不出来，班上那些男生竟相跟你献殷勤，而你就……"

"你给我听着。"赵梦琳愤怒地打断她的话，"那些男生跟我献不献殷勤那是他们的事，我可从来没要求谁给我做过任何事！"

"哼，少在那里故作清高了！你要不是每天打扮得这么漂亮，从头到脚一身名牌的话，那些男生会天天围着你转吗？"

"那你要我怎样？十几天不洗头、穿着粗布衣服来上学吗？或者干脆向全班宣布，你才是这个班上最美丽、最有魅力的女生。所有人都应该围绕在你身边，对吗？"赵梦琳讥讽道。

班花被气得面目扭曲，原本秀气的脸变得丑陋起来："你……你给我听好，别在我面前耍你那大小姐脾气，我不吃你这一套！"

赵梦琳不甘示弱地瞪着她说："那你又凭什么来向我提要求？你觉得我像是那种性格懦弱、任由你这种人来摆布的娇娇女吗？"

班花阴笑着说："你别太得意了。你以为你真是什么都有、完美无缺的吗？我可是知道——你那隐藏了多年的小秘密。"

赵梦琳怔了一下，脸上有些不自然，她将眼光转到其他方向："什么小秘密？我不知道你在说什么。"

"别装了，真要我说吗？晚上睡觉时……"

"住口！"赵梦琳的脸色变得十分难看，她盯着班花，"是谁告诉你的？"

"这不重要。"班花像打了胜仗似的昂起头，"关键是，你不希望我把这件事向所有人宣传吧？"

"这是威胁吗？"

"随便你怎么理解。"

赵梦琳垂下头思索了几秒，再抬起头，盯着班花的眼睛说："你如果真要去宣传，那就尽管去吧。没人会相信你的，大家都只会认为你是因为嫉妒而造我的谣，最后你只会是自讨没趣。"

说完这句话，赵梦琳没有再搭理班花，转过身扬长而去。班花在她身后气得咬牙切齿。

下午放学之后，赵梦琳刚一出校门，一辆高档的黑色本田轿车就向她缓缓驶来。

赵梦琳看见那辆车，手捂住额头，低声道："噢，天哪。"

轿车前排的车窗开着，司机冲赵梦琳喊道："梦琳，快上车吧。"

赵梦琳却像没听到一样，对那辆轿车视若无睹，背着书包径直向前走去。

黑色轿车一直跟在她身后，司机不停地喊："梦琳，上来吧！"

赵梦琳仍然不理不睬，反而加快了脚步。

司机几乎是在央求："梦琳，你就别让我为难了，这都是董事长安排的，你不上来我怎么向他交差呀！"

赵梦琳停下脚步，叹了口气，走到轿车旁，拉开后座车门，钻了进去。

上车后，赵梦琳不满地说："刘叔，我都跟你讲多少遍了。我爸再叫你来接我，你就把车开到别的什么地方去兜一圈儿风——别到我们学校门口来招风了。你看我们同学哪个是轿车接送上学呀！"

"唉，梦琳，你得为我着想呀。董事长叫我来接你，我怎么敢不来？"司机无奈地说，"现在的社会复杂，要是有些坏人知道你是赵氏财团董事长的独生女，把你……唉，你要是出点什么事，我是倾家荡产也赔不起呀！"

"那你开着名牌轿车来接我，不是此地无银三百两吗？搞得我们同学天天都来问我家到底是做什么的，烦死了！"

"可就算我不来接你，你的身份也还是会有人知道呀。还是小心点好啊！"

"刘叔，要不我签个生死状给你拿着——上面写明以后你不用来接我，我要是出了什么事均与你无关。"

"哎呀，梦琳，你就别开玩笑了。"司机苦笑道。

说话的工夫，车子就已经到家了，赵梦琳觉得这么近的距离还非要专车接送真是多此一举。

跨进家门，赵梦琳喊了声："我回来了。"保姆立刻过来接下她的书包，将她换下的鞋放进鞋柜里。

赵梦琳的妈妈优雅地从楼上走下来，手里拎着两个袋子，笑着对女儿说："梦琳呀，我今天上街购物，顺便又给你带了一套 Kappa 的新款春装，你一会儿试试，穿上肯定精神。"

赵梦琳却有些提不起劲来，她没精打采地说："妈，你以后别给我买这么多名牌衣服了，我还是穿校服吧。"

"咦？"母亲走到女儿身边，奇怪地打量着她，"今天怎么回事？新衣服都不感兴趣了，出什么事了？"

赵梦琳疲倦地摇了摇头："没事。"

这时，赵梦琳的爸爸从外面回来了，看到女儿后，喊了一声："宝贝儿，回来了。"

赵梦琳本想跟爸爸说说叫他以后别再派车来接自己了，但估计会和以前一样，没什么效果，便收住了口。同时，她想起另外一些事情。

赵梦琳走到爸爸面前，说："爸，我不想在现在这个学校读了，你帮我转一所学校吧。"

赵梦琳的爸爸大腹便便，他把西装脱下来交给用人，问道："为什么？老师教得不好？"

"不是。"

"那是为什么？"爸爸坐到沙发上，跷起二郎腿。

赵梦琳说："我们班有些男生老是下了课就缠着我，问东问西的，我烦死了。"

"那你就不要搭理他们嘛。"爸爸说,"不过,谁叫我女儿长得这么漂亮,你转到哪儿都会是这样的。"

"爸!"赵梦琳抱着爸爸的手臂说,"我跟你说正经的呢。还有一个女生也是,老是为了些无聊的事情来骚扰我,影响我的情绪,也影响我学习了。"

赵梦琳的爸爸拍着女儿的手说:"琳琳呀,你都转好几次学了,这个学校还没念完一学期呢,你又要转。转个学倒是容易,可这样频繁地更换学习环境,恐怕对你不好吧?"

"没关系,爸,我到新的环境更能学好。"赵梦琳摇着爸爸的肩膀撒娇道,"爸,你就让我转学嘛!"

"好吧,好吧。"爸爸拗不过女儿,"我一会儿找熟人去给你办吧。"

"爸,你最好了!"赵梦琳在爸爸脸上亲了一口,跳着回房间去了。

赵梦琳锁上自己卧室的门,趴在床上舒了口气。虽然用转学来解决了那些烦心事,可有一点她却还是不明白——班花是怎么知道自己那个秘密的?除了她之外,还有哪些人知道?也许,是从自己以前的学校里打听到的;也许是……不过,现在追溯这个已经没什么意义了。

这次转学之后,绝对不能再让任何人知道自己的秘密了。

四

颜叶和其他同龄的孩子不同,他最讨厌周末,尤其是星期天。

原因是他的学习成绩在班上属中下水平。为了提高儿子的分数,父母把星期六和星期天切成四块,两个上下午分别安排了数学、物理、作文和英语四科补习。家教老师换着班儿到颜叶家来为他单独补课,可颜叶的学习成绩也没能提高多少。

其实颜叶的父母都是普通的工薪阶层,请四科家教对他们来说意味着沉重的负担。可夫妻俩都坚持认为,孩子的学习成绩和衣食住行一样都是头等大事。所以他们勒紧裤腰带省吃俭用也要让儿子享受到"最好的教育"。颜叶的父母都为自己能有这样的觉悟感到自豪,他们认为周末的补课是儿子的"精神大餐"。可颜叶心里知道,这份精神大餐就和过分丰盛的物质大餐一样,最后都会随着排泄物被冲到马桶里,真正吸收进身体里的有用成分微乎其微——有时还适得其反,就像吃多了会吐一样。

颜叶曾数十次尝试着和父母沟通这个问题。有一次他生气地问道:"难道我的成绩不好以后就注定没出息吗?"

父母异口同声地回答:"是。"

颜叶绝望了,他终于明白自己所有的反对其实都无济于事。从此以后,他只能乖乖地享受精神大餐。

今天是星期天下午,即将补习的是颜叶最头痛的英语。

三点钟,家教老师准时来到颜叶的房间。颜叶有气无力地跟这个看起来像大姐姐的年轻老师打了个招呼。老师坐到他身边,补习开始。

老师先跟颜叶复习起最近学过的语法知识,但颜叶听进耳朵里的却是楼下男孩们踢球的声音。那些欢声笑语像针一样刺着他的耳膜,令他心痒难耐。

老师讲了半个小时,拿出一本练习册,要颜叶做一下前面几道选择题。颜叶无可奈何地找出笔,在练习册上勾画着答案,做完后,递给老师。

老师看了一眼,连皱眉头——十道题只做对了两道,她有些责怪地说:"这些都是我刚讲过的内容,你到底有没有在听呀?"

颜叶低着头不说话,老师叹了口气:"你要是不用心,我单独给你补也不会有什么效果,这不是浪费时间吗?"

颜叶说:"老师,你给我补课确实不会有什么效果。第一是我对这些枯燥的知识根本就没什么兴趣;第二是我从昨天到今天已经补了三科了,大脑早就处于极度疲倦的状态,你现在再讲什么我都听不进去了。"

年轻的女老师望了颜叶一会儿,像是有些同情,说道:"那这样吧,我们现在先不讲英语了,我出道智力题给你换一下脑筋,好吗?"

"嗯,那好。"颜叶来了些兴致。

老师在本子的背面写下一组数列：4 → 16 → 37 → 58 → ? → 145 → 42 → 20 → 4

"这组数列遵循着一定的规律，你知道问号处应该填入什么数字吗？"老师对颜叶说。

颜叶向来喜欢做这一类的智力题，他把本子拿到自己跟前，饶有兴趣地研究起来。

过了几分钟，老师笑着说："算了，我公布答案吧，这道题很难，不是一时半会儿就能想出来的……"

"不，我知道了，问号那个地方应该填 89。"颜叶说。

老师惊讶地望着他："你是怎么算出来的？"

"这种题只要根据前面几个数字找出规律就行了。"颜叶指着那一列数字说，"隐藏的规律就是：每个数的数字自平方后求和就等于下一个数。比如说，4 的平方等于 16，1 的平方加 6 的平方等于 37，以此类推就行了——这道题也不是那么难嘛。"

"不是很难？"老师瞪大了眼睛说，"这道题我可是在国际奥林匹克数学题集上找到的，你居然……几分钟就做出来了！"

颜叶耸了耸肩膀："我从小就擅长做这一类题。"

老师有些怀疑地歪着头看他："你该不会以前做过这道题吧？"

"没有！做过的我还能想这么久？"颜叶说，"你要不信就再出道题考我吧。"

老师想了一会儿，说："好吧，我再给你出一道难点的题：一位数学家的墓碑上这么写道：'我的人生中有 1/6 的时间在少年时期度过，1/12 的时间在青年时期度过，之后又过了我人生的 1/7，我结婚了。婚后 5 年我有了孩子，但是这个孩子刚度过我人生的一半时间就去世了。而 4 年后的今天，我也离开了这个世界。'这位数学家的人生一共有多少年？"

"这道题有点复杂，我得拿笔来记一下。"颜叶抓起笔和本子，"老师，你再说一遍。"

颜叶在本子上写写画画，十多分钟后，他高兴地说："算出来了，这个数学家一共活了 84 年！"

年轻女老师惊讶得合不拢嘴："天哪，你太厉害了，这么短的时间就做出来了！"

"老师，说实话，这道题比刚才那道还要简单些呢。要不是我一开始走了弯路，根本用不了这么久。"颜叶说。

老师像不认识颜叶似的看着他："你的数学成绩一定很好吧？"

颜叶摇着头说："跟英语差不多。一遇到学校教的那些枯燥乏味的东西我就没辙了。"

老师若有所思地想了一会儿："我明白了，你是个逻辑分析能力高于常人的人。你现在 18 岁？"

"嗯。"

"将来一定大有作为啊。"老师意味深长地说。

补完课后，老师在离开前对颜叶的父母说："你们儿子是个天才，别拿一般眼光看他，我看你们以后都不用请家教给他补课了。"

颜叶的父母大眼瞪小眼，感觉莫名其妙。老师走后，父亲问颜叶老师说那话是什么意思。颜叶不以为意地说，老师出了两道趣味智力题给他做，他全做对了。

父亲皱起眉头叹了口气："我还以为什么呢，原来就是这事啊。这个老师说话也太夸张了。"

母亲在一旁对儿子说："你呀，就是搞这些歪门邪道的东西厉害，学习成绩怎么就老不见长呢？分数提不上去，其他的都是白搭。"

颜叶懒得跟他们争辩，打开电视，看起动画片来——这可是他仅存的一点休息时间了，必须要珍惜。

动画片里的搞笑情节让颜叶哈哈大笑，但没过多久，动画片就结束了。颜叶拿起遥控器换台，电视节目一个接一个地跳着走——换到一个科教频道时，那上面正在播一个帮助孕妇分娩的节目。颜叶皱了皱眉，举起遥控器打算换台。

突然，电视上出现一个画面——穿着白大褂的医生手里抱着一个身上还带着血迹的初生婴儿。婴儿在哭，医生和护士都在笑。这个画面像一道闪电击中了颜叶，他呆了几秒钟，猛地丢掉遥控器，抱住头大声尖叫起来。

颜叶的父母应声赶来，见儿子缩在沙发上，全身发抖，不禁大惊失色。母亲上前抱住儿子，喊道："叶儿，你怎么了？"

颜叶紧闭着眼，在母亲怀中大口喘着粗气，身子仍在瑟瑟发抖，好几分钟后才略微好些。他将头扭到一旁，指着电视机说："快……快换台！"

父亲赶紧捡起地上的遥控器，换到一个新闻频道，对儿子说："换了！"

颜叶缓缓将头转过来，看了一眼电视上的节目，情绪缓和了许多。

"叶儿，你刚才怎么了？吓死我了！"母亲捂着胸口说。

"是不是生什么病了？"父亲说，"要不去医院看看吧。"

"不，不用去医院。"颜叶吞咽着自己的不安情绪，"我没事了。"

父亲看了一眼电视，问："你刚才叫我快换台——你在电视上看到什么了？"

颜叶眼珠转动着想了一会儿，他颤抖着用有些变调的声音说："我……看到一个刚出生的身上带着血迹的婴儿……"

母亲问："那婴儿有什么不对吗？"

"好像……没什么不对，是个正常的婴儿。"

母亲感到不可思议："那你有什么好害怕的，每个人刚生下来的时候不都是那样吗？"

颜叶困惑地摇着头："我也不知道，我不知道我为什么一看见那个画面就被吓得失声尖叫、举止失常。"

父亲摸着他的额头说："是不是学习学得太累了？要不你去房里躺一会儿吧。吃饭的时候我来叫你。"

颜叶不知所措地点了点头，回自己房间去了。

父母凝视着儿子的背影发愣。过了好一会儿，父亲望着母亲不解地说："他刚才尖叫的时候，怎么和小时候那次一模一样？"

五

王亚夫今天放学后，和往常一样跟同学在操场打了半个小时的篮球。流了一通酣畅淋漓的大汗后，他背起书包回家，在路上买了瓶可乐，边喝边走。

来到家门口，王亚夫用钥匙打开门，还没来得及把门推开，他爸爸王实就从里面一把将门拉开，焦急地说："你怎么才回来！我专门坐在门口等你好久了！把书包放下，我们快走。"

王亚夫莫名其妙地望着爸爸，问："怎么了？"

"你二叔公今天下午在他住的小区里昏倒了，可能是脑出血。你妈已经到医院去了，我专门在家等你放学回来好一起去，快走吧！"父亲在门口边说边换鞋。

"啊？"王亚夫讶异地问，"二叔公身体不是一直挺好吗？怎么突然就脑出血了？"

"这谁说得清啊！还好附近的邻居及时发现了，给我们打了电话，还把你二叔公送去了医院——要不就危险了。不说了，走吧。"父亲催促道。

王亚夫赶紧把书包丢到椅子上，父子俩急匆匆地下了楼，在街上招了一辆的士，朝市一医院赶去。

王亚夫坐在汽车后座，脑子里想着关于二叔公的事——二叔公六十多岁，才退休几年，以前曾在好几所医院当过院长，是德高望重的老医生，按说应该很懂养生之道啊，怎么才六十多岁就得了这种危险的病？二叔婆死得早，她去世后，二叔公就一个人生活，他的独生女在很远的外地工作——想到这里，王亚夫问爸爸："对了，丽绢阿姨知道了吗？"

"我们已经打电话给她了，她这时正赶着回来呢，可她住的那个城市离这儿太远了，我看她最早也得明天才能到了。"

王亚夫"哦"了一声，没有再说话。二十多分钟后，汽车驶到了市一医院。下车后，爸爸摸出手机跟王亚夫的妈妈联系，按照她说的地址找到了病房。

王亚夫和爸爸轻轻推开病房的门，发现这间单人病房里已经站满了人——舅舅、小姨、大表哥都来了，妈妈和另外两个医生守在二叔公的病床前。

妈妈忧心忡忡地问道："医生，您看现在怎么办？要做手术吗？"

医生说："再观察一下吧，如果持续昏迷，就只能做开颅手术了。"

王亚夫小心地走到病床前，见二叔公鼻子上套着给氧器，白色被单下的身体微微起伏着，神情和睡着了并没有什么不同。

妈妈转过头说："我们大家也别都耗在这儿了，轮流守二叔吧。我先在这儿，你们去吃饭。"

小姨说："我来守吧，你先去吃饭。"

妈妈说："别争了，晚上有的是时间呢，你们快去。"

"那好吧。"舅舅拍着王亚夫的肩膀说，"我们去吃饭回来替你妈。"

王亚夫点点头，正准备离开，突然发现二叔公的身体微微动了一下，他叫起来："妈，二叔公刚才动了！"

所有人都聚集到病床前，妈妈抓着二叔公的手喊道："二叔、二叔，你能听到吗？"

二叔公的身体动了一下，这回所有人都看见了，妈妈又喊了几声，二叔公竟缓缓睁开了眼睛。

"二叔！你醒了……真是太好了！"妈妈和小姨兴奋地说。

二叔公慢慢张开嘴，双眼发直，颤抖着嘴唇说："丽绢……丽绢吗？"

"二叔，丽绢正朝这儿赶呢，马上要到了。"妈妈说。

"丽绢、丽绢……"二叔公声音微弱地喊着，突然紧紧抓住妈妈的手，"丽绢，我有话要跟你说……其他人，全都出去。"

"二叔……"妈妈回过头，不知所措地望着医生，医生冲她点点头，然后做了个手势，对其他人说："我们先出去一会儿吧。"

王亚夫跟着爸爸、舅舅、小姨和表哥一起走出病房，医生轻轻带上门。

小姨问道："医生，我二叔他怎么样？是不是醒过来就好了？"

医生轻轻摇着头说："我们接触过很多例脑出血病人，如果病人像这样突然醒过来，说话又非常清晰，往往就代表着……"

"代表着什么？"小姨急切地问。

"也许代表着最后的回光返照——他有什么要交代的，就尽量让他说吧。"

王亚夫的心咯噔一下，他明白什么叫回光返照。众亲属也都愣住了，无所适从地望着紧紧关着的病房门。

在走廊上站了十多分钟后，众人突然听到病房里传来一声哭喊："二叔！"大家心中一紧，赶快推开病房门，见王亚夫的妈妈扑在二叔公的身上痛哭着。二叔公闭着眼睛，亲属们一起拥上前去，大声喊着二叔公。

"二叔……你怎么走得这么快，你怎么都不等丽绢回来看你最后一眼啊！"妈妈痛哭流涕。

王亚夫心中发酸，也和大家一样掉下泪来。

哭了好一阵，医生上前确认二叔公确实已经去世了，叹了口气道："节哀顺变，还是商量给老人操办后事吧。"

妈妈抹了把眼泪说："可是，我二叔的亲生女儿都还没回来呀，我们怎么办？"

爸爸说："我们先把二叔的丧事操办起来吧，不能等丽绢了。"

"对，我通知其他亲戚都来吧。"舅舅拿出电话来。

在场的亲属们都忙起来，分头去买寿衣、联系灵堂、通知亲戚朋友……

第二天中午丽绢阿姨才赶来，得知父亲已死，她哭得天昏地暗。

二叔公的丧事办了三天，这三天里王亚夫照常去学校上学，他的父母则向单位请了假，自始至终帮着照料后事。

第三天晚上，父母拖着疲惫的身体回家。王亚夫懂事地一个人在家里做了饭吃，又做完了作业。父母回来后，他并没有多问什么——他能感觉到爸妈心力交瘁。

在沙发上坐了一刻后，王亚夫的爸爸像是想起了什么，他问妻子："二叔去世那天是不是把你当成丽绢了？他跟你一个人说了什么？"

王亚夫也有些好奇，他抬头望向妈妈，没想到，他从妈妈脸上看到一种古怪的神情——妈妈听到这个问题后，身子哆嗦了一下，脸色骤然变得苍白，像是勾起了她什么可怕的回忆。

爸爸也感觉到了异常，他问道："怎么了？"

妈妈瞄了一眼坐在小凳子上的王亚夫，迅速将目光移开，说："没什么。"

爸爸迟疑地望了王亚夫一眼，皱了下眉头，没有说话。

王亚夫感觉父母要回避着自己什么事，他想问，但又忍住了。

他站起身说："我去洗脸了。"

洗漱完毕，王亚夫跟父母道了晚安，回到自己的卧室，关上了房门。父亲和母亲也分别去洗了澡，回到了大卧室。

躺在床上，王亚夫辗转难安，他想起妈妈古怪的神情和瞥自己那一眼时的怪异神色，不禁想到——难道二叔公最后的遗言和自己有什么关系？刚才妈妈的神情分明就表示出，这件事情不能当着自己的面说。

那么，他们现在回了房间，肯定就在说这件事情——王亚夫张开嘴，他按捺不住了，从床上翻身起来，披上衣服，打开门，蹑手蹑脚地走到父母门前，竖起耳朵听里面的动静。

果然，里面传出父母的对话声。

六

王实问躺在身边的妻子："现在可以说了吧，二叔到底跟你说了些什么？"

妈妈的脸上又浮现出害怕的神色，她往丈夫身边靠了靠，说："二叔在弥留之际确实把我认成丽绢了。我本以为他要交代一些遗嘱什么的，没想到，他对其他事情只字未提，只是不停地说他很内疚，他的良心被谴责了一辈子……接着，跟我讲了一件十五年前的往事。"

"什么往事？"爸爸好奇地问。

妈妈用被子紧紧地裹住身体："一件……非常骇人的事。"

"别害怕，慢慢说。"

"二叔说，十五年前，他被调到市里的妇幼医院当院长。一天晚上凌晨两点过，医院里的一个老医生突然打电话到家里，说医院里出大事了。二叔赶紧穿上衣服就赶去了医院，那个老医生惊慌失措地带着他走到二楼最左侧的一间病房，二叔一推开门——里面的景象令他震惊得张口结舌……"

"是什么？"爸爸急切地问。

"那病房里本来住着一个即将临产的产妇，但二叔推开门却看到——那产妇已经死在了床上！而且面目扭曲，双眼圆睁，像是受到了极度的惊吓一样。病床上全是血，更可怕的是，那产妇的肚子瘪了下去，肚子里的孩子已经不见了！"

"啊！"爸爸叫道，"有这种事？"

"还没说完呢。"妈妈打了个寒战，"二叔说，他和那个老医生还发现……"

"发现什么？"

"他们发现病房的床边到门口，有几个小小的足迹，那足迹的大小……就和初生婴儿的足迹一般……"妈妈全身发抖，蜷缩到爸爸怀里。

爸爸也感到后背发凉，毛骨悚然。他难以置信地张着嘴，想了一会儿，说："这怎么可能？该不会是二叔在临死之前说胡话了吧？"

"那我就不知道了。"妈妈说，"可二叔当时说这些的时候，语言和思路都十分清晰，不像是说胡话呀。"

爸爸说："那他们是怎么处理这件事的？"

"当时那个老医生急匆匆地把二叔找来，就是问他怎么处理这件事。二叔说他当了一辈子的医生也没遇到过这样的怪事。他想报警，可又立刻想到，如果报了警，这件事就闹大了，不但会影响整个妇幼医院的声誉，他这个院长的位置肯定也保不住了。所以，他……"

"他怎么做了？"

"他马上问那个老医生，这个产妇的家属在哪里。老医生说前几天一直都是这个产妇的丈夫守在她身边，可今天那个男人像是失踪了似的，一直没出现过。二叔在确定这个产妇没有其他亲属陪伴后，做了一个大胆的决定。"

"难道他想……"爸爸有些猜到了。

"二叔叫老医生把地上的血迹清理干净，然后利用职权瞒天过海，将这个产妇伪装成难产而死——产妇和婴儿都在生产过程中死亡了。这样的话，产妇就被直接推进了停尸间，婴儿的下落自然不会有人打听……

"后来，居然就一直没人来打听这个产妇和婴儿的事，二叔没想到这么可怕、棘手的事竟会处理得如此顺利，而且没有受到任何人的怀疑——他和那个老医生约好，这件事情是他们永远的秘密，不能让任何人知道。几年前，那个老医生在一次车祸中意外死亡了，二叔就成了世界上唯一知道这个秘密的人。但他说，他无时无刻不在受着良心的谴责，退休之后内心也不得安宁。所以在他弥留之际，吊着最后一口气也要把这件事讲出来，否则他会死不瞑目的。"

爸爸长长地吐出一口气："没想到二叔竟然做过这样的事——那这件事，就这样不了了之了？"

"也许吧。"妈妈忽然望向爸爸，"王实，你听我讲这么久难道还没想到吗？"

爸爸莫名其妙地问："想到什么？"

"那家妇幼医院，十五年前的一个晚上，你带着儿子……"

"啊，天哪！"爸爸惊呼起来，眼睛瞪得老大，"你该不会是说，我带着儿子去看病的那天晚上，恰好就是发生这件事的那个晚上吧？"

妈妈低声说："对，就是同一天！"

"你怎么知道？"爸爸紧张地问。

"因为二叔跟我说，那个值班的老医生当天晚上是在听到四个孩子的尖叫后，才想到去看一下走廊尽头那间病房的——这不是跟你回来讲给我听的刚好吻合吗？"

爸爸难以置信地抬起头，有一种不寒而栗的感觉："难道……亚夫那天晚上，看到了什么东西，才会……"

话刚讲到了一半，夫妻俩突然听到门口"咚"的一声，接着是儿子撕心裂肺的尖叫声，两人同时一惊，赶紧跳下床，打开房门。王亚夫蹲在地上，双手捂着耳朵，不住地尖叫。

夫妻俩见状，立即蹲下来，扶着他的身体问："亚夫，你怎么了？"

王亚夫尖叫了好一阵才停下来，看到父母后，仍是一脸的惊惶不安。

"亚夫，你刚才一直在我们门口偷听？"爸爸问。

王亚夫低头不语，爸爸又问："你是不是全都听到了？"

妈妈说："没关系，儿子，你说实话，我们不会怪你的。"

王亚夫神色恍惚地点了点头。

"你……为什么要尖叫？"爸爸问。

王亚夫打了个冷战，说："我不知道，我听到你们说的话，突然间脑子里像是闪现出什么可怕的东西，不由自主地就叫了起来。"

夫妻俩对视了一眼，爸爸问："亚夫，你还记不记得，十五年前那个晚上，你是不是真的看到了什么……"

"别，别说了！"王亚夫惶恐地捂住耳朵，"我不记得了，我真的想不起来了！"

爸爸还想说什么，妈妈一把按住他，对王亚夫说："好了，儿子，想不起来就算了，别去回忆了。"她握住儿子的手，"我们以后都不要再提这件事了，你就当什么都不知道，也不要对外人提起这件事，懂吗？"

王亚夫轻轻地点点头。

"好了，儿子，去睡吧。"妈妈把王亚夫从地上扶起来，拍了拍他的头说。

王亚夫一言不发地走回自己的房间，父母在他身后站立良久。

七

毕业班的上半个学期过去了，王亚夫进入了初三后半期最紧张的冲刺阶段。为了考上市里的重点高中，王亚夫排除杂念，将一切精力都投入到了学习中。但他实在没想到，在这即将毕业的前夕，居然还会有转校生到自己班上来。

今天的语文早自习上，班主任老师领着一位漂亮的女同学走进教室，向大家介绍道："这是转到我们班来的新同学，叫赵梦琳，是位品学兼优的同学，大家欢迎。"

全班同学礼貌地鼓掌欢迎，掌声中夹杂着一些男生细小的声音："乖乖，咱们班这下算是有美女了。"

赵梦琳大方地向同学们问好："同学们好，请大家以后多多关照！"

班主任环顾了一下教室，见王亚夫身边空着一个座位，对赵梦琳说："你就坐那儿吧。"

班上的男生都向王亚夫投来羡慕的目光。赵梦琳正准备走过去，王亚夫举起手说："老师，张小军只是请了病假，他还要回来呢。"

班主任说："张小军回来了我再给他安排座位，先这样坐着吧。"

男生们暗骂王亚夫不识抬举。赵梦琳有些难堪地坐到王亚夫身边，放下书包。

"好了，现在大家翻开课本第138页，朗读古诗……"班主任组织起早自习。

第一节课下课后，王亚夫把语文课本放好，拿出数学课要用的工具来。身边的赵梦琳突然问道："你好像不大愿意挨着我坐呀？"

王亚夫摇头道："不是。"

赵梦琳歪着头望他，像是在等一个解释。

王亚夫望了她一眼，红着脸说："我怕坐在你身边会分心。"

赵梦琳瞪了他一眼："你这是什么意思？"

王亚夫老实地解释道："我的成绩只是中等稍稍偏上，要想考上重点高中，还得努力呢，我可不想这段时间有什么杂念。"

"你……"赵梦琳没想到碰到这么一个实在人，她觉得又好气又好笑，羞红了脸说，"谁叫你动什么杂念了！"

"不，不，不。"王亚夫意识到自己失言了，急忙说道，"我不是那个意思。"

赵梦琳看着面前这个窘迫的大男孩，忽然觉得他有些可爱，忍不住"扑哧"一声笑了出来。王亚夫也尴尬地笑笑，幸好数学老师走进教室来，及时解了围。

上完一天的课，赵梦琳觉得心情很好，她感觉这次转对学了。

放学时，赵梦琳看见王亚夫和班上另外几个男同学一起在操场上打篮球。操场上有几百号人，但她却只看得见王亚夫——看着这个面容俊朗的男孩在夕阳下挥汗如雨的模样，她隐隐地笑了笑，哼着小曲回家了。

某天的体育课上，老师安排全班男生练习长跑，在烈日炎炎下跑完1500米后，所有男生都累得气喘如牛，个个汗流浃背、口干舌燥。赵梦琳本来和几个女同学在打羽毛球，无意间瞥到王亚夫大汗淋漓地坐在操场边休息，剧烈运动后的他满脸通红。赵梦琳注意到，王亚夫身后不远处就是小卖部，许多同学都走过去买水喝——他却没有去买。

赵梦琳走到王亚夫身边，问道："跑得够呛吧？"

王亚夫累得不想说话，点了点头。

赵梦琳问："你不渴吗？怎么不买瓶水喝？"

王亚夫说："今天身上没带零花钱。"

赵梦琳说："我帮你买一瓶吧。"

"不用了。"王亚夫推辞道，"一会儿去水龙头那里喝点凉水就行。"

"那可不行，会拉肚子的。"赵梦琳一本正经地说，"都是同桌，你跟我客气什么，下次你请我不就行了。"

说完，她去后面的小卖部买了一瓶运动饮料递给王亚夫："喏。"

王亚夫接过饮料，说了声"谢谢"，抬起头就喝了大半瓶。

喝完之后，他感觉清爽多了，他举起饮料瓶看了看牌子，对赵梦琳说："这饮料不便宜吧？"

"没什么。"赵梦琳冲他笑笑。

这时，身后有几个男生绕到他俩面前，其中一个怪里怪气地说："哟，赵梦琳，就只请王亚夫喝呀？你俩关系不一般吧？"说完，冲身旁几个男生使了个眼色，几个人一起哄笑起来。

王亚夫有些尴尬，正想声辩，身边的赵梦琳说道："谁说我只请他了？咱班的同学我都愿意请。"

"真的？全班你都愿意请？"那个男生扬起一边眉毛，做出不相信的样子，"说大话吧？"

"谁说大话了，我说到做到，哪些同学要喝水我今天都请。"

那个男生愣了一下，转过身对着班上同学聚集的地方大喊："快过来呀，赵梦琳今天请客！"

一大帮男生跑了过来，还有几个女生，大家七嘴八舌地问："真的？赵梦琳请客？"

"对。"赵梦琳笑着说，"反正我才来不久，今天就算是给大家的见面礼吧。要喝水的同学到小卖部拿就行了，我一会儿去付账。"

"太好了！"同学们都欢呼起来。

"呃，等等。"起哄的男生说，"我们不喝矿泉水哦，要喝跟王亚夫一样的高级饮料。"

"行呀，随便你们喝什么。"赵梦琳爽快地说。

"太棒了！走！"那男生一挥手，同学们都高兴地向小卖部涌去，争着向老板嚷道：

"老板，给我拿一瓶红牛！"

"我要可口可乐！"

"我要一瓶果粒橙！"

"好，好，好。"老板一一递给他们，问道："谁付钱啊？"

起哄的男生指了指后面："你只管拿，一会儿那个美女来买单。"

"那可不行，你们尽挑贵的——一会儿她不来付钱怎么办？"老板说。

赵梦琳闻言，走了过去，从口袋里摸出钱包，抽出三张百元大钞递给老板，说："够了吧？我的同学要喝什么你尽管拿给他们。"

"哇……"周围的同学发出一阵惊叹。

起哄的那个男生也不得不竖起大拇指："佩服，大手笔！"

赵梦琳淡淡地笑了笑，走回教室去了。

王亚夫在一旁看到这一幕，心里觉得有点不是滋味，他也迅速走上楼，回教室坐下后，他对同桌说："真是抱歉，没想到让你这么破费。"

赵梦琳说："我请他们的客是我愿意呀，又不关你的事。"

"可归根结底是因为你给我买了那瓶饮料才引出这些事的。"王亚夫有些过意不去地说，"而且我知道，你这么做是不想让那些好事的人传我们的闲话——你怕影响我学习，对吗？"

赵梦琳看着书，没有说话。

王亚夫闷了一会儿，说："你家是做什么的，挺有钱吧？"

"还行吧。"赵梦琳轻描淡写地说。

"怪不得呢，每天放学一拐过这条街就有一辆黑色轿车来接你。"

赵梦琳突然扭过头来望着他："你怎么知道每天放学都有车来接我？"

"啊……我……"王亚夫发觉说漏嘴了，神情不自然起来。

赵梦琳盯着王亚夫："难道，你每天放学后都偷偷跟着我……"

"我，我才没有呢。"王亚夫羞红了脸，把眼睛转到旁边去。

不知为什么，赵梦琳判断出王亚夫"跟踪"了自己后，心底竟生起一股难以名状的兴奋和愉悦。但她为了化解开这难堪的气氛，换了个话题说："你高中想考哪所学校啊？"

"一中。"王亚夫说，"你呢？"

"我也是一中。"赵梦琳毫不犹豫地说。

"啊，真的？"王亚夫高兴起来，"那我们又能是同学了！"

"你可得加把劲努力才行啊。"赵梦琳说，"那我们就约好，都要考上一中哦！"

"嗯！我肯定会考上的！"王亚夫坚定地说。

赵梦琳望着王亚夫甜甜地笑了笑，尽量压抑住内心喜悦的心情——赵梦琳觉得，转到这所学校来真是自己这辈子做的最幸运的决定。

八

几个星期过去了，王亚夫和赵梦琳的关系日趋亲密。但临近中考，两人都不敢分心，每天将大量的时间投入到书本和复习中。

学校为初三的学生增加了下午第四节课——王亚夫下午固定的"篮球时间"被占用了，但天生喜欢运动的他受不了每天静坐若干个小时不活动，只得牺牲掉中午的睡觉时间来打一会儿篮球。王亚夫现在几乎在家里吃完午饭就朝学校走，在操场里打一小时篮球后再回班上。

赵梦琳从小就是个争强好胜的性格。本来以她的成绩，要考上重点高中是没有一点问题的，可她为了争得全校前几名的荣誉，也放弃了午睡。赵梦琳现在中午放了学根本就不回家，在学校食堂吃了饭，就直接回班上温习功课，将那些早就烂熟于心的知识揉捏得更加得心应手。

今天和往常一样，赵梦琳在学校小炒部花 25 元吃了一顿丰盛的午餐后，独自一个人回到空荡荡的教室——赵梦琳知道，在这种绝对安静的环境下，学习效率是平常的几倍。她从书包里拿出历史书和练习册，巩固学习内容。

看了半个小时的书后，赵梦琳觉得这书上的内容真是快到倒背如流的程度了，实在是没有再复习的必要了。在这空旷寂寥的教室里，除了她之外，就只剩几只围着她打转的瞌睡虫。赵梦琳趴在课桌上，头枕着手臂，心里想着：就眯那么一会儿吧，也别让自己太累了……

王亚夫在家三下五除二地刨完了饭，抱起地上的篮球说："妈，我去学校了！"

妈妈嗔怪道："你这孩子，都快考试了还念着打球。中午的时间用来睡会儿觉多好，下午上课也有精神。"

王亚夫用一根手指转着篮球说："妈，你又不是不知道我。我如果不运动下午才没精神呢，走啦！"

他打开门，拍着球一蹦一跳地离开了，没注意到天色阴沉沉的。

到了学校，王亚夫看见操场上已经有几个男生在打球，他加入其中，和他们一起打起了比赛。可没打一会儿，天空就飘起雨来，而且越下越大。大家都觉得有些扫兴，王亚夫没办法，只得抱着篮球回教室。

刚到教室门口，王亚夫一下停住了脚步，他看见教室里只有赵梦琳一个人，而且已经趴在桌子上睡着了。王亚夫在门口犹豫了一会儿，觉得一个女孩子在教室里睡觉，自己进去有些不大合适，便思索着不去打扰她，就在走廊外玩一会儿。

正准备转身离开，王亚夫看见赵梦琳的身子动了一下，她的眼睛仍然闭着，眉头却拧在了一起，露出焦躁不安的神情。突然，赵梦琳大声尖叫起来，那尖锐的声音划破教室的宁静，在空旷的教学楼里格外刺耳。王亚夫大吃一惊，不知道发生了什么事。

赵梦琳忽高忽低地持续尖叫着，王亚夫吓得惊慌失措，但他注意到赵梦琳还闭着眼睛，似乎是在睡梦中发出的尖叫。他怕赵梦琳再这样叫下去会引来这幢楼的其他同学或是门卫——那自己可就解释不清了。

他赶紧走到赵梦琳身边，摇着她的身体说："醒醒，你快醒醒！"

赵梦琳被摇醒了，她抬起头来，惊魂未定地望着王亚夫，睁大的双眼里流露出恐惧的神色。看见王亚夫一脸惊愕的表情，她似乎立刻明白发生了什么，慢慢垂下头来，眼睛直愣愣地盯着前方。

王亚夫急切地问："你刚才怎么了？"

赵梦琳反问道："你怎么会在这儿？"

"我来学校打球，可下起雨来了，我只有上楼来，然后就看到你……"

"你看到我失态的样子，所以才把我摇醒的？"赵梦琳说话的时候眼睛不敢看王亚夫。

"你……知道自己刚才做了什么？"王亚夫有些惊讶地问。

赵梦琳紧紧咬着嘴唇不说话，脸色极其难看。

"你能不能告诉我……"

"不能。"赵梦琳冷冷地打断他。

王亚夫绕到赵梦琳面前，直视着她说："不，你必须告诉我！你为什么会和我一样……发出这种近乎相似的尖叫？"

赵梦琳凝视着他："你说什么？"

王亚夫一字一顿地说："我说我跟你一样，也会像受到刺激一样，不由自主地发出这种骇人的尖叫！"

赵梦琳摇着头说："你骗我……还是安慰我？"

王亚夫举起一只手说："我对天发誓，就在两个多月前的一天晚上，我因为某种特殊的原因发出过和你刚才几乎一样的尖叫！我父母都可以做证！”

赵梦琳疑惑地问道："那你是为什么……会这样？"

"你呢？"王亚夫问。

赵梦琳又咬着嘴巴不说话了。

"你还不愿意讲啊？"王亚夫着起急来，"你先告诉我你刚才为什么会尖叫，我一会儿把我知道的事全告诉你。"

赵梦琳望了王亚夫一会儿，缓缓地说："我这不是第一次了，已经出现过好多次这种状况了……从我几岁的时候就开始——我，老是做一个奇怪的噩梦……"

"你梦到了什么？"

赵梦琳紧紧皱起眉，像下了很大决心般说："我老是梦到一所医院，我站在走廊上，看到，看到……"

她脸色发白，嘴唇掀动着："我看到一个满身是血的婴儿从一间病房里走出来，他，他是……直立行走的。他路过我身边，望着我笑……啊，啊！"

她又忍不住失声叫了出来，全然没有注意到旁边的王亚夫反应比她更甚，已惊骇得面无人色、全身发抖。

九

过了好一会儿，两人才稍微平静了一些，王亚夫问："你父母知道这件事吗？"

赵梦琳点了点头："他们怎么可能不知道？我爸爸在我几岁的时候就给我找过一个心理医生。那医生说我这种情况极有可能是幼儿时的某种经历造成的心理阴影。这种心理阴影以噩梦的形式出现在我的脑海里，反复折磨着我。"

"那个医生有没有说怎么治？"

"他说……除非找到这件事的根源，才能解除这个心理阴影。否则，我只要受到相关的暗示或刺激，就有可能会情绪失控。"

王亚夫皱起眉头，喃喃自语道："这么说……我也是受到了相关的暗示……"

赵梦琳问："你又是怎么回事？"

"先别急。"王亚夫说，"你问过你爸爸没有，你小时候遭遇过什么给你造成这种心理阴影的经历？"

"那个心理医生也这么问我爸。"赵梦琳说，"可我爸说他也不知道。他只记得在我一岁时带我去一家妇幼医院看病，那天晚上我就发出了这种可怕的尖叫。除了我之外，好像还有另外三个小孩也是这样……"

王亚夫张大嘴说："天哪，你果然就是那三个小孩中的一个！"

赵梦琳愣了一会儿，说："难道……你也是当时……"

"对！"王亚夫激动地说，"当时一起尖叫的四个小孩中有你和我！"

赵梦琳觉得匪夷所思："这……也太巧了吧？"

"知道吗？在茫茫人海中，我们能聚在一起，这不仅是缘分，也是天意！"王亚夫低下头沉思着说，"也许是上天刻意这样安排，要我们一起解开这个谜！"

赵梦琳见王亚夫若有所思的模样，问："你知道些什么吗？"

"嗯。"王亚夫点头道，"我从我妈那里了解到一些关于这件事的隐情。"

"是怎么回事？"赵梦琳急切地问。

王亚夫咽了口唾沫："我跟你讲了，你可别吓着。"

赵梦琳不由自主地打了个冷战，但还是坚持道："你说吧。"

于是，王亚夫把那天晚上在父母门口听到的谈话内容囫囵讲给了赵梦琳听。

赵梦琳听完，脸上一阵青一阵白，神情骇然地说："我的天哪，有这种事！如果你讲的这件事是真的，那不是正好和我在梦中看到的相衔接了吗？这……太可怕了！"

王亚夫也感觉到这件事诡异莫名，他说："也许我们俩能在这所学校认识，就是被赋予了调查这件事的使命。"

赵梦琳望着他问："我们怎么调查？"

"和我们一起经历这件事的不是还有两个人吗？他们现在都应该跟我们差不多大——可能就在这座城市里的某所中学读书。我们首先要找到他们——也许他们或他们的家人知道些什么。"

赵梦琳若有所思地点头道："你说得对。"

"但我们现在不能去做这件事。还有几个星期就中考了，我们先把这件事情放在一边，全力以赴考上一中。放暑假的时候，我们再调查这件事！"

"嗯。"赵梦琳赞许地看着王亚夫，但又担忧起来，"这么久的事了，我们真的能调查清楚吗？"

"一定能！"王亚夫坚定地说，他望了赵梦琳一眼，腼腆地将头转向一边，"反正，我再也不想看见你在睡梦中尖叫着醒来了。"

赵梦琳感到一阵暖流从心中淌过，她凝视着王亚夫的脸说："谢谢你。"

王亚夫红着脸挠了挠头说："别谢我，我也是为了我自己啊。我也不想以后再莫名其妙地受到刺激后又失声尖叫了。"

赵梦琳微微一笑："我不是说这个。"

"那你谢我什么？"

赵梦琳抬起头，长长地吐了一口气："在别人眼里，我从来都是一个高贵优雅、举止得体的富家千金，但很少有人知道，我有潜藏的心理疾病——当我失声尖叫、情绪失控的时候，简直就像精神病人一样。这么多年来，我一直死守着这个秘密，只有几个最亲近的人知道，但现在——"

她转过头来，抓住王亚夫的手："我不怕了，我再也不要躲躲藏藏地去掩饰，把自己伪装成一个完美的公主。我要和你一样勇敢地面对，一起去寻找问题的根源，解决我们的心理阴影！"

王亚夫愣愣地看着美丽的赵梦琳，脸红到了脖子根，心脏小鹿般乱跳着。此时，他们俩听到门口传来同学们的谈笑声和脚步声，才猛然想起已经到上学时间了。赵梦琳赶紧把握着王亚夫的手缩回来，两人尴尬地捧着书看。同学们进教室后，他俩一起吐了吐舌头，相视而笑。

十

紧张的中考终于过去了。考试的时候，赵梦琳发现试题比她预料中简单得多——每一科她几乎都只用了一半的时间就做完了。接下来的时间她就为王亚夫祈祷——希望他也能像自己一样轻松答完考题。

王亚夫果然没有辜负家人和赵梦琳的厚望，中考结束五天后，他在一中的新生名单中看到了自己和赵梦琳的名字。他立刻打电话把好消息告诉了赵梦琳，两人都欣喜若狂。

接下来，就是一个长长的、自由而惬意的暑假了。放松的同时，王亚夫和赵梦琳谁都没有忘记一个月前的约定——在这个暑假里，有一件重要的事情等着他们去做。

正式放暑假的第三天早晨，王亚夫就打电话到赵梦琳家里，约她在学校附近的麦当劳见面。十点钟，赵梦琳准时来到麦当劳餐厅，在一张桌子旁找到了正喝着可乐的王亚夫。

赵梦琳坐下来后，王亚夫说："要吃点什么吗？"

赵梦琳摇摇头："我才吃过早饭呢。"

"那我们就商量一下，这件事到底怎么着手调查。"

"你说呢？"赵梦琳问。

王亚夫转着可乐杯说："按我们之前的推断，另外两个人八成也在这座城市的某个中学读书。如果是上学期间，也许要好找些，可现在所有学校都放假了——找起人来就难了。"

赵梦琳有些沮丧地说："那怎么办？"

"我昨天晚上想了一下，我们俩先从自己身上想一下办法吧。"

"啊？"赵梦琳没听懂，"什么意思？"

王亚夫说："我的意思是——我们俩一会儿去一趟当初我们发出第一次尖叫的那家妇幼医院——在同样的环境下，也许我们能想起点什么来。"

"什么？要去那家医院？"赵梦琳面有难色，"我……"

"怎么，你害怕？"王亚夫拍着胸脯说，"有我呢。再说大白天的，没事！"

"那好吧……"赵梦琳勉强点了点头。

"现在就走。"王亚夫站起来。

两人从麦当劳出来后，招了一辆出租车，不一会儿就来到了市妇幼医院门口。

站在医院门口，赵梦琳又迟疑起来，她说："我们……还是别进去了吧。"

"别开玩笑了，我们都到门口了。"王亚夫牵起赵梦琳的手往里走，"有我在你身边呢，别怕！"

两个人走进妇幼医院，这里面排队挂号、拿药、咨询的人熙熙攘攘。这让他们稍稍安心了些。

"我记得我妈说是在二楼……"王亚夫对赵梦琳说，"我们到二楼去看看。"

赵梦琳跟着他走上二楼楼梯，缓慢地挪动着脚步。两人来到二楼走廊，走廊两边的坐椅上都坐着等待看病的病人。赵梦琳左右四顾，觉得有一种既陌生又熟悉的复杂感觉。

当她集中注意力望向左边走廊尽头时，她浑身一颤，抓着王亚夫的手臂说："就是这里！我梦中看到的地方就是这里！"

王亚夫神情木然地说："对，我也感觉到了，就是这里。"他转过头望向赵梦琳，"可我却记不得，当时这里到底发生了什么事？"

赵梦琳用手按住头，一脸痛苦的表情："别……别逼我去回想。我们快走吧，我突然觉得好害怕！"

王亚夫无奈，只得扶着赵梦琳下楼——一个四十多岁的中年男医生疑惑地盯着他们的背影。两人下楼后，王亚夫扶着赵梦琳在一楼的长椅上坐下，赵梦琳的情绪却仍旧是惊恐莫名。

王亚夫正准备安慰她几句，刚才二楼的男医生突然神不知鬼不觉地出现在他们面前，问道："有什么需要我帮忙的吗？"

王亚夫和赵梦琳一愣，抬起头来望着他。

王亚夫说："不，我们没事。"

男医生盯着他们的脸看了一会儿，一副捉摸不透的神情，他问道："你们刚才在二楼走廊上……好像有些不舒服。"

"不，医生，我们真的没事，谢谢你的关心。"王亚夫说。

男医生思量了一会儿，问："你们是不是在走廊尽头看见了什么？"

"不，我们没看见……"王亚夫说到一半，突然抬起头来，问道："你怎么知道我们看的是走廊尽头？"

男医生怔了一下，说："因为我看见你们……是望向那边后才表现异常的。"

王亚夫站起来，说："可那个方向还有很多人。你怎么知道我们看的是走廊尽头，而不是某个人呢？"

男医生微微张了张嘴，没有说话。

赵梦琳这时也从长椅上站起来，怀疑地盯着那个医生。

王亚夫瞪大眼睛逼问道："你是不是知道些什么？"

那医生的目光和王亚夫的碰撞在一起。他低声说："不，我什么都不知道。"同时又反问道："你呢，你又知道些什么？"

王亚夫和他对视了一会儿，谨慎地说："我也什么都不知道。"

男医生昂起头，又注视了他们几秒，转身离开了。

王亚夫看着他的背影消失在拐角处，对赵梦琳说："我们走吧。"

两人出了医院，赵梦琳说："那个人……看起来十分可疑。"

王亚夫说："他应该知道什么内情，我们这趟也许没白来。"

赵梦琳说："我们现在该怎么办？"

王亚夫想了想："现在肯定没办法。我们只能先通过什么途径调查一下他的背景再说。"

赵梦琳说："我可以叫我爸帮忙。"

王亚夫跺了下脚："可惜刚才忘了看他胸口挂的牌子，不知道他叫什么名字。"

赵梦琳回忆了一下："没关系，那个医生脸上有个特征——他鼻子旁边有个很大的痣。我叫我爸找人凭这个特征去打听他的情况，应该不难。"

王亚夫狐疑地望着赵梦琳："你爸到底是做什么的呀？听起来这么神通广大。"

赵梦琳犹豫了一下，说："本来我爸妈叫我在外面一律不准说的，但我跟你也用不着保密了——你知道赵氏商城吧？"

"你是说，我们市最大的那家赵氏商城？"

"对，我爸就是赵氏商城的董事长。"赵梦琳平静地说。

"什么！"王亚夫大叫起来，"你爸就是我们市数一数二的……"

"嘘！"赵梦琳赶紧捂住王亚夫的嘴，"别声张了！你知道我让他放我出来单独上街多不容易吗？我爸恨不得派两个保镖陪我度过整个暑假，成天担心我被绑架什么的，烦死了！"

王亚夫吐了吐舌头，压低声音说："你倒好像满不在乎的。"

赵梦琳说："我在乎得过来吗？除非天天待在家里，那就是绝对安全的——可那样的话还不如把我杀了算了。"

"好好好，别说了。"王亚夫咂了咂嘴，"跟你在一起我都提心吊胆的。"

"也没那么夸张，只要你不说出去，没几个人知道我是什么身份。"

"打死我也不会说的。"王亚夫做了个鬼脸。

赵梦琳被他的模样逗乐了，说："我都有些饿了，我们先去吃饭吧。"

"过街吧。"王亚夫左右看看车辆，然后和赵梦琳一起走到了街对面。

步行了一段，王亚夫看到一家叫"缘来饭庄"的小店正卖着快餐，菜品看上去还不错，便对赵梦琳说："你不是饿了吗？我们就在这里吃点东西吧。"

赵梦琳看了看这家不起眼的小馆子，皱起眉说："就在这儿吃？"

"哎呀，大小姐。我们今天是出来办事的，不是来郊游——你就将就些吧！"王亚夫拉起赵梦琳的手，不由分说地走进这家饭馆。

老板热情地把他们带到一张桌子旁坐下，说："我们这儿有快餐，也有点菜，两位吃点什么？"

"菜单拿来看看吧。"赵梦琳说。

"好嘞。"店老板从柜台上拿来菜单，递给赵梦琳，一边用笔准备在小本子上记录，"吃什么菜？"

赵梦琳问王亚夫："你喜欢吃什么？"

王亚夫说："随便，我什么都能吃，你看着点就行。"

赵梦琳点了三份肉、两份小菜、一份汤，问王亚夫："够了吗？"

王亚夫说："再来个人都够了。"

赵梦琳对老板说："就这些吧。"

"好，两位稍等，菜一会儿就来！"老板拿着菜单走开了。

等菜的过程中，王亚夫和赵梦琳闲聊起来。

"我觉得，你那种生活也挺不容易的吧？"王亚夫问。

"可不是吗，还不如普通人自由呢。"赵梦琳叹气。

王亚夫望着外面，若有所思地说："我要是有个这么有钱的老爸，我就叫他带我到美国去。"

"美国？移民？"

"不是，我是说去旅游。我叫他带我去看真正的 NBA 球星比赛，肯定比在电视里看带劲多了！"

"得了吧。"赵梦琳苦笑道，"还美国呢，我爸连带我去一次游乐场都难——他一天到晚忙死了，总是有数不清的应酬和做不完的生意。我和我妈早就想去旅游了，可他抽不出时间，又不准我们去，你说烦不烦吧！"

王亚夫低下头，神秘兮兮地说："我给你出个主意——要不这样吧。"

赵梦琳把头靠过去问："什么主意？"

"你叫你爸拿几十万给我，我带你去旅游。"

"去！"赵梦琳打了王亚夫的肩膀一下，红着脸说，"你凭什么带我去呀，讨厌！"

"哈哈哈哈……"王亚夫爽朗地大笑起来，笑声中，自己也觉得有些纳闷——以前跟女孩子单独相处时，他总感觉拘谨和紧张；可跟赵梦琳在一起时，怎么感觉到的全是轻松和愉快呢？

十一

热腾腾的炒菜和汤端了上来，赵梦琳挨着尝了尝，竟觉得味道都还不错。王亚夫没有细细品味，端起碗狼吞虎咽地吃起来。

两人正吃着，门口走进来一个农村大婶，向店里四处张望。店老板问她："大婶，你吃饭吗？"

农村大婶摇着头说："我是来找我儿子的。"

店老板问："你儿子是谁？"

大婶说："我儿子的小名叫石头，他写信告诉我他在这儿打工——我来看看他。"

店老板愣了一下，说："哦，是这样啊。大婶，你坐，我慢慢告诉你。"

农村大婶问："怎么，他不在？"

"唉，是这样的。"店老板叹了口气，"石头确实在我这儿干过，而且干得还挺好。可是，后来出了件事，他就走了，没在我这儿干了。"

大婶紧张起来："他出什么事了？"

店老板皱着眉头说："这件事说来奇怪。他在我店里负责送外卖，本来好好的。可有一天我叫他送饭到对面的医院去，他上了二楼突然抱着头尖叫起来，端的饭菜也全打了——我本来也没怎么过多责怪他，可他自己觉得过意不去，就走了。"

正在吃饭的王亚夫和赵梦琳听到店老板这段话，同时一惊，一齐抬起头来望过去。

农村大婶着急了："我儿子他不会是生什么病了吧？好端端的怎么会突然尖叫呢？他在家时可没这样呀！"

店老板安慰道："大婶，你别急，他好像就只有那一次，回来又好好的了，不像是生了病的样子。"

"那他现在在哪儿呀？"

"他走的时候也没跟我说呀。"店老板无奈地说。

王亚夫和赵梦琳放下手中的碗和筷子，走到石头妈面前。

赵梦琳说:"阿姨,我能问您几个问题吗?"

石头妈莫名其妙地望着她:"你要问我啥?"

"您儿子叫石头吧,他今年多大了?"

"十五岁。"石头妈急迫地问,"怎么,你认识他?"

"您先听我把问题问完,好吗?"赵梦琳说,"十几年前,您有没有带他到这城里的一家妇幼医院看过病?就是这街对面那家医院。"

石头妈惊愕地望着她:"十多年前,我是带他到这城里的一家医院看过病,但我不记得是不是对面这家了……可是,你怎么会知道这些?"

"我还知道,十多年前您把他带到这家医院看病的那天晚上,他也大声尖叫过,对吗?"

石头妈惊讶得合不拢嘴:"你……你这个姑娘到底是石头的啥人呀?怎么连这个都知道?这件事除了我和他爹,那孩子自己都不知道呢!"

赵梦琳和王亚夫对视了一眼,对石头妈说:"阿姨,您先别管这个,我们是石头的朋友,我们帮您一起先把他找到,好吗?"

"哦,是石头的朋友呀,那太好了!"石头妈感激地说,"我对这城里一点都不熟,有你们帮着我找真是太好了!"

王亚夫在一旁小声问道:"这么大个城市,怎么找啊?"

赵梦琳问石头妈:"您有他的照片吗?我们拿着他的照片好去打听。"

"有,有,有。"石头妈赶紧从手上挎着的小包袱里拿出一张两寸的黑白照片,递给赵梦琳,"这是他去年要换学生证时照的。"

赵梦琳接过照片,看到一个面相憨厚的男孩。她把照片揣进兜里,对石头妈说:"阿姨,这样吧。您对这城里也不熟悉,您就不用去找了。我们帮您去找。您就在这店里等着,今天下午之内我们就能找到石头,到时候把他带到这儿来,好吗?"

"这,这……"石头妈激动得说不出话来,"这真是太好了!我们家石头能交上你们这样好的朋友,真是他的福分呀!"

"那您就在这儿等我们吧。"赵梦琳转过头问店老板,"我们的饭钱是多少?"

店老板说："一共 34 元。"

赵梦琳摸出一张 50 元的纸币递给他，小声说："不用找了。这个阿姨大概也没吃饭吧，您给她做两个菜。"

"哎，好，好。"店老板应道。

赵梦琳和王亚夫走出饭馆，王亚夫立刻问道："你哪来的这么大把握呀，跟人家说今天下午就能找到，要是找不到怎么办？"

赵梦琳说："其实你仔细想想，要找到石头并不难。"

"怎么说？"

"首先，他一个农村出来打工的孩子，身上不可能带多少钱，所以我猜他不会走太远，应该就在附近；其次，他能做的工作很有限，不可能到大公司、大单位上班，只可能在一些小饭馆、小店铺打工，所以，我们只要挨着这附近的小店面问，肯定能找到他。"赵梦琳分析道。

王亚夫举目四望："可是，这一段这么多的偏街小巷，我们挨着问要问到什么时候呀？"

赵梦琳笑了笑："我自有办法。"

她带着王亚夫找到附近的一家复印店，拿出石头的照片对老板说："这张照片复印十张。"

不一会儿，十张复印件拿到了手。赵梦琳说："现在，我们去一些小街小巷找找看。"

王亚夫满脸疑惑地跟着赵梦琳往小街走。两人走到一条破砖旧瓦的小弄堂。在一家杂货铺面前，围了七八个闲杂工，这是些专门替人搬东西、下货物的临时工，他们的眼睛全都注视着杂货铺门口那台十四英寸的黑白电视机。那电视机小小的屏幕上布满雪花，画面模糊不清，但他们并不在乎，正看得起劲，杂货铺的主人"啪"的一声就换到了另一个频道去。他们发出一阵低沉的惋惜声之后，又津津有味地看起来。王亚夫小时候生活在县城里，对于这一幕，他是很熟悉的。

赵梦琳走到那些闲杂工身边，说道："几位大叔，跟你们打听个事。"

那群工人中有些没搭理她，有两三个转过头来。

赵梦琳拿出石头的照片，立起来给他们看："你们见过这个男孩吗？"

几个工人一起摇头："没见过。"眼睛又回到了黑白电视机上。

"我想麻烦你们帮我找这个人……"

一个满脸胡子的工人说："我们一会儿还有事做呢，没工夫帮你找人。"

赵梦琳笑了笑，从钱包里摸出几张五十元的钞票，说："这样吧，你们谁愿帮我找他，我就付他一下午五十元的工钱。"

七八个工人全都转过头来，有几分惊诧地望着她，然后争先恐后地说："我去，我去！"

赵梦琳说："这样吧，你们都去找。谁打听到了他的消息，就回到这儿来，我在这里等着——找到的那个人我另外再拿五十元钱给他。"

"小姑娘，你说话可要算话啊。"工人们说。

"怎么，信不过我？"赵梦琳说，"这样吧，我先一人发五十元拿着，这总成了吧。"

工人们挨着接过钱，欣喜地喊道："好！我们这就去找！"

正欲散去，赵梦琳喊道："等等！找谁呀你们就去找？"她从口袋中摸出照片复印件，分发给他们，"这个人叫石头，十五岁。你们拿着照片复印件沿着不同的街挨着问那些小店铺，没准一会儿就找到了。"

工人们像赛跑似的朝不同的方向散开了。

王亚夫目瞪口呆地望着赵梦琳，咂了咂嘴："说实话，我长这么大还真没见过这么撒钱的——知道吗？你就是给他们一人二十元，他们也能乐得屁颠屁颠就去了。"

"那我给他们五十元，办起事来不就更有效率了吗？"赵梦琳说，"等着瞧吧，不出半个小时，他们就能帮我们找到石头。"

王亚夫有些发蒙地感叹道："今天我总算是见识到什么叫'有钱能使鬼推磨了'。"说着，他蹲下来，"我们就在这儿等着吧。"

赵梦琳正想跟杂货铺老板要个板凳坐，突然听到一阵锣鼓声，她好奇地望过去，发现远处的街口围了一大堆人。

她碰了碰王亚夫："嘿，你看，那儿在干什么呢？"

王亚夫望了一眼，说："摆摊儿的杂耍艺人吧？"

"玩杂耍的？"赵梦琳来劲了，"太有意思了，我们过去看看吧！"

十二

王亚夫本来对这些街边杂耍没什么兴趣，但无奈赵梦琳兴致极大，将他硬拉了过去。

两人从人堆里挤进去，果然，是耍猴戏的。一个身材干瘦、衣着破烂的小老头，戴着一顶夸张的鸭舌帽，帽子几乎把他的脸挡了一半。他一只手举着面锣，另一只手拿着包红布的棒槌。每敲一下锣，地上那只大猴子就做出相应的动作——翻跟头、倒立、踩独轮车……小老头又重重地敲了一下锣，大喝一声："齐天大圣！"那猴子立刻从包袱里翻出一个"紧箍咒"套在头上，再抓起根棍子，反手一举，模仿起孙悟空来——滑稽的动作逗得周围的人哈哈大笑。

赵梦琳开心地直拍掌，笑道："太好玩了！这猴子可真机灵！"

王亚夫撇了撇嘴，说："没见识了吧？也就你这种从没到过这偏街小巷的千金小姐觉得新鲜，我早就看腻了。"

赵梦琳问："你以前就看过这只猴子表演啊？"

王亚夫觉得好笑："我不是看过这只猴子表演——但这些耍猴戏的都差不多，大同小异。"

那猴子又演了一会儿，从地上捡起个斗笠，倒转过来，端着它向人群走来。有些人见势就立即离开了，有的人从裤兜里摸出些毛票、硬币丢到斗笠中。猴子端着斗笠来到赵梦琳面前，向她讨好地点头示意。赵梦琳正要摸钱包，王亚夫按住她的手，小声说："别露财。"然后从自己裤兜里掏出两个一元的硬币，扔到那斗笠中。猴子乖乖地鞠了个躬，又绕到别人那里讨钱去了。

两人又站着看了几分钟，一个跑得满头大汗的工人挤到他们面前——是刚才那七八个工人中的一个。他对赵梦琳说："我还以为你走了呢，原来在这儿看热闹呀！"

赵梦琳问："怎么，你找到石头了？"

那工人点点头："找到了，他就在前面过去几条街的一家火锅店里打杂，我一会儿就问到了。"

"太好了！"赵梦琳觉得比她预想中还要快，"你快带我们去！"

那工人带着赵梦琳和王亚夫七弯八拐地过了几条街，在一家叫"廖记火锅"的小店前站住脚，说："他就在里边呢。"

王亚夫和赵梦琳跟着他往里走，来到厨房后面的一个小院里。三四个男孩正蹲在地上洗着大盆大盆的肉和菜，这里有一大股生肉味和泔水味，再加上堆积的垃圾经地上的脏水一调和——种种臭味混合在空气中，熏得人想吐。赵梦琳刚一跨进来，就捂住嘴，差点呕了出来。王亚夫也有些受不了，直皱眉头。

带他们来的工人指着其中一个正洗着猪大肠的男孩说："瞧，就是他吧？"

赵梦琳只看了一眼，就认出来这就是他们要找的石头，但她实在无法忍受这里面的臭味，捏着鼻子对那工人说："你叫他出来一下，我们在外边等他。"说完逃也似的离开了这个小院。

工人对石头说："小兄弟，你出来一下，有人找你。"

石头手里不得空，一边洗着猪大肠一边问："那两个人是谁呀？我不认识。"

"你先出来再说嘛。"工人催促道，"快点，先别洗了。"

石头放下手中的活，到水管处冲了下手，走了出去。

在火锅店门口，石头找到王亚夫和赵梦琳，问："你们找我啥事呀？"

石头身上还有一股猪大肠的腥味，赵梦琳朝后退了两步，尽量离他远些。

王亚夫问："你叫石头吗？"

"是啊。"

王亚夫说："你妈进城来找你了。"

"啊？"石头惊诧地问，"我妈进城来了？她在哪儿？"

"她现在在你以前打工的那家'缘来饭庄'等着呢。我们是帮她来找你的。"

石头困惑地问："你们是谁呀？我妈怎么认识你们？你们又怎么认得我？"

赵梦琳从衣服口袋里摸出他的照片给他看："这是你妈给我们的，让我们按照这照片上的模样找你。"

"可是……"

"哎呀，别可是了。"赵梦琳说，"你现在就跟我们去见你妈吧。"

"现在可不行。"石头说，"老板交代的事还没做完呢，我得把那些大肠都洗干净才行。"

赵梦琳急了："我说你这个人怎么是个死脑筋啊！那些事是永远做不完的，你先去见了你妈再回来做不行吗？"

石头摇着头说："一会儿老板来了，看到我没把事做完，会怪我的——要不麻烦你们去跟我妈说一声，我把这儿的工作一做完，立马就去找她。"

"你——"赵梦琳有些恼火地说，"你怎么这么犟啊！"

王亚夫说："算了，我们就在这儿坐一会儿，等着他吧。"

石头又进去继续洗他的猪大肠了。这时，一直在旁边站着的那个工人小声提醒道："姑娘，人我可是帮你找到了……"

"哦，对了。"赵梦琳从钱包里摸出五十元钱递给他，"谢谢你了啊。"

那工人拿着钱欢天喜地地走了——不到一个小时就轻轻松松地赚到一百块钱，这是他以前从没遇到过的美事。

王亚夫和赵梦琳坐到火锅店里等石头，闲聊着一些杂事。一个多小时后，石头才从那臭气熏天的后院走出来——他洗了手和脸，换上身干净的衣服，看上去清爽了许多。

"让你们久等了，我们走吧。"石头说。

"你一会儿不用上班了？"王亚夫问。

石头摇着头说："我在六点钟前必须回来。老板说了，那时候客人都该来了，是最忙的时候，我得回来帮忙。"

赵梦琳不屑一顾地说："你别老是老板长、老板短的。他付你多少工钱啊，你这么死心塌地地帮他干？这又脏又累的活，你还珍惜得很呢！"

石头默不作声。王亚夫说："那就快走吧，抓紧时间。"

三个人快速向"缘来饭庄"走去，石头的脚步迈得比他俩都大。快到地方时，石头老远就看到母亲正站在饭馆门口焦急地张望，他大喊一声"妈"，飞快地跑了过去。

石头妈看见儿子跑过来，欣喜地迎上去，捶了他的肩膀一下，嗔怪道："你这孩子！怎么换了个干活的地方也不跟家里写封信说一声？害我还以为你在这儿，来了又找不到你！"

石头挠着头说："不是，妈。我换了好几个地方呢。到现在这家火锅店去了也没几天——我是想安定下来后就跟家里写信的。没想到你这么快就找来了。怎么，家里出什么事了吗？"

石头妈摸着儿子的头说："没事，就是妈太想你了。还有你爸，别看他表面上装着跟没事人似的，可心里比我还惦记你呢！这不，今天就是他叫我到这儿来的，非让我亲眼看看你过得怎么样。"

石头说："妈，你和爸就别挂念我了，我在城里好着呢。"

母子俩又说了些话，石头妈这才看见王亚夫和赵梦琳还站在一边，她拉起石头的手说："对了，真得好好感谢你这两个朋友呀！要不是他们帮忙找到了你，我今天还不得急死呀！"

石头有些发蒙地望着王亚夫和赵梦琳，说："我……朋友？可是……我不认识他们呀。"

"啥？你不认识他们？"石头妈惊诧得说不出话来，"那……这是……"

母子俩一齐望向王亚夫和赵梦琳，眼睛里充满困惑和疑问。

赵梦琳看了看人来人往的街道，说："我们别在人家店门口站着了，这里不是说话的地方，我们找个安静的地方说吧。前面有家咖啡馆，我们去那儿行吗？"

石头妈有些为难地说："我只想去我儿子住的地方看看，回去才好跟他爹交差呀。"

石头说："谢谢你们帮我妈找到了我。可是，你们到底想跟我说什么呀？"

王亚夫说："这事说来话长了，不是三言两语就能说清的。"

石头想了想："要不这样吧，你们要不嫌弃，就跟着我们一起到我住的地方去说话。店里的伙计都忙着，现在那里没别人。"

王亚夫望了赵梦琳一眼，赵梦琳说："就这样吧。"

石头带着母亲来到自己打工的火锅店，又穿过火锅店门脸来到一条狭小、肮脏的后街。这里是典型的贫民区，街道两旁低矮、破旧的平房像病入膏肓的垂死者一样艰难地支撑在地上。石头来到其中一间破瓦房前，打开嘎吱作响的木门，招呼母亲和王亚夫、赵梦琳进来。

进门之后，王亚夫和赵梦琳都惊叹于这间十平方米左右的小屋子内，竟奇迹般地挤下了三张高低铺的上下床——除此之外，几乎连个站的地方都没有，四个人艰难地挤进来后，石头指着最近的一个下床请母亲和客人坐下——赵梦琳看了一眼那脏得满是污渍的床单，差点没呕出来，她尽可能地只擦着一点床边坐下。事实上，她感觉自己正处于一种扎马步的状态。

赵梦琳和王亚夫都是一辈子没到过这么差的环境中来，他们显然不能立刻适应这里的拥挤、阴暗和肮脏——这还只是心理上的。在生理上，这屋子里潮湿的霉味和脏衣服、臭袜子的恶臭味也熏得王亚夫和赵梦琳几乎窒息了。

石头把木门掩上，屋子里立即昏暗得如同傍晚。石头妈问："这屋里没灯吗？"

"有灯，可是得晚上九点以后才有电，所以……只能将就了。"石头窘迫地说。

石头妈突然捂住脸抽噎起来："儿呀，你说……你到这城里来遭啥罪呀！"

石头慌了，安慰道："妈，你别哭了。这里住是差了点，可老板对我们还是不错的，一个月包吃住还有三百呢。而且吃得也挺好，店里的客人每天都要剩下不少菜……"说到这里，他骤然停下来。

石头妈望了儿子一眼，哭得更大声了。

眼前的情形让王亚夫有些不知所措，身旁的赵梦琳赶紧岔开话题："阿姨，别难过了。您还是先听听我们要说的事吧。"

十三

石头妈拭干脸上的眼泪，不作声了。

赵梦琳望着石头问道："石头，'缘来饭庄'的老板告诉我们，你离开他那里，是因为你去对面的妇幼医院送饭，突然尖叫起来，打翻了饭菜——是这样吧？"

石头打了个寒战，没有说话。

赵梦琳继续说："我们从你妈妈那里证实到，十几年前的一个晚上，她带你到那家医院去看病，也发生过类似的事。"

石头抬起头，一脸惊诧地望着赵梦琳，又望向母亲，说："什么？"

"石头，你知道这是为什么吗？你为什么一到那家医院就会失控尖叫？"赵梦琳问。

石头脸上露出恐惧和困惑的神情，他摇着头说："不知道……我不知道！"

赵梦琳望了王亚夫一眼，王亚夫有些着急地问道："你真的什么都不知道吗？你再好好想想，你那天去医院送饭，是不是看到了什么或是想起了什么才会那样？"

"不要说了！"石头大喊一声，不由自主地抱着头，声音中尽是惊恐，"我真的不知道！不要再问我了！"

母亲赶紧抱着儿子，对王亚夫和赵梦琳说："你们别再逼他了！你们到底是谁呀？问这些干啥？"

王亚夫和赵梦琳对视了一眼，他们没有想到石头的反应竟然比他俩更强烈，仅仅是提到这件事，就能让他恐惧成这样。

赵梦琳对石头妈说："阿姨，您还记得吗？十几年前的那天晚上，和石头一起尖叫起来的，还有另外三个小孩——您想得起来吗？"

石头妈凝视着他俩的脸，好一阵后，说："难道，你们是……"

"对，我们就是另外那三个小孩中的两个！"赵梦琳说。

石头妈大吃一惊："什么，你们真是当年的……这么说，你们也看见了——"

她说到这里，似乎突然意识到了失言，赶紧捂住嘴，话声戛然而止。

王亚夫和赵梦琳的惊讶程度远甚于石头妈，他俩几乎一起喊出来："阿姨，您知道我们当时看见了什么？您知道这是怎么回事？"

石头妈将头扭到一旁，躲避着他俩询问的目光。她对石头说："儿呀，你不是还要去工作吗？你快去吧，妈看到你就放心了，以后有空就给家里写信，知道吗？"说着，她站起来，就要往门外走。

王亚夫和赵梦琳慌了，他俩赶紧跃起来，挡在门口。王亚夫说："阿姨，您肯定是知道什么的！您为什么不愿意说出来？"

石头妈感觉目光无处闪躲，她尴尬地站在原地。石头愣在一旁，也呆呆地望着母亲。

过了好一会儿，石头妈缓缓地说："你们不该打听这些事的……这么多年了，你们早就该忘了这些骇人的事！"

王亚夫和赵梦琳愣着说不出话，一股寒意从他们的脊背冒了出来——他们不知道，"骇人的事"是指什么。

王亚夫咽了口唾沫，壮起胆子问："阿姨，您就告诉我们——那天晚上，我们到底看到了什么，才会这样？"

"你们干啥非要知道得这么清楚不可？就因为好奇吗？"

"不，不是因为好奇！"赵梦琳说，"这么多年来，我都会做同样的噩梦，无数个早晨，我都从尖叫声中醒来！我的精神都快要崩溃了。所以，我必须解开这个谜，弄清楚事实，才能解开我的心结！"

石头妈低声叹息道："只怕你真的弄清楚后，会做更可怕的噩梦。"

"是什么？"赵梦琳试探着问，"我们到底看到了什么，有这么可怕。"

石头妈望了儿子一眼，摇着头说："这件事，我和他爸从没跟石头提起过……"

她犹豫了一会儿，又叹了一口气，说："那天晚上，我和他爸一起带着石头去城里的医院看病，因为他烧得厉害。排队的时候，石头突然和另外三个小孩一齐尖叫起来，那声音很吓人，叫得人心里发毛。我和他爸都吓住了，以为孩子得了什么怪病，可是问医生，医生也说不上来……"

"看完病后，我们回到村里，他爸把这件事讲给村里的老人听。没想到，那些见过世面的老人们都很吃惊，说这种事以往也发生过，只是很罕见，而且……他们说得很骇人，我想起来都害怕……"石头妈停下来，满脸的惶恐不安。

石头按着母亲的肩膀问："妈，他们到底说了什么？"

母亲脸色发白，颤抖着说："老人们说，这是有不干净的东西从那里经过，被小孩子看到了——大人是看不到的，只有不懂事的娃娃才能看见那些可怕的东西。"

三个孩子互看了一眼，尽管他们不愿相信这种带着迷信色彩的说法，却还是感到有些不寒而栗。

石头妈突然睁大眼睛，带着紧张和不安的口吻说："你们别再追究这件事了好不好？听老人们说，看到那些东西是不吉利的。而且，你们不能让不干净的东西知道你们看到了它，否则，否则……"

她恐惧得说不出话来，气氛诡异而凝重。突然，王亚夫眼睛的余光无意间扫到门口，他发现，不知道什么时候，门缝里多出了一个黑色影子和一只滴溜溜转动的眼球。他浑身汗毛都竖起来了，"啊"地大叫出来。

王亚夫的叫声把屋里的人都吓了一大跳，石头见他惊恐地指着门口，快步上前去拉开门，但门外根本没人。石头正感疑惑，忽然窗台上传来一阵"吱吱"的叫声，他顺势望过去，笑道："原来是这家伙呀！"

一只浑身灰毛的猴子从窗台上跳下来，哧溜溜来到石头脚下，一只手抓住他的裤角，另一只手摊开要东西。石头从衣服口袋里摸出几颗花生，丢给猴子，说："走吧，走吧！"

猴子捡起地上的花生跑开了，石头转过身，对王亚夫说："没什么，是只猴子。"

王亚夫没有说话，低头思索着什么。

赵梦琳走到门口看那猴子，说："这不是刚才表演杂耍的那只猴子吗？怎么跑到这儿来了？"

"你们刚才看到它了？"石头说，"这猴子就是一个杂耍老人养的，那老人也住这条街，这猴子表演完杂耍后时常来要点吃的，跟我们都混熟了。"

说到这里，石头一下想起了什么，他拍了一下脑袋："哎呀，杂耍的都收摊了，现在肯定快六点了，我得去店里工作了！"

石头转身对母亲说："妈，你也快回去吧，别担心我，我会照顾好自己的，等发了工资我就寄回家。"

"别累着自己了，多跟家里写信。"母亲说，然后朝车站的方向走去。

石头正准备离开，望了一眼赵梦琳，心里突然生起一种奇怪的感情，他说："对不起，没能帮上你。"

"别跟我说对不起，这是我们共同的事。"赵梦琳说，"我不明白，难道你没有好奇心吗？你就不想弄清楚十几年前到底发生了什么事吗？"

石头垂下头，小声说："我想知道，可我得工作……"他又抬起头来，"对了，我还不知道你们叫什么名字呢。"

"我叫赵梦琳，他叫王亚夫。"

石头说："我也不知道我妈刚说的对不对，可是，我一听到你们说起这件事，心里就有种怪异的感觉，像是要出什么事一样……你们还要调查下去吗？"

赵梦琳说："不查个水落石出，我不会死心的。"

石头凝视了她一会儿，说："如果你们还要我帮什么忙，就到这里来找我吧。"说完，转身走了。

赵梦琳叹了口气，觉得有些失望——找到了"第三个人"，却还是一无所获。石头妈说的那些话，如果从科学的角度去看，没有任何意义。但赵梦琳也有些困惑了——这个世界上的事，真的全能用科学来解释吗？

这时，她突然注意到身边的王亚夫已经很久没有说话了，仍和先前一样，紧皱着眉，仿佛在思索着什么不可思议的事。

赵梦琳用手肘碰了碰王亚夫："想什么呢？"

王亚夫身子抖了一下，他将脸转过来，用一种诡异莫名的神情直视着赵梦琳。

赵梦琳这才发现他的脸色惨白得如同一张白纸，不禁吓了一跳，问道："你怎么了？"

好半天，王亚夫才从嘴里挤出一句话："我刚才在门缝里看到的……绝对不可能是那只猴子！"

十四

"什么？"赵梦琳难以置信地问，"不是那只猴子？你怎么知道的？"

王亚夫紧张地望着她说："当时石头妈在说话，你们都全神贯注地盯着她。可我站的位置离门很近，刚好能看到那虚开一点的门缝。我看到了一个黑影和一只转动的眼珠。你没看到那只眼睛，我虽然只看了一两秒，却能清楚地看到那只窥探的眼珠里透出来的凶恶——那种眼神是人才会有的！"

赵梦琳感到有些毛骨悚然："难道，有什么人在跟踪和窥视我们？或者是……"

她停了下来，王亚夫望着她："你想说什么？"

"我在想，石头妈说的话……"赵梦琳打了个哆嗦。

王亚夫缓缓蹲下来，用力捶了自己的大腿一下："我们太天真了，犯了个大错误！"

赵梦琳问："什么意思？"

王亚夫眼睛盯着她说："我想，我们也许把这件事想得太简单了。我们今天不该如此大张旗鼓地调查这件事！"

赵梦琳一惊："你是说，我们有可能已经打草惊蛇了？可是……会是谁呢？"

王亚夫默默摇头。

赵梦琳问："现在怎么办？我们……停止调查吗？"

王亚夫想了一会儿，从地上站起来，神色严峻地说："如果我们已经打草惊蛇了，不如反其道而行之。"

赵梦琳茫然地望着他。

王亚夫说："我们现在也不用隐藏这件事了，一会儿回家之后，你就用电脑在全市各大校园网发帖子，把这件事简要叙述一下，略去我们知道的那些隐情，并指明我们正在找寻当年一齐尖叫的四个小孩中的第四个。留下你的联系方式——记住，人名、地名全都不要用真实的就行了！"

赵梦琳吓了一跳："这样做合适吗？如此大动干戈，会不会引起……"

"对！我们就是要把当年知道这件事的、和这件事有关的人，以及第四个人引出来！只有找到这些人，事情才有可能真相大白！"

"可我担心，会不会把事情闹得太大，在全市范围内掀起风波？"

王亚夫歪着嘴笑了笑："你还没明白吗？这是我设的一个圈套。"

"什么？"赵梦琳不解地望着他。

王亚夫说："你想想，我们在这件事中没有提到任何真实的地名、人名——一般人是不会相信这是一起真实事件的。他们只会认为这是一个玩笑或故事。而如果有人和我们联系，则意味着他知道这件事是真的，那么，他就有可能是我们要找的第四个人和知道这件事真相的人！"

赵梦琳一拍手："真是太妙了，就这么办！"

王亚夫抬手看了看表："都六点半了，我们回家吧。"

"嗯。"赵梦琳点头。

"我送你。"

"好！"赵梦琳爽快地答应。

两人忘记了刚才的恐惧不安，谈笑着步行回家。走完这条破旧的小街，拐到大街上消失不见了。

他们没有注意到，在他们刚才站立的身后，有一辆不起眼的灰色小车。在他们拐过街角后，车窗玻璃摇了下来，从里面探出一个身穿白大褂的中年男人的脑袋……

十五

在接下来的一个星期里，王亚夫觉得自己每天就做两件事：等赵梦琳的电话和接赵梦琳的电话。从和赵梦琳一起调查这件神秘事件开始，王亚夫就觉得身边的其他事情都失去了吸引力。电视一看就犯困，游戏也变得乏味起来，就连最喜欢的篮球也让他提不起精神。唯一能让他立刻振奋的只有电话铃声。但王亚夫得承认，除了听到赵梦琳的声音让他确实很高兴之外，赵梦琳每天带给他的消息却都让人失望。

"嗨，亚夫，我调查出来了。"

"什么！真的？"

"我拜托我爸找他的熟人去妇幼医院打听到了那个医生——就是那个鼻子旁有个很大的痣的男医生的名字——他叫吴伟。知道吗？他在那家妇幼医院工作了近二十年！完全有可能知道或参与了当年的那件事！"

"太好了，还有什么消息？"

"……没有了。"

"网上那边呢，还是没人和你联系吗？"

"没有，我想，大概所有人都认为这是个恶作剧。"

"那么……你说调查出来了，就仅仅是指那个医生的名字，其他的一无所知？"

"要不你还想怎么样？别对我要求太高，我已经很尽力了。你总不能指望我是美国中央情报局的探员吧……"

刚才的对话发生在四天前，后来就连这类没什么价值的信息都没有了，但他们仍然每天打电话聊天。

今天却有些不一样。早上八点半，还在睡梦中的王亚夫就被刺耳的电话铃声吵醒了。父母都上班去了，王亚夫极不情愿地从床上爬起来，穿着条内裤去客厅接电话，他估计是母亲打来提醒自己吃早饭的。

看到电话号码，王亚夫愣了，是赵梦琳打来的——这可有点反常，赵梦琳通常不会这么早打来电话的。

王亚夫赶紧抓起电话听筒："喂，梦琳吗？"

"亚夫，有进展了！"赵梦琳的声音显得十分激动，"你绝对想象不到！"

"是什么？"

"我刚才起床后，打开电脑，发现昨天晚上有人在我发的帖子下留了言，只有一句话——'我就是你们要找的第四个人'，并且还留下了自己的电话。"

"真的？那你跟他打电话了吗？"

"当然打了，就在跟你打电话之前——可他在电话里不愿多说。于是我跟他约好九点半在西广场的喷水池前见面。"

"太好了！我马上就去！"

"我在那里等你。"赵梦琳挂电话。

王亚夫睡意全无，他赶紧回房间穿上衣服，洗漱完毕就立刻奔出了家门。

九点十五分，王亚夫在西广场最大的喷水池前见到了赵梦琳，却发现赵梦琳一脸的阴郁。

王亚夫走上前去，问道："你怎么了？"

赵梦琳望了他一眼，叹了口气，愁眉苦脸地说："我……忘了很重要的事。"

"什么事？"

赵梦琳有些难堪地说："我当时一兴奋，只顾着跟他约见面地点了，却忽略了一件事——我们互相都不认识啊！这里这么多人，怎么知道谁是谁？"

王亚夫举目四望，整个西广场大概有上千个人，光是喷水池周围就有一两百人——一瞬间，他觉得头大起来。

眼看就要到九点半了，赵梦琳说："要不，我们找年龄和我们差不多的人挨着问问？"

"怎么问？'对不起，你是当初尖叫的四个小孩之一吗？'——别人还不认为我们是神经病呀！"

赵梦琳焦急地左顾右盼："那可怎么办才好啊？"

　　几分钟后，一个斯文秀气的男孩走到他们身边，说："是你们要找我吧？"

　　王亚夫和赵梦琳同时吃了一惊，赵梦琳问："你就是……"

　　"早上跟你通过电话的人，我叫颜叶。"

　　赵梦琳惊讶地问："我并没有告诉你我的任何外貌特征啊，你怎么知道就是我？"

　　颜叶说："我来之后观察了一会儿就知道是你们了。"

　　王亚夫看了看周围："这附近年龄和我们相仿的，也在等着人的有好几十个呢，你怎么一下就能分辨出来我们就是你要找的人？"

　　"这很简单。"颜叶指着旁边的一些年轻人说，"你看他们几个，虽然也是在这里等人，但他们显然知道自己要等的人是谁，所以不会像你们一样左顾右盼，注视着每一个陌生人——你们明白了吧？"

　　王亚夫和赵梦琳大眼瞪小眼地对视了一秒。

　　"我还不知道你们叫什么名字呢？"颜叶说。

　　"嗯……"王亚夫犹豫了一下，胡乱编了个名字，"我叫王强。"

　　颜叶望了他一眼，转身就走。

　　王亚夫赶紧追上前去问他："你干吗呀？怎么就要走？"

　　颜叶冷冷地说："你连真名都不愿意告诉我，我跟你还有什么好谈的？"

　　王亚夫的脸一下就红了起来，他尴尬地说："你怎么知道我没说实话？你以前认识我？"

　　颜叶摇着头说："我不认识你。"

　　"那你怎么知道我告诉你的不是真名？"

　　颜叶说："第一，一个人回答自己的名字需要想吗？第二，在中国男孩的名字里，以'强''伟''明'等字作为姓名是最常见的。你现想一个，当然不会有什么创意，所以才会取出'王强'这么一个又假又俗套的名字。"

　　王亚夫望了一眼赵梦琳，吐了吐舌头，感觉站在他们面前的不是个普通人。

"对不起，我跟你道歉，我叫王亚夫。"

赵梦琳也报了自己的名字。

"好了，现在我想知道，你们找我干什么？"颜叶问。

赵梦琳说："你看了我发在网上的那个故事，你真的就是十五年前那个晚上和我们一齐发出尖叫的那个孩子吗？那个时候，你也应该还不记事吧？你是怎么知道这件事的？"

颜叶说："我几岁时听我父母说起过。他们认为这件事很奇怪，就讲给其他亲戚听，我也就知道了。"

王亚夫问："你知不知道你当时有多大？"

颜叶说："听我妈讲，好像是三岁多一点。"

王亚夫若有所思地说："这么看来，你应该是当时我们四个人中最大的一个了。"

颜叶说："现在你能告诉我了吗，你们为什么要找当时那几个小孩？"

"因为我们在长大后都因为这件事而留下了不同程度的心理阴影。这种心理阴影以噩梦或其他形式折磨着我们——所以，我们想找到这件事情的根源。也许只有弄清真相才能解开心结。"王亚夫说。

颜叶低下头默不作声地思索着。

"你当时有三岁了，那你还记不记得当时发生了什么或者你看到了什么？"赵梦琳问。

颜叶抬起头说："本来我根本记不起这件事，但前不久发生了一件事后，我好像……想起了些什么。"

十六

三个人在广场中找了个相对安静的角落。

听完颜叶的叙述，赵梦琳忍不住叫了出来："这么说，你也跟我们一样，因为这件事留下了一些心理阴影？"

"我起先不知道这是怎么回事——为什么我看到电视里那个浑身带血的婴儿会情绪失控地尖叫？后来，我想起小时候听父母说起的，在妇幼医院发生的那件事，便自然而然地想到——这两件事应该是有关联的。"

"你刚才说，发生这件事后，你想起了些什么——是什么？"王亚夫问。

颜叶抿着嘴，皱起眉头说："我好像……有些想起了那天晚上我看到的那个东西，我有些模糊的印象……"

"真的？"赵梦琳激动起来，"那你快说说，那天晚上你看到了什么？"

颜叶的脸突然露出痛苦的神情，他摇着头说："我也尝试着去回忆过，可每次想到这里，心脏就跳得厉害，头也痛起来……"

他大口喘息着，用手撑着头，似乎立刻进入了他说的这个状态。

王亚夫见他痛苦的模样，拍着他的肩膀说："那就别想了。"

赵梦琳有些沮丧地说："要是你也不知道的话，那当初的四个人就没有一个人知道真相了。"

颜叶抬起头，情绪转好了一些，他问道："还有一个人是谁？"

王亚夫说："他叫石头，是农村的，现在在城里的火锅店打工。我们之前也找到他了，可他的情况也跟我们差不多。"

颜叶说："我本来还以为今天见到你们后，你们就能告诉我当年发生了什么事呢。"

王亚夫叹了口气："唉，现在可是彻底没辙了。"

赵梦琳在一旁思索了片刻，说："我倒有个办法，只是……不知道你愿不愿意。"她扭头望着颜叶。

颜叶问："什么办法？"

赵梦琳说："我家有一个专门的私人心理医生，在我几岁的时候，我爸为了这件事带我去拜访过他。那个医生为了找到我内心深处恐惧的根源，曾对我实施过催眠术，但因为我经历这件事时太小了，所以催眠术也无济于事。可是你经历那件事时已经有三岁了……"

"你想让我也去接受催眠术？"颜叶明白了。

"你愿意吗？"

颜叶略微思索了一下，说："行，试试吧！我实在是太想知道，十五年前那个晚上到底发生了什么事！"

"那个心理医生住在哪儿？"王亚夫问。

"不远，就在我家附近。我们现在就去吧！"赵梦琳说。

三人快步走出西广场，来到人来人往的大街上。赵梦琳拦了一辆计程车，三个人一起坐了进去。

王亚夫和颜叶坐在汽车后排，颜叶忽然皱了下眉，问赵梦琳："你家是做什么的呀？还有私人心理医生。"

赵梦琳在前排回过头来望了他一眼，然后冲王亚夫努努嘴，使了个眼色。王亚夫俯到颜叶耳边，悄声跟他说了几句话。颜叶瞪大眼睛，一脸的惊诧。

十多分钟后，出租车在一片小型别墅区停了下来。从车里出来后，赵梦琳指着面前一幢漂亮精致的小别墅说："就是这儿。"她领着王亚夫和颜叶走上木台阶，按响门铃。

过了一刻，门打开了，一个四十多岁、慈眉善目的中年男人笑着说："是梦琳呀，快请进。"

"程医生，您好。"赵梦琳礼貌地介绍道，"这是我的两个朋友，王亚夫和颜叶。"

"好，好，都快进来吧。"程医生做了个"请"的手势，三个人走进屋去。

在客厅坐下，程医生为他们倒了三杯水，问道："你们找我有什么事吗？"

赵梦琳开门见山地说："程医生，你还记不记得，我爸以前来咨询过你的——我一岁多的时候在妇幼医院突然大声尖叫的事？"

程医生推了推鼻梁上的眼镜，点头道："当然记得。对了，你后来还因为这件事做噩梦吗？"

"还是时常会做。"赵梦琳说，"程医生，您没忘记吧，当时尖叫的不止我一个，还有另外三个小孩。"

"对。"程医生说，然后看了看王亚夫和颜叶。

"程医生，我想你已经猜到了，这两个男孩就是其中的两个。"

"哦？"程医生惊讶地从沙发上站起来，又缓缓坐下去，"你居然找到了十五年前的那两个孩子？这真是太不简单了！你是怎么找到的？"

"程医生，这就说来话长了，而且，事情的关键也不在这里。我们今天来，主要是想……"赵梦琳把用意详细讲了一遍。

程医生盯着颜叶，微微点了点头："如果你当时已经三岁了，那么用催眠术就完全可能唤醒沉睡在你潜意识深处的幼年记忆。如果你能记起十五年前那个晚上究竟看到了什么，就有可能让事情真相大白。孩子，你愿意配合我进行催眠吗？"

"是的，医生。"颜叶肯定地说。

"但我有必要提醒你——催眠术如果成功的话，就能将你带到十五年前的那个晚上，这有可能是一趟不愉快的旅行——你得有心理准备才行。"

颜叶深深吸了一口气："医生，我做好心理准备了。"

"那好，我们马上就可以进行。"程医生对赵梦琳和王亚夫说，"实施催眠术时，要求绝对安静。我会带他到靠近后花园的书房里进行催眠。你们就在客厅里等吧。"

"好的，程医生。"赵梦琳点头道。

程医生领着颜叶进了书房，关上门。赵梦琳和王亚夫一言不发地坐在客厅沙发上，心里都捏了一把汗。他们的紧张程度不亚于颜叶。

王亚夫盯着对面墙上的挂钟，时间一分一秒地流逝，已经过了二十分钟了，房间里静得可怕。他悄悄瞟了一眼赵梦琳，她眼睛直视着前方发呆，不知道在想些什么。

王亚夫觉得气氛沉闷得让人窒息，他轻轻干咳了两声，低声问道："你说，颜叶他……"

突然，书房里传出一阵尖厉的惨叫。王亚夫和赵梦琳一惊，同时从沙发上弹了起来——他们听出，这是颜叶的声音。

十七

正在王亚夫和赵梦琳不知所措之际，书房的门打开了，程医生满头大汗地从里面冲出来。他望都没望他们一眼，径直跑进厨房，几秒钟后，捧着一瓶什么东西又冲进书房。王亚夫和赵梦琳不知道发生了什么事，瞠目结舌地愣在原地。过了一会儿，程医生从书房走出来，长长地松了口气。

赵梦琳赶紧上前问道："发生什么事了？"

程医生示意他们坐下，他擦了擦额头上的汗，说："催眠进行得相当成功。进入催眠状态后，我对他进行心理暗示，暗示他是一个三岁大的幼儿，正躺在亲人温暖的怀抱里，此刻在妇幼医院的走廊上等待……也许他太进入状态了，仿佛真的回到了十五年前的那个晚上，当我暗示他朝走廊尽头望过去时，他失声尖叫，并喊着'怪物、怪物'，身体剧烈颤抖并抽搐起来！我知道不能再继续下去了，便立刻结束了他的催眠状态。"

"那……他现在怎么样？"赵梦琳急切地问。

"醒来后他情绪稳定了不少。我拿了一瓶冰镇果汁给他喝，并叫他躺在长椅上休息一会儿，现在应该好多了。"

"他除了叫'怪物'之外，还有没有说什么别的？"王亚夫问。

程医生摇着头说："没有了。我本来还想在他催眠状态时多问些问题，可见他那失控的模样，实在是不敢继续了。"

"我们去看看他。"王亚夫对赵梦琳说，两人一起站起来。

两人走进书房，颜叶从躺椅上直起身子。他仍然脸色煞白，一副惊魂未定的样子。

王亚夫靠过去说："让你受苦了。"

颜叶喘了会儿气，呼吸渐渐平缓过来，他说："没事了。"

"你……想起什么来了吗？"赵梦琳问。

"程医生没告诉你们吗？"

"他说，你在催眠状态中大声尖叫，并喊着'怪物'。"

颜叶看了一眼站在赵梦琳身后的程医生，对王亚夫说："我们走吧。"

赵梦琳感觉颜叶像是有什么隐秘般，她轻轻皱了皱眉，和王亚夫一起把颜叶扶起来，然后对程医生说："谢谢你了，程医生，我们走了。"

"梦琳，我……"程医生顿了一下，有些欲言又止，"很抱歉，我还是没能帮到你，但……"

赵梦琳望着他，等待他继续说下去，但程医生轻轻叹了口气："算了，没什么，如果你还有需要我帮忙的地方，请尽管来找我。"

"我会的，程医生，再见。"赵梦琳说。

走出程医生家，三个人在别墅区的街道上漫无目的地步行了一会儿，在街边的一排长椅上坐下。

赵梦琳终于忍不住了，问颜叶："你到底看到了什么怪物？"

颜叶打了个冷战，他和赵梦琳对视了几秒，目光又移向王亚夫，好半天，才说出一句："我看到了可怕的、不可思议的景象……"

"到底是什么？"王亚夫问。

"我……我像是回到了十五年前那个晚上，变成了幼儿，本来很平静、温暖，但我，可我朝医院走廊望去，竟看到了……看到了……"

他努力向下咽着唾沫，就像是要把恐惧强行吞咽下去。

王亚夫和赵梦琳盯着他的嘴，心里焦急而紧张。

终于，颜叶费力地把话挤出来："我看到走廊尽头一间病房的门轻轻打开，一个满身是血的婴孩直立着从里面走了出来……他还望了我一眼，那模样……简直就是个怪物！"

王亚夫和赵梦琳同时感觉一股凉意自背脊骨冒了起来，直往上蹿。赵梦琳被吓得面无血色，颤抖着说："天哪……这不是和我那个噩梦一样吗？难道……那个噩梦是真的？"

王亚夫忽然想起那天晚上在家里偷听到的父母的谈话，他觉得脑子开始打旋，嗫嚅道："这怎么可能……怎么会有这种怪事？"

他们在椅子上坐了好长一段时间。

赵梦琳问颜叶："这些话你刚才在程医生家怎么不说？"

颜叶望着她，疑惑地说："我觉得……那个心理医生有问题。"

"什么？"王亚夫和赵梦琳一齐望向他。

颜叶说："他对我解除了催眠状态后，我隐约听到他小声说了一句'原来是这样'，似乎他已经明白了这是怎么回事，可他后来却什么都没对你们说。我猜，他一定以为我没有听到他说的那句话……而且，他在催眠中对我所做的心理暗示太过详细了，简直像他当年也在现场一样。总之，我觉得他很可疑。"

王亚夫惊讶地望向赵梦琳，赵梦琳发蒙道："这怎么可能？程医生从我很小的时候就一直为我们家的人做心理咨询，他还说一定要帮我找到心理阴影的根源……按道理，他应该很值得信任呀！"

"要不，你一会儿回去问问你爸，再了解一下这个程医生究竟是什么人。"王亚夫说。

"不行，我现在就要去问。"赵梦琳说，"我们以后再电话联系。"

她正准备走，颜叶叫住她："我记一下你的 QQ 号吧，我们还可以在网上联系。"

"好。"赵梦琳说出一串数字，颜叶从衣服口袋里摸出一支黑色记号笔，将那串数字记在手心。赵梦琳跟他们道过再见，匆匆离去了。

"你呢，有 QQ 号吗？"颜叶问王亚夫。

"我家没电脑，就电话联系吧。"王亚夫说。

"行，那我也回家了。再见。"颜叶说。

"再见。"王亚夫冲他挥了挥手，突然补了一句，"你……要小心点。"

颜叶转过头，问："为什么这么说？"

"我……不知道，只是提醒你一下。"

颜叶望了王亚夫一会儿，说："我知道了，再见。"

望着颜叶离开的背影，王亚夫隐隐觉得纳闷——自己为什么要说这样一句话？

十八

王亚夫在第二天早晨（如果上午十一点还能被称为"早晨"的话）起床后走出卧室，发现妈妈正准备着丰盛的午餐。

他好奇地问道："妈，你今天不用上班吗？"

"看你，也不知道是睡昏了头还是暑假玩得太没谱了，连星期几都不知道了。"妈妈一边笑着说，一边将两个鸡蛋打进瓷碗里。

王亚夫挠了挠头，这才想起今天是星期天。

妈妈用筷子搅动着碗里黄灿灿的鸡蛋，说："你放暑假后妈妈还没好好给你做过一顿饭呢，今天就犒劳犒劳你。"

王亚夫走进厨房，从准备好的食材，他推测到今天的午饭里会出现糖醋鱼、炸鸡翅、烧牛肉、土豆泥和番茄鸡蛋汤——这些可全都是他爱吃的。

王亚夫骤然觉得肚子里咕咕作响，他吞咽下口水，问道："妈，什么时候开饭呀？"

"十二点吧。你先去洗脸漱口，然后吃几片面包垫着。"妈妈吩咐道，在各种炊具盘盏间忙活起来。

中午，爸爸拿出从超市买回来的饮料，宣布今天要庆祝一下王亚夫考上一中的喜事。一家人碰杯后，王亚夫早就无法抵挡这一桌子菜的诱惑了，赶紧抓起筷子大快朵颐起来。

才吃了几分钟，客厅里的电话就响了起来，平常都是王亚夫跑得最快去接电话，今天妈妈见他正狼吞虎咽着，便站起来说："我去接吧。"

"你好。"妈妈抓起电话听筒。

"王亚夫！我……我找王亚夫！"对方狂喊道，把王亚夫的妈妈吓了一大跳，她将听筒拿到距离耳朵一段距离的地方，瞪眼看着它，然后问道："你是谁？"

"我找王亚夫！快叫他听电话！"那声音焦急地大声吼道，好像是在对着足球场另一端的人喊话，甚至是下令，"他在吗？叫他听电话！"

妈妈皱起眉头，抑制住自己的怒火，冲饭厅喊道："亚夫，接电话！"同时抱怨了一句，"哪家的姑娘，大呼小叫的，没一点礼貌！"

王亚夫心里有数，他赶紧放下碗筷跑过来，接过妈妈手里的电话听筒后，小声说："妈，你去吃饭吧。"

妈妈白了他一眼，回饭厅去了。

"喂，是梦琳吗？"王亚夫压低声音问。

"王亚夫，出……出事了！"电话那头的赵梦琳带着哭腔说。

王亚夫一愣，心中涌起不安的感觉："出什么事了？"

"程医生……程医生死了！"

"什么！"王亚夫大喊一声，朝饭厅看去——父母的目光都注视着自己，他赶紧转过身，压着声音问，"怎么回事？"

"程医生他……昨天下午自杀了！"

"自杀……这，怎么可能？我们昨天上午拜访他时，他不是还好好的吗？"王亚夫难以置信地问。

"我也不知道……"赵梦琳哭丧着说，"你现在能出来吗？我们见面再说吧。"

"行，在哪儿见面？"

"还是昨天那个老地方，西广场的喷水池。"

"好，我马上就去！"王亚夫放下电话。

走回饭厅，王亚夫琢磨着父母肯定会盘问自己，便在他们开口之前胡乱编了个借口："我同学打来的，说我们班以前的一个同学出车祸了，我得马上去看看他。"

"嗯，应该的，去吧。"爸爸说。

"把饭吃完再去吧。"妈妈说。

"不了。"王亚夫到门口穿好鞋，"同学们都在等我呢。"

二十分钟后，王亚夫急匆匆地赶到西广场喷水池边，见到赵梦琳后，迫切地问："到底怎么回事？"

赵梦琳看了看表，说："颜叶马上也到了，等他来了一起讲吧。"

过了五六分钟，颜叶从广场另一边气喘吁吁地跑过来了，带着一脸惊诧的表情。

王亚夫催促道："现在可以说了吧。"

赵梦琳脸上是不可名状的复杂神情："昨天上午我跟我爸打听程医生的情况——这个暂且不谈，因为我没问到什么特别的情况。今天上午，我爸接到一个电话，然后他惊诧不已地告诉我——程医生昨天下午服毒自杀了！"

"服毒……自杀……"王亚夫问，"为什么？"

赵梦琳摇着头说："没人知道为什么，我只知道事情的经过：程医生的妻子去世后，他就长年一个人住在那幢房子里。今天上午，他女儿回来原本是想和父亲一起过周末的，打开门后，却发现父亲倒在书房的地上，已经死去多时了！"

"怎么看出是服毒自杀的？"颜叶问。

"警察赶到现场后，在书房的桌子上发现了半杯咖啡，化验后，发现咖啡中下了剧毒。法医也判断程医生确实死于中毒。"

"我是问，警察怎么知道他是'自杀'的？"颜叶在语气中强调了"自杀"两个字。

"因为在现场并没有发现什么可疑的迹象——当然，这也只是初步判断，具体情况警察还在调查。"

颜叶低下头想了一会儿，说："警察知不知道我们三个昨天去找过程医生这件事？"

这句话把赵梦琳吓了一跳："你这么问是什么意思？"

"快说，警察知道吗？"颜叶盯着她问。

"大概……不知道吧，除非我爸告诉警察——但我觉得这不大可能。你到底想说什么？"

"你是不是觉得程医生的死和我们昨天的造访有关系？"王亚夫将话挑明说出来。

"难道你们不觉得蹊跷吗？"颜叶望着他俩说。

"说来听听。"

"首先，我觉得从情理上来看，程医生根本就不像是自杀——一般自杀的人都会留下遗书之类的东西，可是他没有；而且，昨天我们去拜访他时，程医生还是和颜悦色的，哪里像是有烦恼、困惑，要自杀的样子？"

"接着说。"

"另外一点，我想你们都注意到了——程医生昨天在对我实施催眠术后，神色有些怪异，有点欲言又止的感觉，像是他知道了什么隐情，却又不能说出来。我们猜想一下，假设他洞悉到了一个他不该知道的秘密……"

"天哪，你是说，他是因为知道了这个秘密而被杀害的？"赵梦琳捂着嘴说。

"我只是推测，不能肯定，可是……"颜叶紧皱眉头思索了一刻，突然脸色大变，"如果我这个推测是真的，那就糟糕了！"

"为什么？"王亚夫问。

颜叶神情紧张地说："你想想看，如果程医生真的是被人谋害的，而这个凶手杀死他是为了让这个秘密不外泄——那么，这个凶手完全可能认为，知道这个秘密的不止程医生一个人，还有我们三个！"

"啊！"赵梦琳感觉全身的汗毛都立起来了，皮肤阵阵发冷，"难道，那个凶手还有可能杀害我们三个？可是……我们什么都不知道呀！"

"那个凶手可不一定会这么想。"颜叶严峻地说。

"对……你分析得有道理，而且完全有可能发生。"王亚夫额头沁出汗水来，"我们现在，确实处在危险之中！"

"那我们该怎么办？报警吗？"赵梦琳有些慌了神。

"现在什么都没发生，怎么报警？再说，这些都只是我们的推测而已呀！"颜叶说。

"可我们也不能坐以待毙，等着事情发生呀！万一你推测的全都是真的怎么办？"

"我也想不出来办法，现在只能等着看警察的下一步调查结果了。"颜叶说，"好在我们三个人经常聚在一起，心里又有些准备，相对来说要安全些。"

王亚夫听到颜叶这句话，突然"啊"地叫了出来，像是猛然想起了什么。

"你怎么了？"赵梦琳问。

"石头！我们得赶快去找石头！"王亚夫喊道，"他也可能有危险！"

十九

从早上六点钟起床开始，石头就一直没闲下来。整个上午他就和一大堆土豆、南瓜和西红柿待在一起——把一个个灰头土脸的蔬菜洗出它本来的颜色，同时把自己变得灰头土脸。

忙完这一切，他也没有任何喘息的机会，因为今天是星期天，中午就有不少的客人来吃火锅。石头不停地穿梭于各桌客人和厨房之间——上菜、倒茶、添汤——在呼来唤去中忙得不可开交。直到下午两点过，吃饭的高潮过去，他才得以在厨房后院的小凳子上坐下休息片刻。

石头坐在凳子上舒展了一下筋骨，觉得手臂和肩膀阵阵酸痛，他用手揉捏着肩膀，同时注意到地上有一队蚂蚁在搬动着食物残渣。他突发奇想——要是自己有蚂蚁的本事就好了，就能搬动比自己重得多的东西。

石头望着地上的蚂蚁出神，全然没注意到一双大手从他身后朝他的脖子伸来。那双手猛地卡住他的脖子，用力一摇，并伴随着"咔"的一声。

石头回过头去，将那双手从脖子上拿开，说："别闹，我好不容易休息一会儿。"

那个年龄和石头差不多的男孩绕到前面来，蹲在地上："我说石头，你在这儿打工干吗这么卖力？你干得再多，一个月还不就那么点钱，你到底图个啥？"

石头说："我拿了人家的工资，本来就应该干活呀。"

男孩不屑一顾地说："就那点钱，你至于干得这么起劲吗？"

石头憨憨地说："反正我有的是力气，不用来干活做什么？"

"你可真傻！"男孩开导他，"我们这种人，要是不学会偷点闲，耍点懒，累死了也没人管你！"

石头淡淡一笑，没有说话。

这时，店里另一个伙计跑进后院来，嚷了一句："石头，有人找你！"

石头赶紧站起来，来到店堂里，见是王亚夫和赵梦琳他们，高兴地说："是你们呀！"

王亚夫对石头说："我们有事找你。"他看了看周围，见旁边几个店里的伙计都盯着他们看，便说，"我们找个人少的地方说吧。"

石头说："要不去我住的那屋吧，那里现在没人。"

王亚夫望了一眼赵梦琳，赵梦琳觉得事关紧急，也顾不了那么多了，便点头道："就那儿吧。"

石头领着王亚夫、赵梦琳和颜叶穿过后院，再次来到自己和伙计们合住的那间破旧小屋。这一次，他们连坐都没坐。

王亚夫跟石头介绍道："这是颜叶，是十五年前和我们一起经历过那件事的人。"

石头有些木讷地"哦"了一声。

赵梦琳说："现在，我们四个人都凑齐了。"

石头问："你们要干什么？"

王亚夫说："那天我们和你告别之后，发生了不少事。而且，昨天还出了大事，我讲给你听吧……"

石头安静地听着王亚夫叙述，当听到程医生服毒自杀时，他"啊"地叫了出来："什么！有人死了？"

"你小声点！"赵梦琳往屋外看了看，"听王亚夫说完。"

几分钟后，王亚夫讲完了，他说："现在，你知道我们为什么来找你了吧？"

石头一脸茫然："杀了程医生的凶手真的会来害我们？"

"这只是推测，不一定就是这样，可这种可能是完全存在的。"颜叶说。

石头觉得脑袋有些转不过弯来："可是……那个凶手根本就不认识我呀！"

王亚夫着急起来："你怎么还不明白？我们这样大张旗鼓地追查当年的真相，大概早就被一些人暗中注意到了。我们在明处，他在暗处。你知道他是谁，会躲在什么地方窥视我们吗？"

听到他这样说，石头张大嘴巴，然后又闭上，露出疑惑的表情，像是自言自语地说："难道……是那个人……"

三个人一起望向他："你说什么？"

石头犹豫着说："我不知道……是不是我多心了。自从那天你们来找过我后，就老是有个人出现在我住的房子附近，或者是在我们店门口转悠，像是在监视什么一样……"

"是个什么样的人？"王亚夫急迫地问。

"四十多岁一个人，男的。"

"你记得他长什么样吗？"赵梦琳问。

石头努力想了一下："我都是远远看见他的，不过也有一两次瞧见了他的脸，那个人……鼻子旁边有个很大的痣。"

"啊！"王亚夫和赵梦琳一起叫了出来，"是他！"

石头讶异地问："你们知道他是谁？"

"那个人就是在妇幼医院工作了十几年的医生，叫吴伟！"赵梦琳喊道。

"你们怎么认识他的？"颜叶问。

"我和王亚夫第一天调查这件事就去了那家妇幼医院，那个医生注意到了我们，还过来套我们的话——我们当时就察觉到他有些怪异，像是知道什么似的！"

"难道……那个医生知道十五年前那个晚上发生了什么事。他发觉我们在调查这件事后，怕我们追查出当年的隐秘事实，所以暗中跟踪我们——这样一来，所有的事就都串联在一起了！"颜叶分析道。

"你认为……程医生也是他杀死的？"赵梦琳睁大眼睛问。

"有这个可能。"

"那么，我们现在该怎么办？"赵梦琳惊恐地问。

王亚夫说："我们不能再调查下去了，我们现在都处在危险之中！有可能现在都在那个人的监视下——一旦我们轻举妄动，真的有可能引来杀身之祸。"

赵梦琳说:"要不,我们把这些情况全都告诉警察,怎么样?"

"不行。"颜叶说,"我们什么证据都没有,警察不会受理的。而这样一来,反而有可能让我们的处境更危险。"

"那我们该怎么办?你们倒是拿个主意呀!"赵梦琳说。

王亚夫叹了口气:"现在我们只能小心谨慎、静观其变了,千万不要轻举妄动。"

他转过头,对石头说:"你不能再在这儿干了,那个人已经注意到了你,弄不好随时都有可能加害你!"

石头发蒙地说:"我不在这儿,到哪儿去呀?"

王亚夫说:"换个别的地方打工吧,离这儿远些,让那个人找不到你。"

石头摇着头说:"再过几天就要发工资了,我不能在这个时候走。"

赵梦琳急了:"怎么这个时候你还想着钱呀,命你都不顾了?"

石头埋着头不说话,赵梦琳说:"你要是觉得跟老板开不了口,我去帮你说。"说着就要往外走。

石头拦住她:"不行!我等着这钱寄回去,要给我妹妹读书用呢!"

"你……"赵梦琳见石头固执的模样,着急地想了想,说,"要不这样吧,你妹妹读书需要多少钱?我帮她出。"

"那怎么行,我怎么能要你的钱?"石头低着头说,"这是我的事,我自己决定怎么办,你们就不要管我了。"

王亚夫走上前去,在石头的肩膀上重重地捶了一下:"你这是什么话!什么'这是我的事,不用你们管',你把我们当成什么了,陌生人吗?你以为我们心急火燎地跑这里来告诉你这些是为了什么?"

"可不是吗……"赵梦琳淌下泪来,"你说我们四个人,十五年前都还是幼儿时就一起经历了同一件事,现在我们又聚到了一起,这容易吗?如果不是缘分,我们怎么可能再见得了面?现在我们眼睁睁地看着你处在最危险的境地,怎么可能不管你呢?"

一瞬间,石头心里像打翻了五味瓶,什么滋味都涌了上来,他望着王亚夫、赵梦琳和颜叶,突然觉得他们就像自己的兄弟姐妹一样亲切。

他说："我听你们的，可我不能马上就走，那样太对不起老板了。今天晚上我跟老板说，我明天就离开这里，行吗？"

王亚夫望了一眼赵梦琳，赵梦琳说："好吧，那你今天晚上可要提防着点，明天下午我们来帮你收拾东西吧，顺便帮你再找个工作。"

"行。"石头说，"你们别担心我了，我跟店里的伙计们在一起呢，没事的。"

王亚夫说："那我们就回去了。"

走出石头的小屋，大家正要告别，石头看见耍猴戏的老头从街道一边远远地走了过来，那只猴子蹲在他的肩膀上。

走近之后，石头招呼了一句："大爷，又要去练摊呀？"

杂耍老头抬起头来应了一声，又低下头朝前走去。肩膀上的猴子冲石头"吱吱"叫了两声。

王亚夫正想叫大家走，回过头来，却看见颜叶脸色苍白、目瞪口呆地望着那耍猴戏的老头，眼睛里露出惊诧和恐惧的目光。

王亚夫吓了一跳，问道："你怎么了？"

颜叶呆呆地望着那老头的背影，过了好一会儿，将脸转过来面向王亚夫，结结巴巴地说："我……我……"

赵梦琳和石头也望着他："你到底怎么了？"

颜叶脸上露出不可名状的表情，眉头紧蹙，十几秒钟后，说："我没事，我要回家了……"

还没等王亚夫他们开口，颜叶便不由分说地跑开了，不一会儿便消失无踪。王亚夫、赵梦琳和石头面面相觑，不知所措地望着颜叶消失的方向。

二十

因为疲倦，王亚夫今天早早就睡了，可到了半夜，他却莫名其妙地睁开了眼睛。

房间里似乎有些微小的声音，王亚夫警觉地判断着这声音是从哪里来的。终于，他寻觅到声音的方向，顺眼望过去——是自己房间的窗子不知道什么时候打开了，玻璃窗在风中摇曳发出"吱吱"的声响。

王亚夫走下床，来到窗户前，手伸出去抓住窗子正要往回关——突然，窗户下面伸出一只手，抓住他的手腕。王亚夫浑身一凉，向下一看，一只布满血丝的眼球直愣愣地盯着自己。

王亚夫大叫一声，随即猛地睁开眼睛——这才发现刚才是一个梦。他惊魂未定地躺在床上，大口喘着粗气，仍为刚才梦中的惊骇感到心有余悸——不知道为什么，王亚夫觉得这个噩梦是一个不祥的预兆。

就在他思来想去的时候，突然听到房间里窗户的位置发出一丝声响。王亚夫缓缓转过头去——窗户关得好好的。他竖起耳朵聆听了一会儿，没有再听到什么声响了。他想，也许自己还没从那噩梦中走出来，出现错觉了吧？

王亚夫的身子有些瑟瑟发抖，他一边提醒自己不要害怕，一边将身子紧紧地缩在被窝里。不一会儿，他又昏昏然地睡去了。

早晨九点，王亚夫起床后连脸都没洗，直奔客厅抓起电话，他想立刻知道赵梦琳现在的情况。电话打过去，占线。

王亚夫等待了两分钟，又打，还是占线。他有些着急起来，索性坐在沙发上一直不停地拨打赵梦琳的电话。

电话一直占线了将近十分钟，终于，这一次拨通了。

赵梦琳接起电话后，王亚夫喊道："梦琳，你刚才跟谁打了这么久的电话呀？"

电话另一头的赵梦琳似乎比王亚夫更着急："亚夫！我正想给你打电话呢！"

"怎么……你刚才也在给我打电话？"

"不是，我在给颜叶打电话，可打了很多次他家电话都没人接！"

"你找他做什么？"

赵梦琳焦急地说："今天早上我起床后打开电脑上的QQ，发现颜叶昨天晚上十二点过的时候给我留了一句言——'我好像明白是怎么回事了，明天跟你们说。'——我马上给他打电话，可他就怎么都不接了！"

王亚夫心中一颤，涌起一股不好的感觉，说："他……不会出什么事了吧？"

"不知道呀，急死人了！"赵梦琳想了一下，说，"要不我们直接到他家里找他吧！"

"你知道他住哪里？"

"前两天在网上聊天的时候他跟我说过，离我家不是很远。"

"那好，我现在马上过去，到了你家附近我给你打电话叫你出来。"王亚夫挂电话。

十多分钟后，王亚夫便在赵梦琳家附近和她碰了头，两人坐出租车很快到了颜叶家楼下。两个人跑上二楼，在右边一家房门前，赵梦琳按下门铃，等了好一阵里面也没反应。王亚夫着急起来，用拳头猛烈地捶门。

捶了半分钟的门，整幢楼都被震得颤动起来。这时，从楼梯口走上来一个提着菜的妇女，她惊讶地问道："你们找谁？"

"我们找颜叶。他是住这儿吗？"王亚夫问。

中年妇女点了点头，说："我是颜叶的妈妈。你们找他什么事？"

赵梦琳说："我们是颜叶的朋友，本来约好今天见面的，可我打电话他也不接，敲了半天门也不开——阿姨，他是不是出去了？"

颜叶的妈妈笑着说："他没出去，就在家呢。这孩子睡觉睡得死，一般吵不醒他。"

王亚夫和赵梦琳对视一眼，松了口气。

颜叶的妈妈摸出钥匙打开门，招呼他俩："进来坐吧。"

王亚夫和赵梦琳坐到客厅里。颜叶的妈妈到厨房放下菜，见儿子的房门还关着，叹了口气道："这孩子，都十点钟了还不起床。你们坐一会儿，我去叫他起来。"

两个人点点头，颜叶的妈妈走到儿子卧室前拧开房门。王亚夫小声问赵梦琳："你说颜叶他到底发现了什么，怎么突然就想明白了？"

赵梦琳正要开口，突然从颜叶的房间里传出一阵声嘶力竭的尖叫声——是颜叶的妈妈。王亚夫和赵梦琳猛地一惊，王亚夫叫了一声"不好"，两人一起冲了进去。

眼前的景象像一记重槌向他俩击打过来，震得他们眼前发黑：颜叶的妈妈捂着嘴站在床前，被子已经被掀开了——躺在床上的颜叶满头是血，头部的床单和枕巾已经被鲜血浸成了红色。

颜叶的妈妈摇晃了两下，双腿一软，昏死过去。王亚夫赶紧上前扶住她，回过头冲吓傻了的赵梦琳喊道："快打急救电话！"

二十一

奄奄一息的颜叶被救护车送进医院抢救室不久，赵梦琳拨打公安局的电话报了警。警方勘查现场之后，判断这是一起蓄意杀人事件。颜叶的爸爸和王亚夫被一起请到公安局做笔录。

"颜叶昨天晚上一直待在自己房间里，直到你和他母亲睡觉前都是这样，对吧？"方脸警察一边说，一边在本子上记录。

"对。"颜叶的爸爸痛苦地说，"今天早上我们起床后见他的房门关着，以为他还在睡觉，就没去吵醒他，谁知道他妈妈买完菜回来，一打开他卧室的门，就发现他已经……"

方脸警察问："昨天夜里你们没听到什么动静？"

颜叶的爸爸麻木地摇着头："我们都关着房间门，没听到什么声响。"

方脸警察转过头问王亚夫："你和那个女生是颜叶的什么人？为什么今天上午来找他？"

王亚夫说："我们是好朋友，本来昨天约好了今天一起出去玩的，但我们打他家的电话没人接，就到他家里来找他了。"

"是你们打电话叫的救护车和报的警，对吗？"

"是的……"王亚夫好几次想开口告诉警察之前的所有事情，但最终还是忍住了。

方脸警察放下笔，对颜叶的爸爸说："现在我们初步判断歹徒是昨天夜里潜入你们家，用重物击打被害人的头部，然后逃逸的。而且这个凶手很狡猾，没在现场留下任何足迹或指纹。另外，从你们家并没有丢失什么财物这一点来看，凶手的目的似乎就是为了杀人。"

"昨天夜里……潜入我们家？"颜叶的爸爸难以置信地说，"这怎么可能？今天早上我打开门出去的时候防盗门还锁得好好的！"

王亚夫猛然想起了什么，叫了出来："窗子！"

方脸警察望了他一眼，说："被害人房间的窗子我们已经调查过了，是关着的，但没有锁死，凶手的确有可能是从窗子进入，作案后再逃离的。"

王亚夫回想起昨天晚上的梦境，身上冒出冷汗，他喃喃自语道："对……一定就是这样，是从窗子……"

颜叶的爸爸现在最关心的是儿子的安危，他焦急地对方脸警察说："警官，你问完了吗？我现在得马上去医院看我儿子。"

方脸警察合上记录本，说："好吧。我们会接着调查，到时候还会需要你们协助的。"

颜叶的爸爸和王亚夫赶紧站起来，走出公安局大门后，立即招了一辆出租车直奔颜叶所在的医院。

坐在车上，颜叶的爸爸对王亚夫说："今天真是多亏你们了，要不是你们及时送颜叶进医院，后果真是不堪设想啊！"

王亚夫说："叔叔，我们和颜叶是好朋友，这是我们该做的。"

到了医院后，他们跑到抢救室前，在门口看到了颜叶的妈妈和赵梦琳，赵梦琳正小声安慰着焦虑不安的颜叶妈妈。

"怎么样？还在抢救？"颜叶的爸爸着急地问。

"都进去三个多小时了，还没出来……你说，这孩子该不会……"颜叶的妈妈泣不成声。

"不要瞎说！"颜叶的爸爸打断妻子的话，却掩饰不住自己脸上明显的慌张。

"叔叔、阿姨，你们现在着急也没用，还是坐下来等吧。颜叶他会没事的。"赵梦琳安慰道。

他们沉重地坐下来，颜叶的妈妈一直小声啜泣着，颜叶的爸爸时不时站起来在抢救室前踱步，望着里边叹气。

一个多小时后，抢救室的门打开了，几个医生和护士推着一张病床出来，其中一个喊道："谁是颜叶的家属？"

四个人一起围过去，紧张地问："医生，怎么样了？"

一个戴着眼镜的医生说："病人现在已经脱离危险期了，但他暂时还不能醒过来。"

颜叶的妈妈看着戴着氧气面罩、仍在昏迷中的儿子，流着泪问："医生，那他什么时候能醒来呢？"

"这说不准，有可能三五天，也可能更久。当然，也可能一直都醒不来。"

"什么！一直都醒不来？那我儿子不就是植物人了吗！"颜叶的爸爸悲痛地咆哮道。

"这是最坏的情况，不一定就会这样，得看病人自身的意志力了。"眼镜医生说，"老实说，你们都该感到庆幸了。还好他头上的伤口不算太大，否则失血过多，怕是你们还来不及发现他就已经没救了。"

"叶儿、叶儿……"妈妈扑在儿子身上，痛哭不止。

一个护士把她拉起来："你们现在不要影响他。他的身体很虚弱，要到病房里安静地休养。"

几个护士把颜叶推到一间单独的病房，叮嘱他的父母要照看好他，身边不能离开人，并叫颜叶的爸爸去一楼付治疗费。

王亚夫和赵梦琳陪颜叶的妈妈坐在病床前，赵梦琳见颜叶的妈妈还在掉着眼泪，说："阿姨，您现在不能再伤心了，颜叶会听到的。我们现在得给他信心和希望，不能让他感觉到伤心绝望。"

颜叶的妈妈缓缓点了点头，拭干脸上的泪水。

两人陪颜叶的妈妈坐了一阵，赵梦琳突然想起了什么，她把王亚夫拉出病房，压低声音说："我差点都忘了，昨天我们答应了石头，今天下午要去帮他收拾东西和找工作，他大概还等着我们呢。"

王亚夫一拍脑袋，说："对，我们得赶紧叫他快离开那儿，他的处境也很危险。"

赵梦琳望了一眼病房，说："现在这儿离不开人，我们俩不能都走了。这样吧，你在这儿陪着颜叶的妈妈，我去石头那儿。"

王亚夫说："我去吧，你留在这儿，你现在出去不安全。"

赵梦琳说："没事，我出了医院立刻打车到石头那里，然后把他带到我爸那儿，让我爸暂时给他安排一个住处——我们不会在别的地方停留，没事的。"

王亚夫想了想，说："好吧，你办好后就到这里来，我在这儿等你。"

赵梦琳点了点头，转身离开了。王亚夫又回到颜叶的病房。在病房里不知坐了多久，王亚夫望着窗外的天空发呆，发觉天色竟渐渐阴沉下来，像是要下暴雨的样子。他抬起手看了看表，惊讶地发现，不知不觉中，现在已经是下午六点过了。王亚夫心里有些担心起来——赵梦琳出去的时候没看是几点，也不知道她去了多久了，为什么还没回来？

颜叶的妈妈走到王亚夫面前，说："小王，天色都暗了，你回去吧，今天真是太感谢你们了。"

王亚夫说："没关系，阿姨，您一个人在这儿不方便，我就再多留一会儿吧。"

颜叶的妈妈说："叶儿他爸给我带饭去了，他一会儿到，你就先走吧。"

王亚夫说："真的没关系，阿姨，我那个同学她一会儿还要来呢，我在这儿等她。"

颜叶的妈妈有些过意不去地说："那好吧，我出去打盆水给叶儿擦擦脸和手，就麻烦你在这儿守着他一会儿。"

王亚夫点头道："阿姨，您去吧。"

几分钟后，颜叶的妈妈打了一盆热水回来，把毛巾放进去，拧干后给儿子擦拭着手臂，抬起头一看，发现输液瓶里的药水快没了，她对王亚夫说："小王，我去叫护士来换药水，你看着叶儿啊。"

"我知道，阿姨。"王亚夫说。

颜叶的妈妈出去后，王亚夫见热毛巾还在那儿放着，便走上前去，接着替颜叶抹手臂。这时，他才发现颜叶的左手一直紧紧捏成拳头。他小心翼翼地将颜叶的手掰开，想帮他擦一下手掌。突然，在颜叶摊开的手心里，一行用黑色记号笔写下的小字跳入王亚夫的眼帘。

王亚夫看到那行小字后，眼睛和瞳孔同时瞪大，向后退了一步，神情骇然地叫道："原来……是这样！"

二十二

赵梦琳从颜叶所住的医院出来之后，等了三十分钟也没能招到一辆出租车。她看时间已经快六点了，不觉着急起来，甚至想打电话给刘叔，叫他把车开过来接自己。终于，一辆的士在医院大门口停下来，赵梦琳赶快跑上前去钻进车里，她告诉司机目的地，十多分钟后就到达了石头所在的火锅店。

石头已经在店堂里等着了，他见到赵梦琳，说："我还以为你们不来了呢。哎，你没跟王亚夫一起？"

赵梦琳说："王亚夫有事，我一会儿慢慢跟你说——你跟老板说好了吗？我们快走吧。"

石头说："昨晚就说好了。"

赵梦琳问："老板没难为你吧？工资给你了吗？"

石头说："老板挺通情达理的，工资也都给我了。我去把行李拿上就走。"

"我跟你一起去。"赵梦琳说。

石头跟店里的伙计简单告了个别，就和赵梦琳一起穿过后院来到了那间小屋。由于屋外的光线已经很暗了，屋里就更是漆黑一片。赵梦琳是什么都看不清，石头也只能摸索着在床上找到自己简单的行李，一共就两个包袱。

他提起来后，对赵梦琳说："走吧。"

刚刚转过身，一个黑影突兀地出现在赵梦琳面前，直愣愣地盯着他们，赵梦琳吓得"啊"地惊叫一声，全身汗毛直立。

石头走上前去，看清面前的黑影是谁，问道："大爷，你在这儿干啥？"

杂耍老头阴沉沉地问道："你要走了吗？"

"嗯。"石头答道。

老头用一种怪异的腔调问道："为什么要走？"

"我……"石头不知道该怎么回答。

赵梦琳冷冷地对那老头说："请你让开。"

老头凝视着他们，眼睛里有一种让人胆寒的神色。几秒钟后，他从门口退开，赵梦琳和石头赶紧出门，与他擦肩而过。

石头回头看了一眼那仍然站立在小屋门口的怪老头，感觉有些疑惑。

赵梦琳拉了他一下，说："快走！"

两人快步朝前方走去，想尽快拐出这几条偏街小巷，来到人来人往的大街。但不知是不是心中的恐慌作祟，赵梦琳觉得这几条迷宫般的小巷似乎永远都走不到尽头。她侧过脸，用眼角的余光扫了一眼后面，发现那老头竟紧紧地跟着他们，距离他们只有六七米远——赵梦琳这时才注意到，老头手里拿着一个两尺长的黑色布包，里面不知道装着什么。

她心脏狂跳，对石头说："那老头一直跟着我们！"

石头瞟了一眼后面，但天色太暗，又没有路灯，他根本看不清那老头脸上的神情，心中不自觉也紧张起来。他虽然不知道那老头要干什么，却本能地感觉到了危险的气息。

这时，一直半侧着身子走路的赵梦琳紧紧扯住石头的衣服，惊恐地说："他……离我们越来越近了！"

石头的心也狂跳起来，他望了望周围，小声说："看见前面右边那个拐角了吗？我们走到那里，就马上跑！"

赵梦琳紧张地点了点头，他们朝前走了几步，猛地转过弯，拐到右边的小巷子里，然后没命地奔跑起来。两个人逃命般地朝前狂奔了几十米，直到累得大口喘气，双眼发黑，才停下来。

赵梦琳朝后面一看，说："这下……好像甩掉他了……"

两人正想松口气，突然身后出现一个身影，猛地抓住他们。两人吓得同时叫了出来，转过头一看，发现原来是王亚夫。

"你吓死我了！"赵梦琳瞪大眼睛喊道，"你怎么会出现在这里？你不知道，刚才……那个杂耍老头死死地跟着我们，样子很可怕！不知道他要干什么！我们跑了好久才把他甩掉！"

"那个老头刚才一直跟着你们？"王亚夫焦急地问。

"对，而且他的模样很反常。"赵梦琳恐惧地说，"他……会不会是……"

没想到，王亚夫打断她的话，睁大眼睛突兀地问道："猴子呢？他那只猴子呢？"

"猴子？"赵梦琳和石头对视了一眼，"我们没看到猴子。"

王亚夫张大嘴，愣了半刻，猛地转过身大喊一声："糟了！"

二十三

病房里，母亲独自坐在病床前，凝视着儿子平静而安详的脸——她的心中却无法平静。此刻，她像是坐在一辆行驶的列车上，眼前不断变换着景象——那些景象由儿子出生到现在经历的种种往事所组成。往事中包含着多少欢笑和眼泪——到现在，却只剩眼泪了。

母亲无法阻止自己哭泣，她轻声呼喊着儿子的乳名，希望他能醒过来，望自己一眼，那便是她这一生最大的欣喜了。可无论怎么呼唤，颜叶的眼睛也仍然紧闭着，母亲的眼里早已是泪眼模糊了。她控制住不让自己哭出声来，将脸趴在病床上，悲伤地啜泣着。不知不觉，她在心力交瘁中沉沉地睡去了。

她无论如何也想不到，此刻，在漆黑的窗外，有一双窥视的眼睛。那眼睛动了动，随即一个矮小的黑影伸出手来，从外面拉开窗户，轻手轻脚地跳进来，走到颜叶的病床前，背在身后的那只手猛地举起，一把寒光闪闪的尖刀对准了颜叶的心脏。

就在尖刀要刺下去的一瞬间，病房的门"砰"的一声打开了，王亚夫大喝一声"住手"，然后朝那只举着尖刀的猴子扑了过去。猴子灵巧地一闪，从他脚边溜了过去，迅速抓住赵梦琳的腿，并爬上她的身体，骑在了她肩膀上。猴子把尖刀比在赵梦琳的咽喉上，另一只手捂住她准备尖叫的嘴。

赵梦琳身旁的石头一惊，正准备上前帮忙，那猴子竟喊了一声："别过来！"然后把刀口直指赵梦琳的喉管。

颜叶的妈妈惊醒过来，见到眼前的景象，正要惊叫，猴子喝道："别叫，不然我杀了她！"

病房里的人全都不敢轻举妄动，猴子凶神恶煞地瞪着石头说："把门锁上！帘子也拉拢！"

石头愤恨地盯着那怪物，但也只能无奈地照办。

"一切都是你做的吧，你这该死的畜生！"王亚夫咬牙切齿地说，"你根本就不是只猴子！"

猴子恶狠狠地说："你现在终于知道了？你们几个小浑蛋一直想知道的十五年前的秘密就在你们面前——现在你们满意了吧？"

"十五年前那个晚上，我们看到的那个像婴儿般的怪物就是你，对吧？"王亚夫盯着它说。

"哼！"猴子冷笑一声，"看在你们忙活了这么久的分上，我就告诉你十五年前到底发生了什么事——我先杀了那个女人的老公，然后从窗口翻到她病房里，把那个女人的嘴堵住，再把她即将出生的孩子硬生生地从肚子里扯了出来。之后，我把那个刚出生的婴儿从窗口丢到楼下，想摔死他。接着，我为了迷惑众人伺机穿过走廊，打算从对面的病房逃走——没想到，竟然被你们四个小畜生看到了！"

那猴子顿了一下，声音尖厉地说："你们远远地看到我——觉得我小得就像个婴儿，而且是一个丑陋、恐怖，像怪物一般的婴儿。你们很害怕吧？你们无数次在黑夜里、噩梦中醒来时都会感到毛骨悚然吧？因为你们从没见过如此畸形可怕的怪物！"

"你本来就是个畸形的怪物！"王亚夫狠狠地望着他说，"而且是个疯子，你为什么要杀害那个女人一家？"

"问得好，终于到核心部分了。"猴子阴冷地说，"你想知道我和那女人有什么仇恨，对吗？你不如先来猜猜，我们是什么关系？"

王亚夫冷冷地望着他。

"说出来不会吓你一跳吧？她是我的亲生母亲！"猴子咬牙切齿地说。

"什么，你的母亲？那你还……"王亚夫先是一惊，紧接着似乎又明白了。

"哼，你想到了，对吗？那女人生了我这样一个畸形的怪物，一个长得像猴子般的侏儒，怎么会喜欢得起来呢？在我还不到四岁的时候，她就把我丢到荒山野岭，打算让我在那里自生自灭。可惜我命大，靠捡东西吃活了下来……也不知道过了多长时间，有一天，我突然在街上认出了她，她已经和另一个男人结了婚，而且……还怀了个新的孩子！"

"所以，你就伺机报复她，并杀了她和她的孩子！"

猴子用恐怖的眼神盯着王亚夫，令他不寒而栗："要不，你认为我应该怎么样？看着她生下一个健康活泼的孩子，然后和新的家人一起幸福地生活。而我，就在垃圾箱旁、在桥洞下、在该死的贫民窟里默默祝福他们，对吗？"

"就算你杀了母亲是为了报仇，但你为什么要杀害程医生和颜叶！"

"那是你们咎由自取！我没想到已经过了十五年，你们这几个小浑蛋还在想方设法追查当年的真相。从我第一次在石头的屋子偷听到你们在谈论这件事，我就知道你们的存在是个威胁——从那天起，我一直在暗中跟踪你们。那个心理医生做催眠术的时候，我就躲在他的花园里，我听到他说的一句话，猜想他可能已经知道了些什么，所以在他的咖啡里加入一些小玩意儿，让他归了西……

"本来，我以为那个心理医生死后，你们几个就不可能再知道真相了。可没想到，你们那天从石头的屋子里出来——这个小孩——"他指着病床上的颜叶说，"他用一种怪异的眼神望着我，好像认出了我是谁——所以，我当然不能让他活。"

"原来是你！是你这个怪物害了我儿子！"颜叶的妈妈愤怒地站了起来。

"别激动。"猴子比画了一下手中的尖刀，把它朝赵梦琳的脖子靠了靠，说，"你应该感谢我下手轻，不然的话他现在已经去见阎王了，又怎么会让我再来杀他一次！"

王亚夫说："你为什么这么害怕我们调查出当年的真相？就算我们知道了真相，但我的叔公已经把那件事掩饰了过去，况且我们也拿不出任何证据来证明你就是凶手——你还用得着杀人灭口吗？"

猴子狞笑道："你以为我害怕的是警察来找我麻烦吗？别犯傻了！事情都过去了十五年，谁还能调查出来？我之所以要杀你们灭口，是担心事情一旦传开，我那个该死的弟弟就会明白当年究竟发生了什么事——自从你们出现后，他已经开始起疑心了。"

"你弟弟，难道就是……当年你从你母亲肚子里拖出来的那个婴儿？他还活着？"王亚夫大惊。

"何止活着，你们已经见过他很多面了！"

"他……难道就是那个……和你在一起的老头！"石头大叫道，"是他？"

猴子尖锐的声音轻蔑地说："我都能把自己装扮成一只猴子，他又为什么不能装扮成一个小老头呢？"

"可是，你刚才不是说，十五年前的那个晚上你就摔死他了吗？"

"我本来是想摔死他的。"猴子尖声道，"可我逃出医院后，到那片把他摔下去的树林一看，发现他掉在一个土堆上，并没有摔死——我当时突发奇想：我要养活他，让他听命于我，然后再慢慢折磨他！"

"我懂了。"王亚夫说，"如果他知道了当年的真相，知道了其实是杀害他亲生母亲的凶手，一定不会饶了你的！"

"够了！"猴子突然凶恶地说，"我不想再跟你们废话！现在你们已经知道了一切，我更不可能让你们活了！"

"你要干什么？"王亚夫和石头紧张起来，一齐朝前跨了一步。

猴子狰狞地说："你们是不是以为人多，我就敌不过你们？告诉你吧，老子这身功夫可不是白练的，像你们这样的小鬼，再来两个也不是老子的对手！"

说着，他扬起刀，就朝赵梦琳的喉咙刺去。石头"啊"地大叫一声，发疯般地扑过去，一把抓住刀刃，另一只手再扯住猴子的胳膊，用尽全身力气，竟把猴子从赵梦琳肩膀上拖了下来。他扑过去，和猴子翻滚扭打在一起，王亚夫赶紧上前一步把赵梦琳拖过来。

猴子没想到石头竟会用手去抓刀刃，而且右手已经鲜血淋漓也不放开那把刀，更没想到石头发起狠来竟会有如此大的力气——用左手紧紧掐住猴子的脖子，让他喘不过气来。猴子憋得满脸通红，他用尽最大的力气一抽，刀子终于从石头手中抽了出来。猴子大叫一声，将刀捅进了石头的肚子。石头一咬牙，两只手死死地卡住猴子的脖子。这时，王亚夫也扑过来，紧紧地抓住猴子的手，不让他手里的刀再捅向石头。赵梦琳和颜叶的妈妈在一旁吓得手足无措、大声尖叫。

僵持了一阵，王亚夫感觉猴子的狰狞面目凝固下来，手臂也失去了力气。他愣了一下，望着仍死死掐住猴子脖子的石头喊道："他已经死了！"

石头木然地松开手，身子摇晃了一下，朝后一仰，重重地倒了下去。他的肚子上，鲜血在汩汩地往外流淌。

王亚夫和赵梦琳一起声嘶力竭地喊道："石头！"

二十四

一个星期后，一辆黑色的本田轿车停在医院大门口。赵梦琳从车里走出来，她今天穿着一条白底蓝花的连衣裙，显得青春靓丽、清纯动人。

她在医院门口的花店买了两束百合花，包好后，对跟在她身后的父亲说："爸，你怎么还不回去？"

赵梦琳的爸爸笑着说："我今天要跟你一起去见见你的那三个好朋友。"

"那好吧，走！"赵梦琳爽朗地说。

父女俩坐电梯到医院的第十层，来到一间贵宾待遇的特大病房前，赵梦琳轻轻敲了敲门，里边说："请进。"

赵梦琳和父亲走进去，发现除了两张病床上躺着的颜叶和石头之外，王亚夫和他们各自的父母都在这病房里。

赵梦琳笑着说："今天人可真齐呀！看来我还来迟了。"

她把一束花插到颜叶病床前的花瓶里，又把另一束花捧给坐在床上的石头，问："石头，你今天怎么样，伤口还痛吗？"

石头光着膀子，手上和肚子上缠着纱布，憨憨地笑着说："不痛了。"

石头妈赶紧招呼赵梦琳和她爸坐下，感激地说："多亏你们帮忙，让孩子住这么好的病房，才恢复得这么快。"

赵梦琳的爸爸说："千万别说客气话，本来就是应该的，要不是石头和亚夫勇敢，救下了梦琳，今天这儿躺着的还指不定是谁呢。"

石头妈叹了口气："唉，你说这几个孩子怎么碰上了这么可怕的事？还好，都过去了。"

王亚夫问赵梦琳："对了，那个小老头现在怎么样了？"

"什么小老头呀，他比我们还小呢。"赵梦琳叹息道，"其实，他才是最可怜的，现在他知道了十五年前发生的事和自己的身世，尤其是知道自己所有的亲人都死了，感觉万念俱灰——警察现在安排他在福利院住着呢。"

石头说："那天晚上我们还以为他是凶手，要害我们呢。结果他只是犹豫着要不要来问我们事情的真相——我们误会他了。"

"对了，说到误会，我们还误会了一个人。"赵梦琳笑起来，"那个叫吴伟的医生后来找到我，说他的确跟踪了我们。可那是因为他感觉十五年前那个孕妇死亡的事和我们几个尖叫的事很蹊跷，他一直想弄清楚这是怎么回事。那天我和王亚夫去妇幼医院调查，他就注意到我们了。"

"好了，好了，事情都过去了，就不要再提了。"赵梦琳的爸爸拿着手里的大皮包站起来，说，"我还要说点正事呢。"

他走到石头的病床前，对石头说："石头，你现在安心养伤，不要急着出去工作。你妹妹的学费不用担心。"

说着，他从皮包里拿出厚厚一沓报纸包着的东西递给石头妈，说："这是十万块钱，你们拿着，给两个孩子上学用吧。"

"啥？十……十万块钱？"石头妈被吓得变了脸色，"这怎么能行！我这辈子，在梦里也没见过这么多钱呀！"

石头爸也赶紧说："对，这不行。我们咋能白白要你们这么多钱！"

赵梦琳的爸爸坚持要他们收下，可石头的父母说什么也不要。

最后，赵梦琳的爸爸把钱放在病床上，严肃地说："你们听我说，这钱既不是对你们的接济，也不是对石头勇敢行为的奖赏，而是因为石头和梦琳是好朋友。你们家里现在困难，当朋友的就不能不管。我想，石头当时连命都不顾地救梦琳，也因为他们是好朋友——如果你们还当梦琳是石头的朋友的话，就把这钱收下。"

石头父母为难地对视一眼，赵梦琳拿起床上的钱塞到石头妈手里，说："阿姨，您就收下吧。这些钱对我们家真的不算什么，但对你们却很重要。再说，石头现在不该出来打工的，他应该继续念高中、读大学呢。你就把这钱留给他以后读书用吧——对了，我爸都联系好了，这个暑假一完，石头就到一中来跟我和王亚夫一起读高中。"

"这……这……"石头妈激动得说不出话来，"这可真是太好了！我真不知道咋感谢你们好呀！"

"阿姨，您就别客气了。"赵梦琳说。

这时，坐在一旁的颜叶的妈妈又哭泣起来："你们现在……多好啊，可我们叶儿……也不知道什么时候才能醒来……"

所有人的目光一齐望向仍在昏迷中的颜叶，气氛瞬间变得凝重起来。

过了一会儿，石头说："阿姨，您别担心，颜叶他很快就会醒过来的。"

颜叶的妈妈抹着眼泪说："你怎么知道呀？"

"我就是知道。"石头瓮声瓮气地说。

石头爸走过来说："真的，我以前都不信。现在我知道了，我儿子说的话真的很准！"

"是吗？"颜叶的妈妈得到一丝安慰，擦干眼泪，勉强露出笑容。

"是的，阿姨，我们都知道，颜叶他一定会醒来的。"王亚夫说。

"对，一定会醒来的。"赵梦琳也说。

王亚夫和赵梦琳走到石头和颜叶的病床之间，相视而笑。窗外金色的阳光洒在他们四个人脸上，使他们显得明媚而灿烂。一边的家长们都露出会心的微笑，欣赏着这世界上最美丽的画面。

方元的故事讲完了，兰教授面带微笑，轻轻鼓着掌说："不错，这个故事我喜欢。"

"是真的吗，教授？"方元有些担心地问。

"是的，这个故事很特别。在我听过的惊悚悬疑故事里，它是极少的一个有着美好结局的故事——所以我真的很喜欢。"兰教授说。

"您能喜欢真是太好了。"方元如释重负地说。

方元的妹妹却感到疑惑："哥，你怎么知道这样一个诡异莫名的故事？你从哪里听说的？"

方元的弟弟也问道："是啊，这么多年来，怎么根本就没听你提到过这个故事？"

方元沉下脸来说："这些并不重要，我想，兰教授接下来要讲的这个故事肯定会更精彩。"

这句话提醒了他的弟弟和妹妹，他们这才想起他们此行的主要目的是什么。

"好吧，按照之前的约定，你们讲了两个精彩的故事给我听，我也就把二十年前讲给你们父亲听的故事再讲一次。"兰教授说。

兄妹三人坐直身子，全神贯注地望着兰教授。

"在讲之前，我有两点需要说明。"兰教授比起两根手指，"你们记住，我讲的只是一个'故事'。你们在听完之后——第一，不要把故事中发生的事用来对照你们的现实生活；第二，不要问我关于这个故事的任何问题，可以吗？"

兄妹三人困惑地对视了一眼，方元问："怎么，教授……这个故事和我们现实中的生活有什么联系吗？"

兰教授凝视着他。

方元立马反应过来："哦，好的，教授，我不会再问什么问题了。"

兰教授用他那低沉、富有磁性的声音充满神秘地说："我要讲的这个故事名字叫——《异兆》。"

异　兆

一

罗威今天多少感到有些意外。

他心里清楚——没有谦逊和虚伪的必要——自己现在已经是这座城市里数一数二的心理学专家了，或者说是权威。不过这些称呼并不重要，重要的是自己现在名利双收——特别是在热闹的市区开了这家装修豪华的心理咨询中心之后，每天上门拜访的客人络绎不绝，而且客人中有很大一部分都是来自上流社会的富豪和政客们。虽说工作辛苦，可每天丰厚的收入和与日俱增的名气足以让人找到慰藉。想想看，对一个男人来说，仅仅三十五岁就能将事业发展得如此辉煌——夫复何求？

可今天下午却着实有些奇怪，罗威再次看了看挂在墙上的大钟——已经三点半了，往常这个时候外面的接待室里起码应该有两三个客人坐在沙发上排队等候了，可今天却一个客人都没有。罗威习惯了每天忙碌而充实的生活，对于这样一份难得的清闲竟感到有些不适。

又等了五分钟，仍然没有人来。罗威撇了撇嘴，觉得不应该再这样无所事事地傻等下去了，得找点事情来消磨时间。他打开办公桌右边的抽屉，从里面拿出一副跳棋，放到桌子上后，将那些玻璃珠子一颗颗地摆到棋盘上——从小时候起，罗威就喜欢这样一人分饰两个角色，自己跟自己下棋，他把这看成一种"自我挑战"。

罗威聚精会神地跟自己下着棋，不知过了多久，正在他举棋未定的时候，办公室外响起了敲门声。罗威抬起头，说了一声："请进。"

门打开，进来的是罗威精明能干的女助手吴薇，她礼貌地说："罗医生，外面有一位老先生说有急事要找……"

她的话还没说完，只听"砰"的一声巨响，一个戴着帽子、身材瘦高的老人将办公室门猛地推开，闯了进来。罗威被吓了一跳，身子一抖，手里捏着的一颗跳棋棋子掉落在地。

那老人满头大汗，一脸惊惶的神情，他径直走到罗威办公桌对面的皮椅旁坐了下来，然后像一个主人发号施令般冲女助手挥了挥手，说："你可以出去了！"

罗威十分惊讶——自两年前开了这家心理咨询中心以来，出入这间办公室的，都是有礼有节的上层人士，还从没有哪个客人像今天这样粗鲁和无理！

他正要发怒，准备斥责这个缺少礼貌的客人，老人却摘下帽子，望着他说："罗威，是我！"

罗威端视了老人几秒钟后，惊喜地叫了起来："啊！原来是您，严鸿远教授！我都快十年没见过您了！您……是怎么找到我这里的？"

"听着，罗威！"老人完全没理会罗威的问候，脸上仍旧是一副急切而紧张的表情，"我只能在这里待五分钟！我有重要的事情要告诉你！"

罗威赶紧朝女助手做了个手势，示意她出去，然后说："严教授，您说吧，什么事？"

老教授把手搁在桌面上，脑袋向前伸，一双干涸的眼睛里布满血丝，那里面折射出无处隐藏的恐惧和绝望。

他沙哑着声音说："罗威，我要死了……我的日子到了，我知道……就是今天，我活不过今天了！"

听到这话，罗威大吃一惊："严教授，您怎么了？"

老教授微微颤动着身子，嘴唇上下翕动着，双眼发直："我终于明白了，就是今天！我的日子……就是今天，我无论如何也躲不过的……"

罗威惊骇莫名地望着他："教授，您是……得了什么重病吗？"

话刚说出口，罗威就立时感到不对——就从刚才严教授猛地推开门，大步走到自己面前这一点来看——他也绝不像个生命垂危的病人。

霎时间，罗威的脑海里浮现出一些电影里的情景，他低声惊呼道："教授，难道是有人想对您……"

严教授伸出左手，用手势打断罗威的话。他抬起头，脸色灰暗，用呻吟一般的声音说："罗威，别再猜了，都不是。总之，你不会明白的！"说到这里，他抬起手腕看了一下表，浑身一颤，脸上惊骇的表情更甚了。

老教授瞪大眼睛说："天哪，罗威，我没有时间了！我不能再……听着，我无法向你解释这是怎么回事，我也没有时间来解释了！"

说话间，老教授拉开衣服拉链，从里面拿出一个牛皮纸封面的旧笔记本，递到罗威手里，说："这个本子你拿着，记住两点：第一，所有事情的答案都隐藏在这个本子里，只有解开了这里面的谜，才能找到解救的方法……"

说到这里，老教授紧紧抓住罗威的手："罗威，你是我最得意的一个学生！这也是我专程到这里来找你的原因。也许，凭你的天资，能够解开所有的谜，找到解救办法！到时候，请你一定要救救夏莉！"

罗威极为困惑地摇着头："教授，您到底在说什么？谁是夏莉？您要我解开什么谜？"

"我没时间向你解释了，罗威，这一切你以后都会知道的！"严教授加快语速，"我还没说完，第二点，你千万不能销毁这个笔记本，切记！别问我为什么，我也不知道！总之，千万别销毁它！"

说完这些话，严教授放开罗威的手，从椅子上站起来："我得走了，罗威，我大概……只剩一点时间了，我还得去办一件事。"

"等等，教授！您，这……"罗威脑子里一片迷茫，说话语无伦次起来，"这到底是怎么回事？您刚才说的我一点也不明白，您到底要我做什么？"

老教授本来已经背过身子准备出门——他停顿了一下，转过头望着罗威说："你还记得吗？十年前我们在一个大型的心理学家座谈会上碰面时，我向你提起过亚伯拉罕·林肯的事？"

"林肯……那个美国总统？"罗威眉头紧蹙，竭力回忆。

"好了，罗威，我刚才说了，你以后都会明白的——我讲的这些话到底是什么意思。现在我得走了。"说完，老教授将头转过去，快步向门口走去。

罗威还想叫住教授，让他再说明白些——突然，他看见走到门口的严教授似乎踩到了什么东西，脚下一滑，"啊"地大叫一声，身子一偏，整个人向右侧倒去。

事情发生得太快了，罗威此时还在办公桌前，离老教授有好几米的距离，根本来不及去扶他——这一瞬间，罗威的眼睛里出现了一样可怕的东西，几乎令他心胆俱裂。在办公室的门口，放着一个装文件、资料的长方形矮柜子——严教授这时正朝那个方向倒去，他的太阳穴正对着矮柜子的尖角！

"天哪！"罗威大叫一声，紧张得全身颤抖，用一只手捂住嘴——但只能眼睁睁地看着惨剧发生。在老教授的头马上就要撞到矮柜的方角上时，从办公室门外猛然伸出一只强壮有力的手臂，一把托住老教授的身体，将他从死亡边缘拉了回来。

罗威睁大眼睛望着门口，一个中等身材、体格强壮的工人迈了进来，肩膀上扛着一块大镜子的镜片，他一只手托住镜片的一头，另外一只手慢慢将老教授扶了起来。

罗威闭上眼睛重重地舒了口气——他这才想起，昨天下午向旁边的装饰公司订了一块大穿衣镜，准备放在办公室里的。这个工人恰好在这时送镜子来——幸亏他来得及时，才救了老教授一命。

严教授缓缓站立起来，面对着扶住他的工人，咽了口唾沫，仍然一脸惊魂未定的神情，显然还没从刚才的惊险中回过神来。

"老先生，你走路可要当心啊！你看，刚才多危险！"扛镜子的工人显然也被吓着了，他瞪大眼睛对严教授说。

严教授张大嘴巴，表情木讷地点了点头。罗威赶紧从办公桌前走了过来——突然，他停住脚步，眼睛捕捉到地下的一个小东西。他弯下腰，将那个东西捡了起来，是刚才从他手里掉落到地上的那颗跳棋棋子。原来严教授是踩到这颗玻璃珠子才摔倒的。

刹那间，罗威想起严教授说的那句："我要死了，我的日子到了，就是今天！"

如果刚才这个送镜子来的工人晚一步出现，那严教授现在岂不是已经……可是，他怎么能预测到自己的死期？瞬间，一种极其惊异的感觉布满罗威全身，令他遍体生寒。

就在罗威百思不得其解的时候，他无意间透过玻璃窗瞥了一眼窗外——在那个扛镜片的工人身后，另一个双手抱住镜架和镜框的工人正快步向办公室门口走来。大概是他抱着的镜架太重了，又挡住了他的视线，他只有快步冲过来，才能尽快放下沉重的镜架。

看到这一幕的刹那，罗威心中猛地产生一种可怕的预感，他低吟一句："不好！"但还没来得及做出反应，惨剧就已经发生了。

那个抱着镜架的工人只看着脚下的路，并不知道前面正站着那个扛着镜片的工人，更不知道那个工人的面前站着一个老人——而那锋利的镜片正对着老人的咽喉！

冲过来的时候，笨重的镜架撞到了镜片上，扛着镜片的工人手一抖，那如尖刀般锋利的镜片尖角便向老教授的喉咙滑过去。一抹鲜血溅了出来，喷射到罗威和扛镜片工人的脸上、全身……镜片嵌进了严鸿远教授的半个脖子，他死之前瞪大着眼睛，连叫喊一声也来不及。

二

徐蕾在厨房里忙个不停。她往最后一道菜里撒了点葱花，将它小心翼翼地端到饭厅——餐桌上已经摆着好几道佳肴了。徐蕾站在餐桌旁看了一会儿，将两道菜的位置调换了一下，使整桌菜看起来更加协调，让人赏心悦目、垂涎欲滴。

她又从厨房拿出两副碗筷摆好。忙完这一切，她满意地望了一会儿餐桌，将围裙从身上解下来，朝卧室走去。她来到卧室门口，轻轻推开门。一个穿戴整齐，但面容憔悴的男人半倚着靠在床头，此时正歪着头望向窗外。他微微皱起眉头，似乎在沉思着什么。

徐蕾来到丈夫身边，轻柔地说："亲爱的，吃饭了。"

罗威转过头来，面无表情地说："你们先吃吧，我这会儿还不饿。"

徐蕾坐到床边，握住罗威的手："别这样，去多少吃点吧，我今天做的全是你爱吃的菜。"

罗威又望向窗外，轻轻叹了口气："可我实在没什么胃口。"

徐蕾用手将罗威的脸转过来，迫使他面对自己："罗威，别再想那件事了，那不是你的错，警察也是这么说的，不是吗？那只是个意外而已，你不用为了这件事反复自责。你已经连着两天没吃过一顿像样的饭了，你打算一直这样萎靡不振下去吗？"

罗威盯着徐蕾的眼睛看了一会儿，神色很快又黯淡下去："不，你不会懂的，你根本就不明白……"

"那就说出来，让我明白你究竟在想什么，也许我能替你分担。"

沉默了一会儿，罗威再次叹气道："严鸿远教授是我读大学时的导师，他一直认为我在心理学方面有着过人的天赋。所以，他将自己毕生所学对我倾囊相授，并且给予了我很多帮助和关怀……我今天能有这样的成就，一大半都要归功于严教授……"

罗威停顿了一会儿，接着说："我事业有成，却因为太忙而十年都没有去看望过他——这本来已是大大的不对了。没想到，严教授主动来找我，却这样惨死在我的办公室里……"说到这里，罗威抱住头，呜咽起来。

徐蕾抱住罗威，安慰道："可这确实是个意外啊。人生中有太多意外是我们难以预料的……你就别再折磨自己了，想开些吧！"

罗威缓缓抬起头来，注视妻子良久，轻轻点了点头。

"好了，别再想了，你要振作起来。反正你的心理咨询中心也要停业半个月，不如我也向公司请年休假，陪你出去旅游一下，散散心？"

罗威苦笑了一下："我现在哪有心情去旅游，还是待在家里休养一下吧。"

"那也好。"徐蕾站起来,将罗威从床上拉起来,"现在先去吃饭,菜都要凉了。"

罗威站起来,深深地吐了一口气——是啊,不能再消沉下去了,得强迫自己打起精神才行。夫妻俩从卧室走到了饭厅。

在餐桌旁坐下来,罗威才想起:"罗尼呢?这都六点半了,他怎么还没放学?"

"你都忙糊涂了。"徐蕾说,"今天是周末,儿子不上学,他到同学家玩去了,说晚饭不回来吃。"

"哦。"罗威应了一声,他看了一眼餐桌上丰盛的菜肴,"还真都是我爱吃的菜呢。"

"那你就快尝尝吧。"徐蕾夹了一块红烧鱼到罗威碗里。

罗威尝了一口,连连点头:"嗯,还是那个味。"

"当然。"徐蕾有几分得意地说,"这鱼我可不是买的市场上剖好的那种,是活鱼拿回家来现杀的。"

罗威又吃了几口其他的菜,忽然放下筷子不动了。

"怎么了,接着吃呀。"徐蕾又要给罗威夹菜。

罗威摆了摆手,眉头又紧皱起来,他犹豫了一会儿,说:"其实,那天下午,有一件事我没跟警察说……"

徐蕾见话题又扯到了不愉快的事情上,忙说:"现在别说那件事了,好吗?吃完饭再说吧。"

"不,你听我说完。"罗威露出不安的神情,"这件事太奇怪了,我想了两天,也想不通到底是怎么回事。"

徐蕾有些不情愿地问道:"什么事太奇怪了?"

罗威抬起头,望着徐蕾说:"实际上,严教授在死之前——也就是他刚进我办公室来时,说了一些奇怪的话。"

徐蕾没有打岔,等着罗威继续说。

罗威竭力回忆着:"他刚一进门我就觉得有点不对劲,严教授似乎显得非常紧张和恐惧,他反复说着'我就要死了,就是今天,我活不过今天了'。"

徐蕾吓了一跳："什么？你是说……他早就知道自己那天要死？"

"而且，他后来看了一下表，显得更紧张了，说什么时间快到了，没时间向我解释了，然后交代我做一些奇怪的事情。我当时就有一种怪异的感觉——他在跟我说这些话的时候，简直就像是在说遗言！之后，他转身离开，接下来，意外就发生了……"

徐蕾也放下筷子，神情困惑地说："这怎么可能……"

"是啊，这怎么可能！我想了两天也想不通！"罗威的语气激动起来，"如果一个人身患绝症，固然有可能知道自己活不久了；或者是一个人遭到追杀，也有可能预测到自己会死。可是，严教授死于意外啊！谁能想到自己哪天会遇到意外呢？就像一个常年开车的人，能算到自己哪天会出车祸吗？"

徐蕾眉头紧锁，陷入沉思。

"而且这起意外实在是太诡异，太不可思议了！"罗威接着说，"这起意外实际上是由很多个偶然的不确定因素决定的！"

"不确定因素？"

"我们这样来看：如果事发当天下午我的办公室像往常一样繁忙，那我就没有机会去拿那副跳棋出来；而如果严教授不是那么急切地推开门，我也不会被吓一跳导致那颗跳棋棋子掉落到地上，这样的话严教授就不会踩到它而滑倒；而那个扛镜子的工人就不会去扶他，也不会在原地停留；后面那个抱镜架的工人就不会撞到那块正对着严教授喉咙的镜片——严教授也就不会死了！"罗威一口气说完，然后愣愣地盯着徐蕾。

"对了，还有一点，如果我不是凑巧刚好昨天订了这面穿衣镜的话，那两个工人就根本不可能出现，严教授又怎么会死呢？"罗威又补充道。

徐蕾思索了一会儿，说："可是，就算那个工人不出现，严教授踩到玻璃珠子摔倒，他的头撞在柜子的方角上，还是会死啊。"

"谁知道呢？"罗威沮丧地说，"也许他还是会死，可也许他的应急反应让他扶住了那个柜子；或者他只是撞成重伤呢？那他也不至于当场毙命啊！"

徐蕾突然有些恐惧地用双手捂住嘴："这么说，从跨进你办公室那一刻起，严教授的死就已成定局——无论以哪种方式，他终归都难逃一死？"

三

听到徐蕾这句话，罗威的心脏似乎被重重地击打了一下，他耳边又回响起严教授那句话："我的日子到了，就是今天，我活不过今天了！"

难道，严教授真的能预测到自己的死期？

突然间，一个名字像闪电般划过罗威的脑海，他想起严教授跟自己说的最后一句话中提到的一个人——亚伯拉罕·林肯！

"天哪……我现在明白了，他为什么要提起林肯……果然，就跟林肯一样……"罗威神情骇然地喃喃自语。

"什么？你说谁？"徐蕾没听清楚。

"林肯！那个著名的美国总统！"罗威几乎是叫了起来，"严教授在死前跟我说的最后一句话里，就提到了林肯！"

"林肯怎么了？"徐蕾露出疑惑的神情。

"这是一起历史上有名的真实事件——你知道林肯是怎么死的吗？"

徐蕾想了想："应该是被人暗杀的吧？在歌剧院里，被一个凶手枪杀了——这是全世界都知道的呀，有什么不对吗？"

罗威摇摇头："重点不在他是怎么死的，而是他死之前发生的事！"

"林肯死之前发生了什么？"徐蕾问。

罗威整理了一下思路："是这样的，林肯死于一八六五年四月十四日，但是在四月十三日晚上，也就是在林肯死的前一天晚上，他做了个梦。在梦中，他不断听到人哭的声音。于是，林肯顺着声音的方向寻找到底哪里有人在哭。终于，他走进一个房间，看到很多人围着一口灵柩痛哭流涕。林肯感到好奇，便问其中一个人：'你们为什么要哭？'那个人回答：'我们亲爱的总统死了。'林肯凑上前去看棺材里的人，却看见了自己的脸！梦做到这里，林肯就醒了……

　　"第二天早上，林肯把昨天做的这个梦告诉了他身边的工作人员——但他只是随口说说，并没有把它当回事。结果晚上林肯便在歌剧院遭到了枪杀。而他的尸体被运回白宫——那个工作人员惊异地发现，整个场景和林肯昨晚在梦中见到的一模一样：很多人围着总统的灵柩失声痛哭……

　　"那个工作人员把这件怪事说了出来，可问题是：林肯已经死了，而他之前又只跟这个工作人员一人说起过这件事——所以，这件事情的真实性便受到了质疑。"罗威将整件事情讲完后，望向徐蕾，"这件事情在当时引起了很大的轰动，但因为无从验证，终究还是个谜团。"

　　徐蕾惊叹道："天哪，竟然有这样的事！你是怎么知道这件事的？"

　　"这件事本来就不是什么秘密，很多人都知道，连我们国家的一些报刊上都报道过这件事。"罗威说，"但我是在十年前那个心理学家座谈会上碰到严教授后，他告诉我的。"

　　说到这里，罗威埋下头，陷入了沉思。过了一会儿，他说："当时严教授跟我说起这件事，我并没有太在意。现在想起来，他当时好像说……要研究这件事……"

　　突然，罗威将头抬起来，望向妻子："严教授在死之前又提到了这件事，而且，你不觉得吗？他的死和林肯的死有某些相似之处！"

　　徐蕾打了个冷战，感到有些害怕："你是说，严教授可能发现了些什么……而他，在临死之前暗示了你？"

　　"是的，肯定是这样！"罗威猛地一拍大腿，"对了，严教授交给我一个本子，他说，所有事情的答案都隐藏在这个本子里，他还叫我解开这里面的谜，找到解救办法……并且，叫我去救一个叫夏莉的人！"

　　罗威从椅子上站起来，用手敲了一下自己的脑袋："真该死！我这两天都沉浸在悲伤中，竟然连这么重要的事都忘了！"

　　说完这句话，罗威走到门口，打开大门，匆忙地换上皮鞋。

　　徐蕾着急地问道："这么晚了，你要上哪儿去？"

　　"我现在就去办公室拿那个本子！我一分钟也不想等了！"罗威大声喊道，头也不回地离开了。

四

罗威自己开着车前往心理咨询中心，这时已经晚上八点多了。他并没有因为心中的焦急而加快车速——为了给自己的大脑留一点思考问题的空间。

罗威的脑子里反复出现一个问题：为什么严教授直到临死前，也不把事情说明白些，而要暗示自己呢？也许他把想说的话都写在那个本子上了？可那样的话，就更没有暗示的必要了——反正自己迟早还是要看那个本子的。

罗威关上车窗，略微加快了车速。他意识到，胡乱猜测是没有任何意义的，一切答案都要从那个本子上寻找——也许看了那个本子后，就什么都清楚了。

十分钟后，罗威的轿车停在自己的心理咨询中心门口。他下车后，迅速摸出钥匙，打开心理咨询中心的大门。罗威穿过接待室，打开办公室的门，里面一片漆黑。他在墙边摸索到顶灯的开关，"啪"的一声，房间亮起来。

虽然在惨剧发生之后，办公室早就被清洁工人收拾干净了，可一回到这个场景，罗威仍然感到心有余悸。但他明白，现在不是感伤的时候。他快步走到办公桌前，用一把小钥匙打开了中间上着锁的抽屉——他记得那天就是把本子放在了这里面。

果然，那个牛皮纸封面的记录本就摆在抽屉中间，罗威把它拿起来，迫不及待地想翻开看——但他停了下来，思索了几秒钟，认为还是拿回家去慢慢研究更好——他可不愿意晚上一个人待在这间发生了惨剧的办公室里。

罗威把本子装进一个文件包里，走到门口，关上灯。就在罗威拉住办公室的门，准备退出去的一瞬间，他无意间瞥了一眼办公室门口右侧的穿衣镜，竟隐约看见那块黑暗中的镜子里有一幕惊异的景象：一个满身是血的人站在镜中，他的身后是一片山坡。

罗威"啊"地惊叫一声，背脊发凉，汗毛直立，几乎要跌倒在地。他下意识地扶住门框，才勉强站稳。罗威再定睛一看，镜子里那幕骇人的景象消失了，现在镜子里显现的是办公室的一侧，那里只有墙壁和书柜。

罗威来不及细想，他发疯般地从接待室冲出去，逃离了这个可怕的地方。他打开车门，像一只受了惊的兔子般躲了进去，头趴在方向盘上，浑身发抖，大口喘着粗气。

几分钟后，人来人往的大街使罗威的情绪稍微稳定了一些。他把头朝后仰，靠在座椅柔软的靠背上，迫使自己冷静下来。

刚才在镜子里看到的那一幕——那转瞬即逝的骇人景象到底是什么？幻觉吗？罗威找不出其他更合理的解释。

可他并没有忘记自己的职业，这使他无法做到自欺欺人——十几年的心理学知识告诉他：一个精神正常的人是不可能无缘无故出现幻觉的。

等等，也许是因为严教授是死在那间办公室的，而且又与那面镜子有关，才让自己——不，罗威使劲摇了摇头，作为一名资深的心理学咨询师，他不想用这种拙劣的解释来糊弄自己——第一，那面杀了严教授的镜子在事发时就打碎了，这是后来补上的另外一块；第二，自己刚才看那面镜子纯属无意识行为，心里根本就没有去想两天前的那件事——在这种情况下，是不可能出现幻觉的。

况且，罗威心里非常清楚，如果一个人出现幻觉，那一定是他内心的潜意识在作祟——就算他的潜意识里仍然储存着严教授遭遇的惨剧，但他刚才看见的那片山坡呢？要怎么解释？最近自己可根本没去过什么山上，甚至连想都没想过。

罗威想了很久，脑子里仍然一团乱麻。他想不出任何合理的解释来说服自己刚才究竟是怎么回事。他第一次感受到自己的无能为力。十多分钟后，他做了一个决定（在后面看来，这是极不明智的），他用心理暗示法给自己做了一个小型的自我催眠，强迫自己忘掉那可怕的一幕——他不能让恐惧反复折磨自己，更不想让自己以后每次看到镜子都出现这种可怕的心理阴影。

半个小时后，罗威发动汽车，开回了家。

五

在热闹非凡的商业步行街上，一个年轻女人漫无目的地行走在街边——她怪异的举止引起了周围一些行人的注意。

这是一条狭窄而古老的小街，街两边拥挤着密密麻麻的食品店和服装店。道路上斑驳的青石块诉说着它的沧桑。那年轻女人穿着一身素雅的衣服，在这条路上走得相当古怪——她不停地左顾右盼，但看起来又不像是在找人，因为她的脸上写满了惶恐与不安。那种提心吊胆的神情让人以为她不是在街上行走，倒像是在穿越火车铁轨。

她走到一家卖馄饨的小吃店门口，迟疑地停下脚步。也许是饿了，她盯着客人们手里那一碗碗冒着热气、鲜香可口的馄饨发呆。

店老板注意到了她，热情地招呼道："姑娘，吃馄饨吗？请里面坐。"

年轻女人犹豫了几秒钟，走进店里，找了一个座位坐下，并告诉老板她要一小碗馄饨。几分钟后，一碗热腾腾的馄饨到了她手里，她舀起一个馄饨，用嘴吹出来的气让它冷却，再小心翼翼地放到嘴里。

才吃了几口，年轻女人突然听到身后传来厨房伙计的喊声："热汤来了，大家小心点啊！"

年轻女人"啊"地尖叫一声，然后迅速朝墙边一闪，回过头惊恐地望着那个端着一大锅热汤的伙计，身子瑟瑟发抖。端着锅的伙计反倒被她吓了一跳——实际上，他离她至少还有三米远呢。店里的客人也纷纷将目光集中到年轻女人身上。

老板走过来问："小姐，你没事吧？"

年轻女人恢复了一些镇定，她难堪地摇着头说："没……没事。"

"你哪里不舒服吗？"老板发现她的脸色相当难看。

"不，我没事。"年轻女人尴尬地站起来，"这碗馄饨多少钱？"

付完钱之后，她走出这家店铺。出门之前，她听到旁边一对小情侣小声地讥笑道："一锅热汤就能吓成这样，神经过敏吧。"

她像受到了羞辱般红着脸快速逃离了这里，直到拐过街角，才稍稍松了口气，但立刻又紧张地左顾右盼起来。

是的，她怎么能不紧张呢？前面五个人都死了，无一幸免。而她，会不会就是第六个？她的日子是哪天呢？她又会以哪种方式死去？

一连串的问题在她脑子里盘旋、膨胀，在她焦躁不安的想象中越变越大，压得她几乎喘不过气来。现在只有一件事情是明确的——这样下去，她迟早有一天会疯掉。

六

罗威拖着疲惫的身体回到家，已经十点过了。他的儿子罗尼也才从同学家回来。罗尼长得健壮结实，面容俊朗、英气十足。除了年龄之外几乎和他父亲一模一样，只是多了几分少年的朝气和活力。

罗尼看见爸爸回来了，兴高采烈地跑上前去，问："爸，你给我买了吗？"

罗威换好鞋子，抬起头来："啊？买什么？"

"你又忘了？"罗尼露出失落的神情，"你一个星期前就答应给我买那个直升机模型了！"

罗威眨了眨眼，想了起来，他叹息一句："唉，我太忙了——但是罗尼，你都读初一了，怎么还玩那种小孩子玩的玩具？"

"什么小孩子玩的玩具！"罗尼涨红了脸说，"你根本就不懂！那不是玩具，是模型！这算什么，人家几十岁的人还在收集模型呢！"

"好、好、好。"罗威说，"我改天有空了就去给你买。"

"每次都这样说！"罗尼嘟囔着离开了，"我敢打赌，一个星期后我得到的还是这句话！"

罗尼走进自己的房间，关上房门。罗威望着儿子的背影，若有所思。看来，他还不知道两天前发生的那件事——罗威松了口气。他可不想让儿子知道这么可怕的事情。

徐蕾从客厅走过来，看见罗威手里提着的文件包，问道："你拿到了？"

罗威点点头，显出疲倦的神色。

"你还是那个急性子，想起什么事情就一秒钟都等不得。"徐蕾责怪道。她走上前，看着丈夫的脸说，"你怎么了，脸色不大好呀。"

"没什么，就是有点累。"罗威说。

"你怎么去了这么久？"

罗威迟疑了一下，说："路上耽搁了一会儿。"

徐蕾没有再问下去，她说："累了就去洗个澡，早点睡吧。"

"不。"罗威摇了摇头，"我一会儿要在书房看严教授留下来的这个本子，你先睡吧。"

徐蕾想说什么，但没有开口，她清楚丈夫的个性。罗威径直走进书房，关上门后，他迫不及待地从文件包里取出那个本子，将它摆在桌子上。借着台灯明亮的光线，他翻开了这个本子。

本子的第一页什么也没写，从第二页开始，是罗威非常熟悉的形式——这是一个常见的心理咨询师在和来访者做咨询时用来记录过程的本子。这种记录本往往都不会由心理咨询师亲自记录，而是由坐在旁边的助手负责记录。

从事了十多年心理咨询的罗威非常清楚——一般的心理咨询是用不着记录的——需要助手专门将整个过程全部记录下来，以便在来访者走后能够继续研究的，肯定是相当严重或特殊的病例。

此时，罗威心中的好奇心已经到达了极点，他想象不出，严教授临死前留下的这个记录本里，到底记载着怎样一些惊人的、不可思议的病例。罗威深吸了一口气，从第一个病例认真开始看起——

（为以后情节需要，这个本子上记录的五个病例将原原本本地在以下章节中呈现出来。）

七

（第一个病例）

2007 年 2 月 26 日　早晨 9 点 40 分

来访者：潘恩　　男　　42 岁　　（丧偶、独居）

谈话记录：

A（代表心理咨询师）：好了，请说吧——你刚才说，近段时间发生了怪事？

B（代表来访者）：是的，相当奇怪！

A：什么怪事？

B：我……最近反复看见死去亲人的脸。准确地说，是我死去妻子的脸。我几乎每天都要看到！天哪……我……很害怕！

A：不要紧张，别害怕，放轻松些。然后，再说详细些，你在什么地方看见的你死去妻子的脸？在梦中？

B：不，不是在梦里，是在现实生活中！

A：现实生活中？你是说，有一个和你妻子长得很像的人？

B：不，不是像……也不是某个具体的人……噢，我不知道该怎么说……

A：放松心情，从最开始慢慢说起。别慌，没有人在催你，我们有很多时间，对吗？

B：嗯……是这样，大概半个月前，我在一家商场买东西。在我排队准备付钱的时候，突然看见另一个收银台前排着队的人群中，一个女人回过头来望了我一眼，我当时心里一惊——那个女人简直和我死去的妻子长得一模一样！这时，后面有人推了我一下，示意轮到我付钱了。我恍惚了几秒，等我再望向那边时，那女人已经消失了，我在人群中寻找她的身影，却怎么也找不到她……这是我第一次看见我死去妻子的脸。

A：等一下，你不能说看见的是'你死去妻子的脸'，而是一个和你妻子长得很像的女人的脸。

B：是的，我一开始也是这么想的。我认为仅仅是有一个人和我妻子长得很像，而我又碰巧看见了她——这并不算什么奇怪的事。可是，自从那天开始，我几乎每天都会看到这张脸！

A：你是说，你每天都会遇到这个女人？

B：不是这个女人！我每天……以不同的方式看到我死去妻子的脸！

A：不同的……方式？什么意思？说明白些。

B：比如说，我偶然路过一家画廊，看见那里面有一张画，画里面有好几个人，其中有一个人的脸就和我妻子的一模一样；还有一天，我在读晨报时，发现报纸中的一张照片里，有一个人的脸和我妻子的完全一样——而那个人并不是照片的主角，只是背景中无数路人中的一个而已；还有上个星期天，我因为心情郁闷去公园散心。我站在石桥上望着湖里的鱼群，当时也有很多人像我一样望着湖水，这时，我居然在湖面中众人的倒影里又看见了那张脸！天哪……我当时感觉快要崩溃了！

A：你看见这么多次……

B：等等，我还没说完，还有更诡异的！我前两天上网时，看见一则新闻，说在某地发现了罕见的人面蜘蛛，我点开那则图片新闻，竟然发现……发现……（呼吸急促）

A：发现了什么？该不会是……

B：是的，那只蜘蛛的背后有一张人脸，而那张脸……就是我死去妻子的脸！啊！（失控地大叫，浑身发抖）

A：听着，冷静下来！我能够帮你，你要相信我！

B：……（大口呼吸）

A：现在，你看一下窗外，看见了吗？今天的天气非常好，晴空万里。再看看那片绿色的草地，还有那几个玩皮球的孩子……怎么样，感觉好点了吗？

B：……唔，是的，我好多了。

A：现在，我们要来解决你的问题了。首先，我要找到你烦恼的根源，你务必要说实话来配合我。

B：好的。

A：你妻子是什么时候死的？

B：六年前。

A：死于什么？

B：车祸。

A：说明白些。

B：那是一天早上，我妻子起床迟了些，为了上班不迟到，她打了一辆的士去公司。但在路上，那辆的士与一辆超载的货车相撞，的士司机和我妻子当场就死了。

A：你当时不在场吗？

B：我当然不在场。我要是也在那辆车上，肯定和他们是一样的结局。我是得到警察的通知才赶去的。

A：就是说，你妻子的死其实根本和你没有一点关系，你没有任何责任，对吗？

B：怎么说呢？如果那天我能早点叫她起来，她就会和往常一样坐公交车上班，就不会发生那起该死的车祸了！可是，这种事情谁能想得到？

A：这六年里，你有没有反复自责？

B：没有，事实上，就连我的岳父岳母也认为，这件事纯属意外。怪不得我什么。

A：你很爱你的妻子，对吗？你现在还在想她吗？

B：……等等，医生，我有些明白了。你认为，我看见我妻子的脸，是因为我的自责或思念所致？是的，我直到现在都还爱着我的妻子，而且时不时会想她，可这绝不是最近发生这些怪事的解释！你要知道，我妻子过世后的这六年里我一直都生活得很好，从没出现过什么幻觉一类的东西！这些异常现象都是最近半个月才出现的！

A：我并没有说你看见的是幻觉啊。

B：那么，你认为这是怎么回事？

A：你要听实话吗？

B：当然。

A：从心理学的角度来说，你大概是患上了"相似型臆想症"。

B：什么？臆想症？你认为我刚才讲的那些全是我脑子里的幻觉？天哪，早知道这样，我真该把那张报纸和那幅画的照片带来，再让你看看我妻子的照片，你就知道我是不是臆想狂了！

A：听着，先生，没人说你是臆想狂。你得冷静下来听我说。我并不否认你看到的这些存在于现实生活中，而是指，你在生活中会看到形形色色的人的脸，而这里面，总有一些人和你死去的妻子有几分相似。你的潜意识把她们的脸当成了你死去妻子的脸。尤其是当这种情况出现一两次后，你更是条件反射般地开始刻意注意那些和你死去妻子相似的脸——现在，你明白了吗？

B：是的，我明白了。

A：是吗？你明白了什么？

B：（站起来）我终于明白了，你根本帮不了我！我到这里来找你咨询是在浪费时间。但我仍然要感谢你肯听我说这么多。再见，医生！

八

（第二个病例）

2007 年 4 月 5 日　上午 10 点 15 分

来访者：易然　　男　　36 岁

谈话记录：

A：你的脸色很不好，有什么困扰吗？

B：是的，最近几个星期，我感觉有些不对劲。

A：为什么？

B：（苦笑）说出来连我自己都觉得荒唐，但我敢肯定，这些绝对不是巧合。

A：说吧，到底是怎么回事。

B：具体是从哪天起出现这种怪现象的我已经忘了，大概是三个星期前开始的吧——我发现自己的名字经常出现在一些特殊场合，最近几天更是越来越频繁了。

A：什么特殊场合？

B：就拿最开始那次来说吧。我晚上在家看电视的时候，总是喜欢不停地切换电视频道，当我切换到一个新闻频道时，那个播音员刚好念出一句"易然，当场死亡"。我愣了一下，还没反应过来，那则新闻已经播完了，接着是下一条新闻。我当时并没有多想，认为这只是个巧合罢了。

A：接着说。

B：第二天中午，我在家吃午饭时，我的妻子下班回家，打开电视，没想到电视机里放出的第一句话又是那句"易然，当场死亡"。我惊呆了，赶紧走上前去看。原来是重播昨天的晚间新闻——医生，你能相信吗？连续两次都这么凑巧，这台电视机好像专门要我听到这句话似的！

A：嗯……这种巧合的概率确实相当低啊。

B：可更惊人的还在后面呢！由于我连听了两遍这句话，而且又恰好是我的名字，我开始好奇并关注起来——这到底是则什么新闻？哪个跟我同名同姓的人死了？因为电视里已经不可能再播这则新闻了，所以我上网去查这件事，结果——你无论如何也猜不到，我在网上查到的这则新闻里发现了什么！

A：是什么？

B：新闻内容本身是很普通的，说的是一个建筑工地上发生了事故，从高空落下一根钢筋，砸到了一个工程师的头，那个工程师当场死亡了。可关键是那个工程师的名字。

A：跟你一样叫易然？

B：不，诡异之处正在于此——那个工程师叫"陈易然"，而那则新闻的最后一句话，就是我连听了两次都只听到一半的那句话完整的应该是"工程师陈易然当场死亡"！

A：……我的天，这件事情的巧合程度简直令人感到匪夷所思。

B：我当时简直是目瞪口呆！想想看，连着两次听到电视里的同一句话已经是极低的概率了，而我竟然接连两次都是从中间半截听起的，而且这样一来那个死者的名字就变成了我的名字。我敢打赌，这个世界上再也没有比这更凑巧的事情了。

A：你认为这件事情有什么意义吗？

B：如果仅仅是这一件事情，我还有可能安慰自己这只是一种罕见的巧合，可接下来发生的这些事却使我不得不认为，这一连串的事情发生在我身边，一定是有某种原因的！

A：接下来你身边又发生了些什么事？

B：从这件事之后，我又在报纸上看见我的名字，并且又是和死亡有关；然后我在广播里听到一则消息，是驻扎在中东的战地记者的死亡名单，我在那里面再次听到了自己的名字——这几个星期里，类似的情况竟然已经发生了十几次！

B：还有最近的一次，实际上就是昨天，简直诡异到了极点！我下班后路过医院的后门，碰巧看见一群人在出殡，走在最前面的那个人拿着一架花圈，花圈的挽联上写着"哀悼易然先生"。我骇然地看着那个花圈，突然间觉得有点不对劲，走近一看才发现——那个花圈右侧有一朵小白花做得太大了，风一吹，挡住了挽联中间的那个字——这张挽联上写的那句话实际上应该是"哀悼吴易然先生"！可是，偏偏让我看见的就是少一个字的我的名字！我当时感觉快要疯了，我不知道这一连串的暗示究竟意味着什么！

A：你认为这是一种暗示？

B：我不知道——这正是我来找您的原因，我希望您能够分析这些事。为什么在我身边会发生这样的事？您是资深的心理学家，我希望能得到您的诠释。

A：对不起……很抱歉。

B：什么？

A：你遇到的这些事情实在是太蹊跷了。以我目前掌握的心理学知识，无法解释这到底是怎么回事——所以，请原谅，我不能妄下结论。

B：连您也这么说……难道，真的没办法了吗？

A：我虽然不能做出解释，却可以给你一些建议。你这样去想，不管怎么样，这些事情并没有实质性地威胁到你的生活。你不如看开些，不要再深究下去——我想，这种状况不会永远持续下去的。

B：可是，我有一种不祥的预感，我觉得……

A：不要胡思乱想，如果你放任这种不安的思绪一直困扰着你，你会更加烦闷的。我觉得你应该给自己放几天假，到风景优美、心旷神怡的大自然中去呼吸一些新鲜空气，这样你会好很多的。另外，这件事情我再替你分析一下，一旦找到合理的解释，我会给你打电话的。

B：那真是太感谢您了，医生。

九
（第三个病例）

2007 年 4 月 28 日　下午 3 点 20 分
来访者：齐鸿　　男　　58 岁

谈话记录：

A：老先生，有什么事，你说吧。

B：（从皮包里拿出一张纸）请你看看这个。

A：这是什么？（纸上写着：32——28——24——20——16——12）

B：（叹气）这件事很怪异，说来话长啊。

A：没关系，你慢慢说。

B：大概两个星期——嗯，准确地说，是十天前。对，就是从那天开始——所有的怪事就是从那天晚上开始的。

A：什么怪事？

B：我晚上都睡得比较早，我老伴也是。那天晚上，大概是凌晨一点过，我被一些微小的声音吵醒了。仔细一听，声音是从厨房里传出来的——是滴水的声音，那水滴"滴答、滴答"地掉落在金属材质的洗碗槽里，在安静的夜里听起来格外刺耳，让人心烦。于是，我穿上拖鞋，走进厨房。

B：我打开厨房的灯一看，原来是水龙头没有关严。于是我将开关拧紧，回去接着睡觉——第二天醒来，我根本没把这件事放在心上。

B：可是，第二天晚上，同样的状况又发生了，我再次被厨房里的滴水声吵醒……

A：等一下，你家的厨房离卧室很近吗？

B：你看看我家的布局就知道了，厨房和卧室只隔了一道墙。

A：滴水这么小的声音也能把你吵醒？那你老伴呢？

B：我一直都是睡眠比较浅的人，老了之后更是如此，一点点细小的声音也能让我醒来。所以我们专门在郊区买了套房子，远离闹市。但我老伴不是这样，她的睡眠一直比我好。

A：嗯，你接着说吧。

B：当我第二次被滴水声吵醒，我开始感到奇怪了。因为我清楚地记得，睡觉前我有意将厨房水龙头拧紧了的，而且，刚睡下的时候，我还故意立起耳朵听了一会儿，根本没有什么滴水声。可是到了半夜，我却又听到了这可恶的滴水声。

B：我没有办法，只得再次来到厨房，果然又是那个水龙头在滴水。我不明白，没有任何人动它，它怎么会自动滴水呢？这个时候，我想到也许是水龙头坏了，会不定时地漏水。于是我再次将它关紧，回房睡觉。

B：第二天上午，我请工人来换了个水龙头。他向我保证再也不会出现这种情况了，可是，到了夜里……

A：水龙头又开始滴水了？

B：是的！我……感觉有些恐惧起来。这一次我甚至不敢去关那个水龙头了，只得关上房门，用枕头捂住耳朵。不知道过了多久，那水龙头像是自动关上了，我没有再听到滴水声。

A：后来呢？

B：第四个晚上，我几乎睡不着觉了，像是在专门等着那个滴水声的到来。果然，又是那个老时间，滴水声又从厨房传来了。这次，我索性躺在床上数着那滴水声。结果我发现，水滴了32下后，就自然停住了。

A：（拿起那张纸）这么说，这张纸上记录的就是从第四天晚上开始每一次的滴水次数？

B：就是这样，而且，你也注意到了吧，每一次滴水的次数都比前一天要少4下。

A：嗯，我看出来了。

B：医生，你认为这代表着什么？这种现象有没有什么合理的解释？

A：你以前有没有过类似的经历？

B：没有，我这辈子第一次遇到这样的怪事。

A：我的意思是，你以前有没有这样的经历——特别关注某件事情或事物，以至于每天都要不由自主地想起它……

B：嘿，我知道你想说什么。让我明确地告诉你，我很正常，不是强迫症患者。

A：……你能说出"强迫症"这么专业的名词，看来你之前也研究过心理学方面的书？

B：这不重要，我是希望你能告诉我，发生在我身上的这起怪异事件到底该如何解释。

A：那我就跟你说实话吧。如果你没有患上强迫症的话，我就只能认为你是患上了轻微的恐惧臆想症。但是别担心，这只是一种常见的心理障碍，调整起来并不困难。先生，你，要上哪儿去……

B：（站起来）好的，我知道了，医生。

A：你能确定吗？

B：（叹气）是的，我能确定。谢谢你，医生，我要走了。

十

（第四个病例）

2007年6月2日　上午11点25分
来访者：肖克　　男　　41岁

谈话记录：

A：不好意思，今天忙死了。有什么事吗？肖克。

B：（瑟瑟发抖）……到这里来，我还是逃不了吗？我……

A：你怎么了？

B：已经是第203次了，我的天哪……

A：肖克，告诉我，发生了什么事？

B：严教授，你知道我没有心理疾病，我的精神也完全正常，总之，我是个一切都健康的人，对吗？

A：是的，当然，怎么了？

B：你能相信吗？我遇到一种正常人不可能遇到的怪异状况，它这几天一直困扰着我。可这困扰听起来简直像天方夜谭！

A：说吧，怎么回事？

B：如果一个人在短短几天内反复听到或接触到同一个"字"，你认为这正常吗？

A：什么？

B：我说明白些吧。在这个星期仅仅几天的时间里，我反复地接触到"死"这个字已经203次了！这只是到目前为止而已！

A：你是说，有人故意恐吓你？

B：不，不是恐吓，全是在很自然的情况下出现的！

A：什么意思？我有些糊涂了。

B：我详细说一下吧。星期一早晨，我刚起床，我妻子就告诉我，我们家那只画眉鸟死了。我只是有些心痛，但并没有太在意；接着，吃早餐时，我翻开报纸看到的第一个字是一个大标题中的"死"字；在上班的途中，我偶然听到两个下棋的老头中有一个说"这下把你将死了"；到了单位，我遇到的第一个同事对我说"今天办公室里死气沉沉"……

A：肖克，你应该知道，这种情况我们每个人都可能遇到，这没什么好奇怪的。

B：听我说完，你就不会觉得这是每个人都能遇到的了。在这个星期里，我碰到的每一个人，不管认不认识，他们对我说的第一句话里几乎都会带个"死"字，就像我刚才坐下来，你对我说的第一句话就是"今天忙死了"，这是我到目前为止听到的第 203 个"死"字了！

A：这……我可是随口说的。

B：完全正确，我接触到的每一个人都跟你一样，是随口、自然地说出来的，没有一次是刻意的——可这正是奇怪的地方，如果一两天如此，我会认为是巧合，可是已经连续七天了，天天如此！我怎么可能还认为这是巧合，而不感到诡异万分呢？

A：你还遇到了些什么情况？

B：天哪！简直不胜枚举。比如说，我茫然地在街上瞎逛，一个老太太对我说"这是个死胡同"；我朋友打电话来说我们的"死"党回来了；单位的同事说他的"死"对头升官了；就连回家，儿子跟我说的第一句话也是"我的数学老师太死板了"；妻子叫我帮她解开一个口袋的"死"结；我跑到郊外散心，在水边垂钓的老头说这个湖快变成"死"水了……噢，我不想再回忆下去了！我都快被折磨疯了！想想看，203 次！我平均每天要听到将近 30 个"死"字！这难道是普通人能遇到的情况吗？

A：冷静些，肖克。你知道在心理学上，对这种情况有一种解释——当我们过多关注某一件事物的时候，就会忽略身边的其他事物，从而认为我们身边整天充斥的就只有那一件事物——想想看，你每天听到 30 个"死"字，可是每天听到的其他字呢，肯定有几百上千个了，只是你没有去关注罢了。

B：你说得有道理，这个道理我也明白。可是我听到的"死"字全出现在每个人说的第一句话里，这种概率就未免太低了吧？

A：确实是有些不寻常，可是，我能做的解释也就只有这些了。

B：我还没说完呢，实际上……

A：还有什么？

B：我觉得……我遇到的这件事情……并不是偶然。

A：为什么？

B：记得昨天晚上我打电话跟你说的吗？

A：……你是说，你见了一个怪人，而那个人……

B：对！我觉得两者之间肯定有什么联系！

A：噢，我有些混乱了，你让我想想。

B：没关系，我把那个给你了，你认真研究一下吧——我们一起想想，这到底是怎么回事。

A：嗯，好的。

B：那我就先告辞了，严教授。感谢您，再见！

A：不用客气，再见。

十一

（第五个病例）

2007 年 6 月 19 日　上午 9 点 40 分

谈话者：夏莉　　女　　25 岁

谈话记录：

A：可以开始了，夏莉，说吧。

B：……嗯，好的，医生。

A：尽管说详细点，今天上午我谁也不见。

B：好的，医生……您知道，我一直很喜欢小动物，在我家里养了不少小猫、小鸟、小鱼之类可爱的小东西，但是……（浑身抽搐，面色苍白）

A：夏莉，控制住情绪，告诉我发生了什么？

B：这些小动物……在五天之内，全都死了！（掩面痛哭）

A：夏莉，我很抱歉听到这些，我也感到难过。可是你知道吗？我们的时间已经很有限了，你必须克制住悲伤。现在告诉我，这些小动物都是怎么死的？说详细些。

B：第一个，是我那只绿毛鹦鹉，我已经养了它接近四年了。那天早上，我起床后到阳台去看它，发现它在笼子里乱飞乱撞。我以为它又像往常一样，想出去放放风。于是我把它带进屋，然后打开鸟笼的门，没想到……

A：怎么了？

B：它……它竟然……它竟然像箭一般飞射出来，我几乎还没看清楚，它就一头撞在了客厅的墙壁上……当场就死了！而且，我难以相信一只鸟有这么大的爆发力！它撞破了头，在墙壁上留下了鲜红的血迹，噢……我当时完全被吓蒙了。

A：你以前也把它放出来过吧，它有没有撞到过墙壁？

B：我几乎每个星期都会把它放出来一两次。医生，您知道，鹦鹉是鸟类中最聪明的，别说是撞到墙，就连我家的花瓶、水杯它都从没打翻过……可这次，实在是太匪夷所思了！

A：这件事发生后，还有什么异常状况发生吗？你刚才说，你家的小动物全都死了？

B：……是的，鹦鹉死了不到两天，我那只浑身雪白的波斯猫……也死了。

A：猫是怎么死的？

B：可怜的雪球……就是那只猫。它死得更可怕、更不可思议。你无论如何也猜不到——它是触电死的。

A：触电？

B：我下班回家，它没有像往常一样跑过来迎接我。我挨着每间屋找它，结果在书房的办公桌上找到了它，但它已经变成一具面目扭曲、四肢僵直的尸体了。

A：你怎么知道它是触电死的？

B：我当时哭晕了，甚至不相信它是真的已经完全没命了，我打了兽医的电话。兽医赶来后判断它早在几小时前就已经死了，而且是被电死的。他注意到书房的办公桌上有一个电线插板，推测这只猫是将爪子伸进插孔里才触电死的。

A：猫把爪子伸进插板插孔里，有这样的事吗？

B：那个兽医也说从没遇到过这么奇怪的事，但从现场来看，又找不到另外任何可能引起它触电的原因——所以，我们只能接受这个事实。

A：你养的猫和鹦鹉在短短两三天内都怪异地死亡……

B：等等医生，还没完呢，还没有结束。

A：还有什么？

B：还有我养的那两只金鱼，在猫死后不久，我发现那两条金鱼也死了。

A：金鱼又是怎么死的？

B：吃食过量撑死的。

A：是你喂食过多造成的吗？

B：不，我养了很多年金鱼，知道不能一次性喂过多的食，所以每次都控制得很好，我每天喂这两条金鱼吃食的量都是固定的——但它们还是撑死了。

A：没有过量的食物，它们靠吃什么撑死的？

B：我观察了鱼缸，发现缸里的水十分干净。我估计它们是吃水里的浮游生物和自己的粪便，还有水草残渣撑死的。

A：经历了这三起事件，你有没有发现什么共同点？

B：实际上，只有鹦鹉是在我面前死的，后面两起都是事后发现的，不过……

A：什么？

B：我回想起来，那只鹦鹉在死之前就表现得相当异常，它显得很惊慌、恐惧，似乎感觉到周围有某种潜在的危险……我当时的感觉是——它面前好像有一只巨大的猛兽在盯着它，吓得它魂飞魄散，以至于它只想用死来得到解脱，逃离这种恐惧……医生，我是不是想象力太丰富了？

A：不，你接着说，尽量回忆当时的真实感受。

B：嗯……好的。这样想起来，那只波斯猫也在它死的那天早晨表现出了反常。它那天早上老是对着房间的某一处乱叫，浑身的毛都直立起来……但我当时急着去上班，就没怎么理它。等我回来，它就已经……医生，总体来说，我有一种相当强烈的感觉。

A：是什么？

B：我觉得，这些动物好像都是……自杀的。

A：你觉得它们的死都不是意外，而是自己选择的？

B：难道你不这么觉得吗？医生，你认为这些怪异的现象代表着什么？

A：我现在还不能做出准确的解释。但是，我会竭尽所能进行研究。

B：可是，医生，您刚才说我们的时间不多了……我们，会不会像前面那几个人一样……

A：听着，夏莉，你要相信我。无论如何，我都会救你的，即便哪天我遇到了什么不测，我也一定会想办法救你的！

十二

罗威继续向后翻，却发现后面是白纸了。看来，严教授这个本子里就只记载了这五个病例。

罗威把身子仰到椅子的靠背上，思考了一会儿，又俯向办公桌。他准备再仔细检查一下这个记录本，看看有没有漏掉什么。他一页一页地挨着翻看记录本后面的空白页，似乎后面就没有再记录什么了。他正准备合上这个本子，突然发现本子的最后一页写着几行文字，这几句话突兀地映入他的眼帘。

"潘恩，2007年2月27日死亡（意外车祸）。

"易然，2007年4月6日死亡（街道上遭遇意外）。

"齐鸿，2007年4月30日死亡（不慎溺水）。

"肖克，2007年6月3日死亡（突发心脏病）。"

看完这几句话，罗威心头一惊，他翻到本子的前面，将这段话与前面四个病例挨着对照，神情变得惊骇异常。几分钟后，罗威紧皱着眉头从椅子上站起来，在房间里来回踱步。这时已经是深夜一点过了。

罗威一边走动着，一边用左手敲打自己的额头，试图将头脑里这些复杂混乱的思绪整合起来。过了一会儿，他坐下来，随手从办公桌的一侧扯下一张白纸，抓起手边的圆珠笔，将心中的所有想法、疑问一一写下来——这是罗威多年来的习惯，每次遇到棘手的事情，他都是这样按条理来分析处理的。

他在纸上写道：

"一、这五个病例具有很大程度的共同点，来访者都是遇到了某些怪异事件。

二、五个病例中前四个人都在发生怪事后不久就意外死亡了——这也是前四个病例的共同之处。

三、严教授要我救的夏莉就是第五个病例中的来访者。

四、这几个来访者的死亡和严教授的死亡有没有什么关系？

五、严教授说'所有的答案都隐藏在这个本子里'，并叫我解开其中的谜，可这个'谜'到底是什么？"

写到这里，罗威猛然想起，前面四个人都是在拜访严教授之后一两天就死亡了——他拿出手机看了看日期，今天是 2007 年 6 月 24 日。也就是说，距离夏莉跟严教授谈话已经过去五天了。如果按照这个规律推算，那夏莉有可能已经死了，只是因为严教授也死了，所以才没能记到这个本子上。

罗威陷入沉思中：如果真是这样，那自己根本就没必要去"救"夏莉，况且本来就是一头雾水，也不知道该怎么去救。就在罗威打定主意不再关心此事的时候，头脑里偏偏又浮现出读大学时，严教授对自己的种种关怀、爱护——严教授在临死前想到的最后一个人是自己，他认为最能信任和最值得托付的人也是自己。难道自己连老师最后一个心愿都不能帮他实现吗？

罗威为自己起初的想法感到羞耻。他暗下决心，不管怎样，一定要完成严教授的嘱托，尽自己最大的努力去调查这件事情，找到这些怪异事件的答案。

首先当然是要找到这个叫"夏莉"的女人——她是唯一一个可能还活着的人，只有找到了她，才能找到调查的方向和突破口。

罗威忘了时间和疲倦，再次陷入了沉思。

十三

早晨起床后，徐蕾发现丈夫没在自己身边。她穿上衣服，来到书房门前，推开门，发现罗威竟然在书房的沙发上睡着了。

徐蕾蹲到丈夫身边，将他推醒，问道："你怎么在这儿就睡了？"

罗威一脸的疲乏，他使劲揉了揉眼睛："现在几点？"

"十点了。"徐蕾说，"你昨天晚上该不会都没睡吧？"

罗威摇了摇头："我在研究严教授留给我的那个本子，后来时间太晚了，我怕把你吵醒，就没回房去，在这儿睡了。"

徐蕾看了一眼办公桌上的那个本子，问："那你研究出来什么没有？这个本子上写了些什么？"

罗威叹了口气："一言难尽啊，这件事情比我想象的要诡异、复杂得多，一时半会儿说不清楚。"

"那现在就先别说了。你先去洗漱，我去给你做早饭。"徐蕾站起来，离开书房。

罗威从沙发上起身，看了一眼旁边的手机，将它揣进兜里，进卫生间洗脸漱口去了。来到饭厅，徐蕾已经准备好了早餐。罗威确实有些饿了，他剥了个鸡蛋，两口就吞了下去。

徐蕾递了一杯牛奶过去，说："慢点吃，别噎着。"

罗威一边点头，一边又抓起几片黄油面包狼吞虎咽起来。突然，罗威口袋里的手机响起来，他身子一震，立即扔下面包，连手也顾不上擦一下，马上将电话接了起来。

"喂，是秦轩吗……问到了？真是太感谢你了！"罗威一脸的兴奋。

"你等等，我记一下……"罗威从上衣口袋里摸出钢笔，再从餐桌上扯过来一张报纸，"好，你说吧。1378746……"

罗威记下这个手机号码后，再次确认道："这就是严教授助手的手机号，对吧？他叫什么名字……不知道？没关系，就这样已经非常感谢你了……嗯，好，再见！"

挂断电话，罗威激动得满脸通红，他喃喃自语地念叨着："真没想到这么快就问到了！这个秦轩确实有办法！"

"怎么回事？你打听到的是谁的电话号码？"徐蕾一脸茫然地问。

"是这样，我昨天一直在想——严教授已经死了，那他在这个本子里记录的这些事情我该向谁去考证和探究合适，后来我想，这个本子根本就不是严教授亲自记录的，而肯定是他在和来访者谈话时，坐在旁边的助手记录的，也就是说，他的助手肯定也经历了这些事，只要找到他，就能找到调查这件事情的线索！"罗威兴奋地说，"所以我给老同学秦轩发了电子邮件，让他帮我打听严教授助手的联系方式。你看，今天一大早他就帮我打听到了！"

徐蕾感到好奇："严教授到底在本子上写了些什么，能让你这么迫不及待地想去调查？"

"这个以后再说，我先联系严教授的助手试试。"罗威离开餐桌，拿起电话照着报纸上记录的那个号码拨了过去。

电话响了七八声也没人接，罗威正觉得丧气，突然听到听筒里传出一个年轻而纤细的女声："喂，请问是谁？"

罗威精神一振："你好，我叫罗威，是严鸿远教授的学生，请问，你知道严教授的心理咨询所吗？"

"是的，我知道。"

"你是严教授的助手，对吗？"

"是的。"

罗威心中一阵欣喜，他暗忖事情顺利得超乎想象，接着说："你知道，严教授在几天前因为意外死亡了，他在临死前交给我一个本子，并向我托付了一些事情……"

"等等。"对方突然提高了声音，"你就是那个……严教授最得意的学生，就是那个有名的心理学家？"

"嗯……严教授向你提起过我？"

"也就是说，严教授去找你，而且他就是死在你那个地方的，对吗？"

罗威没想到对方会问出这么尖锐的问题，一时语塞。

沉默了一会儿，年轻女人说："你叫罗威吧，你找我有什么事？"

罗威稍微整理了一下思绪："严教授交给我的那个记录本，你应该知道吧？我想知道，那个本子是不是由你来记录的？"

年轻女人像是犹豫了一下，说："是的，怎么了？"

"严教授临死之前拜托我一定要揭开事情的谜底，并特别嘱咐我一定要想办法救一个叫夏莉的人。你现在明白了吧，我想请你提供给我一些线索，让我找到那个叫夏莉的人。"

对方沉默良久，说："如果是这样的话，我想不必了。"

"为什么？"

"因为你帮不了我，连严教授都死了……没有人能帮得了我……"

"……什么？难道……"

"是的，我就是夏莉。"

罗威惊讶地张开了嘴，似乎事情转变得太快了，他有些接受不了。过了半晌，他才说："你就是夏莉？"

"是的，我就是那个严教授要你救的人，可是，你是帮不了我的……"

"你为什么这么肯定我帮不了你？你现在是什么处境？你……一定知道什么，对吗？"

"对不起，我不想谈论这件事情。谢谢你，罗威医生，我要挂了。"

"等等，等等！"罗威着急起来，"你至少……让我明白是怎么回事吧？你为什么认定我帮不了你？"

那女人苦笑了一声："你连是怎么回事都没弄清楚，怎么帮得了我呢？"

"我现在是没弄清楚，可是，我总会弄清楚的！严教授专程到我这里来托付我，总是有他的原因。我想，他都相信我，你也一样应该相信我！"

对方沉默不语。过了好一阵，罗威说："现在告诉我你在哪里，我马上去找你。"

似乎经过了一番激烈的思想挣扎，夏莉终于说道："我现在在在 Z 市的绿茵住宅区 8 幢 701 号，你如果真的要来，就来吧。"

说完这句话，她挂断了电话。罗威来不及思索，赶紧将这个地址记在一张纸上。

"联系到严教授的助手了？"徐蕾问。

"嗯。"罗威点点头，然后看了一眼手机上的时间，说，"我必须马上去找她。"

"现在？"徐蕾皱了皱眉头。

"是的，这件事情相当紧急，我不敢延误时间。"罗威走进书房，把钱包塞进裤子口袋，再将桌子上的记录本连同几件随身物品一起装到一个公文包里。他走回客厅，把记着地址的那张报纸一起装进公文包。

"干吗慌成这样？你要去哪里？"徐蕾跟着罗威一起走到门口，有些着急地问，"要去多久？"

罗威回过头来对妻子说："我只是去 Z 市，并不远。我想，用不了几天吧。"

"罗威。"徐蕾靠近一步，担忧地望着丈夫，"我虽然什么都不知道。但我觉得这件事情太过古怪和离奇了。我……我有种不好的感觉，我总觉得……"

罗威伸出两只手指按在徐蕾的嘴唇上，轻声说："亲爱的，我只是去 Z 市找那个助手了解一下情况，不会出什么事的。你不要胡思乱想，你知道——这件事情我如果不调查清楚，就无法向死去的严教授交代，这样我永远都不会安心的。"

徐蕾张了张嘴，但并没有发出什么声音。罗威在徐蕾的额头上轻轻吻了一下，然后转身打开门，头也不回地走了。

十四

因为工作需要，罗威以前去过 Z 市几次，所以他清楚地知道，坐火车的话，只要五个小时就能到达那里。

罗威从售票窗口买了一张中午 12 点 50 分开往 Z 市的火车票，算了一下时间，还来得及吃点东西。于是他来到附近的小饭馆，点了一些面条和熟食。

12 点 40 分，罗威坐在了火车票印着的座位号对应的座位上。刚坐下不久，一个戴眼镜的年轻人坐到了他对面的座位上，那个年轻人将行李包放到顶架上后，和罗威对视了一眼。两人一齐点头笑了笑，算是打过招呼。

火车在 12 点 50 分准时开动，轰鸣的汽笛声中，庞然大物像一条巨大的毛毛虫开始由慢至快地行驶。年轻人从随身口袋里摸出一本早就准备好的小说，津津有味地读起来。罗威什么也没准备——他也用不着准备——因为昨晚熬了夜，他现在精神欠佳，正好利用这几个小时补一补觉。

罗威将衣领牵上来一些，双手抱在胸前，倚在座椅靠背上，没过多久就进入了梦乡。

火车行驶途中，窗外的景致就像一张张巨大的画布正被人奋力地向后拉扯。可惜大多数人都已经习以为常，只有几个大概是初次坐火车的小孩兴奋得哇哇大叫。

不知过了多久，罗威从睡梦中醒了过来，他挺了挺脊背，感觉精神好了很多。这时，坐在对面的年轻人也放下了书，大概是想休息一下，正在望着车窗外的远景出神。

罗威心不在焉地往窗外望去，心里盘算着见到夏莉后应该怎么和她沟通。直到一些景象跳进他的视线，闯进他的脑海，他才猛然醒悟过来看到了什么。

罗威霍地从座位上站起来，快速推开车窗，将头伸到外面去向后张望。十几秒钟后，他缓缓退回来，心神不定地坐了下去。

对面的年轻人显然是被罗威这突如其来的举动吓住了，他有些惊讶地问："你……你怎么了？"

罗威突然想起刚才他也在看窗外，赶紧问："你刚才有没有看到什么？我是说，有没有看到对面山上站着一个满身是血的人？"

年轻人吓了一跳："满身是血的人？在哪里？"

"刚才我们都在看外面，你没看到吗？就在对面的一座山上！"

年轻人推了推镜框，用怀疑的目光望着罗威，他又看了看窗外，说："我们现在路过的是一个城市——虽然远处也有山，可你也看到了，这些山离我们少说也有几千米呢。你说看到山上站着一个人，这不大可能吧？"

停顿了一下，他又说："除非你有望远镜，可事实上你没有——先生，你大概是睡昏头了吧？"

罗威紧皱着眉头，摇了摇头："不对，我看得真真切切，怎么会是……"说到这里，他停了下来，他从对面年轻人的眼神中看出来，对方已经有些把他当成精神病患者了。

罗威叹了口气，再次凝视窗外。他在心里竭力思索，却还是不明白——刚才那一幕，好像曾经在什么地方见过——可就是想不起来了。还有，虽然那景象只是转瞬即逝，可他却能看得如此清晰，甚至连那个满身是血的人的脸他都有印象，并且有那么几分熟悉……这到底是为什么？

接下来的两个多小时里，罗威一直紧紧地盯着车窗外。可是，他再也没能看到什么异常的景象。

十五

到达 Z 市已经接近六点了，现在临近冬天，天色早就暗了下来。罗威下车后，连晚饭也顾不上吃，直接招了一辆出租车，把夏莉留给自己的地址告诉司机。绿茵住宅区并不远，大概只用了二十分钟，罗威就到了这里。通过向门卫打听，他很快就找到了 8 幢 701 号。

站在门口，罗威稍微调整了一下心情，正准备敲门，屋里传出一个女人的声音："是罗威医生吗？"

罗威吃了一惊，他愣了片刻，说："是的。"

"门没有锁，请进吧。"屋里的女人说。

罗威迟疑着推门，果然，门只是虚掩着，轻轻一推就开了。进门后，借着屋里明亮的灯光，罗威一眼便看见了坐在客厅正中、面对着他的女人——她看起来二十几岁，身材苗条、目光沉静。虽然是在自己家中，却穿着整齐的套装——很明显，她猜到今天晚上会有客人要来。

"你就是夏莉吗？"罗威问道。

"是的，罗威医生。"夏莉用手指了指距离她足足有五米远的一张皮椅，"请坐。"

罗威走到皮椅旁，坐下，将公文包抱在胸前，笑着说："夏莉小姐，你好像很确信我今天晚上一定会出现在这里啊。"

夏莉耸了耸肩膀："请原谅，我对你并不是完全不了解。今天早上你给我打过那个电话后，我就上网去查看了一些你的资料。所以，我猜到你一定会立刻就来。"

"哦？"罗威说，"那资料上还介绍了我是个急性子？这你又是怎么知道的？"

"够你猜一阵子了。"她答道，轻轻一笑。

"另外，我刚才仅仅是站在门口，还没来得及敲门呢，你怎么知道是我来了？"

"你有些不够细心啊，医生。"夏莉说，"如果你仔细观察一下周围，就能找到门框上方那个微型摄像头了。"她侧过头，示意罗威看后面的玻璃桌，"门口的一举一动我都能从这台笔记本电脑上看到。"

罗威眯起眼睛望了夏莉一会儿，说："你一直用摄像头观察和监视着门口吗？为什么要这样做？这里是国家安全局吗？"

夏莉低下头沉默了片刻，说："我可不是一直都这么做，这个摄像头是几天前才安的。"

罗威没有说话，等着她继续说。

夏莉抬起头来："先别说这个。罗威医生，你专程从外地赶到我这儿来，到底想了解些什么事？"

罗威看了看周围，微微皱了皱眉头，用手来回比画了一下："我们非得隔着这么远说话吗？"

"暂时先这样吧。"夏莉有些无可奈何地说，"医生，我一会儿再向你解释。"

罗威耸了耸肩，从公文包里拿出记录本，冲夏莉扬了扬手："这个本子你有印象吧？"

看到这个本子，夏莉的身子不自觉地向后缩，她脸上出现一种古怪而厌恶的神情，似乎这是只长满毛的大蜘蛛，令她惧怕而反感。罗威注意到了夏莉神色中的惊惶不安，他能感觉到——夏莉正在努力控制着自己的情绪。

过了半晌，夏莉沉静下来说："是的。"

罗威点点头："那我就用不着向你介绍这里面的内容了。很显然，这个本子上记录的五个病例是你和严鸿远教授一起经历的，我想知道……"

"等等。"夏莉打断他，"医生，我想你肯定是误会了。"

"什么？"

"你以为这个本子上记录的那五个病人全是来找严教授的？"

"难道不是吗？"

夏莉摇了摇头："这个本子里记载的五个来访者里只有最后两个——也就是肖克和我才是严教授经历的——而且记录最后一个病例的不是我，而是严教授本人。"

罗威惊讶地张开嘴："那前面三个呢？"

"这我也不清楚。我只知道，有一天，严教授交给我一个本子——就是你手上拿的那个本子——那上面本来就记载着三个病例，而严教授叫我把那天他和肖克所做的谈话记录当作第四个病例抄到这个本子上。后来……我遇到一系列怪事后，找严教授谈话，他就把我和他的谈话当作第五个病例记录在了这个本子上——就是这样。"

罗威有些惊讶地说："原来是这样。"

"罗医生，你果然不够细心。"夏莉说，"你都看完了这个本子，难道没发现后面两个病例的字迹和前面三个不同吗？"

罗威将本子快速翻阅了一遍，叹息道："我那天晚上大概太疲倦了，看见前面三个病例的字迹都一样，就没去注意后面两个。"

两个人沉默了一会儿，罗威缓缓地说："我本来以为这几个病例都是你和严教授一起在场并经历的。但现在看起来，除开你自己那个，其实你也仅仅只是经历过其中一个，也就是第四个病例而已……这样的话……"

"这样的话我就根本不能提供给你什么有用的信息了。"夏莉将话接过去，再叹了口气，"事实上我也本来什么都不知道，就像你也什么都不知道一样。所以我在电话里就说了，你根本帮不了我。"

"不，你还是知道些什么的。"罗威抬起头说，"你知道自己身边潜藏着什么危险，这种危险能随时要你的命——所以你才这么谨慎——在门口安装摄像头，甚至连我你都要提防，和我保持这么远的距离说话。"

夏莉痛苦地悲叹道："这能说明什么呢？我之所以这么做，还不是因为得知前面那四个和我出现类似怪异状况的人都死了——对了，还包括严教授，他也死了！不是吗？所以……我……我相当恐慌！我每天都活在恐惧和不安中。我觉得我也逃不掉。总有一天，我也会像他们一样死于非命——"

她的语气激动起来，声音中带着哭腔："要是我能明白这是怎么回事，要是我能明确地知道这种危险到底会以什么形式出现，那我还可以想方设法去避免。可是，我什么都不知道！我现在只有每天把自己封闭在家里，连街都不敢上——因为我觉得到处都有危险！走在街上，我就像个敏感的精神病一样……噢，你不会懂的……"她终于说不下去了，用手捂住脸，呜呜地哭起来。

一瞬间，罗威觉得夏莉就像个受了伤的小女孩一样可怜，他责怪自己刚才的鲁莽，完全没有考虑夏莉的感受。他想走过去安慰她，却又不知道合不合适，只能远远地看着夏莉哭泣，自己心里也有些难受。

过了片刻，夏莉稳住情绪，用手擦着脸上的泪痕："对不起，我……有些失态了。"

"不，该说抱歉的是我。"罗威自责道，"我刚才说话太不注意了。"

夏莉微微摇着头说："其实你没说错什么，我现在的处境确实就如你刚才讲的那样。"

罗威想了一会儿，说："你刚才说出现怪异状况的人还包括严教授，那你知不知道，他在死之前遇到了些什么怪异的事？"

"我不知道。"夏莉回忆道，"但我能肯定严教授一定也遇到了什么怪异状况，他跟我提起过。但他却说不想让我害怕，所以没具体地告诉我——他总是千方百计为我着想。"

"是啊。"罗威点头道，"看得出来，严教授非常在乎你。"

"可不是吗？严教授没有结婚，也就没有儿女。所以，自从四年前我大学毕业后来到严教授的心理咨询室工作，他就一直把我当成他的女儿对待……当他知道我出现异常状况后，着急地甚至不顾自己的安危也要救我。几天前，严教授大概是觉得自己的时间到了，便不辞而别地离开——我后来才知道他原来是去找你，要你帮我，可他却……"说到这里，夏莉又哽咽起来，泪水再次夺眶而出。

罗威赶紧将话题引开："你有没有想过，严教授来找我，这意味着什么？"

夏莉止住泪水，抬起头来："什么？"

"我们这样来看。"罗威说，"这个本子上记录的一系列事件，表面上看起来都是怪异莫名、无迹可寻的，但实际上，每个事件都有很多共同点。严教授找到我后，要我解开这里面的谜，找到解救的方法——这有可能意味着——严教授感觉到这些事件具有某种规律。如果我们能发现这个规律，也许就能找到破解的方法！"

"规律？"夏莉不解地问，"什么规律？"

"你仔细想想，你遇到的那几件事……"罗威翻了翻本子的后面，"就是你养的那几只动物突然死亡的事件里，有什么特别值得注意的地方吗？"

夏莉阴郁地摇着头说："严教授也问过这个问题。如果我能发现什么，早就跟他说了。"停顿了一下，她又接着说，"我家里的那几只动物突然死亡，我觉得根本就是无法想象和预料到的，完全不是我能控制的事——

只是每次发生这种事后，我都有一种非常不安和焦躁的感觉，就像是受到了某种警告或暗示，似乎……"

她正说着，突然，头顶上发出"嗞嗞"的声音，天花板上吊着的顶灯忽明忽暗地闪烁起来。夏莉和罗威同时抬起头，惊诧地注视着顶灯。向下悬挂的顶灯灯盘里，一盏灯泡"啪"地响了一声。随即，一个黑乎乎的东西掉到了夏莉面前的茶几上。

夏莉看了一眼那东西，发出一声撕心裂肺的尖叫，从椅子上弹起来，迅速向后退去。罗威赶紧走上前去，他定睛一看——原来是一只烧焦的壁虎，死状恶心至极，令他的心里也紧紧地抽搐了一下。

夏莉浑身颤抖起来，脸色苍白，她低吟道："又来了，又开始了……"

罗威正准备安抚一下夏莉，却接触到她惊恐的目光。"罗医生，我们不能再谈了！"她尖声说，"你必须马上离开！"

"为什么？"罗威不解地问，"我们才刚刚接触到问题的核心，如果不把事情了解清楚，我怎么帮得了你？"

"你本来就帮不了我。恰恰相反，你的出现会令我的处境更加危险！"

罗威张大嘴巴，难以置信地望着夏莉。

"罗医生，真的非常感谢你。"夏莉说，"可是，我们遇到的这件事情太过诡异，不是常理所能解释的——所以，请你相信我的直觉，照我说的做吧——别再来找我了！"

罗威最后注视了夏莉几秒钟，说："好吧，你保重。"

他深深地叹了一口气，将记录本装进公文包里，离开了。

十六

下午放学之后，罗尼照常和"小个子""眼镜"一起回家。

他们在路上谈论着学校里发生的新鲜事——可今天有趣的话题实在是太少了。当眼镜讲完他在做眼保健操的时候偷瞄了语文老师，发现她在挖鼻孔这件事后，罗尼和小个子都冲他翻了个白眼，认为这实在是太无聊了。

"嘿，对了。"罗尼想起一件有趣的事，"我昨天在 Wii（任天堂推出的一款家用游戏机）上玩了一款新的棒球游戏，你们知道吗？这是我玩过的运动类游戏里最有意思的一款……"

"行了吧，罗尼，我们对这种话题不感兴趣。"眼镜闷闷不乐地说，"我们可不像你，有个那么有钱的老爸，什么新款的游戏机都给你买。"

罗尼撇了撇嘴，识趣地收声了。

又走了几步，小个子说："昨天晚上我乘爸妈不在家，在电脑上看了一部恐怖片。"

"你一个人？"眼镜说，"看不出来，你胆子还蛮大的嘛。"

"可我被吓了个半死。那片子的后面半截我是趴在被窝里看完的。"

"哦。"眼镜耸了耸肩膀，"我收回刚才的话。"

"什么内容啊？讲来听听。"罗尼说。

"你们想听？"小个子故作神秘地说，"被吓得晚上不敢上厕所可别怪我。"

"别废话了，快讲。"罗尼催促道。

小个子讲的是一个盗墓的故事，说的是一个人白天有着正常的职业，夜间穿上紧身衣去掘新死的富人的墓。他盗取死者的珠宝，也许还有他们尸体的一部分，把这些赃物收藏在自己家的地下室，直到有一天，诅咒出现在他身上……

小个子并不是讲故事的能手，但他那业余水平的表演都无法掩盖这个故事本身的恐怖。尤其是这个故事里有那么多血腥和恶心的描述，使得听众生理不适，全身不自在起来。

在三个人都快到家的时候，故事讲完了。小个子非常满意，他认为自己如愿以偿地让另外两个人感染了恐惧。

"怎么样？吓到了没有？"他得意扬扬地问。

眼镜打了个寒战，说："是挺瘆人的。"

见罗尼没说话，小个子又问："你呢？"

其实罗尼也觉得这故事确实有些恐怖，但他觉得不能让小个子太得意，于是逞强道："很一般嘛，我没觉得有什么好害怕的——尤其是结局，也太俗套了吧。"

"哟。"小个子显然认为这样的评价是不够的，"你觉得我讲的这个故事俗套，那你倒是讲个新鲜的来听啊。"

"这有什么难的。"罗尼吹牛道，"讲恐怖故事我可是信手拈来。"

"好，那就这么说定了。"小个子不服气地说，"下次可就轮到你讲了，别让我们失望啊。"

走到这里，三个人便分不同的路回家了。一个人走在路上，罗尼有些后悔起来——何必为了逞能去死撑面子呢？自己哪会讲什么恐怖故事，连像样的恐怖电影或小说都没看过一部。现在牛吹出去了，看下次怎么下得了台吧。

罗尼烦闷地皱起眉头，一脚将路边的小石子踢出去老远。

十七

罗威从 Z 市回来已经三天了。在这三天里，他抛开所有烦心事，尽情享乐了一阵。恒温游泳池、网球场、电影院、美食城——罗威这时才发现，因为往常工作太忙了，这些休闲娱乐的场所对自己来说已经变得相当陌生——他感叹事业成功的代价便是生活乐趣的相对减少。

在这几天愉快的时光里，罗威仍时不时地想起严教授托付自己的事，哪怕嘴里正嚼着最爱吃的鳗鱼寿司，眼前也偶尔会浮现出夏莉那痛苦绝望的神情。他对自己说——自己已经做到仁至义尽了。况且就像夏莉说的那样——这件事情太过诡异，也许自己真的尽了力也帮不了她，甚至会令事情更加糟糕。

休息到第三天晚上，罗威认为自己的状态已经完全恢复了。那些杂乱而烦琐的思绪也没再来困扰他。晚饭时，他对徐蕾说，从明天起他要继续去心理咨询中心工作。

"那好啊！"徐蕾高兴地说，给罗威夹了一筷子菜，"你又恢复成以前干劲十足的样子了！"

"爸，你又忘了给我买飞机模型吧！"罗尼不满地说，"我上个星期怎么说的？我就知道你不会放在心上！"

罗威一拍脑袋，想起这件事情确实拖得太久了。他对儿子说："哎呀，真忘了！你也是，我空闲这么几天你都不说，现在才想起提醒我！"

"我就是考察你的自觉性呢。"罗尼歪着脑袋说，"看你记不记得在我生日前买。"

罗威掐着指头算了一下。"真是，还有两天就是你生日了。"他想了想，说，"这样吧，我一会儿吃完饭就去给你买。"

"真的？"罗尼高兴地放下饭碗跳起来，"太好了，我一会儿写一张纸条给你带上，你照着那上面的买就行了！"

"看你高兴得那样！"徐蕾望着儿子笑了一会儿，转过头对罗威说，"你一会儿去也好，顺便买个石英钟回来——卧室那个石英钟早就不准了，我看该换一个了。"

"嗯。"罗威点了点头，"我一会儿就去买。"

吃完晚饭后，罗尼便不断催促着爸爸。罗威只在沙发上坐了一小会儿便揣上钱包出门了。当作饭后的散步，罗威没有开车出去，而是选择步行。他足足用了30多分钟才走到一家大型商场门口。

罗威走到卖模型的柜台，将儿子给自己的那张纸条递给售货员，叫她照着上面的拿。不一会儿，售货员就面带微笑地捧给罗威一个包装精美的纸盒，请他去收银台付款。罗威看了一眼标签——680元。他暗叹一句：好家伙，还真不便宜。

罗威付完飞机模型的款，坐电梯来到商场三楼，这层主要卖钟表和珠宝。在一个专门卖石英钟的柜台，罗威发现这里有几百个造型各异、做工精致的石英钟。售货小姐见罗威驻足观望，立刻热情地迎了上来，向罗威介绍起每款钟各自的优点。

作为心理学家，罗威心里明白，这种情况下，根据选择过度原则——如果每一款去挨着细选，往往会挑花了眼，最后根本不知道该买哪款。所以他索性不去挑选，直接对售货小姐说："随便哪款都可以，只要走得准就行了。"

"我们这里的钟走得都准，您看，调的都是准确的北京时间。"售货小姐微笑着说，"您可以自己拿手表的时间来对一下。"

罗威走近一面挂满石英钟的墙，抬头望着左上角的一个钟，对售货小姐说："就拿这个吧。"

"好的，您稍等一下，我这就……"突然售货小姐惊叫一声，"啊！小心！"

罗威侧过头，往右上方一看，一个笨重的电子石英钟向自己的头顶砸下来，他本能地抬起右手护住头。石英钟砸到了他的手臂，接着掉落在地，落在了罗威脚边，玻璃钟面被震出了几道裂痕。罗威缓缓放下手臂，感觉手臂被砸得生疼，仔细一看，右手的手背也被石英钟的金属外壳和震裂的玻璃划出了血。

商场里的顾客全都惊讶地望向这边，售货小姐更是惊慌得手足无措，她慌忙走上前去，不住地向罗威鞠躬道歉："先生，真是太对不起了……居然发生了这种事！我们……一定负全部责任，请你去医院检查……"

罗威惊魂未定地瞪大双眼，一面揉捏着受伤的右手臂。还好，他只是表皮剐伤而已。

售货小姐仍然满脸堆着担忧和抱歉，似乎是怕罗威暴跳如雷地将她痛骂一番，没想到罗威摆了摆手，说："算了，不关你的事，是它自己掉下来的。"

"先生，您真是太好了！"售货小姐感激而又难堪地说，"这种事是第一次，我们完全没料到，这些钟按理说都应该挂得很稳啊……"

罗威没有再理会她说些什么，他无意间瞥了一眼脚下的电子钟，愣住了。砸裂的玻璃钟面上，有几丝罗威刚才擦出的血迹，此时他正埋下头看着这个钟，自己的脸印在玻璃上，就像一个满脸血迹的人。钟的电子计时器上显示着时间：00：12。

一瞬间，罗威的头脑里划过一道闪电，一些封闭的记忆被唤醒——他突然想起这一幕如此熟悉——对了！那天晚上，在自己办公室的那面穿衣镜里，他也看见了一个类似的、满脸是血的人！罗威呆呆地站在原地，瞪大眼睛，神情惊骇莫名。

这时，售货小姐不知从哪里找来几张创可贴撕开后贴在罗威的手背上，止住他的血，也将他拉回到现实中。罗威又呆站了几秒钟后，提起给儿子买的飞机模型，神情惘然地离开了这家商场。

走在路上，夜晚的凉风吹拂过来，令罗威的思绪无比清晰，也令他感到后脊背一阵阵地发冷。

等等，这到底是怎么回事？

最开始，在办公室的镜子里看到流血的人；后来又在火车车窗外看到类似的异象，再加上今天晚上……

不可能，这绝对不可能——罗威一遍一遍地说服自己，这全都是巧合——可他的脑子却不受自己的控制，反复地联系到那个本子，以及那个本子中的五个诡异病例。

最后，他的身子开始瑟瑟发抖，他终于无法回避和否认一个问题——难道自己也和那个本子上记录的五个人一样，出现了临死前的异兆？

十八

刚回到家，等待已久的罗尼便一把接过爸爸手中的飞机模型，兴奋地大嚷道："太好了，就是这一款！"同时和爸爸拥抱了一下，高兴得手舞足蹈。

罗威强装笑颜地和儿子聊了一会儿。罗尼的注意力全在新模型上，根本没发现爸爸的手背受了伤，他把模型拿到自己房间玩去了。

罗威走进客厅，徐蕾见他空着手，问道："咦？没买钟吗？"

罗威不想让徐蕾知道起先发生的事，让她徒添担忧，便掩饰道："转了一圈，没发现什么合适的。"

"唉，一个钟有什么合不合适？"徐蕾叹了口气，"算了，下次我们一起去买吧。"

罗威在沙发上坐下来，眼睛盯着电视，脑海里浮现出的画面却是刚才发生在商场的那一幕。思索了一会儿，罗威觉得应该把那个记录本找出来再分析、对比一下——现在他心中的不安情绪几乎令他无法集中精神做任何事。

罗威走进书房，打开房间的灯，再走到书柜前，打开玻璃柜门——他愣住了。那个记录本不见了！罗威心中一惊，张大嘴巴呆了半晌，然后迫使自己冷静下来回忆——难道记错放的地方了？

只用了半秒钟，罗威就否定了这个念头——因为他清清楚楚地记得，从Z市回来后做的第一件事就是把那个记录本放在了书柜的第三层——放这个本子时，他非常慎重，所以绝不可能搞错！为了确认，他找到带去Z市的那个公文包，底朝天地翻了一遍——果然没有。罗威的眉头拧在一起。突然，他想到了什么。

罗威快步走出书房，刚跨进客厅，就大声问道："徐蕾，我的那个本子呢？"

徐蕾正一边嗑着瓜子一边看电视，她抬起头说："什么本子？"

"就是严教授留给我的那个本子！"

"我怎么知道？"徐蕾有些莫名其妙地望着罗威，"你知道，我从来不碰你那些东西的。"

罗威露出难以置信的表情，他侧过头，看见罗尼的房间，然后迅速走到罗尼房门前，用力敲着门："罗尼，快出来！"

罗尼将门打开，满脸狐疑地望着父亲："什么事呀？"

"你是不是去我书房翻了书柜，拿了一个本子？"罗威问。

罗尼"啊"地张了一下嘴，神情不自然起来："我……"

"果然是你拿了！"罗威从儿子的表情中就能做出判断，"我不是早就告诉过你吗？我书柜里放的全是重要资料！不能随便拿！"

"可是，我……"罗尼一脸窘迫，小心选择着字眼，"我不是拿，我只是借来看看……我本来想看完就把它放回去的。"

"你干吗想起看那个东西？"罗威大吼道，"我的东西不是你能随便看的，我以前没教过你吗？！"

徐蕾走过来护住儿子："干吗发这么大火呀！"

罗威没理会她，仍然恼怒地问罗尼："说，你为什么要拿那个本子？"

罗尼皱着脸，一脸的委屈："我和同学约好要讲一个恐怖故事给他们听。我本想看看你的书柜里有没有这一类书，结果无意间翻到了这个本子，我看了一会儿，觉得上面写的故事还挺玄的，于是……"

"你把那本子借给你同学看了？"

"没有，只是我看了，然后把那些编成故事讲给他们听……"

"故事？"罗威气不打一处来，"你把那个当成小说了？谁跟你说那些是故事？你知道吗，那是……"说到这里，罗威发现罗尼的眼睛里流露出惊恐的神色，他立刻收住嘴。

"你嚷什么！"徐蕾心疼地摸着儿子的头，"别吓坏孩子了！反正又没弄丢，叫他还给你就是了。"

罗威望了一眼儿子，罗尼知趣地赶紧退回房间，过了一会儿，把那个本子交到了父亲手中。

罗威拿到本子，松了口气，语气也缓和了许多："记着，以后不许再擅自翻我的书柜。还有，不准再把这个本子上写的内容讲给同学听了。"

罗尼知道做错了事，忙不迭地点头，然后就想缩回自己的房间去。

"等等。"罗威又想起了什么，他问道，"这个本子你看了多少？"

"我……全都看完了。"罗尼不敢对身为心理学家的父亲撒谎。

"最后那几页呢？"

"啊？最后那几页？"罗尼想了想，"那我没看。"

罗威稍稍松了口气，他皱起眉头，冲儿子挥了挥手。罗尼赶紧退回房间，将门关上了。

十九

昨天晚上，罗威又花了近两个小时认真研究了一遍记录本，但并没有什么新发现。他最关心的问题——出现在自己身边的种种异象到底和本子上记录的怪事是不是同一回事——也根本无法得出结论。

罗威告诉自己要对这些异常现象有足够的重视，可他又不愿过分地自己吓唬自己——总之他感到非常矛盾。最后，他抱着侥幸心理对自己说：这一切也许真的只是巧合罢了。所以罗威决定按照原计划，今天去心理咨询中心工作。

今天是星期三，全家都因为要工作或上学而起了个早。徐蕾做好早餐，叫丈夫和儿子出来吃饭。罗威坐上餐桌，端起热腾腾的麦片粥喝起来。罗尼这时已经背上书包，他大大咧咧地坐到餐桌旁，一边往嘴里塞面包，一边端起麦片粥的碗。

突然，"啪"的一声脆响，罗尼手中的碗裂成两半，他嘴里正塞满了食物，"唔"地哼了一声，从椅子上跳起来。麦片粥流得一桌子都是。

罗威皱起眉头责怪道："怎么这么不小心？"

"这也能怪我啊？"罗尼委屈地说，"是它自己裂开的——什么破碗！"

徐蕾拿了抹布过来，将桌上流淌的麦片粥弄进垃圾袋，一面对罗尼说："你是不是拿得太用力了啊？那天就拿裂一个碗了。"

"我……"罗尼哭笑不得，"我拿一个碗要用多大力呀？又不是举杠铃。"

"算了，不说了，快点把东西吃了去上学吧。"徐蕾又给儿子添了一碗粥过来。

罗尼一边吃，一边喃喃自语道："也真是怪了，这两天在学校吃中餐也是这样，老是碗一到我手里就自己裂开，真是邪门。"

罗威停止吃东西，他抬起头，凝视着罗尼："你说什么？"

"啊？"罗尼喝着粥，满不在乎地说，"没什么，就是破了几个碗而已。"

"你刚才说，这两天连着发生这种事——碗一到你手里就裂开？"

"嗯，也不知道怎么回事。"

"有多少次？"

罗尼一边嚼着面包，一边歪着脑袋想着："大概有四次了吧。"

"是从什么时候开始的？"罗威瞪大眼睛，急切地问，汗珠在不知不觉中爬上了他的额头。

"记不起来了。"罗尼皱起眉头，"爸，你问得这么具体干什么？"

坐在旁边的徐蕾插进来对儿子说："就是星期一吃饭的时候吧，你刚拿起碗准备盛饭，那个碗就裂开了。"

"哦，对了，就是前天晚饭开始的。"罗尼点头道。

罗威满脸骇然地张大嘴巴，过了半晌，问道："你是哪天拿我那个本子来看的？"

"哎呀，爸！你还有完没完啊！"罗尼不满地说，"我不是都还给你了吗？好了，我要去上学了！"他站起来，朝门口走去。

罗威跨出一步，一把抓住罗尼的手："儿子，快告诉我，你到底是哪天看的我那个本子？说实话，我绝不会怪你！"

罗尼撇了下嘴，极不情愿地说："就是你回来那天下午……但我拿到后是在晚上才看的。"说完，他打开家门，走了出去。

罗威神情呆滞地缓缓坐下来，脑子里嗡嗡作响。

徐蕾观察到丈夫的神色不对，问道："你怎么了？"

罗威做了一个手势，示意徐蕾不要干扰他，然后走到阳台上，深深地吸了一口冷空气。没有用，他脑子里仍然混乱无比，心脏也在不断狂跳——看来普通的解压方法是行不通的——这实在是太可怕了。

罗威掰起手指再一次计算——对，没错，自己就是星期一中午过一点从 Z 市回来的，而那天下午罗尼偷拿了那个本子。晚饭时罗尼的身上开始出现异兆，接下来他就在晚上看了那个本子……

罗威感到后背阵阵发凉——天哪！自己也是这样的！拿到那个本子后，就在镜子里看到了异象，接下来，便回到家中看了本子！

罗威的额头沁出大颗大颗的汗珠，他脑子里出现了一个可怕的想法——难道自己和儿子已经在不知不觉中成了继严教授和夏莉后的第六个和第七个人？

二十

罗威觉得一秒钟都不能再耽搁了。虽然他不能肯定自己和儿子是不是真的会像本子中记录的几个人一样，在异兆出现后不久便死于非命，可他也不敢拿自己和儿子的生命来冒险。在这个时候，罗威想起一句老话，对于某些解释不了的怪事——"宁可信其有，不可信其无"。

罗威停止在阳台上踱步，他坐到一张转椅上，强迫自己冷静下来。他告诉自己——现在着急和慌张是根本没用的，只有将事情调查清楚，才能找到解救的方法，拯救自己和儿子！

可是，目前掌握的关于这件事的线索和资料实在是太少了，仅仅就只有一个记录本。对了，还有夏莉，可是夏莉根本就不愿意配合，甚至把自己当作瘟神一样，连话都不愿多说——想到这里，罗威轻轻抬了抬头，他回忆起那天晚上夏莉的一些举动：当那只烧死的壁虎掉落到她面前后，她立刻意识到这是一种"危险暗示"，而迫不及待地要将自己赶走……可是，她凭什么这么肯定地认为这种"危险暗示"和那天晚上到访的客人存在联系呢？

罗威缓缓从椅子上站起来，他悟到了一些东西——难道，夏莉在不知不觉中，或者说在她的潜意识里已经领悟到了解救的方法，所以，她才能一直活到现在？罗威认真思索着——虽然这只是推测，但却是完全有可能的。况且，目前除了夏莉这一条线索之外，哪里还有其他调查方向呢？

没有必要犹豫了，罗威快步来到书房，这一次，他用一个小旅行袋把记录本装了进去，并把自己常用的一些证件、资料、联系本也塞进去。徐蕾这时已经去公司上班了。罗威本想打电话告诉她自己又要外出，可他觉得电话里反而说不清楚，于是掏出钢笔，在一张白纸上这样写道："亲爱的，我必须再次去一趟Z市——别打电话追问我为什么。我只要你知道一点：我这样做肯定有我的原因。至于原因是什么——由于时间太紧迫了，我无法向你解释。等我将一切处理妥当，再详细地告诉你。别为我担心，等我回来。"

写好这张字条，加上落款人，罗威将它压在餐桌上，然后匆匆出门了。

这一次在火车上，罗威睡意全无，他脑子不受控地冒出一些胡乱猜测的念头，让自己感觉心烦意乱。因为怕被拒绝，他没有提前给夏莉打电话，现在，他一直在担心一个问题——夏莉还活着吗？

　　罗威晃了晃脑袋，将车窗打开一条缝，想借助冰冷的寒风将头脑里乱七八糟的想法吹散……

　　几小时后，罗威站在了夏莉家门口。他有些意外——这次他已经在门口站了有一分钟了，夏莉也没有直接将门打开。罗威的心忐忑起来——是夏莉没有在电脑面前观察摄像头影像吗？还是她已经……

　　敲门。罗威在心里祈祷着。谢天谢地，他敲了三次之后，门终于打开了。罗威看见屋里的夏莉，长长地松了口气。但他很快注意到——夏莉头发略显凌乱，有着明显的眼袋和黑眼圈，脸色蜡黄——精神状况明显不如几天前了。

　　没等罗威说话，夏莉先开口道："罗医生，你怎么又来了？"语气里没有罗威之前预料的反感，却透露着疲倦和无奈。

　　"我能进屋说吗？"罗威用眼神暗示道。

　　夏莉不置可否，神情木然地转过身，朝屋里走去。罗威跟着进了门，将门关上。夏莉仍旧坐在客厅的沙发上，罗威自觉地搬了把椅子，离夏莉远远地坐下。

　　"罗医生，你这次来还有什么事？"夏莉问道。

　　"是的，我上次来，是想帮你。而这一次，是想让你帮我。"

　　"让我帮你？"夏莉问，"我有什么能帮得上忙的吗？"

　　"说出来，也许你会觉得不可思议，可事实上……"罗威详细地从一个星期前自己遇到第一件怪事讲起，一直讲到儿子罗尼最近出现异常。讲的过程中，他不断用手势提示夏莉不要插话进来，让他完整地将事情叙述清楚。

　　二十分钟后，罗威讲完了，夏莉用匪夷所思的神情盯着他："你说什么？你从一个多星期前就遇到跟我类似的怪事……那你上次来怎么不说？"

　　"因为那个时候我根本没往这方面想，我并不知道那会是异常征兆的序曲。"

　　夏莉想了一会儿："你真的能肯定你和你儿子遇到的事情和我遇到的，

以及那个本子上记录的事是同一类型的吗？也许只是巧合呢。"

"那你呢？"罗威反问道，"你当时会不会觉得发生在你身上的事只是巧合，和前面那几个人毫无关系？"

夏莉凝视着罗威，哑口无言。

"我们谁都不要自欺欺人了。事情已经发生了，我们只有去面对，想办法解决它。"罗威说。

"你刚才说想让我帮你——这是什么意思？"

"我和你都知道一点，夏莉。那个本子上记录了五个人身上出现的怪事，前面四个都死了，对了，还包括严教授——而只有你，你现在还好好活着……"

"等等。"夏莉打断道，"纠正一点，我是活着，可不是'好好'活着。"

罗威做了一个不理解的手势。

"自从我知道自己身边出现异常后，几乎天天都待在这套房子里，像一只躲在壳里的蜗牛一样逃避着身边的一切。"夏莉悲哀地望着罗威，"况且我并不认为待在房子里就是绝对安全的，在这十几天里，我每天都过着提心吊胆的生活，就连吃饭和睡觉时神经都绷得紧紧的……说实话，我已经对生活感到厌倦了，我不知道我这样活着还有什么意义。"

罗威看着夏莉憔悴的面容，悲哀地叹了口气，安慰道："可你毕竟还活着，也许熬过了这一阵，以后会慢慢变好的。"

夏莉叹息道："我真希望是你说的这样。"

"所以，你现在明白了吧，我来这里就是想知道你是怎样保护自己以活到现在的。"

夏莉苦笑着说："罗医生，三天前，你到我这里来，还说要帮我找到解救方法——怎么，现在你就已经认为我找到这个解救方法了？"

罗威微微摇着头说："不，我并不认为你准确地知道解救方法。我只是从你的种种态度中感觉到，你是一个直觉相当强的人——也许你在无意中找到了解救方法，只是你自己没察觉到而已。"

夏莉有些懵懂地说："难道——一直待在家里不出门就可以了？这也

太简单了吧。"

"你除了小心谨慎之外，就没做过其他什么特别的事吗？"

夏莉认真地想了想，说："没有。"

"上次我到这里来，一只壁虎钻进灯管里烧死后掉了下来，你当时为什么要拼命赶我走，还说我的到来有可能让事情更糟糕？"

"我……"夏莉回想了一下，"我当时真的是出于直觉，我觉得，你一来就又发生这种怪异的事，就像是……警告又来了一样。所以，我是为了保护自己才叫你快走的——现在想起来，这种行为简直没经过大脑，是我自然而然的反应。"

罗威埋下头，竭力思考着。

夏莉脸上浮现出无奈的神情："罗医生，我觉得……你从我的行为上找解救的方法是不行的。这几天，我一直都在想，谁知道我能活到现在是不是我待在家里谨慎过日子的结果呢？"

罗威望着她："什么意思？"

"我的意思是……"夏莉的身体颤抖了一下，"也许只是我的时间还没到呢？"

二十一

"时间……还没到？"罗威紧锁眉头，"时间……"他反复琢磨夏莉这句话。突然，他"啊"地大叫一声："对了！就是这样！"

"什么？"夏莉不解地望着他，"你明白了什么吗？"

"我太大意了！竟然连这么重要的线索都忽略了！"罗威大喊道。

"什么重要的线索？"夏莉迫切地问。

"你刚才那句话提醒了我！让我想起——严教授来找我时就不停地看表，并说了好几次'我的时间不多了''我的时间快到了'之类的话，我当时不明白这是什么意思，可现在想起来——夏莉，你还没发现吗？"

夏莉仍然一脸茫然地望着他。

"严教授不停地看表——你没意识到这意味着什么？"罗威语气激动

地说，"这表明他不但知道会有危险降临，而且算到了危险来临的具体时间！"

夏莉倒吸了一口气，惊呼道："天哪！"

"对，确实如此！"罗威更加肯定地说，"严教授最后一次看表，惊惶无比地对我说'我没时间了'之后，大概只过了一两分钟他就发生意外而身亡了。这说明他确实准确计算到了自己的死亡时间！"

夏莉惊讶得说不出话来，过了好一会儿，她才费解地问道："可是，如果严教授知道怎样计算出准确的死亡时间，他干吗不告诉我们？"

"这并不难理解。"罗威说，"记录本上记载的五个病例全都是不同的怪事，这说明每个人的死亡时间根据具体情况而有所不同。严教授能算到自己的时间，却无法算到别人的时间。况且，他说过他的时间到了，他没有时间来解释了。"

夏莉感到惊骇无比，她的声音颤抖着："这么说，我和你……也有一个准确的死亡时间，也许就是几天之内……可是我们并不知道是哪天。"

罗威突然想起了儿子罗尼，他也是一样的状况！

罗威咬着牙说："我们必须找到这个时间，才有可能避开灾难！"

夏莉怀疑地说："我们怎么去找？再说，严教授不就算出了自己的死亡时间吗？可是他也还是没能逃脱死亡。"

"那是因为他只算到了死亡时间，没有算到死亡的方式。还有更重要的，发生这一系列怪事的原因究竟是什么！"罗威神情严峻地说，"所以他才来找我，要我研究这件事，并找到破解的方法！"

"你真的认为有破解的方法吗？"

"肯定有，我相信严教授的直觉。不管怎么说，我们都要试一试，不能坐以待毙！"罗威坚定地说。

夏莉走到罗威面前，凝视着他，几秒钟后，她说："我相信你，那么，我们现在该怎么做？"

罗威带着几分感激的目光望向夏莉，说："现在我们先把整件事情的过程捋一下。"

他们一起坐到了沙发上，罗威按惯例拿出钢笔和随身携带的纸张，以便厘清思路。

他问夏莉："你仔细回想一下，第一次出现异常时，你有没有接触到那个记录本？"

夏莉想了会儿，说："第一次……应该就是我那只鹦鹉撞墙而死的那天早晨。这件事发生前一天，我去严教授的心理咨询室上班的时候，他交给了我那个本子。不过我没第一时间看，直到鹦鹉撞死那天下午才看……"

"果然，你也是这样！"罗威惊叹道。

"难道你和你儿子也是这样？"

罗威点了下头："我们的情况几乎都一样，在接触记录本之后，翻阅记录本之前，出现了第一次异兆。"

"这是为什么？"夏莉问。

罗威用手托住下巴："我们来做一种假设——我们身边出现的第一次异兆实际上是一种警告。"

"你是说，警告我们别去看那个本子？"

"对，但都没有引起我们的注意，我们还是看了本子，接下来就发生了一连串类似的怪事，这些怪事可能都是些警告或预示。"

"你认为我们之所以出现这些异兆是因为看了那个本子？"

"难道你不这么觉得吗？"

"可是，"夏莉说，"那本子上记录的前面三个人呢？没有迹象表明他们也看过这个本子呀。而且这本身就是矛盾的，第一个出现异兆而被记录上去的人怎么可能看得了这个本子？"

"嗯，你分析得很有道理。"罗威一边说，一边在纸张上随手写着，"这样看来，触发异兆的条件并不一定就是看过这个本子。"

"这确实是关键。我们要是能找到触发'死亡机关'的条件，也许就能找到解救办法了。"

"死亡机关……"罗威在纸上写下这几个字，"真贴切。"

"可惜那个本子上没有记录前面几个人的联系方式，否则我们就能找到他们……"

"他们已经死了。"罗威提醒道。

夏莉顿了一下，说："可他们总该有家人吧？也许他们的家人能提供给我们一些有用的线索。"

"嗯，有道理。"罗威点头道，他从旅行包里找出那个记录本，随手翻开，"这上面只写了每个谈话者的名字——夏莉，这些人你一个也不认识吗？"

夏莉摇着头说："实际上我也只见过第四个人，也就是那个叫肖克的男人。他好像是严教授的朋友，除此之外，我就什么都不知道了。"

"唉……光凭一个名字怎么可能找到……"罗威一边叹息着，一边将本子翻到第四个病例那里，看着关于肖克的谈话记录。

这本来是看过的内容，罗威只是随便看看，但看到某一段时，他睁大了眼睛。他一把将本子抓起，将那几句话反复浏览。

B（肖克）：我觉得……我遇到的这件事情……并不是偶然。

A（严鸿远教授）：为什么？

B：记得昨天晚上我打电话跟你说的吗？

A：……你是说，你见了一个怪人，而那个人……

B：对，我觉得两者之间肯定有什么联系！

A：噢，我有些混乱了，你让我想想。

B：没关系，我把那个给你了，你认真研究一下吧——我们一起想想，这到底是怎么回事。

罗威将这几句话重复看了四五遍后，低呼一声："该死的！我真是太大意了……难道是这样？"

"怎么了，你发现了什么？"夏莉发现了罗威的异常神色。

罗威没有回答夏莉的问题，他急切地说："电脑呢？你的那台笔记本电脑在哪里？"

夏莉指了指旁边的玻璃桌："就放在那儿。"

罗威把本子放在茶几上,快步走到玻璃桌前,在那台笔记本电脑的键盘上敲打着。夏莉好奇地拿起本子,看刚才罗威注意的内容。

不一会儿,罗威盯着电脑屏幕惊呼起来:"果然是这样!"他回过头,冲夏莉大喊道:"你快看看,本子上的前三个病例——那三个人分别叫什么名字!"

夏莉来回翻着本子,念道:"这三个人分别叫潘恩、易然和齐鸿。"

罗威快速敲打键盘,几分钟后,他发出一声怪异的惊叫:"天哪!真的是这样!"

夏莉走上前去,问道:"你究竟发现了什么?"

电脑屏幕明亮的光照在罗威脸上,让他的脸显得苍白而恐怖,他低声道:"我刚才查了网上的资料,发现这个本子上记录的人除了第一个潘恩之外,其余……全都是心理咨询师!"

二十二

"什么!"夏莉惊讶地捂住嘴,"那些人全是心理咨询师?"

"对!我太蠢了,竟然现在才发现这么重要的事!"罗威狠狠地捶了一下自己的大腿。

"你是怎么……突然想到这点的?"夏莉难以置信地问。

罗威走到茶几旁,拿起翻开的记录本,将刚才的一段指给夏莉看:"注意到第四个病例中,肖克准备离去前跟严教授说的这几句话没有?肖克说他曾见过一个怪人,这个人和他遇到的事'肯定有什么联系',他还说'我把那个给你了,你认真研究一下吧——我们一起想想,这到底是怎么回事'。"

夏莉"啊"地叫了起来:"肖克说的'那个'就是这个记录本——这个本子原来是他给严教授的!"

紧接着,她恍然大悟地惊叹道:"我都懂了!肖克说他'见过一个怪人'指的是他接待了一个来访者。之后,他出现异象,便来找严教授倾谈,同时把记录本交给严教授研究——而他,却在几天后死了。"

"肯定是这样！我刚才猜到了这一点，便上网去证实，发现肖克果然是心理咨询师，他在前段时间意外身亡了——而我又想到，他见的那个怪人完全有可能就是……"

"齐鸿！"夏莉抢在罗威之前喊了出来，"天哪，如果真是这样，严教授为什么不把这些情况告诉我？"

罗威若有所思地说："也许严教授一开始不打算让你卷进这件事。"

他在沙发上坐下来，一边用钢笔在纸上快速写着，一边分析："我们现在来做一个大胆的假设：第一个发生异兆的人是潘恩，他找到心理咨询师易然做咨询——之后潘恩没过几天就死了，而易然又出现了类似状况。但他仍然解释不了这是怎么回事。也许碍于面子，他隐瞒身份找到了同为心理咨询师的齐鸿。没想到，齐鸿也在几天之后出现了异兆……"

"我懂了，这样一直循环下去——就像一个环环相扣的锁链一样！"

"而这不是一条普通的锁链，是一条带着病毒的锁链，锁链上的每一环都被感染了死亡病毒！"

"那个病毒……就是这个本子？"夏莉用恐惧的眼神望向记录本。

"看起来是这样。可有一点始终是矛盾的。"罗威皱起眉头说，"第一个出现异兆的潘恩不可能看过这个本子。"

"还有一点，这个本子上的前三个病例是谁记录的？齐鸿吗？那它又怎么会跑到肖克手里——我有些糊涂了。"

"这个本子是谁记录的并不重要，而且也根本无从追溯了。"罗威神情严峻地说，"现在关键是要找到死亡病毒的根源——也许这是唯一能破解这一连串死亡锁链的方法。"

"那么，我们该怎么去找这个根源呢？"夏莉焦急地问。

沉默了一会儿，罗威说："我们要找到前面死去的那几个心理咨询师的家属了解情况，现在，我们起码知道了那几个人的身份和名字。我想，要找到他们的家人应该并不难。"

夏莉问道："你准备怎么找？"

"我有一个大学同学，他有非常高的社交能力，人脉非常广——你的电话我就是通过他问到的。我如果拜托他帮我找那几个人的住址，应该也不难。"

"那你快联系吧。"夏莉有些急迫地说，"我们的时间可是很有限啊。"

罗威知道事不宜迟，立刻拿出手机，拨通了秦轩的电话号码。

"喂，秦轩吗？我是罗威！"

"听出来了。"对方没好气地说，"听你这口气，我就知道你又要找我帮忙。"

"你真是神机妙算。"

"别给我戴高帽子了，说吧，什么事？"

"我想让你帮我找几个人的住址。"

"我说罗威，你是不是改行做私家侦探了？怎么这段时间老是叫我帮你打听人？一会儿是电话，一会儿又是住址。"

"这是最后一次了，就这几个人。"

"老天，还是几个？是些什么人？"

"是三个前不久才死亡的心理咨询师，你认识吗？他们分别叫易然、齐鸿和肖克。"

"我没你想的那么神通广大，罗威，我不可能每一个同行都认识。"

"那么拜托你了，请你帮我打听到他们的住址，而且要快！"

对方沉默了一会儿，说："这并不难，可我能知道原因吗？你干吗要找三个死去的心理咨询师的家？"

"秦轩，这件事情太复杂了，我一时半会儿说不清楚，但我向你保证，等我解决完这件事，一定详细地讲给你听——我打赌你会感兴趣的！"

"那好吧，我打听到以后就跟你联系。"秦轩果断地挂了电话。

罗威把手机放回口袋，手指焦急地敲打着茶几。

"需要多久？"夏莉问。

"这可说不准，得看他顺不顺利。"罗威叹了口气。

"你也别太着急了，我去给你煮杯咖啡吧，或者是红茶——你要哪样？"

"什么都好。"罗威随口应着，将头靠在沙发背上休息。

二十分钟后，罗威的咖啡才喝到一半，手机响了起来，他立即放下杯子，打开手机，是一条秦轩发来的短信：易然，住在 Z 市北源路临江小区 67 号；齐鸿，住在 W 市光明新区 90 号；肖克的住址没问到。

"太好了！"罗威兴奋地喊道，"易然就住在 Z 市，齐鸿住的 W 市离这里也不远！"

他从沙发上站起来，拎起旅行包，对夏莉说："我现在就去易然家里，了解到情况后我再来找你。"

"等等，我和你一起去。"夏莉站起来。

"你……不怕了吗？"罗威感到有些意外。

夏莉摇着头，坚定地说："你刚才的一句话提醒了我——我们不能坐以待毙，必须主动去了解事情的真相，才有活下来的希望。我不要再像个缩头乌龟一样躲在这里了，我要和你一起去寻找真相。"

罗威凝视了夏莉片刻，说："走吧，现在就走！"

二十三

夏莉换上一身精神的皮质套装，将头发简单梳理了一下，再略施淡妆——整个人完全告别了起初的颓唐状态，显得容光焕发。

罗威看着神采奕奕的夏莉，感觉心里增加了几分自信和力量。他向夏莉投去赞许的目光，夏莉回以淡淡的微笑。

两个人走出楼房，来到大街上，罗威招了一辆出租车，坐在司机旁边的位置。夏莉坐到后排，告诉司机去北源路临江小区。

"北源路离这里有些远，要坐三四十分钟车才能到。"夏莉对罗威说。

"嗯。"罗威点头应了一声。之后两人没再说话。

出租车一路平稳地开了二十多分钟，到一个十字路口时，因为红灯而暂时停在了人行道旁。夏莉将汽车后排的车窗打开大半，随意地望着窗外。突然，一阵狗吠将她的视线引到人行道一旁的道路上。

一个中年女人牵着一条小鹿犬从道路的一边走来，那条小鹿犬对着夏莉乘坐的出租车——准确地说，是对着出租车里的夏莉使劲嗷叫。狗的主人用力扯了套在它脖子上的绳子好几次，但狗就是停在原地不走，发了疯似的冲夏莉狂吠，中年女人费解地看着自己的宠物，不知道这是怎么回事。

夏莉心头涌起一丝阴影，她不易察觉地皱了皱眉，将车窗玻璃全部关上，脑袋扭向街道另一边。红灯结束后，汽车又重新发动，刚开出去不到两米，突然车子抖了一下，同时，一声狗的惨叫从车下传来。

"糟糕！"司机大喊一声，停下汽车。

罗威似乎还没反应过来发生了什么，他转过头，看见夏莉全身发抖。这时，中年女人悲痛欲绝地冲过来，猛烈地敲打着汽车后备厢。夏莉听不清楚她在喊叫些什么，只能看见她满脸的泪水和痛苦的表情。

司机赶紧下车，中年女人停止了对汽车的捶打，扑向司机，疯狂地哭闹。罗威也下了车，他看看汽车后轮的位置，瞬间明白发生了什么事。夏莉仍坐在车内瑟瑟发抖，她用手捂住嘴，脚有些发软，竟不敢从车里走出来。

这时已经围了一大堆人过来，司机在极力争辩着："大家都看到了，我可是遵守了交通规则的，是那只狗自己想从车底下钻过去……"

夏莉正在出神，后排的车门被打开，罗威说："快出来。"

夏莉惊恐地望着他，仍然不敢下车。

罗威伸出手，握住夏莉的右手，借给她一些力量，说："没关系，下来吧。"

夏莉几乎是被罗威拖出汽车的，她脚刚一挨地，就听到罗威说："别往下看！"

可是，这句话却偏偏令她下意识地往下一看——就在自己的脚下，那只小鹿犬被汽车后轮拦腰轧死，场面惨不忍睹。夏莉失控地尖叫起来，几乎要眩晕过去。

罗威赶紧把夏莉扶到街边拐角处，劝慰道："好了，没事了，只是一场小意外而已。"

"不！"夏莉流下眼泪，痛苦地摇着头说，"你不懂，这不是意外！

那只狗，它在看见我后就冲到了车轮下——它……它是自杀的！"

罗威的脸抽搐了一下，一瞬间不知道该说什么好。

夏莉惊恐地睁大眼睛说："你看到了吧，罗威……这就是出现在我身上的异兆，这已经是第五次了。"

罗威望着夏莉的眼睛说："如果真是这样，那我们更得抓紧时间了！"

夏莉没有说话。稳定了一会儿，罗威扶着她的肩膀说："我们换一辆车去吧。"

"不！"夏莉缩着身体向后退，"我不要再坐车了！"

罗威无可奈何地说："那我们走着过去吧，应该用不了多久了。"

两人沿着街道最内侧小心翼翼地朝目的地前进，一路上左顾右盼，谨慎得像两个刚学走路的小孩。

走了四十多分钟，拐过一个街口，夏莉指着前方的一个住宅区说："这里就是北源路的临江小区。"

罗威点了下头，走过去向门口的保安打听。保安用手指向一幢电梯公寓，告诉了罗威 67 号的具体位置。

罗威和夏莉来到本子上的第二个人——易然的家门口。

敲门。等待。

过了很长一段时间，门才缓缓打开一条缝。门缝里露出半张女人的脸，那张脸焦黄、病态、充满猜疑，陷在里面的眼珠正滴溜溜地打量着门口的来人。

"你们找谁？"女人问道。

"请问，这里是易然先生的家吗？"罗威小心地问。

"易然已经死了。"她冷冷地答道，然后就要关门。

罗威一把将门抵住，说："我知道。我们要找的……不是他。"

那女人的眼神显得凶恶而凄厉："那你们找谁？"

"我们有一些重要的事情，需要见一下易然先生的家属，比如说，他的妻子……"

"你想说，他的遗孀。"那女人说道，"就是我，有什么事吗？"

"是的，相当要紧的事。"罗威歪了一下脑袋，"但我认为一直这样隔着一道门，是说不清楚的。"

女人再次打量了罗威和他身后的夏莉一眼，有些不情愿地打开门："好吧，进来说。"

罗威和夏莉踏进房子——更准确地说——他们认为自己踏进的是一间堆放杂物的仓库。这所房子乱得几乎分不清哪个房间是做什么的。到处丢着旧报纸、杂乱的衣物和横七竖八的椅子。夏莉不住地皱眉头。

女主人却对此毫不在乎，她自顾自地坐到一张单人沙发上，跷起二郎腿说："你们自己请便吧。"

罗威和夏莉各自找了一把椅子坐下。按照原来的打算，他们本来是准备把整件事的来龙去脉详细讲一遍的，但现在的局面让罗威觉得不知道怎样开口。

"怎么称呼你呢？"他礼貌地问道。

"我叫邹兰，不过，别管这些了，快说吧，你们究竟有什么事？"

罗威略微考虑了一下，说："对不起，我们想了解一下，关于你丈夫之死的一些问题……"

"该死的！"邹兰突然站起身大吼起来，"我就知道又是这档事！我就不该让你们进来！你们……给我出去！"

罗威和夏莉大吃一惊。他们实在没想到邹兰对这个问题会敏感成这样。

"你们听到没有？出去！马上给我出去！"邹兰还在咆哮着，"你们这些专门揭人伤疤的浑蛋记者！"

"什么？记者？"罗威意识到邹兰误会了，马上解释道，"你搞错了，我们不是记者。"

"别装了！我知道你们就是那些人！等我什么都告诉你们后，就会在第二天的晨报上读到一则《心理学家易然意外死亡之谜》！"

"听着，女士！"夏莉开口说道，"我以人格和生命发誓，我们真的不是记者！而是和你丈夫一样，是心理咨询师！"

邹兰停止吼叫，她喘着气说："什么？"

"我们都是心理咨询师。来找你了解关于易然死亡的一些事情，是因为我们也遇到了和他类似的情况！"罗威说。

"你说……什么？"邹兰惊讶地瞪大眼睛望着他们，脸上的表情在迅速变化，"你们遇到了和易然类似的情况？"

罗威和夏莉对视一眼，从邹兰的这种反应来看，他们知道，找对人了。

"我们能坐下来好好谈吗？"夏莉说。

邹兰脸上露出一种复杂的神情，她呆滞地坐下来，显得若有所思。罗威和夏莉再次坐回椅子上。

罗威说："请原谅我们提起你的伤心事——从你刚才的态度来看，易然的死亡引起了媒体的关注？这是怎么回事？那些记者为什么会对一起意外事故感兴趣？"

邹兰说："你怎么知道易然死于意外事故？"

罗威望了一眼夏莉，说："我们是从朋友那里得知的，但不知道具体情况。"

邹兰拿起桌子上的一个银质打火机，点燃一支香烟，猛吸了几口。"具体情况……"她的手有些微微发抖，"那些记者变着不同的花样来了好几次，都想知道这个'具体情况'。"

罗威皱了皱眉："到底是怎么回事？记者为什么会对一起意外事故如此关注？"

邹兰盯着他说："他们关注的原因就是——这场意外事故实在是太不像'意外'了。"

"什么？"罗威晃了一下脑袋，有些没听明白。

邹兰又抽了一口烟，嘴唇颤抖着说："那天那一幕……直到现在我都历历在目。"

"怎么，难道易然死亡那天，你……"

"没错。"邹兰说，"我正和他在一起。"

二十四

邹兰最后猛吸了几口香烟后，将烟头掐灭："实际上，那天跟他在一起的不止我一个人，还有另外两个朋友。"

"你们一共四个人在一起？"罗威问。

邹兰微微点了下头："那是星期天下午，我们约好一起去公园游玩。聚齐后，我们四个人愉快地聊着天，向公园走去……

"那段时间，易然都显得心事重重——实际上，这也正是我们去公园散心的目的。但是，那天下午，易然像是忘记了烦心事，和我们一起开心地聊着，直到走过一个街口……"

罗威和夏莉不敢打岔，全神贯注地盯着邹兰。

"刚走到那条街，易然就站住了脚，他停止和我们说话，神情怪异地注视着这条街，嘴张开，眼睛也瞪得老大——像是突然发现了什么怪物一样。

"当时我们几个人都莫名其妙地望着他，再沿着他视线的方向望去——但并没有发现什么特别的东西，便问他：'你怎么了？'他没有回答，反而伸出手，示意我们不要说话。

"就这样，过了十几秒钟，易然突然大叫一声：'我明白了，我知道是怎么回事了！'我们感到诧异，正准备问他——他却猛地抬起头，大喊一声'小心'，然后向后大退一步——"

说到这里，邹兰忍不住打了个冷战，身体又颤抖起来。

夏莉忍不住问："发生什么事了？"

邹兰脸色苍白得就像一张白纸："接下来发生的事……太快了，就是那么一两秒钟，易然他，他就……"

她说不下去了，双手捂住脸，痛苦地哭起来。罗威和夏莉没有催促。

过了几分钟，邹兰稳定了一下情绪，从桌子上拿起烟，又点燃一支，吸了几口后，继续讲："当时，我们几个人一齐抬起头，看见上方有一个塑料花盆砸下来，刚好落在易然刚才站的那个地方。"

"这么说，他躲过了花盆。"夏莉感到奇怪，"那他怎么会……"

"是的，他是躲过了这个花盆，可他向后跨一步，却……却刚好被楼上落下来的花架砸中脑部！当场就……天哪！"邹兰大叫一声，紧紧地捂住嘴，像是那一幕又在她眼前重演了似的。

"花盆和花架……一起砸下来，怎么会有这种事？"罗威难以置信地问。

"八楼那一家人想改造阳台，把旧的花架拆下来换成了新的，没想到拆搬时，那两个工人一失手，花架撞到那个塑料花盆上，两样东西就一齐砸了下来！"

罗威从椅子上站起来，神情惊诧。他张开口，想说什么，又咽了回去。最后，他坐回原处，说道："是不是这样——如果易然没有停下来思考，那你们就会直接过去，他也就不会被砸死。"

邹兰满脸泪水地悲叹道："而且，要不是他抬起头发现了那个花盆，向后退了一步，也不会被沉重的钢筋花架砸到——实际上，他要是只被花盆砸到还要好些，应该不至于要他的命。"

罗威也叹了口气。

三个人沉默了一会儿，邹兰说："当时目睹这件事整个过程的，除了我和那两个朋友，还有一些路人。意外发生后，所有人都觉得不可思议，从当时的情形看，似乎易然预感到了这场意外，却没能躲过去。"

罗威问道："易然在发生这场意外的前一段时间，有没有跟你说过什么奇怪的话？"

邹兰抬起头望着他："你指什么？"

"我的意思是，他有没有跟你说过，他有可能会死……这一类的话？"

邹兰凝视着罗威的眼睛："是的，他说过。"

罗威等待着邹兰往下说。

"在他出事半个月前，他就跟我说他遇到了很多奇怪的、无法解释的事。这些事就像是不祥的预兆；他还说，也许自己哪天会突然死亡……我当时叫他别说这种不吉利的话。没想到，他真的在不久后就……"

"他就只说了这些？没说更具体的什么吗？"

"没有。"邹兰摇着头说，她将烟头丢进烟灰缸里，直视着罗威，"你刚才告诉我，你们也遇到了和易然类似的情况，这是什么意思？"

罗威望了一眼夏莉，说："我们……也遇到了奇怪的、无法解释的事。"

邹兰将头靠向靠背，长长地吐出一口气。过了一会儿，她发出一阵干涩的、让人骇然的笑声："哼，我就知道，这不会是意外。这些事情不会是偶然，它还会发生的——易然，你不会孤独的，有人来陪你了。"

邹兰的最后一句话让罗威和夏莉感到毛骨悚然、全身发冷。

罗威干咳了两声，想驱散一下这诡异的气氛。他问邹兰："你知不知道易然在出事前见了一位和他有类似经历的来访者？"

"不知道。"邹兰机械地回答道。

她的头仰靠着，一脸的疲倦和木然。罗威叹了口气，他看出来，邹兰已经不想再跟他们说什么了。他冲夏莉使个眼色。两人站起来。

罗威说："谢谢你告诉我们这么多，我们就不打扰了，告辞。"

邹兰脸上没有任何表情，连眼珠也没有转动一下，就像死人一般。

罗威无奈地叹了口气，和夏莉一起走到门口，打开门离开了。

二十五

两人一路无言地走到楼下，夏莉突然说："我觉得有点不对。"

"什么？"罗威望着她。

"我总觉得邹兰其实是知道什么的，只是她没有告诉我们。"

"怎么见得？"

夏莉分析道："第一，我们告诉她我们也遇到了和易然类似的怪异状况，她却根本不问我们遇到的究竟是什么事；第二，你提起易然在出事前见了一位和他有类似经历的来访者，邹兰也漠不关心——你不觉得奇怪吗？她难道一点也不关心丈夫死亡的秘密吗？除非……"

罗威盯着夏莉的眼睛："你认为，她已经知道了这个秘密是什么，才会表现得不关心？"

夏莉望着罗威，没有说话。

"如果是这样，那她为什么不告诉我们？"罗威不解地说。

"我觉得，"夏莉用手捏着下巴，"她并不是不愿意告诉我们，而是在强烈的绝望和悲伤之下，说不出话来，而且她好像什么都不在乎了。"

"什么意思？"罗威有些着急起来，"你说明白些呀。"

"你想想，她家里杂乱成那样，她根本不收拾；我们走进这'垃圾堆'，她也一点不在意——这说明她已经相当消极了。再加上她最后说的那几句话，她说，这些事不是意外和偶然，还会再发生的，还说会有人去陪易然。这会不会是指……"

罗威和夏莉对视了几秒，说："快，我们再回去一趟！"

邹兰家在六楼，两人来到电梯前，电梯却刚好上去了。

罗威急迫地说："等不及了，走楼梯吧。"

两个人气喘吁吁地爬上六楼，再次来到邹兰的门前。罗威推了一下门，门自然就打开了——刚才他们离开时只是将门带拢，并没有锁。

罗威和夏莉走进屋，邹兰却没有在刚才的沙发上，他们挨着每一间屋寻找。跨进一间屋时，夏莉一眼便看见了这间屋通往的阳台，她"啊"地惊叫一声。邹兰背对着他们，正站在阳台的水泥围墙上。罗威大惊失色，快步冲上去，想把邹兰拉回来。

突然，邹兰回过头，大喝一声："别过来！"

罗威赶紧停下来，他离邹兰还有三四米的距离。他伸出手，试探着说："别做傻事，好吗？"

邹兰冷漠地望着罗威："你认为我是在做傻事吗？你认为，你叫我下来就是在救我吗？"

罗威的额头上渗出了汗水，他说："先下来再说，好吗？"

邹兰绝望地摇了摇头："你不会明白。他已经知道这些事了，他不会放过我们的。"

"他？他是谁？"罗威紧张地问。

邹兰睁大眼睛望着罗威，表情骇然无比，她低下头，小声说："他就在我们身边，每时每刻都在注视着你。"

还没等罗威开口,她便转过头,面向外边,自言自语道:"我不会让他来找我的,我赢了。"说完这句话,她纵身一跃。

"啊——"身后,只留下夏莉撕心裂肺的尖叫……

二十六

从公安局出来,已经是傍晚时分了。罗威和夏莉足足在那里待了五个小时。

幸好在邹兰跳楼之前,对面七楼的中年男人目睹了邹兰自杀的整个过程。如果不是他赶来公安局做证,罗威和夏莉恐怕无论如何也解释不清为什么他们一来女主人就会坠楼身亡。

身心疲惫的两个人刚走出公安局大门,街道上几个背着书包路过的少年就引起了罗威的注意。他忽然想起了什么,摸出手机,拨通了家里的电话。

手机里传出徐蕾的声音:"罗威吗?你在哪里?"

"我在Z市。家里都好吗?罗尼呢?"

"罗尼刚吃过晚饭,在房间做作业呢。你什么时候回来?"

罗威松了口气,说:"我一会儿就坐夜班车回来。"

"罗威,你到底在瞒着我做些什么事?你不是说今天要去上班吗?为什么又去了Z市,还不准我打电话问你?"徐蕾连珠炮似的问道,语气里尽是不满,"我早就看出来,这几天你一直都心事重重的,又常常问一些奇怪的问题——你为什么不能跟我说清楚,这到底是怎么回事?"

罗威迟疑了一下,说:"其实,并不是我不愿意告诉你,只是事情太复杂了,而且又很紧急,所以才一直没机会跟你说——这次我回来,就把一切都告诉你。"

徐蕾似乎消了一些气,说:"好吧。"

挂完电话,罗威抬头仰望星星点点的夜空,长叹一口气。

一直站在旁边的夏莉问道:"你准备一会儿就回家?我们不去齐鸿那里了吗?"

罗威眼睛望着远方，若有所思地点了点头。

"为什么？"夏莉问，"难道你放弃了？你不想继续寻找破解方法了吗？"

罗威将脸转过来望着她，阴郁地说："我不想放弃，可是，我实在没想到我们的拜访或者说是调查，竟然导致了一个人的死亡。我们本想解救自己的生命，反而让另外一个人失去了她的生命。你叫我怎么继续下去？"

"可是……不一定每个人都会像她一样……"

"夏莉。"罗威神情严肃地凝视着她，"难道你能保证我们去齐鸿家里就不会发生同样的事？"

夏莉张了张嘴，感觉无言以对。

"而且，我……"罗威低下头说，"我虽然才离开家一天，却像是过了很久一样，我非常担忧儿子的状况，怕他遭遇……"

他痛苦地紧闭着眼睛，说不出话来了。

过了片刻，夏莉悲哀地说："难道，我们就各自回家……等死吗？"

罗威的心像被针刺了一下，他脸部的肌肉跳动着，狠狠地咬着嘴唇，没有开口。

过了许久，罗威低沉地说："就算我会死，我也一定要想办法救我儿子！"

"如果你死了，你又怎么救得了你儿子？"

罗威的眼睛眯成一条缝："总会有办法的。"

夏莉能明显感觉到罗威的底气不足，她对着天空呼出一口气，冰冷的夜空吞噬了那白色的雾气，也吞噬了她所有的希望和勇气。夏莉感觉自己的心就像是掉进了冰窟一般，正在层层下坠。

"那么好吧，罗威，再见。"她说。

罗威盯着夏莉的脸看了一会儿，说："再见，保重。"

夏莉迅速转过身，快步向前走去。她不想让罗威看到自己脸上的泪水，尽管那泪水刚一涌出，就被寒风吹到了脑后。

夏莉孤独地在街上行走着，她没有再去刻意躲避那些川流不息的车辆和任何哪怕有一丝安全隐患的事物。此时，她甚至能够体会到邹兰自杀前的心情——也许真的就像邹兰说的那样，这些事情根本就不是意外和偶然——该发生的事，总会到来的。

茫然地走了一段路后，夏莉感觉自己的胃发出一些声音，她忽然想起，自己从公安局出来后，还没吃晚饭呢。她看了看周围的店面，走进了一家大排档小吃店。

夏莉向店主要了一碗羊肉汤和两个牛肉煎饼。食物一会儿就送了过来。夏莉捧起碗，喝了一口羊肉汤暖暖身子，刚准备吃牛肉饼——旁边桌子的一家人吸引了她的注意。

这是个年轻的三口之家，那个小女孩最多只有五岁。他们三个人点了一些汤、点心和烤肉，小女孩调皮地张大嘴巴等待着，她妈妈把串起来的烤肉弄下来放在自己盘子里，再夹起一块，不断吹着气让它冷却，最后再送到女儿嘴里。小女孩嚼得满嘴是油，吃得又香又起劲。她刚咽下一块，妈妈又将另一块送到了她嘴边。

吃了几块烤肉之后，小女孩的爸爸端起汤碗，舀了一勺，一边吹气一边喂到女儿嘴里，嘴里说着："慢点喝，宝贝儿，别烫着。"

小女孩喝了几口汤后，像是吃饱了，扑到父母怀里开始撒娇。看到这一幕，夏莉觉得心头阵阵发酸，胸口像被人揪紧了一样难受。她将头扭过去，豆大的眼泪再次滚落下来。一瞬间，头脑里杂乱的想法一齐涌了出来。她不明白为什么自己不能像成千上万的普通人一样过着幸福的日子，为什么这种可怕的、诡异的怪事要发生在自己身上。小时候，自己也像这个小女孩一样得到父母的宠爱和呵护，过着单纯、快乐的生活——现在，却要这样时时刻刻受到煎熬。

夏莉感觉自己瞬间明白了很多以前想都没想过的道理：一个人最可怕的并不是遇到灾难和死亡，而是明知灾难和死亡就在自己身边，却不知道它何时到来！这种感觉是真正的生不如死，它几乎能摧毁一个人所有的勇气和信念。

夏莉想回老家，此时她比以往任何时候都要想念父母，她恨不得像罗威一样立刻回到家人身边。可她又想——如果自己回去后，真的在某一天死在了父母面前……她不敢往下想了。

夏莉就这样呆坐着胡思乱想，忘记了腹中的饥饿。直到好心的店主提醒她要不要换碗热汤，她才发现自己已经坐了很久了。夏莉咬了一口变得冷冰冰的牛肉饼，觉得自己就像只准备越冬的老鼠一样可怜。

二十七

罗威乘坐回家的火车晚了两个小时到达，下车时，已经是第二天早晨七点了。白色的雾气像棉被般盖着没睡醒的城市，只有稀疏的行人和车辆穿梭在冷清的街道上。

坐了一夜的火车，罗威现在疲倦得只想立刻躺下——当然，在那之前得先用热水泡泡脚才行——他的双脚已经被冻得发僵了。罗威招了辆出租车，告诉司机地址，再嘱咐他开慢些。

不知道过了多久，罗威几乎是被出租司机叫醒的——他没想到自己疲倦得甚至在出租车上就睡着了。他付了车钱，拖着沉重的脚步回家。

打开家门，罗威一眼就看到徐蕾已经在忙碌地准备早饭了，他有气无力地喊了一声："我回来了。"

徐蕾放下手中正在做的事，走到门口来，她看见罗威的脸后，叫了出来："你怎么冻成这样了！脸色发青，嘴唇都乌了！"

罗威用嘴呵着气说："我也没想到坐夜班车会这么冷。"

"你可以今天早上再坐车回来嘛，何必赶这一天。"徐蕾握着罗威的手，心疼地说，"快去洗个热水澡。我帮你热杯牛奶。"

罗威换上拖鞋进卫生间去了，他把水的温度调高，热水冲着身体，把罗威白色的皮肤烫得发红——罗威觉得这是他这辈子洗过的最舒服的一次热水澡。从卫生间出来，徐蕾已经准备好了热牛奶和抹好黄油的烤面包片。罗威一口气将整杯牛奶喝完，这才感觉好多了。

这时，罗尼背着书包从房间里慌慌张张地跑出来，看见爸爸后，惊讶地问道："爸，你什么时候回来的？"

"刚回来。"罗威说。

"哦。"罗尼应了一声，走过来抓起桌上的几片面包，塞了一片在嘴里，含混不清地对着厨房喊道："妈，我要迟到了！我走了！"

"等等。"罗威叫住儿子，"你这几天暂时别去上学了。"

"唔……什么？"罗尼费力地咽下一片面包，问道，"不去学校？为什么？"

"你别管为什么，照我说的做就行了。"罗威一脸严肃地说。

徐蕾从厨房走出来，望着罗威问道："干吗不让罗尼上学？"

罗威不知道该怎样解释，只能说："不是以后都不去上，只是这几天而已。"

"总该有个理由吧？"徐蕾费解地追问道。

罗威忽然觉得有些烦躁起来，他皱起眉头说："这个原因我以后自然会向你们解释的，现在别问了，就这么办吧！我很累，让我休息一会儿。"他转过头对罗尼说："我一会儿打电话跟你老师请假，你现在回屋去吧。"

罗尼一脸茫然地说："我不去上学……你叫我在家里干什么呀？"

"随你的便吧。"罗威挥了挥手，"看书，玩游戏，上网都行——记住有一条，只要别跑出去就行。"

"太好了！"罗尼兴奋地丢掉书包，冲回自己的房间，锁上门。不一会儿，里面就传出了电子游戏机的声音。

徐蕾担忧地望着儿子房间的方向，叹了口气，说道："罗威，你不去工作上班也就算了，连儿子也要像你一样待在家里吗？你能不能告诉我，这到底是怎么回事，自从你看了那个本子后……"

"徐蕾。"罗威带着疲倦和烦恼的神情望着妻子，"我刚才说过了，我现在很累，连眼睛都有些睁不开了，我只想睡觉。你让我休息会儿行吗？等你晚上下班回来，我再跟你解释原因吧。"

徐蕾摇着头，无可奈何地叹了口气，然后去房间挎上皮包，到公司上班去了。罗威坐到电话机旁，拨通罗尼学校的电话，向罗尼的班主任谎称罗尼生病了，需要在家休息几天。做完这件事，他走进卧室，一头栽到床上，连外衣都没脱，裹上被子就进入了梦乡。

二十八

罗尼感觉高兴得简直有些无所适从了，像今天这种情况以前也并不是没出现过——但那都是在他的梦境中。说实话，罗尼真是做梦都希望能像今天这样——没有妈妈的唠叨，也没有爸爸的管束——痛痛快快地玩几天游戏。

实际上，罗尼是个既聪明、成绩又好的孩子——可如今的学校对任何人都没有吸引力，不论是优等生还是差生，只要能少上几天学，比过年过节还高兴，而如果听到学校要补课的消息，就立刻愁眉苦脸、如丧考妣。

罗尼最喜欢玩的是体育类的游戏，他先踢了几场足球，拿了个欧洲杯冠军，又想开会儿赛车。于是，他从厚厚的游戏包里取出一张赛车碟子，走到游戏机前，准备换碟。

罗尼取出游戏机里的足球碟，正准备把手里的碟子放进去，突然，他用食指和拇指捏着的那张碟子发出"啪"的一声清脆声响，竟然自己裂成了两半。

"这……"罗尼望着裂成两半的碟片，恼怒地念叨着，"岂有此理，什么破碟子，简直比饼干还脆！"

说着，他将碟片随手扔进垃圾桶，换了一张碟子放进游戏机里，又兴致勃勃地玩了起来。

下午两点过，睡得正酣的罗威被一阵急促的手机铃声吵醒了。他条件反射地用被子盖住头，不想去理会，但那手机却不依不饶地响着，令那舒缓的音乐铃声变成了难以忍受的噪声。罗威实在没办法，恼怒地掀开被子，拿起放在一旁的手机，接了起来。

"喂，是罗威医生吗？"电话里传出熟悉的女声。

罗威将手机拿到眼前一看，才发现电话的来源竟然是自己的心理咨询中心。他也立刻听出打来电话的是他的助手吴薇。

"是我。吴薇吗，有什么事？我不是告诉你等我通知你的时候再去上班吗，你现在去干什么？"罗威问道。

"医生，我必须来。我必须来向那些之前预约好的客人们打电话做一个交代，不然他们按照约好的时间来到时，却发现我们这里紧关着大门——这实在是太失礼了。"

罗威拍了一下脑袋："对，吴薇，你说得对。还是你想得周到。你真是一个既负责又细心的好助手。太感谢你了。"

"先别夸我，医生。我打电话来，是给你添麻烦的。"

"哦，为什么？"

"大多数客人都在听到我的解释后又另约了时间。可是郑氏财团的董事长夫人，就是那个浑身辐射着珠宝颜色的王女士——她却还是来了，怎么也不愿意走。她说她已经来了三次了，今天下午她会一直在这里等您，直到您为她岌岌可危的婚姻做出诠释。她还说，她本来应该在十多天前就见到您的，却一直拖到现在。当然，她承认那天下午没能见到您纯粹是她的过错……"

"等等。"罗威有些糊涂起来，"什么十多天前的下午，我怎么没印象？"

电话那头的吴薇停顿了一会儿，说："就是出事那天下午。"

罗威张了张嘴："你是说，严教授出意外那天下午，她本来应该来的？"

"是的。"

"那她怎么又没有来？"

"她说自己本来准备好三点之前来的，却因为午觉睡过头了没能来得了。她说她非常抱歉。"

罗威翻了一下眼睛："现在说这些还有什么用？"

"不过，医生，您可别忘了，当初我们买下心理咨询中心这套房子时，王女士的丈夫，也就是郑董事长可是赞助了我们整整八十万，所以……"

罗威叹了口气："我知道了，你告诉她，我一会儿就来。"

"好的，罗威医生，再见。"

放下电话，罗威一脸不痛快。他感觉自己的觉还没补够呢，但他却不能再睡下去了。罗威无奈地起床，到卫生间洗了把脸。临走时，他去儿子的房间看了一眼，罗尼正在电脑前聊着天。罗威再次叮嘱了一遍，叫儿子无论如何都不准出门，罗尼满口答应。罗威走到车库，将汽车开出来，一路上缓慢小心地行驶。十多分钟后，他就到了自己的心理咨询中心门口。停好汽车，罗威朝里面走去。

这时，旁边家具店的老板发现了罗威，他放下手中正在做的事，快步走到罗威跟前，叫了一声："医生，您好，您又来了？"

罗威回过头，发现是他订购镜子那家店的老板，便随口应了一声："嗯。"

"医生，我是专门来向您道谢的。"老板脸上堆着难堪的笑容，搓着手说，"真是太感谢您了！"

"感谢我什么？"罗威问道。

"就是……发生在您办公室的那场意外，您没有追究我那两个工人的责任。不然的话，他俩就是倾家荡产也赔不起呀！"

罗威摆了摆手说："过去的事就别再提了。再说，那是场意外事故，本来就怪不得他们。"

"是、是、是。"家具店老板连声说，他叹了一口气，用惋惜的口吻说道，"不过那天的事情实在是太凑巧了。本来……不该发生这种事的！"

罗威转头望着他："怎么说？"

"我们这家店一直都挺有效率的。您是头一天订的镜子，我们本该在第二天早上就送来的——可那个负责送镜子的工人竟然睡着了，那天上午没来上班，所以才只好下午给您送去。您说，他要是上午就来了的话，不就不会发生这种事了吗？"

"什么！"罗威惊诧地叫了起来，"他……也是睡着了？"

"啊……是啊。"老板对罗威的这种反应感到有些奇怪，"怎么，还有谁……"

罗威一把抓住老板的肩膀，问道："那个工人之前有没有出现过这种情况？"

老板接连摇头："别说是整整一上午没来，就是迟到也没有过。偏偏这一次……所以我才说，真是太凑巧了。"

罗威松开放在店老板肩上的手，神色恍惚地呆站在原地。店老板还不住地说着道歉、感激的话。罗威没有再搭理他，他三步并作两步冲进自己的心理咨询中心。正坐在接待室闲聊的吴薇和王女士见罗威来了，两人一起站了起来。

吴薇对罗威说："医生，王女士已经等您很久了。"

穿着昂贵的貂皮大衣的董事长夫人对罗威说："罗威医生，不好意思，专门把您给叫来了。"

罗威勉强挤出一丝笑容，指着咨询室说："我们进去谈吧。"

在咨询室坐下来后，王女士就迫不及待地说："医生，我这么急着找您，主要是我感觉自己的婚姻已经走到悬崖边了，我希望……"

"请您先等一下。"罗威打断她的话，"我能先问您一个问题吗？"

"您问吧。"

"那天下午，就是您第一次和我约好的那个下午，您为什么没来呢？"

"噢，关于这一点，我刚才已经向门口那个漂亮的姑娘解释过了，我那天午觉睡过头了，一觉醒来，发现已经四点过了，错过了和您约好的时间，所以就没来。"

"您……经常这样吗？"

"什么？噢，不！当然不！我是相当守时的人，尤其是面对这种对我来说很重要的事情的时候，可那天……说起来真是有点奇怪。我的生物钟向来都比较准，一般情况下我睡午觉根本不会超过两点半——而且，那天我那个该死的闹钟也没有响，所以我才睡迟了。"董事长夫人脸上露出不悦的表情，"我现在解释得够清楚了吧，医生。这个问题就这么重要吗？你是不是要我再慎重地向您道一次歉？"

"不，您误会了，我不是这个意思。"罗威有些心不在焉地说道，他皱起眉头若有所思地想了一会儿，说，"啊……您现在可以开始接着刚才的说了，您说您的婚姻怎么了？"

"一切都是从那个卖弄风情的小秘书开始的。也许你不相信，我从一开始就觉得对方来者不善……"董事长夫人带着怨气，喋喋不休地倾诉起她那琐碎的家事来，全然没有感觉到，坐在她面前的听者注意力根本就没有集中在她身上，当然她更感觉不到，在这间咨询室里，有人有着比她更甚百倍的危机感。

二十九

董事长夫人絮絮叨叨地讲了近两个小时后，罗威为她提供了专业的、有建设性的意见。最后，贵妇人满意地离开了。罗威赶紧驱车回家。

一路上，罗威将车速放慢到几乎和步行差不多的程度，并不单纯是因为谨慎，更因为他的头脑正在不停歇地琢磨着那些怪异的、不合情理的事情。他本来以为，严教授所遭遇的那次意外事故，是由很多个不确定的偶然因素造成的，但现在看来似乎并非如此——本来应该在三点之前就来的董事长夫人没有来，而本应在上午就来的家具店工人又恰好在那节骨眼儿的时候来了——这两个完全不相关的人都因为同一个原因——睡着了——改变了他们出现的时间，从而阴错阳差地造成了严教授的死亡——如果说这些全是巧合，未免太过牵强了！

罗威的两条眉毛拧成一股麻绳，他隐隐感觉到，自己似乎在无意间接触到了这件事情关键和隐秘的部分，只差那么一点，就能解开所有事件的谜底。到底还缺少什么？怎样才能把所有事情全部串联起来，得到最终的解释？罗威想得头痛欲裂。

不知不觉中，汽车行驶到街心的一个十字路口。人行横道的绿灯亮了起来，罗威的车和这条路上其他的汽车一起停在路口。这时，从人行横道的左边走过来一队刚刚放学的小学生，前后两个老师保护并引导着他们过马路。这是十几个低年级的学生，孩子们穿得花花绿绿，手牵着手过马路，人行横道上充满天真无邪的欢声笑语。

孩子们可爱的装扮和稚嫩的笑颜感染了道路上的行人和车辆，就连心事重重的罗威也暂且抛开了心中沉重的包袱，他想起几年前接送罗尼上学的情景，不自觉地看着孩子们出神。直到那群孩子中的一个对他做出怪异的举止，他才猛然惊觉到不对劲。

罗威瞪大眼睛，清楚地看到：一个戴着蓝色帽子的小男孩脸色铁青地望着他，没有丝毫表情，和另外十多个天真活泼的孩子形成了强烈的对比——那种阴冷的神情，简直不像是会出现在一个小孩子身上的！更奇怪的是，他咧开嘴，似乎在发出"嘶嘶"的声音，还抬起右手用一个手指指着罗威身旁的某件东西。

罗威愣了一下，随即下意识地向他手指指的方向一看——这一瞥，令他受到电击一般，全身发麻，遍体生寒。那小孩手指指的方向正是罗威汽车左边的后视镜，那镜片上一片血红，正中间赫然是一个"死"字！后视镜中的景象让罗威的头皮一阵发麻，他惊恐地盯了几秒钟后，猛然反应过来，身子转过去向后一看——

在他的汽车后面，紧挨着一辆旅行大巴，那辆车通体鲜红，车身上印着用作广告的几个大字"欢迎到中国死海旅游"。其中那个硕大的"死"字，刚好就不偏不倚地出现在罗威汽车的后视镜中。

罗威转过头，神情恍惚地呆了半晌，突然望向前方——那个戴蓝帽子的男孩已经不见了！

他一把推开车门，发了疯似的冲到那群孩子中，挨个儿寻找那个戴蓝色帽子的孩子。罗威的举止惊呆了护送孩子的两个女老师，几个小学生被吓得"哇哇"地哭起来。

后面那个女教师跑到罗威面前，惊讶地问："先生，你在干什么？你找谁？"

罗威完全没搭理她，仍然抓着孩子们一个个地搜寻。突然，他眼睛一亮，看到了那个戴蓝色帽子的男孩。

罗威冲到他面前，两只手抓住他的肩膀，大声问道："你是谁？说！你是什么人？"

那男孩一反刚才阴冷的神情，无辜地喘着气，被罗威突如其来的呵斥吓得说不出话来。

罗威凌厉的眼神直逼向那孩子："说！你刚才为什么要提醒我看后视

镜？你怎么可能看得到我后视镜中的景象！"

"先生！请你马上放手。不然我要报警了！"女教师叫喊着过来拉罗威。

罗威一把甩开她的手，继续逼视着男孩："你刚才望着我的时候，可不是这种可怜的表情！你到底是什么人？"

那男孩被罗威可怕的神情吓得脸青一阵红一阵，他一脸恐惧地说："我……我不知道你在说什么……"

"你刚才为什么要指着我的汽车？"罗威的声音已经是歇斯底里了。

"我，我没有指你的汽车……"

"你刚才过马路的时候，不是用手指指着我车的后视镜吗？你提示我！叫我看那个异兆！你是什么人？你绝对不是个普通的小孩！"

那男孩终于忍不住，"哇"地大哭起来，他喊叫道："我都不知道我是怎么过马路的！我记不起来了……我什么都没做！什么都没做！"

罗威不可思议地看着他，渐渐松开手。他斜眼一瞥，那两个女教师正在用手机跟警察联络。这时，罗威才发现自己失控了，而且他立刻意识到，如果再不离开这个地方，他的麻烦就大了。

罗威再次望了男孩几秒——这个时候，那孩子已经和一个普通小孩没什么区别了。罗威咬了嘴唇一下，赶紧回到自己的车中，发动汽车迅速离开了。

三十

罗威回家后，发现徐蕾早就下班回家了，还做好了晚饭。罗尼已经先吃了起来。罗威告诉妻子自己下午去心理咨询中心见了位重要的客人，然后装作若无其事地吃起晚饭来。

徐蕾显得有些高兴，她认为丈夫恢复了正常，又开始变得以工作为重了——她准备在晚上和罗威好好谈谈，重点是让罗尼继续去上学的事。

罗威在进餐时尽量装出自己不是在敷衍吃饭，他还故作轻松向徐蕾谈起一些关于她公司的话题。徐蕾饶有兴趣地讲起今天上班时办公室里一个同事闹出的笑话，试图用这种方式找回家里失去已久的温馨气氛——但她毕竟不是心理学家，感觉不到丈夫的故作轻松实际上是紧张过度后的物极必反。

吃完晚饭后，徐蕾收拾餐具到厨房，罗尼又回到自己的房间，罗威走进书房，关上门，这才感觉到身体竟在不自觉地发抖。他知道，这种感觉相当不好。

他现在必须正视一个问题：从十几天前办公室的第一次算起，他一共已经经历过四次异兆了，而且今天下午的这次异兆以一种难以置信的诡异方式直接、放肆地呈现在他面前——罗威明白，异兆不会一直持续下去的，因为他会和前面几个人一样，在异兆发生几次之后就死于非命。

现在更可怕的是，罗威感到冥冥之中第六感在告诉自己——今天下午的这次事件是他最后一次异兆。他大概活不了多久了。我还有几天时间呢？三天？五天？或者是一个星期？罗威悲哀地想着，觉得心中好冷。

实际上，罗威现在最惧怕的并不是自己死期将至——他最担心的是，如果自己哪天真的突然意外身亡了，就意味着再也没有人来研究、调查这件事，那么就没人能救得了罗尼了！他也会……罗威感觉自己的脑袋快要炸开了——如果自己死了，儿子也死了，那徐蕾肯定也活不下去。

不行，无论如何也不能走到家破人亡这一步。罗威想起自己跟夏莉说的一句话"就算我死了，我也要救我的儿子"。犹豫再三，罗威认为现在只有一个办法——他准备将自己遇到的四次异兆详细地写在那个记录本上——即使有一天他死了，还能让得到这个本子的人继续寻找解救的办法。

想到这里，罗威赶紧从书柜里找出记录本，他从上衣口袋里掏出钢笔，翻开本子，一串数字跳进他的眼帘：32——28——24——20——16——12——8。

罗威翻本子的手停在了那一页。这是第三个受害者齐鸿遇到异兆后留下的一串数字，代表他每天晚上听到的滴水声。

罗威想了一会儿，他当时看完这个病例后，并不明白这串数字是什么意思，只是知道，齐鸿在出现这个异兆后的几天内就死亡了。

罗威再次把这串数字念了一遍。很明显，这是一个以 4 递减的等差数列。齐鸿来拜访肖克的头一天晚上对应的显然是"12"这个数字……

等等，以 4 递减？

罗威心中一惊，他赶紧朝后面翻了几页，那页纸上写着：齐鸿 2007 年 4 月 30 日死亡。第三个病历上记录了齐鸿来访的时间：4 月 28 日。也就是说，那一天对应的数字应该是 12 减去 4 之后的"8"。以 4 递减的话，接下来的一天就变成了"4"，而再过一天就变成了"0"。数字变成"0"的那一天，恰好就是齐鸿的死亡时间——两天之后，4 月 30 日。

罗威惊诧地抬起头，他的脑海里又浮现出严教授说的那句话"我没有时间了，我的日子到了"。

罗威的拳头重重地砸向桌面——他终于知道严教授是怎么能算出自己具体的死亡日期了——在每个人遇到的种种异兆之中，也许都像齐鸿的一样出现过某种关于时间的"暗示"！只要参透了这个暗示，就能算出自己准确的死亡日期！

一瞬间，罗威像是抓到了救命稻草一样——他觉得，如果能知道自己确切的、可能遇害的时间，避开死亡并非不可能！

罗威从座椅上站起来，仔细回想自己遇到的每一次异兆：第一次，是在办公室的镜子中看到那可怕的景象；第二次，在火车窗外又看到一个幻觉般的、全身是血的人；第三次……应该是在商场买钟时……

想到这里，一些细节出现在他的脑子里，令他紧张得屏住呼吸——罗威想起，那个电子石英钟砸到他脚边时，那上面清楚地显示着一个时间：00：12。

12，12……罗威紧张地念着这个数字，12 代表的是什么？他焦躁地猜想着，当目光无意间扫到一个台历时，他受到了启发。罗威将台历拿过来，一边看一边仔细回想：第一次看记录本，也是第一次出现异兆是哪一天？

回忆了好几分钟，又通过仔细地推算，罗威确定，第一次异兆出现那天是 11 月 9 日。如果 12 代表的是天数，那 12 天后是……他慎重地用钢笔点着日历上的日期一个一个数过来，点到最后一个日期时，钢笔"啪"的一声掉落在地。

11 月 9 日往后数第 12 天是 11 月 20 日。

就是今天。

三十一

罗威惊恐得脑子里一片空白——他原以为自己至少还有三五天能活。虽然他早就做好了一些心理准备，却还是被这巨大的惊愕震得头脑发蒙。

联系起下午看到的那个硕大的"死"字，以及今天那种不一样的预感——他明白，自己没有推算错——今天晚上，也许真的就是死亡来临之日！

罗威惶恐地望向四周：吊灯、玻璃、电线、书柜……哪一样会要自己的命？或者是，以根本不可能想到的形式？

环顾四周时，罗威看到挂在墙上的钟——现在已经晚上八点了，"今天"还有最后四个小时。

四个小时内，或者根本没这么久——如果还没能找出破解的方法，那自己就成为继严教授后的第六个受害者了。

一瞬间，罗威觉得身边的空气像巨石般向他挤压过来，让他几乎喘不过气。他无法克制内心的惊恐，像刚浮出水面的人一样大口喘息着。他推开书房的门，来到客厅，又从客厅走到门厅，如此无目的地反复地来回走动，头脑里只有一个声音：怎么办？

此时，徐蕾在卧室叠着刚收下来的衣物，并没有发现罗威的惊恐不安。罗威在客厅和门厅转来转去地走了几十圈，脑子仍然是一团乱麻。突然，他听到罗尼的房间传出一句咒骂："可恶！还是非死不可！"

罗威愣了几秒，没有过多思索，大步走到儿子房间前，推开屋门。罗尼手里捏着手柄，正坐在床上玩游戏。他看见爸爸进来后，招呼了一声，视线又回到电视屏幕上。

罗威走到儿子身边问道:"你刚才说什么'非死不可'?"

"啊?"罗尼有些莫名其妙地抬起头,过了一会儿,他想了起来,笑着说,"没什么,我说这个游戏里的人呢。"

罗威望向电视屏幕,那上面上演着游戏里的剧情:一个穿着铠甲的武士倒在地上,他的同伴们悲伤地站在一旁。

罗尼见爸爸望着游戏画面出神,颇有些意外——对工作狂热的父亲从没对电子游戏感兴趣过。罗尼怕爸爸没弄懂,指着屏幕向他解释道:"喏,就是这个人——这游戏虽然好玩,设计得却有些讨厌。引发特定剧情后某些角色就必须死亡。"

罗威不自觉地问道:"为什么必须死亡?"

罗尼说:"这是剧情发展——也就是游戏程序设计好的。"

"不能避免吗?"罗威怔怔地问。

罗尼耸了耸肩:"不能。这是设计者安排好的,要想继续玩下去这个角色就必须得死。"

罗威站在原地发呆。罗尼似乎还在讲解着这款冷兵器时代的战争游戏的种种优劣之处,罗威却一句也没有听进去。罗威觉得世界在刹那间安静了下来,安静得只能听见自己的心跳声。他似乎有些明白了。

所有的一切,就像儿子玩的这个游戏一样,是早就安排好了的,是一个设计好的程序。第一次出现警告式的预兆,表示着游戏的开始,接下来,第二次、第三次……在这些异兆中隐藏着暗示的关键——如果不能在规定时间内找出破解的方法,游戏就结束了。

那么,这个游戏程序的设计者是谁?是死神?还是冥冥之中那不可知的、超自然的力量——也许,现在的重点并不是弄清楚这个。

罗威的思绪回到现实中,他来到儿子跟前问道:"有没有什么方法,可以令必须死亡的角色不死?"

话一问出口,连他自己都觉得矛盾。

罗尼感到匪夷所思,他不明白爸爸为什么突然之间对游戏萌发出如此大的热情。他挠着脑袋想了一会儿,说:"如果要让剧情安排好的角色不死，也许……只有一个方法。"

"是什么？"

"不要去触发那段剧情，也就是说，不要往后面继续玩。"罗尼说。

罗威凝视着儿子的脸，想着儿子说的话——怎样才能不触发剧情，不继续往后面玩呢？如果游戏不是由自己来操作呢？还有，这真的是解决途径吗？一大堆未知的问题向罗威涌来，让他的头开始剧烈作痛。罗威看了一眼挂在墙上的大钟，心中一惊——已经九点半了。

还有两个半小时！

这时，客厅里的落地窗发出"哗哗"的声响。徐蕾从卧室里出来，对罗威说："真是怪了，突然刮起大风来了，窗玻璃都被吹得响起来了。"

罗威望着漆黑的窗外，听着玻璃发出不同寻常的响动，心头涌起一股强烈的异常感觉。这种感觉像一件重物堵在他的心口和嗓子眼。他的脸变得煞白，身体不自觉地哆嗦起来。他瞪大眼睛，像一个敏感的精神病人般左右四顾，心里想着：来了吗？是我的时间到了吗？

徐蕾发现了罗威的异常，她甚至被罗威的可怕模样吓了一跳。徐蕾问道："罗威，你怎么了？"

罗威咽下一口唾液，紧张地再次看了一眼时间，然后冲到书房，找到那个记录本，又跑回到徐蕾面前。

罗威抓起徐蕾的手，用一种复杂的目光注视着妻子，对她说："我爱你，徐蕾。我从未这么深刻地发现，我是如此爱你，还有罗尼。我真的……很爱你们！"

"罗威……你，你为什么要……为什么突然说这些话？"徐蕾的直觉告诉自己，有不好的事情要发生了，她的眼泪一下涌出来，"罗威，我为什么感觉你在向我告别？"

罗威望着满眼泪光的妻子，自己也哽咽起来，但他知道，时间不多了，他必须交代重要的事："徐蕾，我不知道该怎么跟你说……但是，你必须答应我一件事！"

他将记录本递到徐蕾手中，说："这个本子你收好，如果我……遇到了什么不测，你就把它交给秦轩。记住，让他想办法，无论如何也要救罗尼！"

"罗尼？天哪！罗威！到底出什么事了？你怎么了？罗尼又怎么了！"徐蕾抱住丈夫大喊起来。

罗威心中从未有过这种凄凉、绝望的感觉，他无奈地望着妻子说："太复杂了，这件事……我不知道该怎么向你说。"

徐蕾擦掉脸上的泪痕，抬起头望着丈夫："罗威，我早就感觉到不对劲了。我一直追问你到底发生了什么事，可你每次都说太复杂了而不告诉我。如果直到现在你还是不说的话——"

她将记录本递到罗威手上："我不会把它交给秦轩，我也不会答应你任何事——因为我如此不值得你信任，你就不该叫我去做这些事！"

罗威叹息道："这个时候你还跟我赌什么气？我不愿告诉你，根本就不是什么信不过你，而是——"他接触到徐蕾的目光，停了下来。在心里思量了一刻，罗威叹了口气。他觉得到了这种时候，也顾不上说出来是否会让徐蕾担心了。看来，必须要把整件事情的来龙去脉向妻子解释清楚。

"好吧。"罗威说，"我……"

突然，他停了下来——他在妻子急切的目光中看到了自己。对，自己。

霎时间，罗威感觉现在这一幕是如此熟悉，有种似曾相识之感。现在的徐蕾，就像那天的自己一样，期待着严教授能告诉自己到底发生了什么事，而自己就像那时的严教授一样——

罗威的心猛地抖了一下。严教授在说完那番话后就死了！

不要去触发那段剧情，不要继续往后玩——儿子这句话又浮现出来——罗威渐渐张大嘴巴。

懂了！一切都懂了！这就是破解死亡病毒的方法！

三十二

罗威深吸一口气，心血一阵上涌，在最后一刻，他终于悟到了破解的方法！

徐蕾还在追问着整件事情的来龙去脉，罗威把双手按在她的肩上，神色严峻地说："给我五分钟，好吗？让我好好想一想！"

他坐到沙发上，双手合拢放在下巴前，紧紧咬着下唇，竭力思索着——严教授来访时，就和自己刚才的状况类似——明白了这是怎么回事，却并不知道解救的方法——这一点，从严教授的话语中可以得到证实：他说"我快要死了""我的时间快到了"分明表示他已经洞悉到了"死神"的存在——而这恰好就是导致他死亡的原因！

如果这一切都是死神的游戏，那么解开游戏的谜就象征着游戏的结束；而触发游戏进入最后"剧情"的就是将这个秘密告诉下一个人！那样的话，自己的游戏就结束了——下一个人进入新一轮的游戏。

前面死的几个人，也许都跟严教授一样，在最后一刻悟到了超自然力量的存在，而将"死神的秘密"告诉了下一个人，却迎来了自身的死亡；而自己和儿子、夏莉为什么能一直活到现在，就是因为谁都没有将这个秘密说出来！

罗威望了一眼徐蕾，身体一阵痉挛——如果刚才把这件事情讲了出来，那自己有可能已经……更可怕的是，妻子就成了下一个受害者！

罗威望着徐蕾，徐蕾也望着他，并向他走来："想好了吗？可以告诉我了吗？"

罗威正准备说话，突然，旁边的电话响了起来，罗威走过去，将电话接起。"你好，请问找谁？"他问道。

电话里传出的声音让罗威一怔，他没想到夏莉会在这个时候打来电话。

"罗威吗？是我，夏莉。"

"有事吗？夏莉。你还好吧？"

电话那头沉默了几秒，夏莉说："是这样，这几天我一直在家里思考，我们遇到的事情到底是怎么回事。直到刚才，发生了一个小插曲……我突然觉得，我好像有些明白了……"

罗威大惊失色，他大喊道："别说！不要再说话了！"

电话那头的夏莉愣了一下，随即，她似乎明白了罗威的意思，心领神会地说："对，我明白了。这件事，我们根本就不知道是怎么回事，对吗？"

"是的，我们不知道，我们什么都不知道！"

"那么，再见，罗威。"夏莉如释重负地说，"我们都要保重，要好好地活着。"

"对，好好地活着。再见，夏莉。"罗威缓缓地、深沉地说。

放下电话后，徐蕾走过来，正要开口，罗威一把捂住她的嘴，说道："你不是要我说吗？那么，我就告诉你——我不会有事的，我会一直陪在你身边，哪儿也不去。我们把那些烦恼的事情都忘掉，重新开始以往那种快乐的生活，好吗？"

徐蕾深深地望着罗威，将他的手慢慢从自己的嘴上移开，肯定地点了点头。罗威一把抱住妻子，窗外那异常的狂风似乎也停了下来，周围又变得温暖而安静。

时间一分一秒地过去。终于，十二点的钟声敲响了——进入新的一天。

罗威闭上眼睛，深深地吐出一口气，他明白——自己活了下来，躲过了这可怕的死亡游戏。

三十三

一个多星期之后，星期天。

森林公园美丽的湖面上闪烁着粼粼金光，深秋季节，罗威在这个下午享受着难得的温暖阳光。和煦的暖阳和黄灿灿的色彩让周围的一切都活跃起来。尽管这才十一月，却让人觉得春天已经来临了。

起码，在罗威心里，春天已经到来了。

此刻，他正和儿子还有夏莉一起漫步在森林公园的小径上。

罗威的心情非常好，罗尼却有些疑惑，他走到爸爸身边，小声问："爸，我们出来玩为什么要瞒着妈妈？"他望了一眼身后的夏莉，"这个阿姨是谁？"

罗威微笑着对儿子说："我们瞒着妈妈是有原因的。也许我应该在出来前就告诉你——我们今天来公园可不单纯是为了玩。"

罗尼皱了皱眉，有些没弄明白。

"非得这么神秘吗？"后面的夏莉开口道，"罗威，你起码可以告诉我——把我专程从 Z 市约来肯定不光是为了爬山吧？"

"一会儿你就知道了。"罗威说，"我们再朝上走一会儿，到人少的地方去。"

夏莉和罗尼的目光碰在一起，两人一起撇了撇嘴。他们又向上走了大概二十分钟，到了一处巨石堆的地方。

罗威朝四处看了看，确定这里暂时不会有人来之后，说道："就在这儿吧。"

夏莉和罗尼都看着他。罗威从大衣里摸出两件东西，摊在夏莉面前。

夏莉看见罗威手中的记录本和打火机后，微微张了张嘴，她有些明白了："你想……"

"对。"罗威说，"现在你知道了吧，我为什么要把我们三个人聚在一起。"

"是的，我有些猜到了。"夏莉说。

罗威望着儿子，又望了望夏莉："我们三个人是这个世界上最后看过这个本子的三个人了，以后再也不会有人看这个本子。我今天把你们慎重地聚到这里，是要做一个约定——在这个本子销毁之后，我们三人必须彻底忘记这件事，并发誓绝口不提此事。"

说这番话的时候，罗威用心理暗示的手法盯着儿子，但罗尼还是懵懂地问："为什么……我是说，为什么要搞得这么慎重？"

罗威凝视着儿子的眼睛："有些事情，我们不必非得弄清楚，但有一件事，你必须清楚——儿子，我爱你，还有你的妈妈。我想，你也一样爱着我们。所以，请你相信我所做的每一件事都是为你好，行吗？"

罗尼望着爸爸，似懂非懂地点了点头。

　　罗威转过头，和夏莉对视了一眼。夏莉问道："我能理解，可我不明白，我们为什么要跑到这个地方来做这件事？"

　　"因为我实在想不到我们三个人还能在什么地方做这件事了。"罗威无可奈何地说，"如果在我家里，又会引起徐蕾的怀疑——我可不知道怎么向她解释。"

　　"我懂了。"夏莉说。

　　"那么……"罗威望着另外两个人，"记着我们刚才的约定了吧。"

　　夏莉点头，罗尼也跟着点头。

　　罗威将记录本放在一块大石头上，打着火机，正准备烧，突然，夏莉说："等等，我记得你以前跟我说，严教授叫你不要销毁这个本子。"

　　"对，"罗威叹了口气，"但我想那是因为他想让我继续研究他没能破解的问题——现在，没这个必要了。"

　　夏莉没有说话，微微地叹息了一声。

　　罗威俯下身，点燃了记录本。火苗慢慢吞噬着纸张，从一角向上蔓延，白色的纸渐渐变黄、变黑，变得扭曲……

　　罗尼蹲在本子旁木然地注视着它变成焦灰。罗威和夏莉则对视着，又一起望向远方，神情复杂而凝重。

　　一切都结束了。

　　正在罗威出神的时候，忽然听到蹲着的罗尼叫了一声："啊！这个本子的封面上显出字来了！这难道是……隐形墨水写的？"

　　罗威一愣，有些没反应过来。突然间，一种令他熟悉又厌烦的可怕预感像利箭般穿过他的身体，他张开嘴，说了一声："不……"

　　但是来不及了，罗尼盯着立刻要被火烧完的本子，将那个封面上因为火烧而浮现出来的一行字大声念了出来："这个本子寓示着死神的存在，以及它不为人知的秘密。"

　　"不！别念！"罗威和夏莉一起声嘶力竭地大叫起来，可罗尼已经念完了，他惊恐地望着父亲。

　　"天哪！"罗威瞬间感到天旋地转，"难道，一切还没有结束吗？我们……还是躲不过？"

夏莉已经被吓得茫然失措，她双手捂着嘴，眼睛睁得老大，浑身发抖。

"爸爸……到底，怎么了？"罗尼感觉到自己闯了大祸，小心翼翼地问道。

罗威望着夏莉："怎么可能！我的时间不是早就过了吗？现在已经在十二天之后又过了一个多星期了！难道我们还没能逃出那个游戏？"

夏莉摇着头，不知该怎样回答。

"你戴了手表吧？"罗威惊慌地说，"快看看，现在是几号？"

夏莉掀开手腕上的衣袖看表，罗威急迫地一把将她的手拖过去，自己朝表上看去。

"你别慌。"夏莉说，"等我转过去，你看倒了！"

"看……倒了？"罗威重复了一句，突然，他像是遭到了雷击一样，全身的汗毛立了起来。

第三次异兆暗示的时间是 00：12——那个电子钟砸在他的脚边——这是他第一眼就看到的数字。当时，他并没有多想，但现在，那个商场售货小姐的一句话像惊雷般重现在他的脑海里——

我们这里的钟走得都准，您看，调的都是准确的北京时间。

我是吃过晚饭去商场的。那个时候根本不可能是凌晨十二点，而应该是九点左右，也就是倒过来看的——21：00！暗示的真正时间不是 12，而是 21！

罗威全身颤抖着看了一眼夏莉的手表所显示的日期，脑子"嗡"的一声炸开，精神几近崩溃。今天是 11 月 29 日——正好是第 21 天。

罗威看了看周围，他想起了自己的第一次异兆，眼睛充满血丝："果然，这座山……这一切，都是安排好的……今天，就是今天……"

夏莉望着脸如同白纸般的罗威，无助地问道："我们……该怎么办？"

刚说完这句话，晴朗的天空突然乌云密布，轰隆隆的雷声响起，一道白色的闪电向他们伫立的山头袭去……

兰教授的故事讲完后，窗外已是漆黑一片。但屋里的三个年轻人却仿佛忘记了时间，仍然沉浸在那不可思议的故事之中。

过了好一阵，方元的弟弟才回到现实中来，他问道："这就是……故事的结局吗？最后他们也还是没能躲过那可怕的异兆……"

方元的妹妹神思惘然地说："太可怕了，这世界上真有这样的怪事吗？"

兰教授摆了摆手说："年轻人，你们好像完全忘记我之前说过的话了——不要问任何关于这个故事的问题，记得吗？"

兰教授看了看表，站起来说："已经晚上七点多了，我得告辞了，再见。"

兰教授正要走，坐在他对面的方元猛地站起来，用惊诧和激动的口吻说："兰教授，我……虽然您不要我们问任何问题，可我实在是忍不住，非得问您不可——这个故事，是不是和家父有某种联系？"

兰教授凝视着他，说："你为什么会这么想？"

方元神情严肃、满脸通红地说："我想，我父亲吊着最后一口气也要听完这个故事的结局——并不仅仅是出于对一个故事结局的好奇吧？一个将死之人，为什么还会在乎以前的一个故事有没有听完？这其中，一定有什么隐情，对吧？"

方元的弟弟和妹妹也一齐望向兰教授。兰教授沉吟了片刻，直视着方元说："你说得对，你父亲和这个故事之间确实有某种联系。他为什么在临死之前还念着这个故事，当然也有着特殊的原因——只是，这已经是另一个故事了，而且这个故事太长太长，我现在根本无法讲给你们听——可是，我总有一天会讲出来的，到时候，不但是你们，全天下的人都会知道这个故事。你们耐心等着吧，会有这一天的。"

说完这段话，兰教授走到门口，拉开门，最后道了一句"再会"，便离开了。方家三兄妹神情茫然地伫立在原地。

夜幕中，兰成教授孤独地行走在冷清的街道上。他静静地走着，观赏着汽车尾灯的光芒在夜色中划下一道道不规则的曲线。走了一段路，他停下来，望着星空，轻轻叹了口气。

这么多年来，他一直没有感受过孤独，但今天晚上，他感觉到这种令人无限感伤的孤独了。二十年前那一群人，就只剩下自己了。其实，这种感觉不是现在才冒出来的，在他听完方元的那个故事后，就已经开始了。

他不得不承认，在刚才方元问他最后一个问题时——有一瞬间，他真的想把一切都讲出来，这样的话，他心里的负罪感或许会减少一些，但他最终还是没有讲，他安慰自己道——不是时候，现在还不是时候。

目前最让他感到愧疚的是，方家兄妹直到现在也没弄清楚实情——他们怎么可能想到，他们可怜的父亲根本还来不及听完那个故事的结局，就已经撒手而去了。不但如此，方元还中了自己的计，把那个二十年前自己就没听到结尾的《尖叫之谜》完整地讲了出来。

兰教授再次叹了口气——果然如此，方忠确实留了一手，他把《尖叫之谜》这个故事讲给了他的大儿子听，但他无论如何都想不到，最后，他的大儿子还是把这个故事的结局清清楚楚地讲了出来。

兰教授望着天空中闪烁的星星，猜想方忠会不会就是其中的一颗。他默默地对着星星说——我赢了。二十年前，我们两个"活到最后的人"互相讲了一个故事，并都保留了结局。现在，我已经知道了你那个故事的结局，但你，却永远不可能知道我那个故事的结局了。

但是——兰教授意识到——这并不是什么值得高兴的事。他在听完《尖叫之谜》的结局后就已经知道——现在，他已经听完了所有的故事，这意味着他必须按照约定把二十年前发生的"那件事"公布于世，并且把二十年前听到的所有故事一一记叙并公开。

这表明，他必须再一次面对自己那段黑暗的往事。

兰教授突然觉得周围的空气变得沉重起来，一些有形无形的东西一起向他挤压过来。他感到彷徨、伤感、凄凉、悲哀。

但他知道。他会的。一定会！

幸存者记忆

下册

宁航一 著

北京联合出版公司
Beijing United Publishing Co.,Ltd.

楔　子

在各位看到以下内容之前，我想有必要做一个解释和说明——我为什么现在才把二十年前发生的这件事记录下来呢？原因有两点：第一，二十年前我们一群人所作的那个"死亡约定"在几天前才刚刚生效——至于这个约定是什么，你会在下面的内容中看到；第二，这件事的阴暗、恐怖和残忍是我不愿回忆和面对的。

但基于对自己良心的告慰和对那些逝去灵魂的祭奠，以及我一生以来一贯对承诺的遵守——我最终还是决定将这件黑暗的往事记录下来，将它公之于众。让那躲藏在我心灵黑暗深处、几乎已经沉淀发霉的秘密往事再一次重现于阳光之下。

我叫兰成，今年四十七岁，以下是我二十年前所经历的事。

那一年，我刚好读完漫长的大学和研究生，因为成绩优异而幸运地留在学校当一名心理讲师。跟年纪和我相仿的学生们探讨、研究心理学是我乐此不疲的趣事。而令我意想不到的是，另一件充满惊喜的乐事（现在看来正好相反）也在此时接踵而来。

我父母在知道我刚毕业便顺利留在大学任教后，高兴得难以形容。我们家资颇丰，父母一高兴，当即就决定给我汇一笔为数不少的钱过来，作为对我的犒劳和奖励。我本来以为到了自力更生的年龄，父母不会再支援我什么了——所以这笔钱对我来说真是个意外收获。

我拿到钱之后，心中充满欣喜。我知道这对于二十七岁、正好精力充沛的我来说意味着什么。我当时几乎没什么别的爱好，只对旅游充满兴趣。而旅游的地点，我更是想都没想便确定在我向往已久的地中海群岛上。

当时正值暑假，我拥有时间、金钱和旺盛的精力。我一分钟都不想再耽搁了，找出一本旅游手册翻阅了几分钟后，便将旅游的目的地锁定在了地中海的克里特岛上，那里具有一切吸引我前往的因素——充满爱琴文化的海岛风光、神秘的地下迷宫和大自然鬼斧神工的杰作萨马利亚峡谷——克里特岛完全符合了我对于观光和探险的双重乐趣。我立刻兴奋地打电话到旅行社询问。在了解了行程之后，我认为随团旅行无法满足我的某些特别要求，便决定独自前往，以便将旅行的节奏掌握在自己手中，不受人左右。

旅游的行程不是我要讲述的重点。总之，我花了五天时间乘坐多种交通工具到达塞浦路斯，在那里登上了前往克里特岛的海轮。出于对旅行经费的节省，我没有乘坐巨型豪华邮轮——因为那会花掉我几乎一半的钱。我认为只要能到克里特岛，坐什么船去并不重要，所以便踏上了那艘名叫"绿色法皇号"的小型海轮。事后我才意识到，这是我所犯的若干错误中最严重的一个。

不管怎么说，在轮船开始启程的时候，我站在甲板上，面对着一望无边的蔚蓝色大海，感觉整个人真的飞了起来。我张开双臂，闭上眼睛，在海风的吹拂下，变成了一只快乐翱翔的海鸥。

但遗憾的是，快乐的时光只持续了一天多便被噩梦取代。现在回想起来，我仍然无法判断海难是怎么发生的。我只知道，那是在船上的第二个午后，我坐在甲板的躺椅上喝着红茶，惬意地享受着地中海温暖的日光浴。突然，船像撞到了什么东西似的，剧烈地震动了一下。我和甲板上的所有人一样，重重地摔倒在地，无法控制身体的翻滚。当我狼狈地从地上爬起来时，看到很多人惊慌失措地从船舱跑到甲板上来。跑在最前面那个人用英语喊道："船触礁了！"

其实我当时不用听他说也能猜到发生了什么事。那些惊慌失措的人只不过是证实了我心中的可怕想法而已。没有经历过这种场面的人很难描绘和想象在这种情形中的人是怎样地惊恐万状，我很快就成了那些惊慌失措的人中的一员。我们一起大声惊叫着，充满恐惧地感受着船正在迅速往下沉。我起初还保留着一些天真和乐观的想法，认为船就算要沉下去也得花上一个小时左右。现在我才知道这个想法有多么可笑——我当时已经完全丧失冷静的判断力了——把自己所坐的船想成了泰坦尼克号。

这个时候，从船长室冲出来一个船员，他手中拿着一把刀，快速冲到船尾，用刀子割断拴着救生艇的绳子。但他没想到的是，船在这时开始向左侧倾斜，他刚刚割开那些绳子，所有的救生艇便一骨碌滚到了海里，眼看着随波浪漂走了。

船上的人全都惊呆了。被海浪冲走的除了救生艇外，还有他们求生的希望。一个希腊妇女抱住头尖叫道："不！"所有人都瞪着绝望、恐惧的双眼，我想我也跟他们一样。

几秒钟后，几个德国人最先反应过来，他们开始在甲板上寻找救生衣。这时船已经倾斜得越来越厉害了，没有人敢再回到船舱中去——那等于是找死。人们都必须抓住一些东西才能站稳。而且开始拼命寻找甲板上一些仅存的救生衣和救生圈。

船长室里又跑出来两个船员，他们分别抱着一大堆救生衣，把它们分发给众人。我因为离他们很近，幸运地分到了一件，赶紧把它套在了身上。那两个船员在发了一阵后，显然意识到救生衣的数量和人数是不对等的，所以改为只发给妇女、小孩和老人——但这一点救生衣连发给老弱妇孺都远远不够。

这时很多人都朝海中跳了下去——我立刻明白他们为什么会这么做，因为船身已经斜侧到四十五度了。我估计再过最多两分钟，整个船就会彻底翻转过来，从而将待在船上的人全都盖在水下，和它一起沉入海底，成为"绿色法皇号"的殉葬品。

很明显，意识到这一点的不止我一个人。此时，船上所有的人不管穿没穿救生衣都在朝海里跳。我本来就因为船身的倾斜滑到了船舷边上，所以用不着跳，只是稍稍翻了下身，便掉落到了海里。

落水之后，我开始感谢我乘坐的不是泰坦尼克号了，因为我掉到的是地中海温暖的海水中，而不是冰冷彻骨的北大西洋——起码我不用担心会被冻死这个问题。

船真的在几分钟之后完全翻转过来，然后迅速沉了下去。我大致数了一下——现在漂在海面上的人连船上总人数的一半都不到。

我该怎么描述我当时的心情呢？我第一次航海旅行，就遇到了轮船触礁这样的事，但我又无比幸运地分到了一件救生衣——不管怎样，我还活着，这就够让人欣慰的了。我猜现在漂在海上的这些人的想法多半都跟我差不多。我们好歹还能泡在这温暖的海水里等待救援，这已经是不幸中的大幸了。

在海上漂流了约一个小时之后，我在大家的眼光中看到了惶恐的神色——我明白他们所想和我是一样的了——船难发生得太快了，天知道那些船员们有没有把求救信号发出去。如果他们还没来得及把求救信号发出去船就已经沉了的话——我光是想到这点就已经毛骨悚然了。这意味着，我们不知道要在海上漂流多久！天啊！这里可是一望无际的大海，不是某个公交汽车站，就算十几天或者一个月没有船只路过都是很正常的事。

况且，我又想到——在这种温暖舒适的季节里，想出来散散心的除了人类之外显然还有鲨鱼。另外，海上的天气可是说不准的，现在还是阳光明媚，顷刻之间就可能狂风骤起。要是遇到了海上暴风雨，我看我们这些人没有一个会指望自己能活下去。

——当然，现在想起来，我所担心的这些情况都没有出现。我们既没有遇到鲨鱼的袭击，也没有遇到暴风雨——但这并不表示我的情况很好。我和其他人一起随波逐流地在海上漂流了两天两夜，体力透支、筋疲力尽，而且没有喝过一滴水，身体严重脱水。我们连个轮船的影子都没有看到。我当时知道，我们撑不了多久了。

漂流到第三天时，我终于因为饥饿和脱水而昏了过去——之后发生了些什么，我一点都不知道了。

我的记忆是从我再一次睁开眼睛开始延续的。我现在回想起我当时睁开眼睛的时候，曾一度以为我已经来到了天堂，我已经抛弃肉身而灵魂升华了。但几秒钟后，身体的强烈不适、腹中的饥饿和口中的干燥，又提醒我天堂不应该是这样的。我挣扎着站了起来，环顾四周，终于明白我是被海浪冲到了一个小岛上。至于我之前以昏迷状态在海上漂了多久，我又是怎样被海浪冲到岸上来的——至今都是个谜。我当时唯有一点是可以肯定的——这里肯定不是克里特岛。

我之前的经历和目前的状况使我拿不准到底是该诅咒命运还是感谢命运。这个问题就跟我现在的情况一样矛盾——我还活着，但我又快要死了。我意识到我如果再不想办法弄到点淡水和食物的话，我就连被这个问题所困扰的力气都没有了。于是，我用最后一丝力气拖动自己的双腿，漫无目的地沿着海滩走去。

我艰难地挪动脚步，同时向四处观望——我在这片海岸附近没有发现任何具有人类文化特征和人类生活痕迹的东西——这使我的心凉了半截。而更令我惶恐的是，我走了十多分钟，周围的景致一点变化都没有，仍然是茫茫无际的大海、天空和岛上一望无边的森林——我开始意识到，再接着走下去也没有意义，只会将我最后的一点生命能量耗光而已，而我的体力严重透支，已经不允许我去探索岛上的密林了。我知道上天给我的恩赐到此结束了。我绝望地倒了下来，再一次昏厥过去——我当时真的以为这次闭上眼睛之后，便不会再醒来了。

但令我意外的是，我居然又再次睁开眼睛、醒了过来——而且周围的场景全变了，换成了一个山洞。当时那种不可思议的感受带给我一种奇妙的幻想，我尝试着再次闭上眼睛，期待又一次睁开的时候，我已经躺在了自己家中温暖的小床上——但事实是，这回睁开眼看到的是一张陌生的外国女人的脸。

这个从上往下俯视着我的女人看起来三十多岁，有着典型的西班牙人特征，她用西班牙语跟我说着一些话。我晃了晃脑袋，表示听不懂她在说什么。她便换成英语跟我说了一遍，这回我听懂了。她是在问："你终于醒过来了，感觉好些了吗？"

我点了点头，也用英语问道："这是什么地方？"

西班牙女人无奈地耸了耸肩膀："你记得你乘坐的那艘船发生了海难吗？我们都是那艘船上的游客，被海浪冲到了这个荒岛上——你在海滩上昏迷了，我们发现了你，把你抬到这个山洞中来，坚持喂你一些果汁，你才醒过来。"

我听到她说"我们"，便将身体撑起来，这才发现山洞中聚集了近二十个人，什么国家的人都有，显然都是从世界各地来这里旅游的。让我感到亲切的是，其中还有三个中国人——后来我得知，他们是一个香港旅行团中仅存的三个人。

三个中国同胞见我醒来后，都走过来围在我身边。他们把我从地上扶起来坐好。我们互相通报了姓名。我得知他们三人分别叫作赖文辉、谢瑜和方忠。

方忠说："你已经在这山洞中昏迷一天多了，如果不是阿莱西娅一直喂些果汁到你嘴里的话，你怕是挺不过来了。"

我望着身边的西班牙女人，这才知道她叫阿莱西娅，原来是她在照顾我，才令我活了过来。我感激地对她说了声："谢谢。"阿莱西娅对我淡淡地笑了笑。

我坐了一会儿，问道："我们为什么全都待在这个山洞里？怎么不到海边去？说不定能发现过往的船只，让它带我们离开这里。"

赖文辉说："这个山洞是我们目前寻找到的最适合的栖息地。我们在这里躲避风雨和毒蛇猛兽的袭击。在你昏迷的这段时间里，我们二十几个幸存者已经约好，每天轮流由三个人出去摘果实回来，再由三个人去海边燃烧树枝发求救信号。剩下的人都待在山洞里，储备体力，等待救援。"

"储备体力？"我当时不明白为什么要这样做。

方忠知道我显然没意识到问题的严重性，他望着我，严肃地说："兰成，这个荒岛上没有淡水和食物。唯一能让我们活下去的，就只有这个东西。"

他从地上抓起一个橙黄色的水果，看起来既像柑橘又像柠檬。方忠说："这是一种我们从没见过的亚热带水果，它的皮和肉都不能吃，只有挤出来的果汁能让我们当淡水喝。但一个这种水果也只能挤出大概二十毫升的汁水而已。"

他低下头，重重地叹了口气："我们这里有二十多个人，但是……岛上的这种野生水果并不多，如果不节省的话，用不了多久就会被摘光的。"

方忠这番话让我心中压上了一块沉重的石头。我望着这种橙黄色的果子，难以相信这样一种连名字都叫不出来的水果竟然是维系我们生命的唯一资源。

阿莱西娅似乎是个乐观的人，她说："不要紧，我们已经摘了好几十个果子储备在这里了，节省一点的话，还是能撑一段时间的。"

我叹息道："可是……只有淡水，没有食物的话，那也不行呀。"

"所以才要储备体力。"谢瑜说，"没轮到我们出去的时候，我们最好就待在这里，少活动，也少说话——尽量多坚持一段时间，撑到有人来救援。"

这时，洞穴中传出一阵低沉的呻吟，我循声望去，发现洞穴另一端还躺着一个昏迷的老人。阿莱西娅听到他痛苦的呻吟后，走到他身边，问守在老人边的一个美国人："他怎么样？"

美国人摸了摸老人的额头，摇头道："起码有四十度的高烧，情况很不好。"

阿莱西娅说："得想办法让他退烧才行，不然他会死的。"

美国人叹着气说："恐怕我们无能为力。这里没有退烧药，也没有冰袋——没有任何能让他退烧的措施。"

阿莱西娅担忧地说："那我们就这样眼睁睁地看着他病死吗？"

"只有祈求他自己能挺过这一关了——我们别无他法。"

阿莱西娅没有再说话，悲哀地望着那老人。靠着洞壁而坐的一个土耳其人也凝望着那个老人，他脸部的肌肉不停地抽搐着，脸上一点血色都没有。

傍晚的时候，三个在海边负责点火发信号的德国人回来了。谁都没有问他们结果如何——因为答案已经写在了他们沮丧的脸上。三个德国人默不作声地用他们从海边带回来的一根点着火的树枝在山洞中升起一堆火。两个英国人负责轮流往火里添一些干树枝，使火堆持续燃烧。其他人——包括我在内，便沉沉地睡去了。

第二天，由两个希腊人、一个美国人到海边去发求救信号。而我的三个中国朋友则去树林里采摘果子。阿莱西娅和那个叫诺曼的美国医生一直照料着那个发烧的老人。终于，到了下午的时候，老人不再呻吟了，因为他停止了呼吸——说实话，我能感受到每个人都松了口气——谁都知道，在这种情况下，死亡对他来说是最人道的礼物。

但有一个人除外，就是那个土耳其人。他在老人的尸体被抬出山洞后，突然发疯般地嘶吼了一声，然后从地上爬起来，冲到山洞外——之后就没有回来。傍晚，那两个希腊人和美国人从海边回来的时候，在山洞旁发现了他的尸体。他用随身携带的一把土耳其弯刀自杀了。

没有人问他自杀的原因，因为那些原因都在我们心中——饥饿、疾病、绝望、痛苦——任何一样都能让一个人陷于崩溃，何况是几种加在一起呢？

说句实话，我当时还真有些羡慕那个老人和土耳其人——不管怎么说，他们总算是解脱了。而我还在噩梦般的劣境中苦苦煎熬。别的不说，我已经饿得两眼昏花了，我甚至把那种水果的果肉都吞了下去，那种感觉就像是在咽被榨干了水的甘蔗，我被那东西噎得差点回不过气来。

晚上，一个德国人从火堆边上站起来，走到洞外去。大概半个小时后，他竟然提着两块血淋淋的肉回来。洞内的人诧异而骇然地望着他。他解释道："我在洞外发现了一种大蜥蜴，打死它后，把肉割了回来。"

"大蜥蜴？"诺曼医生皱起眉间，"我们以前怎么没发现？"

"可能是夜间才出来活动的蜥蜴。"德国人说。

一个希腊妇女颤抖着指着那两块肉说："蜥蜴的肉……是这种……颜

色的吗？"

德国人说："我用刀把它的皮剥下来，里面的肉就是这种颜色。"

希腊妇人捂住嘴，跑到洞口，狂呕起来。但她肚子里什么都没有，吐出来的也只有胃里的酸水。

德国人没有理睬她。他用一把长匕首将肉串起来，伸到火堆里烧烤。不一会儿，肉香便弥漫到洞穴的每一个角落。这种久违的香味仿佛把洞穴里的一些人变成了狼，他们睁着贪婪而饥渴的绿眼睛，大脑在那一刻只剩下动物的原始本能。

德国人察觉到了这一点，他把烤好的肉用刀割成若干小块，说道："要吃的人到这里来拿。"然后，他抓起一块肉，用牙齿撕咬、再大口咀嚼，像一只捕获了猎物的猛兽般大快朵颐。

一个希腊人最先忍不住了，他走到火堆旁，抓起一大块肉，像德国人一样野蛮地吃起来。接着，两个美国人和一个比利时人也走了过去，抓起肉塞到嘴里。

赖文辉和方忠咽了几下口水，也走过去抓了几块肉过来，递了一块给我，又分别递了一块给谢瑜和阿莱西娅。但阿莱西娅摆着手，说什么也不要。她捂着嘴跑到了洞口。

我看着手中那块油滋滋的、被烤至焦黄发黑的肉，突然觉得这是什么已经不重要了。只要它能让我摆脱饥饿的折磨，就算是毒药我也不在乎。我不再犹豫，一口咬了下去。

那种肉的滋味，我现在不愿意去回想。我只知道我在半分钟内便把一大块肉一点不剩地吞进了肚子里——而最终的结果是，山洞里除了阿莱西娅和那个希腊妇人没有吃这种蜥蜴肉之外，所有的人都吃了。

吃了东西之后，山洞里一扫以往的沉闷气氛，大家都因为补充了食物而恢复了一些体力和生气，开始互相攀谈起来——洞穴里像是开了一个国际茶话会。而英语在这时发挥了国际通用语的魅力，大家都是使用英语交谈的。

我觉得这些人比我起初想象的要乐观多了。因为我听到一个英国人说："如果我们能在夜晚捕获到这种大蜥蜴，吃它们的肉；又可以用果汁当作淡水——那我们就可以撑上很长一段时间，足以等待救援的到来。"

大家的信心都增加了。比利时人也说："我们有了食物和淡水，起码生命就有了保障。只要大家活着，就总能想到办法离开这里。"

诺曼医生提醒道："别忘了，还有一样是我们无法战胜的——疾病。要是在这荒岛上生了病的话，可是没有任何方法来进行医治的。"

"那我们就尽量不要生病。"另一个美国人说，"不过，最好的方法还是快点让外界知道我们在这儿——我可不想在这鬼地方待太久。"

山洞里的人都你一言我一语地发表着自己的见解。我听他们说了很久，发现他们都忽略了一个重要的问题。我咳了两声，说道："各位，如果我们想要在这个岛上多坚持一段时间的话，就要满足两个基本条件——这是人活下去的必需因素。"

大家都望向我，英国人问道："食物和淡水？"

"不。"我摇头道，"是物质和精神。"

英国人饶有兴趣地望着我："你是做什么的？"

我答道："一所大学的心理学教师。"

"说下去。"他说。

我清了清嗓子，说："物质和精神是人赖以生存的基本要求。我们就算解决了食物和淡水的问题，那也只是满足了物质这一方面而已。如果我们在精神上处于极度空虚、匮乏的状态，一样会引起很多心理或生理上的疾病，甚至会丧失活下去的信念……"

我顿了顿，说："那个自杀的土耳其人就是个例子。"

"你说得对。"诺曼医生赞许道，"在医学上，很多疾病就是由心理因素引起的，这个问题我们是得重视。"

"怎么重视？"英国人说，"这个荒岛上有报刊、书籍吗？有电影、音乐吗？我们怎么满足精神需求？"

"是没有这些，但我们有嘴啊，有嘴就可以讲故事来听——那也是一种满足精神需求的方式。"我说。

"讲故事？"英国人眼睛一亮，"太好了！我待在这个山洞里无聊得都快发疯了！我们确实可以通过互相讲故事来消磨时光。"

"我也赞成，这是个好主意。"诺曼医生说。

大家似乎都被我的提议所振奋，纷纷表示赞同。那个比利时人又建议道："如果大家都没意见的话，那我们就每天晚上轮流由一个人讲故事——这个故事必须非常精彩，能让我们得到精神上的愉悦和满足。"

英国人问我："心理学教授，什么类型的故事是最让人感兴趣的？"

我想了想，说："这样吧，我相信我们每个人肯定都经历过或者是听说过一些离奇古怪的事情，我们就把它当作故事讲出来，一定会很吸引人的。"

"好！就这么办！"英国人兴奋地说，"我们都好好想想，明天晚上就开始讲！"

大家沉思了一阵，一个美国人说："不用想了，我现在就能讲一个离奇的故事给你们听——是我从朋友那里听来的，好像是件真实的事。"

"太好了，那就开始讲吧！"英国人说。其他人也随声附和。

于是，大家围坐到火堆旁，听那美国人讲了一个叫作《迪奥的世界》的故事。这个故事果然符合我们之前的要求——诡异、离奇，充满神秘感，以至于我们在听完之后都还沉溺在各自的遐想和沉思中。毫无疑问，这个故事使我们获得了一个精神充实的夜晚。

就这样，山洞中的二十几个人形成了一种固定的生活模式——白天发信号求救、采摘果子；晚上则由那几个德国人去外面猎杀蜥蜴，回来烤熟给大家吃。那三个德国人在猎杀蜥蜴这件事上拒绝了由大家轮流去做这个提议，他们似乎不希望其他人参与这件事，心甘情愿地每天为大家服务。而阿莱西娅和希腊妇人最终还是受不了了——她们闭着眼睛把蜥蜴肉吃下去的样子至今我都历历在目。

吃完东西，便是每晚固定的讲故事时间。我以讲故事为记数单位，大致统计了一下：

第一天晚上，是美国人讲的《迪奥的世界》；

第二天晚上，一个法国女人讲了一个叫《噩梦》的故事；

第三天晚上，赖文辉讲了一个叫《黑色秘密》的故事；

第四天晚上，我有些记不清了，好像是一个泰国学生还是马来西亚学生讲的，故事名字我倒是记得清楚，叫《恐怖电影》；

第五天晚上，一个韩国男人讲了一个故事，但他讲的故事没有名字，后来我给取了一个名字，叫《七月十三》；

第六天晚上，英国人讲了一个叫《吠犬》的故事。每个晚上的故事都很精彩。讲故事的人运用各自的技巧点燃了我们的想象力。我甚至怀疑他们所讲的这些故事都源于他们的亲身经历，否则他们怎么能讲得如此逼真、投入，让人如临其境。当然，我们谁都没有深究这个问题——只要我们的精神能得到享受和满足，那便足够了。

我本来以为，按照我们的人数，我起码能听到二十个以上的故事。但事实是我错了，有一些事情是我们无法预料的——尽管我们解决了物质和精神的问题，但几乎每天都还是有人会死。一开始，大家都想努力弄清死亡的原因，想知道那个人是死于疾病、自杀或是别的什么原因。但到了后来，也许是大家对于死亡的恐惧感已经麻木了，当再有人死去的时候，没多少人还关心那个人为什么会死。甚至有人出去走一趟，便再没有回来，也没有人会过问他（她）的去向——我们只知道一件事——蜥蜴肉越来越多，越来越容易弄到手了。那三个德国人甚至将剩余的蜥蜴肉熏制成肉干储存起来。我们的食物暂时不成问题了。

很快，我们发现一个怪异的规律——"死亡"与"讲故事"之间存在着一些微妙的联系。确切地说，我们发现，当一个人讲完他（她）的故事后，便极有可能在之后的一两天内死去，并且原因不明；而那些还没有讲故事的人，死亡的概率便远远低于前者。这个现象使后面的人对于讲故事产生了一种恐惧心理。但即便如此，"讲故事"这个每晚的固定节目仍然没有终止，因为习惯和模式已经形成了，而且前面的人都讲了，后面的人便没有理由不讲。

第七天晚上，轮到谢瑜讲故事了。他在讲之前说："你们有没有意识到，我们这样下去不是办法？通过燃烧树枝来发求救信号已经这么多天了，根本就没人发现我们——如果一直都是这种状况的话，我们在这岛上撑不了多久的！”

美国人用树枝拨弄着火堆说："这个故事不是我们想听的。"

希腊人说："那你认为我们该怎么办？像鲁滨孙一样扎个木筏尝试离开荒岛吗？我可是知道这片海有多大——当我们漂流出去，情况会比现在更糟。"

谢瑜低声说道："照现在这样下去，我们全都会死光的。"

"够了！"美国人呵斥道，"如果你没有好故事讲给我们听，就闭嘴，别说这些丧气的废话！"

谢瑜沉默了一阵，抬起头来说道："我可以讲一个比以往都要精彩的故事给你们听，但在那之前，我希望我们大家能达成一个约定。"

所有人都望着他。

谢瑜说："我不知道我们中最后能有几个人获救。所以我想，如果我们当中有一个人最后能听完所有人讲的故事，并且能活着离开这个荒岛的话，就要把在岛上发生的所有事情，以及每个人讲的这些故事全都公之于众——你们接受我这个提议吗？"

诺曼医生望着他："为什么要这样做？"

谢瑜神情悲哀地说："我不希望我们这些命运多舛的人不明不白地死在这个荒岛上后，不但尸骨无存，甚至连一丝活过的痕迹都无法保存在这个世界上——如果有人能把荒岛发生过的事，以及我们所讲的故事记录下来，好歹也算是对死者的一种纪念和告慰。"

大家都沉默不语。过了一会儿，诺曼医生带头说："好的，我同意这个约定。如果我能活着出去，一定把所有的一切都记录下来。"

阿莱西娅说："我也同意。"

我也表态同意谢瑜的这个提议。在我们的带动下，最后所有人都表示同意。

"那好。"谢瑜说，"我们剩下的这十四个人便在此约定好，无论谁都不准食言。"

谢瑜说完这句话，便开始讲他那个故事。

接下来，我要将第七天晚上、第八天晚上、第九天晚上和第十天晚上听到的四个故事详细地讲述出来。这四个故事我认为是所有故事中最离奇和精彩的，并且这些故事和讲述者的命运息息相关。我听完他们这些故事之后，便在最后一个晚上讲出了自己的故事。

死神的财宝

一

杜丽是个聪明而敏感的姑娘。她知道，事情不能再拖了，今天晚上必须跟柯林彻底摊牌。

他们约定晚上七点在巴厘岛西餐厅见面。六点四十分，杜丽便提前来到了这里。她选择的位置是这家狭长的西餐厅最里端的一张桌子。这里僻静而安宁，是谈话的最佳场合。

七点零五分，一个穿着横条纹 T 恤衫、高大英俊的男人出现在西餐厅门口。杜丽看见他后，站起来挥了挥手，那男人快步走了过来。

"对不起，迟到了一会儿。"柯林坐到杜丽的对面后，解释道，"你知道，又堵车了。"

"没关系，柯林。只迟到了五分钟而已。"杜丽淡淡地笑了笑。

餐厅的侍者向他们的桌子走来，礼貌地问道："请问两位，现在可以点菜了吗？"

"当然。"柯林接过侍者递来的菜单，随便翻了几下，说："一份香煎鹅肝，记着配白酒冻，一份七分熟的牛排、一份芝士通心粉和一杯白兰地。"

"你呢，杜丽？"柯林将菜单递到对面，杜丽翻都没翻一下，直接递给侍者，说："一杯柳橙汁，谢谢。"

侍者点了点头，说了一句"请稍等"，便离开了。

柯林问："你已经吃过晚饭了？"

"不，没有。"

"你可别告诉我柳橙汁就是你的晚饭。"

杜丽轻轻摇着头说："我今天没什么胃口。"

"那你还约我在西餐厅见面？"

杜丽沉默了一阵，说："那是因为我有事情跟你讲。"

"什么事这么严肃？"柯林撇了撇嘴说，"杜丽，你就不能开心一点吗？别忘了，我们是快要订婚了，而不是离婚。"

"就是订婚的事。"杜丽沉着脸，阴郁地说，"我认为，在我们下个月订婚之前……有一些事情必须要让你知道。"

"什么？你不会是要告诉我，事实上，你有一个两岁大的儿子？"

"柯林。"杜丽抬起头说，"我现在没心情开玩笑，好吗？"

"好的，好的。"柯林摆摆手，笑着说，"你说吧，什么事？"

杜丽再次犹豫了一阵，说："是关于我父亲的事。"

"你父亲……我记得你跟我说过，你父亲是一家公司的技术顾问。"

"不，柯林，对不起，我……我骗了你，实际上不是这样的。"

"怎么回事，杜丽？"

"我不知道该怎么说，柯林。"杜丽显出十分难堪的样子，"几个月前，我才认识你时，根本没有想过我们会走到结婚这一步。所以，当你问起我的家人时，我随口告诉你我父亲是个普通的技术顾问。但现在，我意识到，如果我们真的要结婚，你就有可能知道我父亲的真实情况……所以，我必须告诉你实情，你真要和我结婚的话，就要准备好接受和面对我父亲。"

柯林皱起眉问："到底是怎么回事，你说清楚些呀，我越听越糊涂了。"

这时，侍者端着满满一托盘的美食走了过来，将杯盘和食物摆好后，恭敬地说"请慢用"，然后走开了。

柯林没有理会面前这些让人垂涎欲滴的食物，继续追问道："杜丽，你父亲到底怎么了，他是什么人？"

杜丽叹了口气，说："我想，你肯定听说过他。"

"什么？他是谁？"

停了几秒钟，像是思维在几千米外绕了一圈又转了回来，杜丽说："我父亲是杜桑。"

柯林张了张嘴，迟疑着说："杜桑……你是说，那个著名的大画家杜桑？"

"是的。"杜丽点头道。

"真难以置信，我未婚妻竟然是大画家杜桑的女儿！"柯林惊讶地低呼道。

"可我不认为这是什么值得兴奋的事。"杜丽带着忧郁说。

一阵尴尬的沉默后，柯林谨慎地选择着字眼："这么说，报纸上的报道是真的……你父亲他，确实……嗯，是有一点……"

"别绕弯子了。"杜丽直截了当地说出来，"媒体的报道都是真的，我父亲在大概半年前莫名其妙地疯了——著名的大画家杜桑突然成为精神病患者——这件事在当时引起了不小的轰动。"

柯林凝视着杜丽，像是要非常努力才能把自己温婉文静的未婚妻和那个发了疯的大画家联系起来。他问道："那么你知道是怎么回事吗？我的意思是，你父亲突然精神失常，总该有些原因吧？"

"原因……"杜丽木讷而痛苦地摇着头，"我不知道那算不算原因……我父亲精神失常，似乎是由一个梦引起的。"

"什么？梦？"

杜丽轻轻啜了一口柳橙汁，然后充满忧郁地说："我父亲本来非常正常，可是半年前的一天早上，他起床后突然就像发了疯一样，铺开画纸，用颜料在上面画一幅画。他说，要把自己在梦中看到的东西画下来……从那天之后，他就说自己时常会做同一个梦，并且每天不再做其他任何事情，就反复画同一张画！"

柯林把身体仰靠着椅子靠背，皱起眉思索了一阵，说："你父亲还有其他什么反常的表现吗？"

"就这你还觉得不够反常吗？从那天起，我父亲每天都会重复画那张画几十次。一开始是在他的画室里，后来就是任何一个地方：餐厅、卧室，甚至在厕所里，他都在画这张画。他画的时候自言自语，而且不准任何人打扰他，我们只要一劝他，他就立刻暴躁地向我们吼过来——我觉得他简直变成了一个我完全不认识的人！一个彻头彻尾的精神病人！"

说到这里，杜丽再也控制不住，用手捂住嘴，小声呜咽起来，大颗的眼泪顺着手背滚落下来。

柯林将手伸过去握住杜丽的另一只手，想安慰一下她，却不知道该说什么好。

过了好一阵，杜丽稍微平静了一些，她用纸巾擦掉脸上的泪痕，喝了几口柳橙汁。

柯林故作轻描淡写地说："你刚才讲的这些情况，似乎报纸上都没有提到啊。"

杜丽说："我父亲突然疯了这件事被一些人传了出去，一些记者立刻赶到了我家，可是我拒绝了所有的来访，我父亲更是将他们直接轰了出去，所以那些记者对真实情况了解得并不清楚。"

柯林点了点头，说："你找过心理医生来给你父亲瞧病吗？"

"当然找过，可结局和那些记者一样，也是被赶了出来。我父亲根本就不接受。而且他还恼羞成怒地冲我吼叫，说他自己根本就没什么病，叫我不要多管闲事。"

"我想，你应该把你父亲的症状直接告诉医生，请他做出诊断。"

"是的，我后来就是这么做的。那个心理医生从我提供的情况得出结论，说我父亲的这种情况确实是精神疾病中的一种，叫心理强迫症。患者总是会难以控制地想做同一件事——至于那个梦，心理医生认为是我父亲臆想的产物，根本就是子虚乌有的。"

"那医生有没有说这种病该怎么治疗？"

"他说了，要治疗必须得找到引起病人强迫性行为的根源是什么。如果病人不配合，就根本没办法治疗。"

"这么说，你父亲现在仍然每天都在画那张画？"

"可不是吗。"杜丽露出痛苦而疲倦的神色，"都不知道已经画了几千张还是上万张了。我和家里的用人把那些画偷偷丢掉了很多，可剩下的画稿仍在我父亲的画室里堆积如山——我真不知道，这种状况要持续到什么时候。"

柯林用手托住下巴，疑惑地问："你父亲天天都在画的到底是张什么样的画？"

"我看不懂，像是某种复杂的图案，也许是什么抽象画——说实话，我已经看够了，我现在只要一瞧见这幅画就浑身不舒服。"

柯林用手指轻轻敲打着餐桌，说："杜丽，你刚才说，在我们订婚之前，我必须要了解到这些事实——这是什么意思？难道你认为我了解到你父亲的这些情况之后，就会打消和你结婚的念头吗？我还以为你知道我有多么爱你，不管你或者你家里发生什么事，都不能改变我们在一起的事实。"

柯林的这些话像一道道暖流淌进杜丽的心窝，令她感动不已，但杜丽仍有些担心地说："可是，柯林，你知道，我母亲早就去世了，我一直和父亲住在一起。即使我结了婚，因为他这种病，我也不可能让他一个人住——这意味着，就算我们结了婚，也得和我父亲住在一起，这些你想过吗？"

"这又怎么样。"柯林不以为然地说，"结婚之后，你父亲就是我父亲，我想，我们肯定能一起想办法治好他的。"

杜丽感激地看着柯林，说："那么，这个星期六，你能不能到我家去一趟，和我父亲见见面，顺便告诉他我们准备结婚的事。"

"当然可以，这是结婚前必须做的。"

"可是，你得有心理准备。我父亲现在脾气十分古怪，而且经常会做出一些不合常理的事，我希望你不会……"

柯林伸出大手，摸了摸杜丽的头："别担心，亲爱的。我会处理好的，相信我，好吗？"

杜丽望着柯林，轻轻点了点头。

"好了。"柯林抓起餐桌上的刀叉，切开一块牛排，"我得吃点东西了。你能看出来吧，我早就饿坏了。"

二

杜丽是一家医院的内科医生。星期六上午,她特意跟同事调了班,专门在家等着柯林的到来。

十点五十分的时候,杜丽的手机响了起来。她拿起电话,看了一眼号码,立刻接通:"喂,柯林吗?"

"杜丽,我已经到你说的金橘湖了——可是,你家究竟在哪里?"

"你往湖的西面看,看到了吗?岸上有一幢蓝白相间的别墅。我现在立刻出来,你把车开过来就能看见我。"

"哦,是的,我想我看见了,我马上过来。"柯林挂断电话。

杜丽拿起手机,迅速从房子里走出来,不一会儿,她看见柯林那辆银灰色的小轿车缓缓开了过来。

当柯林打开车门,拎着两大包礼品走出来时,杜丽不禁笑出声来——柯林的头发梳得油光发亮,穿着一件崭新的白衬衫,脖子上系着笔直的深蓝色领带,下半身是挺括的西裤和皮鞋——一反平日那副玩世不恭的模样。

杜丽摇着头笑起来:"这是谁呀?我都认不出来了,你真的是柯林吗?"

柯林耸了耸肩膀说:"你总不希望我第一次和岳父见面就给他留下一个吊儿郎当的印象吧。"

杜丽仍有些惊讶地问:"你有这么正式的衣服吗,我怎么不知道?"

柯林低下头望了望自己的一身,说:"这些全都是昨天晚上我叫穆川陪我去买的,花了我好几千块钱呢——但穆川说,第一次和未来老丈人见面,必须得穿正式一些。"

一听到穆川这个名字,杜丽更是忍不住笑,她脑海里立刻浮现出那个戴着深度近视眼镜,一副文弱书生样的书呆子形象,她大笑着说:"老天,你怎么听那个'天才'的话——知道吗,你穿成这样给我的感觉是你今天就要结婚。"

"好了,杜丽。别再取笑我了。"柯林也有点不好意思起来。

"那走吧，我们进屋。"杜丽牵着柯林说。

"等等。"柯林转过身，望着面前那在微风吹拂下安详而平静的湖面，以及湖边青翠的树木、小草，不由得赞叹道："这里太美了。"

"是的。"杜丽说，"正因为如此，我父亲才在这湖边买下别墅。而且，他以前以这个湖为题材创作过好几幅油画。"

柯林又陶醉地望了一会儿美丽的风景，忽然意识到一个问题，皱起眉说："杜丽，你不觉得你家这幢别墅离湖水太近了吗？好像连三十米都不到。"

"是啊，怎么了？"

"我是说，你们就住在这里？难道不怕万一涨起水来，会淹到房子吗？"

杜丽撇了撇嘴，露出无可奈何的表情："本来我们是住在城中心，这幢别墅是买来度假用的，只有周末才会过来住一下。可自从我父亲得病之后，就执意要搬过来，每天在这里画画，我们没办法，就只能跟着他一起搬过来了。"

柯林若有所思地点了点头。

"我们进屋吧。"杜丽把门推开。

进门之后，柯林立刻感叹道——不愧是艺术家的房子——别墅内部布置得优雅、精致，充满艺术情调。尤其是客厅里的手织地毯、巨幅油画和古希腊石膏像更是将主人的身份显露无遗。

杜丽引着柯林在客厅的沙发上坐下。一个五十多岁的中年妇女走过来，杜丽说："徐阿姨，请你帮我们泡壶茶吧。"

"好的。"保姆答应一声后，进厨房去了。

柯林小声问："你爸爸呢？"

杜丽用眼神指了指楼梯："肯定在二楼的画室画画呢，我去请他下来吧。"

"他知道我今天要来吗？"

杜丽点头道："我昨天跟他提起过。"然后朝楼梯走去。

杜丽上楼之后，走到左侧的一个房间门口，敲了敲门，问："爸，我可以进来吗？"

里面没有回答，杜丽等了半分钟，推开房门。

在这个凌乱无比的房间里，到处堆放着乱七八糟的画纸、画布、颜料和画具。房间的大桌子前，一个蓬头垢面、留着大胡子、长头发的中年男人正全神贯注地趴在桌子上作画。他的眼睛睁得老大，神经质地注视着纸上的画面，灵活地挥动着手上蘸着颜料的画笔，神情专注得似乎根本没发现有人走了过来。

杜丽走到父亲身旁，小声说道："爸，我昨天跟你说的……"

"别说话，别打扰我！"杜桑大喝一声，头也没抬起来一下。

杜丽张开的嘴抖了一下，像是被那没说完的半句话噎住了似的。她不知所措地站在一旁，愣愣地望着父亲和那幅画。

二十多分钟后，杜桑抬起头来，吐了一口气，然后盯着自己刚才画的那个奇怪图案看了半天，才转过头问女儿："你有什么事？"

杜丽赶紧说："爸，我昨天晚上跟你说的那个……准备和我订婚的男朋友——柯林，他专门到我们家来拜访……现在就在楼下。"

"我没时间，我昨天晚上又做了那个梦，我一定要把新记下来的图案画出来——你的事，你自己处理吧。"说着，杜桑铺开一张白纸，又要开画。

杜丽呆呆地站在后面，忽然鼻子一酸，掉下泪来："爸，这不是个普通客人，是一个即将和你女儿共度一生的男人——你就一点都不关心他是个什么样的人吗？"

杜桑手中的笔停了下来，顿了几秒钟，他放下画笔，走出画室，朝楼下走去。杜丽赶忙紧跟其后。

坐在沙发上百无聊赖的柯林已经喝下第二杯茶了。突然，他看见杜丽的父亲从楼上走下来，立刻认出这个著名的大画家，赶紧站起来，恭敬地说："伯父，您好！"

杜桑微微点了点头，坐到柯林旁边的沙发上，说了句："坐吧。"

柯林有些拘谨地坐下来，杜桑盯着他瞧了一阵，说："你叫柯林？"

"是的，伯父。"

"你是做什么工作的？"

"我在一家电脑公司做部门主管。"

"你是怎么认识我女儿的？"

"嗯，我有一次感冒了，去他们医院看病……就这样认识了。"

杜桑又盯视了柯林一会儿，问："你多大年龄了？"

"三十五岁，伯父。"

"三十五岁……"杜桑傲慢地昂起头问，"你知道你比我女儿大足足十岁吗？"

"……是的。"

"你以前离过婚？"

"爸！"坐在一旁的杜丽喊了一声，表情极为难堪。

但更难堪的是柯林本人，他涨红着脸说："不，伯父，我还从没结过婚呢。"

"那以你这种条件为什么这么久都不结婚？"杜桑不依不饶地问。

柯林正准备开口，杜丽抢在他面前说："因为柯林告诉过我，他以前是以事业为重的。爸！请你不要再问这些失礼的问题了，好吗？"

杜桑跷起二郎腿说："那好吧，我没什么问题了。你们想结婚那就结吧，我没什么意见。"

柯林和杜丽面面相觑，不知该作何反应。一时间，客厅里没人说话，气氛尴尬到极点。

这时，保姆徐阿姨做好了饭，走过来说："可以吃饭了。"

"啊，好的。"杜丽应了一声，然后紧紧地盯着父亲，眼神强烈地暗示着。

过了好半天，杜桑才淡淡地对柯林说了一句："不介意的话，留下来吃午饭吧。"

"啊，当然……我很愿意。"柯林说。

杜桑没有再搭理柯林，自己站起来朝餐桌走去。

柯林站起来，松了口气——刚才那一连串审讯般的提问把他逼得有些喘不过气来。

几个人一起在餐桌旁坐下，杜桑完全没招呼客人，自顾自地端起饭碗吃起来。他吃的速度相当快，一声不吭，表情严肃——像是要把一项极不情愿的工作赶完。

杜丽为了调节一下餐桌上近乎冷场的气氛，故作轻松地对柯林介绍道："徐阿姨的手艺非常好，做得一手好菜。"一边说，一边夹了一块红烧鱼到柯林碗里。

柯林点点头，没有多说话，也埋头吃饭。

沉闷的进餐进行到一半时，杜桑拿起汤勺盛紫菜蛋花汤，刚舀了两勺，捏着汤勺的手突然停住不动了。他紧紧地盯着那盆汤看了十几秒，大叫起来："对了！就是这个形状！"

正在吃鱼的柯林被杜桑突如其来的叫喊吓了一大跳，差点把嘴里那根鱼刺咽下去。但他注意到，杜丽和保姆徐阿姨根本没什么太大的反应，似乎对这种情况早已司空见惯。

只见杜桑从上衣口袋里摸出一个随身携带的白本子和一支铅笔，将还没吃完的饭碗推开，立刻就在餐桌上画起来，专注程度完全如入无人之境。

杜丽叹了一口气，把头靠过去小声对柯林说："又开始发病了。"

柯林低声问："那我们怎么办？"

"没办法。"杜丽摇着头说，"他这一画有可能就是一两个小时。我们别管他，自己吃吧。"

就在这种怪异的氛围下，柯林勉强吃完了饭。离开餐桌时，他还没忘记礼节性地对未来岳父说一句"伯父，我吃好了"，但回答他的只有桌子上"沙沙"的铅笔摩擦声。

杜丽也离开了餐桌，她和柯林在沙发上坐了一会儿，说："我带你去参观我的房间吧。"

柯林点了点头，两人一起沿着楼梯向二楼走去。

走上二楼时，杜丽领着柯林朝着右边自己的房间走，但柯林却一眼望见了左边那房门打开着的画室，他停下脚步，探头朝里面观望。

杜丽回过头，对驻足观望的男友说："柯林，我的房间在这边。"

柯林心不在焉地"嗯"了一声，说："我们能进你爸爸的画室去参观一下吗？"

"没什么好看的，柯林，那里面全是同一张画。"杜丽说。

"我看见了。"柯林指着墙上挂着的画说，"所以感到有些好奇，想进去看仔细一些。"

杜丽迟疑了一下，有些不大情愿地说："好吧。"

他们走进画室，柯林显然是被这满墙、满地、满桌铺天盖地的同一幅画所震惊了。他瞠目结舌地在房间里转着圈，最后走到大桌子前，对着杜桑在吃饭前完成的那幅画仔细观看起来。

这确实是一幅奇妙的、让人难以言喻的怪画——画面上没有别的东西，只有一个大体呈椭圆形状的怪异图案。这个图案形状极不规则、弯弯曲曲得像地图册上的国境线，而且颜色十分丰富，由多达数十种色彩组成——柯林呆呆地看着这幅画，竟不自觉地皱起眉头，神情变得复杂而古怪。

"柯林，柯林！"

杜丽在旁边喊了好几声，柯林才像从梦中惊醒一般，骤然转过头来，神色茫然。

"你还要看多久？你已经看了有五六分钟了。"杜丽提醒道，同时发现柯林的神情有些不对，"你怎么了？"

"不，没什么……"柯林低沉地说，显得有些魂不守舍、若有所思。

"我们快离开这里吧，一会儿我爸爸上来，也许会不高兴的。"杜丽担心地说。

两个人走了出来，在杜丽将房门关拢之前，柯林的眼睛仍死死地盯着墙上那些画。

"好了，柯林，到我房间去吧。"

柯林的脚步挪动了几下后，停下来对未婚妻说："杜丽，很抱歉，我突然想到一些事情，必须马上离开——我想，以后还有很多机会可以参观你的房间。"

杜丽不解地问："你怎么了，柯林？发生了什么事？"

"我现在脑子里有些混乱，我得先想想。"柯林说，"等我弄明白后，肯定会告诉你的——现在，你先陪我下楼好吗？"

杜丽没办法，只能无可奈何地陪柯林走下楼梯。

杜桑还在餐桌前忘乎所以地画着。柯林估计他是不会搭理自己的，便和杜丽道了别，走出门去。

当杜丽目送柯林那辆银灰色小轿车匆匆离去时，心中有一种说不出来的酸楚。

三

整整一个星期天，柯林没有和杜丽联系一次，甚至就连平时不可或缺的晚安短信也没发来一条。杜丽趴在自己床上，泪水已经浸湿了枕巾——她知道，这意味着什么。

可是，她又能怪谁呢？想想看，有谁会愿意跟一个患精神病的老丈人住在一起？说实话，有时就连她自己也对父亲的一些行为忍无可忍，就更别说是从来就不愿被约束的柯林了。所以说，在他真正了解到父亲的这种情况后，就算是立刻和自己冷却关系或者是直接提出分手都是可以理解的。

哭了好一阵，杜丽意识到怨谁都没有用，要怨就只能怨自己的命不好。母亲早早就去世了，父亲又患上了精神病；好不容易碰到一个自己所爱的男人，现在也要离自己而去了——自己的命怎么会这么苦？就这样想着想着，杜丽渐渐睡去了。

睡到半夜的时候，杜丽隐隐觉得手臂有些发痒，像是有什么东西在轻轻抚摩自己一般——她迷迷糊糊的，无法判断这是做梦还是现实。可是，如果是梦境的话，这种触感未免太过真实了……

杜丽睁开惺忪的睡眼，痒酥酥的感觉并没有因为她的醒来而消失。

借着窗外的月光，杜丽朝自己的手臂上看去，竟发现手臂上爬着一只麻灰色的壁虎。

杜丽"啊"地惊叫一声，奋力甩动手臂，将壁虎甩了出去，然后从床上弹起来，按开床头灯。她惊魂未定地四处寻找，却不见那壁虎的踪影了。

杜丽从小就害怕蛇、蜘蛛、壁虎这一类让人恶心的生物，以前只要一看见这些东西，她都会立刻躲得远远的，没想到，竟会有壁虎爬到自己手臂上——一想到那种触感，杜丽的心就紧紧地揪起，浑身起鸡皮疙瘩。

她去卫生间冲洗手臂，然后在房间里警觉地寻找，判断壁虎是从哪个地方掉下来的。后半夜，她一直开着灯睡觉。

第二天起床后，杜丽因为夜晚没睡好，加上睡前又流了眼泪，整个眼睛红肿发胀。她在洗脸时贴上眼膜足足按摩了半个小时，眼睛的肿才稍稍消退一些。在医院工作时，她还要努力调节心情，不让自己显得情绪低落。

这一天，杜丽在身心疲惫中度过。下午下班时，她正准备回家，手机响了起来。杜丽拿起电话一看，是柯林打来的。她的心一阵抽搐，呆了片刻，接起电话。

"喂，是柯林吗？"

"杜丽！"电话那头的柯林显得十分兴奋，他大喊道，"你在哪里？你在干什么？"

杜丽有些茫然地说："我在医院，正准备回家。怎么了？"

"别回家！"柯林仍大喊着，"我现在要见你，我有事情要跟你说！"

从柯林的语气中，杜丽感觉到他要跟自己讲的大概不是一般的事，便好奇地问道："你要跟我说什么，柯林？"

"我想了一天，又找了整整一天，终于找到了！"柯林激动得语无伦次，"我知道那是什么了！啊，杜丽，我在电话里说不清楚，你快来吧！我在巴厘岛西餐厅等你！"

"好，我这就去。"

杜丽将手机装进皮包里，走出医院，立刻招了一辆的士，直奔巴厘岛西餐厅。

几乎是在那天的老位子，杜丽见到了柯林，但这次还多了一个人，是柯林的老朋友——美国哈佛大学毕业的高才生穆川。

柯林站起身来迎接杜丽，坐下来后，他问道："你还没吃饭吧，先点些吃的。"

"你还是先说是什么事吧。我一会儿再吃。"杜丽说。

柯林望着杜丽，眼睛发着光说："你无论如何都想不到，我发现了什么！"

坐在旁边的穆川说："你就别卖关子了。现在杜丽来了，你就快说吧，我都被吊老半天胃口了。"

柯林满脸泛红地对杜丽说："我前天去你家里，看到了你爸爸一直在反复画的那张画，当时就感觉有些眼熟，像是以前在什么地方看过。我回家之后想了整整一天，终于想起来了！我们家以前有一本古老的旧书，那本书是我爷爷的。我小时候翻这本书来看的时候，就曾经看到过你爸爸画的那个图案！这个图案很特别，所以这么多年后，我都还有印象！"

"什么？有这种事？！"杜丽惊叫起来。

柯林做了个手势，示意杜丽先别忙着说话："听我讲完。我想起那本书后，就在家里翻箱倒柜地一直找。因为我爷爷早就死了，所以我只能在他的遗物里一件一件地寻找。找了大半天后，我真的找到了那本书！"

"是本什么书？"穆川问。

"是一本 1912 年在英国出版的全英文考古研究资料书。"

"你把它带来了吗？"穆川又问。

"带来了。"柯林从身边的黑皮包里摸出一本厚厚的、硬壳封面的旧书来。因为年代太过久远，书显得有些残破，纸张泛黄而发脆——但仍然能看出，以前这本书的主人对它一定是精心保养的。

柯林小心翼翼地翻到中间某一页，指着那页上的一张照片对杜丽说："你瞧，你爸爸画的就是这个图案，对吧？"

杜丽凑上前去一看，惊呼出来："天哪！真的就是这个图案！"

"不同的是，这张照片是黑白的，而你爸爸画的是彩色的。但我相信这只是因为当初用于照这张相的相机是黑白相机而已！"柯林说。

"对，没错！"杜丽端视着这张照片，"我父亲画的那张画，我太熟悉了！简直就和这个图案一模一样！"

"这个图案代表什么意思？"穆川问。

听到这句话，柯林又异常兴奋起来："这正是关键所在！我小时候看不懂英文，只把这本书当作图片书翻着看。昨天我找到这本书后，对照着英汉词典看了关于这张照片的介绍！"

柯林用手指着书上照片旁边的一段英文，对杜丽和穆川说："这段话大致的意思是：考古学家在南太平洋群岛中一个不知名的无人岛上，发现这里可能曾出现过远古人类文明，而且令人惊讶的是，时间距离现在有几千万年……"

"等一下。"穆川打断他说，"人类历史到目前为止也就只有几百万年——几千万年前怎么会有人？"

柯林按着书说："听我讲完好吗？"

"考古学家在这个文明遗迹中发现了一些岩画和象形文字，但并没有找到人类化石。"柯林瞄了穆川一眼，"所以，考古学家只能根据这些岩画和象形文字推测出：这个远古文明曾相当繁盛，生活在那里的人拥有和现代人相近的智慧，他们曾被称为'埃卡兹'部族——但不知什么原因，这个部族的人和他们的文明神秘消失了，这个远古文明也就此销声匿迹。"

"埃卡兹……什么意思？"穆川好奇地问。

"当地的土语，就是'死神'的意思。"柯林说。

"死神部族？真有意思。"穆川推了推镜框，显出很大的兴致。

"那么，照片上的这个图案和这个文明有什么关系？"杜丽问。

"书上说，考古学家在岛上除了发现这个文明遗迹之外，还发现了一种早已灭绝的远古蜥蜴的化石。这种毒蜥蜴据说是世界上毒性最强、最凶恶的动物，而这种毒蜥蜴背上就有这种图案。考古学家在岛上的文明遗迹中也发现了这个图案，所以推测这个图案是埃卡兹部族的图腾标志。"

"那我爸爸怎么会……"

"先等等，杜丽。"柯林按住她的手，指着书上最下方的几段说，"最精彩和有趣的是以下内容：刻在岛上的岩画和象形文字表明，这个部族有一个至高无上的首领，首领仿佛会一些巫术或神秘的力量，他就算死去，也能够在若干年后借助某些仪式复活——并且，这个首领有着难以计数的宝藏。这些宝藏似乎就隐藏在附近，但考古学家却没发现。"

"这只是远古的传说而已，你以为有什么意义吗，柯林？"穆川说。

"当然，所有看到这本书的人都会认为这只是个远古传说。"柯林带着神秘的口吻说，"但当我联系到杜丽的父亲所画的那些画时，就不这么认为了。"

"这正是我刚才想问的！"杜丽急切地说，"你说的这些发生在南太平洋群岛，而我们在中国。我父亲怎么会和这些扯上关系？"

"有两种可能。"柯林说，"第一，你父亲以前也曾看过我手里这本书，但这种可能性很小。因为这本书本身非常罕见，由于我爷爷是个老考古学家，他才会有这种冷僻的外文书。况且你父亲自称是从梦里看到这个图案的，就更不该是从书上看来的了。"

"第二种可能呢？"杜丽问。

"第二种可能……"柯林歪着头，皱起眉头说，"也许你父亲和这个神秘的文明之间确实存在着某种微妙的联系。"

"什么？"杜丽哭笑不得，"这也太离谱了吧。我们这里和南太平洋群岛隔了十万八千里远，能扯上什么关系？"

"不，这倒不一定。"穆川托住下巴，严肃地说，"你知道大陆漂移学说吧？1915 年，德国气象学家阿尔弗雷德·韦戈纳在他的新书《大陆与海洋》中指出：'巴西的版图突出的部分，正好和非洲西南部版图凹进去的部分相吻合，所以巴西和非洲西南部最初是一体的，后来才逐渐分开。'他的这个理论发展为后来的大陆漂移学说，即我们地球上的大陆在远古的时候可能都是连在一起的，但后来由于地壳变动、地热对流等原因使整块大陆产生漂移，才逐渐形成了我们今天这种几个大洲的现状——如果这个岛上的文明真的是在几千万年前，那么当时它就完全有可能和中国挨在一起。"

听完穆川这一大段极富学术性的长篇大论，杜丽震惊得说不出话。过了好一会儿，她才困惑地望着柯林和穆川说："你们试图让我相信什么？这本书上讲的都是真的？我父亲是那个埃卡兹部族的后裔？"

柯林握着杜丽的手说："亲爱的，这个问题没人回答得了。可是你想过没有，我们也许能从这个线索中找到你父亲突发精神病的根源，这样的话，就有可能治好你父亲的病了。"

杜丽望着柯林的脸，若有所思地点着头说："对，你说得对！"

过了一刻，杜丽又问道："那么，我现在该怎么办呢？"

"实话实说。你一会儿回家之后，把我的这些发现原原本本地告诉你爸爸，看看他会有什么反应。"

"嗯。"杜丽点头道，"我知道了。"

这时，坐在旁边的穆川倒比他们两人都要激动："远古遗迹、死神部族、神秘的图案，还有那不知隐藏在何处的秘宝——这些真的存在吗？我们要是解了这些谜，岂不是成了现代版的印第安纳·琼斯（电影《夺宝奇兵》男主角）？"

"很遗憾，穆川。"柯林盯着满面红光的他说，"我们现在对远古遗迹和宝藏不感兴趣，也没指望能找到它们。我只想尽快找到杜丽父亲发病的根源。治好他的病之后，我和杜丽就可以正式结婚了。"

杜丽深深地望着柯林，心中充满了感动和歉疚："柯林，你……真是太好了，对不起，我还以为……你这两天都没和我联系，是要和我分手呢。"

柯林作出佯怒的表情："杜丽，如果你以后老是这样，对我没信心，对我们的爱情也没信心的话，我会真的不理你的。"

"噢，我不会了。"杜丽抓住柯林的手，甜蜜地说，"我再也不会这么傻了。"

四

在西餐厅吃完东西后,柯林开车把杜丽送到了她家门口。吻别之后,杜丽对柯林说:"我一会儿就跟我爸爸讲这件事,然后立刻和你联系。"

"好的。"柯林再次在杜丽的额头上亲了一下,"我先走了。"

杜丽回家之后,发现父亲坐在沙发上出神,不知道他是不是又在想那幅画。杜丽走过去,坐到父亲身边,喊了一声"爸"。

杜桑仍神思惘然地呆坐着,没有任何回应。

杜丽默默地坐了几分钟后,试探着说道:"爸,我得告诉你一件事。那天柯林来我们家做客,无意中看到了你画的那张画。他回去之后,发现他家的一本考古资料书中有一张照片和你画的那个图案十分相似,那个图案是……"

杜桑本来木然地坐着,听到这里,猛地转过头来,坐直身子问道:"你说什么?!"

杜丽被父亲激烈的反应吓了一跳,她吞吞吐吐地说:"柯林说……你画的那个图案他在考古资料书中看过,好像……和南太平洋群岛中一个无人岛上的远古文明有关。"

杜桑一下从沙发上跃起来,抓住女儿的肩膀问道:"他还说什么了!快说,把他说的全告诉我!"

杜丽感觉自己的肩膀被父亲抓得生疼,有些恐惧地说:"爸……你别这么激动好吗?你让我慢慢说。"

杜桑放开抓着女儿的手,坐到旁边急切地说:"好,你快说!他都告诉了你什么?"

杜丽将刚才在西餐厅内,柯林告诉自己的所有事情,甚至包括穆川所说的大陆漂移学说一齐原原本本地告诉父亲。讲的时候,她注意到父亲的神情在不断变化着。有好几次,她的目光迅速移开,不想在父亲的眼睛中看到那种近乎疯狂的光芒。

杜丽讲完之后,杜桑从沙发上站起来,在客厅中来回踱步,像疯子般大声自言自语道:"对!他说的完全对得上号!远古文明……肯定就是这样!"

突然,杜桑又望向女儿,几乎是用命令的口吻说道:"杜丽,打电话给你男朋友!叫他马上到这里来,记得带着那本书!"

"现在?"杜丽望了一眼墙上的挂钟,为难地说,"爸,现在已经是晚上九点多了,明天再说行吗?"

"不行,必须是现在!"杜桑强硬地命令道,随即又软下来,用哀求的口吻对杜丽说道,"杜丽,我的乖女儿,我求求你了,我一刻都等不及了,叫你男朋友立刻过来好吗?"

这一瞬间,杜丽忽然感觉面前的父亲像是一个吸毒者看到了摆在面前的海洛因一样,完全无法自控地必须立刻得到那件东西。她意识到劝说已经失去了意义,只得无奈地说:"好吧,爸爸。"

杜丽从皮包里摸出手机,拨通柯林的电话。柯林一会儿就接了起来:"喂,杜丽吗?"

"是的,柯林,我……刚才跟我父亲谈过那件事了。"

"他是什么反应?"

杜丽望了一眼焦急等待着的父亲,说:"柯林,我父亲很感兴趣,他希望你能立刻过来一趟。"

"什么?你是说,现在?"

"……是的,我知道现在很晚了,这很失礼,可是……"

杜丽的话还没说完,手机被父亲一把抢了过去。杜桑对着电话那头大声说道:"你是柯林吧?我是杜丽的父亲杜桑。对,我们那天见过面。你今天晚上跟杜丽说的那件事是千真万确的吗?"

"嗯……是的,伯父,我的那本书上就是这么写的。"

"太好了!"杜桑兴奋地嚷道,"那么,现在请你立刻过来一趟!带着那本书!这对我太重要了,你一定得马上来!"

"啊,好的,伯父,我立刻就来。"

"我等着你。"杜桑挂断电话。

之后，杜桑就一直在客厅里来回打转，眼睛每隔五秒钟就望一眼墙上的挂钟。杜丽坐在沙发上，在这种沉闷、诡异的气氛中感到局促不安。

十点零五分的时候，敲门声响起了。杜丽还没来得及站起来，她的父亲就已经三步并作两步跨到门口，迅速拉开门，伸出手握住柯林的手，几乎是把他拖了进来。杜丽站起来望着柯林，不知道该说什么好。

杜桑急切地问道："那本书你带了吧？"

"是的，伯父。"柯林拍了拍提在手中的黑皮包。

"太好了，我……我们到我的画室去谈，好吗？"杜桑一挥手，做了一个"请"的手势。

柯林说："好的，伯父。"然后望了一眼杜丽。

杜丽赶紧说："爸，那我呢？"

"你？"杜桑回过头望了一眼女儿，似乎这时才想起这房间里还有一个人，他冲女儿挥了挥手，说，"你就留在客厅吧，或者是回房睡觉，总之随便你，我要和柯林谈一些正事。"

杜丽还想说什么，但杜桑拉着柯林，急切地说："我们上楼去谈！"柯林无奈，只得跟着他朝楼上走去。

五

在杂乱无比的画室，杜桑收拾出两张椅子，搬了一张到柯林面前，说："请坐吧，年轻人。"

柯林对未来岳父这种和几天前相比大相径庭的态度感到大为不适，他有些局促地坐了下来。

杜桑坐在他对面后，立刻迫不及待地说："能让我看看那本书吗？"

"当然。"柯林从黑皮包里取出那本厚厚的考古资料书，把它翻到那一页递给杜桑。

杜桑的眼睛一接触到书上那个图案，立刻大叫起来："对！就是这个图案！我在梦里看到过上百遍的就是这个图案！"

接着，他把头俯下去仔细观察了有十分钟之久，神情亢奋地自言自语道："形状是完全一样的，可惜这是张黑白照片，看不出来颜色。"过了一会儿，他抬起头问柯林，"这些文字介绍怎么是英文的？说了些什么？"

"伯父，我想我来之前杜丽大概都告诉你了吧，就是那些内容。"

杜桑又盯着那图案看了一会儿，把书还给柯林，从衣服口袋里摸出一包香烟，冲柯林扬了扬，说："你抽吗？"

"我不抽烟，伯父。"柯林礼貌地摆了摆手。

杜桑用打火机点燃香烟，深深吸了一口，淡淡地笑着说："我猜，你一定认为，我是个老疯子，对吧？"

"不……伯父，我没这么想。"

杜桑摆了摆手，老成地说："不必不承认，我知道我周围的人是怎么看我的。别说是外人，就连我女儿都认为我肯定是精神失常了。她只是嘴上没说出来而已，但我清楚她心里是怎么想的。"

柯林没有说话。

杜桑又吸了一口烟，说："当然，我承认我现在脾气古怪、性格暴躁，但这都是被我身边的人逼的。知道吗？我最开始做这个梦时，向我周围的亲人、朋友诚恳地说起过，但那些庸俗的人没有一个相信我的话，还可笑地认为我得了什么臆想症，劝我去看心理医生——所有人的不理解造成了我的愤怒，我再也不相信他们，不愿跟他们多说一句话。"

杜桑停顿了一会儿，望着柯林说："但你和他们不同。刚才杜丽跟我讲你对于这件事的一些分析——我就知道，你不是个普通人。你是一个值得我信任的、能和我一起研究这件事的人。"

柯林开口道："伯父，说实话，我也认为这件事确实非常蹊跷和古怪，我很想知道这一切究竟是怎么回事。如果我能有什么帮得上忙的地方，一定会尽力。"

杜桑微微点着头说："那好，我就把我所经历的所有事情全都讲给你听，然后我们来商量一下，下一步应该怎么办。"

"好的，伯父。"

杜桑最后吸了一口烟，将烟蒂掐灭在烟灰缸里，缓缓地说："所有的一切都是从半年前开始的。有一天晚上，我做了一个怪梦。在梦里，我独自一人走在一个漆黑的空间中，说不出来那是个山洞还是隧道。我盲目地朝前面走，忽然出现一丝亮光，我能看到周围的环境——这是一个古老的地方，墙壁上有石刻的壁画，画的是一些爬行类动物和我看不懂的符号。

"我越朝前走，就越是明亮。不知道走了多久，我仿佛走到了尽头，这里有一扇石门，石门上刻着一个怪异、复杂的图案。那个图案像是有魔力一样，吸引着我去推那扇石门。我很想知道门的另一边是什么，可是，我根本推不动石门。于是，我在梦中很自然而然地想到，肯定是需要一把钥匙来打开这扇石门。可钥匙在哪里呢？正在我着急的时候，那扇石门突然自己打开了，我立刻想进去看看，可是每次一到这里我的梦就醒了！"

柯林全神贯注地望着杜桑，像是在听一个惊奇荒诞的探险故事。

杜桑叹了口气，接着说："这个梦的真实感非常强，以至于我醒来之后会懊恼好半天，为自己没能看到那扇石门中的情景而感到遗憾——但没想到的是，从那次开始，我就总是会每隔几天就做一回这个同样的梦，而且每次醒来之后，我脑海里都会反复浮现那个怪异的图案。

"所以，我决定，要用自己的画笔把梦中看到的那个奇怪的图案画下来，可是我每次在梦中只能看到那个图案几秒钟，所以我只有通过每次的记忆来尝试画那个图案，试图将它逐渐完善，最终还原出它的全貌。"

听到这里，柯林不由得望向这满屋子的画。他这时才发现，果然，这些看起来几乎一样的图案，在细看之下就能找出一些微小的区别：有的是形状有出入，有的是颜色不尽相同。

他惊讶地问道："这么说来，您越画到后来就越接近梦中那个图案了？"

"对！"杜桑的神情又兴奋起来，"我已经画了几百上千张。但最近这两次，我看得越来越清晰。我相信再用不了多久，就一定能画出一张准确完整的图案了！"

"画出来之后，您又准备怎么办呢？"柯林问。

"我暂时还没有考虑这个问题，但我有一种直觉——到时候，一定会发生一件不平凡的、惊世骇俗的事情！"杜桑激动地说。

柯林低下头想了一会儿，说："这么说，伯父，您直到现在也不知道这个图案究竟代表着什么意思？"

"我不知道，不过——"杜桑指着柯林手中的那本厚书说，"这本书上不是说它是一个远古部族的图腾标志吗？"

"是的，可是我认为这种说法太过笼统了——如果它真的是一个部族的图腾标志，那就更应该代表着某种含义了。"

"那么，你认为它可能代表着什么意义呢？"杜桑问。

"我也不知道。"柯林说，"可是我想，如果您愿意把您的这些画公布于世，就可能会有人能解答这个问题了。"

"不，那不行。"杜桑摆了摆手，露出一脸憎恶的表情，"我以前试过的，我把我画的这些画拿给我的一些朋友看，可他们全都认为这毫无意义，只是我臆想下的产物。我能猜到，如果我把这些画公布于世，最后换来的也只会是这样的评价——'看看，这就是大画家杜桑发疯后画的作品，这些画能证明关于他精神失常的传言当真属实。'——哼，我不会给他们制造再次嘲笑我的机会！"

柯林思索了一会儿，说："要不然……伯父，您看这样好吗？我有一个知识相当渊博的朋友，他是国家科学院的科研人员。我把您画的这些画拍成照片拿给他看看——也许他能通过某些途径研究出这个图案所代表的意义。"

杜桑想了想，说："这样当然好。"

柯林看了看手表，站起来说："伯父，今天已经很晚了，我先告辞。改天我把照相机拿来，拍一下您的画。"

杜桑也站起来，摆着手说："不用拍照了。"他从桌子上随手抓起一沓画稿，递给柯林，说，"这些是我最近才画的，你直接把它拿给你朋友看吧——但是记住，别流传到外面。"

柯林接过那一沓画稿，点头道："我明白，伯父。一旦有发现我就立刻告诉您。"

杜桑陪着柯林一起走下楼，柯林惊讶地发现，杜丽还等在客厅里。这时已经快十二点了。杜丽看见他们后，起身走过来，直视着柯林，眼睛里充满疑问。

柯林小声对杜丽说："我明天和你联系。"然后向父女俩礼貌地告别，打开门离开了。

六

作为国家地质科研组的一员，穆川的工作性质和普通人相比有很大的不同。他不用像一般公务员那样"朝九晚五"地坐办公室——事实上，一年中他有一大半时间都和同事一起在全国各地进行地质勘察，而剩下的时间就是在自己家中整理资料、完成研究报告。上个月，他刚从青海的阿尔金山考察回来，这一个月的任务便是写出关于当地土壤矿物质含量的科研报告。对普通人来说，这是个令人头痛的过程，但穆川却能把这些烦琐、枯燥的工作干得津津有味。

今天早晨，穆川刚打开电脑，正准备按惯例启封每天的电子邮件，门外"咚咚"的敲门声便打破了清晨的宁静。他走到门口，打开门，外面的柯林急躁地冲了进来，径直走进屋内。

穆川看着柯林把手中抱着的一大堆画纸放到书桌上，讶异地问道："这是什么？"

柯林坐到椅子上，用手指了指那堆画说："你自己看吧。"

穆川走过去翻了一下那些画，"啊"地叫了出来："这些……该不会就是杜丽的父亲画的那些画吧？"

"当然是。"柯林说，"看见了吧，和我那本书上的图案几乎一模一样。"

穆川戴上眼镜看了好一阵，点头道："果然，太相似了——你是怎么弄到这些画的？"

"是杜丽父亲自己拿给我的。"

"他为什么要给你这些画？"穆川不解地问。

"是这样的……"柯林把昨天晚上到杜丽家去发生的所有事情详细地

讲给了穆川。

"什么？你跟他说我能研究出这个图案代表的意义？"穆川大叫道，"你开什么玩笑！我是搞地质研究的，又不是搞考古学，我怎么会知道这个远古遗迹中的图案是什么意思？"

"你急什么？"柯林用眼神示意穆川坐下来说，"你这个书呆子——想想看，你在什么地方工作？就算你不知道，但你可以把这些画拿给你们国家科学院的考古学教授看啊。还有，你以前在哈佛大学读书时的那些同学、教授，你也完全可以请教他们呀！"

穆川若有所思地慢慢坐下来，轻轻点着头。

沉默了好一阵，柯林问仍紧锁着眉头沉思的穆川："你在思考什么？"

穆川摇着头，一脸难以置信的神情，他说："柯林，你知道吗？那天晚上我们三个人在西餐厅里说起这件事时，我只是觉得非常奇妙和有趣，但刚才，我实实在在地看了这些画后——却产生了一种从未有过的、发自内心深处的震撼。柯林，我不知道你是怎么看的，但我却知道，这是我这辈子遇到过的最怪异、最匪夷所思的事情！"

"怎么了？"柯林问道。

"你知道弗洛伊德吗？"

"你是说，那个著名的心理学家弗洛伊德？"

"对。弗洛伊德在他的著作《梦的解析》中指出——梦是人在睡眠状态中精神活动的延续，绝不会是偶然形成的空想——其实就是我们通常所说的'日有所思、夜有所梦'，但是，杜桑却说他是在某一天毫无来由地做了这个怪梦。并且很明显，他不可能去过南太平洋上的那个无人岛，又没有在之前看过你那本书——那么，他在梦中的那段奇妙经历和关于那个图案的记忆从何而来呢？总不可能是他的头脑里自然生成的吧？"

"还有更不可思议的。"穆川接着说，"据他所说，这个梦他还不是只做了一次，而是隔三岔五地就会做这个梦，并且越来越频繁——柯林，你觉得这意味着什么？"

"我……只想知道这个图案所代表的意义，并没有想这么多。"

"你只想知道图案的意义，却没有想过，这个梦本身就具有某种象征意义吗？"

"你指什么？"

"《梦的解析》中明确指出，一个人做的梦代表着他的某种'愿望'。想想看，杜桑在梦境中最大的愿望是什么？他说，他走到一扇石门前，非常想推开门，进入石门后的空间——而他之所以在醒来后便不由自主地想把那个神秘的图案画下来，是因为直觉告诉他，这个图案和石门里的东西是有联系的！"

柯林有些困惑地说道："你是说……他不停地画这个图案其实是想进那扇石门，这是他潜意识的行为？"

"极有可能就是这样。"穆川说。

"可是我不明白，那扇石门后会有什么？是什么东西让他近乎疯狂地想去探索、寻求？"

穆川盯着柯林的眼睛说："你自己那本书上写的你都忘了吗？宝藏！在那个遗迹中隐藏着巨大的宝藏！"

"宝藏？天哪，我以为那只是一个传说。"柯林难以置信地摇着头说，"穆川，你认为这种天方夜谭式的故事真的会在现实中发生吗？"

穆川颔首沉默了一会儿，抬起头来满眼放光地说："不管怎么说，我们应该试试，也许我们依照着杜桑所做的那个梦的指示，真的能寻找到那个遗迹和宝藏！"

柯林注视着穆川的眼睛，在其中发现了难以掩饰的兴奋和欲望，他挥了挥手，说："对不起，穆川。我真的没想过要去寻找遗迹和宝藏什么的，我只想找出未来岳父失常的根源，让他在我和杜丽结婚之前变成正常人，仅此而已。"

"不，柯林，你不明白假如找到这宝藏的话，意义有多么重大！"穆川严肃地说，"这不仅仅意味着财富，或者是考古学上的发现。"

"还意味着什么？"

穆川说："你想想看，做这个梦的人为什么不是在美国，或者是埃及、葡萄牙、新西兰？为什么是一个中国人做这个梦？也许这个梦是要向它选中的人暗示——那隐藏在地下的巨大宝藏就在那个人的身边！而我们如果真的在中国发现了这个遗迹和宝藏，就等于从侧面论证了在几千万年前，南太平洋群岛和中国是连在一起的！这将是震惊世界的伟大发现！而且柯林，难道你不想知道吗——那埋藏了几千万年的秘宝究竟是什么？"

柯林听得有些发蒙，正准备说什么，手机响了起来，他接起电话，听到了杜丽的声音："柯林，你没在家吗？你在哪儿？"

"啊，你去我家了吗……我在穆川这里，杜丽。"

"我现在想见你，柯林。"

"你今天不去医院上班吗？"

"我刚才已经跟同事调班了。"

柯林想了想，说："我现在在和穆川商量事情，是关于你父亲那些画。杜丽，要不你也到这儿来吧。"

"好的，我马上去。"杜丽迅速挂断电话。

不出二十分钟，杜丽就急匆匆地赶到了穆川的住处。跨进门的时候，她看见穆川正用数码相机给桌子上的每一张画拍照。

柯林走过去挽着杜丽的胳膊说："亲爱的，你这么急着要见我，有什么事？"

杜丽望了一眼穆川，又望向柯林说："我就是想知道昨天晚上你和我爸爸在画室里聊了一个多小时，究竟在谈些什么？"

柯林把杜丽带到沙发上坐下，说："你父亲很相信我，他把他做的那个怪梦详细讲给我听，还包括他在梦中的感受。杜丽，我觉得你爸爸对我态度的转变对我们俩来说是件天大的好事。"

杜丽看着那些画说："他把这些画给你做什么？"

"那是我提出的。我说把画上的这个图案交给穆川来研究和分析一下，看能不能知道这个图案代表着什么意思——也许知道了这一点，就能找出你父亲的病因——当然，我是不可能这样跟他直说的。"

杜丽望着仍在给画拍照的穆川，问："你们准备怎么做？"

柯林说："我和穆川商量了一下，决定将这些画拍下来，然后通过电脑发给穆川在美国的同学、教授，还有穆川所在的国家研究院那些考古学方面的专家、学者看。希望他们当中有见多识广之人能解释一下这个图案所代表的含义。"

杜丽倒吸了一口气，低呼道："天哪，就为了我父亲那个不切实际的梦，这未免有些兴师动众了吧？想一下，那些专家、学者会问这个图案是从哪儿来的，你们回答说来自梦中的景象——这也太可笑了吧？"

穆川停下拍照，说："不，杜丽。这没有什么可笑的。刚才我和柯林分析，你父亲遇到的这件事情极不寻常，有可能是一种当前科学无法作出解释的奇异现象。现在，我认为这件事已经不仅仅关系着你父亲一个人了，它可能是发掘远古遗迹、地下宝藏的重要线索！我必须让专家们都重视起来——也许这件事会引起惊世大发现！"

杜丽张大嘴巴，过了半晌，她望向柯林问道："……宝藏？你们真的想通过这件事发掘出宝藏？"

柯林耸了耸肩膀："穆川是这么认为的。"

杜丽昂起头"哼"了一声："寻宝。真是太好了，我们能过一把劳拉·克劳馥（电影《古墓丽影》女主角）的瘾了！"

穆川皱起眉头，板起脸说："杜丽，这不是一个科学探究者该有的态度——如果科学家们都像你这样，以嘲笑的态度对待未知事物的话，那会错过多少举世闻名的大发现？"

杜丽心说，我本来就不是什么科研人员，只是个普通内科医生而已，你又不是不知道，但她嘴上没说出来。

柯林岔开话题："穆川，拍完了吗？"

"差不多了。"穆川望着桌上那一大堆画，面带困惑地说，"但是我发现，这些图案每张都不尽相同呀，有些形状不同，有些色彩又不同。我到底该把哪张发给他们看？"

"要不，你就把这二十多张全发给他们？"柯林说。

穆川微微摇着头说："这样不妥。如果没有一个准确的图案，那些专家也会被搞昏头的。"

说完这句话，穆川抬起头来望向柯林和杜丽，但三人面面相觑，谁都拿不出一个好主意来。

"要不这样吧。"穆川说，"你把画留在我这里，我再静下来想想办法——这个月我把手头的事情放一下，先研究这件事情。"

"那太好了，就这么办！"柯林说。

杜丽这时也意识到穆川这么做和帮助父亲恢复有很大的关系，她恳切地说道："那就拜托你了，穆川。谢谢你！"

穆川挥了挥手，示意不用谢，然后就眉头紧锁地陷入深思中。柯林和杜丽不敢再打扰他，赶紧离开。

七

在杜丽所在的这座临海城市里，有一条贯穿于城市中间的美丽河流。这条蜿蜒曲折的淡水河在滋润完城市中的人与物后，便静静地汇入大海，转化为另一种更博大、宽广的形态。城市里的人对这条给他们提供生存资源的河流极为爱护，让河水得以多年保持难得的清澈、纯净。因此，河道边大量的咖啡馆、茶饮摊便应运而生，构成了一道优雅、靓丽的风景线。

这个星期日的下午，杜丽约柯林见面的地点就是滨河道上的一家茶饮店，这里不但能看到波光粼粼的河面，更能远离城市的喧嚣，是约会的最佳场所。这一次，柯林迟到了足足半个小时。

"不用解释了，柯林。"杜丽对正要开口的男友说，"你能来我已经感谢上天了，坐下吧。"

柯林面露尴尬地坐在杜丽对面："杜丽，你这是怎么说呢？"

"难道不是吗？你仔细想想，这个星期我们只见了这一次面，就连电话也只打了两三次，而且全是我主动的。我现在和大学同学联系的次数都比你多。说实话，我有时候真的不知道我们现在是什么关系了。"

柯林的身子在椅子上不自在地扭了几下："别这么说，杜丽。你明明知道的，我这个星期都在忙些什么。我每天都到穆川那里去，希望能从他那里听到什么振奋人心的消息——我这么做还不是为了能让你父亲早点好起来。"

杜丽低着头说："我父亲……是啊，你现在对他的关心已经超过我了。"

"杜丽，我还不是希望在我们结婚前你父亲能好起来。"

"结婚，呵……"杜丽干笑了一声，"谢天谢地，你还没忘记这件事。"

"我怎么会忘记呢，杜丽，你越说越过分了。"

杜丽抬起头望着他："那你说说，我们约好订婚的日期是哪一天？"

柯林暗忖了一会儿，张大嘴巴，难堪地说："对不起，亲爱的，我真的忘了……前天，就是我们约好订婚的日子。"

杜丽叹了一口气道："你直到现在才想起来，可见你根本没把这件事放在心上……柯林，我今天约你出来就只想问你一句——你还想和我结婚吗？"

柯林抓住杜丽的手说："亲爱的，别这么说，这太伤我的心了。实际上，我关心你父亲的事，就是在为我们结婚做准备啊。"

杜丽沉吟了片刻："柯林，我真希望就是你说的这样。可是，我的直觉告诉我有些不对，我觉得，你现在关心的已经不是我们结婚的问题了。"顿了一下，杜丽将脸扭到一旁，"我本来不想这么说的，但是——你现在是不是已经和穆川一样，为了能找到那隐藏在地下的宝藏而如痴如狂、心荡神驰？这已经成为你最关心的了，对吗？"

柯林委屈地摇着头说："不，亲爱的，你真的误会我了。我只想尽快治好你父亲的病，然后再为我们办一个盛大的婚礼。"

杜丽盯着他的脸说："可是，我父亲的病能不能治好根本就是不确定的事。就算你们知了那个图案隐藏的秘密，也未必就能让我父亲恢复正常。如果他五年、十年都好不了，我们就一直不结婚吗？"

"当然不是，亲爱的，我……"话刚说到一半，柯林的手机响了。

柯林拿起手机，看了一眼来电显示，又望了一眼杜丽。

"又是穆川打的？"杜丽问。

柯林轻轻点了点头。

"那你犹豫什么，接啊。"

柯林接起电话，听筒里传出穆川像是贴在面前大吼的喊话声："柯林！你在哪儿？快来，快到我家里来！"

"怎么了？"柯林问道。

电话那头的穆川兴奋得声带发抖："我知道了，解开了！那个图案代表着什么意思……我知道了！"

"什么？真的！"柯林激动得差点跳起来，他尽量压抑住自己狂喜的心情，说，"我马上就去！"

穆川在电话里的吼叫声，坐在柯林对面的杜丽听得清清楚楚，她不禁也急切地问道："他真的……解开了那个图案所代表的含义？"

"是的，快，我们现在就到穆川家里去！"柯林拉着杜丽站起来。

八

半小时后，柯林和杜丽就火急火燎地赶到了穆川家。穆川满脸通红地在屋里来回踱着步，看见他俩后，立刻兴奋地把他们拉到沙发上坐下，然后表情夸张地大声说道："太不可思议了！你们无论如何也想不到，那个图案竟然这么神奇！"

"快说吧，那个图案到底代表着什么含义？"柯林焦急地问。

"先别忙，你们应该先听听我发现这个秘密的过程——过程本身就非常奇妙。"穆川手舞足蹈地说，"柯林，你记得吧？几天前我还非常发愁——这二十多张不尽相同的图案，到底哪一张才是最准确的呢？我想了很久，决定做一个尝试。"

柯林和杜丽聚精会神地盯着穆川，不敢打岔。

"我想到，这些图案大致形状是相同的，但每张都有些细微的差别，如果要去细数每个图案的不同之处，几乎是不可能的，所以，我转换了思维方式——为什么不想办法找出它们的相同之处呢？

"于是，我利用数学上的'合并同类项'法则编了一个简易的程序，再把那二十多张图案全录入这个程序里，得到了这样一张图。"

穆川边说边走到电脑前，指着屏幕上的一幅图说："如果把图案的色彩忽略不计，那么这二十多张图案的共同点就是这样的——"

柯林盯着电脑屏幕上的这幅图看了半晌，惊诧地说："你的意思是，这些小黑点的位置就是这二十多张图案形状上的共同之处？"

"对！这些图案虽有差别，但每一张的形状都与这十六个小黑点的位置相重合！"

"可是，这又代表什么呢？"杜丽不解地问。

"听我说完。"穆川做了一个叫杜丽先别开口的手势，"我得出这张图后，就把它连同那二十多张原图一起用电子邮件发给了我以前在哈佛大学的一个同学，他现在在美国的 NAS（美国国家科学院）工作。我拜托他将这些图交给他认识的考古学家看，希望能有所收获。"

"可是……"柯林有些费解地问道，"这几天我都在朝你这儿跑，你怎么完全没提到这些？"

"那是因为我希望得出研究结论后再告诉你们。"穆川说，"今天上午，我那个同学终于给我打来电话，说他知道这些图案是什么意思了。"

"什么意思？"杜丽略带紧张地问。

穆川叹息着摇头道："这件事实在是太阴差阳错了。我同学告诉我，他把这些图案交给美国最著名的考古学家看，但那个七十多岁的老学者也不知道这个图案是什么意思——也许是因为这个图案实在太冷僻了。可谁都没想到的是，那位老考古学家的一个朋友——一位天文学家，在无意中看了那张十六个小黑点的图后，立即说出——这是天上的一个星座图！"

"什么？星座图！"柯林和杜丽一起惊呼起来。

"对，你们猜猜，这个星座叫什么名字？"

"我猜不出来，快说吧！"柯林催促道。

"叫毒蜥座！"穆川大叫道。

柯林和杜丽震惊得张口结舌，一句话也说不出来，仿佛心中那些诡异、惊愕的感觉幻化为石块堵住了他们的喉咙。

穆川继续向他们解释道："这个星座七十年代中期才被一个英国天文学家发现，整个星座的外形看上去就像一只趴在地上的蜥蜴，但因为之前人类早就发现并命名了一个蜥蜴座，所以为了区别，这个英国天文学家便把后发现的这个称为毒蜥座。"

柯林迟疑了一会儿，望着穆川说："据我所知，在很早以前，人类的天文学家便将天空中出现的各个星座发现并命名了——为什么这个毒蜥座在七十年代中期才被发现？"

说到这里，穆川激动地从椅子上站起来，大声说："这正是这件事情最神奇、最不可思议的一点！你们知道吗？那个美国的天文学家告诉我同学，这个星座之所以这么迟才被发现，是因为那实在是种机缘巧合——这个星座非常特殊和罕见——每一百一十六年才会在夏季夜空出现一次，而且每次出现的时间只有一个小时！"

"啊！"柯林惊呼道，"所以那位英国天文学家是凑巧才观察到它的？这真是太奇妙了！"

"不、不、不……"穆川连连摆手道，"这还不算最神奇的，最让人匪夷所思的是接下来的内容——那位天文学家和我同学一起查找资料后，惊讶地推算出，这个每一百一十六年出现一次的毒蜥座，恰好会在今年的七月十六号出现在夜空中！"

"天哪！"杜丽捂住嘴说，"七月十六号，不就是五天后吗？今天是七月十一号！"

柯林张开的嘴像是再也合不拢般，他麻木地晃动着脑袋，喃喃自语道："我的天……这也太凑巧了吧……"

"是的，这整件事简直凑巧到了诡异莫名的程度！"穆川瞪大双眼说，

"柯林，现在我们再结合着你那本书来看一下——远古遗迹中发现的毒蜥蝎化石、埃卡兹部族的图腾标志、杜丽父亲在梦中看到的图案，还有即将出现的罕见星座——这些事情之间毫无疑问是存在着某种联系的！"

柯林皱起眉头说："你认为这些事情预示着什么？会有什么事情发生吗？"

"我不知道。"穆川沉思着说，"但我在想，这些事情也许与那灭绝了几千万年的埃卡兹部族和打开它那神秘的宝藏有关系！"

三个人沉默了一会儿，杜丽问："我们接下来怎么办？"

柯林想了想，说："我认为应该把我们知道的这些情况立刻告诉你父亲，毕竟他才是和这件事关系最大的人。"

"对，我也这样想。"穆川说，"或许我们告诉他这些后，他能够想起什么新的线索来。"

杜丽思忖了一阵，内心深处隐隐觉得有些不妥，但她又找不到任何反对的理由，只有点头答应。

"事不宜迟，我们现在就去。"柯林对杜丽说。

九

柯林开车和杜丽一起来到金橘湖旁边那幢蓝白相间的别墅前时，杜丽却并没有立刻打开车门下车，而是眼睛望着前方出神。

柯林靠拢过去问道："亲爱的，怎么了？你在想什么？"

杜丽迟疑了一刻，说："我在想，把这些情况告诉我爸爸，合适吗？"

"有什么不合适呢？"

杜丽满面愁容地说："他本来就因为这件事而痴狂了，如果又知道了毒蜥座的事，会不会比原来更加走火入魔，完全失控？"

柯林认真思索了一阵，说："可是，如果我们不把这些实情告诉他，这件事就永远得不到解决。你爸爸要是不得到一个明确的答案，大概是不会罢休的，也许会一直痴迷下去。"

杜丽紧咬着嘴唇，心中十分为难。

柯林拍着她的肩膀说："让我们试试吧，杜丽，有信心些。"

杜丽长叹一口气，打开车门，下了车。两人走到门前，杜丽用钥匙打开门，刚刚推门进去，就看见保姆徐阿姨惊恐地靠在墙边，浑身筛糠似的发着抖。

杜丽赶紧走上前去问道："徐阿姨，你怎么了？"

徐阿姨像见到救星般对杜丽说："丽丽呀，你可回来了！你爸爸他……又犯病了，而且比以前更厉害！"

杜丽顺着徐阿姨手指的方向望去，见父亲坐在沙发上，手里捧着一大堆钥匙来回翻看，动作机械而生硬，他神经质地睁大眼睛，面目显得狰狞可怖。

杜丽和柯林走上前去，杜丽问道："爸，你在干什么？"

杜桑完全没理睬女儿，继续翻看着那些钥匙，过了一刻，他抬起头冲保姆咆哮道："就只有这些吗？还有呢？你怎么不去找！"

徐阿姨带着哭腔说："先生，我已经找完了。家里的钥匙就只有这些了。"

杜桑像疯了似的抛开那些钥匙，大吼道："不对，这些都不是！你再去找！挨着每间屋找！"

杜丽坐到父亲旁边着急地问道："爸！你到底在找什么钥匙呀？"

杜桑仿佛这个时候才看到女儿，他愣了一下，随即把杜丽手中的皮包抢过来，一边翻里面的钥匙，一边说："对了，说不定在你这里，那把钥匙说不定在你这里！"

他将杜丽皮包里的一串钥匙扯了出来，又一把一把地挨着翻看，最后将钥匙摔在地上，恼羞成怒地吼道："不对！这些也不对！"

杜丽的眼泪几乎都要掉下来了，她可怜巴巴地说道："爸，你跟我说好吗？你到底在找什么钥匙？"

杜桑绷着脸上的每一根神经说："我马上就要完成了！最多再过三四天，我就一定能准确完整地画出那个图案！最近，我在梦里看得越来越清晰了……五天之后，在我准确画出那个图案之前，一定要找到打开那石门的钥匙！我知道，到时候一定会有事情发生的，我……我终于能知道那石门后的秘密了！"

杜桑像疯子般絮絮叨叨、自言自语着。但他那句"五天之后"却像雷击一般直入杜丽和柯林的心里，让两人的心脏同时一颤，一瞬间，诡异、古怪、惊诧的感觉遍布全身。

不知道为什么，杜丽有种灵魂出窍的感觉，她听见自己的声音对父亲说："爸，你在梦中见过那把钥匙吗？"

杜桑板着脸说："我没见过，但我的感觉不会有错！那把钥匙一定就在我身边，就在这附近，我总会找到它的！"

杜丽心想，就算找到了，你到哪儿去打开什么石门。但她不敢说出来让父亲听到。

一直站在旁边的柯林认为应该换个话题转移杜桑对钥匙的注意力，他怕杜桑发现他后把他身上挂着的钥匙也捋了去，忙开口道："伯父，那天我把您的画拿给我那位搞科研的朋友看，他研究出您画的那个图案是什么意思了。"

杜桑抬起头来，像是现在才发现身边还有个人站在这里。他过了好半天才对柯林说的话做出反应，他猛地站起来："你说什么？那你快说，那个图案是什么意思？"

柯林用尽量平和的语调说："您画的那个图案与天空中的一个星座形状类似。并且，那是一个极为罕见的星座，每一百一十六年才会在夏季的星空出现一次，这一次……"

"也许只是巧合而已。"杜丽打岔道。

杜桑狠狠地瞪了女儿一眼，说："你别开腔！"然后又紧紧地盯住柯林："接着说，你接着说！"

柯林望了望杜丽，感觉十分为难，但他无法躲避杜桑那有如剑一般锋利的目光，只得继续说道："伯父，据我朋友推测，这个星座会在近期出现在夜空中，如果……您有兴趣的话，可以看看。"

杜桑直视着柯林："别说得含糊其词。'近期'是多久？是具体哪一天？"

柯林犹豫了片刻，如实说道："七月十六号。"

"七月十六号……"杜桑掰着手指算了算，呆了片刻。随即，整个人像触电般浑身猛抖了几下，然后，他用劲拍了一下大腿，大叫道："对了，完全对上号了！我就知道，五天之后一定会发生什么的！"

他张开双臂，手舞足蹈地在客厅里打着转。疯狂的神色让被他忽略的旁人心惊胆战。

"终于到了……这一天终于要到了！我马上就要看到梦中那谜一般的奇异场所了！那石洞中的秘密就要揭晓了！"在一阵肆无忌惮的狂笑后，杜桑的眼睛又开始神经质地四处搜索，"钥匙，现在只差钥匙了！我一定要找到那打开宝库的钥匙！"

杜丽在一旁看着疯狂上演独角戏的父亲，酸楚、悲哀、绝望、不安的感觉一齐涌上心头，瞬间让她感到心力交瘁。

十

七月十五日，下午三点。

杜丽第十八次拨通柯林的电话号码，焦急地向男友汇报父亲的最新状况："柯林，我爸爸已经做好准备了！"

"什么准备？"

"他今天绷了一个大画框，准备明天晚上在金橘湖边画成那个完整的图案。"

"湖边？为什么要在湖边画？"

"你忘了吗，明天晚上星空中会出现毒蝎座，我爸爸要在能看见天空的地方完成那幅画！"

"……"

"柯林，我这两天心脏怦怦直跳，我总感觉……明天晚上会发生什么不好的事。告诉我，我该怎么办？"

"别紧张，杜丽，冷静下来想一想——天空中出现那个星座又不是只有我们看得到，况且这本来就只是一种天文现象而已；而你爸爸画这张画也不是一两天了，他只是在一个特殊的时间画而已——这些都很正常，没什么值得紧张的。"

"不，柯林，你不明白我心中的感受。这种强烈的不安感绝不是我的无端揣测。我……开始有些相信我爸爸说的话了，明天晚上也许真的会发生什么！"

"那你觉得我们该怎么办，杜丽？"

"我不知道，我无法阻止我爸爸去做这件事。你知道，这根本不可能！"

"那这样吧，明天晚上我到你家来陪着你，这样也许你会安心些。"

"嗯，好的，柯林。"

"那就这样，再见，亲爱的。"

柯林放下电话，坐在他旁边的穆川问道："杜丽说什么？"

柯林摇着头说："他父亲准备在毒蜥座出现的时候完成那幅画，杜丽非常担心，害怕会发生意想不到的事。"

"什么意料不到的事？"

"是她的直觉，她自己也说不上来。"柯林思索了一阵，"不过，她的担心也不无道理——我那个岳父的疯病是越来越厉害了，天知道他在看见天上的星座和他画的图案差不多时，会兴奋失控成什么模样，说不定脑子里的最后一根弦也会断掉，变成彻头彻尾的精神病。"

穆川说："要不，我明天和你一起到杜丽家去吧，看看到时候是不是真的会出什么状况。"

柯林摇头道："这不行，杜丽的父亲非常敏感，而且极度排斥陌生人。你如果去了，他也许会认为你是有意去看他的热闹——我怕到时候会发生不愉快的事。"

穆川无可奈何地撇了撇嘴："算了，明天我就在自家的阳台上拍摄罕见的毒蜥座吧。"

"对了。"柯林像得到什么提醒似的说，"我也应该把照相机带上，拍一下这难得的画面。"

十一

七月十六日，晚上七点。

今天一整天，杜丽都在忐忑不安中度过。直到吃完晚饭后，柯林如约到来，她才稍稍稳定下来一些。

柯林进门之后，只看见杜丽和保姆两人，轻声问道："你爸爸呢？"

"在他自己的画室里呢。他早就计划好了，晚上八点半开始画，他说那样的话时间刚好合适。"

柯林微微皱了皱眉头："你爸爸知道毒蜥座哪个时间出现？我昨天问了穆川，他说美国的那个天文学家也无法准确计算出毒蜥座出现的时间。"

"天才知道我爸爸说的是不是真的。"杜丽说，"我们先在客厅坐一会儿吧，我爸爸一会儿就下来了。"

柯林点了点头，他跟着杜丽一起来到客厅的沙发旁，坐下来后，柯林在玻璃茶几的第二层发现了一个数码相机，他有些惊讶地问道："杜丽，这是你的相机吗？"

杜丽点头道："是啊，怎么了？"

"和我的相机一模一样。"柯林从手里的黑皮包里拿出一个相机，展示在杜丽面前，"真没想到，我们居然不约而同地买了同一个牌子的同一款相机。"

杜丽把两个相机放在手里比较了一下，淡淡地笑着说："这不奇怪，这款相机的性能是同类型中最好的，买它的人非常多，又何止我们两个？"

柯林盯着杜丽手里的相机说："你……一会儿也想拍那个难得一见的毒蜥座？"

杜丽微微点头道："如果它的形状真的跟我父亲画的那个图案一模一样，那么……我想我父亲说的那些疯话就有可能都是真的。"

两人沉默了一会儿，杜丽用恳切的眼神望着柯林说："柯林，我爸爸现在非常相信你，他对你的感觉比对我的还要好。我问他一些事，他都根本不愿意跟我多说。一会儿他下来之后，你试着和他交流一下，看看他现在的想法是怎样的。"

"好的。"柯林说，"也许我们可以问问他，在他画那张画的时候，我们能不能陪在他旁边？"

"哦，这个问题我已经问过了，他不允许我守在他身边。"杜丽想了一下，"不过，如果是你的话，没准他会同意。"

"我会试一下的。"

两人又闲聊了一阵，杜丽感觉柯林真的有如一剂安定剂——与他谈话能逐渐化解自己紧张不安的情绪。在听完柯林讲的第二个笑话后，杜丽竟开心得笑出了声音。这时，她注意到父亲从二楼的楼梯上走了下来。

杜丽和柯林一起站起来，柯林规规矩矩地喊了一声："伯父好。"

杜桑冲他点了点头，然后问杜丽："徐阿姨呢？"

"好像在厨房里。"杜丽说。

杜桑说："你去叫她把家里所有的灯都打开。"

柯林意识到杜桑要开始作画了，他小心地问道："伯父，您一会儿在外面画吗？"

杜桑点了点头，正要走出门去，突然扭过头问柯林："你要陪在我旁边，见证一会儿即将发生的伟大场面吗？"

柯林愣了一下，他没想到自己还没开口，杜桑竟主动提出了这个要求，忙不迭地说："我当然愿意，伯父。"

杜桑干笑了两声，说："我一会儿会向你证实，这一年多来，我到底是在痴人说梦，还是在完成一件伟大的工作！"

说完，杜桑打开房门，走了出去。柯林跟杜丽对了下眼色，赶紧抓起茶几上的照相机塞进包里，跟着杜桑出了门。

夜幕中的金橘湖边，已经布置好了一张大方桌，上面摆着绷好的画框，旁边是颜料和笔。别墅里强烈的灯光透出窗外，将湖边照耀得格外明亮。杜桑走到方桌前，深吸了一口气，表情像是在进行什么庄重的仪式般肃穆、凝重。

他对站在身边的柯林说："一会儿我画的时候，你可以在旁边看，但是不能跟我说话，不能打扰我。"

柯林说："我知道，伯父。"

杜桑看了一眼手表上的时间，提起笔开始作画。

柯林看着这位大画家娴熟地用铅笔定位、勾形，把他在梦中看过无数次的那个图案再次重现于纸上。

同时，柯林也时刻注意着已经出现点点星光的夜空，他警觉地搜索、判断着那随时有可能突然惊现于天上的毒蜥座。

今晚的夜空，除了星光闪烁之外，还有一些残留在天地边缘的暗红色流云。那些形状不一的云彩组合成种种让人浮想联翩的奇怪图案，让夜色平添了几分神秘和诡异。

待在房间里的杜丽坐立难安、度秒如年。她不时走到阳台上向下俯视，又不时向星空中仰望，脖子在反复抬高放低中变得酸痛无比。她在房间中坐下来，望着手机上的时间发愣，试图让自己平静一些，但心中的焦躁和不安却没能减少半分。

就这样，时间过了两个小时，现在已经是十点半了。杜丽盘算着父亲的那幅画应该就快要完成了，但天空中却还是没出现毒蜥座。杜丽在心里想道，再过一个半小时，就不再是七月十六号了，而是十七号——难道穆川的信息有误？

她一边胡乱猜测着，一边烦躁地摆弄着桌上的相机。这时，她才想起应该检查一下相机的电量是否充足，忙打开相机。看到屏幕上显示的是满格电，正要放心，忽然心中一顿——上次出去玩，照了大半天的相，之后一直没充过电，电量怎么会还是满格？

杜丽疑惑地调出几张储存在相机内部的照片来看，诧异地发现全是些陌生的画面。愣了几秒后，她才猛然想起，柯林有一个和自己完全一样的相机，刚才在客厅里比较时放在一起——柯林出门之前肯定拿错了，他拿的是她的相机！

这么说，这个相机是柯林的。杜丽正感觉无聊，便按动着相机的按钮，一张张翻看储存在里面的图像：有在柯林公司照的；也有郊外的风景、城市的风景……

杜丽就这样下意识地一张张翻看着照片，突然，一个熟悉的图案跃入她的眼帘——是父亲画的那个图案。

杜丽怔了怔，想起父亲曾拿过二十多张画给柯林，也许是柯林拿回家照的。正要按动按钮翻到下一个图像，突然，这张照片右下角的一小排数字使她蓦地一怔，像遭到雷击一般，猛地坐起身来。

那一排数字是照相机中显示的照片拍摄时间——2007 年 6 月 14 日。现在是 2008 年 7 月 16 日。

杜丽的嘴慢慢张开、双眼发直，脑子里面也嗡嗡地响了起来——等等，这是怎么回事？柯林在一年前就已经看过并拍下了父亲画的那个图案？可是，自己和他认识都还只是大半年前的事——这怎么可能呢？

猛然间，杜丽的脑子里浮现出一幅幅画面：大半年前，患有感冒的柯林到自己所在的医院看病，认识了自己；之后，他以感谢为由请自己吃饭——进一步交往——决定结婚——自己向柯林坦白父亲的事；他来家中后，"无意"中看到了父亲的画；接下来，他非常"凑巧"地拿出了那本书，并开始和父亲接触，共同研究……

杜丽缓缓从椅子上站起来，脊背和头皮阵阵发冷，她麻木转动着的大脑渐渐明白了——难道，这一切……从一开始就是个阴谋？

十二

杜丽抓起相机，发疯般地冲下楼。她打开房门，看见父亲仍俯在桌前画画，而柯林站在旁边，望一眼父亲的画，又望一眼天空。

杜丽胸中的愤怒让她丧失了理智，她快步走上前去，打算立刻责问柯林。就在这时，她看见父亲丢下笔，大喊一声："我完成了！"而柯林立刻朝天上望去，以更大的声音叫道："出现了！毒蜥座！"

杜丽下意识地抬头一望——果然，天空中赫然出现了与那天在电脑屏幕上看到的一样的、由十六颗星星组成的毒蜥座！

杜丽望着天上的星座出神。突然，从毒蜥座正中的天空中射出一道闪电，那闪电不偏不倚地击中杜桑那幅画，天上和地下两张相同的图案被一条银线相连接，"咔嚓"一声巨响，杜桑惨叫着被震飞到几米之外，但那幅画却奇迹般地完好无损。

一切发生得太快了，杜丽目瞪口呆地愣了几秒后，声嘶力竭地喊道："爸——！"

杜丽连扑带爬地奔到父亲身边，扶起父亲的身体，撕心裂肺地哭喊着。但一切都无济于事了，杜桑已经没有了呼吸。

就在杜丽伤心欲绝之时，柯林面对着前方的金橘湖，激动得全身颤抖，大声呼喊道："出来了，那地方居然就在这里！杜桑说的果然没错！这是最伟大的奇迹！是世界上最壮观的场面！"

杜丽抬起头来一看——在她面前，是一辈子从来没见过的，甚至在梦中都不可能出现的奇异景象——金橘湖的湖面上，出现了一个直径几百米的巨大漩涡，所有的湖水都被巨大、神奇的力量卷到了边缘，在漩涡中心出现了一个向下延伸的湖底深洞！

柯林疯狂地张开双手叫喊着："埃卡兹部族的遗迹，埋藏在地下几千万年的秘宝真的存在！它竟然一直隐藏在金橘湖的湖底洞穴里。太神奇了，这真是远古文明的鬼斧神工！"

杜丽慢慢站起来，朝原形毕露的柯林走去，咬牙切齿道："你这个骗子！这一切全都是你计划好的。现在，你的目的达到了吧？"

柯林望了一眼杜丽手中的相机，似乎明白了一切，他冷冷地说："对不起，杜丽。我要是不耍些小把戏，怎么能接近得了你那个天才父亲呢？我又怎么能找到这隐藏得如此巧妙的地下秘宝？"

杜丽举着照相机，狠狠地说："你在一年前是怎么拍到这张照片的？"

"你忘了吗，杜丽。一年多前，你父亲刚开始画这个图案时，你和你家的保姆为家里堆积了太多的画而发愁，便瞒着你父亲偷偷丢掉了一些。也许是缘分吧，你们丢掉的那些画中恰好有那么几张被我看到了——"

"而你又早在那本书中看到过关于这个图案的介绍。"杜丽接着他的话说下去，"所以你就想了个办法接近我，并借机调查关于宝藏的线索——

也就是我父亲，对吗？"

柯林阴笑着说："杜丽，我早就说过，你是个聪明的姑娘。不过话说回来，我一开始也只是好奇，只想借着你爸爸神奇的梦境感应和神通广大的穆川弄清楚这件事而已，但我没想到，发展到后来竟然真的找出了宝藏——也许这是天意吧。你说呢，亲爱的？"

"不准这样叫我，你这个浑蛋！"杜丽噙着泪的眼睛射出愤恨的光芒，"就为了你的好奇心，还有那该死的宝藏，你害死了我父亲！"

"不，杜丽，你这么说可就不对了。我也不知道你父亲会死——不过，我现在知道了。"柯林望着天上的星座说，"这实在是很遗憾也很讽刺的一件事——你父亲死也不会想到，他一直在寻找的那把'钥匙'就是他自己！那个梦暗示他完成自己的使命——画完那个图案，而准确完整的图案就是开启湖底洞穴的钥匙！"

柯林对着天空感叹道："几千万年前的人类竟然能有这样惊人的智慧和能力——他们设计出了一个如此超乎想象的巧妙机关——以天上的星座为锁，地上相对应的图案为钥匙，这实在是太神奇和伟大的构思了！大概全世界最精明的盗宝贼也不可能想到会有这样的开锁方式！"

"可是，你这个盗宝贼不是已经成功了吗？"杜丽一步步向柯林紧逼过来，眼睛里透出拼死的决心，"但我就是拼了这条命，也要阻止你这个卑鄙无耻的浑蛋，我不会让你这么顺利得逞的。"

"你最好冷静一些，亲爱的。"柯林迅速从黑皮包里掏出一支乌黑光亮的手枪，对准离自己还有几米距离的杜丽，"别冲动，别逼我。"

杜丽停下脚步，漠然地望着柯林："看来你早就做好准备要干什么了。"

"不，我并不想使用它。"柯林斜睨了一眼手枪，"只要你乖乖地跟我合作。"

"合作？你还想利用我做什么？"

柯林脖子一歪，指了指湖中心那个大漩涡："跟我一起下去。找到秘宝之后，我们一人一半——我说到做到。"

"如果我拒绝呢？"杜丽冷冷地说。

"那样的话……"柯林打开手枪的保险栓，指着杜丽的脑袋，"我就只好自己去了。"

杜丽盯视了他几秒，转过身面对着那卷着巨大漩涡的湖面，咬了咬牙，闭着眼睛跳了下去。

柯林赶紧跟上前去，他看见杜丽几乎一瞬间就被漩涡卷到了湖底深洞里。他走到杜桑作画的方桌前，夹起那幅画，另一只手握着手枪，运了运气，大喝一声之后，也跳进了漩涡里。

十三

柯林感觉湖水的高速旋转让他眼前发黑、大脑眩晕。但只过了两三秒，他就重重地摔到湖底的深洞里。柯林顾不上头晕，狼狈地从地上爬起来。这时，他发现这洞穴里竟有点点彩色亮光，使他能隐约看到站在对面的杜丽。

仔细观察之后，柯林发现那些彩色亮光竟是一只只萤火虫，它们身体里有不同的颜色，发出各种耀眼的光，一齐飞舞在洞穴的顶壁，像是专门为照亮洞穴而设置的灯一般。杜丽也惊诧地望着这些生活在湖底洞穴里的萤火虫，无法判断它们是一直生活在这里，还是今天晚上特殊的仪式令它们复活过来，迎接进入洞穴的客人。

柯林举着手枪走过来，指着洞穴里唯一的一条通道说："走，你走前面！"

杜丽望着柯林手里的枪，冷笑着说："到了现在，你这个玩意儿还有什么用——你好像已经兴奋过头了，完全没想过我们下来容易，但怎么上去？"

柯林恶狠狠地望着她说："少说废话！一会儿我自然会想到办法。现在——你给我抓紧时间朝里面走，我们的时间只有不到一个小时——当天上的毒蝎座消失的时候，也许一切都会恢复原状！"

"那不就更好了？你可以一直留在这湖底深洞里，永远和你的秘宝做伴。"

柯林面目狰狞地将手枪枪口指到杜丽的额头上："如果你再浪费时间、

胡言乱语的话，我现在就让你跟秘宝做伴。"

杜丽用鄙视的目光瞥了柯林几秒后，转过身朝洞穴深处走去。柯林举着手枪紧随其后。两个人就这样一前一后朝洞穴深处走了十多分钟。越朝里走，周围的环境就越干燥，也越来越明亮——头顶上的萤火虫越来越密集，将洞穴内的石壁和通道照得光亮清晰。同时，两人都注意到，在两边的洞壁上出现了一些石刻的壁画和看不懂的文字、符号。画的都是一些蜥蜴生活的场景，那些蜥蜴被刻画得栩栩如生、形容可怖，让人看了不寒而栗。

杜丽在心中惊叹道，自己现在所处的这个环境，不就跟以前父亲叙述的梦境一模一样吗？她的心中隐隐作痛——难怪父亲对自己态度冷淡——是自己不理解父亲，错怪他了。

又走了几分钟，两人骤然发觉来到了洞穴的尽头。在他们的正前方，有一扇巨大的石门，石门正中间赫然刻着一个他们无比熟悉的图案，和杜桑画的一模一样。

柯林激动地喊道："到了！这里就是杜桑梦中所见到的石门——宝藏就在门的后面！"他欣喜若狂地走过去，将手里拿着的那幅画举起来，仔细比对，爆发出一阵肆意的狂笑，"果然和我想的一样，这幅画不但是打开洞穴的钥匙，也是打开这扇石门的钥匙——它和这扇石门上的图案不但形状颜色一样，连大小都完全一致——这真是天作之合啊！"

说着，柯林将手中的画举起来正面对着石门上的图案。可是，过了许久，什么事也没发生。柯林又将画完全重合地贴到石门上去，仍然没有任何反应。那石门紧闭着，纹丝不动。

过了几分钟，柯林焦躁地吼叫道："怎么回事？为什么还不打开！难道——打开石门的方法不是这样吗？"

他看了看手表，现在已经快十一点四十了。柯林明白，时间不多了。但他却想不出任何办法。他无论如何也想不到，进展如此顺利的事情会在最后一个环节卡壳。

一瞬间，他恼羞成怒，将画重重地摔到身后，骂道："该死的！"

　　杜丽看到柯林的美梦在最后一刻破灭，心中生起一股幸灾乐祸的、报复般的快感。但是，她心中的笑脸在刹那间就僵住了，因为她的眼前出现了神奇的一幕——

　　柯林将画摔到地上后，盘旋在顶壁上的各色萤火虫飞了下来，它们纷纷附着到画上。并且，每种颜色的萤火虫就贴到画中相应颜色的地方。不一会儿，那幅画就变成了一张闪耀着各色光芒的"光图"！

　　本来沮丧无比的柯林看到杜丽神情的变化，猛地转过头，看到了地下的光图，他惊喜地怪叫一声："啊！原来是这样！"

　　他赶紧俯下身去，如获至宝地举起那张光图，再一次让它面对石门上的图案。当那彩色耀眼的光芒与石门上的图案完全重合时，只听"轰隆"一声巨响，石门向后旋转了90度，完全打开了！

　　"开了！终于打开了！"柯林兴奋得全身颤抖、血脉偾张，不顾一切地冲了进去。

　　杜丽待在门口迟疑了几秒，当她听到柯林在里面发出疯子般的狂笑后，也跨了进去。刚走进这洞内密室一步，杜丽便被那满地闪耀的奇光异彩晃得几乎睁不开眼睛。她适应了一阵后，仔细望去，立刻倒吸了一口凉气，差点忘记呼吸——在这个石室内，遍地堆放着不计其数的钻石、蓝宝石、绿宝石……还有各种她根本见都没见过，也叫不出名字的珍贵宝石。就连傻子都能看出来，这里的任何一颗宝石拿出去之后都是价值连城的珍宝。

　　柯林已经完全忘乎所以了，他在宝石堆中打着滚，将随手抓起的宝石抛向空中，歇斯底里地狂叫道："我发财了！这些全都是我的！是我的！"

　　杜丽在惊诧中平静下来，她仔细看了看周围——这个密室的墙壁十分奇怪，都有着一些细小的裂缝，不知道是天然形成的还是人为所致，但这些裂缝让她产生了一种不好的预感——柯林还沉浸在与宝石共舞的狂喜之中，对此完全没有察觉。

　　杜丽看了看时间，对近乎失控的柯林提醒道："还有十分钟就到一个小时了，我看你还是赶紧想想怎么离开这里吧。"

这句话让柯林猛然惊醒，他在衣服口袋和裤子口袋里塞满宝石，正欲离开，却突然发现在这个石室的最里面，有一个由石头堆砌而成的供台，上面摆放着一个拳头大小的红色小盒子。

柯林的直觉告诉他，那红色小盒子中装着的，是这石洞中的宝中之宝。但潜意识又提醒他，那个红色小盒子散发着一种危险信号，一种不可触碰和侵犯的恐惧暗示。

在诱惑和恐惧之间，柯林迟疑不决。这时，他突然看到了杜丽，便举起手枪，威胁道："你，去把那红色盒子拿下来！"

杜丽看了一眼那石头供台上的红色盒子，也本能地感觉到了危险，她站着没有动。

柯林红着眼睛，恶狠狠地说："我只数三声，如果你再不去，我就开枪了！"

杜丽从柯林疯狂的眼神中看出来了，这个在财宝面前丧心病狂的人是什么事都做得出来的。她只能朝那个红色的小盒子走去。

杜丽踩着满地的宝石一步步朝供台走去。柯林在她身后凶恶地催促道："你给我快点！别浪费时间！"

杜丽走到了供台前，她仔细地看着那个精致小巧的红盒子，觉得那盒子像有魔力般在召唤着她将其打开。

这个时候，柯林也在后面吼叫道："快，把它拿起来，打开看看里面有什么！"

杜丽感觉自己的手不由自主地伸了过去，她拿起小盒子，将它放到自己眼前，再轻轻地打开盒盖——她愣住了——里面没有什么珍宝奇玉，却有一样出乎意料的东西——那小盒子里装着一只小指头大小的，像雕塑般一动不动的深色蜥蜴，看上去早就已经风干死亡了。那蜥蜴的背上有她再熟悉不过的那个图案。

杜丽举着那个小盒子，还陷在困惑和迟疑中，突然，那"死亡"的蜥蜴动了一下，然后以迅雷不及掩耳的速度爬出盒子，跳到了杜丽手臂上。

杜丽后背一凉，"啊"地惊叫一声，丢掉盒子，然后拼命甩动手臂，想把那蜥蜴甩下来。但那蜥蜴却像涂了强力胶般，死死地粘在杜丽手臂上。并且，它张开嘴，露出尖利的毒牙，一口咬破杜丽的手腕，钻到了她的皮肉中。

杜丽在突如其来的巨大恐惧中翻滚到地上，惨叫着滚到柯林面前。柯林惊慌失措地望着她，不知道刚才发生了什么事。突然，趴在地上的杜丽抬起头来。柯林清楚地看到，在杜丽脸的皮层之下，游动着一个凸起的蜥蜴形状的东西，那东西正快速地向杜丽的脑部爬去。柯林吓得怪叫一声，跌跌撞撞地向后退去。

俯在地上的杜丽痛苦地抱着头，悲惨地号叫着，不一会儿，她的动作停了下来，趴在地上完全不动了。

柯林倒吸一口凉气，吓得头皮发麻，他惊恐地叫道："天哪……太可怕了！她竟然这么恐怖地死去了！"

全身颤抖了一阵后，柯林意识到他也应该赶快逃走了，那只蜥蜴随时有可能从杜丽的脑袋中钻出来，突然跳到他身上！柯林打了个冷战，扶着墙壁朝外跑去。就在他转过身那一瞬间，身后传出一句："等等。"

柯林惊惧地张开嘴，缓缓回过头，竟发现杜丽从地上站了起来，她的额头上多了一个蜥蜴形的标志，眼神变得凶悍而阴冷，浑身上下透露出一股至高无上的威严——除了模样之外，简直变成了另一个完全陌生的人。柯林大张着嘴说不出话来。

杜丽向前走了一步，靠近他说："辛苦了，'引领者'。你和'钥匙'一样，你们的使命都完成了。"

柯林瞪大双眼："你说什么……引领者？什么意思？"

"我没有必要跟一件'工具'说话，你可以安息了。"杜丽慢慢抬起左手，食指指向柯林的额头。

骤然间，一片死亡前的阴影向柯林笼罩过来。他怪叫着跪了下来，语无伦次地说："杜丽……你……你是谁？你要……干什么？"

"杜丽"轻蔑地斜视着他，冷笑着说："看你忙活了这么久，我就让你死个明白吧——引领者，你只惦记着财宝，却忘了这财宝是属于谁的吗？"

柯林像触电般猛抖了一下，大惊失色。这时，他想起自己那本书上所写的内容——埃卡兹部族有一个具有神秘力量的首领，在死去后，依旧能够于若干年后借助某些仪式复活……

柯林面色惨白地指着"杜丽"说："你……你是……"

"看来你想起来了嘛。我早就说过，你是个聪明的家伙——这也是我选你当引领者的原因。"那冰冷的声音讥笑着说。

柯林喘着粗气说："难道，从一开始……我、杜桑，全都是你要进行复活仪式而选择的工具而已？"

"能够在几千万年之后，为我这个即将重新统治世界的女王担任引领者和钥匙的重任，你们应该感到荣幸之至才对。"她的嘴角浮现出一丝冷笑，"就让我用隆重的方式来庆祝你使命的完成吧。"

"杜丽"拍了拍手，大声说道："我沉睡了几千万年的子民们，都出来吧！"

话音刚落，石室墙壁的裂缝中一齐涌出成千上万只深灰色的毒蜥蜴，一瞬间就把整个石室铺得密密麻麻。

"杜丽"用手指着柯林，对蜥蜴们发号施令："去吧，向他致以你们最热烈的问候。"

"不……不！"柯林厉声尖叫着蜷成一团，几万只毒蜥蜴组成的洪水向他猛扑过去，瞬间就将他淹没吞噬……

毒蜥蜴们完成任务之后，齐聚到首领脚下，有几只顺着她的腿爬到了她的指尖。冷艳的首领看着这些灵巧的小家伙，开心地笑道："我的子民们呀，现在地球上的人恐怕怎么也想象不到，我们这些昔日统治地球的主人——埃卡兹部族根本就不是人类，而是一群有着高等智慧和强大力量的蜥蜴。如果不是几千万年前那巨大的陨石灾难，我们怎么会在这阴冷的地下沉睡这么多年呢？"

女王亲吻了她指尖上的小蜥蜴一下："现在，去夺回原本属于我们的世界吧，爬行类的时代再一次到来了。"

通　灵

楔　子

　　我一直以为，世界上聪明的作家或是机智的讲述者都不会愿意去向别人描述一场热闹、盛大的婚礼。因为对那种洋溢着无穷欢愉、喧嚣、热烈和喜庆的氛围来说，任何笔墨的描写和形容都只会显得苍白无力。很显然，除了那些真正身处婚宴现场的宾客之外，其他任何人都无法通过别的途径分享到那些新人们的幸福和甜蜜。

　　普通人的婚礼尚且如此，那么关于我们这个故事的两位主角的婚礼就更甚了——这两位新人一个是外贸进出口公司年轻的董事，另一个是国内小有名气的歌剧名伶。他们是真正的男才女貌。尤其是当他们身穿笔挺的西装和典雅的纯白婚纱惊现于红毯上时，当周围的人群发出浪潮般的赞叹与惊呼之际，你尽可以把你想到的诸如"英俊、潇洒、美丽、端庄……"这一类的美好词语一股脑全安在他们身上。

　　而至于现场的热闹气氛，我真是懒得费尽唇舌去形容了——四十八辆名牌轿车组成的迎亲花车、布置在希尔顿酒店大厅内的八十九张餐桌和总数接近一千位的宾客——由这些场景组成的画面你自己去想吧。

　　是的，太完美了，一切都太完美了。但还是存在着一个小问题——这个开头，可一点都不像是个恐怖故事呀。

一

　　"范尼先生，你愿意娶朱莉小姐为妻吗？从今以后，照顾她、爱护她，无论贫穷还是富有，疾病还是健康，相敬相爱、不离不弃，永远在一起？"

"是的，我愿意。"新郎望着美丽动人的妻子，庄严地宣誓。

"那么，朱莉小姐，你愿意嫁给范尼先生吗？不论顺境、逆境，健康、疾病都……"

"好了神父，别说了，我愿意。"朱莉冲神父调皮地一笑，然后搂住新郎的脖子，两人热烈地拥吻起来。

大厅内的宾客都被这个活泼可爱的新娘的举动逗乐了，他们一边开怀大笑着，一边爆发出雷鸣般的掌声和欢呼声。

"好吧。现在我宣布你们结为夫妻。"神父无奈地摇着头，苦笑道，"新郎，你可以吻你的新娘了。"

站在台上的新婚夫妇旁若无人地忘情拥吻了足有半分钟之久，甜蜜浪漫的情绪感染了在场的每一个人，台下的欢笑声和尖叫声此起彼伏。

新娘的母亲是个雍容华贵、气质高雅的妇人，她的脸颊微微发红，笑着嗔怪道："这鬼丫头，也不看一下场合，结婚时都这么顽皮，没个正经！"

"哈哈哈哈！"旁边新娘的父亲发出一阵爽朗的大笑，"我们莉莉是搞艺术的，天性就是这么自由浪漫、不拘一格。"

新娘母亲转过头对亲家母说："你看，本来稳重的范尼都被我那宝贝女儿带得这么开放了。"

新郎母亲轻轻捂着嘴笑，随后，又悄悄拭干那溢出眼角的幸福泪珠。新郎的父亲是个面容威严、身姿硬朗的中年男人，他是儿子那家外贸进出口公司的董事长。

此刻，他面露微笑，轻轻颔首道："这两个孩子从读大学时就谈恋爱，能走到今天这一步不容易呀，他们高兴得忘乎所以也是可以理解的。"

这个时候，主持婚礼的司仪宣布仪式结束，婚宴正式开始，宾客们开始就餐。两位新人手牵着手来到四位父母身边。

新娘母亲站起来在女儿鼻子上轻轻刮了一下："你这个调皮的丫头，结婚仪式都不认真对待！"

朱莉牵着母亲的手，满面红光地说："妈，我真的太兴奋，太开心了！难道你不为我感到开心吗？"

"开心、开心。可是当着这么多宾客的面，你也要矜持一点呀。"

朱莉挽着范尼的手臂，做了个鬼脸："我就是要让大家都知道我们有多么相爱！"

朱莉的母亲做了个表示肉麻的动作。

范尼的母亲微笑着说："好了，你们快去换一下衣服吧，一会儿还要每桌挨着敬酒呢！"

"好的，我们去了！"朱莉拉着范尼朝酒店的客房部走。

"别忘了，是 309 号房间，你们的东西都准备好放在那里了。"范尼的母亲提醒道。

"知道了。"范尼回过头应了一声。

走出餐厅的喧嚣、热闹，两个年轻人脚步轻快地来到三楼客房部。范尼从裤子口袋里摸出房卡，在房门口的凹槽处轻轻一划，门开了——里面是豪华的商务套房。这个房间是范尼的母亲早就预订好的，专门用于暂放物品和换衣服。

两人走进来后，范尼一眼便看见了整齐摆放在床上的中式旗袍。他将衣服拿起来递给朱莉，说："快换上吧，亲爱的，我们得赶紧下去敬酒。"

朱莉接过这件镶着金边的丝绸旗袍，却又将它慢慢地滑向床边。她轻柔地圈起手臂，挽住范尼的肩膀。她抬起那有如梦一般美丽的脸庞，眼波闪烁着朦胧的光泽，那是刚才他们一起饮下的葡萄酒的颜色。

"亲爱的。"她轻启朱唇，温柔地说。

"什么事，我的小草莓。"范尼张开大手，同样温柔地圈在妻子的纤纤细腰上。

"你爱我吗？"

"你说呢？"

"刚才仪式上神父说的那一段结婚誓词，你真的能做到吗？无论以后发生什么事，你都只爱我一个人？"

"当然。"范尼坚定地说,"那段誓词中的每一句话我都能百分之百做到。"

朱莉甜甜地望着丈夫:"刚才说只是一个形式。现在只有我们两人单独在一起,我要你把那段誓词再对我说一遍。"

"好吧。"范尼轻轻笑了笑,抬起眼睛望向上方,"那段誓词有点长,我得想想……"

朱莉伸出手指按在丈夫的嘴唇上:"亲爱的,我不要你背台词。我想听的是你发自肺腑的誓词。"

范尼凝视着朱莉那闪耀着光辉的双眸,诚恳而庄重地说:"我发誓,在以后的日子里,不论发生任何事,我都会永远和你在一起,只爱你一个人。"

又是一轮热情的拥吻。之后,范尼对朱莉说:"亲爱的,你呢?你刚才省略了仪式上的过场,现在应该补上了吧?"

朱莉微微颤动着她那又细又长的睫毛,仿佛织成了一张只有竖纹的网。她动情地说:"我也是,无论以后发生任何事,我都只爱你一个人,永远和你在一起,绝不分开。"

范尼毫不迟疑地投入那张网中。

一分钟后,两人才分开。朱莉抓起床上的旗袍,再拎起自己的皮包,微笑着对范尼说:"我去卫生间换衣服,我们马上下去。"

"有必要吗?你还要避开我到卫生间换衣服?"范尼歪着嘴笑道。

"我还要顺便在镜子前补个妆呢,等着我,亲爱的,一会儿就好。"

范尼躺到床上,长长地舒出一口气,在心里感叹道——太幸福了,自己真是太幸福了。

过了一会儿,范尼听到卫生间里朱莉的声音:"亲爱的,我戴的这对钻石耳环和中式旗袍不配,你帮我在首饰盒里拿一下那对红宝石耳环好吗?"

范尼回过头,看见了床头柜上朱莉的首饰盒。他在一个小木盒里找到了那对红宝石耳环,拿起来走到卫生间门前。朱莉打开门,此时她已经换上了那套中式旗袍，和刚才的纯白婚纱相比，又是另一种完全不同的韵味。

范尼将红宝石耳环递给朱莉，同时赞叹道："亲爱的，你真是太美了。"

朱莉微笑着在范尼的脸颊上亲吻了一下，然后又将卫生间的门关上了。范尼继续回床边躺下，等待着妻子梳妆完毕。

好一阵之后，范尼抬起手腕看了看表，估摸着他们上来已经有十多分钟了。他从床上坐起身来，对着卫生间喊道："亲爱的，快一点，我们该去敬酒了。"

卫生间里没有回应。

范尼站起来，走到卫生间前。这时，他才注意到卫生间里正传出隐隐约约的音乐声，那是朱莉的手机铃声。范尼皱了皱眉，他敲了几下卫生间的门，问道："亲爱的，你在干什么？为什么既不接电话也不回答我？"

里面仍是沉默以对。范尼感到疑惑不解，他抓住门的把手，将卫生间的门缓缓推开——

卫生间的景象展现在范尼眼前那一瞬间，是他永生难忘的可怕梦魇。他以往几十年的所有噩梦加在一起，也远没有这一次带来的冲击如此令他惊骇莫名、心胆俱裂。他几乎是在一刹那就变成了一尊停止了呼吸的雕像，只有那布满血丝、快要迸射而出的眼珠和不断向头顶上涌动的热血提醒着他，自己还是个活人。

——刚才还鲜活生动的朱莉此刻仰面倒在了卫生间的地板上。她的双手握着一柄锋利匕首的刀柄，而刀刃已经深深地刺入她的喉管之中。她那闪着美丽光泽的皮肤被鲜血染成一片血红。卫生间的地板和墙壁也被溅射出来的鲜血染得血迹斑斑——整个场景犹如地狱般可怕。

范尼在强烈的天旋地转中踉踉跄跄地扑到妻子身边，一把将她抱起，用力摇晃着妻子的身体，大叫道："朱莉……朱莉！"

但是，范尼在泪眼蒙眬中分明看到，那把锋利匕首带给妻子的致命伤，已经夺去了她身上所有的血色和生气，她不可能再睁开眼睛含情脉脉地望着自己，也不可能再和自己说任何一句话了。范尼抱住脑袋，发出撕心裂肺的号叫。

"——啊！"

然后，他像发了疯似的站起来，冲出卫生间，夺门而去。他在走廊上疯跑，又连滚带爬地狂奔下楼，来到了二楼的婚宴大厅。

餐厅里，乐队演奏着舒缓、轻快的音乐，宾客们正在欢声笑语中进餐。突然，几个客人最先发现了那狂奔而至、满身是血的新郎，他们一起失声惊叫出来。乐队的演奏者受到影响停了下来，音乐声戛然而止。

当浑身血迹的范尼疯跑到父母所在的那张餐桌时，整个大厅的人都注意到了他，人们都被这突如其来的一幕惊呆了。范尼的父亲最先站起来，抓住儿子的肩膀，大声问道："发生什么事了？！"

范尼瞪大的双眼中全是惊慌和恐惧，他浑身筛糠似的猛抖着，过了几秒钟，他大叫道："她死了……死了！朱莉死了！"

这句话将在场的每一个人都惊得犹如悍雷轰顶。朱莉的父亲冲过来抓住范尼的手臂，大吼道："你说什么？！"

范尼的双腿瘫软下去，他用混合着无穷无尽惊悸和恐惧的声音说道："朱莉……她在卫生间里刺颈自杀了！"

朱莉的父亲瞠目结舌地呆在原地。几秒钟后，他听到身后传来扑通一声，回过头一看，自己的妻子倒在了地上，不省人事。

范尼的母亲也感觉脑子里嗡嗡作响，身体变得摇摇欲坠。在快要昏死过去的一瞬间，范尼的父亲一把将她扶住，同时声嘶力竭地冲儿子大喊道："在哪里？！快带我去看看！"

范尼神情茫然，有气无力地说："就在我们订的那个……309 号房间里。"

朱莉的父亲甩开范尼的手臂，跌跌撞撞地穿过人群，朝三楼楼梯走去。范尼的父亲将妻子安顿在椅子上，也迅速走了过去。刚才还是一片欢乐海洋的婚宴大厅顷刻间变成了死一般沉寂的肃杀之地。人们无法理解和接受眼前发生的事情，他们谁都没经历过这从云端坠入地底的强烈情绪反差，全都呆站在原地，不知所措。

范尼神色呆滞地跪在地上，模糊的泪光中，他看到自己几近昏死的母亲和被人扶起后奄奄一息的岳母，终于再也支撑不住，颓然倒地。他感觉自己像在一辆急速行驶的火车上，周围只有嗡嗡的轰鸣声，其他什么也听不见。最后，他被推入隧道，眼前一黑，便什么也不知道了。

二

范尼不知道自己是几时醒来的。当他刚刚睁开眼睛的一刹那，他甚至欣喜地以为——之前发生的可怕事情只是一场噩梦。但是当他看清自己正身处在医院病房内时，那些恐惧、痛苦的回忆就像是挥之不去的阴影一般立刻侵占了他的身体，让他又陷入了深深的绝望和悲哀中。

好一阵之后，范尼才注意到他病床边还坐着几个人，那是他的叔叔和婶婶。另外还有一个范尼不认识的中年男人，他的制服告诉别人，他是个警察。

婶婶见侄儿醒来，关切地上前询问：“范尼，你醒了？现在感觉好些了吧？”

范尼揉了揉自己仍有些晕乎乎的脑袋，问道：“我在这里睡多久了？”

叔叔说：“昨天你昏死过去后，被送进医院，已经躺了一天一夜了。”

范尼问：“我爸妈呢，他们怎么样？”

叔叔和婶婶对视了一眼，同时叹了一口气。婶婶说：“你妈妈那天也昏死过去了，不过好在送医院及时，休息一阵就好了。你爸爸……”

范尼有些紧张地问：“怎么？”

叔叔犹豫了一下，表情沉重地说：“你爸爸那天……亲眼看到那一幕之后，突发高血压，引起脑出血，现在还在抢救……”

范尼坐起身子，急迫地问：“还没脱离危险期吗？”

叔叔轻轻点了点头。

范尼挣扎着要翻身下床，叔叔按住他的身体，说：“别着急，范尼，医生说你爸爸的情况已经控制住了，你不要太担心。你……受了这么大的打击，身体也很虚弱，要好好休息。”

范尼慢慢坐回病床上，他张了张嘴，又闭上了——现在他根本不敢问朱莉父母的情况。他知道，视女儿为掌上明珠的岳父岳母此刻的状况肯定会更糟。

沉闷了一阵，一直坐在旁边没有吭声的警察轻轻咳了两声，婶婶这才想起了什么，她对侄儿说："对了，范尼，这位向警官已经在这里等了很久了，他要找你了解一些情况。"

身材高大的中年警察站起来走到范尼床边，礼貌地点了点头："你好，范尼先生，我是刑侦科的调查员向问天。对于昨天在你婚礼上发生的惨剧，我深表遗憾，我也知道你遭受的打击非常大，也许你现在并不想谈论这件事——但是，我的工作职责是需要尽快将整个事件了解清楚，希望你能配合我的工作。"

范尼眼神木讷地望着别处，没有任何反应。向警官朝范尼的叔叔和婶婶点了点头，示意他们先出去。然后，他将病房的门关拢，坐到病床前的一把椅子上，从腋下夹着的黑皮包里拿出一个记录本和一支钢笔。

"范尼先生，我会使我们的谈话尽量简短。所以，我只问几个最重要的问题——尽管这可能让你不愉快，但也请务必配合，好吗？"

范尼的身体微微晃了两下。向警官不敢肯定这算不算是点头。他扬了扬眉毛，开始提问："昨天中午的婚礼仪式结束后，你陪同你的新婚妻子去事先订好的309号房间换衣服。没过多久你妻子便在卫生间里用一把匕首刺破颈动脉自杀。现在，我想请你回忆一下，在你妻子进卫生间换衣服之前，她有没有什么异常行为？或者是，在那之前你们俩之间有没有发生什么事？"

范尼机械地将脑袋转过来望着向警官，眉头紧紧地挤在一起，看得出来，他在努力思索这个问题。过了好一会儿，他神思惘然地摇着头说："我不知道……我看不出来她有什么不对的地方。她跟我说的每一句话都很正常，她当时显得既幸福又甜蜜……为什么？她为什么寻死？"范尼望着向警官，然后又默默地低下头，自言自语，"为什么寻死……为什么要自杀？"

向警官凝视了范尼一会儿，又问道："她在进卫生间之前跟你说了些什么话？"

范尼竭力回想，心如刀绞："她要我把在结婚仪式上说的誓言再对她说一次。"

"你说了吗？"

"是的。"

"那她有没有对你说什么？"

"……她说了。"范尼忍住巨大的悲伤，"她说不管以后发生什么事，她都会爱我，永远和我在一起。"

向警官微微皱了皱眉，说："你觉得——她在跟你说这些话的时候，有没有一种'道别'的感觉？"

范尼抬起头来望着向警官："道别？不，我没有这种感觉。我们的好日子才刚刚开始呢，她为什么要跟我道别？"

"你们认识多少年了？"

"十多年了……我们从相恋到现在，也有六年了。"

"她以前有没有跟你说过自杀一类的话题？或者是，你有没有感觉到她曾经有轻生的念头？"

"不，从来没有过！朱莉是个阳光、开朗、活泼、充满活力的姑娘。她精力充沛、性格坚强，向往艺术和大自然，没有任何人比她更热爱生活！"

"从她进卫生间到你发现她自杀，大概有多长时间？"

范尼眉头紧锁地回想了片刻："最多五分钟……从我最后一次看见她，到我闯进卫生间……最多不会超过五分钟。"

"她在卫生间的时候，你在做什么？"

"我就躺在床上，什么也没做。"

向警官沉默了几秒，忽然突兀地问道："那把刀是从哪里来的？"

范尼的身体颤动了一下："你是说，那把她用来自杀的匕首？"

"是的。"

范尼捂住额头，痛苦而烦躁地说："我不知道，我不知道那把匕首是从哪里来的！"

"你从来没见过那把匕首？"

"没见过。"

"那这把匕首是从哪里冒出来的？一个新娘在结婚当天竟然会随身携带匕首？而她又是怎么把它拿进卫生间而不被你发现的——请原谅，范尼先生，作为丈夫，你对这些情况一点都不了解吗？"向警官突然有些咄咄逼人地问道。

范尼像是被这一连串的问题问蒙了头，他张着嘴愣了半天，似乎此时才开始意识到这些疑问确实匪夷所思。他思索了好一会儿后，喃喃自语道："难道……她一开始就把那把匕首藏在了皮包里，然后带到卫生间去的？"

"你是说，她带了一个皮包到卫生间去，而那把匕首就放在里面？"

范尼困惑地摇着头说："我实在想不出来，她身上还有哪个地方能藏下一把匕首了。"

向警官用手托住下巴，眯起眼睛说："这么说来，她是早就准备好要在这一天自杀了……否则我想不出来有什么理由会让一个新娘带着把匕首举行婚礼。"

这句话将本来已经冷静下来的范尼再一次推到了崩溃的边缘，他抓着自己的头发，失控地大叫道："为什么！为什么……朱莉！你为什么要这么做！为什么要这么残忍！我有什么地方做得不对吗？你告诉我呀！为什么要这样折磨我、惩罚我？"

范尼的情绪完全失控，他悲痛地号啕大哭、泣不成声。

外面的护士闯了进来，对警察说："对不起，病人现在需要休息，不能再受到刺激了——请你改天再来吧！"

向警官站起来，有些歉疚地对范尼说："很抱歉，范尼先生，我想我已经了解得比较清楚了——就不再打扰了，你好好休息吧。"

向警官正要转身离去，范尼却稳住情绪，声音哽咽地叫住他："等等，警官，我想……再向你确认一件事。"

"什么事？"向警官望着他。

范尼强忍住悲痛问："我妻子她……真的是自杀吗？"

向警官微微一顿："你为什么要这么问？"

"我的意思是，你们真的能完全排除他杀吗？"

向警官迟疑了一下，说："根据我们的调查和分析来看，你妻子绝对是自杀的——因为事发当时你就在那个房间内，即便房间没有上锁，也没有哪个凶手能做到偷偷地进来从正面杀死你妻子而不让她有丝毫的挣扎，或者是发出一丁点的响动；况且他还要有足够的时间和耐心将你妻子的手握在刀柄上将她摆成自杀的样子，并处理好自己身上的血迹——在我看来，就算是一个职业杀手也不可能在五分钟之内完成这种谋杀。除非——"向警官说到这里，停了下来。

范尼抬起头来望着他："除非什么？"

向警官的目光游移了一阵，又回到范尼身上，清晰而缓慢地说："除非凶手是你。"

"向警官！"站在门口的范尼的婶婶冲进来，大声斥责道，"你在说些什么！你知不知道他们有多相爱！你是不是嫌我侄儿受到的打击还不够大！还要说这些胡话来刺激他！"

令人意外的是，坐在病床上的范尼却完全没有愤怒生气的表现，他只是低垂着头，一副万念俱灰的模样，神情呆滞地低声自语："这么说，她真的是自杀了……她是不再爱我了吧，才会选择离我而去……"他的声音越来越小。最后，他缓缓地躺到病床上，双目无神，一动不动，就像死人一样。

向警官整理了一下自己的警帽，将方向调正，语气坦诚地说："根据多年的办案经验，我能看出来，你不可能是凶手——告辞了，范尼先生，请你节哀。"

向警官跟病房里的人点头致意，然后迈开大步走了出去。

婶婶想上前去对侄儿说些安慰的话，但被自己的丈夫用眼神和动作制止了。"让他一个人静一会儿吧。"叔叔说。

范尼就这样一动不动地躺着，眼睛里充满哀伤。窗外枯黄的树叶就像他的心一样，在渐渐枯萎凋零。

不知道什么时候，母亲坐在了儿子床边，她充满爱意的手抚摩着儿子的额头，轻声呼唤着儿子的小名。范尼缓缓转过头来，望着一脸慈爱却布满倦容的母亲。他突然觉得，母亲仿佛在一瞬间苍老了十岁。

范尼哽咽着叫了一声"妈——"，像一个受尽委屈的孩子。

母亲俯下身去，将儿子扶起来倚床而坐，对他说："儿子，我要你知道一些事情。自从亚当和夏娃偷吃了伊甸园的智慧果后，人类便犯下了原罪。每个人来到这人间，就注定是要受苦受难的，无一例外。所以，我要你勇敢地面对这些痛苦和灾难，不能任由这些悲痛的荒草在你身体内无限滋长、蔓延，最后吞噬你的内心。为了我，还有你的父亲，坚强些，好吗？"

范尼泪眼模糊的视线中，母亲似乎忽近忽远。他颤抖着说："妈，我也想坚强起来，可是……我真的怎么也想不通，朱莉她……她为什么要这么做？"

母亲捧住儿子的脸说："听着，我要你忘了这件事情。从今往后，我们谁都不要再提起这件事情。儿子，你还年轻，才26岁，即便经受打击，你也仍然拥有美好的人生和未来。记住！别再想这件事了，过去的事就让它过去吧！"

范尼的眼泪再一次夺眶而出："妈，我做不到，你知道的，我做不到！我不可能忘掉朱莉！"

母亲凝视着儿子的眼睛说："我要你忘记这件事，忘记朱莉——不是今天，也不是下个星期、下个月。但是你必须尝试着忘记！你听懂了吗？它不能一直占据你的内心、毁了你！"

范尼伤心欲绝地望着母亲，他分明发现，母亲的眼角也噙着泪花。最后，母子俩难以自控，一起抱头痛哭。

忘记朱莉，忘记我们的爱，这真的做得到吗？时间能抚平一切创伤，这句话真的对吗？也许，我要用十年、二十年，或更久的时间来验证。

三

半夜里，范尼被尿意憋醒了。他摸索着下床，朝卫生间走去。

四周都是黑咕隆咚的，范尼尝试着在墙边寻找电灯开关，摸了半天也没摸到。他只得凭着白天的记忆摸黑来到卫生间旁。推开门后，他的手触碰到左边墙上的电灯开关，"啪"的一声，灯亮了。

小解完后，范尼到洗手池冲手。正洗着的时候，他无意间望了一眼自己正对面的那面大镜子，愣住了。镜子里反射出的是整个洗手间的全貌，范尼注视了一阵后，突然张开了嘴，一种不寒而栗的恐怖感觉遍布全身——

他骤然发现，这个洗手间的所有陈设、布置居然跟希尔顿酒店的309号房间一模一样！

范尼猛地回过头，心中无比骇然——没错，那幅天蓝色的窗帘、浴缸边上紫色瓶子的沐浴露，还有米黄色的防滑地板砖，这些全都跟309号房间一样！

范尼感觉背脊上有一股凉意冒了起来，他不明白，为什么白天没有发现这些呢？

就在他神情茫然，慢慢转过身子的时候，他又望了一眼那面大镜子，镜子中竟反射出一个穿着红色旗袍的女人，她手中握着一柄尖刀，正对着喉咙。

"——啊！"范尼大叫一声，惊骇之中，他猛地转过身去，大喊道，"朱莉，不！"

但已经迟了，那柄锋利的匕首已经深深地刺进了她柔软的脖子，鲜血如泉涌般喷溅而出。朱莉倒在地板上，顷刻之间，整个卫生间被染成一片血红。

"不，朱莉。不——！"范尼声嘶力竭地狂喊——随即，他的眼睛猛地睁开，周围的一切变为现实。

"怎么了范尼，又做噩梦了？"身边的妻子贾玲迅速翻身起来，在丈夫的胸口不断轻抚着，并用枕巾擦拭着他额头上沁出的冷汗。范尼的胸口仍猛烈起伏着，他大口喘着粗气，一副惊魂未定的样子。

一分钟后，范尼才感觉好了些，他握住妻子抚慰自己胸口的手，说："好了，我好多了。"

贾玲担忧地把头靠在丈夫肩膀上，说："亲爱的，都过去十年了，你还忘不了那件事吗？"

范尼叹了口气，轻轻摇着头说："不，我早忘记那件事了——我只是无法控制自己不做噩梦。"

窗外的月光透过玻璃洒在范尼的脸上，使贾玲能看见丈夫的眼睛，她说："不，亲爱的，你没说实话。如果你真的忘记那件事的话，就不会反复做这个噩梦了。"

范尼沉默不语。贾玲抚摩着范尼的脸庞说："亲爱的，你就看在我们可爱的儿子的分上，别去想那些不愉快的事了——我们现在的生活多幸福呀。"

范尼抬起头朝自己刚满四岁的儿子范晓宇的房间望去——看来小家伙睡得还挺沉，自己刚才那声歇斯底里的喊叫也没把他吵醒。

范尼缓缓舒出一口气，对妻子说："我知道了，睡吧。"

贾玲顺从地点了点头，紧挨着丈夫，不一会儿便酣然入梦。但范尼的眼睛却一直望着那铺满银灰色月光的窗外。他清楚，每次只要一做这个噩梦，就意味着要度过一个失眠的夜晚了……

清晨醒来后，贾玲到儿子的房间帮儿子穿衣服。范尼揉着疲倦的双眼来到卫生间，洗漱完后，他用刮胡刀刮掉胡楂。他一边摸着下巴，一边端视着镜中的自己——因为大半夜的失眠，眼睛有些浮肿，但精神不算太差。镜中的男人虽然已不及十年前那般英俊倜傥，却多出几分成熟男人的稳重和刚毅，风采犹存。

此时，范尼的手机铃声响了起来，他接起电话："喂，你好。"

听筒里是甜甜的女声："董事长，早上好，是我呀。"

范尼听出是公司里女秘书的声音，问道："小周啊，什么事？"

"董事长，今天是星期天，也是您母亲的生日，您没忘吧？"

"嗯，我没忘。"范尼笑起来，"小周，你的工作职责什么时候扩展了？现在还要负责提醒我生活上的日程安排？"

"不，董事长。"细心的女秘书说，"是您那天自己说起的，今天是您母亲的生日，您说很重要，千万不能忘了——我便记下来提醒您一下。"

"好的，谢谢你小周，我知道了。"

"董事长再见。"

范尼放下电话，出了一会儿神——这么多年了，他早该适应了"董事长"这个称呼，但每次听到别人这样叫自己的时候，他总会时不时地想起父亲来——十年前的那次惨剧后，父亲因脑出血住进医院。所有人都没想到，父亲这一躺，竟然就没能再起来，他在昏迷了五天后猝然去世了。短时间内相继失去妻子和父亲的巨大悲痛，至今仍令范尼感到刻骨铭心。

十几秒后，范尼提醒自己道——今天是母亲的生日，不能再想这些悲伤的往事了，应该打起精神来，高高兴兴地为母亲祝寿。他走出卫生间，来到餐桌旁。妻子和儿子已经在吃着黄油面包和蔬菜沙拉了。

范尼坐到儿子身边，摸着他的小脑袋说："晓宇，今天是奶奶的生日，一会儿我们去奶奶家玩，好吗？"

"好啊，好啊！"范晓宇高兴地拍着手掌说，"我最喜欢去奶奶家玩了！"

"因为去奶奶家，你就可以敞开肚皮吃零食了，对吧？"贾玲笑着说，"你这个小机灵鬼！"

范尼拿起一片抹好黄油的面包，咬了一口，说："我们一会儿先去商场买礼物，然后就去妈那儿。"

"不用了，我早就买好了。"贾玲从身后拿出一个精美的购物袋，里面鼓鼓囊囊的，"这件水貂皮大衣是Dior（迪奥）才上的新款，保准妈满意。"

范尼首先就满意了，他微笑着说："太好了，贾玲，你真有心。"

"你妈妈的生日我敢忘吗？"贾玲笑着说，"快吃吧，我们早点去。"

吃完早饭后，范尼去车库把他的白色宝马轿车开出来。车子路过一家大蛋糕店时，范尼下车去给母亲订了一个豪华的双层蛋糕，并告诉店员母亲的住址。十点半时，范尼一家来到了母亲漂亮的别墅。母亲早就猜到他们会来，正在门口的小花园里微笑着迎接他们。

范晓宇最先抢着下车，他欢快地跑过去，大声喊道："奶奶！"

"唉，我的小宝贝儿！"奶奶俯下身去捧住孙子胖嘟嘟的小脸，开心地笑着说，"你又长胖了，这回奶奶可抱不动你了！"

"妈。"范尼和贾玲一起跟母亲打招呼。

"好，好，快进来吧。"母亲带着儿子一家进屋，对保姆说，"你去泡一壶上好的龙井来。"

范晓宇还没来得及坐下，就一眼看见了玻璃茶几上堆成小山的果冻、巧克力酥和牛肉干，他"哇"地大叫一声，立刻扑到那堆零食中去。

贾玲坐到沙发上，无奈地摇着头说："妈，你又给他买这么多零食，他会越吃越胖的。"

母亲笑着说："小孩子嘛，就是要胖乎乎的才可爱。"

范尼把精美的购物袋递给母亲，说："妈，这是贾玲给您买的衣服，您看看喜欢不？"

母亲将奢华的貂皮大衣从购物袋里拿出来，"啧啧"称赞道："太漂亮了，可惜我一个老太婆哪穿得了这么新的款式呀。"

"哪儿呀，妈。"贾玲站起来将衣服在婆婆身上比了比，说，"您看起来最多也就五十岁，穿上这个保准好看。"

"呵呵呵呵……"母亲开心地大笑道，"还是我媳妇嘴甜。"

这时，趴在茶几前的范晓宇也停止往嘴里塞牛肉干了，他从背着的小书包里拿出一幅画，嚷道："奶奶，我也有礼物要送给你！"

奶奶接过来一看，那张画上用蜡笔稚趣地画着太阳、白云和一张笑脸，并歪歪斜斜地写着"祝奶奶生日快乐"几个大字。老妇人高兴得一把将孙子抱过来，一边亲一边说："我们晓宇越来越聪明了，会写字、画画了！"

　　清香扑鼻的龙井茶泡开后，一家人其乐融融地边喝茶边聊天。不一会儿，到了中午，保姆已经做好了丰盛的饭菜，订的蛋糕也送了过来，大家一起围坐到餐桌上。

　　范尼说："妈，中午在家里吃，晚上我去大酒店给您好好地订一桌。"

　　母亲摆着手说："不要去订了——人老了，不在乎吃什么好的。你们一起来玩就是最让我高兴的事了。"

　　范尼有些愧疚地说："可惜我平时工作太忙了，不能经常来看您。"

　　"我知道，妈不会怪你的。以前你爸当董事长的时候也是这样，经常不沾家……"说到这里，母亲骤地停了下来，她把手指放到嘴唇上，仿佛意识到说了不该说的话。

　　尴尬的气氛持续了几秒钟，贾玲端起桌上的酒杯说："来，我们一起祝妈生日快乐！"

　　"对，祝妈生日快乐。"范尼赶紧附和。

　　范晓宇也举起饮料，一字一句地说："祝奶奶生日快乐！"

　　"好、好、好！"母亲的脸上又展露出笑颜，她举起酒杯，说道，"干杯！"

　　吃饭时，范尼一直对保姆王阿姨的手艺赞不绝口："嗯，这个红焖大虾的味道绝了！大闸蟹烧得也好……还有那个鱼翅羹，都是一流水平嘛！"

　　贾玲也不停地点头称道："妈，我知道您为什么不愿意去大酒店吃了，王阿姨的手艺简直就跟大酒店的大厨一模一样嘛。"

　　母亲得意地说："你们不知道吧，王阿姨以前专门学过厨艺。"

　　王阿姨被夸得有点不好意思，红着脸说："你们过奖了。"

　　范尼对妻子说："贾玲，你没事也跟王阿姨学两手，回去好做给我和儿子吃呀。"

　　贾玲笑着说："我哪里学得会呀，王阿姨这手艺一看就知道是有十几年功底的。"

　　母亲说："你们俩工作都忙，饮食上就更该吃得有营养些，别老是到外面去吃那些西餐呀什么的——没中国菜有营养。"

范尼拍拍儿子的肩膀说："妈，您看看这小子就知道我们吃得营不营养了。"

母亲开怀大笑起来，随后，舒出一口气："看到你们全家都好，我就放心了。"

贾玲咀嚼的速度放慢了，她低声说道："我们其他的什么都好，就是——"

"就是什么？"母亲问。

贾玲犹豫了一下，说："就是范尼不时还会做噩梦。"

母亲脸上的笑容渐渐凝固下来，表情变得有些僵硬。

范尼看了一眼母亲，微微瞪了贾玲一眼，然后对母亲说："妈，没什么……我好久都没做过了，我……不是经常。"

母亲还是没有说话。

范尼对儿子说："晓宇，给奶奶夹菜呀。"

范晓宇听话地夹起一块鱼放到奶奶碗里，说："奶奶，吃鱼。"

"唉，好，我的乖孙子。"老妇人的脸色这才缓和一些。

接下来的进餐过程中，气氛都有些尴尬沉闷，几个人有一搭没一搭地说着话。

下午，范尼和妻子陪着母亲，带着儿子到附近的公园去玩。今天的天气很好，冬日的暖阳将大家的身心都晒得暖洋洋的，谁都没有再说起不高兴的事，母亲的情绪又变得好起来。

吃过晚饭，大家一起在客厅看了会儿电视。九点钟，范尼告诉母亲，他们该回家了。

"这个生日我过得很高兴。"母亲把儿子一家送到门口时说。

"妈，我以后一定多抽时间来看您。"范尼说。

母亲点点头，然后对儿媳妇说："贾玲，你带晓宇先上车吧，我跟范尼说几句话。"

"好的，妈。"贾玲对儿子说，"跟奶奶说再见呀。"

"奶奶再见。"范晓宇乖巧地向奶奶挥了挥手。

"再见，我的小乖乖。"奶奶在孙子的额头上亲了一口。

妻子和儿子上车后，范尼问："妈，您要跟我说什么？"

母亲抿了一下嘴，凝视着范尼说："你做得很好，儿子。"

"您指什么？"

母亲说："看看，你有温柔漂亮的妻子、活泼可爱的儿子，还拥有让人羡慕的家产和职位，你是一个成功的男人——还有什么让你不满意的呢？"

"我对自己的生活的确很满意啊。"

"那你就应该跟过去彻底告别。"母亲严肃地说，"试想一下，当年就算没有发生那件事，你的生活也未必就比现在好，对吗？"

"妈，我真的没有再去想那件事了。"

"那就好，儿子。"母亲说，"但如果你实在无法控制自己不做噩梦，就应该找个心理咨询师好好谈谈。"

"我知道了，妈。"

"好的，去吧。"母亲拍拍儿子的肩膀。

"妈，您自己要保重，我会经常来看您的。"范尼跟母亲告别，跨进自己的轿车。

车子开在路上，范尼一直阴沉着脸，一言不发。

贾玲终于忍不住了，一脸歉疚地说："亲爱的，对不起，我不是故意的，我一不注意就说出来了。"

"不是故意的？你难道猜不出妈听了你这么说会是什么反应？我妈已经是快七十岁的人了，你就不要让她再为我担心了，好吗？"

贾玲委屈地说："我也是担心你，为你好啊。"

范尼烦躁地叹了口气，没有再说话了。

范尼的轿车行驶到一条熙来攘往的小街时，被迫放慢了速度。本来一直在玩着机器人玩具的范晓宇被一阵扑鼻的香味吸引了，他朝车窗外一看，发现街道旁有一家烧烤店正烤着焦黄油亮的羊肉串，烤肉香味在空气中四溢，让范晓宇连吞口水，他嚷道："妈妈，我要吃烤羊肉串！"

贾玲望了一眼那家烧烤店，说："晓宇，这些街边小店的食物不卫生，吃了会拉肚子的。你饿了妈妈带你去必胜客吃吧。"

"不嘛，我就要吃这个！"范晓宇闹着说，"必胜客早就吃腻了！"

"烤羊肉串有辣椒，小孩子不能吃这个。"

范晓宇指着烧烤店里几个和他年龄相仿、正嚼得满嘴冒油的小孩说："那他们怎么在吃啊！"

"晓宇，听妈妈的话……"

"不嘛，我饿了，我要吃！"范晓宇任性地哭闹起来。

范尼本来就有些烦躁，听到儿子的哭闹，更感觉心烦意乱。他对贾玲说："他要吃，你就下去给他买几串嘛。"

贾玲摸了摸自己身上高档的毛料时装，皱着眉头不情愿地说："我才不想到那烧烤店去，弄得一身油烟味。"

范尼无奈地摇了摇头，对儿子说："别闹了！爸爸去给你买。"

范尼将轿车停到路边，贾玲不愿下车，带着范晓宇留在车上。范尼径直朝烧烤店走去，对店老板说："烤十串羊肉串，不放辣椒。"

"好的，您这边坐着等会儿，马上就好！"老板麻利地翻烤着手中的肉串，同时热情地招呼客人。

范尼点了点头，但并没有坐在店门口的椅子上，只是站在烧烤摊旁边等待。等了一阵后，范尼发现这家烧烤店的生意好得出奇，不但店内坐满了人，就连门口也摆出来好几桌，各桌都在催着老板烤快点——范尼开始意识到，老板所谓的"马上就好"完全就是一句不负责任的口头禅。

就在他百无聊赖地等待时，忽然听到旁边一桌喝着啤酒的年轻人爆发出一阵嘘声和笑声。一个胖子用嘲笑的口吻对另一个戴眼镜的男生说："太老套了吧？这种鬼故事也想吓人？"

那戴眼镜的男生被同伴讥笑得面红耳赤，不服气地说："那你们讲一个新鲜的呀！"

胖子哼了一声："这年头，还有什么鬼故事吓得了人啊？算了，哥今天给你们讲一个真实的，就发生在我们本市的恐怖事件，保准把你们吓破胆！"

"别铺垫这些没用的了，快说吧。"一个戴着帽子的男生说。

胖子做了个让大家安静的手势，表情严肃起来："哥儿几个听着，你们别不信，这件事还真是千真万确的，就发生在几个星期前我们本市的希尔顿酒店里。"

范尼的脸慢慢转过来，凝视着这一群人。

胖子故意压低声音，面色阴沉地讲道："我哥哥是希尔顿酒店客房部的领班。那天他跟我讲了一件事，说酒店里的一个服务员有一天在309这个房间里打扫卫生时，突然，走廊里的人听到他惊叫一声，然后就连滚带爬地冲了出来。其他几个服务员把他扶住，他却仍然脸色煞白地不断惊叫，好几分钟后才安静下来，身子却还是不停地猛抖。"

听到"309"这个数字，范尼不由自主地张开了嘴，他紧紧地盯着那讲话的胖子。

那伙年轻人中的一个女孩子问道："到底发生什么事了？"

胖子表情夸张地瞪大眼睛说："那些服务员也这么问。于是，被吓得半死的服务员颤抖着告诉他们——刚才他在309号房间的卫生间里打扫时，放了些水在浴缸中准备擦洗浴缸，却无意中发现水中除了自己的倒影外，还有另一个女人的倒影！那女人穿着一身红色的旗袍，满身是血，正直勾勾地盯着他看——把他吓得魂都没了，屁滚尿流地跑了出来。"

"后来呢？"有人问。

胖子耸了耸肩膀："很遗憾，真实的恐怖故事就是这么短，据说那个可怜的服务员居然就这么被吓疯了。而我哥哥后来从酒店里工作了十几年的老服务员那里打听到，很多年前，那个309房间真的死过人，一个年轻女人在那里自杀过！"

"这故事就完了？"戴帽子的男生问。

"完了。"胖子说。

年轻人们又爆发出一阵哄笑声，戴帽子的男生说："还以为能听到什么新鲜的鬼故事呢——胖子，你这个故事比'眼镜'那个还烂。"

"嘿，嘿！"胖子略显愤怒地提高声调说道，"我再跟你们强调一次，这是真实的事情，就发生在几星期前，我敢向你们发誓这绝对是个……"

说到这里，他突然感到肩膀被一只大手用力抓住了，那只手像是陷进了他松弛的皮肉里，将他抓得生疼。胖子诧异地回过头，见一个神色骇然的中年男人正惊恐地瞪着自己。

那一桌的年轻人都愣住了，胖子惊诧莫名地问道："你是谁……你要干什么？"

范尼一字一顿地问道："你刚才说的，都是真的？"

胖子张大嘴，愣了几秒，说："……是真的。"

"那个被吓疯了的服务员现在在哪里？"范尼问。

"听我哥哥说，他……就在市精神病院里。"胖子回答，然后又疑惑地问道，"你是谁？你问这干什么？"

范尼慢慢松开抓着胖子的手，魂不守舍地转过身去。那一桌年轻人面面相觑，不知道这是怎么回事。范尼感觉脑子乱得简直像蜂巢，那些蜜蜂在不断地飞进飞出，让他的大脑一会儿杂乱无比，一会儿又变成一片空白。他呆滞地站了不知道多久，直到身边那个声音不断提高，他才迷茫地转过头，望着那个叫他的人。

"先生，先生！您想什么呢，这么入神？"店老板笑着递给范尼一袋食物，"您的烤羊肉串好了。"

范尼机械地接过肉串，从口袋中掏出钱包，看都没看一眼，抽出一张一百元的递给店老板，朝自己的轿车走去。

"哎，先生！找您的钱……先生？"店老板惊讶地看着这个魂不附体的男人渐渐走远。

范尼上车之后，范晓宇立刻从爸爸手中接过羊肉串，拿出一串咬了一口后，叫道："哇，真香。"

"怎么买个羊肉串要这么久啊？"贾玲问道，随即发现丈夫的神色有些不对，又问，"你怎么了？"

范尼将手放在方向盘上，却并不发动汽车，只是神情惘然地望着前方。

"出什么事了？"贾玲又问。

范尼望了妻子一眼，又望了望身边大快朵颐的儿子，叹了口气，说："没事，走吧。"

贾玲满脸的疑惑，但范尼发动汽车后，她也没有再问了。

四

回到家，贾玲帮儿子洗完脸和脚，安排他睡下后，自己也洗了个澡。她穿着睡袍来到卧室，发现丈夫连外套也没换，穿着整齐地半靠在床头，仍旧一副忧心忡忡、若有所思的样子。

贾玲躺到床上挨着丈夫，不解地问："你到底怎么了？买完羊肉串回来就一直心事重重的，你到底遇到什么事了？"

范尼皱着眉头轻轻地摇头，不时叹一口气。

贾玲在床上坐起来，转到丈夫正前方，双手捧住他的脸，强迫他看着自己的眼睛："范尼，你要这样到什么时候？我到底是不是你妻子啊？难道你遇到烦心事就一句话都不想跟我说吗？"

范尼望着妻子的眼睛，不一会儿眼神黯淡下去："我不知道该怎么说……"

"你遇到了什么事就说什么。"

范尼把头低下去，不知道在想些什么，过了一会儿，他抬起头来，突如其来地问了一句："贾玲，你说这世界上真的有鬼魂吗？"

贾玲显然被吓了一跳，她浑身抖动了一下，说："什么意思？"

范尼眉头紧锁着说："我刚才在那个烧烤摊旁等烤羊肉串的时候，听到一个年轻人在讲什么恐怖故事，他说这是几个星期前发生在本市的真实事件——希尔顿酒店的一个服务员在打扫309号房间时发现……发现了……"

贾玲将被子抓起来裹住身体，小心地问："发现了什么？"

范尼讲的时候自己都感觉毛骨悚然："他在309号房间的卫生间里擦

洗浴缸时，看到了一个女人的倒影……而且，那个女人，她穿着红色的旗袍，全身是血！"

"啊……天哪！"贾玲被吓得脸色煞白，后背发凉，她惊恐地捂住了嘴。

范尼望着贾玲："他看到的，是……朱莉的亡魂，对吗？"

"别说了！"贾玲恐惧地摇着头说，"别再说了，太可怕了！"

"可感到害怕的只有我们！"范尼说，"那些听故事的年轻人全都不屑一顾，他们认为这只是一个拙劣的恐怖故事而已！"

过了好一会儿，贾玲稍稍平静了一点，她掖紧身上的被子问："那又怎么样？"

"这说明，那些年轻人根本就不知道十年前希尔顿酒店的309号房间确实发生了这样一件事——那么他讲的这个恐怖事件难道是真的？"范尼难以置信地说。

"不，这不可能。"贾玲摇着头说，"你自己都说了，他们只是在讲故事而已，可能是他们当中某个人恰好编了一个恐怖故事，这个故事和十年前的惨剧有某些巧合而已。"

"巧合……"范尼抿着嘴，摇着头说，"不可能有这么巧的事。为什么恰好是309号房间？为什么恰好是一个穿着红旗袍的女人？为什么……恰好是满身的鲜血？"范尼哀伤地说，"为什么所有的一切都跟十年前发生的事完全一样？"

贾玲打了个冷战，竭力压抑住自己的恐惧感，说："范尼，我觉得……会不会是这样——十年前那件事曾经轰动全市——虽然现在过了这么久，已经没人再提这件事了，但总会有些人还记得这件惨案。他们以这个为题材编了一个恐怖故事，所以知情者听起来就像是真的一样。"

范尼突然想起那个胖男人说过，他哥哥从酒店的老服务员那里打听并证实到——"很多年前确实发生过这种事"——范尼若有所思地缓缓点着头说："你说得对，可能就是这样，那些无聊的人用十年前的惨剧来编该死的鬼故事！"

贾玲抚摩着丈夫因愤怒而大幅度起伏的背脊，安慰他说："别跟他们一般见识了，亲爱的。从别人的痛苦中发掘出低级快乐正是这些人的专长和乐趣所在。我们没必要和这种人怄气。"

范尼一言不发地坐在床边，但他身体的起伏平缓了许多，贾玲对他说："去洗个澡睡吧，亲爱的，今天也真是够疲倦了。"

范尼点了下头，疲惫地揉了揉脖子，走进了卫生间。淋浴的时候，范尼试图让温暖的水流冲刷掉自己身上所有的困惑和不快。但只要他一闭上眼睛，脑子里就会浮现出那个胖子讲故事时严肃而阴冷的表情，以及他不断强调的那句话——"这件事还真是千真万确的，就发生在几个星期前"。

范尼在心中反复自问：那家伙说的到底是真的还是在编故事？等等，几个星期前？范尼猛然睁开眼睛——对了，我怎么这么笨！很简单就能证实这件事的真实性啊！他赶紧关掉淋浴器开关，连身体都来不及擦干，披上浴袍就走了出来，急匆匆地来到书房。

在书柜顶端的一个小盒子里，范尼小心翼翼地拿出一样东西，他轻轻地抚摩着它，暗忖道——我知道怎么去验证了。

五

星期一的早晨总是特别忙碌。一家人都起来得很早，但贾玲帮儿子穿戴好，自己再梳妆完毕后，还是快到上班时间了——身为商业银行副行长的她，可是从来都不允许自己迟到的。

贾玲帮儿子背上书包，和他一起走到门口，边换鞋边对丈夫说："范尼，我开车把儿子送到幼儿园，然后就直接去上班了——早饭你自己解决啊。"

"嗯，我知道。"范尼对着镜子调整了一下领带的位置，点头道。

贾玲牵着儿子匆匆出门了。门从外面带拢后，范尼看了一眼门厅，然后从西裤口袋里摸出手机，拨通了公司的电话。

"喂，您好。"

范尼对电话那头的女秘书说："小周啊，是我。"

"董事长，您有什么吩咐？"

"我今天身体有点不舒服，就不到公司去了，你一会儿帮我通知一下各位董事，说今天上午的董事会改到明天上午开。"

"好的，董事长。您——没什么大碍吧？"

"没什么，就是有点伤风感冒而已。"

"那好，董事长，您好好休息，再见。"

"再见。"

挂完电话，范尼立刻抓起桌上的黑皮包，迫不及待地走出家门。从车库中将白色宝马车开出来后，范尼疾驰上路。四十分钟后，他便来到了位于郊外的市精神病院。

范尼将车子停好，径直朝精神病院内走去，门口的警卫问道："先生，请问您有什么事吗？"

范尼说："我来看望一下我的朋友。"

"请您在这儿登记一下。"警卫递给范尼一个来访记录本。范尼在上面签上自己的名字，然后走了进去。通过病院内的标识牌，他很快就找到了院长室。

范尼礼貌地在院长室门口敲了敲门，里面传出一个中年女人的声音："请进。"

范尼推门走了进去，冲办公室内的女院长点头致意："您好，院长。"

"你是……"女院长推了推眼镜框，望着他。

范尼双手将自己的名片递给女院长，说："我是吉恩外贸进出口公司的董事长，叫范尼——我来找您了解一些事情。"

女院长认真看了一下名片，做了个手势，对范尼说："请坐吧，范董事长。"

"谢谢。"范尼点头致谢，然后坐在院长侧面的沙发上。

"您想找我了解什么事情？"女院长问。

"是这样。"范尼编着准备好的故事，"我听一个朋友说，你们病院前不久送来了一个病人，他有些像我以前失散的一个亲戚——所以我专门来看看，想证实是不是他。"

院长努了下嘴，说："我们这里时常会有新病人来，您说的到底是哪个？"

"他是希尔顿酒店的一个服务员。"范尼凝视着院长，"您这儿有这样一个病人吗？"

女院长从办公桌旁拿起一个资料夹："我得找找看，前不久送来的……"

过了半分钟，女院长指着资料夹中的一个人说："哦，是的，有这样一个人，叫赵平，二十七岁，是希尔顿酒店的服务员，一个多月以前送来的——这是你要找的人吗？"

范尼心中为之一震，从沙发上站起来："院长，我能见见他吗？"

女院长看着资料说："嗯……这个人并无家族精神病史，是受到一次惊吓之后才突发精神病的，情况还有些严重……范董事长，你刚才说什么？"

范尼几乎已经在心中肯定了这就是他要找的人，他略显焦急地说："院长，我想马上见见这个人！"

女院长取下眼镜，对范尼说："可以，但我得提醒你，这个病人的情绪很不稳定，现在住在单人病房里——你可以去跟他见见面，但不要跟他说太多话，特别是不能刺激到他。"

"好的，院长，我知道了。"

"我请一个医生带你去。"女院长拿起桌子上的电话，按了几个数字后，说，"刘医生吗？你现在到我办公室来一趟。"

不一会儿，一个穿着白大褂的年轻女医生来到院长办公室。院长把范尼的情况简要叙述了一下，最后说："你带范董事长到 201 病房去一趟，看看那个赵平是不是他要找的人。"

"好的。"年轻的刘医生对范尼说，"跟我来吧。"

范尼朝院长微微鞠躬道："真是太感谢您了，院长。"

"不用谢，希望你找到失散的亲人。"女院长微笑着说。

离开院长室，刘医生将范尼带下楼，穿过一个小操场后，来到了一幢四层高的大楼前，这里的牌子上写着"三病区"。

刘医生一边走一边说："这里全是单人病房，住的都是情况比较严重的精神病患者。你一会儿和病人见面时要记住，尽量小心谨慎，千万别说任何可能刺激到他的话——就算他真是你失散的那个亲戚，你也别急着认他，以免他情绪失控。"

范尼点头道："我知道了，刚才院长提醒过我了。"

走在三病区的走廊上，范尼才真正感受到精神病院应有的氛围。两边的单人房间里传出各种怪异的笑声、哭声、喊叫声，甚至骂人声，有些完全是歇斯底里的。带路的刘医生似乎对这一切早就习以为常、司空见惯了，她带着范尼来到201病房前，轻轻推开房门。

这间病房比其他的都要安静，一个穿着条纹病号服的年轻男人背对着门，正跪在病床上摆弄着什么。病房里还站着一个男医生，拿着一个本子在记录什么。

刘医生走到男医生面前低声说了几句话，又问："他今天打过针了吧？"

男医生点点头，离开了这间病房。

刘医生对站在门口的范尼轻声说："你绕到他前面去看一下他是不是你那个亲戚。"

范尼悄悄走进来，转到病床另一边，看见了那年轻病人的脸——这是一张陌生的、毫无特点的脸——但为了符合自己编造的剧情，范尼故意装出激动的样子，然后对刘医生重重地点了一下头。

刘医生走到范尼身边说："他真的就是你要找的人？"

"是的。"范尼故作肯定地说，"谢谢你，刘医生，你——能让我跟他单独谈会儿话吗？"

"那可不行。"刘医生摇头道，"我之前说了，这里的病人情绪都极不稳定，你现在看他好好的，一会儿要是发起病来你根本不知道该怎么办。"

"我保证不说什么刺激他的话。"

"很抱歉，这是我们医院的规定——三病区的病人不能单独和客人见面。"

范尼无可奈何地说："那好吧。"

刘医生说："你先试着问一下他，看他认不认识你——记着，声音尽量轻柔些。"

范尼点了点头，俯下身去，轻声问道："赵平，你认得我吗？"

年轻男人缓缓抬起头来，睁大眼睛盯着范尼看，一副困惑的样子——范尼被盯得心里发怵，将自己的目光移到一边。

过了一会儿，赵平的神情不再困惑了，他拍着巴掌叫起来："我认出你来了！"

刘医生和范尼同时一愣。范尼心想，不可能吧，这么配合？

赵平开心地拍着手说："你是周润发嘛，演《上海滩》那个，我当然认识了！"

刘医生双手抱在胸前，苦笑着摇了摇头，坐到一旁的椅子上。范尼也是哭笑不得。

范尼想了一会儿，索性顺着赵平的意思往下说："你看过我演的电视剧？那你知不知道我还演过什么？"

赵平一下来了劲："我当然知道，你演过警察嘛，还演过坏人，对了，你还演过王昭君嘛！你演的王昭君好漂亮啊，比那些女明星还漂亮！"

说着，赵平比出兰花指做了一个京剧里花旦的手势。坐在一旁的刘医生终于忍不住了，扑哧一下笑出声来。

范尼却顾不上好笑了——他已经找到了他需要的切入点。他对赵平说："你喜欢漂亮的演员啊？我带了一些漂亮演员的照片来，你要看吗？"

赵平欢快地鼓掌叫道："太好了！太好了！快拿给我看吧！"

范尼望了一眼刘医生，刘医生轻轻点了下头。范尼从自己的皮包里拿出一沓昨天晚上准备好的海报、照片，他把面上的第一张递给赵平，说："这是谁你认识吗？"

赵平接过去看了一眼，立刻说："我认识，这是刘嘉玲嘛！"

范尼笑着说："对。"又递了一张过去，"这张是谁呢？"

"是巩俐。"赵平肯定地说。

范尼微笑了一下，接着又递过去一张："这张呢？"

"哇，这个我最喜欢了！林青霞嘛！"赵平兴奋地跳起来，"她演的变形金刚可威风了！"

"是啊。"范尼一边配合着赵平的胡说八道，一边不断地递照片给赵平看，赵平越说越兴奋。

那一沓照片还剩最后两张时，范尼看了看自己手里，咽了口唾沫，有些紧张起来，他把倒数第二张递给赵平。

这是电影《花样年华》的一张剧照，出乎意料地，赵平这回居然说对了一次："这个是张曼玉啊，我看过这部电影的，她在戏里面穿的那些旗袍都好漂亮！"

范尼微笑着点头，然后，他再次看了一眼自己手中的最后一张照片，将它立起来放到赵平眼前，眼睛紧紧地盯视着他说："这一张呢？"

赵平的目光接触到那张照片后，先是一怔，随后他的嘴慢慢张开了，浑身颤抖不已，面色惨白得如同白色的床单一样。他惊叫一声，然后双手捂着头，跳下床疯狂地打开门，冲到了走廊上。

刘医生大惊失色，她从椅子上站起来，飞快地跑出去，对走廊里的医生和护士大喊道："快拦住他！"

几个男医生和护士一拥而上，其中一个高大的男医生将赵平拦腰抱住，另外几个人分别按住赵平的手和腿，但拼命挣扎、惊声尖叫的赵平却让五六个人都不能将他完全制伏。他那撕心裂肺的尖叫让闻者都感到毛骨悚然。

一个护士拿来一支镇静剂，艰难地注射到赵平的身体中，几分钟后，他才稍稍平静一些，但仍然惊悸地睁大眼睛，全身颤抖，嘴里语无伦次地念叨着："求求你……求你，别再来找我了！别再找我了！"

赵平被抬到另一间特别病房后，刘医生满头大汗地回到201病房，气冲冲地对呆站在原地的范尼说道："你到底拿了什么给他看，把他吓成这样？！你知道吗，他在我们这里治疗一个月后，情况已经好多了，但刚才这么一折腾，全都前功尽弃了！"

范尼呆若木鸡地站在原地，手里捏着那张照片，无言以对。

刘医生烦躁地冲范尼挥了挥手说："你快走吧，在他好之前你别再来看他了！"

范尼拖着沉重的脚步离开了。回到自己的车子上，他再次看了看手中拿着的那张照片——照片中的朱莉穿着红色的旗袍微笑地望着他。

但范尼却已经泪如泉涌了，心头涌起的那些酸楚、悲怆的感觉几乎堵住了他的呼吸道，令他有一种窒息般的眩晕感。他轻声地问着照片上的妻子，他心中最爱的妻子——朱莉，这么多年了，你还在那里吗？

六

星期二的董事会上，范尼在讲话时毫无条理、频繁出错。周秘书在一旁小声提示了他若干次后，范尼才匆匆结束了糟糕的讲话。

与会的董事、总经理们都无比诧异——董事长今天的表现与以往精明能干、雷厉风行的形象实在是大相径庭。

董事会结束后，所有人都离席而去。偌大的会议室只剩下两个人，范尼和公司的总经理项青——他们是十多年的好朋友。

项青的年龄和范尼差不多大，他的身材比范尼矮小一些，长着一张娃娃脸。此时，他毫无顾忌地坐在范尼面前的会议桌上，看着精神萎靡、面容憔悴的范尼，问道："你怎么了？"

范尼双手交叉撑在额前，低头不语。

项青说："你是不是昨天的感冒还没好啊？要不我陪你去医院看看吧。"

范尼稍稍抬起头来，叹了口气，道："不，我没事。"

"没事？"项青歪着头观察范尼，"你看看你那脸色，差得不能再差了——到底出什么事了？"

范尼望着窗外，愁眉不展地说："我跟你说了也没用，你帮不了我的。"

"那可不一定。"项青说，"是不是跟贾玲吵架了？跟我说说，没准我还真能帮你出出主意呢。"

范尼烦躁地摇着头说："别猜了，你再猜一百次也猜不对。我遇到的这件事情连我自己都觉得难以置信。"

项青愈发感到好奇了，他俯下身追问道："你到底遇到什么事了——这几年世界各国我都跑了不少，什么怪事没见过？难道你遇到的事情更奇怪？"

范尼望着项青，忽然也有些倾诉的欲望。他再次叹了口气，开始从那天晚上烧烤店发生的事一直讲到昨天离开精神病院，他讲得很详细，足足半个小时才讲完。

听的过程中，项青的眼睛越睁越大，最后睁到了无以复加的地步。范尼讲完后，他一脸的惊骇，连打了好几个冷战。

范尼白了他一眼："你不是什么怪事都见过吗？怎么还吓成这样？"

项青惊诧地张大嘴，好半天才说："……太不可思议了，我以前倒也听说过这类怪事，但我全当故事听了。没想到，这次竟然真真切切地发生在了你身上！"

"你怎么知道我不是在讲故事呢？"

项青说："我太了解你了，你是绝对不可能用朱莉来开玩笑的。"

范尼又愁眉不展地撑住额头，长吁短叹。

项青问道："范尼，你现在在苦恼什么？"

范尼沉默了一会儿，神思惘然地说："这几天，我老在想一个成语。"

"什么成语？"

"阴魂不散。"范尼缓缓地说，"我老是在想，为什么中国会有这样一个成语呢？人死了以后真的会有阴魂吗？这些阴魂会不会因为怨念一直留在死去的地方？"

"嘿，嘿。"项青伸出手掌，神色严峻地说，"范尼，你有些走火入魔了。其实你知道的，这只是一个成语而已，是用来比喻一些事情的。"

"那么这件事我该怎么理解？那服务员看到的如果不是朱莉的魂魄，又会是什么？难道我要自欺欺人地对自己说——别去想这些了，这不是真的，对吗？"

两人一起沉默了一阵。项青抿着嘴唇，轻声说："范尼，我不知道该不该说这些话——你得考虑一下你的现在。你已经有新的妻子了，还有可爱的儿子，你们生活得幸福愉快。你为什么还要去纠缠这些多年前的事呢？这对你来说有什么意义？"

范尼望着项青："这是我要去纠缠的吗？我也不知道去买几串羊肉串就引发了这一系列的事啊！"

"这当然不是你的错。可你一旦知道了这些就丢不开，整天愁眉苦脸地去想，这有什么意义？"

范尼摇着头说："我没有办法，我无法控制自己不去想。"

项青双手撑在桌上，凝视着范尼："范尼，朱莉已经死了——这是不可改变的事实。不管你怎样苦恼、怎样思索，她都再也回不来了，你明白吗？"

"我当然明白。"范尼忽然像一个软弱的孩子那样说道，"这十年来，我无时无刻不在告诉自己，别再去追究那件事了，我得过好自己现在的生活——可是，当我知道这件事后，整个人又几乎崩溃了。十年来一直萦绕在我心底的那个问题又重新鲜活起来——朱莉为什么要寻死？为什么要在新婚当天自杀？——这个问题折磨了我足足十年！我知道，如果在我有生之年不能找到这个问题的答案，我会永无安宁的！"

项青摇着头，长长地吁了口气，迟疑了片刻后，说："要不……你就亲自去问朱莉吧。"

范尼抬起头来，眯起眼睛："你说什么？"

项青坐到范尼身边，盯着他："听我说，范尼，我知道我们这个城市里有一个有名的通灵师。"

"通灵师？"

"对，就是灵媒。你懂这是什么意思吧？"

范尼急促地点了点头。

"那人自称能与死去的人，也就是灵魂交流——也许，你可以找他试一下，看能不能通过他问出些什么来。"

范尼皱起眉头问："通灵师……这种职业合法吗？"

"当然不合法！这种事情显然只能在地下进行——你还以为他会在市中心租个店铺呀？"

范尼想了一会儿，说："你以前找过他没有？我的意思是，你试过吗？有没有用？"

项青耸了耸肩膀："我有什么事情值得找他帮我通灵？我那些亲戚们在死之前把后事交代得比教科书还详细——我是有一次跟朋友去了一趟，才知道我们这座城市里原来还有做这种事情的。"

范尼瞪大眼睛："你看见他怎么通灵了？"

项青说："不，我跟我朋友去的只是他家，我们去是提前预约的——你能想到吧，通灵这种事可不像炸薯条那么简单，不是说做就能立马做的。"

"那他是在哪里通的灵？"

"我朋友家里。"

"怎么样？"范尼急切地问，"有用吗？"

"好像还行吧。"项青歪了一下嘴巴，"我那个朋友也没跟我说多具体。"

范尼短暂思考了一下，说："好的，我决定试一下！"

"我们什么时候去？"项青问。

范尼从椅子上站起来："现在。"

"现在？这都快中午了……"项青看到范尼急迫的目光，"好吧，就现在。"

两人走出会议室，乘坐电梯来到公司底楼。一路上碰到的员工都向他们弯腰致意："董事长好，项总经理好。"

出了门，项青说："坐我的车去吧，我认识路。"

范尼点了点头，跨进项青的丰田轿车。项青开着车在城市里七弯八拐了好一阵，驰进一条僻静的小街，最后在一幢楼房前停了下来。

两人下车后，项青指着二楼的一块"曾氏中医推拿"的招牌说："就是这里。"

"中医推拿？"范尼望着项青。

"表象而已。"项青说,"总不能在招牌上直接写'通灵事务所'吧。"

"那不知情的人怎么知道这里实际上是做什么的?"

"都是像你这样知道的,走吧。"项青说。

两人走过昏暗狭窄的楼梯,来到二楼,左边的房门开着。项青带着范尼走进去,看见里面铺了几张按摩床,几个年轻学徒正在给客人做着按摩,离门最近的一个小伙子问道:"两位先生,按摩吗?"

项青走过去对他说:"我是来找你们师傅曾广全老先生的。"

"两位有什么事?"

项青像说暗号一样说道:"最近家里出了点事,想请曾老先生帮着问问。"

小伙子点头道:"我知道了。"然后对旁边坐着的一个年轻女孩说,"小媛,你带两位先生去师傅那里。"

年轻女孩站起来对着两个客人做了一个"请"的手势,说:"两位请跟我来吧。"

项青和范尼跟着她来到里面的一间屋子,屋里坐着一个头发花白、脸庞瘦削的中年人,看上去五十岁左右,并没有范尼想象中那么老。看来"老先生"这一称呼是一个尊称了。他穿着一身古朴的米黄色唐装,看上去像一个民国时代的人。

那个叫小媛的女孩尊敬地对师傅说:"曾老师,这两位客人想见您。"

曾老先生冲她挥了挥手,示意她出去,然后对两位客人说:"请坐吧。"

项青和范尼坐到斜侧面的木质长椅上。

曾老先生说:"两位有什么事?"

项青说:"曾老先生,我以前拜访过您。今天我带我的一个朋友来,他有些事情想请您帮忙。"

曾老先生点了点头,望着范尼说:"你有什么事情?"

范尼礼貌地向他点头致意道:"您好,我叫范尼,我……听说您有一些特殊的能力,希望您能帮我解开困惑。"

老先生说:"你遇到什么麻烦了吗?"

范尼望了一眼项青,项青点了点头。

范尼说："这件事说来话长，十年前我和我第一任妻子举行婚礼之后，她便莫名其妙地在酒店的卫生间里自杀了——曾老先生，我听说您能与灵魂沟通——我实在很想知道，我妻子她为什么要这样做！"

范尼一边说一边观察着曾老先生的表情，想判断他是不是知道十年前那出轰动全市的惨剧。但老先生一直不露声色、面无表情地听着，不知道他在想些什么。

听完后，他只问了一句："这是十年前的事了？"

"是的。"范尼答道。

曾老先生从藤椅上站起来，在屋中来回踱步，过了一会儿，他说："事情过了这么久，有些难办了。"

范尼屏住呼吸看着他。

老先生再次坐回藤椅上，说："我要你们明白一件事——通灵这种事情是无法做到十拿九稳的，它只有一定的概率会成功。而相隔的时间越长，成功的概率就会越低，所以——"他咂了咂嘴，"不大好办啊。"

项青说："曾老先生，请您试试吧，哪怕只有一丝希望也行啊。"

老先生摇着头说："我每通灵一次，对元气都有损伤，而且，我也要为名誉考虑——所以，我一般只做成功概率大一些的，不想做没把握的、徒劳无功的努力。"

项青见老先生一直半推半就，又不明确拒绝，便猜到了些什么，他说："曾老先生，只要您愿意试一下，您的劳务费我们按双倍付给您，您看行吗？"

曾老先生思索了一下，说："好吧，那我就试一下。"

"太感谢您了。"范尼如释重负地说。

"但我得先说清楚，与灵魂交流就跟和不认识的人谈话一样，是你情我愿的事，强求不得。如果光是我愿意，它不愿意，那也没办法。"

"它是谁？"范尼没听明白。

"你妻子的灵魂。"老先生盯着他说。

范尼一怔，张开了嘴。过了一会儿，他问道："那在哪里进行通灵呢？"

"在你家里吧，你要在场。"老先生说。

"我家里？"范尼一下想到了贾玲，面有难色，"我家里好像有些不合适呀……"

"那你说在哪里吧？"

范尼沉思了一阵，突然想起贾玲似乎跟自己说过这个周末要启程到欧洲去考察几天，便说："好吧，就在我家里，您看这周六行吗？"

"可以。你留一个详细的地址和电话给我，星期六晚上七点我准时去你家。"

范尼在一个本子上写下了自己的住址和电话。

曾老先生说："费用现在就付吧，一万块。"

范尼摸了摸自己身上，没那么多现钱，他对项青说："你带钱了吗？"

项青说："我有。"然后从自己皮包里数出一万元恭敬地递给了曾老先生。

曾老先生收下钱后，对范尼说："还有，你要做一些准备。你找一下你死去妻子以前常用的一些随身物件，越亲近她的越好。我那天晚上要用——记住了吗？"

范尼点点头道："我知道了。"

"那么，星期六晚上见。"送客的时候，曾老先生露出了唯一一次笑容。

七

星期六早上吃过早饭后，贾玲便将昨晚收拾好的皮箱拿到客厅。范尼问："几点的飞机？"

"十点半。"贾玲看了一下手表，"我差不多该去机场了。"

"我送你，走吧。"范尼提起贾玲的皮箱。

范晓宇跑过来拉着妈妈的手说："妈妈，我也要跟你去欧洲玩！"

贾玲摸着儿子的小脸蛋，笑着说："妈妈不是去玩，是去工作——你要想去欧洲玩呀，妈妈爸爸暑假带你去，好吗？"

范晓宇还是嘟着小嘴巴，一脸的不满意。

贾玲又说:"这样,妈妈给你带瑞士糖回来,还有英国的玩具小火车,好吧?"

范晓宇这才高兴地拍着手说:"好啊,好啊!"

范尼摸着儿子的脑袋说:"晓宇,走,跟爸爸一起去送妈妈——一会儿回来爸爸带你去吃意大利通心粉和法国牛排——咱们在这儿也能吃到欧洲的东西。"

"噢,太好了!"范晓宇高兴得跳了起来。

范尼开车把贾玲送到机场候机大厅已经十点钟了。登机之前,贾玲抱起儿子亲了亲,说:"晓宇乖,在家要听爸爸的话哦,妈妈只去几天就回来了。"

"妈妈……"范晓宇舍不得妈妈,眼圈有些红了。

范尼将儿子抱过来,说:"晓宇是懂事的孩子,是男子汉了,不要让妈妈担心,好吗?爸爸明天带你到奶奶家去玩。"

听到去奶奶家玩,范晓宇的情绪好了些,他挥着手说:"妈妈再见。"

贾玲心中其实也很舍不得儿子,但她旁边的同事提醒道:"贾行长,该上飞机了。"贾玲对儿子做了个"拜拜"的动作,然后对范尼说:"你在家要照顾好儿子还有自己啊。"

"我知道。"范尼说。

送走妻子后,范尼带儿子到附近的游乐园玩了一会儿,中午去西餐厅饱餐了一顿。回到家,范晓宇疲倦了,范尼将他抱到床上睡下。

其实范尼也有些疲惫,但他时刻都没忘记今天晚上要做的重要事情。他顾不上午睡,来到书房,从书柜顶端拿下来那个上着锁的精致小铁盒。

范尼将锁打开,轻启铁盒的盖子,里面装着珍贵的物品和他酸楚的回忆。范尼轻抚着朱莉昔日用过的项链、手镯、发夹、戒指……就像是在抚摩朱莉温柔的手一样。迷茫之中,他不禁又悲从中来。

范尼不敢让自己一直沉溺在这种哀思之中。他深呼吸一口,又将气缓缓吐出。随后,他在那些物品中选了两样拿出来:朱莉以前最常戴的一串项链和一对玉手镯。范尼将这两件物品小心地放在书桌抽屉里,准备好晚上用。

　　下午，范尼心神不宁地陪着儿子看电视、玩玩具。五点半，他打电话给楼下的中餐馆，要他们送餐上来——自己和儿子早早地便吃完了晚饭。接下来，便是焦急的等待。范尼几乎每两分钟就看一次表。事实证明，曾老先生是一个相当守时的人。七点钟，他准时来到了范尼家门口，提着一个黑色的大包。

　　范尼早已在门口恭候了："曾老先生，您快请进。"

　　范尼请曾老先生坐在沙发上后，亲自给他泡了一杯高级的清茶。曾老先生不慌不忙地呷了一口茶，说道："嗯，好茶。"

　　范尼问："曾老先生，您……什么时候开始？"

　　"不慌。等天色再晚一些，阴气更重的时候进行，成功的概率更大。"

　　"哦……那好。您先休息一会儿。"范尼诚惶诚恐地点头道。

　　曾老先生没有再说话，坐在沙发上闭目养神。范尼在旁边思绪起伏、坐立难安。他看着时间一分一秒地走过，感觉像是过了几个世纪。范晓宇今天也特别配合，吃了晚饭后便一直在自己房间里看动画片，没有出来。

　　九点钟的时候，范尼带儿子到卫生间去洗漱。洗漱完，他把儿子抱到床上，替他盖上被子，说："晓宇，乖乖睡，爸爸明天带你到奶奶家玩。"

　　"嗯。"范晓宇听话地应了一声，闭上眼睛睡觉。

　　范尼轻轻将儿子房间的门带拢，替他关上灯。

　　范尼走到客厅又坐了一会儿，曾老先生终于睁开眼睛："时候到了，可以通灵了。"

八

　　范尼将曾老先生带到书房，关上门，说："在这里进行，可以吗？"

　　曾老先生看了看那张大书桌，说："可以。"然后走到书桌前，坐在皮椅上，望着范尼说，"我需要的东西，你准备好了吗？"

　　"是的。"范尼打开书桌抽屉，从里面拿出项链和手镯，把它们递给曾老先生，"这些都是朱莉以前最常用的东西。"

曾老先生点点头，把它们放在自己面前，然后对范尼说："你把灯关了，鬼魂不喜欢太亮的地方。"

范尼依言关掉了书房里所有的灯，整个房间一下暗淡下来，只有从窗外投射进来的依稀月光让房间不至于是一片漆黑。

曾老先生对范尼说："现在，你坐到我对面，不要说话，不要发出任何声音——我无法确定整个过程需要多长时间——如果通灵成功了，你就抓紧时间问你想问的问题。记住，千万不要打扰到我，把你的手机关掉。"

范尼连连点头，然后从口袋中摸出手机，将它关机。自己端端正正地坐在曾老先生面前的椅子上，大气都不敢出。

曾老先生从自己带的包里取出两个铜烛台，又取出两根黄色的蜡烛插在烛台上，再用火柴把它们点亮，分别放在自己身体左右两侧。接着，他又从包里拿出一串念珠，闭上眼睛，一边数着念珠一边念念有词地低声吟诵着经文一类的东西。

从那两根蜡烛点燃那一刻起，范尼就闻到一股怪异的臭味。那种臭味和生活中别的臭味都不一样，却和火葬场里的味道有些接近。范尼不愿去想，那些蜡油是用什么做的。

诵完经文之后，曾老先生放下念珠，用它圈住两根烛台之间的朱莉的项链和手镯。接着，他咬破左手中指，用血在自己的脸上画了一个像符一般的图案。他的脸在昏暗烛光的照耀下立刻变得狰狞可怕起来——范尼连咽了几口唾沫，被眼前的景象深深震惊。

画完血符之后，曾老先生双目紧闭地轻声呼唤道："游弋的魂魄啊，朱莉的亡灵，请你来到这里，你的亲人想再见你一面……"他将这句话连念了三遍之后，闭上嘴巴，整个人纹丝不动。

接下来，便是死一般的沉寂。周围的一切都静止下来，只有摇曳的烛光让影子在墙壁上获得了生命，不停地变化、跳动着。

在这种阴森诡异的气氛中，时间慢慢流逝了二十分钟。范尼这一辈子从来没有这么紧张过，他几乎是屏住呼吸，眼睛都不敢眨一下地紧盯着曾老先生的脸。他的脑袋刚才还在胡思乱想，现在却只有一片空白了，他根本想不到下一秒会发生什么样的事情。

突然，窗外一阵阴风吹进来，曾老先生的眼睛缓缓睁开了，他说了一句：

"范尼，是你吗？"

范尼先是一怔，然后张大了嘴巴，浑身颤抖起来。他的嗓子像是被什么东西堵住了一样，连张了几次都没能发出声音。好几秒之后，他才颤抖着双唇问出一句："朱莉……是你吗，朱莉？"

曾老先生的音调和平时有些不一样："范尼，真的是你找我吗？"

"朱莉，朱莉……"范尼激动得想从椅子上站起来，他竭力控制住自己的身体，却无法控制自己的眼泪夺眶而出，"朱莉……我好想你，你知道吗，我好想你！"

"范尼，我也好想你。""朱莉"轻声说，"但我不能在这里待太久。你把我叫来，有什么事吗？"

范尼尽量抑制住身体的颤抖，使自己的声带能发出声音："朱莉，我想知道，你为什么要寻死？为什么要自杀？！"

"朱莉"沉默了一会儿，说："范尼，对不起，我不知道该怎么跟你说。我只想让你知道，我这么做是有原因的……而这个原因，我不能说。"

"为什么？为什么？朱莉！我不值得你信任吗？我不是你这一生最爱的人吗？你为什么……"

突然，范尼猛地停下来，朝身后望去——他听到了房门被推开的声音——穿着睡衣的范晓宇目瞪口呆地站在门口，惊恐地望着屋内诡异而恐怖的一切，特别是曾老先生那张如魔鬼般可怕的脸。他呆了几秒，"啊"地尖叫出声，那声音让人毛骨悚然。

在范晓宇尖叫出来的一瞬间，曾老先生的身体猛地抽搐了几下，他"哇"地大叫一声，身体仰靠到皮椅靠背上，大口喘着粗气，面容因痛苦而有几分扭曲。

范尼冲到儿子身边，把一直尖叫的儿子紧紧抱在胸前，拍着他的身体安慰道："晓宇乖，别怕，别怕！爸爸在你身边呢！"

但范晓宇无法压抑内心的恐惧，他的尖叫声深深地刺进范尼的耳膜和内心。范尼焦急地抱着儿子转圈，手足无措。

曾老先生躺在椅子上有气无力地说："去……倒杯温开水给他喝。"

范尼赶紧抱着儿子到客厅，在饮水机前接了一杯温水送到儿子嘴边，强行让他喝了下去。范晓宇喝了水之后果然好些，停止了尖叫，但仍然紧紧地抓着爸爸的两只衣袖，将脑袋埋在爸爸的衣服里。

"好了，好了，没事了，晓宇。"范尼轻轻抚摩着儿子的脊背说，"爸爸跟那个伯伯做游戏呢，闹着玩的。"

好几分钟后，范晓宇才平静下来，他抬起头，泪眼婆娑地望着爸爸，让范尼的心像被人揪着一样疼。

"今天晚上挨着爸爸睡，好吗？"范尼将儿子抱到自己床上，将房间的灯全部打开，"爸爸一会儿就来，给你讲小老虎的故事。"

"爸爸，你不要走！"范晓宇躺在床上央求道。

"爸爸哪儿也不去。我到客厅把那位伯伯送出门就来陪晓宇，好吗？"范尼轻抚着儿子的身体说。

范晓宇紧紧地裹住被子说："那你要马上回来啊！"

"好的，我马上就回来。"范尼亲了亲儿子的脸颊，"等着我。"

范尼走到客厅，曾老先生也从书房里走了出来，他已经擦掉了脸上的血印，显得非常疲惫和虚弱。范尼面对着他，竟不知道该说什么好。

"通灵成功了……"曾老先生气息微弱地说，"但是，在通灵的时候受到了干扰，灵魂就会突然抽身离去……这是大忌。我的元气受到了很大的损伤，只怕是半年内都不能再通灵了。我……要回去休息一下。"

范尼扶他到门口，歉疚地说："曾老先生，真是对不起……我也没想到会发生这种事。"

曾老先生冲他摆了摆手，打开门，走了出去。范尼轻轻地关上门，走进卧室去，将儿子搂在胸前，不易察觉地悲叹一声。他知道，自己又将度过一个不眠之夜了。

九

第二天早上起来，范尼发现儿子面颊通红、精神恍惚。他伸手摸了摸儿子的额头，心中一惊——儿子的额头烫得惊人。

范尼赶紧翻身下床，连脸也来不及洗，抱起儿子就出了门，飞快地开车来到医院。

"40度。"医生看着手中的温度计说，"烧得不轻哪，得赶紧输液。"

范晓宇被安排进一间单人病房，护士将针头扎进范晓宇的手背，用绷带固定好，说："你们做家长的怎么这么不小心啊，孩子烧成这样了才送医院。知道吗，再烧高点就危险了。"

范尼困惑地说："昨天晚上都好好的呀，怎么早上一起来就烧成这样了？"

中年护士说："半夜踹被子了？"

范尼想了一会儿，突兀地问道："孩子受到惊吓……会不会发烧？"

"受到惊吓？"中年护士明白了，"原来是这样啊。孩子受到惊吓会让大脑受到刺激，而且晚上容易做噩梦、出盗汗——当然可能引起发烧啊。"

护士说完就出门了。范尼看着病床上昏睡的儿子，心疼不已。范晓宇在医院住了三天才基本退烧。范尼这几天都没到公司去，一直在医院陪着儿子。星期三上午，范尼替儿子办好出院手续，开车送他回家。

"晓宇，病好了想不想去儿童乐园呀？爸爸下午带你去。"范尼一边开车一边对儿子说。

范晓宇轻轻摇了摇头——虽然不发烧了，但他的精神还是不太好。范尼焦虑地叹了口气。

吃过午饭，范尼陪着儿子一起午睡——这几天他也被搞得疲倦不堪、心力交瘁。

刚刚睡下来没两分钟，范尼突然听到钥匙开门的声音，他从床上坐起来，走到客厅。

门打开后，贾玲拎着皮箱走了进来。范尼看到她，惊讶地问："怎么这么早就回来了，你之前不是跟我说要星期五才能回来吗？"

"帮我接着包呀。"贾玲将手里的皮箱和背上的旅行包递给范尼，"本来安排要去列支敦士登的，但中途计划有变，不去了。"

范尼把贾玲的东西放在茶几上："你要提前回来怎么不给我打个电话啊，我好去机场接你。"

"我想给你和儿子一个惊喜嘛。"贾玲笑着亲了范尼一下，"下午我去接晓宇，给他一个大大的惊喜！"

范尼望了自己的卧室一眼，吞咽下自己的不自在："晓宇……没去幼儿园，在家里睡午觉呢。"

"什么？晓宇现在在家？"贾玲皱起眉头说，"他为什么不去幼儿园？"

"晓宇前两天发烧了，在医院里住了几天，今天才回来——不过别担心，他的病已经好了。"

"发烧了？怎么会呢，这孩子不爱发烧的呀。"贾玲边说边走进卧室，坐到床边，摸着儿子的额头。

也许是听到了妈妈的声音，晓宇睁开眼睛醒过来。当他看清面前的确是妈妈后，竟一下扑到妈妈怀里，放声大哭起来："妈妈，你不要走了，我害怕……我好害怕！"

"好的，妈妈不走，妈妈陪着晓宇。"贾玲一边安慰儿子，一边抬起头问范尼："害怕？他害怕什么？"

范尼难堪地站在旁边，面色极为难看。

贾玲疑惑地盯着范尼看了一会儿，扭过头问儿子："晓宇，告诉妈妈，你在害怕什么？"

晓宇哆嗦着说："那天晚上，我在书房看到……爸爸和妖怪在一起！"

"晓宇，不要乱说！"范尼呵斥道。

贾玲疑惑不解地望着丈夫："范尼，到底是怎么回事？什么妖怪？"

范尼的脸上青一阵白一阵，他知道，瞒是肯定瞒不过的，便低声说："星期六晚上，我请了一个通灵师到家里来……"

"通灵师？你请那种人来家里干什么……"话说到一半，贾玲突然明白了，她缓缓从床上站起来，"我知道了，你想把朱莉的灵魂召唤回来？"

范尼局促地说："不要在孩子面前说这些！"

贾玲抓住范尼的手，把他拖到客厅，逼视着他说："范尼，你想干什么？你想把朱莉的灵魂召唤回来替换我吗？"

范尼烦躁地说："我不想召唤她回来！我只想通过通灵师的口问问她当年为什么要自杀！"

贾玲像看陌生人一样看着范尼："这么多年来，我一直叫自己相信你说的话——你已经忘记了朱莉，你要和我过新的生活。现在我才明白，你心里装的一直都是她。即便她已经死了，你也要通过这种方式和她沟通！"

范尼控制着自己焦躁的情绪再次解释道："我说了，我只想弄清楚她当年为什么要寻死！不然的话我的内心会永远不安的！"

"那现在你就心安了吗？！"贾玲吼道，"把那些江湖术士请到家里来装神弄鬼，把我们儿子吓得发高烧！而且不知道会不会留下什么后遗症——这样你就心安了吗？！"

"我也不知道会这样！"范尼咆哮道，"我让晓宇睡了！我没想到他会半夜爬起来推开书房的门！"

"没想到？你当然没想到。你当时心里想的全是朱莉吧！"

范尼怒目圆睁地嘶吼道："别跟我提朱莉！不准你再说朱莉！"

贾玲绝望地凝视着范尼，轻轻点着头说："我终于明白了，我在你心中算什么——我连一个死去的人都不如。"

这时，范晓宇从房间走出来，望着面红耳赤的父母，"哇"的一声号啕大哭起来。

贾玲走上前去抱起儿子，对他说："晓宇乖，不哭，我们到外婆家去。"她拎起茶几上的皮箱，最后对范尼说了一句："你跟那个鬼魂过日子吧。"

她打开门，"砰"的一声，摔门而去。

"啊！"范尼大叫一声，一拳捶在茶几上，虎口震得发麻，连疼都感觉不到。

十

项青坐在范尼的董事长办公室里，难以置信地皱起眉头说："怎么会这样？这也太糟糕了！"

范尼痛苦地摇着头说："现在好了。不但没能从'朱莉'那里问出什么来，连贾玲也带着儿子离开我了。"

项青问："那天晚上的通灵到底成功没有？"

"我不知道。"范尼困惑地说，"看起来像是成功了，我还跟'朱莉'说了好几句话，可她的回答全是似是而非的。她说她自杀是有原因的，但这个原因不能跟我说——这不是和没回答一样吗——所以我觉得，就算晓宇没来破坏通灵仪式，恐怕我也不能从那个曾老先生嘴里问出什么来。"

"他说，短时间内不能再进行通灵了？"项青问。

"嗯，他说这次通灵被打断，让他的元气大伤，起码半年不能再通灵了。"

项青皱起眉头说："那天我跟你一起去找这个曾老先生之后，我又打电话问了一下我那个朋友。他说上次在他家通灵的时候——曾老先生倒是变成了他祖母，可说出来的也是些似是而非、模棱两可的话，没什么实质性的意义。所以我在想——"

"你觉得他是个骗子？"

"你觉得呢？"项青反问道。

范尼思索了一会儿，说："我真的不知道。关键是这种事情根本就无从考证，你怎么知道他说的那些到底是真是假？"

"那你现在打算怎么办？"

范尼仰靠在椅子上，重重地吐出一口气："还能怎么办？该怎么过怎么过呗。其实我也想明白了——想通过这种迷信的手段来解决问题——也许从一开始就是个错误。"

项青看着范尼那副心力交瘁的模样，撇了撇嘴，说："好吧，既然你也放弃了，那我也就用不着跟你说那个了——我去做我的事了，你想开点啊。"

项青正要走，范尼叫住他："你要跟我说什么？"

"算了，反正你也不打算再做这些事了……没什么，我去忙了。"

"回来！"范尼喝了一声，"别在那儿藏着掖着了，到底什么事，快说！"

项青回过头迟疑了几秒，又坐回到他的椅子上："是这样的，我还知道另一个通灵师。"

"你哪儿认识的这么多这种人啊？"范尼问道。

"嗨，你听我说。"项青解释道，"我本来是不知道的。就是那天跟你去拜访了那个曾老先生之后，我才对这些事产生了兴趣。我一好奇，就在网上查找了一些相关的资料，结果你猜你找到了什么？"

"别废话，快说！"范尼催促道。

项青眨了眨眼，故作神秘地说："我才知道，原来在离我们这儿很近的 C 市，有一个真正的通灵大师。那人名叫章瑞远。"

范尼急切地问："那他现在在哪里？能找到他吗？"

项青皱起眉头："说来有点奇怪。章瑞远虽说不像那个曾老先生一样专门以通灵为职业，但 C 市的一些人找他帮忙，他多半还是会答应的。可是多年前，章瑞远在经历了某件事情之后，突然洗手不干了，而且出家当了和尚，据说现在就在 C 市凤凰山的云来寺里。"

范尼睁大眼睛问："你说这个章瑞远不会跟那个曾老先生一样是个骗子吧？"

"应该比曾老先生靠谱。不过他的信息我也是从网上看来的。"项青指着范尼桌上的电脑说，"要不你自己看看？"

范尼赶紧打开笔记本电脑，在搜索引擎中输入"章瑞远"三个字。果然，弹出的网页中有好几个都讲述了有关章瑞远的传奇经历。

范尼又认真地看了一遍，突然，他眼睛一亮——在一个网页上看到了章瑞远的照片。他大叫一声"太好了"，然后立刻用彩色打印机将那一页打印了下来。

项青看着范尼激动得站起来，拿着那张带有照片的打印纸，在房间里来回踱步，问道："你干什么？真要去找他？"

"当然啦，谢谢你给我提供这个信息！"范尼满面红光地说。

"喂，范尼，我得提醒你。"项青说，"这个章瑞远早就不干这个了，他已经出家多年。就算你找到他，也未必能请得动他啊！"

"不试试怎么知道——我会尽我所能的。"范尼收拾着桌子上的东西，"对了，我可能要去好几天，这段时间公司的事务就请你帮我费心了。"

"嘿，等等，你不是今天就要去吧？"项青吃惊地问。

"不是今天。"范尼望着他说，"是现在、立刻、马上！"

十一

C市的凤凰山自古被称为是"神仙居住的地方"。这里清雅幽静，远离尘嚣。山林中似乎只有水声、虫叫、鸟鸣，各种声腔调门细细地搭配着，酝酿出一种比寂然无声更静的静。微风吹来，山石间掩映着的丛丛树木仿佛在薄雾中轻歌曼舞，所见所闻着实让人恍入仙境。

正是这种奇妙的感觉，让范尼更加坚定了在这里能找到高人的信心。此刻，他正沿着石阶向山上攀爬——刚才向山下的脚夫打听得知，通往云来寺的道路是没有车行道的，只能由石阶上山。

中间几乎没有停歇地攀爬了近两个小时后，范尼终于在石阶的尽头看到一座青砖红瓦的寺庙，入口正上方写着"云来寺"三个字。本来已经疲惫不堪的范尼立刻精神一振，加紧脚步走了上去。

寺院门口，一个小和尚用扫帚清扫着落叶，也打扫着这座本来就不大的寺庙中的冷清。从寺院门口望去，里面似乎一个香客也没有，只有寥寥可数的几个和尚在寺内打坐、诵经。

这对范尼来说，显然是最好不过的了——他之前还以为要在一个几百人的大寺院里苦苦寻找呢。

范尼连汗都顾不上擦一下，他走到那个小和尚面前，双手合十行了个礼，说道："小师父，我能向你打听个人吗？"

小和尚问："你要找谁？"

"你们这座寺庙里，有没有一个叫章瑞远的老师父？"

"没有。"小和尚摇了摇头，继续扫地。

范尼突然想起出家人可能已经改了俗名，便从皮包里摸出那张打印的照片，拿到小和尚面前："就是这个人。小师父，你看看，你们寺里有这个人吗？"

小和尚接过照片看了会儿，仍旧摇着头说："没这个人。"

范尼愣住了，不自觉地皱起眉头——难道那网上的信息有误，章瑞远并不在云来寺中？

这时，寺庙里走出来一个挑着水桶的和尚。范尼不死心，又拿着照片走上前去问道："师父，你们寺里有这个人吗？"

那和尚看了一眼照片，回答和小和尚一样："没有这个人。"

范尼焦急起来："请你看仔细一点，真的没这个人吗？"

挑水的和尚说："我们这寺里一共就十几个和尚，天天都见面，我还能认不出来吗？"

范尼抱着最后一丝希望问道："那你有没有在这凤凰山上的其他寺院里见过这个人？"

挑水的和尚想了想，说："没有。"然后担着水桶离开了。

范尼在原地晃动了几下，脑子里面眩晕起来——刚才他在山下打听了，这凤凰山中一共有大大小小二十几座寺庙，分布在山上不同的地方，如果章瑞远已经离开了云来寺，他该怎么去找呢？况且，章瑞远离开的也可能不只是云来寺，他有可能已经离开了凤凰山，离开了 C 市，甚至离开了人间都说不准——想到这里，范尼感觉自己的心像是掉进了一个无底的冰窟，在冻结中层层下坠。

几分钟后，郁结在范尼心中的无奈、绝望突然转化成一种悲愤的力量，他对着无人的山林大叫道："章瑞远大师——你在哪里？"

一连呼喊了好几遍后，范尼重重地吐出一口怨气，准备迈着蹒跚的脚步下山。临走之前，他回过头最后看了一眼寺门上方的"云来寺"三个字，眼角的余光扫到寺院中的和尚。他们都停下念经，纷纷回过头望着自己。其中有一个刚刚从禅房走出来的老和尚，用一种怪异的目光注视着范尼。

看吧、惊讶吧、讥笑吧，这些都不重要了——范尼转过身要走，突然他身体一震，眼睛猛地睁大。他举起手中的那张照片端视了十几秒钟，骤然回头——其他和尚都还在原处，但那个老和尚却不见了！

范尼呆了几秒，然后快速冲到寺院内，左右四顾之后，闯进了右侧的一间禅房。在这间禅房里，范尼再一次见到了那个老和尚。他盘腿坐在一个蒲团上，范尼顾不上礼仪了，走过去盯着他的脸仔细看了一阵后，又拿起照片对比。他激动地大叫起来："您就是章瑞远大师！"

老和尚面无表情，不置可否。外面几个年轻的和尚走进来疑惑地望着范尼，同时叫了一声："慧远大师……"老和尚挥了挥手，示意他们先出去。

此刻，范尼已经完全理解刚才那两个小和尚为什么认不出来这位"慧远大师"就是照片上的章瑞远了。照片上是章瑞远中年时的模样，脸庞饱满、头发乌黑，穿着一身中山装，和面前这位脸颊瘦削、略显苍老、身穿僧服的老和尚确实大相径庭——如果不是他刚才用那种古怪的眼神注视范尼，范尼也根本不会将他们两者联系在一起。

他感慨万千地说："章瑞远大师，我终于找到您了！"

"我早就不用那个名字了，贫僧法号慧远。"老和尚平静地说，"施主，你找我有什么事？"

范尼激动得一时不知道该说什么好，他稳定了一下情绪，说："慧远大师，我知道……这很唐突，我的要求可能也很失礼。但是，如果不是有特别重要的事，我是不敢来打扰您的。"

慧远大师说："你是来找我通灵的吗？"

范尼一愣，他没想到自己七弯八拐、难于启齿的要求，被慧远大师如此直截了当地说了出来。他怔怔地回答道："……是的。"

接下来的话语依然直截了当："施主请回吧。贫僧自出家以来便再未进行过此等通灵之事。"

虽然之前已有心理准备，范尼仍感到难以接受："慧远大师，为什么呢？"

大师闭目合十道："亡者已逝，灵魂在天。何必再去打扰它们？"

简短的两句话，却令范尼全身一阵颤动——慧远大师这两句话，间接证明了他确实有能与死者沟通的能力！

范尼心中涌起难以名状的悸动，他双膝跪下，央求道："慧远大师，求您帮帮我，我所遇到的绝非是普通事情！否则我也不想打扰任何逝者的灵魂！"

"这种话我听了十几年，每个人都这么说。"慧远大师眼睛都没有睁开一下，"如果我答应了你的话，这个云来寺就再也没有安宁了。"

"慧远大师，我向您保证，我绝对不会把这件事告诉任何人！"

大师仍然坚定地说："你走吧，我不会答应的。"

范尼绝望地注视着慧远大师，难过地说："大师，佛教的宗旨不是救世济人、普度众生吗？"

慧远大师说："不错，但人已经死了，便不必再普度于他（她），这并不矛盾。"

范尼悲从中来，说道："是的，死去的人已经死了，但我还活着呀！十年来，我几乎每天都在受着煎熬、折磨，在痛不欲生中存活——难道这就不值得被大师指引、救助吗？"

慧远大师缓缓睁开眼睛："施主，究竟是什么事情要让你非得找死者问个明白？"

大师的这句话让范尼看到了一丝希望，他赶紧将十年前悲惨的往事讲了出来："十年前，我和我的新婚妻子朱莉举行婚礼……"

慧远大师一直平静地倾听着。十多分钟后，范尼讲完了所有的事情，大师脸上终于出现了一些变化，但范尼无法从大师深不可测的神情中揣测到他内心的想法。

直到沉默了好几分钟后，他听到慧远大师清晰地说出一句："好吧，我决定帮你这一次。"

范尼简直不敢相信自己的耳朵，他不明白是什么令慧远大师在听完他的故事后改变了主意，但他顾不得想这么多了，他只是不停地鞠躬、道谢："太感谢您了，大师！太感谢您了！"

慧远大师站起来，走出禅房，跟寺院中的几个和尚交代了几句后，对范尼说："走吧。"

范尼没想到慧远大师竟是如此爽快之人，居然能立刻就跟自己下山，他再次道谢之后，和大师一起朝山下走去。

十二

到了范尼所在的城市，天色已近黄昏。

慧远大师对范尼说："我不想下山太久，我们现在就去吧。"

范尼有些没听明白，问道："大师，到哪里去？"

"到你妻子自杀的那个地方去。"

范尼的身子抖动了一下，问："您……要在她死去的地方进行通灵？"

慧远大师没有回答这个问题，说道："施主，我做事有我的一些特殊方法，我不太想对此解释什么，请你以后也不要问我类似的问题。"

"……好的。"范尼有些尴尬地说。

车子开到希尔顿酒店门口，范尼的心一阵收紧——自从那场惨剧发生之后，十年来范尼都没有踏进过这里一步。身穿红色迎宾服的服务员走上前来礼貌地替范尼打开车门，范尼和慧远大师一起下了车。

来到酒店大堂后，范尼对总台的服务小姐说："开一个套间，309号房。"

"好的先生。"服务小姐说，"您住几天？"

范尼想了想，说："就今天晚上。"

"你最好多订几天。"慧远大师说，"我没把握一次就能成功。"

"好的。"范尼点头道，然后对服务小姐说，"改成三天吧。"

"好的，先生，一共是三千六百元。"服务小姐微笑着说。

范尼取出信用卡付费，服务小姐将房卡钥匙交给他。范尼和慧远大师乘坐电梯来到三楼客房部。

房卡在门口的凹槽划了一下后，伴随着"咔"的一声清脆声响，309号房间的房门打开了。范尼的手有些颤抖地握住把手，将门推开。

十年了，范尼又一次来到了这个令他永生难忘的地方。这里和十年前相比并没有太大的改变，只是床头的柜子和窗帘的颜色换了一下。范尼希望这些变化能多多少少赶走一些他心中的阴霾。

这个套间有两张床，慧远大师在其中一张床上盘腿而坐，闭目养神。范尼想起他们还没有吃晚饭，问道："慧远大师，您晚饭吃点什么？"

"青菜、米饭即可。"

"好的。"范尼打电话给客房部，要他们送一份牛排、几样素菜和米饭到房间里来。

酒店的效率很高，没过多久，范尼点的餐就都送来了。服务员将餐品在简易餐桌上摆好，说了声："两位请慢用。"

慧远大师看了那几样菜一眼，端起其中一盘炒得油亮鲜香的青椒玉米闻了闻，对服务员说："把这盘端走。"

服务员诧异地问："怎么，这道菜有什么问题吗？"

慧远大师说："我不吃猪油炒的菜。"

范尼赶紧对服务员说："这个拿走，再去炒一盘一样的来，用植物油炒。"

"不用了。"慧远大师指着一盘白油青菜说，"有这个就足够了。"说完，他端起米饭，夹了一筷子青菜到碗里吃起来。

"两位还有什么吩咐吗？"服务员问。

"没有了，你去吧。"范尼对他说。

吃完饭后，范尼有些不知所措。他不知道现在该干什么，也不敢去提醒慧远大师通灵的事，只好等着慧远大师发话。

没想到，慧远大师完全没提通灵的事。他闭目打了会儿坐之后，说道："九点半了，睡了。"然后躺在床上，和衣而寝。

"哦……好的。今天太疲倦了，大师您早点休息。"范尼只能随声附和。同时，他看了一眼手腕上的表，刚好九点半，一分不多一分不少。范尼不知道慧远大师闭着眼睛什么都没看是怎么知道现在是九点半的。

既然大师都睡了，范尼也找不到其他事做，他只有关掉灯，自己也躺在床上。但范尼却不能像慧远大师那样轻易入梦，他躺在床上辗转反侧，脑子里涌现出一些杂七杂八的想法。而且，有一个十分关键的问题从刚才起就一直盘旋在范尼脑海里了，这是令他心慌意乱的最主要的原因——

范尼知道，只要他住在这个房间里，就绝对不可能避得开那个卫生间。他明白，自己并不是出于恐惧，而是害怕当他再次走进那个卫生间时，那在梦中出现过几十上百次的熟悉场景会将他封印在脑子里近十年的可怕记忆又一次毫无保留地彻底唤醒，令他的情绪难以自控。范尼责怪而又屈服于自己的懦弱，他实在不知道自己能不能面对那扇小门后的几平方米的空间。

范尼强迫自己不要去看那扇卫生间的门，但越是这样，他越是条件反射地注视着那扇门。他甚至产生了一些幻觉——那扇门像是具有魔力一样，在黑暗中伸出手来，朝自己轻轻地招手，要他走过去，打开那扇门。

突然间，范尼想起那个发了疯的酒店服务员——他在浴缸里看到了朱莉的倒影……范尼的脑子里忽然跳出来一个想法，令他的呼吸瞬间暂停了。如果我也到卫生间去，能看到朱莉吗？

十三

范尼确信自己真的是着魔了，否则他不会连自己的双腿都控制不了，任由它们下床，并拖着自己的身体来到卫生间门前。

我在干什么，我是不是疯了？他一边这样想，一边看着自己的右手握住门的把手，将门缓缓推开。同时，左手伸到墙边，摸到开关。"啪"的一声，卫生间的灯亮了。范尼的眼睛看到卫生间。

过了一会儿，他略略舒了口气——还好，这个卫生间和十年前相比已经完全变样了——浴缸换了新的款式；镜子也由方形换成了金边圆框镜；地板砖不再是米黄色，而是蓝白相间；窗帘的颜色也变成淡绿色了。范尼在心里感谢上帝让他看到的是这样一个相对陌生的画面。

范尼走进卫生间后，呆呆地站了一会儿，然后不由自主地走到浴缸前，按下两个开关。浴缸两侧分别溢出热水和冷水，它们在浴缸中部汇合成温暖的水流。卫生间里渐渐冒出一些蒸汽，范尼想了想，关掉热水那一边，只将冷水注入浴缸里。

几分钟之后，浴缸里的水越升越高，蒸汽也随之散去了。范尼将冷水开关也关掉，然后蹲下来，静静地注视着那一池清水。浴缸中间冒出来一个模糊的头像，那是范尼自己的脸。

不知道为什么，此刻，范尼心境竟出奇地平静下来。头脑中那些杂乱的思绪像是都沉到了这池清水的水底。他在心中默默地念叨——

朱莉，我好想你，十年了，我从没有哪天停止过想你。

朱莉，你能感觉到我吗？我是那个你说过要爱一生的人啊。

朱莉，如果你还在这里的话，能出来见我一面吗？

范尼的心对着那池清水说话，渐渐地，他的眼睛被泪水模糊，心像刀绞一样难受。他眨了一下眼睛，泪水从他的眼眶滑落，滴到池水中，让那池清水泛起了涟漪。

突然间，范尼清楚地从水面的波纹中看到，水中的倒影由一个变成了两个！范尼脑子里像是发生了某种爆炸，全身的汗毛在一瞬间立了起来，他瞪大眼睛看着水里的另一个倒影，那张脸竟然开口说起话来：

"施主，你在这里干什么？"

范尼猛地抖了一下。他擦干恍惚的泪眼，这才看清另一个倒影是谁。范尼赶紧回过头去——慧远大师双掌合十地站在他身后。

范尼站起身来，略显尴尬地说："大师……我……"

"施主，你不必解释，我都明白。"

范尼微微皱了皱眉，有些茫然，愣了几秒后，说："大师，您要用卫生间，是吧？我先出去。"

范尼出去后，慧远大师转动身体观察着卫生间。突然，他在浴缸的那个方向停了下来。静静地凝视了几秒后，他对着那个方向行了个僧礼，小声念了一句："阿弥陀佛。"

第二天早上醒来后，范尼向客房部要了早餐。慧远大师对那些精致诱人的小面包、汤和蔬菜沙拉一点兴趣都没有，他只喝了一碗清粥，便到阳台上打了一会儿太极拳，之后又坐到床上闭目打坐了。

中午，范尼陪着慧远大师吃了一顿清淡的素斋，接着，慧远大师一直睡到了下午四点醒来在阳台上悠闲地坐着晒了会儿太阳后，又差不多到晚饭时间了。

一整天，范尼都在心急难耐中度过。慧远大师对通灵一事只字未提——范尼甚至不能确定他是不是已经忘了到这里来的目的。但鉴于之前大师对自己说过不要过问他做事的原因，范尼一直忍着没有开口。

直到晚饭过后两个小时，夜幕低垂，时间到了九点钟——范尼心中想说的话几乎都到了嗓子眼，慧远大师也没有丝毫要通灵作法的意思。

到了九点半，慧远大师又像昨天一样躺到床上，说了句让范尼心凉的话："时候不早了，睡吧。"

范尼关掉灯，沮丧地躺到床上，他真有些沉不住气了。范尼不明白，这个慧远大师到底是什么意思？难道他是在有意考验自己的耐性吗？可是这样做有什么意义？他要是十天半个月都不开始通灵，难道自己就一直跟他在这希尔顿酒店的豪华套间里耗下去？

范尼越想越觉得烦躁不安——虽说住酒店钱倒不是问题，但也不能老这样下去吧。公司里不能耽搁太久，还有一大堆事等着要处理呢。再说贾玲和儿子现在还在娘家，总不能一直不理的。而且最关键的是，住在309号房间里始终不是一件让人愉快的事。

范尼在床上辗转难安，身边另一张床上的慧远大师却发出轻微的鼾声了。范尼无奈地叹了口气，劝自己道——算了，还是别胡思乱想了，明天再说吧。

范尼刚闭上眼睛没过一会儿，恍惚听到另一张床上的慧远大师翻身起了床。他将身子翻到那边去，竟发现黑暗中的慧远大师朝自己这边走了过来。

慧远大师在范尼床边停下脚步，轻声问道："范尼，你找我吗？"

范尼愣了一下，有些茫然地说："大师，我没有找您呀。"

慧远大师说话的语气和腔调跟平时完全不一样，那是一种让范尼无比熟悉的感觉："范尼，真的是你吗？"

范尼缓缓从床上坐起来，这时，他借助窗外微弱的光线看见，慧远大师的双眼居然是紧闭着的！呆了几秒，范尼心中蓦地一惊，他感觉全身的血液在一瞬间涌到了头顶。

他张大了嘴站起来，颤抖着问道："朱莉……难道你是朱莉吗？！"

慧远大师的声音柔和而细腻，和范尼十年前听到的一模一样："范尼，真的是你，我还以为再也见不到你了。"

范尼此刻已经完全明白他在跟谁说话了，他激动得甚至感到头脑缺氧，他深吸着气问："朱莉，这次真的是你吧？告诉我，你真的是朱莉，对吧？"

"朱莉"说："范尼，我不知道我现在为什么能跟你说话。而你，为什么要到这里来呢？"

"朱莉，朱莉……"范尼控制住自己激动的情绪，"我也不知道能跟你说多久的话。朱莉，我只想要你告诉我，你当初为什么要寻死？为什么要在我们新婚那天自杀？"

"朱莉"沉默了一会儿，说："范尼，这么久了，你还在想这件事？"

"是的，朱莉，我求你告诉我！你究竟为什么要那么做？你把原因告诉我，我也就心安了。"

"朱莉"叹了口气，说："范尼，过去的事就让它过去吧，你不要再追究了。我不想告诉你原因。我只想让你知道，我那么做是迫不得已的，我也不想离开你。"

范尼痛苦地摇着头说："不……朱莉，你又这么说。你还是不肯告诉我吗？你是不是要我也去死，变成鬼魂来亲自问你，你才肯告诉我？"

"范尼，你不要这么傻。你现在应该过得很好，有新的生活了吧。你为什么不能放下过去呢？你忘了我吧，好好地生活。"

"好好地生活……"范尼发出一声似哭非笑的呻吟，悲痛欲绝地说，"你不明原因地离我而去，折磨了我整整十年，却要我好好地生活？朱莉，你忘了你跟我说的最后一句话了吗？你说不管发生什么事，你都会永远跟我在一起！你说我们绝对不会分开的，你都忘了吗？朱莉！为什么你刚刚说完这样的话，又要那么做来惩罚我？！"

"朱莉"悲哀地说："范尼，对不起，我真的没有想到会让你痛苦这么久。对不起……你就原谅我吧，忘了我曾说过的那些话。"

她顿了顿，说："而且，那也不是我说的最后一句话……我说的最后一句话是——让你帮我找那对红宝石耳环。"

听到这句话，范尼仿佛被一道惊雷轰顶，他像触电般浑身猛抖起来，大叫道："朱莉！没错，你绝对是朱莉！十年来，我没对任何人提起过这句话！只有我们两人才知道你说的最后一句话是什么！"

"范尼，原谅我，我只能说这么多了。""朱莉"充满哀伤地说，"请你以后不要再找我了。答应我，好好地生活。再见。"

说完这句话，慧远大师的身子晃了几下，然后睁开了眼睛。

"不，朱莉！"范尼痛哭流涕地跪倒在地，"不要就这么离开我……你不能再一次这样不明不白地离我而去！"

慧远大师看着悲痛欲绝的范尼，念了一句："阿弥陀佛。"

范尼伸出手来抓住慧远大师："大师，我现在知道了，原来您睡觉就是在通灵！我求您……您再一次进入睡梦中，让我跟朱莉最后说几句话，好吗？"

慧远大师摇着头说："施主，有些事情是不能强求的。如果你妻子的灵魂不愿再与你交流，那我也是无能为力的。"

范尼跪在地上痛哭不止："可是……朱莉她，最终也没有告诉我原因啊！她为什么……为什么不能告诉我！"

"施主，一切顺其自然吧。我想，她已经把她该说的话都说完了。你也不要强求于她。"

范尼低垂下头，不再说话。过了好一会儿，他慢慢站起来，走到窗前，静静地闭上双眼，让眼泪全都流到心里，汇聚成河流。他在心里想，当河流汇入海洋，不再有明显的间断和停顿，尔后便毫无痛苦地摆脱了自身的存在。如果我也能这样，该多好啊。

十四

早晨，当范尼从昏昏沉沉的睡梦中醒来时，慧远大师已经不在房间里了。

范尼没有觉得奇怪。他知道慧远大师已经帮完了自己的忙，便又回到那神仙居住的凤凰山中了。而且大师说过的，只"帮这一次"，想来他以后也不会再见自己了。

范尼仰天长叹一声——这一切，真是恍如一梦啊。

临走的时候，范尼意味深长地看了这个房间一眼。现在，他对这个309号房间的感觉已经不再是单纯的恐惧和感伤了，又多了一些复杂的情感和哀思。

朱莉，再见。范尼轻轻地将门带拢。

离开酒店后，范尼拖着身心俱疲的躯体回到家里。家中仍然是空无一人，但范尼现在还暂时不想把贾玲和儿子接回来。他一头倒在床上，想一个人静一静。

但很快，范尼发现能静下来的只有周围的环境和自己的身体，他的心里却久久无法平静。他一直反复想着昨晚"朱莉"跟自己说的那些话——

范尼，我那么做是迫不得已的，我也不想离开你……你就原谅我吧，忘了我曾说过的那些话……那也不是我说的最后一句话，我说的最后一句话是——让你帮我找那对红宝石耳环……

范尼渐渐睁开眼睛，他的思维凝固在最后那一句话上。

"我说的最后一句话是——让你帮我找那对红宝石耳环。"

红宝石耳环！范尼猛地从床上坐起来，翻身下床。他冲到书房，从书柜顶端拿下那个装着朱莉首饰的小铁盒。

　　范尼用钥匙将小铁盒打开，然后在里面快速翻找。接着，他又把铁盒内的东西全都倒在书桌上，一件挨着一件地清理——几分钟后，他惊诧地张大了嘴巴。铁盒里面，朱莉的所有首饰都在，唯独少了那对红宝石耳环！

　　范尼呆若木鸡地坐到椅子上，回忆着十年前的事……

　　朱莉死之后，自己从楼上跑下来，冲到宴会大厅……接着，朱莉的父亲和自己的父亲，以及几个亲朋好友一起跑了上去。接下来，自己昏了过去，醒来时已经在医院里。三天后，自己和母亲一起去参加朱莉的葬礼——对！就是那个时候，母亲亲自将朱莉死时戴着的那几样首饰——也就是朱莉的遗物交给自己的！

　　范尼紧皱眉头竭力回想着——当时，母亲是用一张手帕包着那几样东西的：一枚钻石戒指、一串蓝宝石项链和一对玉手镯——没错！从那个时候起，就没有那对红宝石耳环了！范尼重重地敲了一下自己的脑袋——当时只顾着伤心了，后来也一直没注意，竟然连这么重要的东西都忘了！

　　范尼将手指放到嘴边紧紧咬住，牙印越来越深他也浑然不觉。他反复想着"朱莉"跟自己说的那句话——为什么她要专门强调那是她生前说的最后一句话？本来，叫自己帮她递一件东西只是微不足道的一件事，但她为什么要专门提到这对红宝石耳环？难道……朱莉的死跟这对红宝石耳环有什么关系？

　　范尼突然又想起，昨晚"朱莉"在说完这句话后，又说了一句"原谅我，我只能说这么多了"——这分明就是在暗示自己之前那句话是有什么意义的！范尼感觉自己的脑子混乱得快要爆炸了。围绕着这对红宝石耳环的谜团越来越多，一个接一个地浮现出来，几乎塞满了他脑子里的空间——

　　第一，这对耳环是从哪里来的？是朱莉自己买的，还是别人送她的？

　　第二，朱莉为什么不告诉自己这对红宝石耳环是从哪儿来的？

　　第三，她为什么要在自杀前戴这对耳环？是巧合还是刻意的？

第四，朱莉死后，这对耳环到哪里去了？难道有人偷了这对耳环？可他为什么别的首饰都不碰，单单偷走这对红宝石耳环！

一系列问题令范尼想得头痛欲裂。他所有的精神都集中在一起，全然没有注意到书房门口出现了一个人。

"砰、砰。"贾玲轻轻敲了敲书房的门，范尼这才惊觉地抬起头来，望着妻子。

"贾玲……你什么时候回来的？"范尼一脸迷茫。

"我打开门进来，又关上门，你居然都没发现我已经回来了。"贾玲看了一眼书桌上那些朱莉的首饰，冷冷地说，"你真是太专注了。"

说完，她冷漠地转过身，离开了书房。

范尼思索了一下，将朱莉的首饰装回小铁盒锁上，然后走出书房——贾玲双手抱在胸前，跷起二郎腿坐在客厅沙发上——范尼走过来坐到她旁边。

"贾玲，我不想再和你吵架了。我们俩冷静地谈谈，行吗？"范尼和颜悦色地说。

贾玲将头扭过来："好啊，我们心平气和地谈一下。你先告诉我，这几天你都到哪儿去了？在做什么？"

范尼咬了咬嘴唇，没有说话。

贾玲冷冷地说："你又到什么地方去请那些江湖术士来通灵了吧！"

范尼说："你怎么知道？"

"我怎么知道？——因为我这几天都在给家里打电话，一次也没人接。而我打电话到你们公司去问项青，他支支吾吾地说你到外地去了，却不肯告诉我你去了哪里，去干什么——我又不是傻子。如果你是去工作或出差，他有什么好难以启齿的？"

一番话说得范尼难堪至极，无言以对。

"我这次回来，就是想问个清楚。范尼，你到底是要现实中的妻子和儿子，还是要继续走火入魔地跟那个鬼魂厮守终身——你今天就做个决定吧。"

范尼像不认识眼前的人似的望着贾玲："我真不明白，你为什么非把话说得这么难听？为什么非得这么极端，对通灵一事如此敏感？贾玲，难道你全忘了吗？我、你、朱莉和项青，我们四个是十几年的好朋友啊！你当初和朱莉也是好姐妹。她这样不明不白地死了，难道你就一点不难过吗？你就不想知道她为什么要这样做吗？"

贾玲望着范尼说："是的，我没忘记我们四个是好朋友，但我也没忘记——现在，你，是我丈夫！朱莉固然是我的好姐妹，但她毕竟已经死去那么多年了。就算她以前是你的妻子，我也不会允许她和我分享我的丈夫！"

范尼摇着头说："贾玲，朱莉不是这样想的，我也不是这样想的。我既然娶了你，就会和你好好生活。我现在做的这些事，只是在了却一桩心事而已，你怎么就不明白呢？"

贾玲眼中噙着泪水："范尼，我不是三岁小孩，我懂。你之所以一直放不下这些事情，就是因为你心中一直忘不了朱莉呀！当你在找那些人通灵的时候，你想过我的感受吗？你知道我有多难受吗？我会觉得不管我多努力，都永远无法取代朱莉在你心中的位置！"

范尼低下头，沉默了好一阵，他说："你只在乎我通灵的事，却不问一下我通灵的结果吗？"

贾玲的身体抖动了一下，像是打了个寒战，她问道："怎么……你真的通灵成功了？"

范尼轻轻点了下头。

"那……朱莉她，说了些什么？"贾玲神情骇然地问。

范尼叹了口气："朱莉她什么都不愿意告诉我。她叫我不要再追究了，说不想告诉我她自杀的原因，但是——"范尼顿了一下，"她最后似乎又暗示了我一些什么……"

"她……暗示你什么？"贾玲紧张地问。

"她暗示我，她的死跟一对红宝石耳环有关。"范尼眯起眼睛说。

"红宝石……耳环？"

"对了。"范尼望向贾玲，"你当时和她那么要好，知不知道有谁送过她一对红宝石耳环？"

贾玲眉头紧皱，竭力思索了一阵，说："你是说，她准备在结婚当天戴的那对红宝石耳环？"

"对！"范尼惊叫道，"而且不是'准备'，她那天确实戴了！她戴了那对耳环后没多久就自杀了——你知道那对耳环是哪儿来的吗？"

贾玲紧紧抿着嘴唇想了一会儿，抬起头来说："如果……我没记错的话，那对耳环是项青送给她的。"

十五

"什么！项青？"范尼用怀疑的声调惊叫道，"那对耳环是他送给朱莉的？"

贾玲紧紧地抱着手臂，像是自己也有些难以置信。

范尼抓着贾玲的肩膀问道："你确定没有记错吧？如果真是这样，那朱莉为什么不告诉我——而且，你又是怎么知道的？"

"范尼，你把我捏痛了！"贾玲叫道，"你让我想想。"

范尼将手放下来，焦急地望着贾玲。

"嗯……我想起来了，是这样的。"贾玲说，"朱莉在和你结婚之前，我和项青准备送一份礼物给她。但我们不知道该送什么好。于是有一天下午，我们俩一起把朱莉约了出来，想让她自己挑选……

"我们三个人走进一家珠宝店时，朱莉对其中一条蓝宝石项链很是喜欢，于是我就买下来作为礼物送给了她。但项青还不知道该买什么好。这时，我们在那条蓝宝石项链的旁边发现了一对红宝石耳环，和那条项链十分相称，朱莉也是喜欢得不得了。于是，项青便把它买下来，作为礼物送给了朱莉。"

"是的，我想起来了，朱莉告诉过我，她说那条蓝宝石项链是你送给她的……"范尼皱了下眉头，"可是，她为什么不告诉我那对红宝石耳环是项青送的？"

范尼望向贾玲，贾玲说："我也不知道。"

范尼迟疑了几秒，从沙发上站起来说："不行，我现在就要去找项青问个清楚！"

贾玲知道，她是阻拦不住的，只能跟着站了起来。

范尼临出门那一刻，忽然又想起了什么，问道："你记不记得，那对红宝石耳环项青买的时候是多少钱？"

贾玲皱着眉说："我记不清了。但是，好像比我买的那条项链要贵得多。"

范尼说："你再仔细想想，大概值多少钱？"

贾玲又想了几秒钟，说："应该不会低于两万块。"

范尼一句话都没说，重重地关上门。一路上，范尼的汽车风驰电掣，他握着的仿佛不是方向盘，而是一柄武器。

到了公司后，范尼径直来到董事长办公室，用内部电话对秘书说："你去叫项总经理马上到我办公室来，一分钟之内！"

过了一会儿，项青推门进来，见到双目圆睁的范尼，有些茫然地问道："你什么时候回来的？急匆匆地找我干什么？"

范尼脸色阴沉地说："你没忘记我去C市是干什么的吧？"

项青惊讶地问："你真的找到章瑞远了？他帮你通灵了？怎么样？"

范尼挥了挥手说："先别管这些，我问你几个问题，你老实回答我！"

项青感觉范尼的语气有些不对，问道："你怎么了，发生什么事了？"

范尼没有理他，问道："十年前，你是不是买了一对红宝石耳环送给朱莉？"

听到这句话，项青脸上的表情骤然变化了，变得有些僵硬、呆板。

"回答我，是不是？"范尼逼视着他问道。

项青难堪地承认道："……是的。"

范尼紧紧地盯着项青："为什么这件事你没告诉我，朱莉也不告诉我？"

"我……认为买一件礼物给她，用不着非得向你汇报吧——再说那是送她的结婚礼物啊。至于她为什么不告诉你，我不知道。"

"你不知道？但现在我知道了——因为那对耳环价值两万元以上。项青，如果我没记错的话，十年前你还只是公司的一个普通职员吧？两万元对你意味着什么？那是你好几个月的工资！如此昂贵的礼物，朱莉当然不方便告诉我，这是另一个男人送给她的。"

项青望着他："范尼，你到底想说什么？"

"我想说的就是——你当时为什么会如此大方，用自己几个月的工资买一对耳环送给朋友的未婚妻，这个人情未免也太大了吧？"

"朋友的未婚妻？"项青伸出手掌挥了一下，"真难以置信，你居然会这么说。难道朱莉就不是我的朋友吗？"

"就算是！那你对于一个普通朋友就该出手如此大方吗？如果是这样的话，那你多几个朋友结婚，你岂不是就倾家荡产了？"

项青摆了摆头，气呼呼地说："好吧，那我就告诉你，我为什么要送她这么贵重的结婚礼物。因为她要结婚的对象不是别人，而是你！我是看在你们俩的分上才买这么贵重的礼物的！"

"真是冠冕堂皇啊。"范尼冷笑着说，"如果是这么光明正大的理由，那为什么你们都要瞒着我，不让我知道？"

项青向上翻了一下眼睛，说道："范尼，你是装傻还是真不明白？你真要我说得这么明白吗——一般说来，送首饰给女人的都是她的恋人或丈夫。但那天朱莉又确实非常喜欢那对耳环，而我又实在不知道该买什么送给她，于是就忍痛给她买了那么贵的一对耳环。朱莉显然是考虑到了你的感受，不想让你在新婚当天心里不舒服才不告诉你的，你明白了吗？"

"对了，新婚当天。朱莉在新婚当天戴的居然是你送给她的耳环，而不是我送她的钻石耳环，这真是讽刺。她对这副耳环的喜欢有点太超乎寻常了吧！"

"天哪，范尼！"项青叫起来，"她手上戴的是象征你们爱情的结婚钻戒，这还不够吗？你是不是要她全身都戴着你送她的东西才满意？范尼，你今天到底是怎么回事？跟我翻这些陈年旧账干什么！"

"别这样一脸无辜地望着我，项青。要是你的妻子在结婚当天戴的是别的男人送的名贵首饰，你会高兴吗？！"

项青愣了几秒，伸出手掌说："等等，范尼，我想起来了，我知道朱莉那天为什么非得要戴那对耳环了——我和贾玲给她买好礼物之后，就和朱莉约好了——在你们结婚那天，朱莉手上戴你送的结婚钻戒，脖子上挂贾玲送的项链，而耳朵上就戴我送她的耳环。这样的话，既代表了你和她的爱情，又是我们四个人友谊的象征！"

范尼脸上的表情缓和了一些："真的是这样吗？"

"你可以回家去问贾玲呀！"项青嚷道，"范尼，你该不会怀疑我跟朱莉之间有什么吧？这太可笑了！况且，就算你不相信我，也应该相信朱莉呀！"

范尼凝视了项青好一会儿，说："你还有没有什么事情瞒着我？"

"看在我们十几年的好朋友的分上，别问我这种问题，范尼。你要是不信任我，那可真让人伤心。我可以很明确地告诉你——我绝对没有做过任何对不起你的事！"

范尼低下头叹了口气，说："对不起，我刚才有些太不理智了——其实你知道，我一直都是相信你的，项青。要不然，我又怎么会让你做公司最高总经理的位置呢？"

项青说："范尼，我不知道你去C市到底发生了什么事，为什么想起问我这些。难道……和通灵有什么关系吗？你到底成功没有？"

范尼说："发生了很多事情，一言难尽。项青，我现在想一个人静一静，以后再详细地告诉你吧。"

项青最后看了他一会儿，说："好的，我先出去了。"他拉开门，走出董事长办公室，将门带拢。

范尼看着项青离去的背影，思绪起伏。他自己都有些不太确定，刚才说的信任项青的话究竟是发自内心的，还是一种心理安慰。

其实，他真的很想相信项青。项青这个人虽然年轻时有点玩世不恭，但对于重要的事情，他还是能处理好的。而且这么多年来，他好像还真没欺骗过自己。

但是，这件事又确实非常蹊跷——"朱莉"暗示自己的重要线索，那对红宝石耳环竟是出自项青之手，那么项青和朱莉之死到底有什么关系？

这时，范尼又想起一个之前没引起他注意，而现在却让他怀疑的问题——第一个通灵师是项青介绍给自己的，没取得什么成效之后，他又给自己推荐了另一个通灵大师——项青对通灵一事为何如此热衷？像是比自己还要关心一样。他说章瑞远是他在网上无意间搜索到的，这是真的吗？

范尼心中突然跳出一个大大的疑问：难道，项青也和自己一样，非常想知道朱莉自杀之谜？但是，他为什么对这个问题如此关心？

十六

很显然，在这种思绪混乱的状态下，范尼是不可能去处理公司里的那些繁杂事务的。他觉得不能再待在办公室里了，否则一会儿秘书小周就有可能抱来一大堆文件要他审阅。想到这里，范尼走出办公室，悄悄乘电梯下楼，离开了公司。

范尼驾车缓缓地开在路上，他并没有直接朝回家的路上开，而是在城市中漫无目的地兜着风。他幻想自己能被突然经过的一阵风吹醒，好令他想通这所有的事情究竟是怎么回事。

但这是不可能的——全世界能如此幸运的人恐怕也只有牛顿了。范尼开车在城市里绕了一大圈，仍然一无所获。他望着窗外不断变换的景物出神。忽然，他的眼前出现了一座高雅宏伟的建筑物——这是本市的歌剧院。

看到歌剧院，范尼又想起了朱莉——朱莉曾是市里红极一时的歌剧名伶，在国内也小有名气。范尼悲哀地感叹道——可惜歌剧这种过于曲高和寡的艺术引不起自己的兴趣。居然直到朱莉死，他都没有来歌剧院看过朱莉的一次演出。

不知道是出于对朱莉的哀思，还是对过去的内疚，范尼不由自主地下了车，走进了歌剧院。

现在是白天，歌剧院里一个观众也没有。空空荡荡的剧院厅内，只有一个女老师在指导着十几个年轻演员排练经典剧目《唐·璜》。

范尼怀着复杂的心情观看着年轻演员们的表演，试图在他们身上寻找到一些朱莉的影子。

排练完一段之后，女老师拍拍手，示意大家休息一下。同时，她注意到了台下唯一的一个观众。

范尼觉得应该在人家下逐客令之前识趣地离开，他转过身，却听到舞台上有人喊了一声："是范尼吗？"

范尼惊讶地回过头，他没想到这里居然有人能认出他来。他朝舞台上望去，喊他的正是那个三十多岁的女老师。

女老师对年轻演员们说："好了，今天上午我们就排到这儿，大家回家吧，下午两点半准时到。"说完，她从舞台一侧走下来，来到范尼面前。

范尼看着面前这位气质高雅、端庄大方的女老师，诧异地问道："请问……你怎么认识我呢？"

女老师笑了笑："你可真是贵人多忘事啊。我叫苏琳芳，是朱莉的同事，也是朋友，我和你在很多年前见过面的——你忘了吧？"

范尼着实想不起来了，他尴尬地笑了笑，挠了挠头。

"那也难怪，我当时只是个不起眼的小演员嘛，可没有朱莉那么光彩夺目。不过，你们结婚的时候我还去了呢——"说到这里，苏琳芳意识到失言了，她将手轻轻抬到嘴边，"对不起……"

"没关系。"范尼知道她不是有意的。

苏琳芳赶紧将话题转移开："对了，你今天怎么有雅兴到这里来啊？"

范尼叹息了一声，说："我路过这里，忽然想起，在朱莉活着的时候，我还从没来这里看过她的任何一场演出呢——现在，成为永远的遗憾了……"

苏琳芳也跟着叹了口气："唉，那真是有些可惜呢。朱莉以前是我们这个歌剧团中最优秀的演员，一些高难度的剧目都是由她来演唱的。她走了之后，我们剧团的一些保留剧目都没法演了——像《蝴蝶夫人》，就再没有演过。"

范尼问："《蝴蝶夫人》是朱莉最擅长的剧目？"

苏琳芳张大嘴巴，惊诧地问道："怎么，你不知道？难道她没跟你讲过吗，她唱'蝴蝶'在全国都算是一流的！"

范尼难堪地说："我……对高雅的艺术，不是特别喜欢——朱莉大概觉得在这方面跟我没什么共同语言吧。"

"噢，那真是太遗憾了。"苏琳芳表情夸张地说，"你知道那时候歌剧院有一半的观众都是冲着朱莉演出的《蝴蝶夫人》来的。特别是她唱的那一段著名的咏叹调《啊，明朗的一天》，她用歌喉完美地刻画了蝴蝶夫人内心深处对幸福的向往——这么多年来，我们歌剧院的演员无人能及……"

苏琳芳激动地评述着朱莉以往的精湛演出，完全沐浴在艺术的海洋中。范尼站在旁边接受着高雅艺术的熏陶和洗礼。

苏琳芳讲完之后，范尼摇着头说："看来，我的遗憾真是越来越大了。"

苏琳芳眨了眨眼睛，说："不，其实你可以弥补你的遗憾。"

范尼有些不明白地望着她。

"到这边来。"苏琳芳做了个手势，示意范尼跟着她走。

他们走过舞台，穿过幕布，来到演出后台。在这堆放着杂物、道具、各类服装和化妆用具的拥挤空间里，有一台电视机和一台影碟机。苏琳芳搬来一把椅子请范尼坐下，然后打开影碟机，将一张光碟放了进去。

"这是朱莉生前演得最好的一场《蝴蝶夫人》。"苏琳芳一边开电视，一边介绍道，"我们剧团把它拍摄下来作为资料保存。"

范尼诧异地说："这么多年前的碟子，你们都还找得到？"

苏琳芳说："你不知道，这张碟子我们经常放——主要是放给那些年轻演员看，供他们学习和练习。"

电视上出现画面了，场景是十九世纪末的日本海港。山脚下有一座面临大海的房屋。序曲是节奏急促、喧哗热闹的音乐，接下来，是一群演员身着戏服出场……

苏琳芳拿起遥控器，按下快进键，直接跳到朱莉出场那一段。范尼在屏幕上看到身穿和服、美得像一朵移动的花儿一样的蝴蝶——也就是他的朱莉——心中思潮澎湃，感慨万千。

看了一会儿后，苏琳芳又将剧情快进到中间的一段，并介绍说："注意听这一段，这是朱莉最感人的演出，她唱的就是我刚才跟你说的那首咏叹调——《啊，明朗的一天》。"

范尼点点头，全神贯注地盯着电视——朱莉面对着大海演唱，表演蝴蝶天天在幻想的情景：幸福的团聚。这是一段极其动人的咏叹调，朱莉用圆润高亢、饱含感情的声调演唱着，听来真是催人泪下。

听完这一段，苏琳芳又拿起遥控器，边快进边说，像是在给学生上课似的："接下来，我们听听最后一段，那也是最感人肺腑，令人——"突然，她停了下来，张着嘴巴，像是猛然间想起了什么，她按下遥控器的停止键，对范尼说，"噢……我想，我们就看到这里吧。"

范尼目瞪口呆地望着苏琳芳，不明白是什么令她的态度突然改变了。他愣愣地问道："怎么了？"

苏琳芳局促不安地说："没什么……我想最后一段不用看了吧。"

范尼愈发觉得奇怪："为什么不能看？"

苏琳芳抿着嘴唇说："看了也许会让你不愉快。"

范尼皱起眉头，直觉告诉他这里面有什么不寻常的东西。他对苏琳芳说："没关系，继续看吧。"

苏琳芳只能无奈地按下播放键。《蝴蝶夫人》的剧情继续上演。最后一幕中，朱莉得知自己被爱人抛弃，而孩子也将被带走，悲痛欲绝地从墙上摘下一把匕首，关上屋门。

范尼的眼睛看到画面上拿着匕首的朱莉那一刻，心跳和呼吸仿佛在一刹那同时停止。

就在朱莉把匕首对准自己的喉咙时，门开了，走进来的是扮演儿子的小演员。她一下子丢开匕首，扑过去将孩子紧紧搂在怀里，悲痛欲绝地对着孩子天真的眼睛，用高亢的声调唱出了最后的歌。

"我亲爱的孩子，

"你的妈妈再也忍受不了痛苦，

"因为你就要离开我,

"到那遥远的国度。

"而我却要走向那黑暗的坟墓!

"我亲爱的孩子,

"请你记住我,

"记住你可怜的妈妈。

"再见吧,再见吧,

"你要记住我!"

朱莉泣不成声,她把孩子放下来,给了他一面小小的美国国旗拿在手里,又用一条手帕把孩子的眼睛蒙了起来,然后退到屏风后面。孩子以为妈妈是在和他闹着玩,笑嘻嘻地等着。朱莉举起匕首,朝自己的咽喉刺了下去,扑通一声,倒在了血泊中。

"啊——"范尼失声大叫了出来,惊恐万状。仿佛那不是歌剧,而是真实的一幕。

苏琳芳赶紧上前一步关掉了电视,不安地说:"唉,我就说不要看这最后的一段啊——它会勾起你痛苦的回忆!"

范尼从椅子上站起来,额头上渗出汗水:"这……这是怎么回事?!为什么这出戏的结局和朱莉自杀的方式一模一样?!"

苏琳芳的眼睛望着其他地方,没有说话。

范尼难以置信地说:"你们早就知道,对不对?但为什么我直到现在才知道,为什么这么多年来都没人告诉我?"

苏琳芳抬起头来,为难地说:"范尼,其实你应该想得通的——十年前你遭遇到那次打击之后,我们所有人都目睹了你有多么伤心欲绝、痛不欲生。在那种情况下,没有任何人会在你面前提起朱莉,更不可能会提到她的死——这无疑是在朝你伤口上撒盐啊!"

范尼缓缓坐下来,对苏琳芳说:"请你打开电视,让我再看一遍最后一段,好吗?"

"范尼,你这是何苦呢,你为什么要再一次让自己……"

范尼伸出手比了一下，打断她的话："请你相信我，我绝对不会再像刚才那样情绪激动了——我只是发现了一些重要的东西，想再确认一下——拜托你了！"

苏琳芳无可奈何地叹了口气："好吧。"然后按开电视。

范尼将遥控器拿过来，回放刚才的画面。看到某一处时，他按下暂停键，将画面定格，然后走到电视机前，鼻子几乎贴到了屏幕上，他仔细地观察起来。

十几秒后，他捂着嘴，一脸惊诧地说："没错，就是这把匕首……朱莉就是用这把匕首自杀的！"

苏琳芳凑过去，看着屏幕上朱莉拿着的那把刀柄镶金边的匕首，怀疑地问道："你是说，朱莉自杀用的是这把匕首？你确定没搞错吗？"

"我绝不会搞错。"范尼肯定地说，"那天那一幕，已经深深地铭刻在我的脑海里了，每一个细节我都记得一清二楚！"

"可是，她用这把刀自杀是不可能的。"苏琳芳说。

"为什么？"范尼望着她。

"因为这不是真刀，而是一把演戏用的道具刀。"苏琳芳说，"这把刀伤害不了任何人。它的刀身会在碰到身体后自动缩进刀柄里去。我们后台就有一把，你要不要看看？"

"什么，道具刀？"范尼难以置信地晃动着脑袋，"可是……朱莉当时颈子上插着的就是这把刀啊，它确确实实要了朱莉的命。"

苏琳芳的身体抖了一下，觉得有些不舒服起来，她说："范尼，我们今天就看到这儿吧——你看，时候不早了，我也该回家了……"

范尼神思惘然地站起来。苏琳芳正要关掉电视和影碟机，范尼突然伸出手说："请等一下！我觉得……还有一个地方很不对劲！"

苏琳芳皱起眉头，为难地说："范尼，对不起，我得……"

"求你，看一遍，再看一遍那最后一段。"范尼恳求道，"我刚才看的时候，就感觉到某个地方特别……请你让我再看一遍，我一定能发现到底是什么地方不对劲！"

　　苏琳芳后悔把范尼带到这里来了。她意识到不管自己同不同意，范尼肯定都会坚持的，她只能退到一边，让范尼再次回放最后一段。

　　范尼将碟子后退到朱莉自杀前抱着儿子唱歌那一段。看了一遍后，他又后退，再看一遍；接着又后退……反复把这段看了四五遍。

　　苏琳芳不知道他还要这样看多久，忍不住问道："你把这段放了这么多遍，到底在看什么呀？"

　　范尼没有说话，一副全神贯注的模样，过了一会儿，他像是自言自语地说道："我不是在看，而是在听。"

　　"什么，听？"苏琳芳困惑地问。

　　范尼按下遥控器的暂停键，一脸严峻，甚至是带着紧张地望着苏琳芳："我明白了，我刚才第一次看这一段的时候，为什么会觉得特别不安，有种强烈的紧张感——我现在明白了。"

　　"为什么？"

　　范尼一字一顿地说："朱莉死的时候，她的手机铃声响着，播放的正好就是刚才那段音乐。"

　　苏琳芳一怔，她愣了几秒钟，不由得在心里思考起一个新的问题——范尼的神经是不是出现了一些问题？她迟疑了一阵，小声说道："恐怕……这也是不大可能的。"

　　范尼问："为什么不可能？"

　　苏琳芳微微耸了耸肩膀："其实你知道，通常用作手机铃声的，都是一些通俗、上口的流行音乐。纵然有高雅音乐的，也不会选择这么悲伤、哀怨的一段——我不认为有谁会制作这样一首冷僻、阴沉而又曲高和寡的手机铃声来供人下载。"

　　范尼说："那会不会是朱莉自己制作的呢？"

　　"应该不会吧。"苏琳芳说，"朱莉在整个《蝴蝶夫人》的唱段中最喜欢的就是那首《啊，明朗的一天》。你知道，她是一个性格开朗的人，不太喜欢那些阴暗的东西。"

　　说完这些话，苏琳芳盯视着范尼，仿佛在提醒他将自己的精神和思绪拨回正轨。

范尼眉头紧锁地思考了好一阵，说："这张碟子，能不能给我，让我做个纪念？"

"恐怕不行。这张碟子只有这一张，我们剧团要留作资料保存和教学用呢。"

范尼想了想，说："那这样好吗，你把它借给我，我拿去复刻一张，然后立刻带来还给你——可以吗？"

苏琳芳十分为难地说："对不起，范尼，我们剧团有规定，这些资料碟一律不能复刻流传到外面——我想你能理解吧，如果这些碟子被大量复制、传播——谁还会到剧院来看戏呢？"

"我向你保证，我只会复刻一张，把它珍藏在家里。绝不会把它流传到外面去的。"范尼恳求道，"况且，这是特殊情况啊，我只是想拥有一些能纪念我亡妻的东西——你们剧团的规定也应该有人性化的一面吧。"

苏琳芳犹豫了一阵，叹息道："唉，好吧——我可真拿你们没办法。"

"谢谢，太谢谢你了！"范尼连忙感谢道，又微微皱了皱眉，"我们？难道除了我还有谁复刻过这张碟子？"

"这正是我起初不想借给你的原因。"苏琳芳说，"这张碟子以前就破例过一次了，曾借给人复刻过一张，好像还是朱莉的一个朋友。当时是朱莉同意后才借给他的——不过这都是好多年前的事了。"

范尼一愣，问道："那个人是谁？"

十七

贾玲坐在沙发上，惴惴不安地盯着墙上的挂钟——已经八点过了，范尼还没有回家。她不明白丈夫从早上就离开家门，为什么直到现在都还不回来，而且他的手机也已经关机了。

贾玲在心中烦躁地猜测着——他该不会是通灵上瘾了吧？

她打开电视，只看了五分钟就关掉了——那些低智商的娱乐节目看得她反胃。这时，门铃响了起来，贾玲赶紧到门口将门打开——她愣了一下——门口站着的并非范尼，而是项青。

项青的脸上是一种说不出来的复杂神情，他问道："贾玲，范尼在吗？"

"不在，他还没回来呢。"贾玲说，"进来说吧。"

项青进门之后，坐到沙发上，皱起眉头问："他到哪里去了？为什么打他的电话关机啊？"

贾玲苦笑了一声："我还正想问你呢。"

"怎么，你也不知道？"

贾玲摇着头说："我只知道，他上午就出去了，而且……就是去找你。"

项青焦躁地叹了口气："这正是我来找他的原因。范尼早上到公司来找到我，问了我一些莫名其妙的问题——我实在是忍不住，想来问问他，这到底是怎么回事。"

贾玲说："他问了你些什么？"

项青张了下嘴，不自然地说："……没什么。"

"别瞒我了，项青。"贾玲说，"我知道他通灵的事。我也感到很奇怪，他到底遇到了什么事？这段时间他的举止十分反常。"

项青盯着贾玲看了一会儿，犹豫着说："他好像……真的通灵成功了，从朱莉的灵魂那里问到了些什么。"

"这是范尼告诉你的吗？他问到了些什么？"

"不，他没有明确告诉我通灵成功了。但是……我从他问我的话里面感觉到，他确实知道了一些以前不知道的东西。"

"那他到底问了你什么？"贾玲急切地问。

"我……我不知道该怎么说。"项青局促地说，"你瞧，我就是因为不明白才专门到这里来问他的。"

贾玲盯视着项青，缓缓地说："项青，我问了你这么多次，你都含糊其词地不肯告诉我范尼究竟问了你什么。你为什么对这个问题如此敏感，始终要回避开……其实，你知道吗？我大概能猜到他问了你什么。"

项青一下变了脸色："怎么，他出门之前跟你说了什么？"

贾玲怀疑地望着他："你在心虚什么？害怕什么？"

项青涨红着脸声辩道："我有什么好心虚害怕的！我只是没想到他连我这个多年的好朋友都不相信——找我质问不说，还要讲给你听——这，简直岂有此理！"

贾玲眯着眼睛说："项青，你……到底是不是有什么事情瞒着我们？"

"我能有什么事情瞒着你们？你忘了吗，那对红宝石耳环是你和我一起陪着朱莉买的呀！"

贾玲盯着项青的眼睛说："我可没说是关于红宝石耳环的，项青，你是不是有点欲盖弥彰啊？"

"你——"项青难堪地望着贾玲，说不出话来。这时，门外响起钥匙开门的声音，项青和贾玲一起朝门口望去。

范尼推开门，走进屋来，贾玲从沙发上站起来，问道："范尼，你怎么才回来，你到哪里去了？"

范尼望了她一眼，又将目光落到项青身上——脸色铁青地望着项青。

项青也从沙发上缓缓地站起来，略显紧张地问道："范尼，你……到哪里去了？我来找你，想问问你今天上午的事。"

范尼将手中的皮包放到茶几上，缓缓坐下来，说："我去拜访了一个心理咨询师。"

项青和贾玲对视了一眼，似乎都对这个回答感到颇为意外。

过了一会儿，项青说："那很好啊，范尼，其实你早该这么做了——心理咨询师能疏导你心中的一些郁结，还能……"

"项青。"范尼突然打断他的话，"我问你个问题。"

"……什么？"项青神情紧张地问。

范尼一字一句地说："你以前有没有去歌剧院看过朱莉演出？"

项青张着嘴，愣了一会儿，面色难堪地说："范尼，你怎么……还在纠缠这些问题。"

"回答我。"范尼神情严峻地逼问道，"看过，还是没有？"

项青皱起眉头想了一会儿，不情愿地说："是的，我去看过她的一两场演出，怎么了，范尼？"

"看的是哪部戏？"

"我记不起来了，很多年前的事了。"

范尼转过脸去问妻子："贾玲，你呢，你以前有没有看过朱莉演的戏？"

贾玲耸了耸肩膀，说："你知道的，我和你一样，对过于高雅的艺术不是很感兴趣。"

"那你没看过吗？"

"一部都没看过。"

范尼又望向项青说："项青，我记得你也不怎么喜欢歌剧吧，你为什么要去看朱莉的演出呢？"

项青窘迫地解释道："那有什么办法。以前朱莉邀请我们几个一起去看她的演出，你和贾玲都不愿意去，我又不想浪费票，就只有去捧她的场了。"

范尼低头不语，像是在思考着什么，过了一会儿，他问贾玲："晓宇呢，没在家里？"

贾玲说："晓宇说他怕家里那个书房，现在不想回来——我让他在外婆家多住几天，过一段时间再把他接回来。"

范尼微微点了点头，说了句："好。"

项青观察了一会儿范尼那一直阴沉着的脸，说："范尼，我先回去了，改天再找你聊吧。"

范尼没有搭话，项青走到门口，把门打开，贾玲送他出去后，将门带拢关上。

贾玲走到范尼身边时，范尼低着头说了一句："我已经明白这一切是怎么回事了。"

贾玲一怔，不由自主地望向刚才项青离去的方向，说："真的吗？"

"别装了，贾玲。"范尼抬起头，冷漠地望着她，"在我还没有怒不可遏之前，你最好老实告诉我——你当年是怎么杀死朱莉的。"

十八

贾玲愣了足足有半分钟，直到她确信并非自己的耳朵出现了幻听，她毛骨悚然地问道："范尼，你说什么？"

范尼从沙发上站起来，望着她，一字一顿地说："我叫你告诉我，你当年是怎么设计杀死朱莉的！"

贾玲向后退了几步，惊恐地摇着头："范尼，你疯了，你居然说……是我杀死了朱莉！你明明亲眼看见，朱莉是自杀的！"

"对，朱莉的确是自杀。但是，我直到今天下午才想通，她为什么要对我说她是迫不得已的——原来，她是被你设计的阴谋害死的！"范尼咬牙切齿地说。

"你真的疯了……范尼。"贾玲惊惧地瞪大双眼说，"我有什么方法，能把朱莉逼得自杀？"

范尼冷冷地望着她："哼，方法？好吧，如果你还要装，我就替你说出来——你精心设计了一个和《蝴蝶夫人》最后一幕几乎相同的场面，把朱莉引入戏中，让她像在舞台上演戏一般自杀了。只不过，那把匕首已不再是道具刀了！"

范尼上前一步，逼视着贾玲说道："如果我没猜错的话，十年前我和朱莉婚礼当天，你跟着我们上楼，在门口偷听我们谈话。当你知道朱莉进卫生间换衣服时，便拨通她的手机，让那首死亡序曲响起——那首曲子是你提前制作好，又不知道用什么方法偷偷拷进朱莉的手机里的——只要特定的电话一打过来，它就会以电话铃声的方式响起。至于那把和道具刀做得一模一样的匕首，你一定是在我们举行婚礼仪式的时候，帮朱莉拿着包，再神不知鬼不觉地悄悄塞进她手提包里的——这样，她只要一打开包拿手机，就能发现这把匕首，然后照你设定的，把它刺进自己的脖子里！"

贾玲猛烈地摇着头说："范尼，你是不是真的想朱莉想得发疯了？你在说什么疯话！听到一曲手机铃声就能让一个人引颈自杀？你去做来试一试！”

“试一试？由谁来试？你吗，贾玲？”范尼说道，“好啊，你只要把那对红宝石耳环拿出来，我就能立刻试给你看！”

贾玲的身体难以控制地一阵痉挛，脸色瞬间变得煞白。

范尼刀一般锐利的目光紧紧逼视着贾玲：“我当然知道，光靠刚才那些是做不到让朱莉自杀的——你在十年前肯定也知道这一点。所以，你才设计出了红宝石耳环这样一个重要道具！”

范尼停了一下，说：“你知不知道我今天下午去心理咨询师那里做什么？我问他，有没有什么方法能控制一个人的行为。他告诉我有两种方法，一种是催眠术，我想你是没有这个本事的，况且你也没有时间和场所来施展；另一种方法，便是你使用的那个方法了——”

范尼再靠近贾玲一步，几乎贴到了她那因惊恐而发抖的脸上，说：“药物。心理咨询师告诉我，只要用迷药一类的致幻类药物，再加上一定的暗示或提示，就能够达到比催眠术更好的效果——完全可以操纵一个人让他像木偶一样行动！”

范尼狠狠地盯着贾玲说：“我不知道你对那副耳环做了什么手脚。是把它挖空，装满迷药？还是那根本就是一对假红宝石耳环，整个就是由致幻类的材质制成的？但不管怎么样，你利用这个重要的工具，再配合那首死亡序曲和跟舞台道具一样的匕首，对朱莉造成心理暗示，让她在那一刻由幸福的新娘变成了绝望的蝴蝶夫人！从而像她演了无数次的那样，将那把匕首刺进了喉咙！让所有人认为，她是由于什么个人原因而自杀的！”

范尼浑身因愤怒而颤抖起来：“你告诉我，贾玲！你是怎么想出这个阴险狠毒的计划的！为了得到我，你不择手段、丧心病狂地害死了自己最好的朋友！你的心到底是毒蛇还是蝎子变的！”

贾玲的一只手撑在墙上，她已经被范尼逼得无路可退了。她说：“范尼，你凭什么咬定这些都是我做的？你怎么就知道不是项青或其他哪个人做的？”

"哼，项青？你直到现在还妄想嫁祸到他身上？从一开始，项青就是你选定的挡箭牌。你早就想好，一旦这个计谋败露，被你利用的项青就代替你成为最大的怀疑对象。所以，你才处心积虑地叫上他和你一起去为朱莉买礼物，再故意诱导他买下那对昂贵的红宝石耳环，并且跟朱莉约定好，结婚那天一定要戴你们送给她的首饰——当然，在这之后你就有太多机会把带着迷幻药的假耳环跟朱莉的那对真红宝石耳环调包——至此，你的所有圈套就都布置好了，只等着到了那一天，让毫无戒备的朱莉上钩！"

贾玲绝望地瞪大眼睛说："范尼，这一切都是你的无端猜测！你认为我是为了得到你，所以策划实施了这些阴谋？可是，项青他同样有理由……"

"住嘴！"范尼怒喝道，"你还敢赖在项青头上？你可真是不见棺材不掉泪啊！贾玲，你以为我仅仅凭猜测就会如此断定是你吗？那我就明白地告诉你吧——导致你被我看穿的重大疏忽在什么地方！"

范尼怒视着她说："我刚才问项青有没有看过朱莉演的戏，他并不心虚，而且不知道我这样问他的用意，便老实回答看过一两场——朱莉演过很多出戏，项青看的那一两场并不一定就是《蝴蝶夫人》。但是，当我问到你的时候，你心里立刻就知道我这样问的意思，为了避开嫌疑，你撒谎说一部都没看过——可是，你是聪明反被聪明误——你根本就想不到，我这样问的真正目的就是要套出谁是凶手！"

范尼走到茶几旁，抓起上面的皮包，从里面拿出一张碟子，伸到贾玲面前："这张碟子你应该很眼熟吧？你大概怎么都想不到，我会误打误撞地走进歌剧院，碰到朱莉以前的同事——她告诉我，十年前，朱莉的一个女性朋友也复刻了这张碟子。而且，听她描述的外貌，我立刻就知道——那个人就是你！"

范尼怒目圆睁地说："你刚才不是说，你对过于高雅的艺术不感兴趣吗？那你刻录这张碟子干什么？你不是说，朱莉的戏你一部都没看过吗？你连碟子都刻录了，还敢说一部都没看过！"

这一番话将贾玲彻底击溃了，她的身子顺着墙壁慢慢滑了下来，瘫坐在地上。

过了一会儿，她抬起惊惧的双眼，问道："范尼，你打算把我……怎么办？"

"怎么办？"范尼咬牙切齿地说，"如果是在十年前，我立马就能把你掐死！现在，我看在晓宇的分上，给你个机会——你把罪证拿出来，自己乖乖跟我去公安局自首！"

贾玲骇然地说："罪证……什么罪证？"

"你还敢跟我装傻？"范尼上前一把揪住贾玲的领口衣服，"那对红宝石耳环！朱莉死后，它就神秘地消失了——我想不出来，除了你之外，还有谁会偷偷取走那对耳环！你一定是在事发当天，趁我跑下楼去的时候，将那对迷药耳环从朱莉耳朵上取走的——所以后来连警察都没能发现什么破绽！说，那对耳环现在在什么地方？！"

贾玲的脸因恐惧而扭曲，她面无血色地摇着头说："我……没有那种东西。"

范尼盯着她说："你不愿意拿出来，是吧？那好，我自己去拿。我知道你有一个密码锁的铁箱子——你所有的秘密肯定都藏在里面。如果你不愿意自己打开，那我就把它整个一起抱到公安局去，我相信他们会有办法弄开的。"

说着，范尼便要走进卧室去拿那个箱子，贾玲一把将他拉住，哀求道："不要，范尼！给我留点脸面吧，我……自己去拿。"

范尼斜视着她说："好吧，你快去！"

贾玲走进卧室，从大衣柜的最里面抱出一个密码箱，她在密码锁上输入了十六位以上的数字，"咔嗒"一声，箱子打开了。她颤抖着双手，从箱子里又拿出了一个小盒子。她吞咽了一口唾沫，将那小盒子的盖子轻轻打开，拿出里面的小东西。

贾玲紧张地略略回过头一些，斜睨了一眼在客厅和卧室之间站着的范尼——这是我最后的机会了，不管这东西还管不管用，我都只能再试一次，这是最后的机会——她想道，心脏怦怦乱跳。

贾玲深吸了一口气，将那小东西快速处理好，然后关上箱子，走了出来。

范尼站在卧室门口，摊开手来，冷冷地说："拿来。"

贾玲将紧紧捏在手中的东西放开，那东西掉在范尼的手掌上。范尼的心一阵收紧——十年了，他再一次看到了这对令朱莉殒命的红宝石耳环！

这个时候，范尼听到身边的贾玲用一种缓慢而怪异的声调说道："范尼，我是你的妻子，你应该相信我，忘了你刚才说的那些话——那些都是你胡乱的猜想和无端的怀疑罢了。"

范尼缓缓抬起头来，迷茫地看着贾玲，脑子在一瞬间变得顺从、简单。是啊，我怎么能怀疑我妻子呢？她，是我值得相信的妻子啊……

贾玲的眼睛紧盯着范尼，轻声说："范尼，你现在看着我，告诉自己，我是你的妻子，你永远不能怀疑、背叛我……"

范尼的神志越来越迷惘，恍惚之中，他看着面前这个朦朦胧胧的女人——她的耳朵上戴着一对鲜艳的红宝石耳环，和他手里的那副一模一样——突然间，范尼认出她是谁了，他一把将她抱住，喊道："朱莉，朱莉，你回来了吗？"

贾玲一怔，还没来得及做出反应，范尼已将她紧紧拥入怀中，忘情地呼喊道："朱莉，朱莉，我再也不离开你了，朱莉，我好想你，朱莉……"

贾玲从来没有体会过这种感觉，她感到自己的头脑被某种不可抗拒的思维所占据，但她却想不出来应该怎样拒绝和反抗，只有无能为力地让自己的大脑被外来的暗示所侵占。

贾玲木然地推开范尼，歪歪倒倒地走了几步，突然在卧室的大穿衣镜中看到了自己的脸——她的后背冒起一阵凉意——那不是自己的脸，是朱莉！那分明是朱莉的脸。

贾玲"啊"地尖叫一声，从卧室逃到客厅来。睁开眼，她又在电视机屏幕的反光中看到了朱莉的脸；转过头来，酒柜的玻璃中浮现出的仍然是朱莉的脸！她抓着自己的头发，失声惊叫着冲到阳台上，但当她一回头，阳台和客厅之间巨大的玻璃门上又现出无数个朱莉那鲜血淋漓的脸来！

贾玲无比惊恐地抱住头，一边朝后退着，一边喊叫道："朱莉，是我错了，我对不起你——我求你，饶了我吧，不要来找我！"

突然，她退到阳台边上，但身子还在往后仰着，她重心一偏，"啊"地惊叫一声，从八层高的阳台上跌落下去。

贾玲的尖叫声把精神恍惚的范尼唤醒过来——但已经晚了，当范尼朝阳台冲去时，他伸出的手只抓住了一缕空气。

几阵凉风让范尼彻底清醒了，他微微探出头，朝楼下望去——那惨不忍睹的画面令他紧紧地闭上眼睛。两行泪水沿着贾玲坠落的轨迹流淌下去……

范尼回到房间，摸出手机，打通公安局的电话报案。之后，他静静地坐在沙发上，心中是难以名状的复杂思绪，困扰在心中十年的谜底终于揭晓了。

虽然贾玲的悲惨下场是她设计害死朱莉应得的报应——可她毕竟是自己的妻子，是晓宇的妈妈——想到这里，范尼又感受到了深深的悲哀和痛心。同时，他也明白了朱莉的用意。

范尼仰面向上，在心中默默说道：朱莉，你为什么这么傻呢？我既然都已经跟你的灵魂通了话，你为什么还不愿把当年的真相告诉我？你是怕我再经受一次打击吗——你不想让已经失去一次妻子的我再一次失去妻子？难道你为了能让我安宁、平静地生活，连自己的冤屈都不顾，甘心让我和杀死你的凶手生活在一起？你太善良、太傻了，朱莉——你可知道，如果不把你的死查个水落石出，我是永远都不可能拥有所谓的幸福的。

范尼悲伤地沉思着——门铃声响了起来。他擦掉眼眶里的泪水，起身走到门口，将门打开。

范尼和站在门口的警察同时愣住了——他认出来，这个警察就是十年前朱莉死后来找过他谈话的向警官，向警官显然也认出了范尼。

"又是你？"向警官的口气中没有质问，反倒像是在和一个老朋友说话。

范尼请向警官进屋坐下，向警官问道："坠楼女人的尸体已经被我同事运回局里了——她是你什么人？"

范尼说："我妻子。"

向警官皱着眉头望向他。

"你大概觉得很奇怪吧。"范尼说，"十年前你来找我谈话，是因为我第一任妻子死了；现在你来这里，是因为我第二任妻子也死了。"

向警官问："这是怎么回事？"

范尼重重地吐出一口气，疲惫地望着前方说："这是一件离奇、复杂的案件，我讲给你听之后，你也许会认为我是在编故事——但即便这样，我也没有别的办法，因为我没有其他可告诉你的了。"

向警官双手交叉抱在胸前，身子仰靠到沙发靠背上，说："你先讲来听听。"

范尼整理了一下思路，从十年前的命案讲起，把事情的来龙去脉，包括那两次离奇的通灵一起详细讲给了向警官听——讲了将近一个小时。

向警官的表情由惊讶、怀疑渐渐变成匪夷所思，听完后，他沉思着说："原来十年前的自杀案是这样的？这么说，谋害你第一任妻子的就是你第二任妻子？"

范尼问："警官，你相信我说的这些吗？"

向警官从沙发上站起来，眉头紧锁地踱了几步，说："其实要证实你说的这些是否属实相当容易。首先，照你所说，死者贾玲的耳朵上现在还戴着那对有致幻作用的红宝石耳环，这是最重要的一个物证；再者，我们也可以从你刚才说的项青和苏琳芳那里证实你的话；另外——"

向警官问："贾玲的那个密码箱在哪里？"

范尼把向警官带到卧室，指着地上的一个铁箱子说："就是那个。"

向警官走上前去，直接打开箱盖——刚才贾玲在情急之下忘了把它锁上。他在箱子里翻了一会儿，找出一个陈旧的日记本，翻开来看了一会儿，说："嗯，这个东西就能证明贾玲确实是十年前那起自杀案的始作俑者了。"

范尼凑上前去，向警官把贾玲的日记本递给他。范尼翻看之后发现，这上面虽然没有明确记载作案手法，但贾玲却在多年前的日记中记录下自己作案后那种提心吊胆、惶惶不可终日的心态。并且，她用大量的篇幅向日记倾诉自己对范尼的爱慕和对朱莉的嫉妒——那些极端的文字透露出贾玲狭隘而自私的内心情感。范尼看了十几页，不想再看下去了，正准备把本子合上的时候，他突然看到这样一段——

"……朱莉虽然死了，我也如愿以偿地嫁给了范尼，但我觉得自己依旧没有得到范尼的心。因为范尼总会梦到朱莉，有一次甚至说梦话提到朱莉让他帮她找那对红宝石耳环……舅舅终于知道我做的那件事情了。他很生气，居然动手打了我。他没有想到我从他那里要走的迷药居然会要了一个人的命。我很害怕，我怕他会去报案，把我送进监狱。但是，舅舅竟然把一切都怪在自己身上。他认为是他将迷药给了我，才让我做到那件事的。他准备用后半生来赎罪，希望能洗清自己的罪孽。他是说一不二的人，几天后，居然真的去凤凰山上当了和尚……"

范尼看到这里，本子"啪"的一声从手中滑落到地上，震惊得呆若木鸡。他猛然想起，贾玲的母亲就姓"章"，这么说……章瑞远，竟然就是贾玲的舅舅！

范尼的脑子里骤然回想起项青跟自己介绍章瑞远时说的话——

"说来有点奇怪……多年前，章瑞远在经历了某件事情之后，突然洗手不干了，而且出家当了和尚。"——原来，这个"某件事情"竟然就是自己十年前婚礼上发生的那件事！

范尼在一瞬间全明白了——自己到凤凰山云来寺去请慧远大师帮自己忙时，为什么他一开始坚决不肯，但听完自己讲的事情后，便改变了主意，同意下山帮自己通灵——难道，他是想以此来弥补自己当年的罪过？

等等——范尼突然又想到另一个问题——这么说，慧远大师是知道整件事情的，包括自己说梦话泄露的朱莉让自己找那对红宝石耳环的事。他跟自己进行的所谓的通灵，根本就可能只是一个过场！他也许只是借通灵这种方式，借"朱莉"之口来暗示自己当年的真相！原来自己那天晚上在 309 号房间里，根本就不是在跟"朱莉"对话！

身边的向警官从地上捡起日记本，拍了两下，对范尼说："这可是对你最有利的证物啊，你怎么把它丢了——你在想什么？"

范尼长长地叹息一声："不，没什么。一切都结束了，我也用不着再去想那些麻烦的问题了。"

向警官拍了一下他的肩膀，说："那好。这个本子我就拿走了，它会成为呈堂证供——要不然，别人还以为是你杀了你的两个妻子呢。"

范尼把向警官送到门口，向警官撇了撇嘴："说实话，我办了这么多年案，还从没遇到过这么诡异、离奇的案子。"

范尼说："我活了这么多年，也是第一次遇到这么诡异、离奇的事——不过还好，都解决了。"

向警官和他对视了一眼，两人相视而笑。

出门后，向警官最后对范尼说了一句："其实，我想说一声谢谢你。"

"谢我什么？"范尼不解地问。

"记得我十年前跟你说过的那句话吗？"

"什么话？"范尼想不起来了。

"我说，我能看得出来，你不可能是凶手——知道吗，为了这句话，我不安了多少年——生怕自己因为看错人而放掉一个凶手。现在，当我知道一切真相之后，才终于能如释重负地松一口气了！"

说完这句话，向警官向范尼敬了一个礼，然后转身离开了。范尼望着向警官离去的背影，感觉自己的心胸也被打开了。

尾 声

　　范尼牵着儿子范晓宇在夕阳西下的海滩上散着步，现在已经是夏天了。掺杂着海水腥味的海风吹拂在范晓宇稚嫩的脸颊上。

　　他抬起头，充满忧伤地问道："爸爸，妈妈到底什么时候才回来呀？"

　　范尼蹲下身子，抚摩着儿子的小脸蛋说："晓宇，妈妈犯了错误，要到很远的地方去赎罪——不过，爸爸会永远在你身边，一直陪着你的。"

　　范晓宇的眼睛里淌出泪水："那我就再也没有妈妈了吗？"

　　范尼爱怜地看着儿子："不，晓宇，其实……你一直还有一个妈妈。"

　　"什么，我还有一个妈妈？她在哪里？"范晓宇抬起小脸问。

　　范尼转过头，望着夕阳下苍茫的海天说："她就在我们身边，一直都在。"

游戏对象是谁

一

马恩医生的私人助理来到办公室前，礼貌地敲了敲门。

"医生，有位叫温衍玲的女士坚持要在这个时候见您。"

"她有预约吗？"

"没有。"

马恩看了看手腕上的表："那你应该告诉她我们的下班时间，以及工作制度。"

"我都说了，但她就是不走。她说好不容易找到了这里，今天非见到您不可。"

"我们几乎每天都会遇到这样的客人。"马恩望着他的女助理说，"能告诉我吗，是什么让你对她破了例？"

年轻的女助理皱了皱眉头："她显得很焦急，甚至有些惊惶。她说自己遇到了非常急迫和可怕的事，必须马上向您咨询，得到您的意见——她对我说这些话的时候几乎是在哀求——我根本无法拒绝。"

马恩转动着桌上的一支圆珠笔："她是不是表现得有些神经质？"

女助理摇着头说："不，医生，她不是那种神经质的人。事实上，正好相反——她衣着讲究、品位高雅，言谈举止也很得体，只是显得有些焦躁罢了。"

马恩医生用手指敲打着桌面，过了一会儿，他说："好吧，就让我听听她到底有什么着急的事。去请那位女士进来。"

女助理点点头。很快，她陪同这位来访者走进办公室，然后退了出去，关上门。进来的女士三十多岁，穿着一身高档的轻质毛料套装，身材苗条，气质高雅，浑身上下透露着上流社会的气息。

她在对面的皮椅上坐了下来，充满歉意地说："您好，马恩医生，我叫温衍玲。真是抱歉，我在没有和您预约的情况下坚持要见您，而且还是在您快下班的时候。我知道，这非常失礼……可是，我真的是没有办法，必须这么做。"

"没关系。"马恩报以职业的微笑，"像你这么有修养的女士会这样做，一定有十分紧要的原因。"

"是的，确实如此。"温衍玲无奈的神情中流露着强烈的不安，"医生，我……遇到了非常可怕的事。"

"别着急，慢慢说。"

"这件事说来话长……"温衍玲轻轻叹了口气，"我有一个儿子，今年十三岁了——他从很小的时候，就患有严重的自闭症。"

"他是怎么患上自闭症的？"马恩问。

"噢，这都怪我和他的父亲。"温衍玲露出痛苦的神情，"在孩子只有三四岁时，我们为了开创各自的事业长期处在繁忙的工作中，经常把孩子一个人丢在家里，让他一个人玩。没想到久而久之，他因为缺乏和人交流，变得越来越封闭——当我们重视起来时，他已经成为自闭症患者了。"

"这种情况现在很普遍。"马恩说，"不过，你既然早就发现他患了自闭症，应该尽早请心理医生为他治疗啊。"

温衍玲无奈地摇着头说："我们当然请了。至今为止，已经请了三个心理医生——可是根本没用，我儿子的自闭症太严重了，他对那些心理医生完全置之不理——他们也就束手无策了。"

马恩轻轻皱了一下眉头："如果是这样，那我也未必有办法——我并不认为自己要比同行们高出几筹——你儿子未必就会接受我。"

"不，医生！"温衍玲的语气有些激动起来，像是生怕他会拒绝一样，

"您是我们这个地区最杰出的心理医生！而且，我之所以非找您不可，是因为我发现最近几天我儿子竟然喜欢上了看您在电视上做嘉宾的心理访谈节目——要知道，他以前对这类节目可是一点兴趣都没有——所以我想，他会愿意和您接触，听从您指导的。"

马恩用手托住下巴想了想："真是这样的话，我倒可以试试。可我不明白，难道这就是你说的那件可怕的事？"

温衍玲抬起头来，望了一眼马恩，不自觉打了个冷战，她的面色变得苍白起来，像是头脑里的某些恐怖景象又浮现出来。马恩注意到了温衍玲神色的变化。他意识到，接下来要讲的，是事情的重点了。

"是的，医生。"温衍玲恐惧地望着马恩，"我儿子的自闭症，当然不是什么可怕的事——真正让我感到可怕的，是他最近的那些异常举止。"

二

一个星期前，温衍玲发现儿子雷蒙总是在吃完晚饭后，就回到自己的房间，锁上房门——之后，一直要到第二天早上才出来。她觉得自己这个有自闭症的儿子真是越来越孤僻了。

连续几天如此后，温衍玲开始觉得有些不对劲了——虽说雷蒙以前也很孤僻，沉默寡言，但他还是很喜欢在客厅看电视的——温衍玲很好奇雷蒙在他那间既没电视也没电脑的小房间里都做些什么？他是怎么打发时间的？

这次晚饭之后，雷蒙又像几天前一样，离开餐桌就径直向自己的房间走去。温衍玲终于忍不住了。

"等等，雷蒙。"她叫住儿子。

雷蒙转过身，面无表情地望着妈妈。

"我想和你谈谈。"

雷蒙顿了一下，问："什么事？"

温衍玲走到儿子面前："为什么从一个星期前开始，你就一直这样——吃完晚饭就回到自己的房间，然后几乎要到第二天早上才出来，你每天晚上到底在房间里干些什么？"

雷蒙低下头，盯着自己的脚尖，过了半晌，才轻声说了一句："没干什么。"

"你每天晚上在那间屋子里什么也没干？"温衍玲加重语气道，"那你干吗要锁门？"

雷蒙抬起头来望了一眼母亲，又低下头去。

"告诉我，雷蒙。你到底在做什么？"

雷蒙咬住下嘴唇，一声不吭。温衍玲等了几分钟后，重重地叹了口气——她知道儿子的性格——今天晚上别再想听到他说半个字了。

雷蒙在原地站了几分钟后，依然回到自己的房间，锁上了门。

这一次，温衍玲觉得不能再由着雷蒙任性了——虽然她认为孩子的隐私应该得到尊重，但她也知道，这是有限度的——而且，她实在是太好奇了。

过了一个小时后，温衍玲从大衣柜里找出雷蒙房间的钥匙，轻手轻脚地走到门口，不知为什么，她竟然有些紧张——以前从没这么干过。她觉得自己正在扮演一个偷窥者的角色。

温衍玲将钥匙轻轻插到门锁的孔里，她控制着力度，用最柔和的动作转动着钥匙，非常好，一点声音也没有，门开了。

她将门推开一些，探进头去张望——雷蒙这时正坐在书桌前，背对着自己。虽说雷蒙的房间并不算大，但书桌距离门也有好几米的距离，再加上屋内仅有台灯光线，温衍玲看不清楚儿子在书桌前做什么，她只有蹑手蹑脚地走进屋，慢慢向儿子靠近，试图看个究竟。

在距离雷蒙仅有半米的时候，温衍玲终于看清楚了：雷蒙的面前什么也没摆。奇怪的是，他口中念念有词，似乎在自言自语，但看起来更像是在和某人聊天——可他面前除了书桌和窗户，什么也没有。

温衍玲屏住呼吸，侧耳聆听，可雷蒙的声音不大，她只能听到一些支离破碎的语句，无法将它们组合成完整的意思。温衍玲在雷蒙身后站了大约有两分钟，雷蒙并没有发现。

突然，温衍玲听到雷蒙说了一句："你说什么，我的……身后？"然后他猛地转过身来，惊讶地望着温衍玲。

"妈妈！你在干什么？"雷蒙带着恼怒的腔调责问道。

温衍玲显得十分尴尬："我……我只想进来看看你在干什么。"

"可是我锁了门！"

"我有钥匙，雷蒙。"

雷蒙露出难以置信的表情："妈妈，你怎么能这样！你以前说过会尊重我的隐私，给我属于自己的空间的！"

"可是……"

雷蒙转过头去，冷冷地说："妈妈，你以后再这样，我就永远不理你了。"

温衍玲还想说什么，却一时不知该说什么好。她叹了口气，离开了雷蒙的房间。回到自己的卧室，温衍玲烦闷地倒在床上。她的丈夫雷鸣正在电脑前下一盘棋。

雷鸣感觉到妻子的情绪不对，一边点着鼠标，一边问道："你怎么了？"

温衍玲正想找人倾诉，她把刚才在雷蒙房间发生的事讲给丈夫听。

雷鸣的注意力仍在电脑的棋局上，他有些不以为意地说："雷蒙一直都喜欢一个人玩啊，你又何必费这些心思去管他？"

"什么？"温衍玲从床上坐起来，"你认为我在多管闲事？他现在自闭得越来越厉害了！我们要是再不管，他以后怕是连这个家的大门都不会出了！"

雷鸣放下手中的鼠标，转过身来："嗯……这个问题是有些严重了。"

"而且，你不觉得奇怪吗？我刚才站在他身后听他说话，觉得他根本不像在自言自语，而像在跟某人聊天。天啊，该不会自闭症严重之后会产生幻觉吧？"

雷鸣皱紧眉头思索了一会儿，说："这样吧，我们再给他找一个心理医生。"

温衍玲带着疲倦的口吻说："可我们以前已经给他找过两个心理医生了，根本没什么效果。"

"不，这个不同。"雷鸣肯定地说，"听我同事说，这个心理医生会很厉害的催眠术。"

"催眠术……"温衍玲皱了皱眉。

"别担心，亲爱的。催眠术对人没有任何伤害。"

温衍玲犹豫了片刻，说："好吧，你明天就去请他来。"

三

当这个身穿白色衬衫和蓝色短裤的斯文男人走进家门的时候，温衍玲根本无法把他的形象和"心理医生"这个职业结合起来——无论从哪个角度，她都觉得他看起来更像是一个网球明星。

"嗯……解释一下。"斯文男人微微脸红了一下，"听您丈夫说，我是要和您十三岁的儿子见面。所以，我特意穿成这样，希望能拉近和孩子的距离。"

"噢，您真是太敬业了。"温衍玲感激地说。

"这是职业的需要，理应如此。"年轻男人伸出手来，"我叫余方。"

"久仰大名，余医生。"温衍玲和余方握手。

"那么，您儿子呢？"

站在旁边的雷鸣问妻子："雷蒙又进房间去了？"

温衍玲无奈地点了点头。

雷鸣冲余方耸了耸肩："你看，就跟我之前和你说的一样。"

余方点了点头："让我去拜访一下他吧。"

"这边请，医生。"雷鸣做了一个"请"的手势。

三个人来到雷蒙的房间门口，雷鸣正准备敲门，温衍玲突然问："医生，您一会儿会对他实施催眠术吗？"

"如果你想打开自闭症患者的心扉，知道他在想些什么，这是最好的办法。"余方说。

"……会不会，我的意思是说……"

"别担心，太太。"余方面带微笑地说，"我知道您的顾虑。但请您放心，这是绝对安全的，没有任何问题。"

"那好吧，医生，我相信你。"

余方说："另外，我一会儿要和你们儿子单独在一起，请你们暂时回避。"

温衍玲和雷鸣对视一眼，一起点了点头。温衍玲敲敲儿子房间的门，过了好几分钟，雷蒙才将门打开。

"雷蒙，这位是爸爸妈妈的朋友——余叔叔。他来和你聊会儿天，好吗？"温衍玲面色和蔼地对儿子说。

雷蒙上下打量了一遍余方，然后一言不发地转过身，坐到房间的椅子上，仿佛很清楚对方的身份。

余方对雷蒙的父母说："好了，请你们暂时离开吧。"

将房间的门关上后，余方坐到雷蒙面前，脸上带着温暖的笑容。他冲雷蒙眨了眨眼睛，表情活泼地说："嗨，小伙子，虽然我们是第一次见面，但你可以把我当成你的伙伴——我们来做一些你感兴趣的事，怎么样？"

雷蒙的眼睛望着别处，一点反应都没有。

余方伸出两根手指比画了一下，指向雷蒙："让我来猜一下，你是喜欢电子游戏还是玩具大兵？"

雷蒙仍然对余方不理不睬，仿佛坐在自己面前的是独角戏演员，而他的表演显然冷了场。余方在心中叹了口气。本来，他打算先用轻松、愉快的话题来拉近和雷蒙的关系。但他发现，这招是行不通的——雷蒙对他那些套近乎的话题根本没有任何兴趣。余方盯着面前这个十三岁的孩子——看来，要用绝招了。

他吐了口气，然后故作轻松地耸了耸肩膀："雷蒙，你不觉得我们这样面对面坐着说话太过严肃了点吗？不如这样，你换一个更加舒服的姿势。比如说，躺在床上，好吗？"

"我正想这么做。"雷蒙终于开口道。说完，他走到床边坐下，半倚着靠在床上。

余方也坐到床边上来，他从裤子口袋里掏出一个精致的金属怀表。

"看，我这里有件好东西。"他打开表盖，把表链的一头缠在手指上，然后将表垂下来。怀表轻轻地左右晃动。雷蒙盯着表看。

余方的声音在这个时候变得缓慢而细腻，他盯着雷蒙的眼睛说："雷蒙，能告诉我现在是几点吗？"

雷蒙看了一会儿怀表，说："十一点五十分。"

"十一点五十分……平常这个时候，你在做什么？"

"睡觉。"雷蒙回答。

"那么，今天我们也应该睡了。"余方的声音变得轻柔起来，"你看，这个表的中间是不是有几个小圆圈，你数数，一共有几个圈……"

雷蒙盯着表的中心，渐渐地，他的眼睛合拢了。

"好了，全身放松，已经很晚了，该睡觉了。"余方伸出手臂托住雷蒙的背，然后慢慢放低，让他平躺下来。

雷蒙躺下后，余方将怀表收起来，接着低下头，在雷蒙的耳边轻声说道："好了，现在回答我一个问题——你每天晚上在干什么？"

四

几分钟后，从雷蒙的房间里传出一阵尖叫声。正在卧室坐立不安的温衍玲和雷鸣心中一惊，立即冲出卧室，来到雷蒙的房间门口。此时，余方正好从里面打开门走出来，他满头大汗，脸上带着几分惊惶的神色。

"发生什么事了？"温衍玲急切地问，同时朝雷蒙的房里看去——雷蒙这时坐在床上，看起来并没有什么不妥。

余方对雷鸣夫妇说："我们换一个地方说话。"

"去书房吧。"雷鸣用手指了一个方向。

三个人在书房坐下后，温衍玲迫不及待地问："刚才到底怎么了，发生了什么事？"

余方摇了摇头，脸上是一种难以名状的复杂表情，他带着歉意说："对不起，我实在没想到情况会完全失控。"

"失控？"雷鸣惊讶地问，"你的意思说，这次催眠失败了？"

"不，恰好相反，催眠相当成功，只是我没有想到……"余方皱起眉头，露出匪夷所思的表情。

"医生，您说清楚啊。"温衍玲着起急来。

余方神情严肃地说："催眠术是一种高级的心理治疗手段。通常，我们都能够在患者进入催眠状态之后，问出一些他内心深处的秘密——因为处在这种状态中的人是用潜意识来回答问题的，根本不可能说谎。刚才，我很成功地让雷蒙进入了催眠状态。然后，我开始向他提问……"

他顿了一下，接着说："我问他：'你每天晚上在干什么？'他回答我：'在做游戏。'我又问他：'你一个人做游戏吗？'他说：'不，是两个人。'我又问：'那另外一个人是谁？'听到这个问题后，雷蒙变得焦躁起来，他紧闭着眼睛，手开始抓床上的被单，喘着粗气，像是十分痛苦。

"我不明白，他的潜意识为什么要抗拒这个问题。于是，我换了一个问法，我问他：'那你告诉我，你们在做什么样的游戏？'没想到，他听到这个问题后就开始大声尖叫！说实话，我很少遇到这样的情况，竟有些慌乱起来，只能赶紧解除他的催眠状态——过程就是这样。"说完这句话，他仍是满头大汗，仿佛几分钟前的场景再次重演。

"等等！"

听到这里，马恩打断温衍玲，惊讶地望着她。

"你是说，那个催眠师告诉你，你儿子雷蒙每晚都在和一个事实上并不存在的人做游戏？"

温衍玲紧锁着眉点了点头："马恩医生，从您的反应——我看得出，您也看了最近的报道。"

"当然！这么大的事情，我怎么可能不知道！"马恩从皮椅上站起来，语气激动，"最近一段时间，我们这个市里频繁发生十多岁的小孩意外死亡的案件，而且……"

"而且事后，几乎每个死者的家属都发现了一个共同点——那就是他们的孩子在死之前都曾与某个人做过一个游戏！"温衍玲失声尖叫起来，

"天哪，医生，这下你知道我为什么会如此担心和害怕了吧！"

马恩离开办公桌，用手托着下巴，在房间里来回踱步。两分钟后，他停下来，直视着温衍玲："女士，坦白说，我一直在密切关注这一系列事件，我认为这些案件绝非报纸上所说的纯属巧合，而肯定存在着某种共同的联系！我早就想着手调查，却因为无法得知谁会是下一个受害者而无从入手……"

听到马恩这番话，温衍玲用手捂住嘴，全身猛抖，她近乎失控地边哭边叫起来："我的天哪！医生……您也认为我儿子会是下一个受害者？"

马恩意识到自己的失言，安慰温衍玲道："对不起，我没考虑到你的感受——实际上，这只是我的猜测，并不一定就是这么回事。"

"那么……我该怎么办？该怎么办！"

"别担心，女士，你先放松一点。毕竟，到目前为止你儿子还好好的，并没有发生什么。所以，还不算迟，对吗？"

"医生，您有什么办法吗？"温衍玲用恳求的语气问道，两眼充满急切的期待。

马恩看了看表："现在已经六点四十分了，我们赶紧去你家，一分钟也不要耽搁！"

五

赶到温衍玲家，已经是七点二十分了。丈夫雷鸣还没有回来。温衍玲查看餐桌后，发现雷蒙已经自己做了点东西吃了——很显然，他现在又在自己房间里。

"带我去见他吧。"马恩说。

温衍玲领着救星来到雷蒙的房间门口，敲门。几分钟后，雷蒙才打开门，他看见站在门口的马恩后一愣——很明显认出了这是电视上的名人。

"雷蒙，马恩叔叔来我们家了，你不高兴吗？"温衍玲强打着笑颜对儿子说。

雷蒙望了马恩一会儿，说："请进吧。"

马恩冲温衍玲使了个眼色，示意她暂时回避，然后走进屋，关上房门。马恩在雷蒙的房间里找了一把椅子坐下，上下打量了一下这个小男孩——雷蒙比同龄的孩子显得要瘦小些，脸上的五官没有什么特别之处，只是额头有些偏高——马恩凭多年的经验感觉到，这是个智商相当高的孩子。

雷蒙也在上下打量着他，并主动开口问道："你真的是电视上那个专家吗？"

马恩歪着嘴做出一个调皮的表情："怎么样，电视上那家伙给你的印象还好吧？如果是的话，我才承认是他。"

雷蒙似乎被马恩的话逗乐了，但他又控制着不让笑容显露出来——这是自闭症患者的典型行为。

马恩本想让气氛活跃些，但雷蒙的一个问题又使空气凝重起来。他问："你也是妈妈请来替我瞧病的吗？"

"不，我看不出来你有什么病。"马恩摇了摇头，"我只是来陪你玩一会儿。"

说着，他从衣服口袋里掏出一副奇特的扑克牌，这副扑克牌的每一张牌面上都印有一些圆形、三角形和正方形的怪异图案。雷蒙被这副奇特的扑克牌吸引了，他把它们拿过去研究。马恩心里暗忖——果然，所有的自闭症患者都对有规律的东西感兴趣。

雷蒙摆弄了一会儿扑克牌，问："我们怎么玩？打扑克牌吗？"

"我有一个更简单的玩法。"马恩把牌迅速洗了一遍，再把它们平铺在桌子上，"我们分别在这里面选一张牌，点数大的可以叫点数小的那个人做一件事情。"

雷蒙点了点头："好吧，试试。"

马恩盯着扑克牌看了一会儿，从里面随意抽出一张，对雷蒙说："现在该你了。"

雷蒙笑了一声："不用比了，你已经输了。"

马恩有些惊讶地问："你还没有抽，怎么就知道我输了？"

"因为你抽的是一张 Q，我只要抽 Q 以上的就能赢你，比如说……"他迅速抽出一张牌，翻过去面向马恩——是一张 K。

马恩看了一眼自己手里的牌，果然是一张 Q，他惊讶地说："真不可思议，被你说中了！现在，你可以要求我为你做一件事情。"

雷蒙撇了撇嘴："算了吧，我想不出有什么事情要你来做，只是我觉得你太差了，这个游戏也没什么好玩的。"

"等等，再给我一次机会，刚才是我太轻敌了。"马恩说，"这次我们赌大一点，输了的人要做三件事情，怎么样？"

雷蒙不以为意地说："好吧。"

马恩又洗了一次牌，将牌展开，对雷蒙说："这次你先抽。"

雷蒙盯着牌看了几秒钟，从里面抽出一张。

"好，现在该我了。"马恩伸手去抽牌。

"不用抽了，你已经输了。"雷蒙又说道。

"可是，我还没抽呢，你怎么就知道……"

雷蒙将牌面翻过来，是一张 A，他说："因为我已经抽到了最大的牌，你不可能赢得了我了。"

马恩用手托住下巴，露出一丝微笑："是吗？那我们说好，愿赌服输哦。"

说完，他从桌上迅速抽出一张牌，直接将它面向雷蒙，说："你抽的是一张红心 A，而我抽的是黑桃 A，刚好比你大一点。你输了，雷蒙。"

雷蒙张了张嘴，有几分惊讶。过了半晌，他说："好吧，我输了。你要我做什么？"

"你不用做什么。"马恩微笑着对他说，"你只要如实回答我三个问题就行了。"

六

马恩凝视着他面前的小男孩，表情平静，颔首不语，恰如一个棋手专注于棋盘，思考着如何走下一步棋。他深邃的双眼闪烁着犀利的光芒，仿佛能直接洞穿到人的心灵深处。

"第一个问题。"马恩说,"你每天晚上在和谁做游戏?"

这个问题并不让雷蒙觉得奇怪,他早就做好了心理准备。

"和一个小男孩。"他回答。

"很好。那么第二个问题:他长什么样?"马恩继续问。

雷蒙微微皱了皱眉:"这个问题我不能回答。"

"为什么?"

"因为他说过,叫我别告诉别人他的长相——乃至其他的一切。"

马恩医生"哦"了一声,说:"我明白了。"

雷蒙望着他:"你明白了什么?"

"你是个聪明的孩子,雷蒙。"马恩说,"所以我就不绕弯子了。坦白说吧,那个每天晚上陪你玩的男孩其实是你幻想的产物。他今天可以长这个样,明天也可以是那个样。所以,你当然回答不出他到底长什么样了,对吗?"

"不是这样。"雷蒙感觉脸有些充血,"我不是你想象中的臆想症患者!"

"可是,你确实连自己都不清楚那个男孩的长相……"马恩医生耸耸肩。

"好吧,我告诉你!"雷蒙尖声叫起来,"这个男孩有一个很明显的特征——他脸上有一大块红疤!"

马恩愣了一下:"是吗?"

"够了吧,医生。"雷蒙有些厌恶地说道,"我已经告诉了你这么多,你的提问也该结束了。"

"再让我问最后一个问题,你每天晚上和那个男孩在做一个什么样的游戏?"马恩盯着雷蒙的眼睛说。

雷蒙的身体颤抖了一下,脸上流露出惊恐的神色:"不行,这个……我无论如何也不能说。"

"为什么不能说——能告诉我吗?"

雷蒙瞪大眼睛,紧张地摇着头:"我们约好了……绝对不能把游戏内容透露出去!"

"你和谁约好？"

"……那个男孩。"

"约好什么？"

"……保密。"

"保什么密？"

雷蒙张开嘴，正准备说什么，突然意识到了不对，又将嘴紧紧地闭上了。马恩猛地一捏拳头，该死！马上就要套出来了！可这孩子的反应和智商实在是太不平凡了。

马恩吐了口气，用舒缓的语调说："雷蒙，你瞧，这里只有我们两个人。就算你告诉我，也没有任何人会知道，而且我发誓不会说出去——这是我们之间的小秘密，好吗？"

"不，你不会明白的。"雷蒙使劲摇着头，表情更加恐惧了，"只要我一说，他立刻就会知道！"

"怎么可能呢？现在只有我们两个人啊。"

"不！他就在这里！"雷蒙尖叫道，"他现在就在你身后！"

马恩一惊，他瞬间感到脊椎骨蹿上一股凉气，阴森森的。马恩咽了口唾沫，缓缓转过头。身后是一片雪白的墙壁，什么也没有。

他回过头来，意味深长地望着雷蒙："这是一个玩笑吗？"

"不，我没有开玩笑。"雷蒙表情紧张地说，"他就在这里，只是你看不到罢了。"

"好了，雷蒙，现在，你看着我的眼睛。"马恩觉得应该使出撒手锏了——他必须对雷蒙施加心理暗示。

"听着。"马恩瞪大眼睛，仿佛那里面能射出光芒，"你现在必须明白一件事：没有人在晚上陪你玩游戏。这一切都是你幻想出来的。因为你太渴望有人能陪你玩了，所以，你才虚构出一个小男孩来天天陪你。你刚才之所以感到恐惧，是因为我要你回忆你们游戏的内容——而你却根本不敢去回忆。因为你找不出任何能证明那个小男孩存在的东西。这也就等于说，你每天晚上都在自己欺骗自己！现在，你必须结束这种状况……"

"住口！"雷蒙大叫道，"别再说下去了！他生气了！你怀疑他的存在，他生气了！"

"雷蒙，你还在自欺欺人。"

突然，雷蒙用一种怪异的眼神望着马恩："医生，你真的惹他生气了，他刚才对我说——今天晚上，他要让你知道他到底存不存在！"

马恩凝视了雷蒙几秒，目光渐渐转到其他地方。他开始意识到，这件事情的棘手程度超越了他最初的想象。

"我看这样吧，雷蒙。今天晚上我们的谈话就到这里，以后我们再交流吧。"

马恩从椅子上站起来，离开雷蒙的房间。早就等在门口的雷鸣夫妇，立刻将马恩请到书房谈话。

"怎么样，医生？我儿子他到底是怎么回事？"温衍玲急迫地问道。

马恩轻轻叹了口气："根据我刚才和他的谈话——初步判断，雷蒙得了一种间歇性臆想症，并且还伴随着轻微的精神分裂。不过不用担心，还不是特别严重。我想会有办法治疗的。"

"精神……分裂？"雷鸣和温衍玲难以接受这个事实。

"那……我们该怎么办？"温衍玲又哭起来。

"这样吧，以后每个星期我都来一次，用各种方法对他进行治疗，我相信会有效果的。"

"太感谢您了，医生。"雷鸣说，"那么，这次的费用是……"

马恩摆了摆手："这次就算了，等以后他有所好转再说吧。"

说完，他走出书房，拉开客厅的大门，消失在夜幕之中。

七

回到家后，已经十点了。马恩去儿子马林的房间看了一眼——他已经上床睡觉了。马恩替他轻轻关上门，一个人来到客厅。

自从离婚后，马恩每天都把所有的时间和精力投入到工作当中，这使他成为同行中的佼佼者——可他得承认，从没有哪天的工作能让他如此身心俱疲。

马恩选择了一个比较舒服的姿势躺在沙发上，点燃一支香烟，回忆之前在雷蒙房间里的每一个细节，试图找到一个能真正说服自己的理由。雷蒙真的有臆想症和轻微的精神分裂吗？他之前的思维非常清晰，说话也极具条理性，这显然不是臆想症患者的表现。

马恩长长地吐了口气——他明白，之前对雷蒙父母的那番总结纯粹是对于自己不明状况的一种掩饰——可他确实不明白，这件事情的真实状况到底是怎样的。特别是雷蒙说的最后一句话——"今天晚上，他要让你知道他到底存不存在！"——是什么意思？马恩心里竟感到有些发毛。

十分钟后，马恩感到思绪愈发混乱，不愿再想下去了。他掐灭烟头，走到卫生间洗漱。打开喷头，温暖的热水扑面而来。马恩站在喷头下，任由温水冲刷着自己——疲惫一天之后，没有什么比洗一个热水澡更惬意的了。

马恩闭上眼睛享受，突然，一些细小的声音闯进他的耳膜，直抵他的大脑。他警觉地睁开眼睛。喷头里"哗哗"的水声干扰着这个若有若无的声音。马恩立即关上开关，浴室里骤然安静下来。马恩不能立刻适应这突如其来的安静，一下紧张起来。同时，他竖起耳朵搜寻着这微小的声音。

十几秒钟后，马恩判断出，声音没在浴室，而是从卫生间外传来的——是人说话的声音，但听不清在说什么。马恩的神经绷紧，他披上浴袍，对自己说：不会有这种事的，绝对不会。

他深吸了一口气，打开卫生间的门。

门外并没有人，马恩左右四顾，发现了一个熟悉的身影，他立刻走过去。儿子马林站在客厅和卧室的过道间，正小声说着什么——可他面前漆黑一片，什么也没有。

马恩走到儿子背后拍了他一下，疑惑地问道："马林，你在干什么？"

马林"啊"地惊叫了一声，然后缓缓转过头来，叫了一声："爸爸……"

"你在跟谁说话？"马恩瞪大眼睛问。

"我……我不知道。"马林一脸的汗水。

"什么？"

"嗯，我想想……"马林将手放在头顶上，竭力思索，"我在睡觉，迷迷糊糊听到有人叫我，我就走到这里来了。然后，我看到一个小男孩，他说要和我做一个游戏……"

一股寒气从马恩的脚心蹿到头顶，他感到毛孔收缩，汗毛直立。

马恩努力抑制住自己的恐惧，问道："于是……你就跟他说话？家里突然出现一个小男孩，你就不觉得奇怪吗？"

"我以为是在做梦。"马林茫然地说，"直到你刚才拍了我一下……"

马恩颤抖着声音问："那个男孩……长什么样？"

马林皱起眉头说："他长得不好看，脸上……好像有一块红色的疤。"

听到这句话，马恩的头脑中似乎发生了某种爆炸，他惊恐得差点叫出来，他感到浑身冰凉。

"爸爸，这是怎么回事，我是在做梦吗？还是……我该怎么办？"马林望着面无血色的父亲问道。

马恩竭力控制住自己的情绪，对儿子说："现在，你回房去睡觉，关上门。别担心，我……让我想想……"

"那我先去睡觉了，爸爸。"马林说，"你也休息吧，你的气色看起来很不好。"

"……我知道，儿子。"马恩勉强地说。

马林走了几步，又回过头望了爸爸一眼。他走回自己的房间，锁上门，来到窗户前，拿起旁边的手机，拨通了一个号码。

电话响了几声后，被接起来，对方问道："是马林吗？怎么样，成功了吗？"

"是的，成功了。真没想到，我爸爸竟然真的信了。而且他被吓得不轻。"

"一定很刺激吧，马林，我猜你现在肯定很兴奋。"

"可是……我现在有些后悔了，雷蒙。我觉得这个玩笑太过分了。你没有看到，我爸爸被吓得面无血色！"

"所以，你更不能告诉他这是我们策划的一个玩笑，要不然他会打死你的——还有，千万别让他知道我们俩曾经是同学。"

"这是当然，雷蒙，我没那么傻。"

"那好吧，马林，再见。"

"再见。"

挂断电话，雷蒙的脸上浮现出一丝狡黠的微笑。

"嘿，你还在吧？"他对着空无一人的房间说。

黑暗中，一些比微风吹拂还要细小的声音钻进雷蒙的耳朵，令他开心地笑起来："是的，我们这次又成功了。知道吗？我才不在乎你到底是什么呢！只要你肯天天晚上陪我玩就行了。以前从没人陪我玩得这么开心过。好了，现在你就去马林家里，处理最后一步。记着，别忘了把他布置成意外死亡的样子。然后，在这段时间里，我想想我们的下一个游戏怎么玩。"

衣柜里的怪事

一

"十块。"

"二十。"

"二十，跟。"

"四十。"

"该死，你到底是什么牌？"

"四十，你跟不跟？"

"……好吧，四十，开牌！我不信你一天晚上能拿两次三个A！"

翟翔皱起一边眉毛问："听起来你的牌很大呀。"

李雨从桌子下方将自己手中的三张牌甩到翟翔面前："同花顺，最大的。"

"噢，真糟糕。"翟翔皱起眉头，摇晃着脑袋。

李雨鼻子里"哼"了一声，伸手去抓桌肚里的钱。

"等等。"翟翔按住他的手，"我可没说你赢了啊。"

李雨望着他，眼睛眯成一条缝："你不是说很糟糕吗——你在耍我？"

"当然不是。我说很糟糕是因为今天晚上玩不成了——你瞧，你已经把钱输光了，还怎么玩？"

李雨横眉竖目地望着他："你不会真的又是三个A吧？"

"不，我可不愿意一晚上就把好运气都用完了。"翟翔撇着嘴说，同时把手中的三张牌翻过来给李雨看，"这样悠着点是最好的——只要能赢你就行了，不是吗？"

旁边观看的舒丹伸过头去看了一眼翟翔手中的三张牌，低呼一声："噢。"

李雨怒目圆睁地盯着那三张"10"，恨不得上前一把将它们撕得粉碎。

翟翔将桌肚里的钱慢慢叠好，揣进口袋里，同时把扑克牌也收起来："今天晚上就玩到这儿吧。李雨，相信我，你下次能有好运气。"

"嘿，等等。"李雨按住他收牌的手，"今天还没结束呢。"

"你的钱都输光了。"翟翔提醒他道，"你还拿什么来玩？"

李雨把裤兜里的手机摸出来摆在桌子上："索尼的新款，少说也值一千块。"

"噢，不，不，不。"翟翔摇着头说，"你这是干什么，我们不来这个。"

李雨咬咬牙，对舒丹说："再借我一百元，好吗？明天晚上一起还给你。"

"别开玩笑了！"舒丹瞪了他一眼，压低声音说，"我本来还指望着你今天晚上赢了能把上次那两百元还给我呢——你还想借？"

"算了吧，李雨，别勉强了。"翟翔从口袋中摸出二十元来，"我少收你一些，这样你也不至于输个精光。"

"去你妈的。"

翟翔耸耸肩膀，将钱收回去装好。"不是个好选择。"他摇着头说。

李雨气急败坏地说："听着，今天晚上必须再来最后三把，否则……"

坐在前排的俞希终于忍无可忍，她"啪"地摁断一根笔芯，转过身对最后一排的几个人说："否则我就要告诉老师，或者是政教主任，你们在晚自习的时候玩牌，而且还是赌博。"

"嘿，别这么认真好不好，小姐。"李雨斜眉歪眼地说，"玩点小牌也能叫赌博？"

"听着。"俞希正色相告，"我不管你们玩得大还是小，我也不介意你们赌博。只是，请你们回家去玩，或者去澳门、拉斯维加斯玩——别在这里影响我学习，好吗？"

"这话说得可真不近人情。"翟翔故作伤心地叹息道,"我还以为我们是同窗好友呢。"

俞希烦躁地望了一会儿别处,又将脸转过来面对他们:"好吧,作为同窗好友,我就友情提醒一句——还有不到三个月就要高考了——你们真的一点都不着急?"

李雨"嘁"了一声,不屑一顾地说:"高考?高考有个屁用——你觉得我像是要读大学的人吗?"

"那你来读什么书,干脆高中都不要念好了。"

"话可不能这么说。"李雨嬉皮笑脸地挽着翟翔的肩膀,"我要不来读高中怎么能认识这么多陪我玩的好伙伴呢?"

俞希鼻子里"哼"了一声,感觉自己对他无话可说。

"其实,俞希,你也不要对他说的话嗤之以鼻。"舒丹捋着自己的头发说,"仔细想想,现在读大学确实也没什么意思——你没看报纸上说的吗,如今的大学生早就不值钱了,遍地都是,要找个好工作比登天都难——你说,浪费几年时间,又花这么多钱干什么?"

一直把注意力投入到一本言情小说中的季晓妍这时合上书,摆出一个慵懒、妩媚的姿势说:"舒丹这话是真说到点子上了。其实,十八岁到二十二岁这段光阴是我们女生最美妙和最宝贵的时段,自身就是一种巨大的资本——何必浪费时间去读什么书——只要能俘获一位富少的心,嫁入豪门,以后的生活还用愁吗?"

"富少?豪门?"舒丹翻了下白眼,将那本言情小说立起来放在季晓妍面前,"你还是继续待在这里面吧。"

翟翔调侃季晓妍道:"我爸说以后他开的那家公司由我接管——美女,你愿意嫁给我吗?"

"只要你送我一辆阿尔法·罗密欧,我明天就嫁给你。"季晓妍眼波闪烁着说。

俞希伸出手掌在面前比了一下:"好的,我输了,我惹不起你们。"

季晓妍从包里掏出一面小镜子,一边对着它搽唇彩,一边说:"俞希,我真有点搞不懂，你这么漂亮，家里又有钱，干吗还非得这么努力学习不可？"

俞希不知道该说什么好。这时，跟俞希坐在同一排的一个胖乎乎的男生涨红着脸说："俞希她……是为了自我实现，体现自己的价值，才不仅仅是为了过好生活呢。"

"哟，卢应驰，你是俞希什么人呀？"季晓妍牙尖嘴利地说，"你慌着帮她申辩什么？是不是今天晚上孔韦没来上晚自习，你就想乘虚而入啊？"

卢应驰的脸一下红到了脖子根，低下头不敢说话了。

"卢应驰，你害什么羞呀。"李雨嬉笑道，"你该不会是真的喜欢俞希吧？可惜，大美女早就名花有主了——你就别癞蛤蟆想吃天鹅肉了。"

卢应驰的眼睛紧紧盯着书本，大气都不敢出一口。俞希狠狠瞪了李雨几眼。

舒丹抬起头望了一下前排一个空着的座位，恍然大悟道："原来是这么回事啊。俞希，我说你今天晚上怎么这么烦躁呢——原来是你那个大帅哥男朋友没来上晚自习呀。"

"别跟我提他。"俞希将脸扭到一边。

"怎么，你跟孔韦——小两口吵架了？"李雨怪声怪气地说。

俞希有些恼怒地望着他说："你再跟我说这些无聊的话，我就立刻到讲台上去，把你们刚才打牌的事告诉何老师。"

李雨看着讲台上坐的那个戴着宽边深度近视眼镜的矮胖男老师，不屑一顾地说："哼，他？管得了我们吗？"

季晓妍把化妆盒公然摆在课桌上来涂脂抹粉，用嘲笑的口吻说："俞希，别天真了。你以为'矮河马'不知道我们在做什么？他只是睁一只眼闭一只眼而已——马上就要毕业了，他也不敢管太多，怕得罪人！"

俞希转过身来，看着讲台上低头研究教材的何老师，无奈地叹了口气——季晓妍说的是对的。就算他们坐在教室最后两排，但如此肆无忌惮地打牌、说话。何老师也绝不会听不到——看来，他是真的管不了这帮人。

俞希拿起笔，想重新把精力集中到刚才那道习题上，却发现做不到了。她承认，刚才舒丹说的那句话真是一语中的——她今天晚上或多或少有些烦躁不安——都是因为孔韦随意缺席造成的。更过分的是，今天下午放学时，他居然都没跟自己说一声他晚上不准备来上晚自习。

想起孔韦，俞希的脑子里浮现出那张阳光帅气、充满活力的脸，那张脸既能在拉小提琴时显得静谧而深沉，又能在篮球场上挥汗如雨时表现得刚毅而狂野——毫无疑问，这些对任何一个处在青春期的花季少女来说，都是具有致命杀伤力的——俞希也不例外。但是，直到现在她也不能确定和这样一个被全校女生仰慕的白马王子谈恋爱到底是不是正确的选择。

不错，孔韦有太多优秀和吸引人的地方，但正因为如此，他便有可能具备天下所有帅哥共有的一个缺点——花心。虽然自从俞希和孔韦确定男女朋友关系后，她还没发现孔韦有什么拈花惹草的举动。可是，就像今天晚上一样，只要孔韦有那么一小会儿不明就里地销声匿迹，俞希的心里就会充满担心和不安。这真是应了哲学上那句话——"任何事情都有两面性"。和帅哥谈恋爱固然令人羡慕，但也比和普通人拍拖要累上好几倍。

尤其是——俞希又想道——还有三个月就要高考了。自己能顺利考上名牌大学吗？孔韦又可以吗？更关键的是，他们约好要上同一所大学的目标能实现吗？一连串的问题盘旋在俞希脑海里，让她愈发焦躁起来。她用圆珠笔在草稿本上胡乱画着圈，最后一把将那张纸撕下来，在掌心揉成一团。

二

晚自习的放学铃声拉响后，俞希和同学们一起离开教室。走出校门，她犹豫着是步行还是坐车回家。

俞希家离学校不算近也不算远，如果走大路，需要半个多小时；抄捷径走小路的话，二十分钟就能到。平时都是孔韦送自己回家，便让这段路途充满了乐趣。今天，却只能独自一个人乏味地回家了。

俞希最后选择了步行，因为她想在行走的途中跟孔韦打个电话，问问他今天晚上为什么没来上晚自习。

穿过热闹的大街，俞希走进一条僻静的小巷，这里的安静很适合她打电话。刚从裤子口袋里摸出手机，突然，旁边闪出来一个黑影，把俞希吓得"啊"地惊叫一声。她定睛一看，认出这个人是谁。

俞希捂着怦怦跳动的心口说："是你呀，卢应驰，你突然跳出来干什么，吓我一大跳！"

黑暗中的卢应驰没有说话，只是愣愣地盯着俞希。由于小巷的光线太暗，俞希看不清他脸上的表情。

俞希忽然觉得心里有些发毛，她试探着问道："卢应驰，你有什么事吗？"

过了好一会儿，卢应驰才缓缓地说："俞希，我……是专门在这儿等你的。"

"你等我干什么？"俞希疑惑地问。

"……是这样的，孔韦今天晚上不是没来吗，我怕你一个人回家不安全，便专门在这里等着……陪你回家。"

"不安全？"俞希皱起眉头，"没什么不安全的。谢谢你的好意，我自己一个人回家没事的，你也回家吧。"

说完这句话，俞希便快步朝前走去，卢应驰又追了上来，说："我家……也在这个方向，我们一起走吧。"

俞希感到无可奈何，只能说："好吧。"

两人一言不发地朝前走，俞希为了化解尴尬的气氛，故作轻松地问道："卢应驰，你打算考哪所大学？"

卢应驰没有回话，仍然面容僵硬地盯着前方走路。

俞希感到奇怪，对着他喊了几声："卢应驰，卢应驰？"

好几秒之后，卢应驰才回过神来："啊……俞希，你叫我？"

"你想什么呢，这么出神？"

"啊……没什么。"卢应驰尴尬地说。

两人又默不作声地走了一段，在这条小巷快要走完的时候，卢应驰突然停下脚步，转过身面对俞希，突兀地问道："俞希，你觉得……我这个人怎么样？"

俞希心中发出"咯噔"一声响动，她闪烁其词地回答道："嗯……很好啊，你学习好，也乐于助人……"

"俞希，你知道，我不是想问这个。"

俞希不知该说什么，她也不敢正视卢应驰，只有难堪地望着别处。

卢应驰说："俞希，其实我也是有自知之明的，我知道，我无论如何也比不上孔韦。只是，我控制不了自己，在我心中有一种难以抑制的感情使得我必须要亲口告诉你，我……"

"不，不。"俞希一边摇着头，一边后退着，"求你，不要再说下去了。"

但卢应驰显然已经停不下来了，他一把将俞希的肩膀抱住，喘着粗气说："俞希，我真的很喜欢你，甚至是……深深地爱着你！"

俞希紧紧地抱着自己的身体，心中有一丝恐惧感，她声音发抖地说："卢应驰……不管你要说什么，先把我放开！"

卢应驰怔了几秒，像是恢复了冷静，他的手从俞希的肩膀上移开，低下头说："对不起，俞希，我刚才……有些失控了。"

俞希稍稍松了口气，对他说："卢应驰，其实我刚才不是敷衍你的。我真觉得你很不错。但是，你知道，还有三个月就高考了——就算我现在没有和孔韦拍拖，也不会去考虑感情的事——你明白了吧？"

"是的，我懂，我懂。"卢应驰尴尬地点着头说，"俞希，我刚才太失礼了，请你原谅我，不要见怪，好吗？"

俞希淡淡地笑了一下："我不会怪你的。"她望着前方小巷的出口，"好了，穿过这条巷子就是大街了，我们各自回家吧。"

卢应驰说："俞希，请你相信我，我再也不会说刚才那些话了——但是，今天晚上请让我送你回家，好吗？我没别的意思，只是这样，我放心些。"

俞希困惑地问："你到底在担心什么？"

卢应驰犹豫了一下："我刚才说，你一个人回家不安全，并不是危言耸听。"

"怎么回事？"

卢应驰面色紧张地说："我听说，我们市最近出现了一个歹徒，经常入室偷窃或行凶。往往是偷偷进入某人家里后，藏在某个地方，伺机作案。如果被房屋主人发现，就立刻杀人灭口——手法相当残忍！"

俞希皱了下眉头："有这种事？我怎么没听说？"

卢应驰见俞希似乎不相信自己，有些急了："是真的！俞希，我肯定没骗你！我不会为了想送你回家就编个拙劣的谎言来吓你的。"

"可是，你不是说那个歹徒是入室行凶吗？那你在回家路上保护我又有什么用？"

卢应驰吞吞吐吐，仿佛不能自圆其说："那个……我想，万一他现在改为在路上行凶呢……那也是有可能的吧？"

"好了，卢应驰，我知道了，我会小心的。"俞希说，"但是你看，再走几步就是大街了，我想那凶手再嚣张，也不敢在人来人往的大街上作案吧？所以，请你别再担心我了，我们都各自回家，好吧？"

卢应驰还想说什么，但俞希冲他挥了挥手，道了声"拜拜"，便快步朝前方的大街跑去——卢应驰呆呆地望着她离去的背影。

俞希来到灯红酒绿的大道，终于长长地松了口气。她用力摇晃着脑袋，想把今天晚上这段说不出是什么滋味的记忆甩到熙来攘往的人群之中，让众人的脚步把它碾碎——俞希明白，在高考前夕这段紧要时间里，自己的精力是不允许被这些乱七八糟的思绪干扰和分散的。

离家还有一段距离，俞希考虑着要不要给孔韦打个电话。然而，她却感觉到一些水滴从高空滴落到她的头发和身上。俞希伸出手来试了试，确定是下起雨来了。路上的行人也感觉到了这一点，纷纷加快了脚步。

晚春的天气已经具有了一些夏天的特征，天气说变就变，而且快得让人反应不过来。仅仅几秒钟，那几滴小水珠就转化成倾盆大雨。街道上立刻变得慌乱起来，人们把手中的东西顶在脑袋上朝不同的方向奔跑。

俞希也只能将书包顶在头上，她焦急地想拦住一辆出租车——但这时人们抢出租车的激烈程度已经超过了橄榄球比赛。几分钟之后，俞希意识到自己身单力薄是不可能争赢那些人的，只好咬咬牙，奔跑回家。

跑了十多分钟，俞希终于来到了自家门口，虽然顶着书包，但她还是变成了落汤鸡。俞希从书包里摸出钥匙打开家门，走了进去。

俞希家是一幢漂亮的二层楼小别墅——这都是拜她那个精明能干的房地产商老爸所赐。家中的装修、布局，乃至门口的小院都设计得极为西化，和美国的别墅区差不多。可问题是，这么漂亮精致的房子却经常空落落的。俞希的爸爸长期在外地跑，妈妈也是耐不住寂寞的人，一到晚上就出去玩牌或是访友。俞希几乎都习惯了每天晚上一回来就是自己一个人。

此刻，她已经换上温暖的拖鞋，用一块干毛巾擦干了自己湿漉漉的长发。在客厅稍稍休息了几分钟之后，她提起书包，沿着楼梯走上二楼，来到自己的房间。俞希将书包甩在书桌上，再脱掉湿透了的外套——现在的身体混杂着雨水和汗水，黏糊糊的，十分难受——目前，还有什么比洗一个热水澡更迫切的呢？

俞希一边甩着自己那结成一团的头发，一边走到大衣柜前。她打开衣柜，在众多挂在衣架上的衣服中选择着一会儿要穿的几件。挑了一会儿，俞希选出一件牛仔外套。接着，她准备在衣柜下方的抽屉里拿一件内衣。就在准备蹲下去那一瞬间，她在衣柜的左下方看到了一样东西，令她的呼吸骤然停止，全身的汗毛在刹那间竖立起来，瞳孔跟随着眼眶一齐放大——

她在衣柜下方清楚地看到一双男人的皮鞋。而且，那双鞋动了一下，朝里面收进去了一些。

俞希的嘴唇随着身体的颤动发出一丝微弱的战栗声。她头脑中的爆炸令她眼前发黑，甚至牵动得整个世界都在摇晃旋转。一瞬间，俞希的脑子里浮现出卢应驰之前跟她讲过的那些话，只是这些话在巨大的惊骇中已无法完整有序地排列，只能以支离破碎的形式出现——

"我们市最近出现了一个歹徒……""……手法相当残忍""……入室偷窃或行凶""……藏在某个地方，伺机作案""……被房屋主人发现，就立刻杀人灭口"

俞希竭力控制住内心的惊恐和那双有瘫软趋势的腿，她无法判断此时这个藏在衣柜中的歹徒是不是也在暗处盯着自己。俞希努力改变自己因恐惧而扭曲的表情，尽量使它恢复自然。然后，她轻轻地关上衣柜门。

冷静，冷静下来，别紧张。俞希在心中说，一边慢慢地转过身，不露声色地朝门口走去——他并没有马上跳出来，这意味着他可能还没有意识到自己已经发现了他。现在，只需要悄悄地离开家，然后报警……

俞希一步一步地走到门口，就在她准备拉开房门出去的时候，这扇门突然从外面被推开了——门外是她妈妈。

俞希像惊弓之鸟般颤动了一下，还没来得及说话，妈妈先开口道："希儿，回来啦。刚才被雨淋了吧，身上都湿透了。"

俞希紧张地张着嘴，不知道该说什么。妈妈似乎没发现女儿的紧张不安。她走进门来，关上房门，对俞希说："希儿，妈妈今天专门早点回来，有些事想跟你谈谈。"

俞希看着那关拢的房门，像被一记重槌敲蒙了头："妈，我……还没有洗澡，我去洗……不，我是说，我一会儿洗完澡再和你谈，好吗？"

尽管俞希竭力让自己的声音不发抖，但她那分紧张下语无伦次的话语还是让妈妈看出了端倪，她摸着女儿的额头问道："你怎么了，不舒服吗？"

"不是，哦，不……是的，我淋了雨，有点不舒服。"

"没发烧啊。"妈妈把手从俞希的额头上拿下来，"要不你先去洗个澡吧，我在这儿等你。"

俞希抓住机会，拉起妈妈的手说："妈，我现在就去洗，你在客厅等我吧。"

"好。"妈妈应了一声,俞希正要开门,妈妈又把她拉住,笑道,"你这个粗心的丫头,换洗衣服都不拿就要去洗澡。"

说着,妈妈朝衣柜走去,手伸出去准备打开柜门。

"噢,噢……妈!我……"俞希紧张得天旋地转,一颗心差点从嗓子眼里跳出来,她走上前去一把将母亲拉住,"我……暂时不洗了,一会儿再洗……你不用帮我找衣服。"

"一会儿洗也可以把衣服找出来呀。"妈妈又要去开衣柜。

"妈!噢……我,我不洗……噢,不,我……不用找衣服。"俞希将母亲强行拉到床上坐下来,"你不是要跟我谈事情吗?谈吧……我们现在就谈。"

妈妈皱着眉头,望了女儿一会儿:"你今天晚上有点怪怪的。说话老是吞吞吐吐,脸色也一直都是苍白的,是不是发生什么事了?"

"……我没事,可能就是淋了雨的缘故。不过已经好多了……你要跟我谈什么?"

妈妈把女儿的手抓过来握住:"其实也没什么,就是提醒你一下,还有三个月就要高考了。虽然你的成绩很好,但要考上一流大学也不是这么容易的。现在,你更得把全部心思放在学习上,不能让别的事情……"

妈妈不停地说着激励俞希学习的话,但俞希几乎一个字都没听进去,她的心脏怦怦乱跳着。她低着头,不时偷偷地瞄一眼那个大衣柜。她只知道一件事——自己和妈妈离那个凶手只有不到三米的距离。

妈妈说了一会儿,发现俞希对她说的话一点反应都没有,便碰了碰女儿,问道:"希儿,你在听我说吗?"

俞希身子抖了一下,神情恍惚地望着妈妈:"哦,是的……你叫我好好学习,当然,我会的……"

妈妈皱起眉头说:"那我刚才说的那个计划呢,你觉得怎么样?"

"计划……什么计划?"

"你到底有没有在听我说啊?你刚才在想什么?"妈妈显得有些不高兴,"我刚才说,如果你能考上一流大学,这个暑假我们全家就可以一起到美国好莱坞去旅游，你可以亲眼去见那些你喜欢的好莱坞明星。"

"哇，太好了……好莱坞明星……我真想亲眼见见他们。"但前提是今天晚上我不用去见上帝——俞希在心中想道。她故作高兴地说道："妈，这个计划真是太棒了！"

"那你就更应该为此努力了。另外，我和你爸爸还准备在你考上名牌大学后为你举办一个大型的庆祝宴会，到时会邀请……"

"妈。"俞希打断妈妈的话，她觉得自己的心脏不能再承受这种刺激的游戏了。况且那凶犯的忍耐也是有限度的，多在这个房间待一秒钟就会多一分危险。俞希想着办法："我会重视的。我们学校也相当重视……今天，还发给我们一张关于合理填报志愿的建议单。老师说，家长也得看看……"

"当然，我当然得看。"妈妈说，"在哪里？"

太好了，能逃出去了！俞希压抑着自己激动的情绪说："在客厅，我的书包里，我们现在就去看吧。"

"嗯。"妈妈从床上起身，俞希也赶紧站起来，甚至想推着母亲赶快走出房间。但这时，妈妈望了一眼书桌，说："哎，你的书包不是已经拿上来了吗？"

俞希望了一眼书桌，顿时感觉自己坠入了绝望的深渊。同时，她瞥了一眼大衣柜——衣柜的门似乎微微动了一下！我的天哪！露馅了吗？俞希紧张地屏住呼吸，望着大衣柜，感觉一股恐惧和死亡的阴冷气息向她侵袭过来，令她动弹不得——但是过了几秒，衣柜仍然保持着平静。俞希体内的血液才再次循环流动起来。

这时，妈妈朝书桌走去，要去拿俞希的书包。俞希挡住她，对她说："妈，我想起来了……我记错了，我刚才回家就把那张单子放在客厅的茶几上了——它没在我书包里。"

妈妈愣了一下，说："好吧，那就下去看吧。"

上帝——我求求你，这次别再出现什么意外状况了。俞希一边祷告着，一边提心吊胆地跟着妈妈走出房门，然后将门带拢。

当楼梯下到一半时，俞希再也控制不住了，她抓住妈妈的手，牵着她一路飞奔下楼，冲出房子大门，再用刚才留在衣服口袋里的钥匙迅速将门反锁，然后朝着周围的房子和街道上的行人大喊道："快来人啊！我的家里有歹徒！"

三

俞希的喊叫声震惊了周围的邻居和行人，他们纷纷聚集过来。俞希又赶紧摸出手机报警，告诉警察她家的具体位置。

妈妈瞠目结舌地站在旁边，好一阵之后，才惊恐地说："俞希，你说什么？我们家里有歹徒？"

"就躲在我房间的大衣柜！刚才离我们只有两三米远！"俞希大叫道。

"你怎么知道？"

"我回家打开衣柜找衣服，看见他的脚了！我正打算悄悄离开，你就进来了，然后和我在那歹徒面前谈什么话！"

"天哪！"妈妈捂住嘴说，"你怎么不告诉我……或者是暗示我一下？"

"我敢暗示你吗？如果我设法告诉你衣柜中正藏着一个歹徒，你一定会当场大叫起来的——这等于是告诉他我们知道了他的存在——我们会没命的！"

"我的天哪……真是太可怕了！"妈妈惊惧地睁着双眼。

邻居大叔提着一根铁棒从人群中挤过来，对俞希说："歹徒在哪里？带我去看看！"

"不，大叔！"俞希阻止道，"我们别轻举妄动。我已经报警了，等警察来处理吧！"

就在这时，一辆警车鸣着刺耳的警笛呼啸而来，停在俞希家别墅前面。从警车里走出四个持枪的警察，带头的是一个留着短寸头，看起来稳健干练的中年警察。

他走到俞希和她妈妈面前，问道："歹徒在什么地方？"

俞希说："现在应该还在我家里，我把房门反锁了，把他困在了里面！"

"你做得很好。"短寸头警察对俞希说，"现在，你把房门钥匙给我，你们退后。"

俞希赶紧将钥匙交给警察，并依言和母亲朝后面退去。短寸头警察朝他的三个同事挥了下手，四个人一齐走到门口。他用钥匙把门打开，并用眼神向另一个警察示意，那个警察谨慎地将大门推开，四个警察同时举起枪冲了进去，四把手枪分别对准房里的四个方向。

俞希和妈妈紧张地在几十米外驻足观望。她们没有想到昔日在电视警匪片中才能看到的场面竟会发生在自己家中。四个警察进去后没过一会儿便关上了房门——接下来，俞希和妈妈就只能通过想象来猜测里面发生的事了。

十多分钟后，房门再次被打开，四个警察走了出来。但令俞希感到意外的是，她并没有看到警察将歹徒押出来的画面。

短寸头警察走到俞希和她妈妈面前，说："我们已经将房子彻底搜查了一遍，没有发现歹徒。"

"什么，这怎么可能？"俞希惊讶地说。

短寸头警察将手枪别到腰间，问："你们是怎么发现有歹徒的。"

妈妈望着俞希，俞希说："我放学回家，在房间的衣柜里找衣服，突然发现衣柜里藏着一个人……"

"等等。"警察打断她说，"你发现了歹徒，他居然还会让你们逃出来，并且把门锁上报警？"

俞希说："我在衣柜中看到了他的脚，并没有露出声色。我假装不知道地把衣柜门关上，接着找机会和妈妈逃了出来——那歹徒可能以为我并未发现他。"

短寸头警察眯起眼睛盯着俞希看了一阵："你以前有过被歹徒袭击的经验吗？"

俞希怔了一下，说："没有，怎么了？"

短寸头警察说："你处理得相当冷静啊——一般的女生遇到这种情况

早就吓得魂不附体、惊慌失措了。"

俞希本想跟他解释一下——自己看到那歹徒的脚之所以没有惊声尖叫是因为之前有一个男同学恰好提醒过自己这个问题——但她觉得现在最重要的不是这件事。

她有些着急地问道："警官，你们真的仔细搜查过了吗？你确定我家里真的没有歹徒？"

"除了一个上着锁的柜子之外，凡是能藏得下一个人的地方我们都仔细找过了，确实没发现歹徒。"

这时，妈妈疑惑地问道："俞希，你真的看到什么歹徒了吗？"

"当然是！"俞希望着妈妈大声说道，"你该不会认为我是在开玩笑吧？"

短寸头警察问俞希的妈妈："是你女儿发现了歹徒，你并没有看到，对吧？"

妈妈无奈地点了点头。

他又转向俞希问道："你说，你只是看到了歹徒的脚，并没有看见他的身体或脸，对吗？"

"是的。"俞希说，"但是警官，我保证我没有看错，因为那是一双男人的深棕色皮鞋，而且那双鞋在我看到它的时候朝里面缩进去了一些！"

短寸头警察对俞希说："这样吧，你现在跟我一起到家里去，指给我看一下你当时是怎么发现那个歹徒的。"

俞希犹豫了一下，说："好的。"

短寸头警察对一个大个子警察说："你跟我们一起上去。"然后示意另两个警察在原地等候。

"我也跟你们一起上去。"俞希的妈妈说。

短寸头警察挥了一下手，说："来吧。"

这一次，先是两个警察在前方打头阵。俞希和妈妈互相挽着手臂谨慎地跟在后面。走进房子之后，则变成了两个警察一前一后，将母女两人保护在中间往前推进。

四个人来到二楼俞希的房间，短寸头警察把房门关拢，指着大衣柜问俞希:"就是这个柜子吧?"

俞希点了点头。短寸头警察走上前去,双手将衣柜左右两扇门一齐拉开。俞希和妈妈不由自主地哆嗦了一下,朝后面退去,躲到了那个大个子警察身后。

短寸头警察将衣柜里的衣架和衣服来回翻动了好几遍,说:"放心吧,这里面没人——就算刚才有现在也不会还待在这里了。"

俞希和妈妈松了口气,走上前来。

短寸头警察问俞希:"你刚才是在衣柜哪个位置看到那个歹徒的脚的?"

俞希指着衣柜的左下方说:"就是这里——衣柜抽屉的上面。"

短寸头警察俯身下去,在俞希说的那个位置翻找了一阵,从里面拿出一双男士皮鞋,对她说:"你看到的是这双鞋吗?"

俞希惊诧得合不拢嘴:"这……我的衣柜里怎么会有双男人的皮鞋!"

妈妈走上前来,看着那双皮鞋,尴尬地说:"啊……这是那天我给你爸爸买的新皮鞋,我把它放在你柜子里了——忘跟你说了。"

俞希瞪大眼睛望着妈妈:"你给爸爸买的皮鞋为什么要放在我衣柜里?"

妈妈面露窘迫地说:"是这样的……我们那个大衣柜里,已经装满我的衣服和鞋子了。我那天给你爸爸买了这双鞋之后一时没找到地方放,就把它放在你柜子里了。"

短寸头警察对俞希说:"你现在知道是怎么回事了吧?"

"不,等等,等等!"俞希按着额头说,"还是不对,我看到的那双鞋是一双深棕色皮鞋,鞋面上还绑着一根装饰皮带——不是这双黑色的新皮鞋!"

短寸头警察说:"有些时候,光线或者别的一些因素会让我们的视觉出现偏差——这一点你应该懂吧。"

"不,警官,肯定不是这样!"俞希坚持道,"就算我把鞋子看错了,但是,我清清楚楚地看到它朝里面移动了一下!如果不是有人穿着,鞋子怎么会自己移动?"

短寸头警察有些哭笑不得："你还是坚持认为你看到的是歹徒的脚？那么我问你，我们已经彻底搜查过房间里的每一个角落了——歹徒在哪里？"

俞希左右四顾，看到自己的窗户时，她说："对了，歹徒知道我们发现了他，不会还这么老实地待在这里的——他可能从窗户逃走了！"

短寸头警察走到窗前，用力推了几下关着的梭窗："你看清楚了，你的窗子是从里面锁住了的——歹徒如果从这里逃出去，怎么还能锁得了窗户？"

俞希焦急地想了想，说："我们家的窗户又不止这一扇，客厅、厨房、卫生间都有窗子，他不一定非得从这里逃出去啊！"

"是啊，既然有其他窗子，他又为什么要舍近求远呢？从这扇窗子逃走不是最方便的吗？"

俞希张了张嘴，无言以对。

短寸头警察看了一眼俞希书桌上的书包，问道："你现在在读高中？"

俞希木讷地点了点头。

"高几？"

"高三了。"妈妈帮着俞希回答。

短寸头警察微微点了点头，仿佛什么都明白了："高三……我儿子也读高三。我能理解你这种行为——学习压力太大造成的，以后精神放松点。"说完，他朝大个子警察招了下手，喊道："收队。"

俞希走上前去拦在短寸头警察面前："警官，你就这么肯定是我精神紧张出现的幻觉吗？你们不能就这么轻率地下结论——如果那个歹徒还在这附近怎么办？"

"那你要我们怎么样？从现在开始实施 24 小时贴身保护，直到你高考结束？"短寸头警察的脸色一下严峻起来，"我希望你能明白一点——随意打报警电话或者误报警是要被追究责任的！我看你可能是学习过于紧张，并且也不像是恶作剧，才不和你计较的，你还想要我们怎么样？"

俞希被训斥得哑口无言。妈妈赶紧上前来，向短寸头警察道歉："对不起，警官，孩子是因为学习压力太大才这样的，请您理解！我一会儿会好好跟她谈谈的。"

　　短寸头警察皱着眉头望着母女俩说："以后不要再发生这种情况了！""收队！"他再次大喝一声。这一回，口气中带着明显的怒意。

四

　　妈妈把房子的门窗都锁好后，去厨房调了一杯牛奶，端出来递给坐在沙发上的女儿，然后坐到她身边，说道："希儿，我觉得……是我的错。我给你施加的压力太大了，我老是逼着你考最一流的大学，让你的精神长期处在紧绷状态——其实我应该明白的，你这么乖、这么自觉，根本就用不着我来提醒……"

　　俞希看着自责的母亲，说道："妈，你别说得我好像被你逼成精神病了一样好不好？"

　　"我当然不是这个意思。"妈妈抚摩着俞希的头发说，"但你确实需要放松些了，压力太大对考试也不是件好事。"

　　俞希烦躁地皱着眉头说："我到底要怎么样才能让你们相信我不是出现幻觉呢？"

　　"女儿。"妈妈充满爱怜地说，"没有谁在出现幻觉的时候会认为自己看到的是幻觉。"

　　俞希怀疑地望着她。

　　"就拿我打牌来说吧。"妈妈耸了耸肩膀，"这种情况出现过好多次了。有些时候，尤其是当我特别需要某张牌的时候，我就真的会摸到它。但过一会儿牌倒下来的时候，我才惊诧地发现那根本就是另一张牌，是我看错了而已——你说这不是幻觉作怪是什么？"

　　"我觉得这根本就不是一回事。"俞希翻了下眼睛，"你那是利令智昏吧？"

　　妈妈在俞希的肩膀上拍了一下："怎么跟你妈说话呢？没大没小的。快去洗漱睡觉吧。"

俞希喝了口热牛奶，却禁不住又打了个冷战，她望着妈妈说道："妈，我……还是有些害怕。爸爸什么时候回来？"

"你爸爸现在在新加坡呢，还有十多天才回来。"妈妈说，"要不，你今天晚上来挨着我睡吧。"

"嗯。"俞希轻轻点了点头，又说，"妈，还有一件事……"

"什么？"

"你能陪我去房间拿一下衣服吗？"

妈妈叹了口气："唉，你以后可别留下什么心理阴影啊。"

心理阴影？俞希洗澡的时候不断思考着这个问题——现在，她也不能确定今天晚上到底是怎么回事了。难道，那真的是幻觉？是因为之前卢应驰讲的那番话给自己造成了一种心理暗示，所以在打开衣柜的时候，才会出现相应的幻觉？会不会自己看到的就是那双黑皮鞋，只是它在心理阴影的作用下变成了另一副样子？

俞希用毛巾捂着脸想道——也许就是这样吧。可能那个警察和妈妈说的话有些道理，学习的压力和精神的紧张再加上一些机缘巧合，就导演出了今天晚上这一出闹剧。得出一个解释后，俞希紧绷的心终于放松下来——她骤然感到心力交瘁、身虚力乏，只想赶快躺下来睡个好觉。于是，她三两下把澡洗完，穿好睡衣，来到了妈妈的卧室。

妈妈在化妆台前敷着面膜，对俞希说："希儿，你早点睡吧，我敷完脸就来陪你。"

"唔。"俞希闷生生地应了一声，倒在床上很快就进入了梦乡。妈妈走过来替她盖好被子。

敷完面膜，妈妈又不厌其烦地在脸上一遍遍涂抹着补水、防皱、护肤的各种乳液和面霜，足足耗费了半个多小时。之后，她去饭厅喝了一杯加入芦荟汁的牛奶，然后回到卧室，睡到了女儿身边。

关灯。周围的一切立刻被黑暗所吞噬。时间在睡眠中进入一种混沌状态。不知睡了多久，俞希突然醒了，她迷茫地睁开眼睛，不明白自己为什么会醒。她并没有做噩梦，也不想上厕所——那么，是什么原因令自己醒来的呢？

就在她迷惑不解之际，房间里突然传出一声响动。俞希的神经猛地绷紧，恐惧地瞪大眼睛，搜索着发出声音的地方。安静了十几秒钟，俞希几乎只听得到自己的喘息声。咚——又是一记沉闷的响声。这一次，俞希清楚地听见，声音是从房间的大柜子里发出来的。

俞希的眼睛已经适应黑暗了，她胆战心惊地注视着周围的环境——这是爸妈的卧室，妈妈背对着自己睡在旁边，并没有被这怪异的响声弄醒。那个发出响动的柜子在房间的最左侧边上，紧挨着放衣服的大衣柜。俞希知道，这个柜子是父母用来存放现金、存折、重要物品的，平时都上着一把大锁。

锁！——俞希的双眼瞪大到无以复加的地步，她猛然想起那个短寸头警察说的一句话——"除了一个上着锁的柜子之外，凡是能藏得下一个人的地方我们都仔细找过了，确实没发现歹徒。"

天哪！难道……俞希感到背脊骨泛凉，全身冰冷发颤，她用被子捂住嘴，惊恐万状地盯着那个柜子，不知如何是好。她斜睨了一眼身边的妈妈，想把她叫醒，但那岂不是又会……

上帝！俞希带着眩晕感想道——为什么要在同一天晚上安排两次同样的惊悚情节？我快要被逼疯了——或者，我是不是已经疯了？

三分钟、五分钟，或者是十分钟之后——俞希不敢肯定——但她确实没有再听到那柜子发出什么响动了。这并不意味着她悬着的心已经放了下来，她只是不停地在头脑中判断着目前的状况。

冷静下来，俞希——她对自己说，就算那歹徒有天大的本事，能打开自己家的门和锁着的柜子门，但有一点他是做不到的——他不可能躲进柜子之后，还能将柜子外面那把大锁给锁起来——这不是人能办到的事情。

想到这里，俞希稍微安心了一些。她猜测着，也许那声音是一只老鼠弄出来的，或者是自己的错觉也说不定。大概又是自己过于紧张的神经在作怪。反正今天晚上肯定有什么东西出了问题——要不就是神经，要不就是大脑。

尽管安慰着自己，但俞希仍然紧张不安地盯着那个柜子。直到上眼皮再也支撑不住，变得比石头还重，她才又一次昏昏然睡去。

五

"丁零零——"

清晨，响亮的闹钟把俞希从睡梦中叫醒。她揉着惺忪的睡眼爬起来，手伸到床头柜去，"啪"地按了一下闹钟。刺耳的闹铃声停止了，换来的却是俞希刺耳的尖叫声。

"啊！我的天哪！"她盯着闹钟大叫道。

本来没有因为闹钟而立即醒来的妈妈被俞希的大叫声吓得从床上坐了起来，惊慌地问道："怎么了？！"

"八点半了！"俞希一边叫嚷着，一边翻身下床，"我迟到了足足半个小时，而且我现在还在家里！"

"哎呀，我忘了！"妈妈拍着脑袋说，"这个闹钟是按我上班的时间调的，比你上学的时间要晚得多！"

"这下死定了！"俞希慌乱地穿着衣服，"我错过的不止早自习，连第一节课也赶不上了！"

"都怪我，都怪我！"妈妈自责道，"我一会儿给你们班主任打个电话，向她解释一下这是我的责任。"

俞希冲进卫生间，用最快的速度洗完脸、漱完口，然后将头发简单扎起来，抓起书包就出了门。还算幸运的是，她刚出门就截到了一辆计程车，仅用了十多分钟就赶到了学校。尽管如此，当俞希气喘吁吁地跑到教室门口时，第一节课也已经上了一半。

俞希捂着气喘不止的胸口，对讲台上站着的班主任喊道："老师……报告。"

班上同学的目光唰地齐聚到俞希身上，令她面红耳赤、无地自容——这其中还包括男友孔韦惊诧的目光——要知道，像俞希这种成绩优异的优等生，可是从来没有迟到过的。

班主任宋老师从讲台上走到门口，对满脸通红的俞希说："俞希，这节课你就不用上了，你到办公室去吧。"

俞希难以置信地抬起头来，她没想到宋老师竟会对她这个优等生做出如此严厉的惩罚，居然连课都不让她上了。

俞希连忙解释道："宋老师，我不是有意要迟到的，是因为……"

宋老师伸出一只手，示意俞希不要解释，反而解释道："不，俞希，我叫你到办公室去不是因为你迟到，而是因为有人找你，他们现在正在办公室等着你。"

俞希困惑地问："有人找我？谁？"

宋老师望了一眼教室里的其他同学，又将目光移回来，说："你去了就知道了。"

俞希张了张嘴，还想说什么，但宋老师已经回到讲台上继续讲课了。俞希只得无奈地朝办公室走去，脑子里一头雾水。来到走廊最右侧的教师办公室，俞希轻轻敲了敲虚掩着的门，里面传出一声"请进"。俞希推开门走进去，立刻呆住了——

办公室的两把藤椅上，坐着的并不是她熟悉的老师，也不是陌生人——而是昨天晚上到自己家中搜寻歹徒的那个短寸头警察和大个子警察，他们今天都穿着便衣。俞希目瞪口呆地望着两位警官，不明白他们为什么要到学校来找她。

短寸头警察做了个手势，示意俞希坐到他们面前的一把椅子上，然后说道："你叫俞希吧，我们昨天晚上就见过面了——自我介绍一下，我叫鲁新宇，是公安局重案二组的副队长。"

俞希说："鲁警官，你找我有什么事？"

鲁新宇问道："你今天为什么会迟到这么久？"

俞希想了想，用最简短的语言概括道："昨晚我睡在我妈妈房间里，她调的闹铃时间和我房里的不一样，所以我就迟到了。"

"听说你以前从来都没有迟到过？"鲁警官又问。

"是的。"俞希答道，她皱了皱眉，"鲁警官，你们来就是问我迟到的事？”

鲁新宇注视了她一会儿：“你刚才到班上去过吗？”

俞希怔了一下：“我刚到教室门口，宋老师就直接叫我到办公室来了，还没有进去呢——怎么了？”

鲁新宇和大个子警官对视了一眼，说：“你没发现你们班少了一个人？”

俞希听得云里雾里：“少了一个人……那个人不就是我吗？”

鲁警官盯着她说：“除了你之外，今天还有一个人没来，而且她以后也不能再来了。”

俞希问：“谁？”

“梁婧之。”

“梁婧之？”俞希脑子里浮现出一个性格外向的女生形象，那是他们班的宣传委员，能歌善舞、擅长书画，还能写一手漂亮的粉笔字。俞希困惑地摇了摇头，“她怎么了，为什么没来？”

鲁警官望着俞希，一字一顿地说：“她昨天晚上被谋杀了。”

“什么！”俞希捂住嘴叫道，“她被……谋杀了？”

鲁警官点点头，一脸严肃地问道：“你和梁婧之平时关系怎么样？”

俞希一脸茫然地摇着头说：“我和她……没什么呀，就是一般的同学关系。我是高三上学期才转学到这所学校来的，跟很多同学都不是很熟……”

突然，她停下来，注视着鲁警官，问道：“等一下，梁婧之被人谋杀了，你为什么来问我？你该不会以为她的死和我有什么关系吧？”

鲁警官抿着下唇想了一会儿，然后直言相告：“我们之所以来问你，就是因为你看起来和这起谋杀案有极大的关系。”

“什么？”俞希难以置信地望着他，心中惊诧莫名。她无论如何都想不出来，自己会和一起谋杀案扯上什么关系。

鲁警官说：“昨天晚上十点二十分的时候，你打电话报警，说家中出现了一个歹徒。但我们赶到后，却根本没能搜出什么疑犯来——这段闹剧似的经历我想你应该还记忆犹新吧？”

俞希说："这件事和梁婧之被谋杀有什么关系？"

"关系就在于——你报案的这个时间，恰好是梁婧之被杀的时间。而且她死亡的方式，正好是你向我们描述的，你有可能遇害的方式！"

俞希惊骇地张大嘴巴，过了好一会儿，她缓缓地说道："你……再说清楚一点。"

鲁警官将交叠的两条腿互换了一下，说："好吧，我就把详细情况告诉你。昨晚从你家出来之后没过多久，我们便接到了一起新的报案，而位置是仅与你家相隔两条街的梁婧之家。我们赶到那里后，从梁婧之悲痛欲绝的父母那里得知，他们在十点四十分进入女儿房间时，发现梁婧之满身是血地倒在衣柜面前，身上被捅数刀，已经气绝身亡了。而我们从现场的形迹分析来看——凶手似乎是之前躲在衣柜中，趁梁婧之打开衣柜之际，突然跳出来将她杀死的——这种作案手法，不是和你之前预想的非常相像吗？"

鲁警官旁边的大个子警察补充道："我们重案组在同一天晚上接到两起报案已是十分少有了，而这两起案件的报案内容几乎一模一样——不同的只是一个人遇害了，另一个人没有。现在你该明白，我们为什么要来找你问话了吧。"

俞希听完两个警察的话后，感到浑身冰凉："梁婧之被藏在衣柜中的凶手杀死了，这么说，她遇到的是真正的歹徒……"

鲁警官紧紧盯视着俞希的眼睛说："昨天晚上我就问过你一个问题，但你没有回答我。现在我再问一遍——你从来没有被歹徒袭击的经验，为什么遇到这种事会处理得如此冷静？还有，你仅仅是看到了一双鞋，或者是一双脚，为什么就能立刻反应过来那是一个歹徒，而且还明白不能打草惊蛇，像你事先就知道一样？"

俞希说："那是因为……我确实事先就被人提醒过，所以才有所准备。"

鲁警官惊异地皱了一下眉头："你说，事先有人提醒过你可能会发生这种事？"

"是的，我一个同学在昨天下晚自习的时候告诉我，说我们市最近出现了一个惯犯。他的作案手法便是偷偷进入某人家里后，藏在某个地方伺机作案。如果被人发现，就会立刻杀人灭口——所以当我回家打开衣柜看到那双鞋之后，才会立刻想到那可能就是他所说的那个歹徒！"

鲁警官和同事用一种怪异的眼神交流了一下，说："你哪个同学告诉你的，他叫什么名字？"

"是……卢应驰告诉我的。"

"他现在就在班上吗？"

俞希皱了下眉头："应该在吧，你刚才不是说今天缺席的只有我和梁婧之吗？"

鲁警官对大个子警察说："你现在马上到班上去把那个叫卢应驰的学生叫到这儿来。"

大个子警察站起来，走出办公室，不到两分钟便把卢应驰叫到了这里。卢应驰畏畏缩缩地站在两个警察面前，显得局促不安。

鲁警官问俞希："就是他吧？"

俞希轻轻点了点头。

鲁警官指着俞希问卢应驰："你昨天晚上跟她说了些什么话？"

"昨天晚上……什么时候？晚自习的时候吗？"

"不，是放学之后。"

卢应驰的回答令俞希如遭晴天霹雳："放学之后我就自己回家了，没有跟俞希说过什么话呀。"

俞希转过脸来，目瞪口呆地望着他："卢应驰……你，你说什么？"

卢应驰面露困惑地望着她："俞希，昨天晚上放学后你不是自己一个人走的吗？我和翟翔他们几个一起出的校门，没有看见你呀。"

俞希惊诧得嘴都合不拢了："出校门之后没多久，我不是就在一条小巷子里碰到你了吗？"

卢应驰皱着眉头说："俞希，你搞错了吧？我们的家在不同的方向，你怎么可能碰到我？"

"啊……你……"俞希难以置信地摇着头说，"你不是说怕我一个人回家不安全，专门来陪我一起回去的吗？"

卢应驰一脸的迷茫："俞希，我真不知道你怎么了……哪有这些事啊？"

这时候，鲁警官插话道："俞希，你说卢应驰昨天晚上是陪你一起回家的？"

"是的，他……是想陪我一起回家，可是我没有答应。"

"为什么没答应？"

"我……"俞希不知道该怎么说才好，"我为什么非得要人陪我回家不可？"

"也就是说，最后还是你一个人回的家？"

"是的，可那是在我和他走完那条小巷之后。"

"你是怎么回去的，走路还是坐车？"

"先是走路，后来下大雨了，我想坐计程车，没有拦到，就只好淋着雨跑回去了。"

"整个过程中有没有人看见过你和卢应驰在一起？"

俞希回想了一下那个漆黑、僻静的小巷子，沮丧地说道："没有。"

"那么，你们俩之前一起回过家吗？"

俞希和卢应驰几乎是异口同声地说："没有过。"然后两个人对视了一眼。

鲁警官问俞希："你们既然从来没有一起回过家，那为什么偏偏昨天晚上他要陪你一起回家？"

"因为……他昨天晚上跟我说……"俞希想起卢应驰跟自己表白的事。但她望了一眼卢应驰——他此刻的表情仿佛根本不认识自己一般。俞希猜到他是绝对不会承认的，说了一半的话便凝固在空气之中。

"他跟你说什么？"鲁警官问。

俞希改口道："他就是告诉我有那个歹徒的事，叫我要小心提防。"

"俞希……"卢应驰的表情愈发困窘了，"你到底在说些什么呀，什么歹徒？我几时跟你说过这些话？"

"你……要不是你告诉我这些，我怎么可能知道那个歹徒的事？"俞希气愤地望着他，然后扭过头来望着警察，"鲁警官，你可以去问我身边所有的亲人和朋友，我绝没有从他们任何人那里听说过关于这个惯犯的事——我最近所有的心思都用在学习上，根本没有关心过这些社会上的事！"

"你当然不可能从任何人那里听说过这种事，因为我们这个市从来没有发生过这种从衣柜里跳出来杀人的凶杀案——昨天晚上梁婧之被杀，是第一起这种案件。"鲁警官说。

"什么，梁婧之被杀了？"卢应驰叫了起来，一脸惊惶的表情。鲁警官望了他一眼，没有说话。

俞希完全呆住了，过了半晌，她才缓缓地问道："你说……近段时间……根本没发生过这种凶杀案？"

鲁警官撇着嘴说："我刚才说了，不光是近段时间，就是以前也从来没发生过这种事。"

俞希将脸转过去面对卢应驰："原来你是骗我的……你为什么要这么做？"

卢应驰一脸无辜地说："俞希，刚才这个警官都说了，以前从来没发生过这种事，那我又怎么可能知道这些，又怎么跟你讲呢？你是不是这段时间学习太用功，脑子……出什么问题了？你要不要……去看看？"

俞希愤怒地说："就算我的脑子再不清醒，我还不至于连人都认不准，连话都记不清！卢应驰，你这样做到底有什么目的？！"

卢应驰正想申辩，鲁警官转向他问道："你昨天晚上放学之后有没有去什么地方？是直接回了吗？"

"当然是直接回家了。我到家之后就一直待在家里，哪儿都没去——我的父母、邻居全都可以做证。"卢应驰肯定地说。

"那你呢？"鲁警官又问俞希，"我们走了之后你是一直待在家里吗？"

俞希"哼"了一声，愤愤然地说："你该不会认为，在你们走了之后，我便到梁婧之家去杀了她吧？"

鲁警官严肃地说："正面回答我的问题！"

俞希不甘示弱地望着他说:"是的!我一直都待在家里,和我妈妈在一起,晚上也是和她一起睡的——所以我今天早上才会迟到!"

鲁警官盯着俞希和卢应驰看了足足有一分钟,然后扬了一下嘴角,说:"有意思。现在看来,你们两人之中必定有一个在说假话——而且我敢断言,说假话的那个人肯定和梁婧之的凶杀案有关系!"

他转过头,望着大个子警察:"你怎么看?"

大个子警察说:"现在看不出来。最好把他们两个都带到局里去一趟,分别做一份详细的笔录,再仔细询问一下。"

"嗯,我也这么想。"鲁警官点头道,对俞希和卢应驰说,"麻烦你们跟我到公安局去一趟。"

"不行!"俞希抗议道,"你们不能把我当嫌疑人一样抓走!你们有什么证据能证明我和谋杀梁婧之的案子有关联?难道就因为在那之前我报了一次警,情况和她的有些类似就要把我当成嫌疑人吗?这样的话,以后谁还敢报警!"

"好个伶牙俐齿的姑娘。"大个子警察瞪着俞希说。

鲁警官说:"你不要太敏感了。我叫你到公安局去一趟并不代表要把你当嫌疑人抓起来,只是让你做一份笔录,了解一些情况而已——配合警察办案是每个公民应尽的义务,你明白吗?"

"可是……我马上要高考了!"俞希着急地说,"经不起这样耽搁时间!"

这时已经下课了。上完课的班主任宋老师和化学科何老师都来到了办公室,听到了俞希带着哭腔的声音。

俞希是化学科代表,何老师走上前去,对两位警察说:"警官,孩子说得对。梁婧之被谋杀我们当老师的也非常难过,当然也理解你们需要尽快破案。但是也不能因此影响其他同学的学习啊——如果他们配合你们到公安局进行调查的话,耽搁的不仅仅是这一天的时间,还会给他们的心理造成巨大的阴影——也许会严重影响他们高考时的发挥,这等于是害了他们呀!"

鲁警官看着何老师,摇头叹息了两声,说:"我希望你们能明白现在的状况——有一个学生被谋杀了——这是人命关天的大事！高考固然要紧，但也远不及一个人的生命重要！而且——"

鲁警官指着俞希和卢应驰说："他们也不能算是孩子了。他们俩应该都已经满十八岁了吧？早就不是未成年人，而是具有完全刑事责任能力的成年人了！"

班主任宋老师帮着求情道："警官，你说得当然有道理。可是你想过没有，如果这个时候你当着全班甚至全校的面把他们带到公安局去——其他同学会怎么想？他们会把这两个同学当成罪犯的。当他们俩回来的时候，就再也不可能安心学习下去了——这无疑是害了他们呀。所以你看这样好吗——你们先去调查别的人或事。如果之后还是非得要他们两人去公安局协助调查，再打电话给他们的家长，让家长陪同他们到公安局去，行吗？"

鲁警官和大个子警察对视了一眼，无奈地叹了口气："好吧，今天就暂时不让你们到公安局去。但是，我会去调查你们刚才说的某些事情的真实性的。"说完，他用锐利的眼神望了俞希和卢应驰一眼，和大个子警察一齐走出办公室，离开了。

俞希松了口气，对两位老师说："宋老师，何老师，谢谢你们。"

何老师拍着俞希的肩膀说："别想这些事了，回教室上课吧。"

宋老师神情严肃地对俞希和卢应驰说："你们俩记着，回教室之后，千万别跟其他同学说起这件事——现在除了你们两个之外，还没有哪个同学知道梁婧之被谋杀的事——如果在班上传开了的话，会引起大家的恐慌的。"

"嗯，我知道。"俞希应道。卢应驰也跟着点了点头，下一节课是化学，俞希和卢应驰跟着何老师一起走到班上。很显然，全班同学都对他们两人投来疑惑的目光。但何老师没给任何人询问的机会，直接开始上课，让俞希有一种如释重负的感觉。

课上了五分钟，趁着何老师转身在黑板上写板书的时候，坐在第四排的孔韦朝俞希丢过去一张小纸条。俞希打开来看，上面写着简短的一句话：发生什么事了？

俞希朝前面望去，孔韦此刻正半侧着身子，转过头来望着自己，等待着答复。俞希用口型告诉他：放学再说。

六

孔韦今天穿着一件蓝白相间的耐克运动服，配以白色的休闲裤和款式新颖的板鞋，整个人散发出无穷的阳光气息和青春活力，所到之处几乎总能引起大片女生的赞叹和注目。但他所关心的却只有一个人。

放学后，他便立刻找到俞希，迫不及待地问道："今天到底是怎么回事？你又迟到，又在办公室里待了这么久，是谁找你？"

俞希说："先找个吃饭的地方坐下来再说吧。"

由于离家较远，俞希和孔韦一般中午都不回家吃饭。今天，他们在校门外一家相对冷清的馆子里坐了下来。

点好菜后，孔韦性急地说："俞希，快说吧。我刚才下课来找你都不告诉我，现在总不用再吊我胃口了吧。"

俞希焦躁不安地叹着气说："我真不知道该怎么跟你说，这件事太诡异、太复杂了。"

孔韦更加好奇地问道："到底发生什么事了呀？"

俞希感到为难："我答应了宋老师……不能把这件事讲出去。"

"那显然是对一般人而言。"孔韦说，"我跟你是什么关系？你总不能连我都不说吧？"

俞希忽然想起了什么，问道："对了，你昨天晚上为什么没来上晚自习？"

"昨天晚上是什么日子？是欧洲杯的决赛！我当然不能错过了——所以没来上晚自习。"

"昨天下午放学的时候你怎么不跟我说一声？"

"我忘了，俞希。"

"那你总可以在晚上给我打个电话或是发个短信什么的吧？"

"我看起比赛就什么都忘了。"孔韦挠了挠头，然后将话题岔开，"别说这些了，俞希，还是说说你遇到的事吧。"

"我遇到的事……"俞希摇着头说，"你根本不可能猜到我昨天晚上遇到了什么事——我差点没命了！"

"什么！"孔韦惊诧地问，"出什么事了？"

俞希犹豫了一下，说："我告诉你这件事，但你不要跟别人说啊。"

孔韦急促地点了点头："当然，快说吧。"

于是，俞希将昨天晚上放学后卢应驰找到自己、回家后发生的那起怪事、今天早上警察找自己问话这一系列事情的全过程详细地讲给了孔韦听。唯有一件事例外——她怕孔韦心中有刺——没有将卢应驰向自己告白的事告诉他。

听的过程中，孔韦的眼睛越瞪越大。当他听到梁婧之真的被谋杀之后，差点失声大叫出来——俞希赶紧按住他的嘴，示意他不要声张。俞希把全过程讲完之后，他们点的几样菜都上齐了。但孔韦惊讶得完全忘了吃饭这回事，他大张着嘴，不敢相信这些会是事实。

过了好一会儿，孔韦低声问："这么说，班上现在就只有我们三个知道梁婧之没来上学实际上是因为她已经死了？"

俞希轻轻点了点头："所以叫你千万别说出去，容易引起大家的恐慌。"

孔韦皱着眉头思索了一阵，说："怪，这件事的确太奇怪了。卢应驰怎么会事先知道要发生凶案的事？而警察问到后，他又为什么要矢口否认？"

"那个警察说了一句话——'说假话的那个人肯定和梁婧之的凶杀案有关系'。知道吗，孔韦，我也这么想。"

孔韦骇然道："你该不会认为……是卢应驰杀了梁婧之吧？"

俞希思忖片刻后，说："这倒应该不会。卢应驰跟警察说他是直接回家的，之后一直待在家里——他说得很肯定，不像是在说假话。况且，如果他要用这种方式谋杀梁婧之，之前为什么要说给我听？这不摆明了让别人认为他是嫌疑人吗？"

孔韦感到匪夷所思："那他为什么要这样做？总应该有个理由吧？"

俞希说:"这也是最让我费解的地方——我也不明白他这样做的目的是什么。"

"卢应驰后来找过你没有?"

"没有。我和他回到教室之后,他望都没望过我一眼。"

孔韦托着下巴说:"卢应驰性格内向,做任何事都循规蹈矩……不像是那种会干坏事的人呀。"

俞希说:"知人知面不知心。其实有时候越是这种性格的人,做出来的事越让人咋舌。"

两人沉默了一会儿,孔韦说:"你看,会不会是这样——卢应驰昨晚只是凑巧跟你开了个玩笑,没想到居然真的发生了类似的凶杀案。他怕警察认为自己跟这起凶案有什么瓜葛,情急之下便不敢承认说过这些话了。"

"不可能。"俞希肯定地说,"卢应驰刚刚被那个警察叫到办公室来问话的时候,根本就不知道梁婧之遇害的事,也就是说,他根本就不知道发生了凶杀案——那他又怎么会害怕惹上什么瓜葛呢?"

"也许……"孔韦猜测着,"他看到一个警察到班上来叫自己出去,便猜到了什么?"

"那更不可能。今天那两个警察都穿着便服——卢应驰怎么可能知道来叫他的那个大个子是警察?如果不是我现在跟你说,你知道今天到班上来的那个人是警察吗?"

孔韦叹了口气:"那我就真想不明白了。"

俞希打了个冷战,说道:"孔韦,你知道吗,现在最困扰我的还不是这件事,而是……我现在想起来都觉得后怕——我昨天晚上在衣柜里看到的……究竟是什么?"

孔韦说:"你不是说……那可能只是错觉吗?"

"我昨天晚上是这么认为的!可是,当我今天早上听到警察说,梁婧之就是被这种方式杀死的之后,我又感到无比恐惧起来!我开始怀疑我看见的到底是不是幻觉——如果那真的是个凶手呢?我是说,也许凶手不止一个呢?"

孔韦握住俞希的手，有些难过地说："我真希望能整天都陪在你身边，这样的话也许你就不会这么害怕了。可惜的是，我们的关系直到现在都还瞒着你父母——其实俞希，你有没有想过，我们都已经满十八岁了，是成年人了，交往的话用不着非得像小孩一样躲躲藏藏的吧？"

俞希面色窘迫地说："不行，我父母观念比较老，他们不会接受我过早谈恋爱的。别说是高中，就算我大学交男朋友，他们也未必会同意。况且现在临近高考了，要是让他们知道我在这节骨眼上还敢交男朋友，非把我生吞活剥了不可。"

孔韦说："可是……你不是说你爸爸现在在国外吗？晚上就你跟你妈妈两个人在家，要是又遇到这种事怎么办？"

俞希抱着有些发冷的身体说："应该不会再遇到了吧？那歹徒没理由老是盯着我下手呀！"

孔韦叹息道："唉，我始终有些不大放心。"

其实，看到男友对自己如此关切，俞希心中油然而起的温情已经将恐惧驱散一大半了，她反过来安慰孔韦道："我会尽量小心的，别担心。"

孔韦默默地握着俞希的手。两人面对一桌饭菜，第一次体会到尽管肚子空空荡荡，但全然没有半点食欲的感觉。

七

星期四下午，俞希来到班上后，发现全班同学处于一种骚乱状态，大家都在七嘴八舌地谈论同一件事。

当她走到自己的座位上，并听清大家在议论什么之后，不禁在心中大吃一惊——她没有想到，仅仅不到两天时间，梁婧之被杀的事情就已经尽人皆知了，而且还被传得如此沸沸扬扬。她感觉到自己和孔韦对此事的守口如瓶简直一点意义都没有，同时也惊叹于班上同学这种超越小报记者的传播能力。

"俞希，你听说了吗？梁婧之这两天没来上学居然是因为她被谋杀，死在家中了！"舒丹语调夸张地对刚刚坐下来的俞希说。

俞希通过其语速之流畅和表述之精准判断出这句话起码已经被舒丹重复过十次以上了。

"唔……"俞希说,"我已经听说了。"而且是第一个听说的——她想道,没有说出来。

"哦,是吗。"舒丹的热情迅速冷却下来,为自己报迟了料而感到失落。但一分钟不到,她又亢奋起来:"据说梁婧之是在家中遭到了歹徒的侵犯,但她不肯就范,拼命反抗,歹徒强暴未遂才将她杀死的。太可怕了!不是吗?"

"什么?侵犯……强暴?"俞希按住额头,哭笑不得,"你从哪里听说的这些啊?"

"大家都这么说呢。"舒丹指着班上谈论得眉飞色舞的一群人,理直气壮地说,"当然,也有人说梁婧之交上了黑道上的男朋友,将其带到家中……"

"好了,好了。"俞希伸出手掌制止道,"别再说了。"

舒丹大呼小叫道:"你怎么了,对班上同学的死一点都不关心吗?"

俞希还没来得及说话,平时一向玩世不恭的翟翔此时居然面色严肃地对舒丹说:"你这就叫关心她吗?人都死了,就积点口德吧。"

舒丹的脸一下涨得通红,她反驳道:"又不是只有我一个人在说,其他人你怎么不管呀?"

"其他人?哼,我看班上有一大半的人都是通过你的口知道这件事的。"翟翔瞟了一眼舒丹。

俞希问面露尴尬的舒丹:"这件事你是听谁说的?"

"我听易娜说的,易娜又说是蒋雯雯打电话告诉她的。至于蒋雯雯是怎么知道的,我就不清楚了。"

俞希皱了皱眉头,说:"算了。"然后冷冷地望了一眼坐在右前方的卢应驰。

"俞希,你又是听谁说的?"舒丹反问道。

"我……"俞希一时语塞,不知该怎样回答,她想了想,敷衍道,"我都忘了那天是听谁说的了。"

"这么说你早就知道了？"舒丹感到惊讶，"你可真稳得住啊，都不告诉我们！"

说着，舒丹用胳膊肘碰了一下她旁边的季晓妍："喂，你倒是说句话呀，今天怎么了，一直死气沉沉的！"

听到舒丹这句话，俞希才注意到坐在她斜后方的季晓妍这么久居然一句话都没说。不仅如此，她面色凝重，神情中似乎还隐隐透露着一丝紧张和不安——这实在是太不正常了。平常情况下，遇到这种事，号称"八卦女王"的季晓妍的声音应该是舒丹的两倍才对。

舒丹也发现了季晓妍古怪的神色，她问道："你今天到底怎么了？"

季晓妍晃了两下脑袋，像是才从走神中回转过来，她望着舒丹，不自然地说道："没……没什么。"

舒丹怀疑地望着季晓妍，还想开口问什么，却看到教室窗外一个人影走过，她低呼一声："'矮河马'来了。"

俞希看着窗外走来上化学课的何老师，想起那天他和宋老师帮自己在警察面前说话的一幕，她对舒丹说："其实何老师人挺好的，你们别'矮河马''矮河马'地叫他。"

舒丹忍住笑说："可是你看他那对塞得进两颗核桃的鼻孔，还有一米五的身高，不觉得这个绰号很贴切吗？"

说话间，何老师已经跨进了教室门，俞希瞪了舒丹两眼。班上议论纷纷的同学也稍微安静下来。接着开始上课。

下午第一节课结束之后，作为化学科代表的俞希帮何老师把实验器材送进办公室，然后主动拿起烧杯、试管到水槽边清洗。

没想到何老师走过来，接过俞希手中的实验用具，对她说："俞希，你现在功课忙，以后不用帮我清洗实验用具了，我自己来吧。"

俞希说："何老师，我是科代表，这些本来就是我该做的呀。"

何老师冲俞希挥挥手："没什么，你去忙吧，不用管了。"

俞希心中一热，感动地说："谢谢您了，何老师。"

回教室之后，俞希本想找孔韦聊几句，却发现孔韦没在教室里。她看了看孔韦的座位下面，没有篮球，便猜到他肯定又到离教室最近的顶楼楼梯间一个人练球去了。

俞希迫切想跟孔韦谈会儿话，便从教室后门出来，转过角上楼梯，打算去找孔韦。但是当她爬到一半，再拐个弯就能来到顶楼楼梯间时，却突然听到楼梯间有小声说话的声音。俞希停下脚步，仔细听了几秒，判断出是孔韦的声音，而另一个女生的声音，竟然是季晓妍。

俞希疑惑地皱了皱眉头，不明白这两个人为什么要在课间躲在这里窃窃私语。她竖起耳朵仔细探听，却因为他们的声音太小而始终不怎么听得清。就在无比困惑之际，她听到孔韦的声音骤然变大了些，他清楚地说出一句："你找我说这些干什么，你什么意思？"

孔韦的声音中透露出烦躁和不满，季晓妍的声音中却充满了不安和哀求。俞希听到她也因为着急而提高了音调："孔韦，不管怎么样你要相信我……梁婧之我不知道，但我绝对没有把秘密说出去……你，相信我好吗？"

什么？梁婧之？秘密？俞希心中一紧——他们在说什么？

孔韦的声音愈发不耐烦了，他压低嗓门说："够了，别说这些了！现在可是在学校里……（听不清），我要回教室去了！"

俞希一惊，赶紧掉头快速走下楼梯，控制住不让脚步发出声响。回到座位上，俞希从课桌里胡乱抽出一本书翻开，假装看书。过了一会儿，孔韦抱着篮球，若无其事地回到了教室。又过了十几秒钟，季晓妍也从教室后门回来了，她的脸上阴云密布、愁眉不展。此时，上课前的预备铃打响了。

在这一堂数学课上，俞希发现自己的精力无论如何都无法集中在老师所讲的内容上面。她在心里迷茫地猜测着，不知道孔韦究竟有什么秘密瞒着自己。而有一个念头，是她想极力回避却偏偏反复出现在脑海中，这个想法可怕得令她心惊胆寒——

难道，和梁婧之的死真正有关系的人，是孔韦？

八

下午在小餐馆吃饭的时候，俞希一直埋头进餐，沉默不语。

孔韦观察了她好一阵，忍不住问道："俞希，你今天怎么了？一直闷闷不乐的。"

其实俞希一直在犹豫要不要开诚布公地问问孔韦今天课间的事，现在孔韦主动问到，她便抬起头来说："孔韦，今天下午第一节课下课后，我怎么没看见你啊？"

"啊？"孔韦愣了一下，"哦，我在顶楼的楼梯间练习运球呢。"

"你一个人吗？"

"嗯……是啊。"

不出所料，孔韦果然撒谎了。看来他果然有事情瞒着自己——俞希的心往下沉了一下，没有再说话。

孔韦试探着问道："俞希，你问这个干什么？"

俞希叹了口气，说："本来我是打算坦诚地问问你，让你跟我解释一下的——但现在看起来，你根本就不打算跟我说实话。我还有什么好说的呢？"

孔韦尴尬万分地说："俞希，你……知道季晓妍找我了？是她告诉你的吗？"

俞希摇着头说："不是，我从何老师办公室出来，没在教室看见你，便猜到你可能在顶楼楼梯间练球。我去找你，却发现你和季晓妍在一起。"

孔韦解释道："我本来是一个人去楼梯间练球，是季晓妍来找我的。"

"她找你干什么？"

"没什么……就是随便聊几句。"

俞希盯着孔韦的眼睛说："随便聊几句？那你们怎么不大大方方地聊？在那里窃窃私语干什么？"

孔韦一脸的窘迫，不敢正视俞希，过了一会儿，他说："俞希，你相信我好吗？我和她真的没什么关系。"

俞希突然说道："那你和梁婧之也没有什么关系吗？"

听到这句话，孔韦的脸色骤然大变，他惶恐地问道："你……偷听我们谈话？"

"我不想偷听，况且你们的声音那么小，我也听不清楚。是你们后来自己激动了，说话声音大了起来，我才听到的。"

孔韦紧张地问："你都听到了些什么？"

俞希反问道："你这么紧张干什么？你怕我听到什么，关于你们的那个秘密吗？"

孔韦一惊，然后紧紧地咬住下嘴唇，目光低垂。

俞希说："孔韦，其实我不是想要责问你什么。你是我男朋友，你说什么我都愿意相信你，你只要跟我解释一下，告诉我这是怎么回事就行了。"

孔韦沉默了半晌，说："俞希，每个人都有一些不愿意讲出来的隐私，请你尊重我的隐私好吗？"

俞希将脸扭到别处，又迅速转过来："如果是你个人的隐私，我当然会尊重。可是我分明听到，这件事和梁婧之以及季晓妍有关系，而且——"

俞希看了看周围吃饭的其他人，压低声音说："而且梁婧之在几天前被人谋杀了！孔韦，我只想知道，这跟你有没有关系？"

孔韦向后一仰，脸色煞白地说道："俞希，你在说什么！我怎么会和梁婧之被谋杀的事有关系！"

俞希眯起眼睛说："可我听季晓妍的意思，她好像认为——你起码知道梁婧之为什么会被杀。而且她似乎很害怕，怕自己也会和梁婧之一样，所以她才急于来找你，跟你做一番表白——为的是求你放她一马！"

"俞希！"孔韦神色惊惶地喝了一声，然后迅速瞥了一眼别桌的客人，控制住声音说道，"你在胡说什么！别听季晓妍的，她今天课间来找我，跟我说的那些话根本就是莫名其妙，你别被她说的那些话误导了！"

"好啊。"俞希说，"我不听她的，那你就告诉我呀。你和梁婧之、季晓妍之间到底有什么秘密？为什么季晓妍在知道梁婧之被杀了之后第一个想到的人是你？"

孔韦突然愤怒起来，他对俞希说："别再问了！我不会告诉你的。你愿意相信我便相信，不愿相信就算了吧！反正我告诉你，我和她们之间没有什么见不得人的事。至于那个所谓的秘密，我不告诉你是为你好！"

俞希难以置信地望着孔韦——自从认识他以来，孔韦还从来没有这样恶狠狠地跟自己说过话呢。在她的印象中，孔韦从来都是脾气温和的。俞希忽然觉得难以接受，她推开还没有吃完的饭菜，站了起来，对孔韦说："好吧，你不告诉我，我就去找季晓妍问个明白！"说完，她转过身，离桌而去。

"你……"孔韦又气又急，跟着站了起来，想去追已经走出餐馆的俞希，但无奈还没有付钱。等他掏出钱包付完饭钱后，俞希早已走得没影了。

俞希赌气冲回教室，一眼便看见了坐在位子上的季晓妍，但她此时面容憔悴、无精打采地趴在桌子上。而且此时已经有不少同学开始看书、做题，提前开始了晚自习。俞希只好将涌到嗓子尖的话又硬生生地咽了下去。

没过一会儿，孔韦走进教室来。他看到俞希并没有去责问季晓妍，稍稍松了口气。但随即，他的眼中射出一道阴冷、愤恨的光，直刺到季晓妍身上。大概只有不到一秒钟，孔韦又恢复到平常的神态，坐回了自己的座位上。

不知为什么，尽管孔韦并没有望自己，但接触到他目光的一刹那，俞希的身体颤动了一下，感到有些胆寒。今天的晚自习结束之后，俞希没有等孔韦，她快速跑出校门，招了一辆出租车，逃也似的回到家中。

九

季晓妍晚上回到家，对在客厅里看电视的父母说了声："我回来了。"

母亲对她说："学习累了吧？我熬了银耳汤，你去热一碗来喝吧。"

季晓妍疲惫地摇着头说："我不喝了。"径直朝自己的房间走去。

"晓妍。"父亲喊了一声，"别忙到房间去，你过来，我们跟你商量件事。"

季晓妍有几分不情愿地坐到沙发上，问："什么事？"

母亲说："最近有家航空公司在招聘空中小姐，你要不要去面试看看？"

季晓妍说："我不读书啦？"

父亲问："你到底有没有把握能考上大学？"

季晓妍有些不耐烦地说："还没考呢，我怎么知道。"

母亲对她说："所以叫你去面试一下空姐，就算考不上大学，还能有份工作嘛。"

季晓妍疑惑地问："我高中都还没毕业呢，人家要？"

母亲说："那家航空公司的招聘条件上说了，对于在校的高中生，一旦面试成功，可以把名额保留到你高中毕业再去上班。主要要求是身材要好，形象、气质俱佳——我想这些你符合嘛，为什么不去试试？"

"算了吧，我不去。"季晓妍翻了个白眼，"当空姐可是有危险的，要是飞机失事，我不就尸骨无存了？"

母亲拍了季晓妍的大腿一下："你这孩子，怎么净挑这些不吉利的话说？飞机哪有这么容易失事呀。"

"你没看新闻吗？经常都在播，失事的还少呀？"

父亲说："那是全世界的飞机失事加在一起，才有那么多。单就某个航空公司来说，根本就不容易出现飞机失事的情况。"

"反正我不去。就算出事的概率不高，总还是有可能啊！这种事可是遇得一回就没二回了。"

父亲生气地说道："你这也不干，那也不干。那你就学习用功些呀，考上了大学，爱找什么工作随便你！"

母亲也帮腔道："是啊，你要是早些学习努力点，考上个名牌大学，找工作不就容易了吗？也不用我们替你操心啊。"

季晓妍突然觉得烦躁无比，她从沙发上站起来，冲父母嚷道："谁叫你们替我操心了？我的事我自己想办法，你们爱干吗干吗去！别再管我的事了！"

父亲呵斥道："怎么说话呢！"

季晓妍不再搭理他们，提起书包冲进自己的房间，把门锁上。

母亲走到门口，敲着门说："晓妍，有什么话出来好好说，我们再商量商量。"

"不用商量了，我不去！"季晓妍在屋里叫道。

母亲并没有放弃劝说，站在房间门口苦口婆心、唠唠叨叨地说着话。季晓妍感到不胜其烦，她打开房间里的音响，播放起一首快节奏的劲歌，并将声音调到了最大。

母亲被近乎噪声的音乐阻挠了，她叹了口气，坐回沙发上。

父亲怒吼道："别管她了！随便她要干什么！"

季晓妍一头扎到床上，用枕头捂住耳朵，不想再听到父母的声音。

过了好一阵之后，季晓妍从床上爬起来，悄悄走到门口，她没有再听到父母的说话声，估计他们可能已经回自己的房间去了。季晓妍吐了口气，转身走到衣柜前，打开柜门。就在她从衣柜中取出一条长裙的时候，猛然间看到了那个躲在衣柜中、浑身漆黑、目露凶光的人，并且认出了他是谁。

季晓妍双腿一软，惊恐万状地叫道："啊，你是……"

她还没来得及叫出声，衣柜中的黑衣人便猛地冲了出来，一只手捂住她的嘴，另一只手上握着的尖刀狠狠地捅进了季晓妍的胸口，并快速地猛刺了四五刀。季晓妍那因惊恐而瞪大的双眼在短短几秒内便失去了光彩，她的身子慢慢滑了下去，倒在一片血泊中。为她送葬的，是一首英文摇滚乐。

黑衣人不紧不慢地把沾满鲜血的黑色外套脱下来，把它连同那把刀一起装在一个塑料袋里，然后走到窗前，打开窗户，顺着墙边的管道爬了下去，最后消失在了黑暗中。

十点过的时候，季晓妍的母亲从房间走出来，听到女儿的房里还放着劲爆的音乐，走到门口去敲门道："晓妍！现在都什么时候了！把音响关掉！"

等了一会儿没有回音，母亲生气地捶门："你听到没有！把音乐关了，要不一会儿邻居都找上门来了！"

季晓妍的父亲从卧室里走出来，怒吼道："她今天到底要干什么！胡闹还没完没了了？"

母亲说："你看，门锁了，又不理我们，还把这些难听的音乐放这么大声——她今天真是太不像话了！"

"你去把钥匙找来开门！"父亲气得满脸通红，"我看她还真是反了天了！"

母亲回自己卧室去，从床头柜找出女儿房间的钥匙，然后快速走到门前，用钥匙打开房门，推门而进。

"啊——！"撕心裂肺的尖叫声压过了房间里的摇滚乐声。

十

鲁新宇队长和他的两名助手赶到季晓妍家时，季晓妍的母亲在巨大的悲伤中不能自持，痛哭得几近昏厥。季晓妍的父亲神色呆滞地坐在沙发上，像是才做完一场噩梦，还没能完全清醒。鲁新宇走过去叫他好几声，他才缓缓地抬起头来，木讷地望着警察——女儿死亡所带来的打击仿佛令他变成了一个痴呆症患者。

鲁新宇亮出自己的证件，向季晓妍的父亲问道："你女儿是在哪里遇害的？"

季晓妍的父亲没有说话，只是呆呆地转过头，望着女儿的房间。

鲁新宇对两名助手使了个眼色，说："走，去看看。"

三个警察来到季晓妍的房间，一眼便看见了躺在地板上的死者。一个女警察用相机对着死者和周围的现场拍了几张照。鲁新宇走到死者面前，观察了一下她胸前被尖刀所刺的几个伤口，然后看了看死者正对着的、打开的衣柜门。

鲁新宇捏紧拳头，在自己的大腿上狠狠地捶了一下："又是一起同样的凶杀案！"

一直和鲁新宇一起办这个案子的大个子警察走过来说:"很明显,又是那个'衣柜杀手'干的。"

鲁新宇在房间内左右四顾,指着衣衫整齐的死者说:"发现了吗,现场没有被盗窃的迹象,从死者衣装穿戴完整来看,她也没有受到过侵犯——一切都和上次梁婧之被杀时的状况一样。"

大个子警察说:"这个凶手既不为财,也不为色,但杀死的又全都是年轻漂亮的女孩——他的目的到底是什么?"

"只有两个可能。"鲁新宇说,"要不就是仇杀,要不就是心理不正常的变态所为。"

"你觉得哪种可能性大些?"大个子警察问。

"第二种。"鲁新宇分析道,"如果是仇杀,下手的地点和方式有很多种,不一定非得要采用事先躲在衣柜中再伺机杀人这种麻烦的方法;而心理不正常的凶手往往才会采取特殊的、固定的模式来行凶。"

"嗯,有道理。"大个子警察点头道。

这时,那个女警察走到窗边,仔细观察了一阵,说:"队长,窗边正好有根管道,凶手在杀人之后应该是从这里逃走的。"

"嗯,这里是三楼,又没有装防护栏,凶手要作案太容易了。"鲁新宇说。

大个子警察在季晓妍的衣柜中翻了一会儿,找出一件校服,递给鲁新宇:"队长,你看。"

鲁新宇接过那件校服,在衣服的背后看见了"华阳高中"四个大字,皱起眉头望着大个子警察说道:"又是华阳高中的?"

"对,和上一个受害者梁婧之是同一所高中。"

鲁新宇放下衣服,走到客厅,问季晓妍的父亲:"你女儿叫什么名字,在哪里读书?"

季晓妍的父亲精神恍惚,全身的精气神像是被抽干了似的,一动不动地坐着,没有回答鲁新宇的问题。

鲁新宇提高嗓门说道:"你们悲伤难过我理解。可是如果你们希望我们能尽快抓到杀害你们女儿的凶手，就请暂时节哀，配合我们警察的工作。"

季晓妍的父亲缓缓抬起头来："警官，我女儿叫季晓妍，在华阳高中读书。"

"读高几，哪个班？"

"高三十六班。"

鲁新宇和大个子警察同时一愣，两人对视一眼，一齐说道："和梁婧之同一个班！"

季晓妍的父亲问道："梁婧之是谁？"

大个子警察说："是你女儿的同学，她在几天前以同样的方式被谋杀了。"

季晓妍的父亲忍住悲痛问道："这么说，这是一个惯犯所为？"

"是的，是个惯犯。"

季晓妍的母亲突然扑到鲁新宇面前，跪在地上痛哭流涕地说道："警官，我求你！一定要抓到这个该千刀万剐的凶手，为我女儿报仇啊！"

鲁新宇将她扶起来，说："请你放心，这是我们警察的职责，我们一定会抓住他的！"

将季晓妍的母亲扶到沙发上坐好，鲁新宇对女警官说："你问一下他们案发前的一些基本情况，比如季晓妍是什么时候回来的、之前有没有说过什么等等，把这些记录下来，我一会儿要看。"

"好的，队长。"女警官点头道。

鲁新宇对大个子警察说："你跟我出来一下。"

两个人走到楼下，大个子警察从口袋中摸出一包烟，抽出两支来一齐点燃，递了一支给鲁新宇，另一支含在嘴里吸了一大口，问道："队长，你是不是已经有些眉目了？"

鲁新宇接过烟，并不立刻抽，他不置可否地说："起码有一些事情是绝对能肯定的了。"

大个子警察没有打岔，等着队长继续说下去。

"第一，从两个被害者是同一个班上的学生这一点来看，凶手绝对不是无目的地随机杀人，而是有计划、有预谋地作案；第二，这个凶手十有八九就是被害人班上的某一个人，有可能是因为某些特殊原因，或者与两位被害人有某种过节而蓄谋将其杀害；第三，我们上次去学校问到的那两个学生——俞希和卢应驰，这两个人当中肯定有一个与这两起谋杀案有关系！这两个人是我们破案最重要的切入口！"

大个子警察皱起眉头说："可是，我们已经到卢应驰家及其附近调查过了，他的家人和邻居证明了在梁婧之被杀的那段时间里，卢应驰确实是待在家中的；而俞希我们之后也调查到，那天晚上我们走后，她也并没有离开家一步。况且对她这样一个柔弱的女生来说，要以这种方式作案，未免太困难了吧？"

鲁新宇说："即便她不是杀人凶手，也完全可能是帮凶。"

"队长，看来你还是最怀疑那个俞希？"

鲁新宇猛吸了一口烟，说道："我一直就非常怀疑，那天晚上她打电话报警，声称家中出现了歹徒，会不会是在有意实施调虎离山之计？那晚重案组值班的警察只有我们几个，她将我们引到自己家中，浪费了我们一大堆时间。在吸引我们注意力的同时，分明就方便了真凶在别处作案！"

大个子警察说："可这都是我们的猜测呀，我们没有任何证据证明她是有意这样做的。"

鲁新宇眯起眼睛说："哼，这只是他们的狐狸尾巴还没有露出来，只要我们继续调查，他们早晚会露出破绽的。"

大个子警察想了一会儿，说："队长，其实我倒是发现了一个新的切入点——如果我们能调查出这两个死者的一些共同之处，比如说她们有没有与谁产生过同样的过节之类的，说不定就能查出凶手。"

"嗯，有道理。"鲁新宇点头道，"可是我们该怎么去调查呢？如果把那个班上的学生一个个叫到面前来询问，不但有可能打草惊蛇，而且那些老师肯定也不会同意，又会说我们在高考前夕影响他们了。"

大个子警察说："那我们就先暗中调查一下这两起凶杀案的共同点，

别忙着去学校问那些学生。当我们发现一些足够怀疑某人的确凿证据之后，再去找他们问话。"

鲁新宇若有所思地点着头，然后担忧地叹了口气："我们可得抓紧时间哪。这不一定只是'两起'凶杀案。搞不好这场杀戮只是刚刚开始，还远没有结束呢。"

大个子警察怔了怔，说："队长，你觉得……还会有这种命案发生？"

鲁新宇眉头紧锁地说："我有一种感觉，如果我们不及时抓到这个罪犯，他会不停地大开杀戒的。有些心理不正常的罪犯，在一次作案之后，便会像上瘾一般不断作案以寻求刺激，最后发展到疯狂的程度，变成杀人狂魔！"

大个子警察不禁打了个冷战："队长，你是说，那些心理变态的杀人犯到最后杀人就完全不需要理由了，完全把杀人当成一种乐趣？"

"你不觉得现在就很像是这样吗？"鲁新宇说，"想想看，事先进入被害人家里，藏在衣柜中窥探着外面的动静——就像是在体验捉迷藏时的刺激心理一般。而当被害人打开衣柜时，凶手便立刻跳出来将其杀害，同时欣赏被害人临死前惊恐万状的表情。你想一下，如果不是为了满足这种变态而邪恶的快感，凶手为什么非得以这种麻烦的方式来杀人？"

大个子警察难以理解地说："队长，照你这么说，如果凶手杀人只是为了满足某种快感，那岂不是根本没有什么动机可言，我们又从何调查呢？"

鲁新宇轻轻摇着手指说："我是说发展到最后可能会这样，但现在还不是。我刚才已经分析了，就从两个被害人是同一个班上的学生这点来看，就可以判断凶手目前肯定还是基于某种动机或目的而杀人的。只是他的心理一定不正常，才会想出这种杀人的方法来！"

大个子警察还想说什么，鲁新宇的手机却突然响了起来。他拿出手机一看，是一个陌生的号码。

鲁新宇接通电话："你好，哪位？"

鲁新宇听对方说了几句话后，眼睛陡然瞪大，表情诧异而震惊。最后，他大喝一声："你再说一遍！"

但对方已经挂断了电话，鲁新宇只得缓慢地垂下那只握着手机的手。

大个子警察感觉到鲁新宇接的这个电话一定非比寻常，他赶紧问道："队长，是谁打来的？"

鲁新宇神情严峻地摇着头说："不知道，但他告诉了我一些和本案有关的重要信息。"

"是什么？"

鲁新宇望着大个子警察说："那个人告诉了我这两个被害人的共同点是什么。"

"什么？"大个子警察感到无比惊诧，他略一思索，"队长，季晓妍被谋杀还不到两个小时，除了她的家人和我们之外，还有谁知道她已经死了？这个电话会不会是凶手打来的？"

鲁新宇摸着下巴思索道："现在还无法判断，有可能是凶手打来故意挑衅的，但也有可能是知情者在向我们透露关键信息，打算暗中协助我们破案。"

大个子警察急切地说："队长，电话号码是多少？我马上叫人查一下是从哪里打来的！"

"好的。"鲁新宇说，但他又摇了摇头，"不过我猜没用。那个人非常谨慎，用了变声器跟我说话，我连他（她）是男是女都听不出来；电话也肯定是在街上的公用电话亭打的。但不管怎么说，他（她）跟我说的那些话为我们指明了下一步的调查方向。"

大个子警察疑惑地问："队长，那个人到底跟你说了什么？"

鲁新宇凝视着他说："那个人告诉我，目前被杀的两个人——梁婧之和季晓妍都是她们班上一个叫孔韦的男生的前女友。而那个孔韦的现任女友，正好是俞希！"

十一

俞希不明白，自己一大早来到学校，为什么又被宋老师叫到了办公室。而这次更奇怪的是，陪自己一起去的居然是孔韦。

难道宋老师终于发现自己和孔韦在谈恋爱的事了？去办公室的路上，俞希惴惴不安地猜测着。

但当她推开办公室的门，心立刻凉了半截——这是比谈恋爱曝光更糟糕的事——她又得再次面对那两位"老朋友"了。

像久识的熟人一般，鲁新宇连招呼都没跟俞希打一下，他径直走到孔韦面前，问道："你叫孔韦？"

孔韦有些不情愿地答道："是的。"

鲁新宇亮出证件，对他们说："请两位跟我到公安局去一趟，协助调查一起命案。"

鲁新宇的语气带着一种命令的口吻，没有丝毫商量的余地。俞希和孔韦根本不敢开口拒绝。宋老师在班上组织早自习，办公室里现在就只有何老师一个老师在了。

他摘下眼镜，对鲁新宇说："警官，发生了什么事？为什么又要把两个学生带走？"

鲁新宇这一次不客气地说道："老师，我们警察办案是不需要向旁边的人解释的，我们所做的一切都是在为人民的安全尽责。"他再次对俞希和孔韦下命令道："走吧。"

俞希和孔韦只能无可奈何地跟着两位警察走出学校，在门口坐上警车，被带到了公安局。鲁新宇并没有将俞希和孔韦带到讯问室，而是把他们领进自己的办公室坐下。他和大个子警察坐在俞希和孔韦面前。

鲁新宇望着两人，开门见山地说道："你们知不知道，你们的同学季晓妍昨天晚上在自己家里被谋杀了？"

"什么！"俞希和孔韦一齐叫出来，"季晓妍也被谋杀了！"

"她是怎么被杀的？"俞希急切地问。

"和梁婧之遇害的方式一模一样。"鲁新宇说。

俞希恐惧地捂住了嘴，同时望了一眼孔韦，他也是一脸的惊诧。

"现在，你们分别说说昨天晚上九点半到十点这段时间你们在做什么。"

俞希说："我在下晚自习之后就直接坐车回家了，大概九点二十到的家，之后就一直待在家里，和我妈妈在一起——我们小区的门卫可以证明。"

鲁新宇问孔韦："你呢？"

孔韦说："我也在下晚自习之后就回家了，应该是九点半左右到的家，之后就没有出来过了。"

"谁能证明？"

孔韦皱了皱眉，为难地说："好像没有谁能帮我证明……我的父母昨晚到朋友家去了，很晚才回来。在那之前只有我一个人在家。"

俞希迅速瞟了孔韦一眼，不知为什么，她的脑海里又浮现出昨天孔韦盯着季晓妍时那种阴冷的眼神来，忍不住打了个寒战。

鲁新宇用手指敲打着膝盖说："没有人能证明你昨天晚上的行踪——那你恐怕就有麻烦了。"

孔韦问道："警官，你这么说是什么意思？季晓妍被谋杀了跟我有什么关系？你为什么要问我和俞希？"

俞希也感到纳闷："鲁警官，是不是就因为梁婧之被杀那天晚上我打了个电话报警，以后只要有命案发生你就会怀疑是我干的？"

"你们班上有好几十个人，我当然不会随便怀疑谁了。"鲁警官偏着脑袋指了指孔韦，"你问问你男朋友，我为什么会把你们找来吧。"

俞希扭头望着孔韦。

孔韦面露窘迫地说："什么意思！关找什么事？"

鲁新宇说："你和这两个被害人是什么关系，要我提醒一下吗？"

孔韦的脸抽搐了一下："我们……当然是同学关系。"

"仅仅是同学关系吗？你是不是以为我们警察在办案之前都不用了解情况的？"鲁新宇扬起一边的眉毛说，"你可真无情啊，才和你的前女友们分手多久，就好像对她们一点都不关心了。"

"什么？"俞希惊诧地张大嘴巴望着孔韦，"前女友们？她们两个都是你的前女友？"

孔韦尴尬地垂着头，无言以对。

鲁新宇问俞希："怎么，你之前不知道吗？"

俞希没有回答鲁新宇，但她对男友的责问等于进行了回答："孔韦，你和我交往之前不是说这是你第一次恋爱吗？你不是告诉我，你以前从没有喜欢过谁吗？你看着我，告诉我这是怎么回事？"

鲁新宇在一旁冷冷地说："别觉得奇怪。这种面貌英俊的公子哥儿对每一任女友都会说这种话的。"

"不是这样的！"孔韦突然愤怒地大声吼道，"以前那些都不是认真的，但我对俞希动的是真感情，她和那些肤浅的女孩都不同！"

"所以，为了不让她们再碍事，你便杀了她们！"

孔韦面红耳赤地从椅子上起身："警官，你不要以为我只是个高中生，就会被你吓到，让你给我妄加罪名。你要是觉得我是凶手，就请你去收集好可以让我认罪的证据。否则，就请你不要乱开尊口。就算是警察也不能随便诬陷人！"

鲁新宇盯着他说："如果你真是凶手的话，我一定会找到证据治你的罪的。"

"那你就去找吧。"孔韦说，"现在，我要回学校去上课了，你没有理由再把我们留在这里！"

鲁新宇斜靠在坐椅上，没有说话。

孔韦对俞希说："俞希，我们走。"

俞希略微犹豫了一下，才站起来和孔韦一起离开了鲁新宇的办公室。

大个子警察望着他们的背影说："队长，真的就这样让他们走了？"

"不然你还想怎么样？把他们非法拘禁起来？"

"那个男生的气焰这么嚣张，让他们就这样走了真有些窝火。"

鲁新宇笑道："你呀，还是缺乏些经验。你看那个孔韦说话时底气十足的模样，还有他那不可一世的口气，就能猜到他必然是有什么后台或背景的。我们在没有证据的情况下要是贸然把他拘留下来，说不定会为自己惹上不必要的麻烦。"

大个子警察年轻气盛："队长，难道就因为这样，我们便不再追查他了？"

鲁新宇轻轻摆着手说："冷静些，不要中了真凶的圈套。我们现在只是证实了两名死者都是那个孔韦的前女友，这可说明不了人就是他杀的——说不定，凶手就是故意打电话告知我这一点，好误导我们——我们可不要轻易上当。"

大个子警察及时冷静下来，说："是的，队长，你说得对——那我们下一步怎么办？"

鲁新宇深不可测地说："拭目以待。"

走出公安局后，俞希立刻抬手招了一辆出租车，但孔韦快步上前，抢在俞希之前对司机说："对不起，我们还有点事，暂时不坐了。"

出租车开走了，俞希望着孔韦说："你干什么？为什么不让我坐车？"

孔韦说："俞希，先别忙着回学校，我们谈谈好吗？"

俞希把脸扭到一旁："有什么好谈的？我现在还敢相信你吗？我真不知道你还有多少事情瞒着我，还跟我说了些什么假话。"

孔韦把两只手搭在俞希的肩膀上说："你让我把一切都解释给你听，所有的一切我都告诉你原因。"

俞希把孔韦的手从自己肩膀上挪开，迈开步子向前走去。

孔韦赶紧跟上去，对她说："俞希，对不起，我之前是分别跟梁婧之和李晓姘交往过——这件事我确实瞒了你。可我刚才都说了，我和她们都是闹着玩的，并不是真正意义上的恋爱。自从你转学到我们班，我认识了你之后，才懂得了什么叫真正的爱！"

俞希漠然地望着前方的道路："刚才那个警察都说了，这种话你对谁都可以说——天知道你对下一任女朋友会不会也说这番话。"

"俞希！"孔韦拉住她的手臂，"我不会再有下一任女朋友了！我跟你说过的，我这辈子就认定你一个人了！"

俞希停下脚步，有些忧伤地望着男友："孔韦，我真的很想相信你说的这些话。可是，如果你是真心实意地想永远和我好，又为什么非得要瞒着我以前的事呢？你如果一开始就坦诚地告诉我这些，我反而更能感受到你的诚恳和心意！"

孔韦低下头，叹了口气，又抬起头来："你说得对，俞希，我确实应该一开始就告诉你的。可是你知道吗，我那时候年少懵懂，根本就不了解什么是真正的恋爱，只是觉得梁婧之、季晓妍人长得漂亮，有她们当女朋友会很有面子，所以才和她们交往的。也因此，我在众人眼中成了一个轻浮的花花公子。直到高三上学期，你转到我们班来，你落落大方和优雅得体的举止深深地吸引了我，我发现你和那些浅薄的女孩都不一样，而这个时候我也长大了些，知道感情是不能仅仅用来满足虚荣的——所以，我用一种真诚的态度来追求你，让你成为我的女朋友。我不想让你知道我以前在恋爱方面的虚荣态度，是因为我太在乎你了，我怕你听了别人的流言蜚语后，把我仍然当成以前那个花花公子哥，所以才瞒着你的呀！"

听了孔韦这一大段感情真挚的表白后，俞希有些动容了，她的目光变得柔和起来，说："孔韦，真的是这样吗？"

孔韦握着俞希的手说："当然是真的，我敢对天发誓，如果我说的有半句假话，就让……"

俞希捂住他的嘴："别说了，我相信你。"

孔韦显得欣喜而激动，如果现在不是在大街上，他真想立刻将俞希拥入怀中。

俞希思索了一会儿，说："你瞒着我也就罢了，但我不明白，你怎么做到让全班同学都瞒着我的？尤其是舒丹、季晓妍这些无风都要起浪的性格，她们忍得住不说出来吗？居然天天跟我说话都不告诉我这些？"

孔韦抿了一下嘴唇，说："我之前在班上打过招呼的，叫谁都不准告诉你我之前那些事。尤其是梁婧之、季晓妍，我更是跟她们特别强调过。"

俞希讶异地问道："她们有这么听话？你怎么说她们就怎么做？"

孔韦犹豫了几秒，说："俞希，其实有一件事，我一直都没有告诉你。"

"什么事？"

"我父亲是孔志方，你认识吧？"孔韦说。

听到"孔志方"这个名字，俞希不由得一怔。这是一个在本市几乎家喻户晓的名字，代表着一个传奇人物。这个人的事迹在报纸和电视上频频出现。他十几岁在商场打拼，经过几十年的时间，从一个小学徒成长为几家上市集团公司的总裁，拥有数百亿的资产，是一个在黑白两道都能呼风唤雨的人物。俞希无论如何也想不到，自己交的这个帅哥男朋友竟然会是这个孔氏财团的豪门大少。

俞希愣了半晌，对孔韦说："你是不是利用家里的势力威胁她们，要她们不准告诉我以前曾和你交往过的事？"

孔韦撇了下嘴说："不能算是威胁吧，只是……告诫她们一下。"

"我觉得这两者之间没什么区别。"

孔韦无奈地耸了耸肩膀："如果我不说点狠话，你觉得像舒丹那种大嘴巴能忍几天？"

俞希问："你为什么一直不告诉我你是孔氏财团的大少爷呢？"

孔韦说："我怕你跟我交往的时候会有压力啊。而且……你能想到吧，我一开始都不好判断一个女生愿意和我交往是不是因为我那个过于有钱有势的家庭。"

俞希脑海中浮现出的是孔氏财团那十几幢高耸入云的摩天大厦，她说："是啊，我能想象得到。"

孔韦说："俞希，你现在明白了吧，我和梁婧之、季晓妍约定的那个所谓的秘密，其实就是这些事。季晓妍那天也不知道是不是被吓傻了，在梁婧之死后居然来找我解释那些，好像以为梁婧之是因为把我之前的那些事泄露出去才惨遭杀身之祸似的——这简直太可笑了！我当初只是为了引起她们的重视，才说了两句狠话。就算她们真的管不住自己的嘴，把那些事说了出来，我又怎么可能因为这一点小事而去杀人呢？"

俞希轻轻叹了口气："现在，季晓妍也被杀了……到底会是谁干的呢？为什么这个凶手老是盯着我们班的女生下手？"

俞希沉思了一阵，转过脸面对男友问道："孔韦，这件事真的跟你一点关系都没有吗？"

"当然没有了！"孔韦苦着一张脸说，"俞希，你到底把我当成什么人了？我怎么会染指杀人这种事！"

俞希眉头紧锁地说："可是，这个凶手老是对我们班的女生下手，我怀疑他就是我们身边的某个人。"

孔韦说："俞希，你是不是把那个人彻底忘了？"

俞希抬起头来："你说卢应驰？当然没有。这几天我一直都在暗中注意着他，可他的所有举动还是跟以往一样，不怎么说话，成天默默无闻的。我根本就看不出来他有什么不对劲的地方。况且，他以前跟梁婧之、季晓妍话都没说过几句，我实在想不出来他有什么要害她们的理由啊。"

"可是，那天你不是说，卢应驰在警察面前说了谎，把头一天晚上跟你说过的那些话全都否认掉了——而且他怎么会在案发之前就知道要发生那种事？这一点本身就相当可疑。"

"嗯，他确实很可疑。"俞希思索道，"可我相信，就连警察也没能发现他的破绽在哪里。所以今天才只找了我们两个来问话，而根本没有找他。"

孔韦"哼"了一声："我看那两个警察比我们还要糊涂，只知道找些人来乱问一气。到底谁才是真正的凶手，我看他们心里一点谱都没有！"

俞希叹息一声，说："算了，我们在这里瞎猜也没用，先回学校去吧——都耽搁两节课了。"

孔韦点点头，说："好吧。"

他们在路边招了一辆的士，赶回了学校。

十二

回到班上，正值课间操时间，大家都在休息。

舒丹看到俞希回来，赶紧上前问道："你上哪儿去了？怎么这么晚才回来呀？"

俞希敷衍着回答："没什么，家里有点事。"

舒丹歪着头看她，一脸的不相信："你和孔韦家里同时有事？还有季晓妍呢？她现在都还没到学校来。"

俞希不知道该怎么回答——现在班上除了她和孔韦外没人知道季晓妍已经死了。

正在窘迫的时候，班主任宋老师走到班上来，喊道："俞希、孔韦，你们俩到办公室来一趟。"

俞希赶紧从舒丹身边走开，和孔韦一起跟着宋老师走进办公室。

"你们坐吧。"宋老师把门关拢后，指着办公室里的长椅说。

然后她也坐到自己的藤椅上。另一张办公桌旁正改着作业的何老师此时也停了下来，取下眼镜望着俞希两人。俞希和孔韦正襟危坐，感觉就像回到了公安局里。

宋老师神情严肃地说："季晓妍的事我们已经知道了。刚才公安局打电话来跟我们说了——最近接连发生这种命案，而且被害的全都是我们班的同学，校方和我们都非常难过，也非常担心。"

俞希和孔韦对视了一眼，不知道宋老师想要表达什么意思。

宋老师接着说："现在校方认为，虽然目前不能判断被害的两个人都是我们班的同学到底是一种巧合还是凶手蓄意所为——但有一点是可以肯定的：我们班的同学现在处于一种比其他人都要危险的状况中。所以今天下午，我本来打算在班上正式通告所有同学季晓妍被杀的事实，同时提醒大家近期一定要特别注意安全，以防同样的惨案再次发生。"

宋老师顿了顿，继续说道："但是，校方现在打算全面封锁季晓妍被杀的消息——因为一旦让学校的同学知道，在短短几天内就有两个人被杀，会引起极大的恐慌。影响高考自然不必说，还会让学校的声誉受到很大的损害。所以，你们俩明白了吗——现在只有你们两个人知道季晓妍被杀的事——千万不能把这件事讲出去。"

孔韦说："可是，我们俩不说，季晓妍被杀的事就不会流传出去了吗？她的家人还不是一样会在社会上提起这件事，最终还是会传到我们学校来的呀——梁婧之不就是个例子吗？我觉得学校这样做只是在欲盖弥彰。"

"这回不一样了。"宋老师犹豫了一下，"老实跟你们说吧。季晓妍是在家中被杀害的，这本来不关学校的事，但学校考虑到影响问题，还是拿了一大笔钱给季晓妍的父母，作为……"

"封口费。"孔韦明白了，"以此作为条件让季晓妍的家人不把事情透露出去。"

宋老师也是个爽快人，承认道："就是这么回事。"

何老师在一旁说："所以你们知道了吧——现在的关键就是你们两个，只要你们不把这件事说出去，短时间内应该没有人会知道季晓妍被杀的事。"

"这不公平，我们没有收封口费。"孔韦说。

俞希碰了他一下，瞪他一眼说："都什么时候了，你还有心思开玩笑！"她对班主任说："宋老师，季晓妍一直不来上学，同学们总会怀疑的——你怎么跟他们解释呢？"

宋老师叹了口气道："没办法，只有说谎话了，如果有人问到就说季晓妍生病在家休息。"

俞希说："我明白了，宋老师，我不会把这件事说出去的。"

"你呢，孔韦？"宋老师问。

"我也肯定不会说出去的。"孔韦说。

"嗯，那就好。"宋老师点头道，"我相信你们，你们回教室去上课吧。"

俞希迟疑了片刻，问道："宋老师，你不想知道警察找我们去问了些什么吗？或者是他们已经告诉你了？"

"不，警察没有跟我说这些。但我想，破案的事他们会尽力的，我用不着过问这些事。我只知道，你们是我的学生，我要做的事就是在学习上教好你们，并尽可能地保证你们的安全，这是我的责任。"

"我知道了，宋老师。"俞希和孔韦一起从长椅上站起来。

两人正要离开办公室，何老师喊道："俞希，你留下来一下，我还有事跟你说。"

孔韦望了俞希一眼，对她说："我先回教室去了。"

俞希冲他点点头，然后走到化学老师面前，问道："何老师，您还有什么事？"

何老师放下手中的红笔，走到俞希面前——他看起来比俞希还矮半个头。

何老师语重心长地说："俞希，我刚才改了你最近做的那张卷子，错得不少呀。你以前可是不会错这么多的。"

俞希低下头，脸有些发烫。

何老师安慰她道："其实这也不能怪你。最近发生了这么多事，警察又要你们协助调查，肯定会对你造成一些影响——但是俞希，你要振作起来啊，尽量排除这些干扰——离高考还有不到三个月了，你不能让自己的努力前功尽弃啊。"

俞希轻轻点了点头。

何老师加重语气说道："化学本来是你最擅长的学科，是你在高考中取得好成绩的关键，但最近你的化学成绩却下降了很多呀，你要重视起来啊。"

何老师一边说，一边从办公桌的一个本子上撕下一张纸来，写了一串数字在上面，把它递给了俞希："这是我的电话号码，如果你在家中学习或做题的时候有什么困难，就给我打电话，我可以在电话中给你讲解。"

俞希接过那张纸，感激地说："何老师，谢谢你！"

"好了，去上课吧。"何老师拍拍俞希的肩膀。

俞希向何老师鞠了个躬，跑回教室去了。

十三

俞希记住了何老师的教诲，一整天，她极力排除干扰，不去想那些乱七八糟的事。就连下午的班会课中，宋老师向大家强调安全的重要性时，她都在抓紧时间练化学习题，想把自己这几天耽搁的学业都弥补回来。

晚自习结束后，俞希又像往常一样和孔韦一起回家。他们走出校门后没过多久，俞希偶然发现，卢应驰居然跟在他们身后。俞希用胳膊肘碰了碰孔韦，示意他往回看。

孔韦回过头去看了一眼跟他们相距十几米的卢应驰，问道："怎么了？"

"他家不在这个方向。"俞希小声说，"他上次故意等着我，跟我说那些莫名其妙的话时，才走的这个方向。"

孔韦想了想，说："别管他，我们走。"

两个人继续朝前走，却无法随意地谈论什么话题了。他们不时用余光瞟一下身后跟着的卢应驰，感觉极不自在。

走了几分钟之后，孔韦终于忍不住了，他停下脚步，转身朝后，直视着后面那个畏畏缩缩的人。

卢应驰本来埋着脑袋朝前走，孔韦停下来后，正好挡在他的正前方。卢应驰走到孔韦跟前，被迫站住脚。他似乎愣了一下，紧接着抬起头来。

孔韦问道："卢应驰，你跟着我们干什么？"

卢应驰不温不火地说道："我没有跟着你们呀，我回家也是走这条路。"

孔韦"哼"了一声，昂起头说："我和俞希天天晚上都走这条路，要是你家也在这个方向，我们会只有今天才看到你吗？"

卢应驰说："平时我是回我爸家，今天我是到我妈家去。"

孔韦晃了下脑袋，没怎么听懂。

"我爸妈早就离婚了。"卢应驰说。

孔韦咂了咂嘴，觉得无话可说，他挽着俞希的肩膀说："我们走吧。"

俞希的身体没有动，她直视着卢应驰："现在这里没其他人，卢应驰，我们不如在这里把话说清楚吧。"

卢应驰眨了眨眼睛："俞希，你要说什么？"

俞希上前一步，逼视着他说道："梁婧之被杀，和你有没有关系？"

卢应驰显出委屈的样子："俞希，你为什么要这么问？"

"别装了。"俞希说，"梁婧之死的那天晚上，你在之前找到我，跟我说有一个习惯躲在别人家里、伺机作案的歹徒——这分明就表示你是知道什么的。否则你怎么会在案发之前就知道有这种歹徒存在和会发生这种事情？"

卢应驰木然地摇着头说："俞希，我真的不知道你在说什么。"

"你还装！"俞希鄙夷地望着他，"我本来还以为，你不敢承认是害怕警察认为你跟凶杀案有关系——没想到你在警察不在的时候都不敢说一句真话！"

俞希故意激他道："你这个懦夫！你不敢说实话就表明你跟这起凶杀案真的有关系！"

卢应驰盯着俞希看了几秒，又望了望她身边的孔韦，只说了一句："我要回家了。"

俞希气愤地拉着孔韦的手说："我们打车回家吧，我不想和这种人走在一条路上！"

"好的。"孔韦斜视了卢应驰一眼，眼中充满不屑。他抬手招了一辆的士，和俞希一起坐了进去。卢应驰面无表情地凝视着他们。

坐在车上，孔韦安慰俞希道："算了，别跟这种人一般见识。你看他那副猥琐的样子。"

计程车先到俞希家门口，俞希下车之后，和男友道了再见，车子再掉头朝孔韦家开去。

俞希用钥匙打开房门。妈妈坐在沙发上看电视，喊了一声："希儿，回来啦。"

"嗯。"俞希应了一声，换好拖鞋，走到妈妈身边坐下，一脸的倦容。

"累了吧，来，吃点水果提提神。"妈妈把茶几上的果盘端起来递给俞希。

俞希接过果盘，吃了几颗红提，问道："妈，爸什么时候回来呀？"

"还有几天呢。"妈妈说，"怎么，你还对那件事心有余悸呀？"

俞希望了妈妈一眼，没有说话——她一直都没有把梁婧之被"衣柜杀手"杀死的事告诉妈妈，而妈妈也恰好没有从别人那里听说这件事，至今还蒙在鼓里。俞希不告诉妈妈是因为她知道，其实妈妈的胆子比自己还要小，要是让她知道事实上真的有一个"衣柜杀手"存在，而且现在已经有两个自己的同班同学被杀死的话，不知道会不会把妈妈吓出神经衰弱来。

妈妈说："俞希，别担心了，其实我们这个小区的保安还是挺负责的，不会轻易把坏人放进来的。你就别害怕了，没事的。"

俞希点着头，心中却想道——坏人脸上难道会刻着字吗？保安要是看都看得出来谁是坏人那还真是神了。

妈妈还想跟俞希说话的时候，俞希裤袋中的手机振动起来。俞希做了个手势，对妈妈说："我接个电话。"

手机屏幕上显示的是一个陌生的电话号码，俞希从沙发上站起来，接通电话："喂？"

电话里是一个既陌生又有几分熟悉的女声："是俞希吗？"

"是我，你是……"俞希竭力判断对方是谁。

"我是江姗。"

俞希愣了一下。江姗是她们班的一个女生，平时和俞希没什么交往。俞希没想到她会给自己打电话。

"哦，江姗……你有什么事吗？"俞希问道。

电话里说："俞希，你现在方便吗？我想跟你说件事。"

俞希望了妈妈一眼，说："你等一下。"然后拿着电话走上二楼，进到自己的房间，将门关上后，她说，"好了，有什么事你说吧。"

电话里忽然传出了江姗的哭腔："俞希，对不起……我想坦白告诉你一些事，你……不要怪我，好吗？"

俞希听得云里雾里："你要告诉我什么事？我为什么要怪你？"

电话那头的江姗抽泣了一阵，说："我……我不清楚你是不是知道这些事，但是……我还是想坦诚地告诉你，请求你的原谅。"

俞希越发觉得糊涂了，她问道："你到底要告诉我什么呀？"

电话听筒里沉默了几秒，像是经过一番思想挣扎，江姗终于鼓起勇气说："我……一直暗恋着孔韦。"

老实说，俞希并没有感到特别惊讶，她只是微微一怔，说："那又怎么样？"

"俞希，我知道，孔韦已经在跟你拍拖了，我不该再暗恋他的。我以后都不会再……"

"等等，等等。"俞希打断她说，"你向我道歉，请求我原谅你，就因为你一直暗恋着孔韦？可是，暗恋一个人有什么错？这值得向我道歉吗？"

江姗犹豫了片刻，说："可是……我不光是暗恋……"

"你跟孔韦表白了？"

"……是的。"

"这是什么时候的事？"

"就是这个学期刚开始没多久……"

俞希尽量使自己的语气听起来不那么像责问："你是怎么跟孔韦表白的？"

"……我写了一封情书，偷偷放在了他书桌里。"

"他发现了。然后呢，他是什么态度？"

江姗又要哭起来："他……没有理我。以至于我一开始还以为他没有发现那封信。所以，那个星期天，我在他经常打球的那个体育场找到他，想当面问个清楚……结果，孔韦告诉我，他是看了那封信的。他没理我是想让我知难而退，而我却愚蠢地去当面问他……"

俞希问道："既然他拒绝了你，那你又有什么对不起我的地方呢？"

"不，俞希，你听我说完。孔韦虽然拒绝了我，但不知是不是想补偿我一下，打完球之后便跟我去冷饮店，请我喝了杯饮料——你知道，就算是这样，我也已经很感动了。"

俞希抿了下嘴唇，问道："你们……没有做什么别的吧？"

"噢，不，不！当然没有！"江姗急忙申辩道，"就只是喝了一杯饮料，时间连五分钟都不到。之后我们就各自回家了！"

"那我就真的不懂了。"俞希说，"就为这点小事，你有什么好值得跟我道歉的？"

"我……俞希，我确实跟孔韦只喝了一杯饮料。可凑巧的是，在这段时间里，恰好有几个我们班的同学也来到了这家冷饮店，他们发现孔韦居然和我坐在一起喝饮料——虽然当时他们几个什么话都没说，但我看他们的眼神就知道，他们一定是误会了！他们肯定以为孔韦在背着你跟我约会！"

俞希有些明白了："原来是这样。你害怕那几个同学把这件事告诉我，使得我也误会你们俩是在偷偷约会，所以你才专门打电话来向我解释这件事的，对吗？"

"是的，俞希，就是这么回事！请你相信我好吗？我可以发誓，我和孔韦之间不但什么都没有，而且我之后连暗恋都不会再暗恋他了——你想，他已经这么明确地拒绝我了，我再暗恋他又有什么意义呢？你说对吧，俞希？"

俞希意味深长地笑了一声，说："这是这学期开学不久发生的事，你怎么现在才想起跟我道歉，或者是跟我解释？再说，就算我误会了，那又有什么特别要紧的？值得你紧张、害怕成这样吗？你平常看起来可不像是这种怕事的性格呀。"

电话那头江姗的呼吸和语气都变得急促起来："俞希，我……我是最近才想通的，你不要生我的气……不要怪我，好吗？我刚才说的那些全都是真的！"

俞希说："你告诉我，你为什么要紧张害怕成这样？"

"俞希，我……没有害怕。"说这句话的时候，江姗的一个冷战又出卖了她的真实感受，"真的没有……你误会了吧……"

俞希想了想，说："你如果想让我相信你刚才说的那些话，就告诉我你紧张害怕的真正理由——否则我不会相信你的。"

电话那边沉寂下来，俞希不知道她是被吓呆了还是在思考着什么。

过了好一阵，江姗才颤抖着声音说："俞希……我怎么可能不害怕？曾经和孔韦拍拖过的两个女生都被杀死了……我真不知道，下一个死的会不会就是我……"

这一次，轮到俞希惊讶了，她瞠目结舌地问道："你怎么知道季晓妍被杀的事？"

江姗再次沉默了几秒，反问道："那你……又是怎么知道的呢？"

"我是因为……今天早上警察要我和孔韦协助他们调查，我才知道这件事的。但是警方和校方在之后便封锁了消息——你怎么可能知道季晓妍被杀的事？"

江姗说："季晓妍今天没来上学，下午宋老师又跟我们强调什么安全问题，我心里面就有种不祥的预感。我打电话到季晓妍家里，她妈妈光是哭，什么都不说……我就猜到了。"

俞希叹息道："是的，你猜对了，季晓妍的确是被谋杀了。但是记住，不要把这件事说出去！"

"好的，我肯定不会讲出去的。"江姗仍然颤抖着声音说，"俞希……我已经把真实理由告诉你了。你会相信我刚才说的那些话，不会怪我的……对吗？"

俞希突然觉得有些好笑："江姗，你找我解释这些，又害怕成这样，该不会以为梁婧之和季晓妍都是我杀的吧？我为了让孔韦对我一心一意，便把喜欢他的或者是和他拍拖过的女生全杀掉？"

"啊，不，不！"江姗在电话那头叫起来，"俞希，我当然不是这么想的！我打电话跟你解释这些，是因为我确实很恐惧，很迷茫，我不知道我该怎么办！我只想跟你倾诉一下，这样我会好受一些。"

俞希有些可怜起她来，思索了片刻后，说："江姗，你相信我吗？"

"我当然相信你，俞希。"

"那好。"俞希对她说，"我给你出个主意，或许可以帮你。"

十四

今天在学校里，俞希一直忍住没有跟孔韦说江姗昨晚找过自己的事。她本来想向孔韦证实一下江姗说的那些话的真实性，但最后还是打消了念头。这倒不是因为她有多相信江姗，而是她觉得应该相信自己的男友。

孔韦那天跟自己表明心意的一番话说得真挚而感人，俞希觉得没有理由再去追溯以前的一些小事了。

而且现在另外有一点让俞希感到不安——她觉得校方想要彻底封锁季晓妍被杀的事恐怕只是一厢情愿。这件事的曝光只是时间问题，而且不会太久——因为除了江姗已经知道了这件事之外，还有另一个堪比校园广播站的女生也觉察到了端倪。

"俞希，季晓妍今天又没来上课！你觉得她会不会是出什么事了？"舒丹表情严肃地问道。

"应该不会吧。"俞希故作轻松地说，"她可能只是生病了，在家里休息。"

舒丹皱起眉毛说："我刚才去问了宋老师和'矮河马'，他们也这么说——但我觉得不对。就算她生病了，也可以给我打电话，或者是发短信聊天什么的呀。"

俞希不高兴地说——同时也想转开话题："我都跟你说过了，何老师人挺好的，你能不能别叫他'矮河马'，太侮辱人了。"

"我又没当着他的面叫。"舒丹撇了撇嘴，又把话题扯回来，"你说季晓妍到底是怎么回事？"

"我不知道。"俞希说，"也许她病得很重，连电话都打不了了——你别在那里胡思乱想了好不好？"

舒丹说："我是关心同学嘛。如果她真的病得很重，那我一会儿更该打个电话去关心一下她了。"

俞希怕舒丹也通过电话知道内情，这样的话，她就又可以在班上开新闻发布会了，忙说道："别去打扰她休息了，要关心的话等她回来再关心也不迟嘛。"

舒丹想了想，说："好吧，那我就等两天再说。"

俞希转过身想道——我也只能做到这分上了。

晚上和孔韦一起回家，俞希发现孔韦今天不怎么说话，像是有什么心事，她问道："孔韦，你在想什么呢？"

孔韦咬着嘴唇迟疑了片刻，说："今天又是第二天了。"

724

俞希问:"什么第二天?"

孔韦说:"季晓妍是在梁婧之被杀两天后被谋杀的。"

俞希张了张嘴,望着孔韦:"你担心……今天晚上也会出事?"

"我不知道。"孔韦说,"我只是有种不祥的预感——但我的感觉也不一定准。"

俞希颔首沉思了一会儿,自言自语道:"不行……我得打电话提醒江姗注意点……"

"江姗?"孔韦疑惑地问道,"你为什么单单想到要提醒她?"

俞希说:"江姗觉得下一个受害人可能是她。"

孔韦像是完全忘了自己和江姗之间发生过的事,不解地问:"她为什么会这么觉得?她是凭什么来判断的?"

俞希不想跟孔韦解释太多,简略地说道:"那只是她的猜测和担忧罢了,虽然不一定对,但我还是提醒她一下好些。"

孔韦皱了皱眉,还是没弄懂俞希说的是什么意思。

俞希看了看手表,下晚自习已经有二十分钟了,她不禁有些着急起来,从裤袋里摸出手机,想给江姗打电话。

孔韦说:"俞希,其实我只是随便说说,没有根据的——你这样贸然给她打电话,会不会把她吓着了?别没事都被吓出事来了。"

俞希想了想,觉得孔韦说得有道理,她慢慢放下了手机。

孔韦说:"算了,俞希,我们别在这里胡乱猜测了。说不定只是我神经过敏,根本就不会发生什么事呢。"

俞希点了点头,和孔韦一起继续朝前走。又走了大概十分钟,俞希到家了,她和孔韦互道了再见,然后走进家去。

妈妈仍然坐在沙发上看昨晚那个连续剧——这段时间,她晚上都没有出去玩或者打牌,专门在家陪着俞希。俞希跟妈妈闲聊了几句,就提着书包上楼去了。

躺在床上,俞希始终觉得有点心神不宁。她把手机拿出来握在手中,反复想着孔韦说的那些话。犹豫了五分钟,她觉得还是该给江姗打个电话——不管怎么说，提醒她多注意一些也是有必要的。

俞希拨通江姗打给自己的那个手机号码，听筒中响了一段音乐后，电话被接了起来。

"喂，请问找谁？"

"江姗吗，我是俞希。"

"啊，俞希，你有什么事吗？"

听到江姗的声音，俞希稍稍松了口气，她问道："我昨天晚上给你出的那个主意——你去做了吗？"

"是的，我今天中午就做了。"江姗说，"可是……俞希，我在想，如果歹徒真要害我的话——我这么做又有什么用呢？"

"对，这个主意不能帮你预防歹徒，只能起到别的作用。所以我专门打电话来，就是想提醒你……"

俞希的话刚说一半，她突然听到电话那头江姗发出一声凄厉的惨叫，然后是手机摔到地上的声音。接下来，通话便中断了。俞希感到全身一阵泛凉，她冲着电话大声喊道："江姗，江姗！"但电话里已经是忙音了。她赶紧又拨了一遍电话，但无法接通。俞希从床边站起来，被这突如其来的变化吓得呆若木鸡。她清楚地知道——江姗是不可能跟自己开这种玩笑的，她肯定是出事了！

俞希惊恐地想道——真有这么凑巧的事吗？江姗之前的猜测和孔韦的预感竟然都真的变成现实了！那个"衣柜杀手"的下一个目标居然真的是江姗！现在该怎么办呢？江姗的手机打不通了，自己又不知道她家的其他电话号码。俞希在房间里焦躁不安地转着圈——突然，她想起昨晚江姗跟自己说过，她家在觇标路的金月小区内，离自己家并不算远。

俞希迟疑了几秒钟，认为没有别的办法了，她必须亲自去确认江姗是否真的已经遇害了。她鼓足勇气，走出自己的房间。为了给自己壮胆，她来到书房，取下挂在墙上的一柄带鞘短匕首——这是爸爸出差到缅甸带回来的纪念品——不知道是不是真的能用，但也只能用它来防身了。俞希将短匕首藏在衣服里，急匆匆地朝门口跑去。

妈妈问道："俞希，这么晚了，你到哪儿去？"

"我出去买点东西，一会儿就回来！"俞希随口乱答道，不等妈妈再开口就冲出了门。

为了能尽快赶到江姗家，俞希选择走一条僻静的小路。这是一条近路，但必须穿过一片荒废已久的旧厂房。这里晚上几乎是漆黑一片，四周一个人都没有，只有一些黑夜活动的小动物在暗处弄出一些窸窸窣窣的声响，听来让人心惊肉跳。俞希握着匕首的手已经出了汗，心脏怦怦跳动的频率比疾步如飞的脚步还要快。

俞希紧张地在厂房间穿梭，在拐过一个弯的时候突然撞到了一个人。俞希全身的汗毛瞬间竖起，她不禁"啊"的一声叫了出来。

此时，她听到那个人用熟悉的声音问道："俞希，是你吗？"

俞希定了定神，借着依稀的月光望过去，才看清那个人居然是孔韦。他似乎也在赶路，跑得气喘吁吁，脸上有一丝惊惶的神色。

俞希惊诧不已地问道："孔韦？你怎么会在这里？"

孔韦喘着气说："我……我刚才接到一个陌生人打来的电话，说江姗……出事了！我不知道是不是真的，就跑到她家附近看了看！"

"什么？你是从江姗家附近跑过来的？"俞希急忙问道，"那她怎么样了？是不是出事了？"

孔韦紧张地点了点头："好像真的出事了！我在街对面看到她家所在的那个小区像是炸开了锅，而且警车也已经开到那里去了！"

俞希惊惶地捂住嘴："天哪！她真的被杀了！她被杀的时候正在跟我打电话！"

"什么！"孔韦难以置信地张大了嘴，然后问道，"那你现在就是跑去确认她是不是已经遇害了？"

这句话像是提醒了俞希，她抬起头来望着孔韦，问道："对了……如果你也是去确认江姗是不是遇害的话，那你现在怎么会在这里？你家在这个方向吗？"

孔韦说："我现在不是要回家，我就是准备穿过这里到你家去找你！"

"找我？"俞希怀疑地问道，"你找我需要专门到我家去吗？你不会给我打个电话呀？"

"我打了！但是你没接，我以为你出事了，所以才心急火燎地跑来找你！"

俞希从裤兜里摸出手机一看，果然，有一个未接电话是孔韦打的——可能是刚才跑得太急了，没有感觉到手机的振动。

孔韦说："江姗居然真的被杀了，我晚上的预感是对的！早知道就应该让你提前给她打个电话，提醒她一下，说不定还能救她！"

俞希害怕得抱着身子："这个惯犯真的每隔两天就杀一个人，而且全是我们班的女生——他肯定就是我们身边的某个人——会是谁呢？"

孔韦神色紧张地看了看四周，说："那个凶手才杀了人不久，说不定还在这附近呢，我们快走吧。"

这句话提醒了俞希，但同时也把她吓得打了个激灵。她身子一抖，手上拿着的那柄匕首应声落地。

孔韦问道："什么东西掉了？"

"没什么，我带的防身用的匕首。"俞希说道，一边蹲下去捡。

这时，月亮正好从云层中钻了出来。月光洒在地上，让俞希一下就看到了掉在地上的匕首。她捡起匕首的同时，还看到了另一样令她毛骨悚然、连呼吸都差点停止的东西——孔韦的鞋。这双鞋是她永远都忘不掉的，好几次出现在她的噩梦之中，曾被她当成过幻觉的那双鞋。

当它再一次出现在自己眼前时，俞希终于明白那天晚上她看到的是不是幻觉了——一点都没有错，深棕色的皮鞋，鞋面上绑着一根装饰鞋带——这不是一双普通的皮鞋，而是一双设计感十足、造型别致的名牌皮鞋。正是适合孔韦这种富家大少爷身份的皮鞋！俞希倒吸了一口凉气，浑身颤抖起来。

这双和那天晚上在衣柜中看到的一模一样的皮鞋，让俞希心中的感受也变得和那天晚上完全一样。她感到恐惧、紧张、眩晕和无力，但又不敢声张，不敢表露丝毫。俞希望了一眼自己左手捏着的手机，急中生智，悄悄拨通了其中一个号码，然后缓缓地从地上站起来，眼睛移到别处，既不敢继续看着地上，也不敢看孔韦——或者说是凶手的脸。

孔韦似乎察觉到了俞希脸上难以掩饰的情绪变化——现在的月光使他能清楚地看到女友脸上的表情，他疑惑地问道："俞希，你怎么了？"

"啊……没什么。"俞希竭力假装平静地说，"我只是想到……凶手有可能就藏在这片废弃的厂房中，有些害怕……"

孔韦怀疑地盯着俞希。他回想了一下刚才俞希蹲下身去捡东西时的一幕，然后低下头，看了看自己的皮鞋，再抬起头时，脸上已经换了一副惶恐甚至是狰狞的表情。他突然问道："俞希，你……认出这双鞋来了吗？！"

俞希终于忍不住了，她心中累积的恐惧在一瞬间爆炸——孔韦已经知道她发现什么了！俞希大声惊叫，几乎是下意识地转身就逃。

"俞希！等等，别跑！"孔韦大叫道，追了上去。

但俞希没有蠢到听他的话停下来。她发疯似的朝前方奔跑，本能命令她在杀人狂的魔爪下逃命。但是跑到一处布满废弃物的空地时，俞希脚下不知被什么东西绊了一下，跌倒在地。她转过身，还没来得及从地上爬起来，孔韦就追了上来，一把将俞希压在地上。

他再一次瞪大眼睛凶狠地问道："俞希！你真的认出了这双鞋就是那天晚上你在衣柜中看到的那双吗？！"

"求你……我求你！"俞希感觉笼罩上来的不是孔韦的身体，而是死亡的阴影，她哀求道，"不要杀我……"

孔韦的两只手紧紧地按着俞希的身体，他盯着俞希说道："你认出了这双鞋，说明……"

话没有说完，孔韦就停了下来，而且他的面部表情也跟语言一起凝固了。最后，他重重地倒了下来，身体压在俞希的身上，动弹不得。俞希还没有从巨大的惊悚和变故中反应过来，她不知道发生了什么事。

但当她推开孔韦的身体时，她看见了救她的人——那个人手中捧着一块大石头，刚才就是它重重地砸在了孔韦的后脑勺上。

是卢应驰。

十五

"是你……卢应驰？"俞希瞪大眼睛，惊奇地问道，"你怎么会在这里？"

卢应驰丢掉手中的石头，走过去将俞希扶起来，说道："俞希，其实我一直都在暗中跟着你。"

"什么？"俞希感到难以接受，"你是说，今天晚上……从我出家门之后，你就一直跟在我身后？"

"事实上，不止今天晚上。这几天晚上我都偷偷地守在你家附近。"卢应驰说。

俞希想起昨天晚上放学后卢应驰就跟在她和孔韦后面，问道："你为什么要这样做？"

"我想暗中保护你，俞希。"卢应驰看了一眼倒在地上的孔韦，"我早就猜到凶手大概率是他了，我怕他早晚会对你下手。"

"可是……你怎么知道孔韦会是凶手呢？"俞希大惑不解地问。

"这是一周之前的事了。"卢应驰说，"一天上体育课的时候，梁婧之趁大家都在操场活动的时候，悄悄把孔韦叫到教室去，逼着孔韦和你分手，然后和她拍拖。孔韦不肯，他们就吵了起来。最后孔韦撂下狠话，说梁婧之如果再来烦他的话，他就会让她永远都开不了口——他的口气听起来是认真的，不像是在开玩笑。"

"你是怎么知道这些的？"

卢应驰说："俞希，你知道，我一向都不怎么喜欢体育运动。那天我本来是想回教室休息一会儿，却在门口听到了他们的那番对话——当时，我就有种不好的预感。"

"所以，你便在那天晚上放学后找到我，提醒我注意安全？"俞希说，"可是，孔韦是跟梁婧之发生冲突的，你为什么要来提醒我？"

卢应驰低下头，有些局促地说："俞希，其实那天晚上，我本来想把这一切都告诉你的，让你提防着孔韦一点，因为他是个危险人物。但我最终因为怯懦没能说出口——我怕你不相信我，反倒把我说的话告诉孔韦——这样的话，孔韦会饶不了我的。所以，我只能编了个故事来提醒你，希望能引起你的重视。没想到我编的那番话居然成了现实——梁婧之真的在那天晚上就被孔韦以差不多的方式杀死了！我自己都不敢相信会有这么凑巧的事！"

俞希有些明白了："所以第二天警察问到你的时候，你才不敢承认说过这番话。你怕警察认为你跟这起谋杀案有关系？"

"是的。"卢应驰不安地搓着手说，"而且我也怕承认之后，孔韦会以为我知道了什么，对我下手。"

"你可以把你在教室门口听到的那番话告诉警察呀！"

"不行的，俞希。当时只有我一个人听到那番话，梁婧之又已经被害了——我拿不出证据来证明我说的话是不是真的！这样不但治不了孔韦的罪，反而等于明目张胆地跟他对着干。想想看，以他们家的势力，他不会放过我的！"

俞希表示理解地望了卢应驰一眼，但她又显出迷惘的神色："如果梁婧之是因为纠缠孔韦才被杀的，那么季晓妍呢？还有江姗呢？她们又为什么会被杀？"

"这我就不知道了。"卢应驰说，"也许是孔韦发现季晓妍、江姗都怀疑自己是凶手，所以干脆一不做二不休，把她们全都杀了灭口。"

俞希回想起梁婧之死后季晓妍在楼梯间找到孔韦表白态度的事，认为卢应驰分析得有道理。她惶恐地捂住嘴，眼泪也流了下来："天哪……我居然一直跟一个这么丧心病狂的杀人犯在谈恋爱！"

"俞希……"卢应驰埋下头，用脚搓着地说，"其实，你知道吗……我才是一直最关心和在乎你的人……"

俞希拭干眼泪说："现在不是说这些的时候，我们得赶快离开这里，然后报警，让警察来处理剩下的事情。"

"对，对。"卢应驰连声附和。

俞希有些害怕地斜睨了倒在地上的孔韦一眼，无法判断他是被石头砸死了还是砸晕了过去。

她迟疑了片刻，对卢应驰说："你能……把他的鞋子脱下来吗？我想把它交给警察——这是证明他是凶手的最大证据。"

卢应驰望着孔韦的鞋说："这双鞋就是你在衣柜中看到的那双？"

"是的，而且……"

刚说到这里，俞希骤然停下来。她缓缓抬起头，盯视着卢应驰问道："你……是怎么知道，我在衣柜中看到过一双鞋这件事的？"

卢应驰愣了一下，说："刚才孔韦袭击你的时候，大声喊着'你认出了这双鞋'……不是吗？"

"对。可是你怎么知道我是在衣柜中看到过这双鞋的？"

卢应驰张开嘴，眼睛转动着想了片刻，说："那天……警察找我们俩在办公室问话的时候。你不是说……你在梁婧之死的那天晚上报了一次'情况类似'的警吗？所以我……"

"我是这么说过。但你怎么知道'情况类似'具体指的是什么意思？"俞希一边说，一边慢慢朝后退着，"我那天晚上在衣柜中看到了一双男人的鞋，这件事只有警察、我妈妈，还有孔韦知道——除此之外，我没有告诉过任何人！"

卢应驰渐渐靠拢过来，他的声音突然沙哑了，嘴似乎变得很干，他说道："俞希，你相信我好吗？我是真的很爱你！为了你我愿意做一切事情。"

俞希恐惧地摇着头，朝后一步一步地退着："你不要过来……不要靠近我！"

"俞希！"卢应驰突然狂暴起来，他咆哮道，"不要用这种眼神望着我！换回来，换回刚才那种眼神！用你的眼睛告诉我，你很需要我，也很感激我！你刚才不是还因为我救了你而感动不已吗？为什么又要去纠结这些小事！你应该一直用你那温柔动人、楚楚可怜的眼睛望着我才对！"

面对着卢应驰近乎疯狂的神色，俞希什么都明白了，她全身颤抖着说:"我懂了……你能知道我在衣柜中看到一双男人的鞋这件事……只有一个理由——那个人就是你!我在衣柜中看到的那个男人的脚……就是你的!这一切都是个圈套。梁婧之、季晓妍和江姗全都是你杀死的!你为什么要这样做?!"

"为了向你证明——我不是个懦夫!"卢应驰尖声叫道,看上去更加疯狂了,"我如此爱着你,但你呢?你只喜欢高大帅气的孔韦!你从来没正眼看过我——因为在你心里,我只不过是个胆小怕事、性格既内向又懦弱的废物!所以,我决定做一件大事来向你证明——我不是个孬种!我是值得你喜欢的!"

这个人已经完全疯了,丧失了理智——俞希战栗的心清楚地明白这一点。她望了一眼不知是死是活的孔韦,啜泣道:"你从一开始就计划好了要设计陷害孔韦,那双鞋是你偷的他的,然后故意穿上它藏在我的衣柜中,并露出来一些让我看到。之后,你再悄悄还回去——为的就是要嫁祸孔韦,让我误以为他是凶手,对吧?!"

卢应驰直愣愣地盯着俞希:"你什么都知道了。那么,你觉得我干得漂亮吗?是不是这一切都做得有勇有智?你喜欢这样的我吗?"

"你这个疯子!"俞希嘶哑着嗓子尖叫道,"你杀了这么多人,就为了向我证明你是有勇气的?你是个彻头彻尾的精神病!"

卢应驰望着俞希,他的脸痉挛性地扭曲起来。他厉声说道:"你的话伤透了我的心。既然我这样也满足不了你,那么——你就去和你喜欢的孔韦做伴吧!你们俩到地狱去做恋人吧!"

卢应驰捡起刚才砸向孔韦的那块石头,发疯般地向俞希猛扑过来。俞希大惊失色,慌忙朝后退去,但她的身体却碰到了墙壁——原来刚才在不知不觉中,她已经退到死胡同的角落了。俞希无路可逃,双腿也在瞬间失去了力气,她只能眼睁睁地看着卢应驰手中的那块大石头朝自己的脑袋抡过来,等待着死亡的降临。

就在千钧一发之际,突然从侧面冲出来一个人,一把将卢应驰掀开,然后将其扑倒在地。卢应驰手中的石头朝那个人猛砸过去,却被那人用手臂挡开。同时，那个人大叫一声，右手握着的匕首朝卢应驰的胸口猛插进去——卢应驰抽搐了两下，吐出一口鲜血，便一动不动了。俞希缩在角落里，用颤抖的手捂住嘴，惊恐地看着面前这一幕。

当那个身材不高的人站起来之后，她才终于借着月光看清了他的脸，大声喊道："何老师！"

俞希的眼泪夺眶而出，她站起来，扑到何老师身上，大哭道："何老师，幸好你赶来了！我差一点……就被……"

"好了，好了，没事了。"何老师拍着俞希的肩膀说，"一切都结束了。"

俞希哭着说："卢应驰是杀人凶手！梁婧之、季晓妍和江姗都是被他杀死的！"

"好了，不用说了俞希，我都知道了。"何老师说，"你刚才不是给我拨了个电话吗？这期间，我的手机和你的手机一直处于'通话中'的状态。我刚才在赶来的过程中，已经把这里发生的所有情况全都听得清清楚楚了。"

俞希摸出手机一看，果然，她的手机现在都还和何老师的手机处于通话状态。她庆幸自己起初的急中生智救了自己。

"何老师，我刚才……太紧张了，我在慌乱中随便拨了一个最近才打过的电话——就是您的电话，但是我根本就没有任何机会和您通话，只有寄希望于您能听到我这里发生的事……要是没成功的话，我现在已经被杀死了！"

"我不是已经来了吗？别害怕了，俞希，已经安全了。"何老师充满慈爱的声音安抚着俞希那颗受到惊吓和创伤的心。

俞希的心情渐渐平静了下来，忽然，她想起了生死未卜的孔韦，猛地转过身去，扑到了男友身边，用手指在他鼻子前试了试，然后大叫道："何老师，孔韦还活着，得马上把他送进医院！"

"对，赶快！"何老师摸出手机，又看了一眼卢应驰，叹息道："我居然……杀死了自己的学生。"

俞希看着已经断了气的卢应驰。他的胸口上插着的正是她从家中带出来的那把匕首——看来是何老师在情急之中从地上捡起来作为武器的。

俞希说："何老师，他是个杀人凶手！而且你是为了救我，也是出于正当防卫——我会跟警察解释清楚的。"

"是啊……"何老师停止感叹和忧伤，举起电话说，"我们现在得赶快报警！"

俞希走到卢应驰脚边："现在最大的罪证，就是卢应驰穿的这双鞋了。"

"为什么？"

俞希叹了口气，说："昨天晚上，江姗预感到自己会成为下一个受害者，给我打了个电话……我给她出了个主意……我叫她在自己房间的白色衣柜或壁橱底下撒一层面粉或石灰粉——这样的话，凶手如果用老方法行凶，鞋底肯定会沾上面粉或石灰粉——而他自己说不定发现不了。如此便能找出谁是真正的凶手了！"

"卢应驰刚刚去江姗家里作了案，他不知道我设计了这样一个陷阱。现在在他的鞋底肯定会沾上面粉或石灰粉。"俞希搬起卢应驰的脚看了看——奇怪的是，她并没有发现什么。俞希纳闷地转过头说："怪了，难道江姗没有照我说的那样……"

当俞希的眼睛看到何老师的一刹那，她全身的血液仿佛瞬间凝固成了冰。她感觉身上一点暖意都没有了，从背脊骨末端冒起来的一股凉意瞬间传遍了全身，她皮肤上的每一根汗毛都在这个时候立了起来——在她刚才说话的时候，何老师下意识地抬起自己的左脚观看——在他黑色皮鞋的鞋底，有一层清晰的白色粉末状的东西。

"啊——"俞希的喉咙像是被什么东西堵住了一样。在几近极限的惊悸之下，她只能张开嘴，却发不出任何声音。她浑身战栗着从地上缓缓站起来，惊恐地盯着面前这个中年男人。何老师放下脚，盯着俞希，脸上慈爱的表情没有了。

他淡淡地说了句："糟糕，暴露了。"

"是你……原来，是你……"俞希用颤抖的手指指向他。

"对，是我。"何老师长长地叹了口气，"事到如今，我也没必要再演戏了。"

他走到俞希身边，表情阴冷地说："这一切全都是我安排设计的，那几个人也全是我杀的——很吃惊吧，俞希？"

俞希已经惶恐得说不出话来了，她的眼睛瞟了一眼倒在那边的卢应驰。

"你一定是在想，凶手不是卢应驰吗？"何老师冷笑道，"别傻了，俞希。你以为那个蠢货、胆小鬼真的敢去杀人吗？他顶多配合我一下——他只是我的一颗棋子而已。你知道象棋中有个术语叫'弃卒保车'吧？他就起了这么个作用。现在用完了——喏——那就是他的归宿。"

俞希现在已经彻底明白这是怎么一回事了，她强迫自己吞咽下恐惧，壮着胆说："你和卢应驰串通好，先让他来找我说那些话，给我一个心理暗示，然后他再赶在我之前进入我家，藏在我的衣柜里，故意露出脚来让我看见——因为之前那些话的作用，我不敢露出声色，只能跑出房子，这也给了卢应驰逃走的机会。而我报警的行为，既是间接地调虎离山，为你杀害梁婧之创造了大好的机会；同时又把警方的注意力和怀疑引到我和孔韦身上——这一切，全都是你精心策划的！"

何老师阴笑着说："俞希，你太聪明了——我都忍不住想为你鼓掌了。你说得完全正确，几乎丝毫不差。"

俞希鄙夷地望着他："而且，你利用职务之便，有大量的机会可以从我们的书包里弄到各个同学家里的钥匙，进行复制——所以你和卢应驰才能随意进入我们这些人家里。"

"对，这点也说对了。你还有什么精彩的推论，俞希？我都听入迷了——你果然是这个班上最聪明的女生。"

"不，我不是！"俞希尖叫道，"如果我是的话，就能在你杀死这么多人之前认清你的真面目！把你那些阴险、恶毒的诡计全都抖搂出来！"

"确实很遗憾，你现在不能这么做了。"何老师耸了耸肩膀说。

"你为什么要这么做！她们都是你的学生，跟你有什么仇？你为什么要杀了她们？"俞希厉声责问道。

　何老师的脸抽搐了一下，终于凶相毕露："我的学生？你觉得她们真的把我当老师了吗？她们尊重过我这个老师吗？！"

　何老师用异样的神情望着俞希，令她遍体生寒："俞希，你看看你，有着漂亮的脸蛋和高挑的身材，不管怎么瞧，都是一个窈窕美人。你怎么能理解我的悲哀呢？我长着一张丑陋的脸，身高连普通的女孩都不如。在我读书的时候，班上的女生都以和我坐在一起为耻，甚至没有人愿意和我一路走，仿佛那是对她们的侮辱！到最后我连名字都没有了——"

　他把俞希逼到墙边，嘴几乎贴着她的耳朵说道："没有人叫我'何康'，大家都叫我'矮河马'。"他将脸移开一些，悲叹道，"对起绰号的人来说，这个绰号显然展示了他们极具概括性的幽默才华。但他们可曾想过，每当有人这样叫我一声，便等于在我心中划上一刀——我读了这么多年的书——早已被割得伤痕累累、体无完肤了！"

　他低下头，喘了口气，接着说："我本来以为读完书，工作之后，便不会再听到有人这么叫我了。但我没想到的是，你们这个班的学生不知道是巧合还是从哪里听说了什么，居然又开始在背地里叫我'矮河马'——而且，那些牙尖嘴利的女生以为我真的听不到吗？在她们那充满藐视和嘲讽的讥笑中，我难道真的听不见她们背着我叫我什么吗？"

　"就因为这个，你便大开杀戒？！"俞希难以置信地说，"可是背着叫你的人那么多，你为什么偏偏要杀掉她们三个？"

　"因为他！"何老师指着躺在地上的孔韦怒吼道，"就是因为这个有钱有势、长得既高大又英俊的白马王子！你看一下他，再看一下我！你比较一下！你看看我和他差别有多大！我不允许世界上有这样的人存在！"

　他青筋暴出，失控地咆哮道："那些女生……尤其是梁婧之、季晓妍这样的贱人！她们叫我'矮河马'，却在孔韦这个大帅哥面前卖弄风情，展现她们妩媚、娇柔的一面，我看了就觉得恶心！我不想再看到这些贱人在我眼前上演风情剧——我要让她们全都下地狱！"

　面前这个人扭曲的面孔和内心让俞希感到不寒而栗："所以，你杀掉梁婧之、季晓妍她们，既可以雪恨，同时又因为她们都是孔韦的前女友，便能自然而然地嫁祸到孔韦头上……"

"对！"那个因过度嘶吼而变得沙哑的声音说道，"本来我的计划十分周全，可谓是万无一失，但是卢应驰那个蠢货自己说漏了嘴，才破坏了计划——否则，你到现在都会认为孔韦才是凶手！"

俞希打了个冷战，说道："卢应驰为什么要配合你做这些事？这对他有什么好处？"

"你还不明白吗？他和我一样，视孔韦为敌！而且他从内心深处深深地爱慕着你，他比我还渴望能除掉孔韦这个眼中钉，然后以一种英雄救美的形式来赢得你的心——在他暴露之前，他不就是这么做的吗？"

俞希心中一团怒火向上涌动，她骂道："你们这两个卑鄙、肮脏的小人，变态狂！就因为妒忌、自惭形秽和私欲，便丧心病狂地杀死了这么多人！"

"矮河马"忽然露出一种悲哀的眼神："俞希，其实班上这么多女生中，我是最喜欢你的——你从不叫我的绰号，也不会在背后偷偷说我坏话……真是太可惜了……"

"矮河马"从衣服内侧摸出一把寒光闪闪的尖刀——正是这把刀夺走了好几个人的命。他犹疑地望着那把刀，然后抬起头来，目露凶光："我是真的舍不得杀掉你，俞希！"

"啊——你——"俞希后背一寒，慌乱地朝后退去，但这里是死角，没有退路了。看着凶手一步一步逼过来，俞希顺手在墙角抓到一根木棒，把它紧紧握在手中，在这生死关头，她的心中生出莫名的勇气，她大吼道："我……跟你拼了！"

"矮河马"看着俞希手中那根早已腐朽的枯木棒，冷笑道："我劝你别做傻事，乖乖放下这东西，还能少受点痛苦。"

"说得对，这正好是我想跟你说的。"

在"矮河马"身后，突然响起一个刚毅的声音。俞希心中猛地一颤，她听出来——这是鲁新宇的声音！

"矮河马"缓缓举起手，不敢轻举妄动——他能猜到背后正有一个乌黑的枪口对着自己。

鲁新宇大声喝道："放下刀！慢慢转过来！"

"好的，好的。""矮河马"应承道。

突然，他猛地转过身，"啊"地大叫着向鲁新宇猛刺过去。砰！一声枪响，"矮河马"的身体晃了两下，朝后一仰，倒在了地上。他的眉心多出了一个冒着青烟的黑洞。"矮河马"的头刚好倒在俞希脚边。俞希吓得赶紧跳开，大声尖叫。

鲁新宇一把将她拉过来，说道："好了，没事了。"

俞希忍不住又要哭出来，她望了望鲁新宇，又望了一眼地上的"矮河马"："他刚才……也这么说。"

鲁新宇笑了一声，把枪收起来，指着一侧说："看！真的没事了！"

废弃厂房的左侧，两辆警车打着明亮的车灯朝他们开来。之后，几个刑警一起下车走过来。俞希心中悬着的那块石头才终于落了地。

但是，紧接着，她慌张地对鲁新宇说："警官，快，救救孔韦！他还活着！"

鲁新宇指着孔韦对两个警察下令道："你们把他抬上车，赶快送到医院去！"

看着孔韦被抬上了警车，俞希才觉得一切都结束了——今天晚上受到的惊吓和刺激太多了，真正安全之后，俞希忽然觉得浑身的精神和力气像被抽干了一样，她终于支撑不住，昏了过去。鲁新宇一把将俞希扶住。

大个子警察这时也正好走了过来，他们俩对视一眼，鲁新宇叹息道："这个小姑娘不简单呀，经历了这么多惊险的事，竟然还能跟凶手周旋到最后——真是个勇敢的女孩！"

大个子警察说："队长，还好自从得知被害的梁婧之和季晓妍都是孔韦的前女友后，我们就调整了侦察思路，派了一位兄弟将身为孔韦现女友的俞希偷偷监视保护了起来，发现她有任何反常的举动，立马向我们汇报，千万不要轻举妄动。如若不然，恐怕凶手又要得逞了！"

"是啊。"鲁新宇微微点着头说，"案子总算破了，凶手也终于伏诛了——"这一次，他声音洪亮、气宇轩昂地喊道："收队——！"

尾 声

三个月后，俞希在没有孔韦陪伴的情况下参加了高考，最后只考了一个中等成绩，勉强达到一所普通大学的分数线——但俞希一点都没有觉得懊恼。

当父母问她准备怎么办时，她想都没想就回答："当然是不去啦。我要再复读一年，明年考一个更好的大学！"

暑假第一天，俞希穿上碎花连衣裙和漂亮的凉鞋，散开那一头乌黑飘逸的长发，让它自然舒展地披在肩头，对父母说："爸、妈，我出去了！"

爸爸叫住她："哎，俞希，这个假期你不打算去好莱坞旅游了吗？"

"我又没考上名牌大学，留着明年吧。"俞希调皮地说，"再说，这个暑假我还要陪男朋友呢！"

"你这个丫头，也不害臊！"妈妈嗔怪道，"你在父母面前就不能含蓄点啊？"

"有什么好含蓄的，我们都是大人了嘛！"俞希冲父母挥挥手，"我约会去了！"

妈妈望着女儿美丽动人的背影，笑着对爸爸说："你看她那个样子，哪有个没上成大学要复读的样子？"

在湖滨公园的长椅旁，俞希看到早就等在那里的孔韦。他头上的纱布才拆了没几天，但整个人已经精神焕发了，和以前阳光、帅气的样子没什么两样。

孔韦见到俞希后，第一句话就说："你太傻了。既然考上了大学，怎么不去读呢？再复读一遍太辛苦了。"

俞希挽着孔韦的手臂说："有你这么一个帅男友，我怎么舍得一个人去读大学呢？我要守在你身边监督你，免得你去拈花惹草。"

孔韦不好意思地挠着头说："经历了这么多事，你还信不过我啊？"

俞希弯下腰咯咯地笑。他们俩与背后波光粼粼的湖水和山色融为一体，变成了一幅美丽的图画。

前面几个故事讲完了，至此，我们已经在荒岛上度过了十个晚上。现在还剩下五个活着的人：诺曼医生、阿莱西娅、一个德国人，还有方忠和我。

谁都看得出来，死亡的速度在逐渐加快。仅仅四天就死了九个人。而且奇怪的是，没有人知道这些人是怎么死的——我们现在白天已经不待在山洞里了，大家分开行动，晚上再回到山洞中来。如此一来，每次回来的人总会少那么一两个，并且谁都不过问这些人究竟去了哪里。我们只知道死亡人数和蜥蜴肉的数量成正比——山洞内风干的蜥蜴肉已经足够开一家熟食店了。

第十一天晚上，就轮到方忠讲故事了。事实上，现在听不听故事对我们来说已经不那么要紧了，完全是之前定的那个规则形成的惯性而已，方忠讲了一个叫作《尖叫之谜》的故事，但是讲到故事快结尾的时候，他停下来不讲了。我们几个都望向他。

方忠主动解释道："我是倒数第二个讲故事的人了。"他望着我，"兰成，明天晚上就该你讲了……只要你一讲完，我们这几个人就等于是听完了'所有的故事'。"

我立刻明白了他的意思——方忠把他那个故事的结局保留下来，这样的话，就等于钻了那个"约定"的空子——我们只要剩下一个人的故事没有听完，就不必在日后遵守那个"约定"。

另外几个人都对方忠的这个做法没有意见。他们没有说话，只是各自睡去了。即便知道自己不一定能获救，仍然没人愿意在日后执行那个约定——哪怕只有一点点的可能性。事到如今，已经没有人想把岛上发生的事情透露出去了。

我睡到半夜的时候，被一些沉闷的声音弄醒了。我侧过身子去看，发现方忠拖着那个德国人的脚，把他搬到了山洞外。

他回来的时候，发现我坐起身子在望他，便走到我身边来，对我说：

"兰成，我告诉你……我发现一些事。我们发生船难，漂流到这个荒岛上，然后一个接一个死去——这些事情不是巧合，也不是意外……我怀疑，是有人刻意安排的这一切。"

"是谁？"我问他。

"我不知道是谁。"方忠说，"但我知道，我的感觉不会错……这些事情，是早就安排好了的……"

方忠念叨着，躺到自己先前的位子上，睡下去了。我也躺下去，什么都没想。我没有震惊，也没有恐惧、害怕或是担忧——我所有的感官都已经麻木了。

第二天早上，剩下的几个人醒来发现又少了一个德国人，他们的反应都跟我一样，没有丝毫的惊讶——似乎一个人消失不见就像树上的叶子少了一片那样正常。

第十二天晚上，我作为最后一个还没有讲故事的人，跟仅存的三个听众讲了一个叫作《异兆》的故事。这个故事根据我以前听说过的一些真实事情改编而成。讲到最后，我像方忠一样也把结局保留了下来。他们显然不懂我为什么也要这样做。

我解释道："我把这个故事的结局讲出来，对诺曼医生和阿莱西娅来说倒是无妨。但是方忠——"我凝视着他，"你是知道你自己所讲故事的结局的，你再听完我这个故事，就等于听完了所有的故事。"

方忠恍然大悟，他向我投来感激的眼神。至此，经过十二个晚上，由不同的人讲述了十二个故事。而当人数仅剩下四个的时候，似乎终于稳定下来，我们又在岛上度过了八天，没有人再死去。但又出现了新的危机：那种被我们当作仅有的淡水资源的水果所剩无几了。

这是一个我们无法解决的问题，正在我为此事烦恼的时候，阿莱西娅又病倒了——其实这是意料之中的事。她一直吃不惯那种蜥蜴肉，每吃一回，就会在之后呕吐一阵。长此以往，把身体折腾得消瘦无比，而且肠胃也因此出了问题，患上了非常严重的痢疾。她的胃似乎已经丧失了消化功能，整个人瘦得皮包骨头。

在岛上的第二十三天，我本来以为已经麻木不仁的神经被悲痛所刺醒——阿莱西娅死了，她是由于严重营养不良和身体虚弱而被病痛夺去生命的。我大哭了一场——我一直视阿莱西娅为救命恩人，没想到她最后也没能熬下去。我抱着她来到海边，把她的身体送进大海的怀抱，祈祷大海能把阿莱西娅送回她的祖国西班牙。

现在只剩下三个人了。也许是阿莱西娅的死惊醒了我。我对诺曼医生和方忠说："我们不能再这样下去了。再熬不了几天，我们也会死的！"

诺曼医生说："可是，我们又有什么办法？"

我向他们说出我的计划："现在只能孤注一掷了——在海边燃烧那一小堆树枝是没人能发现得了的——我们只有把整个岛上的树林都点燃，用一场森林大火来引起周围船只和飞机的注意！"

诺曼医生张了张嘴，眉头紧锁："如果我们这样做仍然没能引来救援的话，就等于是把我们所有的退路都断了。我们不出两天就会死的。"

"照现在这样下去也是死路一条！我们仅存的那几个果子和干肉又能撑几天？"

方忠慎重地考虑了一阵，说："我也赞成这样做。洞里的那些干肉再吃完……以后都不会再有蜥蜴肉了……与其等死，不如一搏。"

我们三个对视了一眼，视线碰在一起的时候，最后的决定出来了。

这是一场燃烧着悲痛和希望的森林大火。我们三个人把最后的果子和干肉拿到海滩上，然后眼睁睁地看着整个海岛变成火光冲天的炼狱。大火燃烧了两天两夜后，终于，第三天早晨，我们在海岛上空看到了几架直升机。我们三个人发疯般地挥手、嘶叫，终于令直升机降落到海滩上来……

我们被营救人员接上飞机后，他们试图问我们一些关于海难和在荒岛上发生的事。但我们三个一句话都没有说——我们的所有痛苦、哀思和恐慌都已经随着这场大火焚烧殆尽了，谁都不想再把这些东西从心灵的灰烬中重拾起来。

　　时至今日，这件事已经过去了二十年。大概四年前，我得知身在美国波士顿的诺曼医生因患癌症去世了。而在几天前，方忠的儿子方元又把我叫到了他临死的父亲的病床前。我通过一些小技巧得知了方忠在二十年前没讲完的那个故事的结局。方忠死后，我成为符合二十年前那个"约定"的唯一一个人。

　　所以，我把这件隐藏在我心中二十年之久的秘密往事讲述了出来。当然，各位在听完我的故事后，也不需要我直白地讲出来——那些所谓的"蜥蜴肉"究竟是什么了。我们既然当时就达成默契没有点穿，那我现在也就不想挑明。而我在此刻也必须承认，其实我是知道那些死去的人是怎么死的——我只是不能确切地肯定他们之间到底谁是猪、谁是虎。因为在那个远离文明又泯灭人性的荒岛上，谁都是猎物，但谁又都是猎人。我们都是困在笼中的动物，在做着残忍的困兽之斗。只有一件事情是我可以肯定的，那就是方忠跟我说的话有一句说对了——这些事不是巧合，也不是意外，而是有人刻意安排的这一切。当时我和他都不清楚这个人是谁，现在我知道了。

　　这个人你可以叫他上帝，当然叫真主、天主什么的也可以。总之是一种冥冥之中的力量，他无时无刻不在观察和注视着我们。当有人犯下罪恶或亵渎灵魂的时候，他便会用一种意想不到的方式对这些人实施惩罚和折磨——当我听过岛上那些人讲的十一个故事后，便明白这些人为什么会聚集在一条船上，又会集到那个岛上了。我们身边可不是每个人都能讲得出来这种故事的——其中有一些必然是他们亲身犯下的罪恶或经历的噩梦。是那种神秘力量将他们聚集起来，并要他们把这些隐藏在心中的罪恶全都吐露出来。而我，大概是被选中的见证者或记叙者——所以直到现在只有我一个人活了下来，并被赋予将这些事记录下来的使命。我得强调一点，以上的论点可不是我的猜测。作为一个研究人类心理学几十年的教授，我对此深信不疑。

　　最后，我得说明一点，这些故事不是我写出来的，而是我口述给我的一个好朋友——一个叫宁航一的作家听，再由他写出来的。宁航一是一个年轻、富有才华的作家，我相信通过他的文字来记叙，要比我写出来的吸引人得多。而由于时间隔得太过久远，我对于这些故事中的一些人名、地点、时间等细节已经记得不大清楚了，所以委托宁航一对这些故事做适当的改编和创作。总之，我想借这些故事提醒和告诫人们，希望人们能把这些故事当成一种警示，并将它们永世相传。